구인회 파라솔(PARA-SOL)파의 사상과 예술

신체악기(ORGANE)의 삶, 신체극장의 아크로바티(ACROBATIe)

구인회 파라솔(PARA-SOL)파의 사상과 예술
신체악기(ORGANE)의 삶, 신체극장의 아크로바티(ACROBATIe)

초판 1쇄 인쇄 2021년 8월 12일
초판 1쇄 발행 2021년 8월 19일

지은이 | 신범순
펴낸이 | 방준식
표지 디자인 | 김효정

펴낸곳 | 예옥
등록 | 2005년 12월 20일 제2005-64호

주소 | 서울시 은평구 불광로 122-10, 3403동 1102호
전화 | 02)325-4805
팩스 | 02)325-4806
이메일 | yeokpub@hanmail.net

ISBN 978-89-93241-75-4 (93810)

▶ **일러두기**
- 이 책에 수록된 도판(그림 및 사진 등)의 일부는 퍼블릭 도메인(Public Domain) 사이트에서 저자가 찾은 자료를 사용했습니다.
- 저작권 사용 허가가 필요한 마르크 샤갈, 장 콕토, 조르쥬 브라크, 파블로 피카소의 그림은 한국미술저작권관리협회(SACK)의 허가를 받았으며, 부록에 협회 규정 크레딧을 표기하였습니다.
- 그 외 저작권이 있는 도판이 사용된 경우, 해당 도판을 표시하여 연락을 주시면 허가를 받고 도판 사용료를 지급하도록 하겠습니다.

구인회 파라솔 (PARA-SOL)파의 사상과 예술

신체악기(ORGANE)의 삶, 신체극장의 아크로바티(ACROBATIe)

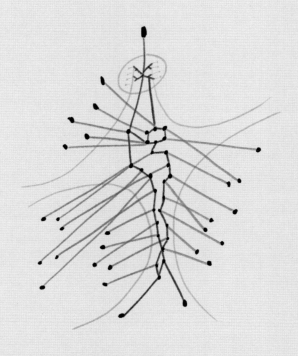

신범순 지음

예옥

머리말

이 책은 1930년대 한국 문학의 모더니즘을 대표하는 '구인회'의 핵심에 대한 연구이다. 그 그룹의 핵심 멤버 4인은 정지용, 이상, 김기림, 박태원이다. 이들의 진짜 정체는 아직까지 알려지지 않았다. 이들이 노심초사하며 추구했던 주제의 진실은 많은 연구들에도 불구하고 여전히 드러나지 않았다. 이들은 자신들의 내면에서 파동치는 강렬한 의식 때문에 글을 썼고, 또 그러한 소용돌이와 파동들의 울림이 메아리치는 가운데 자신들의 동지를 발견했다. 그 메아리들은 퍼져나가 서로 이끌렸고 결집했다. 그리하여 이들을 중심으로 구인회의 뼈대가 형성되었던 것이다. 이들의 내면에서 꿈틀거리던 그 파동과 소용돌이는 무엇이었던가?

나는 오랜 연구 끝에서야 비로소 그 정체를 알게 되었다. 그것은 바로 그들 자신에 가장 가까이 있는 어떤 존재, 아니 나아가 모든 인간들 각자에게 달라붙어있는 어떤 존재에 관한 문제였다. 그것은 바로 인간의 '자연 신체'였다. 그들은 그것을 '자아'의 1인칭이 아니라 '그'라는 3인칭으로 불렀다. 또 나아가 동물이나 식물적 존재로도 표현했다. 모두가 확연히 알고 있다고 생각하는 각자의 '신체'가 다시금 거대한 의문의 존재로 다가섰다. 그것은 그저 자신에게 있는 것이 아니라 광대한 역사의 저편에서 건너온 어떤 존재로서 파악된 것이었다. 그리고 인간들로부터 점차 멀어져간 야생적 자연의 동식물적 존재, 자연의 힘과 특성을 지닌 어떤 형언할 수 없는 미지의 존재처럼 다가온 것이기도 했다.

그들은 왜 자신의 신체를 이렇게 낯선 존재로 파악하게 된 것일까? 그것은 왜 자신에게 가장 가까운 것이면서 너무나 멀리 떨어진 것, 미지의 것이 된 것일까? 세계의 모든 사물들과 인간 존재에 이르기까지 수많은 과학적 지식이 축적된 시대에 우리는 살고 있다. 분석적 이성이 인간들 대부분의 사유를 점령해간 근대의 역사적 전개 속에서 '자연 신체'의 정체는 이성의 저편에 안개 속 그림자처럼 잠겨버렸다. 그들은 이러한 안개 속 풍경을 탐색했다고 할 수 있다. 안개와 그림자의 언어들을 통해 그들은 지식과 일상의 언어 저편에서 머뭇거리는 신체의 풍경을 불러내려 시도했다. 나는 그들의 문학에 출몰하는 주인공인 이 안개 속 신체에 대한 새로운 개념을 '신체악기'라는 말로 표현해보았다. 그들은 자연 신체의 삶이 숲을 울리고, 바다 위의 바람처럼 물결처럼, 악기의 연주처럼 되기를 바랐다. 자연과 우주 전체의 교향악적 선율의 일부가 되기를 원했다.

나는 신체에 대한 이러한 놀라운 혁신적 관점이 어떤 양상으로 펼쳐져 있는지, 그 의미는 무엇인지 알고자 노력해 왔다. 신체에 대한 이러한 사유는 당대는 물론 현재의 문학예술계, 사상계를 뒤흔들 정도로 중대한 의미를 지니는 것이다. 과학에 매몰된 현대에 그것은 더욱 전위적인 사유로 나설 수 있다. 그리고 그들이 탐색하고 작품화한 이러한 사유의 풍경은 우리의 지역적 한계를 뛰어넘어 세계문학사의 지평에 당당히 자리 잡을만한 것이다. 그래서 나는 그들의 이러한 독자적이고 전위적인 면모를 부각시켜 보고자 이들 4인에게 '파라솔(PARA-SOL)파'란 색다른 명칭을 부여해준 것이다.

파라솔파 동인들의 주제는 무엇인가? 그것은 싱싱한 야생의 세계인 바다와 그 위에서 강렬하게 타오르는 태양의 생명력 그리고 대지에 뿌리박고 활동하는 나무인간의 신체(몸)이다. 나는 이 세 가지 즉 '세상의 바다', '사상의 태양', '나무신체'를 하나로 통합하는 기호로서 '파라솔'을 택했다. 이것은 이상과 정지용의 문학에서 중요한 모티프였던 사상의 모자와 눈동자처럼 신체의 자연을 운영하는 초인적 사유와 영혼의 기호이다. 그리고 그러한 원초적 신체를 지탱하며 자연적 삶을 향해 길을 가도록 안내해주는 지팡이 같은 것이 되기도 한다.

그들은 이 자연 신체를 우리 모두에게 익숙한 신체 개념(의식)으로부터 멀리 떨어뜨려 놓았다. 그것을 낯설게 만들기 위해 '말'이나 '개' 등의 동물적 은유와 결합하기도 했다. 나무와 꽃들과 결합하여 나무인간, 식물인간 형상으로 제시하기도 했다. 인간을 둘러싸고 있고, 인간이 그들과 더불어 존재해 왔던 동물이나 식물이 인간 자신의 원초적 존재 속에 스며들어와 기이하게 표현되었다. 파라솔파는 바로 그러한 원초적 생명들이 자신들 속에 또 모든 인간 신체 속에 깃들어있다는 생각을 이러한 동물인간이나 식물인간의 표상들로 보여준 것이다. 우리는 지금까지 그들의 작품에서 이러한 자연생태적 인간 텍스트를 제대로 읽어내지 못했다.

그들의 이러한 생각은 이 세계와 존재의 문제들을 사회적 지평 너머로 이끌어갔다. 이러한 사유는 사회경제적 구조나 위계와 계급(계층)의 문제로 세상의 모든 것을 이해하고, 모든 문제를 이러한 관점으로만 해결하려는 생각을 비판한다. 이들은 자신들의 문학을 통해 새로운 세계인식, 새로운 차원의 존재론을 기획한 것이다. 파라솔파의 세 시인이 공유했던 '나비' 이야기가 이러한 인식론과 존재론의 궁극적인 기획과 그것이 그리는 꿈을 암시하고 있다. 아마 이 '나비' 기호에 숨겨진 이들의 비밀스러운 사유를 풀어낼 수 있다면 우리는 이들에 대해 많은 것을 알 수 있게 되리라. 나는 이 책의 프롤로그와 에필로그에서 이 '나비'를 다뤘다. 이 책은 따라서 신체악기와 나비를 다루는 두 개의 주제 선율로 되어 있다고 할 수도 있다. 이들에게는 육체와 영혼의 문제가 이 두 주제 선율 속에서 매우 색다른 차원으로 전개되었으며, 매우 감각적이고 놀라운 사유의 파도로 펼쳐졌다. 나의 책은 이러한 두 주제 선율을 음미하기 위한 것이다.

구인회 파라솔파의 예술 사상적 탐구는 이들에 대한 기존의 많은 연구에도 불구하고 이러한 부분에서 여전히 미답과 미지의 지평에 놓여있다. 현재의 연구풍토는 이들의 이러한 독창적인 사유를 따라잡기 어렵다. 문학과 예술을 다루면서도 '현실주의'라는 기치 아래 정치경제적 양상에 집착하는 사람들이 많다. 이들은 사회 구조적 사유, 계급적 사유를 결정적인 것으로 생각하고 그것을 작가 시인들의 모든 부분에 투사한다. 인간의 신체와 사유, 상상력과 영혼의 모든 것을 그러한 '현실주의'의 체로 걸러내 버린다. 그 체로 거르면 우리가 위에서 언급한 두 주제 선율은 몽땅 증발해버린다. 여러분은 이 책에서 그러한 현실주의적 사유에 묶여있는 연구자들과 그러한 연구풍토에 대한 강렬한 비판적 사유를 대면하게 될 것이다.

이 책에서 나는 특히 이상의 작품을 분석하면서 '멜론 신체', '신체 지도' 등의 새로운 개념을 제시했다. 이러한 것들로 자연 신체의 역동성을 우주적 초사회적 차원에서 보여주려 한 것이다. 마지막 장에서는 '알 오르간 신체' 개념을 통해 자연신체 내 기관들의 상호 삼투적 성격과 새로운 차원의 통일성에 대해 설명해보려 했다.

이러한 새로운 신체 개념은 신체 각 기관들의 상호간 소통 교환 중 첩되는 특성과 더불어 신체 내부와 외부, 즉 세계나 우주와의 상호적 소통 교환 통합의 풍경을 보여준다. 나는 이러한 신체 개념도를 여러 해에 걸쳐 다양하게 시도해왔다. 이 책의 원고가 완성될 무렵 마지막으로 '알 오르간 신체 개념도'가 완성되었다. 나는 이 그림을 그리면서 행복했고 이것으로 내 책의 결론을 삼을 수 있다고 생각했다. 어쩌면 문학과 예술과 사상에 바친 내 일생의 연구가 이 한 장의 개념도로 마무리될 수 있다는 느낌도 들었다.

이제 관악에서의 내 연구와 강의도 마지막 학기에 돌입하고 있다. 은퇴의 시기가 다가온 것이다. 내 연구실 창 아래 내다보이는 회화나무의 키가 어느 새 3층 높이에 달하고 있다. 관악의 미래 학풍을 꿈꾸면서 심었던 나무이다. 이 학교에 입학하면서 멀리 보이던 삼성산 호랑이형 능선이 내 연구실에서는 잘 보인다. 내가 처음 이 학교에 지원했을 때 이 호랑이 형태의 능선이 내 눈길을 사로잡았었다. 그 이유를 나는 몰랐고 가끔씩 그것이 궁금했다. 이제 이 책 원고를 마무리하면서 나는 그것의 의미를 생각해본다. 이 연구실과 내 안에 그리고 내 책 속에 자리 잡은 호랑이에 대해 생각해본다. 과연 이제 그 호랑이의 포효는 얼마만큼 자라났는가? 그 포효는 세상 바깥으로 나가게 될 것인가? 내 책은 호랑이의 가죽처럼 오래 남을 수 있을 것인가?

이 책은 내 옆방에 자리 잡고 커피와 진솔한 대화를 함께 나누며 오래도록 친분을 쌓아온 방민호 교수의 배려로 소중한 출판의 기회를 갖게 되었다. 이 자리를 빌어 진심으로 고마움을 전한다. 여러 해를 이끌어온 '비쵸 세미나' 팀의 김보경, 강민호, 안서현, 김미라, 김규태, 김현진과 그 이후 '파라솔파 세미나' 팀에 이르기까지 내 방에서 모임을 함께 한 김효재, 허윤, 츠베토미라에게도 고마운 마음을 전한다. 특히 뒤의 3인은 내 원고를 함께 읽으며 교정을 보아주었고, 내 책의 스토리를 호흡하는 동반자가 되어 주었다. 김효정과 최희진이 뒤늦게 이 대열에 동참해주었고, 특히 효정은 멋진 표지 디자인으로 이 책의 품격을 높여주었다. 내 주변에서 나를 지켜보며 보이지 않는 성원을 보내준 모든 분들에게도 마음의 인사를 보내드린다. 인생은 그렇게 보이지 않는 따뜻한 힘들과 더불어 흘러가는 것이리라.

삼성산 호랑이 능선이 보이는 연구실에서

2021년 3월 13일

차례

머리말 5

프롤로그 13

1부 파라솔파의 별무리와 신체극장의 아크로바티

구인회 파라솔파의 니체주의와 나비의 카오스 71
구인회 이전의 니체 사상의 면모 106
구인회 '파라솔파'의 별무리(星群)와 신체극장의 아크로바티 138
파라솔파 이후―『시인부락』파의 해바라기 사상 또는 음울한 초인으로서의
뱀과 박쥐와 거북이 176

2부 이상의 「오감도」의 거울계 또는 거울 속 존재들과의 전쟁 이야기

거울 속에서 '꽃'을 피우다, '꽃'을 잃어버리다 201
꽃과 거울―프로이트와 라깡을 넘어선 '거울' 읽기 216
거울과의 전쟁―역사 망령과의 전쟁, 거울 분신에 대한 전쟁 이야기 229
이상의 기호계―거울계와 오르간(ORGANE)계 244

3부 이상의 신체지도(Body-Geography)로서의 '羊(양)의 글쓰기'와 신체극장의 몇 가지 면모

羊의 글쓰기와 산호(珊瑚)나무(차8씨)의 아크로바티　251
가외가(街外街)의 아크로바티와 나무인간의 신체극장 이야기　294
전매청, '지식의 0도' 건축으로부터의 탈주―골편인의 환상기차 여행과
파라솔의 번개불꽃　327
「각혈의 아침」「내과」의 신체극장과 '사과' 이야기　353
나무인간의 구제―「오감도」의 '거울수술'과 거울·꿈의 전쟁 이야기　375

4부 골편인의 '질주'와 신체악기 이야기 ―제비, 까마귀, 나비의 아크로바티

제비, 기차, 나비의 드라마 ―「카페 프란스」로부터 「유선애상」까지　409
「유선애상」 오르간의 꿈과 「가외가전」 신체극장의 아크로바티　428
김기림의 「제야」―어여쁜 곡예사의 교양을 넘어서기　444

에필로그 쥬피타 이상의 식탁과 나비의 마지막 여행

김기림의 「바다와 나비」와 「쥬피타 추방」―파라솔파의 해체와 회고　455
쥬피타의 '신선한 식탁'을 위하여　485
정지용의 두 개의 죽음과 날개 찢긴 '나비'의 빛　502

부록

참고문헌　532
그림 목록 및 출처　534
찾아보기　539

프롤로그

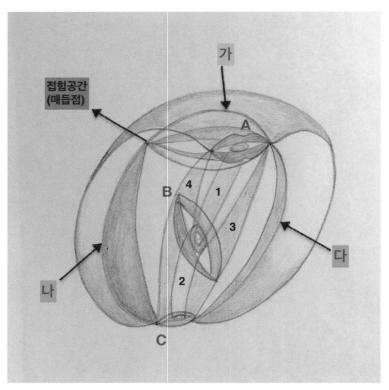

접힙공간
(매듭점)

가

A

B 4 1

3

나

다

2

C

그림 1 신범순, 〈알 신체 개념도〉

▽이여나는그호흡에부서진악기(樂器)로다.

—이상, 「신경질적으로비만한삼각형」

연닢에서 연닢내가 나듯이
그는 연닢 냄새가 난다.

해협을 넘어 옮겨다 심어도
푸르리라, 해협이 푸르듯이.

—정지용, 「파라솔」

1

구인회 중 내가 '파라솔(Para-Sol)파'라 지칭하는 동인은 정지용과 이상, 박태원, 김기림 이 네 명이다. 그들은 1930년대 한국문학에서 화려한 발자취를 남겼다. 이 책은 그들의 작품에 남겨져 있기는 하지만 아직 학계나 일반 대중에게 '발견'되지 않은 예술과 사상의 한 독특한 풍경을 세상에 알리려는 목적으로 쓰여진 것이다. 나는 이 풍경이 지금까지 거의 소개되지 않은 것이고, 심지어는 그들에 대한 학계의 일반적 편견 때문에 파묻혀 있었으며, 아득한 망각의 지대에서 사라져버릴 수도 있는 것이라고 생각한다. 그러나 우리가 그것을 발견하고 그의미와 가치를 알게 된다면 우리 자신에게 있는 보물을 비로소 바라보며 놀라워하게 될 것이다. 나는 그것이 우리의 한계영역을 넘어 세계 예술 사상사의 한 봉우리로 우뚝 설 만한 것이라고 생각한다. 그것은 그들이 자신들의 문학을 통해 인간 신체(육체)의 새로운 지평, 그것의 새로운 풍경을 시도했고, 그것을 매우 매력적인 수준에서 창조해냈기 때문이다. 그것은 외계(신체 바깥의 세계와 우주)와 결합된 일종의 초신체(超身體)이며, 하염없는 깊이와 밀도를 갖는 내밀한 신체이다. 만일 우리가 그 개념과 풍경을 제대로 이해하게 된다면 지금까지 알려져온 인간존재론에 새로운 사유의 지평을 열어줄 수 있을 것이다.

그러나 그들의 이러한 작업은 우리의 사유와 눈을 가린 기존 예술사와 문학사의 좌우로 편향(偏向)된 근대적 시선과 지식 때문에 눈앞에 있으면서도 보이지 않았다. 그들의 본래적 작업은 그렇게 철저히 외면당한 채 우리의 무지의 장막 뒤편에 남겨지게 되었다. 나는 오랜 연구 끝에 그들이 탐구하고 이룩한 그 창조적 성과물을 분명히 알게 되었다. 이제 그 성과물을 세상에 소개하고, 그러한 것을 창조해낸 시인 작가를 '파라솔파'로 명명하여 그들의 이와 관련된 면면을 알려야 한다고 생각하게 되었다.

이들이 이룩한 성과는 무엇일까? 그것은 한마디로 말한다면 인간의 신체와 육체를 미시·거시적 차원에서 새롭게 파악했다는 것이다. '미시'와 '거시'는 이들에게는 서로 혼용되는 것이기도 했다. 정지용과 이상은 육체의 물질적 차원 너머로 나아가 빛인간을 발견했다. 육체는 빛의 안개와 파동으로 채워진 것 같았다. 이상은 내밀한 미시적인 '점'의 영역에 무한대의 세계상들을 수렴시켰다.

이들에게 생물학적 신체는 물질적 그릇이었다. 신체는 물질 차원에만 머물러 있지 않았다. 물질 신체 안에 그것의 감각과 삶, 사유에 의해 받아들여 채워진 파동과 점(무한대의 세계상들이 일정한 지평의 풍경과 대상들을 거쳐 감각을 통해 밀려들어와 있는 '거시-미시적 차원'의 점)들의 집합이 있다. 그것은 감각과 감정, 존재의 삶이 만들어낸 내밀한 신체였다. 이 내밀한 신체는 우리 대부분에게 여전히 미지의 영역이다.

나는 파라솔파가 그 미지의 영역에 접근했다고 생각한다. 그들은 자신들이 발견한 그 미지의 세계를 신비롭게 바라보았다. 설레며 그것을 탐색했고, 자신들이 답사한 그 풍경의 일부를 전해주려 했다. 내가 이 책에서 처음 제시하는 신체악기, 신체극장, 초신체 등은 바로 그들이 그러한 미지의 영역을 바라보는 이야기와 풍경, 그리고 그러한 삶을 표현하기 위해 고안한 용어이다.

정지용은 끊임없이 '바다'를 이야기했다. 「말」 연작, 「바다」 연작 등이 대표적이다. 「말1」에서 원초적 생명의 세계를 꿈꾸는 말(馬)은 파란 바다를 입에 시리도록 깨물고 달린다. 그는 결국 그 푸른 바다를 삼켜야 한다. 정지용은 「바다」 연작 시편을 썼다. 그 중 한 작품에서는 손으로 잡으려 시도하면 손가락 사이로 모두 빠져나가버려 잡히지 않는 바다를 노래했다. 파도와 물결로 이루어진 바다에서 그는 육지의 풍경과 생물을 보았다. 그에게 '바다'는 삶의 바다였고, 세상의 바다였다. 이러한 '바다'는 비유적인 이미지로만 생각할 것이 아니다. 그의 삶과 존재는 이렇게 독특하게 상상되고 표현된 그만의 '바다'속에 있다. 그것은 시인의 삶과 존재를 생성시키고, 떠받치는 측량할 수 없는 무한대의 세계이다. 즉 거기 계속해서 가득 채워지는 생명의 파동, 우주 자연의 파동으로 출렁거리며 그렇게 그의 '바다'는 있는 것이다.

그 '바다'는 우리 바깥에 놓여 있는 세계만을 뜻하는 것이 아니다. 그것은 우리가 겪고 살아낸 원초적인 삶이기도 하다. 그리고 그것은 우리 안에서 일렁이는 생명의 원질료 그 자체이기도 하다. 그는 「바다」 연작의 결론 부분에서 그 '바다'를 지구 전체를 감싸며 오므렸다 펴는 연잎으로 표상했다. 지구의 총체적 생의 파도(파동)를 그는 자신의 '바다'에 담았다고 할 수 있다. 그것은 우리의 숨 속에 있고, 시선과 맛 속에 깃들어 있으며, 우리의 삶 전체가 그 물결 속을 통과하며 그것을 들이마신 것이다. 우리 안에서 그 '바다'가 출렁거린다. 우리의 신체는 이 '바다'의 질료, 그 파동으로 가득 차 있다.

이상은 우주의 거시·미시적 차원을 중첩시키면서 "고요하게나를전자의양자로하라"는 명제를 「선에관한각서1」(1931. 9)에서 한 탐구의 결론처럼 제시했다. 전자와 원자, 생명과 광선 등이 신체 존재와 그것의 삶에 연관되어 진술되었다. 전자, 원자, 광선 등 모든 물질의 극미 차

원 너머에까지 도달하려는 '빛보다 빠른 삶'이라는 명제가 물질 차원
의 끝인 양자론적 경계에서 혁신적으로 제출된다. 그것은 물질의 극
소적인 양자 차원의 풍경에 '나'를 고요히 위치시키면서 진행된 초물질
적 차원에 대한 탐색의 결과물이었다. 신체감각은 이 극미한 차원에
서 물질들의 경계와 물질에 대한 감각의 경계선들을 넘나든다. 취각
(臭覺)은 미각(味覺)이 되며 미각은 취각이 된다. "취각의미각과미각의취
각"이라고 그는 말했다. 이렇게 해서 육체는 물질 차원 너머의 신비로
운 미지의 차원을 열게 된다.[1]

물질 차원의 사유와 그 바탕 위에 세워진 유물론적 삶과 세계를 넘
어서기 위해서는 물질적 입체와 물질적 운동에 대해 철저하게 '절망'해
야 한다. 그 절망 속에서 그러한 차원 너머를 꿈꾸고 그로부터 자신

---

1 물질적 차원에 대한 감각적 지각을 근대의 이론들은 사물과 세계 인식의 확실한 기반으로 삼
아왔다. 그러나 시각, 청각, 후각, 미각 등의 서로 분리된 감각 지각을 서로 소통시키고, 호환
가능한 것으로 사유하는 보들레르 류의 초감각적 탐구들이 이러한 근대적 이론의 인식적 토
대를 혼란에 빠뜨린다. 보들레르는 「상응·Correspondances」이란 시를 써서 향기와 색과 맛
이 서로를 불러대는 이러한 초감각적 주제를 다뤘다. 보들레르의 이러한 취향은 다분히 육체
적 지각의 더 광대한 '우주적 열림'을 향하고 있다. 그의 산문시 「신인(神人)」 「세라핀 극장(떼
아뜨르 드 세라팽)」 등에는 평범한 인간존재 너머 차원으로의 상승을 향한 인간들의 열망이
담겨진다. 「악의 꽃」 첫 번째에 놓인 「무한에의 취미」를 읽어보라. 인간적 수준에서 그러한
초현실적 지대를 넘볼 수 있는 이면, 대마 같은 약물 류가 그러한 열망을 이루려는 세속적 수
단으로 제공된다. 그러나 그러한 시도는 처음에는 성공한 것처럼 보이지만 이내 그것이 가상
의 경험에 불과하다는 것을 깨닫게 된다. 약물에 빠진 자들은 가상의 낙원 뒤에 숨겨진 지옥
의 참혹함을 겪게 된다. 약물의 초현실적 한계는 분명하며 잠깐 동안의 황홀경에 대한 대가는
끔찍한 것이다. 인간은 자신의 존재상승을 위한 다른 경로를 탐색해야 할 것이었다. 보들레르
는 세속적 인간들의 차원으로부터 상승된 초인이나 신인의 경지를 꿈꿨지만 그것은 피안의
꿈처럼 먼 것이었다. 우리의 탐색은 이러한 보들레르적 취향을 따르지 않는다. 어디까지나 평
범한 세속적 인간이나 그 이외의 모든 인간에게 자연적으로 갖춰진 '자연신체'와 '자연존재' 그
자체의 현실태 속에서 초지각과 초감각적 성취의 가능성을 탐색하는 것이기 때문이다. 아마도
루돌프 슈타이너의 '지각이론'이 그나마 우리의 이러한 탐색과 비슷한 취향을 보여주는 것이
아닐까? 그의 『일반인간학』의 한 장(제7강 인간의 본성)을 보라. 그는 신체 자체의 지각을 신
체의 표면에서 이루어지는 잠과 꿈으로부터 풀어내고 있다. 그에게 지각의 활동은 근대학자
들이 믿고 있는 확실성의 지대에 놓여있지 않다.

의 초물질적 존재를 새롭게 탄생시켜야 한다. 그는 「선에관한각서7」에서 시각의 초물질 차원에 대해 이야기하며 그러한 시각으로 만들어진 미시-거시 풍경을 '시각의 이름'이라고 명명한다. 그리고 한순간의 시각에 포착된 모든 풍경, 대상, 사물과 사건, 세계와 우주상 등이 한 개의 숫자적 일점으로 자신 속에 영원히 존재한다고 말한다. 그는 이 시에서 '빛사람'이란 개념을 제시한다. 세상의 풍경을 어떤 개념이나 지식으로 '인식'하려고 하는 것이 아니라, 눈에 들어오는 빛(색)의 풍경을 즐기고, 슬퍼하고, 울고 웃는 것, 즉 빛을 사는 것이 바로 '빛사람'이다. 그 빛으로 들어온 세상이 하나의 점으로 자신 속에 존재하는 것이며, 그의 삶은 그러한 무한대의 점들을 품고 있는 삶이 된다. 이것이 바로 태초의 신화적 원형질을 불러내는 삶이다.

나는 생물학적 관점이나 해부학적 분석으로는 절대 포착할 수 없는 이 파동과 점 집합적인 내밀한 신체를 '안개신체(MIST-BODY)'와 '바다신체(WAVE-BODY)'라는 말로 표현하려 한다. 물론 이러한 개념은 나의 연구 결과물로서 나온 것이지 그들이 처음부터 이러한 것을 인식했다거나 전방위적으로 그러한 것을 작동시켰다는 말은 아니다. 나는 그것을 그들이 탐구하고 지향했던 가장 중요한 개념이며, 각자 여러 수준에서 서로 다르게 성취한 하나의 도달점이라고 생각한다.

이상은 자신이 문학에 발을 들여놓기 시작한 1930년대 초부터 이미 그러한 인식들을 확고하게 내비쳤다. 정지용은 이 문단의 후배보다 좀 늦게, 1930년대 중반을 넘어서서 「유선애상(流線哀傷)」과 「파라솔」을 쓴 이후에야 초기 「바다」 시편들의 막연한 인식을 넘어섰고, 「수수어」 연작을 통해 집요하게 '육체 탐구'를 진행시켰다. 그 결과물이 「슬

픈 우상」(「수수어」 연작의 하나이기도 한)이
란 시로 나타났다. 그는 이 시에서 우
아하고 신비로운 육체의 피안적 풍
경을 노래하였다. 그에게 신체는 물
질의 껍질 너머에서 무한의 수평선과
함께 출렁이는 '바다'였고, 미지의 신
비로운 대륙이었다. 다른 동인들은
이 두 주자(走者)의 전위적 주변에 머
물며 그러한 조류와 함께 흘러갔다.

안개신체는 물질 차원과 중첩된
것이지만 물질적 육체의 한계를 넘어
서 있다. 이상의 '시각의 일점'이나 정
지용의 '파라솔 눈동자'에는 생물학
적 세포와 원자적 점들처럼 미시적
차원만 존재하는 것이 아니라, 시각
적으로 바라본 한순간의 세계상이
존재하고, 무의식적 시각에 수렴된

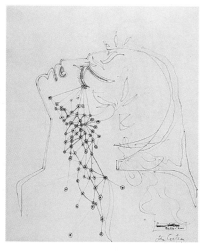

그림 2 Jean Cocteau, *Larmes d'Orphée*, 1950
보들레르는 아시슈 시편들에서 대마와 아편에 취
한 상태에서 떠오른 환각을 시적 산문으로 탐색했
다. 그것은 시 형식에 어느 정도 기댄 것이지만 시라
기보다는 자유로운 에세이 풍의 소논문에 더 가까웠
다. 아시슈 시편들에서 그는 마약에 취한 육체와 정
신과 영혼의 문제를 다뤘다. 그러한 약물에 의해 기
이하고 몽롱하게 흐트러진 감각지각과 환각에 의해
인간존재의 신체는 기이하게 확장되거나 왜곡되고,
꿈과 지각의 지대는 안개 너머처럼 신비로운 풍경을
보여준다. 우리 '인간'은 명료한 의식 바깥에서는 여
전히 미지의 존재인 것이다. 아시슈 시편들은 보들
레르 사후 2년 1896년에 『소산문시, 인공의 천국』으
로 출판된 책 속에 들어있다.

우주의 거시적 차원이 존재한다. 근대 사회학이나 생물학, 철학 등이
포착한 인간 개체의 존재 영역은 과학의 발전 속에서 점점 더 물질적
실용적 차원에 갇히게 되었다. 파라솔파의 내밀한 신체 개념은 그렇
게 갇힌 물질적 신체를 다시 방대한 자연과 우주의 '바다'로 활짝 열
리게 하려는 시도였다. 과학적 지식과 시스템의 올가미들에 점차 깊숙
이 얽매인 인간 존재를 다시금 우주 전체로 개방시켜보려는 시도인 것

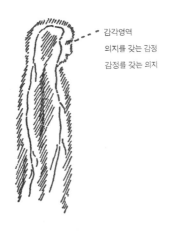

감각영역
의지를 갖는 감정
감정를 갖는 의지

그림 3 루돌프 슈타이너가 『일반인간학』에서 스
케치식으로 표현한 감각과 감정의 신체 지형도
슈타이너의 관점은 매우 특이한데 그는 평상시
깨어있는 우리의 신체가 잠과 꿈으로 이루어져
있다고 말한다. 그는 "우리들은 밤에만 자는 것
이 아니다. 우리는 몸의 주변에서 몸의 표면에서
끊임없이 잠자고 있다. 우리는 지각이 존재하는
부분에서 잠자면서 꿈꾸고, 꿈꾸면서 자므로 그
지각을 완전히 통찰할 수 없다."고 단언하며 근
대 심리학자들의 깨어있는 의식의 지각론을 비
판하고 있다. 그는 "우리의 신체 표면에서는 낮
에도 계속 자고 있는데 우리가 그것을 전혀 모
르고 있다."고 했다. 신체의 표면에서 잠과 꿈이
결합하고 있으며, 이 '꿈'이 바로 '감각적 지각'
이라고 그는 말한다. 명료한 의식 지각인 오성이
나 이성적 사고가 파악하기 이전의 순수한 감각
적 지각은 바로 이 '꿈'이라는 것이다.(『일반인간
학』 물병자리, 2002, 148~9쪽 참조) 우리가 탐구하
는 '내밀한 신체' '안개신체' 등은 슈타이너의 이
러한 신체 개념과 연관되면서도 결이 상당히 다
른 것이다. 감각지각이 신체의 표면이 아니라 더
깊은 내면에서 비물질체로 존재하는 것을 우리
는 다루게 될 것이다. 우리를 사로잡고 있는 근
대적 물질적 신체 개념을 비판하고 넘어서기 위
해서는 이 두 차원의 혁신을 필요로 한다.

이다. 그렇게 하여 인간은 다시금 원초
적 활기를 되찾아 총체적 우주를 호흡
하며 살 수 있게 될 것이며, 신화적 세계
를 되살 수 있는 원초적 존재로 부활하
게 되리라. 그들의 문학은, 당시 대다수
의 문인들이 근대 과학적 사회학적 인
식을 동반하는 리얼리즘과 근대적 소설
양식을 발전시켜가고 있을 때, 이미 그
러한 근대성 너머의 지평, 새로운 신화
들이 꿈틀대는 서사시적 지평을 넘보고
있었던 것이다.

이상의 경우 신체극장의 비극적 무대
가 그러한 서사시적 차원을 향한 꿈의
무대가 되었다. 그의 신체는 자신의 내
밀한 공간에 신체기관들의 무대를 펼
쳐놓고, 거기 다양한 배역들을 등장시
켰다. 그와 세상이 벌이는 갈등과 전쟁
의 비극적 드라마가 거기서 상연되었
다. 신체의 병적 풍경은 외부 세계의 병
들을 신체가 자신 속에 삼투시켜 그것
과 싸우고 결국 이겨내려는 병과 치유
의 풍경이 되었다. 이상은 「내과」에서 그
러한 신체극장의 비극을 자신의 신체기

관들의 무대에서 상연했다. 거기서 그는 세상의 병을 자신의 신체 속에서 짊어지는 희생양적 초인적 기독의 이야기를 극화시켰다.

이상의 대표작이며 그를 유명하게 만든 「오감도」 시편은 거의 '거울' 시편이라고 할 수 있다. 그는 이 시편들에서 물질적 차원에 사로잡힌 과학적 인식과 지식의 최대치를 구현하는 '거울'의 표상들을 동원해서 이러한 비극적 드라마를 펼쳐냈다. 그의 '거울' 시편들은 당시는 물론 지금까지도 너무나 독특한 것이었고, 그의 '거울' 모티프는 작품 전반에 걸쳐 집요하게 변주되는 것이었다. 그 시편들로 그는 유명해졌지만 정작 그만의 독특한 '거울'의 의미는 제대로 파악되지 못했다. 그것은 속류 학자들이 좋아하는 '거울' 모티프에 대한 상투적인 지식, 즉 프로이트나 라캉 유의 심리학적 해석으로 연구되어왔다. 그런데 그의 거울 속 분신 이야기는 결코 개인이 앓고 있는 자아 분열증의 심리적 드라마가 아니다. '거울'을 바라보는 그의 시적 주인공인 '개인'('나')은 일종의 '초개인'이다. 그의 드라마는 초일상적 초역사적 드라마이다. 왜냐하면 그의 '거울'은 세상의 모든 거울이고, 일반적인 세상 사람들 속에서 일관되게 작동하는 '인식과 상식의 반사면'이기 때문이다. 사람들은 자신들 속의 그러한 거울을 통해, 거울(의식)에 비친 사물과 세상을 본다. 인식한다. 살아간다.

이상이 이렇게 자신이 창조한 '거울계'에 인류 역사의 주도적인 모든 사상과 지식을 결집시키고, 그 '거울계'와의 전쟁 이야기를 전개했던 것은 여전히 잘 알려져 있지 않다. 그 '거울' 바깥에 그의 '참나'가 있다. 그것은 자연적 본성의 신체(내밀한 신체를 포함한 것이다)를 가진 원초적 '나'였다. 그것은 과학적 인식(거울의 광학으로 표상되는)으로도 여전히 도달할 수 없는 자연의 실체적 지대에 놓여 있다. 이 거울 밖에 있는 '참 나'로서의 신체는 자신의 '그림자'만을 '거울계'에서 볼 수 있다. 거울 반사면으로 인식된 그림자 이미지만 '거울' 속에 있다.

'거울 속 그림자'는 자신이 거울 속에 갇혀 있다고 느낄 수도 있다. 그러한 때에는 '거울 바깥으로의 사유(삶)'만이 자신의 '참나'와 '자연 적 신체'에 도달할 수 있는 길이 된다. 그러한 사유(삶)를 작동시키는 존재를 이상의 '나비'(「시제10호 나비」에 나오는)가 보여준다. 이 '나비'는 거 울 안과 바깥 두 차원을 연결하는 보이지 않는 통로를 오갈 수 있다. 이상이 꿈꾸는 시인의 호흡과 말은 이 '나비'의 호흡과 말이 되어야 한 다. 이상은 「오감도」 연작시의 「시제9호 총구」와 「시제10호 나비」에서 이러한 주제를 다뤘다. 태양과 대지의 열풍에 달궈진 그의 신체와 말 (언어)은 총신과 총탄이 되었다. 내밀한 신체의 뜨거운 언어들이 내장 에서 솟구치고 구강(口腔)에서 창조되어 입에서 총탄처럼 발사되었다. 그의 신체는 이러한 예술적 창조작업이 진행되는 공간이자 그러한 창 조를 작동시키는 기관이다. 물질적 차원의 신체와 예술창조의 다양한 정신적 활동이 벌어지는 신체의 경계선은 없다. 우리는 정신활동이 뇌 뿐이 아니라 이미 신체의 다른 기관과 조직들 전체에 퍼져있는 이러한 새로운 신체 개념을 만나게 된다. 이러한 신체는 이에 대한 근대적 관 점들을 전복시킨다.

그의 많은 연작 시편은 매우 강렬하게 압축된 이야기들 속에 수수 께끼 같은 이미지와 기호, 에피그램들을 담아냈다. 여러 관점을 오가 며 펼쳐낸 이러한 이야기들의 조합이 그의 작품을 독특한 서사시적 세계로 이끌었다. 거의 마지막 연작시에 해당하는 「실낙원」 시편들(사후 유고작으로 발표된)은 자신의 자화상을 여러 측면에서 조망했다. 이상은 자신의 자화상을 그 당대의 예술가 학자적 초상으로 그렸다. 그리고 그것에 머물지 않고 자신의 다면적 초상을 그려냈다. 가까이로는 가족사적 혈연관계 속에서 포착된 초상에서 광대하게는 역사 전체 속에서 역사와의 갈등과 그것을 견디고 초극하려는 서사시적 자아의 초상, 마지막으로 미래에 벌어질 대파국을 견디고 그것을 넘어 새로운 세계 창조를 향해 나아가는 묵시록적 자아의 초상들로 펼쳐놓았다. 하나의 연작시 「실낙원」에 그는 이 여러 초상들을 모두 결집시켰다. 자신의 다양한 자화상을 방대한 일련의 화폭에 한데 결합시킴으로써 입체파적 서사시를 썼다고 할 수 있다. 그가 다른 시에서 신체의 미시적 차원에 거시적 차원을 수렴시켰듯이 이 연작시에서 한 개인의 초상은 태초와 그 이후 전개된 역사 전체와 역사의 종말 이후의 삶들까지 모두 수렴하고 있다. 신체와 자아 개념의 이러한 서사시적 확장을 정지용이나 김기림의 작업도 어느 정도 공유하고 있기는 했지만 이 부분에서 이상은 특히 남달랐다. 그는 동인들의 작업이 서성대는 이 서사시적 지형도의 고원에 있었고 그들의 꼭짓점에 위치했다.

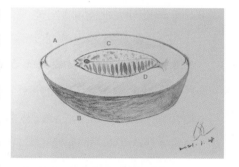

그림 4 신범순, 〈멜론 신체 개념도〉, 2021
파라솔파 동인들이 제안하고 탐구하는 신체나 육체 개념은 경제적 개념도 아니며 의학적(해부학적) 생명공학적 개념도 아니었다. 그들은 세계에 대한 분석적 인식과 활동에 의존하는 삶이 아니라 삶의 원초적 질을 그대로 보고 느끼고 맛보고 마시며 살아가는 그러한 육체적 삶을 갈구했다. 그들은 '삶의 밀도'를 높이기 위해 감각과 존재의 밀도를 높이는 삶을 원했다. 이상은 자신이 절실히 느끼는 '육체의 맛'을 자신의 삶으로 원했는데 시와 소설에서 그것은 '밀감(귤)'으로 표현되기도 했다. 태양의 사상이 그의 신체를 귤과 오렌지처럼 빛나게 만들었다. 그는 이국의 땅 동경의 제국대학 병원에서 죽어갈 때 멜론을 찾았다. 그 과실은 그의 삶이 추구한 마지막 상징물처럼 되었다.

그가 죽음의 문턱에서 찾았던 멜론은 과연 무엇이었을까? 자신의
모든 자화상을 대체할 상징을 하나의 과실로 남겨놓은 것은 아닐까?
그 과실이 품고 있었을 황금빛 씨앗들을 떠올려본다. 〈그림 4〉는 파
라솔파의 신체 개념을 생각하며 그려본 것이다. 이 '멜론 신체'는 그릇
처럼 자신의 육체의 문들을 열어놓고 세계와 우주, 사물, 사건을 받
아들여 담는다. 그리고는 닫혀서 자신의 집과 방과 몸의 구조를 만든
다. 건축한다. 사건들의 점집합은 녹아들고 발효되어 익는다. 그렇게
해서 세상과 삶의 맛이 깃든다. 이러한 신체의 삶은 세상의 최상의 맛
들로 이룩된 낙원의 삶을 살게 될 것이다.

　　파라솔파 동인들은 우연히 몇 개의 작품에서 이러한 자연적 본성의
신체 또는 내밀한 신체 탐구를 시도한 것이 아니라 구인회로 결성되
기 이전부터 각자 자신의 개인적 활동에서 그러한 경향을 보였다. 구
인회 조직을 이루면서는 공통의 주제로 그러한 초인간적 신체 개념을
탐구했고 작품에서 그에 대한 사유를 전개했다. 파라솔(PARA-SOL)파
는 바로 그러한 작업을 공유했던 네 명의 시인 작가를 음악적 뉘앙스
속에서 생각해보기 위해 필자가 고안한 말이다.

　　이들은 자연적 본성을 간직한 내밀한 신체를 음악적인 관점으로 파
악하는 독특한 시야를 발전시켰다. 나는 그것을 '신체악기'라는 개념
으로 이 책에서 제시하고 있다. 내밀한 신체는 미시적 차원과 거시적
차원의 중첩으로 이루어진다. 그것을 다른 관점에서 표현한 것이 바로
이 '신체악기'이다. 신체의 풍성한 음악적 연주를 사는 삶이 되어야 행
복한 삶이 된다. 신체악기를 통해 우리의 감각과 감정, 의지와 사유는
그 신체를 세계와 사물 속에서 음악적으로 조율하며 산다. 이러한 삶

만이 외부적인 구조, 즉 사회적 정치경제적 구조의 틀에 맞춰서 사는 한계를 넘어설 수 있다. 구조적으로 한정된 '구조화된 삶'은 자연을 있는 그대로 호흡하고 맛보며 즐기는 능동적 삶이 아니다. 사회학, 정치경제학으로는 이러한 신체악기의 삶을 포착할 수도 이해할 수도 없으며, 따라서 그러한 음악적 삶을 지향하거나 성취할 수도 없다. 예술과 문학은 바로 이러한 신체악기적 삶을 지향해야 한다. 구조화된 삶을 살아가는 사람들의 자연신체와 그것의 '신체악기'를 일깨우도록 해야 한다. 이것이야말로 새로운 시대를 맞이하기 위한 음악적 존재론의 계몽이 될 것이다. 예술과 문학이 사회학과 정치경제학의 추종자가 되면 이미 그것은 자신의 이러한 본질적인 목표를 포기하는 것이다. 삶의 진정한 상승을 위해 그들은 더 이상 헌신할 수 없게 되리라.

기존의 학적 체계로 포착되지 않는 이러한 음악적 존재의 삶과 세계를 이해하려면 새로운 개념들이 필요하다. 그것들을 위한 학적 체계가 필요하며 그것은 신화적 차원을 수렴시킬 수 있는 그러한 것이 되어야 하리라. 나는 이 몇 년 간 강의를 통해 이상의 초기 시편의 하나인 「LE URINE」(오줌)에 나오는 ORGANE와 그가 동경의 대학병원에서 죽어가면서 찾았던 멜론(MELON)을 결합해서 음악적 신체의 존재론을 기획해왔다. 오르간은 신체(유기체)이며 동시에 오르간 악기이다. 그것은 음악적 선율을 먹고 산다. 물이 풍부한 과실인 멜론(MELON)은 바로 그러한 음악적 존재와 삶, 그리고 음악적 세계를 가리키는 용어가 될 수 있다. 음악적 존재론을 가리키는 Melody-Ontology는 죽어가는 이상의 목을 축여준 멜론(MELON)에서 따온 것이다.

이 책에서 내가 제시하는 '신체악기'나 '안개신체' 등의 개념은 너무 낯선 것이다. 그리고 이미 모더니즘 문학으로 세상에 익히 알려진 구인회 일부 시인 작가들에게서 이러한 낯선 개념들을 찾아내 교양인과 연구자들에게 들이미는 것이 그들을 매우 불편하게 하는 것일 수도 있다. 일반 독자들이나 학자들 모두 마찬가지일 것이다. 우리는 모두 이미 익숙해져 있는 것을 좋아하지 않는가?

모더니스트 모임인 '구인회'는 문학을 조금 아는 사람에게는 상식에 속하며, 이들의 문예 활동과 작품의 면모는 '모더니즘'이라는 근대적 예술사조로 평가된다. 이들은 그저 모더니스트들이고 근대주의자들이다. 서구 일본 전위예술의 냄새를 좀 맡은 정도의 문학주의자들이라는 평가가 대부분의 개론서나 강의, 연구서, 논문들에 따라다닌다.

정지용은 근대적 감각을 가장 선구적으로 섬세하게 보여준 이미지즘적 시인이고, 이상은 다다이즘이나 초현실주의 사조를 이 땅에서 가장 첨예하게 보여준 시인이다. 김기림은 영미 모더니즘 이론을 수입하고 그러한 기법을 적용해서 『기상도』를 쓴 시인이다. 이 정도 개괄하면 그들에 대한 대략적인 연구와 평가들을 거의 수렴한 것이다. 이러한 유의 교양들을 많은 사람들이 가지고 있다. 대다수 논문들은 이정도 교양적 범위 안에서 더 세부적인 지식들을 파헤치는 작업들을 하고 있을 뿐이다.

이들에 대한 이러한 이해와 평가가 언뜻 매우 잘 들어맞을 것 같지만 선입견 없이 조금만 깊이 그들의 작품을 파고들어가 보면 의외의 사실들이 드러난다. 기존 연구들은 이러한 사실들이 말해주는 것들보다는 그들이 받아들인 외래적 교양과 지식을 더 중시했다. 그들이 습득한 외래적 사조를 기준으로 놓고 그 기준적 시각으로 작품을 보고 이해하고 파악한 것들을 이야기하는 사람들이 대부분이다. 그러나 정작 이들의 작품을 그러한 선입견 없이 깊이 들여다보게 된다면 그러한 기존의 이해와 평가들이 다만 껍데기 패션적인 것에 불과하다는 것을 금방 알게 될 것이다. 어찌 보면 우리는 지금까지도(그 시대로부터 몇 세대가 지났음에도 불구하고) 이들의 진면목에 도달한 적이 없다고 할 수 있다. 나는 이 책에서 바로 그 '진면목'의 한 중요한 부분을 다뤄보려 하는 것이다.

'파라솔(PARA-SOL)'이란 단어를 이들에게 붙여준 것은 그것이 그 '진면목'의 여러 양상들을 하나로 압축해서 보여줄 만한 기호가 될 수 있기 때문이다. 그것은 태양빛을 가리지만 흠뻑 받기도 하는 일산(日傘)이면서 동시에 음계의 파·라·솔을 떠올리게 하는 단어이다. 이상에게는(『얼마 안되는 변해』에서) 그것이 비의 음악 속에 펼쳐진 삼차각적 기호인 우산으로서의 파라솔이며, 전등형으로 펼쳐진 무한다각형을 머리에 인 단장(지팡이)이다. 그 지팡이는 뼈만 앙상히 보이는 '골편'적 신체를 가리킨다. 지용에게 그것은 바다를 닮은 연(蓮)잎 같은 '눈동자 파라솔'이며, 그것을 펼쳐서는 세상의 모든 사물과 풍경을 담고, 접어서

그림 5 구인회 내 파라솔파 동인들의 주제는 바다와 그 위에서 강렬하게 타오르는 태양 그리고 대지적 신체(몸)이다. 나는 이 세 가지 주제를 하나로 통합한 기호로서 '파라솔'을 택했다. 그것은 이상과 정지용이 중요하게 내세웠던 신체악기의 모자나 눈동자이며, 그것을 지탱하는 척추 같은 지팡이이기도 했다.(사진은 동해시의 한 해변 카페에서 바라본 바다의 파라솔과 배)

는 그 모든 것을 잠의 내밀함 속에 용해시켜 하나의 세계알로 만들어 내는 그러한 것이다. 그는 「파라솔」이란 시에서 그러한 '눈동자 파라솔'에 대해 말했다. 지용이 시적 산문인 「수수어」 연작의 한 글(「수수어3」, 1936. 6. 20)에서 거리 산책을 위해 손에 들어야 할 것으로 파라솔을 거론했을 때 그는 바다의 연잎을 연상했었다. 파라솔의 대는 연잎 줄기인 연(蓮)대처럼 구부러졌다.

박태원의 소설 「소설가 구보씨의 일일」의 주인공 구보씨는 우산과 단장을 가지고 거리로 나선다. 이상은 「소설가 구보씨의 일일」[2] 머리 삽화를 그렸는데 우산과 단장을 결합한 '파라솔'을 그렸다. 접힌 우산과 펼쳐진 우산이 단장과 결합된 입체파적 파라솔을 그는 구보의 산책 기호로 그려 넣은 것이다. 김기림은 '바다의 파라솔'을 기선(汽船) 회사의 지붕과 이국의 땅으로 건너온 아라사(러시아) 처녀들의 머리 위에 씌워주었다. 이 '파라솔'은 바다를 건너다니는 자들의 꿈이다.

이들의 '파라솔'이 무엇이었는지에 대해서는 앞으로 많은 이야기가 필요하리라. 나는 이들에 대해 부어진 많은 선입견, 교양적 지식들을 거둬내기 위해 이러한 색다른 용어를 쓰고 있다. 이와 관련하여 이 책에서 여러가지 새로운 개념적 용어들이 등장하게 될 것이다. 그러한 용어들이 그들의 예술적 전개와 독창적인 사유, 독자적인 사상을 표현

---

2 「소설가 구보씨의 일일」 1회 연재분은 『조선중앙일보』 1934년 8월 1일자에 실린 것이다. 이상의 「오감도」 연작 중 「시제7호」가 함께 실렸다. 이상은 이 소설 서두 삽화에 펼쳐진 우산과 접힌 우산, 단장을 결합시킨 파라솔을 그려 넣었고, 본문 삽화에는 원고지와 펜을 든 손과 단장을 그렸다. 그의 「시제7호」는 제비다방의 파탄적 상황 속에서도 매일 글쓰기의 꽃을 피워내야 하는 자신을 나무인간 이미지로 그려냈다. 그의 초기 시편에서 나무인간은 '지팡이'로 표현되었으니 박태원 소설의 본문 삽화에 그려진 원고지 속 '단장'은 자신의 나무인간 이야기를 담아낸 것일 수도 있다.

하고 부각시키는 일에서 선두적인 역할을 해주게 되리라 생각해본다.

2

영미 모더니즘의 세례를 받았다고 하는 김기림의 『태양의 풍속』과 『기상도』를 선입견 없이 읽어보기로 하자. 그러한 작품들을 꿰뚫는 태양과 바다와 태풍의 이야기에 담긴 진실은 과연 무엇일까? 사실 그것은 영미 모더니즘과는 별 상관이 없다. 재치 있는 어법으로 진행된 문명 비판이 『기상도』에 있다고 해서 영미 모더니스트 시인을 떠올리지만 그의 태풍과 바다는 오히려 야성의 정열로 들끓어 오르는 낭만주의적 분위기를 띠고 있다. 거기 깃든 진짜 사상은 영미 모더니즘의 근대 지성적 관점에서 나온 문명 비판이 아니다. 지성이 아니라 야성과 광기의 문명 파괴적인 질주가 이 시의 진면목이다. 그 사상은 야생의 바다를 노래한 니체에게서 온 것이다. 그의 작품(시와 수필, 희곡) 전체에 깔려 있는 '바다'는 디오니소스적인 생의 세계인데, 그는 그 '바다'의 근원(원초적 형상)을 자신의 유년기를 지낸 고향 함경북도 끝자락에 있는 어촌 마을인 임명의 바다에서 가져왔다. 그의 '바다'는 미지에의 꿈과 고향에의 향수가 깃든 곳이었다. 그는 자신의 시에 나오는 '바다'에 적어도 세 가지 이상의 차원을 중첩시켰다고 할 수 있다. 그러한 서로 다른 원천을 갖는 세 가지 차원의 모티프들을 한데 뭉쳐 하나의 작품으로 빚어내고 자신의 창조적 용광로 속에서 구워낸 것이다.

「바다의 향수」를 읽어보라. 재치 있게 이미지의 널뛰기를 하는 영미식 모더니즘적 어법과 고향 바다 해관의 독특한 풍경이 잘 어울려 있다. 기선회사와 해관의 건물, 러시아 아가씨들이 손수건을 흔드는 부두 풍경이 그림처럼 소묘되어 있다. 이러한 풍경 소묘에는 세계를 오가는 여러 사건들을 기삿거리로 써냈던 신문기자의 시선과 문체가 작동하고 있는 것 같다. 그러나 시에서 해관 지붕보다 더 높은 곳에 묵직하게 놓인 '바다'는 이 모든 기삿거리들을 압도하는 넓이와 높이와 깊이를 갖고 있다.

파란 바다가 기선회사의 건물과 러시아 아가씨들에게 '파란 파라솔'을 씌운다. 바다의 푸른빛은 절대적이어서 바다를 오가는 기선회사나 이국의 땅에서 온 아가씨들이나 모두 '파란 파라솔'을 지붕처럼 쓰고 있다. 그 '파라솔'은 바로 '바다의 꿈'이다. 바다가 때로는 아무리 거칠고 난폭해져도 그것은 생명으로 가득 찬 세계로 안내하는 곳이며, 어딘가 꿈의 땅으로 건너가게 해주는 곳이다.

그는 이러한 '바다'에서 강렬한 태풍의 힘을 불러일으켰고, 그것을 세계에 대한 문명 비판적 모더니즘과 결합시켰다. 『기상도』는 외관적 패션은 모더니즘이지만 그 속에는 고향 바다의 야성적 정열로 끓어오르는 낭만주의를 품고 있다. 지적 교양을 동원한 문명 비판에 머물지 않고, 세계 문명 전체를 대파국으로 몰고 가 괴멸시키는 파괴적 '질주의 사상'이 거기 들어 있다. 이 '질주의 사상'은 내가 '파라솔파'로 부르는 구인회 동인들이 공유했던 것이었다. 김기림에게 그것은 『기상도』[3] 시기에는 적어도 '바다의 질주'이며, 바다에서 솟구친 '태풍의 질주'였

---

3 『기상도』 시집은 1936년 7월에 발간되었다. 한 달 전 일본에 가 있는 김기림에게 이상이 보낸 편지를 보면 그가 『기상도』 교정을 그럭저럭 잘 보았다는 내용이 있다. 이 시집의 장정, 표지 디자인도 이상이 했다. 박팔양이 구인회를 탈퇴하고 『시와소설』 2호는 흐지부지 되어버렸다는 말도 전하고 있다. 이미 구인회는 해체되는 중이었다. 『기상도』는 이러한 상황에서 나왔다. 이 시가 표출한 질주의 주제는 파라솔파의 해체 속에서도 그 전성기의 주제를 되새기며 그것을 최상으로 끌어올리려는 야심찬 몸짓이었다.

던 셈이다. '파란 파라솔'의 낭만적 이미지 다른 한편에는 이 파괴적 질주의 사상이 작동하고 있었다. 이 둘은 서로 다른 것이 아니고 동전의 양면 같은 '바다'의 두 양상이었다. 사실 이러한 바다의 양면성은 파라솔파 동인들에게 각기 다른 방식으로 존재했다. 김기림은 다른 동인들과 함께 이 '질주'의 주제를 공유했고, 그것을 지속해나가면서 자신의 개성을 발휘했다. 즉 근대적인 '풍속'과 모던한 '패션'을 거기 결합시켰다. 그는 '바다의 꿈'을 정착시킬 수 있는 일상적인 삶의 형식들을 거기서 찾아내고 싶었던 것이다.

이상의 「오감도」 연작과 연재 시기가 겹치는 박태원의 「소설가 구보씨의 일일」의 주인공 구보씨는 도시 거리의 산책자(flaneur) 논의 자리에 단골손님처럼 불려 다닌다. 이 '산책자' 개념은 벤야민의 보들레르론에서 나온 것이고, 거기 담긴 기본적 의미는 근대적 거리 풍경에 대한 매혹이다. 우리의 근대소설 연구자들은 산책자의 이 벤야민적 개념에 충실하다. 대부분 벤야민과 그를 추종하는 학자들의 논의에서 크게 벗어나려 하지 않는다. 그러한 연구자들에게 구보는 1930년대 경성의 중심거리인 종로 청계천 등을 돌아다니며 근대적 거리 풍경을 스케치하듯 사실적으로 전해준 산책자이다. 그는 경성의 거리 풍속을 관찰 기록하고 묘사한 근대 풍경의 고현학자이다.

그러나 정작 구보가 보여주고 싶었던 것은 근대화된 거리 풍경 자체가 아닐 수도 있다. 그는 「소설가 구보씨의 일일」 앞부분에서 자신이 살아가는 시대를 '총독부 병원 시대'라고 규정했다.[4] 자신의 신체의

---

4 '조선총독부의원'이 경성제국대학병원 부속시설로 통합된 것은 1928년이었다. 구보가 여기서 말하는 '총독부병원'이 옛 '조선총독부의원'을 말하는 것은 아니다. 실제 병원이 아니라 조선

병은 모두 총독부가 지배 경영하는 세상인 그 병원 안의 삶에서 비롯한 것이다. 그리고 소설 거의 마지막 부분에서 구보는 자기 눈에 세상 사람들이 모두 각양각색의 정신병적 존재처럼 보인다고 말했었다. 이러한 구보의 시선은 거리의 대중과 어울려 함께 그 시대를 즐기고 호흡하며 매혹되는 '산책자'의 시선이 아니다. 소설 속에 산책자의 주제와 스토리는 분명 있다. 그러나 그것은 소설 앞과 뒤에 놓인 총독부 병원과 그 병적 세상의 구성원들인 광인들의 풍경에 삽입된 삽화가 아닌가? 그 산책자적 삽화 바깥에서 보고 말하는 것이 어쩌면 이 소설이 말하고자 하는 진실일 수 있다.

그는 초기작 「적멸」[5]에서 경성의 여러 카페를 전전하며 실감기 놀이를 하는 어느 광인적 존재를 전면적으로 다뤘다. 구보씨 이야기는 그 광인 사내 이야기의 변주가 아닐까? 구보가 자기 노트에 그렇게 열심히 끄적거린 경성 거리의 풍속이 그에 대한 산책자의 관심어린 매혹이 아니고 단지 병원의 풍경이고 광인들의 풍경이라면 이 얼마나 기이한 일인가?

그러나 많은 연구자들에게 구보는 그러한 식민지 거리의 근대성에 사로잡힌 존재이다. 거리의 풍속과 사건들을 관찰하고 메모하고, 스케치하고 독자들에게 그대로 보고하는 것이 그의 소설이었다. 그러나

총독부가 지배 경영하는 식민지의 삶 전체를 병적인 것으로 바라보는 자신의 관점을 '조선총독부 병원 시대'란 말로 표현한 것이다.

5 『동아일보』에 1930년 2월 5일부터 3월 1일까지 연재된 소설이다. 이상은 이때 아직 본격적으로 문단에 등단하기 이전이었다. 국문판 『조선』에 2월부터 12월까지 「12월12일」을 연재했다. 이 소설에서 이미 이상은 자신을 까마득한 허공에서 줄타기를 하는 곡예사(도승사)로 인식하고 있었다. 그 줄은 "펜은 나의 최후의 칼"이라는 명제를 제시한 그의 위험한 글쓰기 작업을 의미했다. 그의 '글쓰기'는 공포의 세계. 후에 묘지의 세계라고 했던 황무지 사막을 건너가는 낙타의 발걸음이기도 했다.

이러한 것에만 머문다면 이러한 논의들은 얼마나 박태원의 소설적 안목을 비웃는 일인가? 한편으로는 식민지를 비판하면서도 또 한편으로는 근대성을 찬미할 수밖에 없는 근대주의자들은 그러한 구보의 고현학적 취미를 소설가의 작업(직업)으로 찬미한다. 그들에게 「적멸」의 주인공인 광인 사내의 광증, 즉 세상의 모든 것을 허무주의적으로 부정하는 사유, 세상의 풍속적 삶 전체를 무의미로 떨어뜨리는 광적 행위, 모든 것이 기계적으로 반복되는 세상의 무의미를 상징하는 실감기 놀이의 연출 같은 것들은 작가의 주관적 심리가 투영된 것이거나 현실적으로는 매우 예외적인 기이한 일일 뿐이다. 그러한 것은 「소설가 구보씨의 일일」의 주인공인 구보씨의 고현학적 노트에서는 발견되지 않을 것으로 생각한다.

그러나 소설 말미에서 구보가 내린 결론은 자신이 열심히 끄적거린 산책 노트에도 불구하고 그 모든 경성의 거리 풍경이 단지 '광기의 풍경'에 불과하다는 것이었다. 근대 경성의 일상적인 거리 풍경을 모두 '광기의 풍경'으로 바라보는 그는 정상이 아닌 것 같다. 적어도 근대를 발전적인 것으로 바라보는 근대주의자들에게는 그러한 것이다. 그들의 관점에서는 세상의 풍경을 광기의 풍경으로 취급하는 구보가 비정상적인 존재이다. 박태원이 「적멸」의 주인공을 실제 광인으로 생각한 것은 아니었으리라. 그는 그 반대로, 세상을 병원으로 만들어버린 어떤 존재들(식민화 세력들)을 '권력의 광기'에 사로잡힌 자들로 보았으리라. 그러한 권력 시스템이 광기의 시스템이라고 생각했으리라. 「적멸」은 그러한 '권력의 광기'에 맞서 그 권력이 구축한 세상 전체를 부정하는 '광인'을 내세운 것이다.

「소설가 구보씨의 일일」은 같은 주제를 담고 있지만 「적멸」과 대비되는 서술 전략으로 구축된 것이다. 주인공의 광기를 제거한 자리에 박태원은 구보의 냉냉한 시선, 섬세하고 치밀한 고현학적 시선을 채워 넣었다. 그리고 그가 건져낸 모든 세상의 풍경에 '광기'라는 비정상적 색채를 부가했다. 권력의 광기에 대한 비판을 위해 박태원은 구보를 통해 한걸음 더 나아간 것이다. 이러한 구보의 면모와 박태원의 창작술에 숨겨진 비판의 원근법이 아직은 연구들에게 드러나지 않고 있다.

이상에 대해서도 마찬가지이다. 그의 시편들을 연구자들이 당대 유행사조였던 다다이즘이나 초현실주의 등과 연관시켜 비교하며 서로 간에 비슷한 점을 뒤져내는데 그 결과 손에 든 것은 그저 그러한 유사성들뿐이다. 그런데 이러한 것들은 이상이 「황」 연작에서 추구했던 주제, 즉 이상 자신의 내밀한 육체성인 '황'의 스토리에 대해서 아무런 판단도 내릴 수 없다. 왜냐하면 거기에는 그들이 손에 쥔 '유사성'과 대응시킬만한 그 어떤 것도 없기 때문이다. 이상이 「LE URINE」에서 독특하게 표현한 육체 오르간(ORGANE)에 대해서도 이러한 비교학자들은 설득력 있는 아무런 해석도 내놓지 못했다. 이상의 '오줌(LE URINE)'은 트리스탕 짜라가 다다이즘 선언문에서 말했던 '오줌'과 전혀 다른 맥락 속에 있는 전혀 다른 기호이다. 그것은 대지의 생식적 육체를 억압하여 그것을 냉각시키고 황량하게 만든 지구 전체의 역사를 육체의 뜨거운 생식적 물길로 뚫고 나가는 육체성의 강물이다. 이상은 이 독특한 시에서 자신의 신체를 악기인 만돌린 이미지로 표현했다. 이 음악적 신체는 지구의 생식력이 업악된 인간의 역사를 뚫고 나가려 한다. 그가 역사의 황무지에 자신의 육체적 강물을 증여하면서 나아가는 길은 희생의 길이 된다. 비교학자들은 이 시의 주제를 지금까지 해독하지 못했다. 이상은 서구적 교양과 문학사조들을 흡수하면서 모방적 수준, 추종적 양식에 떨어지지 않고 자신만의 독자적 사유와 주제 양식으로 그것들을 상승시켰다. 자신의 원초적 신체를 희생양적 기독의 이미지로 만들어냄으로써 그는 기독교적 모티프를 차용하고 전도시켰다. 그리고 니체의 '안티 크리스트'적 어법을 전도시켜 자신의 초인적 기독을 만들어냈다. 그렇게 해서 그의 여러 작품들을 통해 그 초인적 기독 이야기를 변주했다. 세상의 황무지에 자신의 모든 것을 증여하며 자신을 모두 소모시키고 죽음으로 나아가는 초인의 기독적 이미지를 그는 다양하게 펼쳐놓은 것이다. 이상의 이러한 작업은 어디에서도 볼 수 없는 것이며 그만이 이룩한 독창적인 것이다.

비교에 충실한 연구자들은 이러한 이상의 독창성을 발견하지 못했다. 그들은 단지 서구의 다다이즘이나 초현실주의와 비슷한 것들을 추적하고 정리하는데 능숙한 문헌주의자이며 비교 대조만을 업으로 삼는 기술자들에 불과하다. 이상이 다다이즘 양식, 초현실주의 기법을 다양하게 자신의 작품에 적용하고 응용한 것은 사실이다. 그러나 그것은 글을 쓰는데 필요한 패션적 양식일 뿐이다. 그러한 패션이 곧 거기 담긴 내용이나 그가 탐구하는 사상을 말해주는 것은 아니다. 그 패션 안에 담긴 내용물이 중요하다. 거기에는 시인의 사유가 담겨 있고, 그 자신의 생의 고뇌와 세계에 대한 그의 생각이 담겨 있다. 우리는 이상의 고뇌, 그의 문학적 삶, 그의 희망과 절망, 그가 탐구한 특정한 주제의 전개 양상 등을 알아내야 한다. 문학의 사조적 패션을 아는 것이 그의 생각을 아는 것은 아니다. 문학적 표현양식을 넘어서 그

그림 6 '일제강점기' 총독부와 그 앞의 광화문대로

박태원은 「소설가 구보씨의 일일」에서 구보를 통해 자신의 시대를 '총독부 병원 시대'라고 규정한다. 총독부 건물은 1926년에 지어진 것인데 그 앞의 광화문을 헐고 그 앞으로 뻗어 있는 육조거리를 없애버렸다. 이렇게 일본제국은 자신들이 점령한 조선의 중심적인 정치적 상징물들을 지워버렸다. 광화문통은 그렇게 해서 식민지 전체를 통치하는 행정기관인 총독부로 모든 길이 통합되고 이곳으로부터 모든 명령이 하달되는 상징적 도로가 되었다. 구보가 자신의 시대를 '총독부 병원 시대'라고 한 것은 이러한 총독부의 통치가 곧 세상을 병원처럼 관장하는 일이며, 그렇게 통치된 신민(시민)은 모두 그 병원의 환자일 것이라는 이야기를 내포하고 있다. 구보는 자신의 개인적인 병에 대한 이야기를 하면서 이러한 불온한 담론을 슬쩍 끼워 넣은 것인데 검열 때문에 이 주제를 본격적으로 전면화시킬 수 없었을 것이다. 그러나 이 숨어 있는 주제가 그의 진짜 주제이다. 구보가 소설의 마지막 부분에서 세상 사람들의 삶을 모두 일종의 광기로 보는 것은 이러한 관점을 반영한 것이다.

이상은 이 소설의 서두 삽화에 구보의 파라솔을 그려 넣었다. 접힌 우산과 펼쳐진 우산 그리고 단장이 하나의 파라솔 이미지 속에 통합된 것이다. 이 구보의 파라솔은 산책자의 도구이지만 상징적 차원에서는 병과 광기의 거리에서 자신의 자연적 신체(필자가 '신체악기'로 개념화한)를 보호하고 구제하려는 기호였다.

안에서 작동되는 생각을 알아야 한다.

이상의 문학 전반에 등장하는 진정한 주인공은 그러한 '생각' 너머에 있다. 그것은 바로 자연적인 상태의 '몸'(신체)이다. 「지도의 암실」같은 소설에서 이상은 이 주제를 전면화했다. 모든 생명을 뜨겁게 달궈 활동하게 하는 태양이 세계 위에 떠서 모든 것을 비춘다. 이러한 태양에 조명된 몸에 대해 이상은 첫 번째 시 「이상한 가역반응」과 초기소설인 「지도의 암실」에서 말했다. 몸의 사유와 그것의 표현인 말과 문자는 그림자처럼 나타난다. 그의 태양이 '몸'을 비춰서 나타나게 된 '그림자'는 신체의 표현적 활동이다. 이상의 문학은 한마디로 말한다면 자신의 태양 사상을 펼쳐가는 '몸'과 '그림자'의 드라마이다. 그림자들은 '거울계'에서 활동한다. 그것은 '몸'의 예술적 사상적 전위부대이다.

구인회 파라솔파의 가장 선배격이 되는 정지용에 대해서도 우리는 지금까지 익히 알려진 모더니스트 정지용과 전혀 다른 모습을 보여줄 수 있다. 이미 잘 알려진 정지용의 감각주의나 카톨리시즘 그리고 후기 시편들의 동양주의 바깥에 우리의 본격적인 논의 주제가 있다. 거기에는 의외에도 '육체'라는 것이 자리잡고 있다. 그것은 기존 연구자들이 주목했던 '감각주의'와 카톨리시즘, 동양주의 같은 것들을 관통하며 정지용의 모든 작품에 지속적으로 존재했던 유일한 주제였다.

그는 '감각주의'적이지만 단지 감각적 이미지만을 보여주려 노력한 기법주의자가 아니다. 그가 추구한 것은 '감각의 밀도'였고 그것의 강렬도였다. 그러한 것들의 상승만이 존재와 삶을 상승시키는 것이 된다. 지용이 감각주의로 유명한 것은 사실이다. 그러나 그것은 그러한 감각을 발동시키는 육체에 대한 관심의 결과물이었다. 그의 시 중 첫 번째로 발표된 「카페 프란스」의 주인공 '뼛쩍 마른놈'이 그러한 육체성을 인격화한 대표적인 예이다. 그가 이 시에서 여러 가지 이국적 패션들을 제쳐놓고, 아무 패션도 걸치지 않은 '뼛쩍 마른 몸'을 부각시킨 것이 주목되어야 한다. 뼈쩍 말라 뼈만 남게 된 모습으로 나타난 '골편인'이 「피리」에서는 '뼈피리'로 변주된다. 이러한 황량하게 말라붙은 육체의 모습은 인간의 본래적 자연성이 붕괴된 것이며, 원초적 육체가 근대 시스템 속에서 억압되고 메말라버린 것이었다. 원초적 육체의 황량함을 표현한 것은 그렇게 만들어버린 근대적 세계에 대한 비판을 역으로 표현한 것이다.

이상의 여러 작품에 출현하는 '골편인'의 주제가 이러한 정지용의 주제를 계승하고 있다. 이상은 「얼마 안되는 변해」에서 주인공 '그'의 신체를 '골편'적 이미지로 표현했다. 이상 역시 식민지 근대 풍경을 황량한 묘지로 파악했고, 그 속에서 뼈만 남은 것 같은 신체 풍경을 '골편'적 형상으로 보았던 것이다. 그가 거기에만 머물렀으면 정지용의 아류가 되었을 것이다. 그러나 그는 인류 역사 전체를 소급하여 운동하는 역동적인 조감도 속에서 '골편적 신체'를 포착했다. 그리고 식민지 권력의 억압적이고 위계적 풍경을 제국의 종교적 풍경과 중첩시켰다. 묘지의 풍경 중심부에 이들이 있으며, 이들에 의해 세상은 묘지적 풍경이 된다.

「황」 연작에서 이상은 이 억압적 세력들의 대표자를 나시(NASHI)라고 지칭했다. 인간의 원초적 신체를 상징하는 '황(獚)'이란 '개 인간'이 태고 이래 그들에 의해 철조망과 철창에 갇혀 있음을 논했다. 골편인은 이러한 자연신체의 현대적 이미지이다. 골편인은 원초적 신체를 억압해온 인류 전체의 조감도를 품고 있다. 이것은 호모나투라(homo-natura)적 자연신체의 관점에서 인류 역사 전체를 비판하고 그 역사를 초극하려 했던 니체의 사유와 닮아있다.

나는 이상과 정지용이 공유했던 '골편인'의 주제와 그것에 포함된 '육체성 탐구'에 주목하고 거기 담겨 있는 역사 비판 이야기를 여러분에게 들려주려 한다. 그리고 그들이 놀랍게도 육체의 새로운 개념으로 '신체'와 '악기'를 결합한 '신체악기'를 제시했다는 것에 대해서 말하고자 한다. 즉 이들은 음악적 신체의 주제를 자신들의 작품 창조 중심에 놓았다는 것, 그리고 그것이 그 어디에서도 다루지 않은 전위적 사유였다는 것을 밝혀보고자 하는 것이다. 이 문제야말로 내가 다루는 파라솔파 예술사상의 핵심적인 주제에 속한다. 지금까지의 어떤 사조적 연구도 이 핵심적인 주제에 도달하지 못했다. 즉, 외래적 사조와의 비교연구자들은 이러한 독자성(독창성이기도 한)의 지대를 밝힐 수 있는 고유한 시야의 불빛을 마련할 수 없었던 것이다. 이 주제와 관련된 파라솔파의 작품들은 신체와 육체성 문제를 당시는 물론 그 이후 지금까지 예술 사상사 전체 속에 놓고 보아도 거의 넘볼 수 없을 정도의 대단한 성취를 보여준 것이었다. 그러나 지금까지 이 '대단한 성취'는 아쉽게도 발견되지 못한 미지의 영역으로 우리에게 남아있었다.

정지용의 초기 시편인 「태극선에 날리는 꿈」(1927. 8)은 아이의 동화적 꿈 이야기이다. 그 아이는 '나'의 품안에서 잠자고 있고 꿈을 꾸고 있다. 꿈에서 '아이'는 별에서 별로 다리 긴 거인처럼 옮겨 다니며, 나비를 좇아 아찔한 낭떠러지 절벽가를 내닫는다. 이것은 아이를 매개로 한 시인의 꿈이다. '아이'는 '나'의 원초적 존재이다. 거인처럼 별에서 별로 건너다니는 초인적 꿈의 동화를 '태극선'과 결합시킴으로써 정지용은 니체적 초인사상을 개성화 토착화시켰다.

1920년대 초에 니체적 초인은 이 땅의 천도교 일파인 개벽파 사상가들에 의해 개벽의 신세계를 꿈꾸는, 천지(天地)를 품은 신인간 개념과 호환될 수 있는 것으로 생각되었다. 정지용의 '태극선'이 이러한 사상적 조류를 염두에 두었는지는 알 수 없다. 그의 삼태극 부채는 단순히 소재로만 등장한 것이 아닐 것이다. 그것은 잠든 아이의 초인적 꿈을 부채질해주는 삼태극 사상을 가리키는 기호로 해석하는 것이 바람직해 보인다. 아이의 꿈속에서 동화적 초인은 우리 풍속에서 오래 전승된 삼태극의 우주적 형이상학의 바람을 받고 더 가볍게 날아다니며 자신을 상승시킬 수 있을 것이다.

정지용은 나비를 쫓는 절벽의 질주를 중기 시편인 「유선애상」(1936. 3)에서 다시 한번 등장시켰다. 이 시에서 '신체악기' 개념이 전면화 되었다. 수많은 연구들이 이 난해한 시를 풀기 위해 나섰다. 그들은 사람들이 거리에서 몰고 다니는 '산뜻한 신사'라는 수수께끼 같은 구절에 도전했다. 그러나 대개 그 시적 이미지에 대한 현실적인 대응물을 찾는데 급급했다. 거리에서 '몰고 다닐 수 있을' 만한 것인 자동차, 자전거 등이 주로 거론되었다.

시의 사유와 상상이 빚어낸 이미지와 언어의 깊은 곳에 일상 현실의 사물들을 자리잡게 하는 것은 어리석은 일이다. 산문적인 글에서도 가장 일차적인 지시적 언어들만이 그러한 임무를 갖고 있다. 시적인 사유가 발동되는 시적 언어와 문장은 대개는 그러한 산문적 관점을 역전시킨다. 거리에서 몰고 다니는 것을 산문적으로 바라보는 사람들은 자동차를 볼 것이다. 그러나 시를 잘 읽어보면 그러한 산문적 관점에 대한 역전을 알아챌 수 있다. 정지용이 이 시에서 말하고자 한 것은 사람들이 거리에서 자동차처럼 몰고 다니는 자신들의 '신체'에 대한 것이었다. 그 '신체'는 시의 화자인 '나'의 것이기도 하고 거리의 사람들 모두의 것이기도 하다. 이 '신체'가 이 시의 실제 숨겨진 원관념이다. 그는 거의 비슷한 시기에 쓴 수필 「아스팔트」에서도 이와 비슷한 이야기를 시적으로 진술했다. 거기서 자신의 발이 아스팔트 위에서 '타이아'처럼 굴러간다고 했던 것이다. '발'이 타이어라면 '몸'은 자동차가 될 것이다. 물론 이러한 그의 시적 기교나 기법을 풀어내는 것이 중요한 일은 아니다. 그러한 시적 기법 속에서 그가 탐구하는 육체성, 자연적 신체의 문제가 주목되어야 한다. 과연 그 신체는 식민지 근대 도시 거리의 풍경 속에서 어떤 모습으로 나타나는 것일까? 원초적 활기가 억압되고 훼손된 그것을 과연 '구제'할 수 있는 것인가? 이런 물음이 그 시에서는 더 중요하게 자리잡고 있다.

3

흥미로운 것은 이 「유선애상」이 구인회 동인지 『시와소설』(1936. 3)에 발표되었을 때 거기 실린 다른 동인들의 시, 즉 이상의 「가외가전(街外街傳)」 김기림의 「제야(除夜)」 등도 똑같이 '거리의 신체'를 주제로 하고 있었다는 사실이다. 이것은 우연한 일이 아니다. 이 동인지를 내기까지 그들에게는 2년여의 기간이 있었고 그동안 구인회 동인이란 그룹이 결성된다. 그렇게 되기까지 서로 간의 교제와 담화, 문학 예술 철학 사상에 대한 다양한 논쟁과 토론 등이 있었을 것이다. 그들은 어떤 공통적인 경향 때문에 하나의 무리가 되었고, 서로 간의 담화와 논쟁, 토론 속에서 더 강렬하게 만들어진 하나의 예술 사상적 초점이 마련되었으며, 그 결과물이 『시와소설』에 발표되었을 것이다. 놀랍게도 여기 함께 실린 박태원의 소설 「방란장 주인」 역시 '거리의 신체'라는 주제를 다른 방식으로 공유하고 있다. '방란장'이란 예술가 다방에 모여든 일군의 아마추어 예술가들에 대한 이야기이다. 그는 '별무리'를 이룬 예술가라는 의미로 '성군(星群)중의 하나'란 부제를 제목 밑에 달았다. 그리고 후속 작품인 「성군」이 이 부제를 제목으로 올려놓고 있으며, 여기에서 '거리를 질주하는 예술가'란 주제를 선명하게 내세운다. 소설 속에 등장하는 한 아마추어 소설가를 사로잡은 주제는 '거리에서 누가 앞장을 설 것인가'라는 문제였다. 이것은 동인의 선배격인 정지용의 「카페 프란스」를 연상케 하는 주제이기도 하다. 질주하는 자들 중 '누가 앞장을 설 것인가?'라고 정지용은 자신의 초기 시 「카페 프란스」에서 물었었다. 그리고는 '뻣쩍 마른놈'을 앞장세워 그 물음에 대답했다. 이상의 '골편인' 주제와 연관되기도 하는 이 뼈만 남은 존재가 거기서 최초로 선보였다. 이 '골편인'이 당대의 유행 사조들과 관련된 여러 예술적 패션들보다 앞서서 나아간다.

> 이놈은 루바쉬카
> 또 한놈은 보헤미안 넥타이
> 뻣쩍 마른 놈이 압장을 섰다.

「카페 프란스」 2연

아마 이들 동인 중에 누가 예술 사상적으로 가장 전위적 존재가 될 것인가, 라고 묻는다면 그것은 이들 사이에 치열한 경쟁을 상정해야 하리라. 그러나 그것은 서로 간에 암중모색적인 것이어서 표면적으로 '누가 우리의 대장이야'라는 말은 절대 할 수 없으며 해서도 안 될 것이었다. 그러한 것은 나중에 서서히 밝혀지게 될 것이었다.

그러나 이 물음은 동인 차원에서 벌어지는 경쟁의 장에서만 의미를 갖는 것이 아니었다. 그것은 그들이 탐구하는 예술 사상적 주제의 차원에서 던져진 것이기도 했다. 여러 예술 사상의 패션들이 유행처럼 몰려오지만 그러한 것들을 앞장세울 수는 없다는 것이 이들의 결론이다. 이러한 결론은 이들의 선배격인 정지용이 이미 1920년대 중반에 내비친 것이다. 「해협」[6]에서 휘황한 광채를 머리에 두른 시인의 초상을 현해탄 밤바다 위에 띄운 정지용을 구인회의 유일한 선배로 모실 만하다고 거론한 이상 역시 그러한 결론에 일찌감치 도달했을 것이다. 이 '바다의 낭만주의'에서 찬란하게 빛을 발한 광채는 무엇이었던가? 그것은 패션적인 것과는 거리가 멀었다. 왜 정지용은 질주하는 말(馬)을 그 '바다'와 결합시키려 했을까? 자연적 신체의 표상인 '말(馬)'과 그러한 신체의 언어를 시인은 자신의 언어로 삼아야 한다. 말은 어떤 것도 걸치지 않고 자연 그대로 대지를 질주해야 한다. 정지용은 「말」 연작을 통해서 그에 대해 말하려 했다. 이상은 지용의 이 「말」을 매우 좋

---

6   발표시에는 「해협의 오전2시」(『가톨닉청년』 1호. 1933.6)였다. "해협의 오전2시의 고독은 오롯한 원광(圓光)을 쓰다./서러울리 없는 눈물을 소녀처럼 짓다.// 나의 청춘의 나의 조국"이라는 구절을 떠올려보자. 모더니즘 시인 정지용의 '바다의 낭만주의'가 이 시에서 확연하게 출렁인다.
보들레르는 낭만주의 시대의 고상한 시인 상(像)을 무너뜨리는 시 「잃어버린 후광」을 썼다. 자신의 머리에 쓴 원광을 길바닥에 떨어뜨린 시인의 이야기이다. 근대에 들어와서 시인은 땅에 떨어진 이 신성한 빛을 다시 주워 자신의 머리에 두르지 않는다. 그는 세속의 바닥을 돌아다니고 세속적 환락에 취한다. 보들레르의 '인공낙원' 주제는 이러한 세속적 환락 속에서 삶의 의미를 찾아보려는 시도의 하나이다. 니체는 보들레르를 데카당스적 존재로 보았다. 낮은 존재들의 세속적 구원을 탐색했던 벤야민이 「잃어버린 후광」을 찬양했던 것은 무엇 때문이었을까? 이 마르크스주의 문예비평가는 여전히 낮은 계층, 억압받은 자들의 꿈에서 구원의 가능성을 찾아보려 한다. 우리는 1930년대 파라솔파의 '거리의 신체'와 '고지의 사상' '별무리의 사상'을 이러한 데카당스적 유행병에 대립시킬 것이다. 높은 것을 향한 상승의 미학을 우리는 찬미해야 한다. '더 높은 육체'로의 상승이 모든 예술과 사상의 주제가 되어야 한다. 세상의 구원은 그러한 상승적 진화 속에서만 찾아오는 것이다.

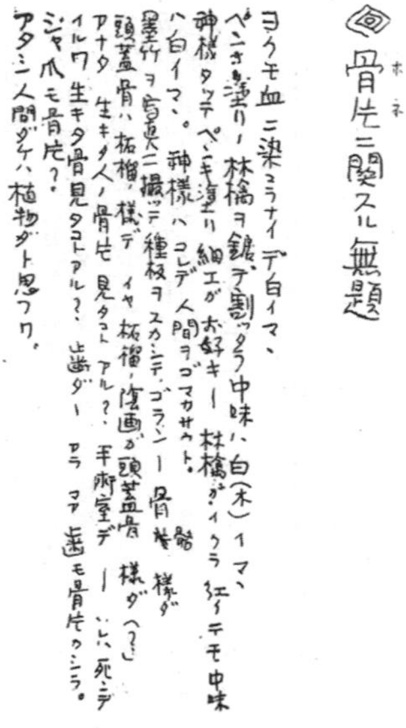

骨片ニ関スル無題

ヨクモ血ニ染ミテナイデ白イマ、
ペンキ塗リノ林檎ヲ鋸デ割ッタラ中味ハ白(木)イマ、
神様ダッテペンキ塗リ細工ガお好キ—林檎ガイクラ紅イデモ中味
ハ白イマ。神様ハコレデ人間ヲゴマカサウト。
墨竹ヲ写真ニ撮ッテ種板ヲスカシテゴラン—骨骼様ダ
頭蓋骨ハ柘榴様デ イヤ柘榴ノ陰画ガ頭蓋骨様ダ(?)
アナタ生キタ人ノ骨片見タコトアル? 手術室デ—ソレハ死ンデ
イルワ 生キタ骨見タコトアル? 歯ダ— アラ マア 歯モ骨片カシラ。
ジャ爪モ骨片?
アタシ人間ダケハ植物ダト思フワ。

그림 7 이상의 「골편에관한무제」(사진첩 시편) 원문
사진첩 시편들은 1933년 2월 정도에 쓰여진 시들로 이루어진 것이다. 그는 생의 마지막 시기를 보낸 동경시절에도 이 시편들을 지니고 다녔으며, 후에 그의 사진첩 덧댄 종이 안에서 이 시편들이 발견되었다. 뼈만 남은 존재인 '골편인' 주제는 1932년 말에 쓰인 「얼마 안되는 변해」에서도 이미 강렬하게 부각된 주제였다. 그는 거기서 나무인간 이미지와 골편인 이미지를 결합시켰다.

아했다.

따라서 '누가 앞장을 설 것인가'라는 물음은 '뺏쩍 마른놈'의 실체에 대한 물음이며, 그것은 「유선애상」의 '연미복 신사'처럼 말끔해 보이는 어떤 존재에 대한 물음이기도 했다. 그것이 어떤 개인을 지칭하는 것이 아님을 나는 오랜 시간이 지나서야 알게 되었다. 이상의 「얼마 안되는 변해」의 '골편인'도 그러했으며, 그가 폐결핵이 심해진 1933년 초 「골편에관한무제」를 썼을 때의 '골편'도 그러했다. 이 골편인은 뼈만 남은 존재의 표상이었고, 그의 다른 작품들에서 '지팡이'로 변주되기도 하는 그러한 존재였다. 그는 골편과 지팡이를 '나무인간'적 이미지로 진화시켜나갔다. 이러한 것들은 자신의 개인적 초상의 일부이기도 했지만, 초개인적 초상이기도 했다. 그것은 자기 자신에 대한 사적인 개인주의적 집착에서 나온 것이 아니라 인류사 전체를 바라보는 광대한 시각의 조감도적 사유에서 나온 것이다.

이상은 초기작 「조감도」 연작시를 그러한 관점에서 썼다. 「2인-1」 「2인-2」가 「조감도」 첫머리에 나오는데 그것은 기독과 알카포네를 주

인공으로 하는 역사 조감도의 2인 무대극이다. 역시 인류 역사 전체를 조감하는 「LE URINE」이 그 뒤에 배치된다. 이 시는 역사가 기록된 책의 공허함을 비판하는 '나'의 조감도적 시선에 대해 노래한다. 초자연적 시선 아래에서 '나'의 ORGANE의 성적 액체가 역사의 황무지 동토(凍土)를 녹이며 흘러간다. 그것은 유동하는 뱀처럼 움직이는데 역사의 동토 속에서 '실과 같은 동화(童話)'의 흐름으로 이어진다. 시의 후반부에서 이 동화적 흐름은 비너스와 마리아를 자신의 동반자로 불러대는 어느 기독적 존재의 여행담으로 전환된다. 만돌린 같은 자신의 신체를 (옷으로) 포장하고 세상을 향해 출발하려는 이 여행담은 역사초극적 기독이 자신을 세상의 구세주로 선포하고 세상에 막 나서려는 풍경으로 마감된다.

그림 8 1920~30년대 시카고 깽패조직 아웃핏의 두목이었던 알 카포네 사진 (출처 : 「연합뉴스」)
알 카포네는 "친절한 말에 총을 더하면, 친절한 말만 할 때보다 더 많은 것을 얻을 수 있다"라는 유명한 말을 남겼다고 한다. 그는 정치계, 재계에 많은 연줄을 갖고 폭력조직을 경영했다. 아마 이상은 돈과 권력을 뒤에서 조종하는 깽패적 폭력을 '알 카포네'를 통해 표현하려 했을 것이다. 인류 역사의 2인 무대극을 주제로 다룬 시 「2인-1」 「2인-2」는 종교적 수장인 기독(예수)과 세속적 폭력의 수장인 알 카포네를 인류 역사 전체를 압축한 우스꽝스런 희극적 무대 위에 주인공으로 올린 것이다. 역사를 주도했던 힘들에 대한 압축적 간략화를 이상은 과감하게 시도했고, 드라마틱하게 정 반대에 놓일 것 같은 두 인물을 하나의 스토리 속에 결합시켰다. 역사의 복잡한 양상과 전개를 그는 이렇게 과감한 압축을 통해 단순화시켰고 그 부정적 특징을 선명하게 드러냈다. 이상이 이 시편들 뒤에 배치한 「LE URINE」의 기독은 이러한 역사 무대극의 주인공들을 전복시키고 역사 전체의 황무지를 뚫고 나갈 존재이다.

　우리는 성경의 스토리를 연상할 수 있다. 새벽닭이 울어댄다. 베드로는 예수를 잡으러 온 관리들 앞에서 그 닭이 울기 전에 자신의 기독을 세 번 부인한다. 이 시의 주인공 역시 자신 속의 베드로를 대면할 수 있다. 이상은 이 성경적 스토리의 후일담을 「골편에관한무제」와 함

께 썼던 「내과」에서 이어갔다. 「내과」에서는 부글부글 끓어오르는 폐에
서 십자가와 함께 기독이 키가 커간다. 십자가의 키가 커지는 것은 자
신이 감당해야 할 희생의 크기가 더 구체화되고 더 가까이 다가옴을
의미한다. 기독의 키도 그 십자가의 키와 함께 커간다. 기독의 성장은
신체의 내면에서 이루어진다. 세상의 문제점들을 자신의 신체 속에 더
광대하게 받아들이면서 그의 기독적 운명은 더 크게 증대될 것이다.

2천 년 역사 전체를 감당해야 할 이러한 무대극의 주인공을 1930년
대를 살아가는 한 개인인 이상 자신이라고 그 누구도 이야기할 수 없
으리라. 이상 자신도 자기가 세상의 구세주라고 내세울 만큼 강심장
도 아니고 그러한 망상에 사로잡힌 과대망상주의자도 아니었다. 옆에
서 그렇게 바라본 사람도 있었겠지만 그렇다고 그의 진실을 본 것은
아니다. 그가 말하고자 했던 것은 자기가 기독이 아니라 자신의 신체
가 기독이라는 것이다. 누구에게나 있는 '자연적 신체'는 인류의 역사
이전부터 있었던 것이고, 역사 전체와 함께 했던 것이다. 그리고 그것
은 역사 시대를 이끌어온 많은 종교 사상, 철학, 논리 등의 관념과 지
식들에 의해 억압되고 질식되어왔다. 그것은 황량해졌으며, 뼈만 남은
묘지의 풍경처럼 되어버린 것이다. 그 신체가 인류의 역사 전체를 꿰뚫
고 가는 진정한 주인공이다. 그러나 그것은 인류 역사 속에서 대상화
되었고 주체의 지위를 잃어버렸다. 이제 '그'를 어떻게 '역사'의 함정 속
에서 구해낼 것인가? 이 주제가 첫 번째로 제시되어야 한다. 이 주제를
한 번 더 전환시키면 이러한 물음이 된다. '그'는 어떻게 자신의 주체적
지위를 되찾을 수 있는가? 그리고 '그를 억압하고 황량하게 만들어버
린 인류 역사는 어떻게 구제할 것인가?' 자연신체는 스스로를 구하기

위해서는 자신을 그렇게 황량하게 만든 '역사'를 구제해야 한다. 그는 다시금 주인의 자리를 찾아내야 하며, 자신을 억압하는 것들에 자신을 증여하며 그것을 구원해야 할 기독의 사명을 스스로 떠안는다. 파라솔파는 바로 이러한 중대한 전환을 만들어냈다. 이것이 바로 진정한 그들의 예술 사상적 주제였고, 바로 그들의 과제였다.

4

이제 『시와소설』에 실린 파라솔파의 시와 소설이 제시한 '누가 앞장을 설 것인가?' 하는 물음이 동인들 중의 한 개인을 지칭하는 것이 아님을 우리는 알 수 있게 되었다. 그것은 인류 역사의 어떤 패션도 걸치지 않은 '자연신체'로서의 '몸'이다. 이미 공유한 이 주제를 그들은 자신들의 작품을 통해 전개한 것이며, 그들 간의 경쟁도 이 주제를 놓고 벌어진 것이다. 나는 이 책에서 이들의 문학에서 주인공 역을 맡은 '신체'를 '신체극장'과 '신체악기'라는 두 가지 개념으로 포착하고 그것을 통해 그들의 문학적 창조 작업에서 탐구하고 성취한 풍경을 보여주고자 한다.

만일 이들이 니체에게서 이 '몸의 사상'을 가져왔다면 그 사상의 진정성과 무게를 측정하기 위해 니체 철학 전반과 조응시켜 보아야 하리라. 이러한 연구는 나름대로 중요하며 충분히 해볼 만한 일이다. 이미 나는 여러 부분에서 그러한 조응을 확인했다. 그 둘의 연관성은 중심적인 기호들, 예를 들어 '태양', '육체', '질주', '아이' 등을 공유하는 것에서 나타나며, 그 단어들의 개념과 의미론적 맥락이 동일하다는 것에서 확증된다.

그러나 이러한 영향 관계 이상의 것에 더 주목해야 한다. 이들만의 독자적 성취가 있으리라는 예상을 해야 하며, 그러한 기대를 충족시킬 만한 성취들이 실제 존재한다. 예술적 창조란 바로 그러한 것이지 않은가? 누군가로부터 영향 받은 것에 머물러 있다면 그러한 예술은 일류가 될 수 없다. 나는 파라솔파의 작품들에서 그러한 일류적 기풍을 느꼈으며, 그것이 무엇인지 알아냈다. 그것은 바로 그들이 창조해낸 '신체악기'와 '신체극장'이다. 이러한 것들은 니체의 호모나투라적 신체 개념을 훨씬 넘어선 것이다. 잠시 그에 관해 이야기해보기로 하자.

'신체악기'는 금욕주의적 신체를 넘어설 수 있게 해주는 신체의 새로운 개념이 된다. 삶은 음악처럼 즐겨야 하는 것이며, 음악처럼 연주되어야 하는 것이다. 비록 니체는 『비극의 탄생』에서 '음악적 사유'란 개념을 제시하기는 했지만, 그의 철학에서 주인공이 되는 '육체' 자체를 음악적 상태로 제시하지는 못했다. 파라솔파는 이러한 면에서 니체의 음악적 사유 개념을 한 단계 더 밀어붙인 셈이 된다. 이들은 니체를 단순히 추종하거나 모방한 것에 그치지 않고 그와 경쟁했으며, 어떤 측면에서는 그를 넘어서버린 것이다.

이들에게 신체기관들은 삶을 연주하는 악기이다. 창백한 수도승이나 학자처럼 자신들의 눈과 귀, 뇌를 관조적으로, 또 기존 진리에 맞춰 창백하게 작동시키는 것은 그러한 '삶의 악기'를 억압하는 일이 된다. 그러한 것들은 이 세계를 지식과 진리체계에 맞게 본래의 육체를 억압하고 금욕적 방식으로 단련시키려 한다. 자신 속에 외부에서 주입된 '인식 체계'를 작동시키고 신체기관들을 거기 복속시키려 한다. 그러한 삶은 세계 그 자체를 사는 것이 아니다.

이러한 니체주의가 '신체악기'의 개념 배경에 깔려 있다. 이상의 시 전반에 이 신체악기 개념이 펼쳐져 있다. 그는 '악기' 개념을 더 밀어붙였으며, 자신의 신체를 연주하여 그의 삶과 관련된 모든 시간공간에 춤추듯 드나드는 전등형 체조[7]의 기술에 대해서도 말했다. '나'의 존재론은 음악적 역동성을 통해 '지금 여기'의 시공간적 한계를 넘어 다채롭게 펼쳐지는 공간시간의 역동성까지 품게 된 것이다. 물질 육체에 집착하는 근현대 철학의 주체와 존재론들이 현존재의 육체적 한계와 감각적 한계에 머물러있는 정태적인 것이었음을 상기해보라. '지금 여기'에 갇힌 실존주의와 실증주의적 철학들이 횡행했다. '지금 여기'로부터 멀리 떨어져있는 광대한 세계와 우주는 불가해하게 멀어졌고, 그로부터 우주와 그로부터 비롯되었을 '나'의 근원에 대한 인식불가능성에서 비롯된 비관주의와 허무주의가 그러한 철학들의 존재론을 어둡게 만들었다.

이상의 신체 개념은 '지금 여기'의 물질 육체에 사로잡힌 생리학과

---

7 1931년 10월에 발표된 일문시 「삼차각설계도」의 5번째 시인 「선에관한각서5」에 나오는 개념이다. "사람은전등형의체조의기술을습득하라,불연이라면사람은과거의나의파편을여하히할 것인가." '전등형'이란 기하학적 개념은 이상이 창안한 것이다. 나는 '삼차각'의 전방위적 집합 개념으로 이 '전등형'을 파악해보았다. '삼차각'은 이 시편 전체의 제목이며, 이상의 핵심적 개념이기도 하다. 변증법적 '정반합'의 개념 반대편에 이 삼차각 개념이 있다. 갈등과 투쟁에 의한 지양적 결합체가 변증법적 삼각형 논리라면 '삼차각'은 조화, 화합, 사랑의 결합체로서의 삼각형 구도를 전제한 것이다. 이것은 그의 문학적 주인공인 '신체악기'의 본질적 구조이자 역학이기도 하다. 모든 자연신체는 구성요소와 기관들의 삼차각적 결합체이다. 사회와 역사는 이러한 삼차각적 특성을 지닌 신체들의 행위와 실천, 이들의 사유체로 구성되어야 한다. 바로 이러한 삼차각적 신체운동이 '역사를 뚫고 나가는 육체'라는 니체의 명제를 실현할 수 있다. 니체의 명제를 이상은 자신의 독자적 개념으로 승화시켰다. 이상은 '전등형적 자아' 개념으로 자신의 모든 과거 현재 미래를 통합적으로 결합하여 사유하고 있다. 직선적인 시간 개념이 붕괴되고, 현존재 안에 서로 다른 시간들이 부르고 대답하며 보들레르의 「조응」처럼 메아리친다. 시간들은 하나의 출렁이는 호수처럼 모인다. 과거의 나의 파편들은 전등형적 자아의 체조(아크로바티)속에서 출렁이며 합쳐진다.

해부학의 근시안적 차원을 넘어선 것이다. 물질 신체는 일종의 그릇이며, 거기 담긴 것은 내밀한 신체였다. 이 신체의 내밀함은 파동처럼 세계와 우주의 떨림을 공유한다. 이 내밀한 파동에 의해 '나'와 세계와 우주는 하나로 연결된다. '지금 여기'라는 한계와 '나'를 뒤덮는 불가해의 장막이 여기서는 문제되지 않는다. 이제 비관주의와 허무주의를 벗어나 광대한 우주와 소통하는 즐거움이 '나'의 존재론을 밝고 빛나게 한다.

나는 이 책의 본문에서 이 내밀한 신체 개념을 이미지화 한 '안개신체'라는 용어를 썼다. 신체는 자신의 감각 작용을 통해 사물과 세계, 세상, 우주 등을 특정한 공간 시간에서 자신 속에 응축된 점들로 받아들인다. 내밀한 신체는 이러한 점들의 집합체이고, 점 매트릭스 세계이며 내밀한 상태의 우주이다. 이상의 시에 나오는 '전등형(全等形) 인간'을 해석하면서 나는 그것을 이 내밀한 안개신체 개념으로 이해하게 되었다. 니체의 자연생리학적 신체 개념에서의 분명한 전환을 여기서 확인할 수 있다. 신체악기는 이 내밀한 안개신체를 통해 연주되는 것이며, 세계와 우주의 점집합체 속에서 자신의 음악을 불러내는 것이 된다. 나는 이상의 전등형적 개념과 연관될 수 있는 그의 '파라솔'이 바로 이 음악적 신체 위에 씌워진 것이라고 생각한다. 그가 「얼마 안되는 변해」에서 비의 음악이 연주되는 거리에서 왜 하필 두 명의 창기(唱妓) 위에 이 파라솔을 씌웠는지 생각해보라. 이상에게 '파라솔'은 '신체악기'의 사상을 표현하는 기호였다. 창기들은 노래부르는 여인들이며, 이상에게 그녀들은 일종의 신체악기의 인격화이다. 번개를 동반한 비의 음악이 파라솔을 두들긴다. 파라솔은 노래하는 여인들인 두 창기의 머리 위에서 하늘에서 쏟아지는 음악을 들려준다.

정지용은 「유선애상」에서 거리를 굴러다니는 신체악기를 자신의 본격적인 주제로 내세웠다. 「카페 프란스」의 주인공인 '뼛쩍 마른놈'의 자리에 사람들이 몰고 다니는 이 신체악기가 자리잡게 된 것이다. 사람들

그림 9 만돌린 사진
"만돌린은저혼자짐을꾸리고지팽이잡은손으로지탱해그자그마한삽짝문을나설라치면"이라는 구절이 「LE URINE」 후반부 끝 부분에 나온다. 자신의 신체 ORGANE의 생식적 흐름이 여기서 음악적 신체의 악기적 표상인 '만돌린'으로 변화되어 있다. 만돌린이 스스로를 포장한다는 것은 바로 자신의 신체를 추스르고, 세상의 거리에 나서기 위한 행차를 준비하는 모습이다. 자신을 검열하는 제국의 경찰인 순사를 이 마지막 행차에 등장시키고 있다. 수탉이 울고 태양이 자신의 행차에 동반해야 하는데 이러한 것들이 이 신새벽에 제대로 작동하지 않고 있다. 초인적 기독의 '신체악기'는 자신의 어둠, 세상의 어둠에 직면해 있다. (위 인용부분은 원문인 일본어를 기존 전집들이 오역한 관계로 새로 번역한 것이다. 이에 대해서는 필자가 펴낸 『꽃속에꽃을피우다 1─이상 시전집』 243쪽 각주 101을 참조하라)

이 마구잡이로 거리에서 몰고 다니며 악기적 본성을 모두 훼손시켜 엉망이 된 그 신체를 과연 본래 상태로 '구제'해 낼 수 있는가 하는 문제를 그는 다뤘다. 그것은 신체의 악기적 본성을 되찾아줄 수 있는가 하는 문제였다. 그러나 그러한 '구제'는 쉽사리 이루어지지 않는다. 도시 거리에서 사람들의 신체는 이미 그 본성을 많이 상실해버렸다. 신체 악기는 조율되지 않은 지 너무 오래되었다. 지금 그것을 매만져 고쳐보려 노력해보지만, 이미 악기는 심각하게 고장난 상태이다. 아무리 그 음악적 본성을 되찾아주려 해보아도 도시 거리를 굴러다닌 악기는 키가 헐거워져 음계가 잘 들어먹지 않는다. 시인의 꿈은 거리에서 굴러다니는 사람들의 신체를 신체악기의 원상태로 복구시켜 보려는 꿈이다.

정지용은 이상의 시에서 난해하게 전개된 신체에 대한 초현실적 이

야기와 이미지들을 훔쳐보게 되지 않았을까? 일류들끼리만 알아보는 그러한 수준을 그는 보았고 상당한 충격을 받았으리라. 그가 받은 충격을 문단의 일급 자리를 차지한 자신의 입으로 어디 발설하지는 못했으리라. 자존심이 그러한 것을 가로막았을 것이다. 그는 시를 써나가는 내밀한 자리에서 그것을 더 강렬히 의식하게 되고, 은밀하게 그것과 경쟁했을 것이다. 자신의 시를 이상의 시들과 겨루며 전진시켜야 했으리라. 「유선애상」이 그러한 첫 번째 결과물이 아닐까? 이 시에서 그는 신체악기의 주제를 안개 속의 풍경처럼 보일 듯 말 듯 내비쳤다. 그것을 전면적으로 내세워 격렬하게 다루기보다는 수줍게 뒤로 숨어서 그 렇게 했던 것이다. 그것을 전면에 부각시키려 했다면 다른 동인들과의 치열한 경쟁 속에서, 그들을 압도할 자신감을 준비해야 했으리라. 그러나 정지용은 그렇게 하지 않았다. 그가 그렇게 도전적으로 나왔다면 어떠했을까? 이상과의 대결에서 어떤 패배감이나 좌절감 같은 것을 어느 정도는 예상해야 하지 않았을까?

「가외가전」으로 자신만만하게, 자신의 난해하고 휘황찬란한 아크로바티(Acrobatie)를 보여준 이상의 옆에서 지용은 신체악기의 주제를 난해한 기법과 능란한 어법 뒤로 살짝 숨겼다. 그러한 기법들 속에 감쌌다. 그에 반해 이상은 신체악기의 파열음을 전면화시켰고, 극적인 초현실적 드라마로 '몸'과 관련된 자신의 주제를 부각시켰다. 그것은 신체의 기관들이 도시거리와 역사의 여러 풍경과 결합되어 소리치고 부딪히며 솟구치는 아크로바티의 드라마이다. 이 아크로바티의 드라마는 거리의 소음에 마멸되는 '몸'이 주인공이다. 시의 첫 행에 '몸'은 주어로 드러난다.

이상은 이 시에서 거리의 삶, 나아가서 여러 거리, 거리밖거리(가외가)의 무대로 꾸며진 인류 역사의 여러 화폭들을 준비했다. 그것은 여러 층단(層段)을 갖는 위계적인 오선지 악보의 육교(陸橋)들로 구성된 것이다. 그 육교들에서 다양한 음계를 갖는 그림자들의 경연(競演)이 벌어진다. 거리의 삶이 쏟아낸 소음과 신체의 음악적 삶이 뒤섞인 여러 지대들을 거기서 본다. 이상 문학의 주인공인 '몸'은 거리와 거리들의 중첩으로 이루어진 이 여러 층단의 위계적인 악보의 계단들을 곡예하며 가로질러 간다. 거리와 역사의 아우성치는 소음들을 위세 좋게 눌러버린 번개 속에서 최상의 아크로바티 춤이 연

그림 10 Marc Chagall, *Acrobat with Violin*, 1924
샤갈이 그리는 아크로바티는 신체의 영역이 거대하게 확장된 한 거인적 존재가 펼치는 기이한 곡예술이다. 이 초인적 존재는 머리에 뿔이 달린 동물인간의 곡예술이 벌어지는 맨 아래쪽 지평에 바이올린 인간을 세워놓고 그 위에 한쪽 발을 얹어놓고 있다. 다른 쪽 발은 새 인간의 머리처럼 생긴 것 위에 디딜 듯 얹혀 있다. 하반신 아래 두 다리는 X 자로 꼬여 있고 그 위에 허공에 떠 있는 듯이 상반신이 그려져 있다. 그의 한쪽 팔에는 몸을 뒤로 젖히는 곡예술을 하는 한 소년이 걸쳐 있다. 그 아래 더 작은 아이 같은 존재가 허공에 떠 있다. 샤갈은 마치 곡예술의 여러 다른 차원들을 하나로 통합한 듯한 거인적 존재의 아크로바티를 그린 것 같다. 파라솔파의 시 중에서 이상의 「가외가전」이 이러한 샤갈의 아크로바티와 대비될 만 하다. 이상은 그 시에서 거리와 '가외가'에 걸친 역사적 삶의 곡예술들을 가로질러 가장 꼭대기까지 올라간 아크로바티를 보여주었다. 그것은 초인적 존재만이 도달할 수 있는 것이었다.

주된다. 신체의 음악인 그 춤은 그의 책상 위에서 세상의 모든 규격화된 서류들을 날려버리는 글쓰기가 된다. 이상은 이렇게 신체악기의 아크로바티를 극적으로 표현했다. 그것이 거리들이 쏟아내는 소음들의

변주곡을 뚫고 여러 육교들의 '가외가' 위로 솟구치게 했다.

정지용은 이 난해한 시 안에 감춰진 신체악기의 기이한 극적인 스토리를 간파했을까? 그는 과연 어떤 충격을 받았을까? 그리하여 그 이후 더 강렬하게 자신의 주제를 밀어붙여야 하지 않았을까? 그는 「명모」(후에 '파라솔'로 제목을 바꾼)에서 이전의 조율되지 않은 신체악기 이야기로부터 더 상승된 이야기로 성급히 나서야 하지 않았을까? 이러한 심리적 풍경들을 그의 시들 뒤로 던져보면서 우리는 정지용의 시적 발전의 궤적을 추적해볼 수 있다. 그는 「유선애상」 이후 '육체'의 문제에 유달리 집착했다. 비슷한 시기에 수필 「수수어」 연작을 썼다. 거기서 그는 육체의 주제를 다양한 방면에서 이야기하고 탐구해나갔다. 그가 왜 그렇게 할 수밖에 없었는지 그 배경을 우리는 어느 정도 짐작해볼 수 있다. 그는 분명 후배 시인 이상이 혁신적으로 보여준 신체악기의 주제에 압도되었을지 모른다. 그는 이상과 겨루며 그 주제를 자신의 품속에서 키워내야 했을 것이다. 그를 품어준 카톨릭 신앙의 관점에서는 이교도적인 주제이기도 했을 그것을 위해 그는 자신에게 알맞은 자리를 찾아내야 했다. 그렇게 해서 그는 「수수어」 연작의 하나이기도 한 「슬픈 우상」을 쓰게 되었던 것이다. 인간 육체에 대한 슬프고도 아름다운 찬미가가 성경의 아가적 문체로 화려하게 전개된다. 그의 '육체'는 숭고하고 신비롭게 펼쳐진다. 불가해한 미지의 바다가 아스라이 펼쳐진 해안가에서 시인은 '신체 대지'의 불가사의한 경계를 헤매게 된다. 지용은 미지의 해안에 그 일부가 잠긴 대륙과도 같은 '신체'의 풍경을 그렸다. 아마 지용은 이 시를 통해 이상의 초현실적이고 그로테스크한 신체와 대결할만한 것을 성취했다고 여겼을지 모른다.

내가 '파라솔파'라고 이들을 지칭하게 된 배경이 이러한 것들과 연관된다. '파라솔'이란 단어에는 신체악기에 대한 이들의 열기 어린 탐구와 경쟁이 숨어 있다. 김기림은 이 단어를 중심에 놓지는 않았지만 그 역시 여기 합류시킬 수 있다. 그는 '바다의 마성의 정열'을 사랑했고, 그 물결의 노래와 춤을 사랑했다. 그는 거기에 '바다의 파랑치마'라는 이미지를 주었다. 나는 그것을 김기림의 '파라솔' 기호라고 생각한다. 그 역시『시와소설』에서 광화문 거리를 몰려다니는 사람들의 신체를 주제로 다뤘고, 거기에 구두와 모자의 패션을 씌워주었다. 그것들은 거리의 신체가 입고 있는 당대의 패션들이다. 아직 그는 광화문 십자로 거리에서 '태양의 풍속'과 '바다의 파랑치마'를 발견하지 못했다. 그 거리의 신체들이 착용한 구두와 모자 패션들은 거리에서 이루어지는 삶의 곡예술적 단계를 넘어서지 못한 것들이다. 신체의 아크로바티는 그러한 '삶의 곡예술' 차원 위(바깥)에서 벌어지는 것이다.

5

『시와소설』에 제출된 세 편의 시는 기이하게도 신체의 곡예술의 세 차원을 가리키고 있다. 김기림의「제야」가 제일 낮은 단계를 보여준다. 광화문 십자로의 길에서 경성의 삶은 당시 세계의 시사적 정치경제적 사건들을 반영하면서 끓어오른다. 시인은 자신의 시민적 삶의 곡예술을 이 거리에서 펼친다. 이 시를 보면 피카소 그림에 나오는 피곤에 지친 곡예사들의 얼굴과 몸이 떠오른다. 릴케도 자신의「두이노의 비가」한 구절에서 이 피카소의 곡예사 그림을 떠올렸다. 김기림의 꿈은 시민적 삶에 안주하는 것이 아니라「금붕어」에서 노래한 것처럼 상어에게 쫓겨 다니기도 하는 심해에서의 야생적 삶이다. 그러한 삶을 향한 사자의 절규가 그의 내면에서 솟구친다.

「유선애상」은 이러한 삶의 곡예술 위(바깥)의 차원에서 벌어지는 예술적 곡예술을 주제로 삼았다. 신체악기를 조율하며 세련되게 훈련시키는 것은 세상의 무대에 내보내기 위한 것이다. 그러나 이러한 예술적 곡예술이 거리에서 벌어지는 힘겨운 곡예적 삶보다 상승된 것이기는 하지만 신체의 자연적 본성에 맞는 것은 아니다. 어쩌면 이 연습과 훈련의 실패는 예정된 것이다. 자신의 본성과 맞지 않는 훈련을 못견디며 '춘천 삼 백리를 냅다 뽑는' 신체악기의 탈주는 강물의 흐름과 함께 하며 낭떠러지 길을 내닫는다. 그것은 자신의 자연적 본성을 드러낸 것이다. 이 질주의 풍경은 절벽가를 내달리는 존재의 눈에 한 쌍의 나비처럼 날라 들어온다. 그것은 풍경의 시각적 연주처럼 보인다. 신체의 질주를 지용은 절묘하게 풍경의 질주로 바꿔치기했다. 이러한 절묘한 전도는 그만이 선보일 수 있는 놀라운 경지이다. 그러나 이러한 질주는 까마득한 낭떠러지 위에 아슬아슬하게 걸쳐있는 벼룻길을 내달리는 위험한 일이다. 이 세상의 위험한 변두리 경계를 달리다 삶의 낭떠러지로 추락할 수 있는 광기의 지대이기도 하다. 예술은 세상과 대결하면서 광기로 탈주한다. 결국 광기의 길은 삶의 바닥으로 추락한다.

「가외가전」은 거리의 소음에 마멸되는 '몸'을 '산반알'에 비유했다. 그로써 먹고사는 문제로 싸우는 거리의 삶을 다뤘고, 그러한 삶에서 상승하는 문제를 다뤘다. 이 산반알이 사실은 경제적 이해타산만이 아니라 인간 삶의 거의 모든 영역에까지 침투해 있다는 것을 이 시는 다룬다. 거리의 소음을 가리키는 단어 '훤조(喧噪)'에는 여러 개의 입(口)이 있고 그것들이 시끄럽게 떠들고 있기 때문에 그 소음 속에서 '몸'은 마멸된다. '몸'은 이러한 시끄러운 입(口)들에서 쏟아지는 소음들의 난장판을 통과한다. 이러한 난장판들은 세계 역사의 경제, 정치, 문화, 사상 전 분야에 파고들어 있다. 결국 이러한 난장판을 넘어서기 위해 입 안의 날카로운 신단(身端)인 혀와 그것의 춤인 말을 어떻게 연주해야 하는가 하는 문제가 제기된다. 거리에서 솟구쳐오르는 '몸'의 아크로바티는 몸의 한 극점에서 연주되는 '혀의 춤'을 포함한다. 삶과 사상과 예술 등의 육교들이 여러 층단의 위계로 놓여 있는 것이 세상이다. '몸'은 어떤 육교 위에 올라서든 그로부터 상승해야 하며, 자신의 삶이 안주할 만한 편안한 대륙을 꿈꾸듯 내려다보아야 한다. 이미 많은 그림자들이 이 다양한 위계의 육교 위 한 자리를 차지하고 앉아 있다. 거기 어떤 거대한 그림자가 내비치면 조무래기 그림자들은 그 밑에 복속하듯 주저앉는다. 이것이 그림자들의 위계적 풍경이다. 「가외가전」은 삶과 예술 그 이외의 많은 분야를 수렴시킨 육교의 풍경들을 마련했다. 그리고 그 전체를 내려다볼 조감도의 자리를 마련한다. 이상은 여러 층단의 꼭대기까지 치솟는 '몸'의 아크로바티를 보여준다.

이렇게 세 시인은 각자 자신의 시를 통해 세 차원의 '몸'의 곡예술을 제시했다. 이러한 것이 그들끼리 의논해서 정해진 것인지 아니면 그들이 서로 경쟁하며 도달한 자신들의 최대치인지 나로서는 알 수 없다. 아마 후자가 진실에 더 가까울 것이다. 아무튼 파라솔파는 이로써 자신들의 주제를 명확히 했다. 그러나 아쉽게도 그들 주변과 문단에서는 이러한 주제를 알지 못했고, 그러한 것을 탐구하고 경쟁했던 파라솔파의 시적 경주를 아무도 알아채지 못했다. 주변에 알려지지 않은 그들만의 심각함이었고, 그들만의 경주가 되어버린 것이다. 그래도 이들은 그 뒤로도 각자 자신들의 독자적인 '몸'의 사상에 대한 탐구를 이어갔다.

그러나 동인들이 흩어지거나 죽으면서 이 주제에 대한 공동적 탐색과 경주가 좌절됐다. 『시와소설』이 발간된 그다음 해인 1937년 이상은 동경에서 죽었다. 김기림은 일본 동북제대에서 유학 중이었고, 정지용만 경성에 남아 고독하게 파라솔파의 주제를 발전시켜나갔다. 침묵이 이들을 휩쌌다. 이상의 죽음 이후 지용은 「슬픈 우상」을 썼다. 육체에 대한 자신의 궁극적 개념인 '육체의 피안'이라고 할 만한 것을 노래했다. 그가 「유선애상」에서 탐색했던 신체악기의 주제는 좌절된 것이 아니라 더 심오한 수준으로 발전되었음이 확인된다.

식민지 말 암흑기의 추위와 고독 속에서 그는 이 주제를 더 진행시켰다. 1941년에 발표된 금강산 시편들이 그러한 것들이다. 「나븨」를 그는 썼는데 이 시의 주제는 비로봉 등정을 앞둔 산장의 밤 창에 붙은 날개 찢긴 나비에 대한 이야기이다. 비로봉 절정을 거쳐온 듯한 나비는 날개가 찢어진 채 환상적 화폭처럼 유리창에 붙어있다. 자연의 절정을 호흡하는 이 가냘픈 예술적 존재의 등정과 하강은 고난한 여정을 보여준다. 그것을 바라보는 시인은 자신의 운명을 거기서 예감했을지 모른다. 비로봉 정상을 등정하기 위해서는 아직 하룻밤의 휴식이 필요하다. 식민지적 삶의 모든 속박에서 벗어나 '시키지 않는 일'을 하고 싶어서 산장에 방치된 등의 등피를 닦고 심지를 돋운다. 물푸레 나무로 난로불을 피우며 어렴풋한 황혼의 빛 아래 드러난 아슬한 등정길을 바라보기도 한다.

지용에게 절정이란 「백록담」에서 노래했듯이 '신체의 꽃'을 모두 소모시켜서야 비로소 도달할 수 있는 경지이다. 뻐꾹채 꽃을 그는 한라산 등정길에 동반했으며, 고도가 올라갈수록 그 꽃의 키가 졸아드는 것을 보았다. 절정을 향한 등정길에는 신체의 수고로움과 고통과 고난이 따른다. 그러나 이러한 상승하는 신체는 아름다운 것이다. 그것을 지용은 꽃에 비유했다. 절정에 올랐을 때 소모된 신체는 백록담의 하늘과 물과 별과 꽃들의 양탄자 위에 드러눕고 그것들을 마시며 새로운 차원에서 회복된다.

지용은 식민지 마지막 시편들에서 그 이전에 탐색했던 신체악기의 주제를 절정의 차원에서 새롭게 진전시켰다. 이 눈부신 성취들은 흔히 동양주의로 오해되었다. 그 이전 시편들 상당수가 카톨리시즘으로 오해되는 것과 마찬가지이다. 이러한 교양주의적 환원에서 연구자들은 여전히 자유롭지 못하다. 파라솔파의 진정한 주제는 이러한 교양주의의 장막에 가려져 있다. 이들의 작업이 사라지고 해체된 이후 오래 지난 현재에서조차 그것은 미지의 영역으로 남아있게 된 것이다.

6

이 '신체(몸)' 주제들이 파라솔파 동인들의 작품에 어떠한 양상으로 나타나고 어떤 수준에 도달했는지 탐구해온 나의 연구, 나의 책은 성과를 얻기까지 많은 시간을 소모했다. 그렇게 해서 발견된 결과는 대단한 것이라고 해도 좋을 것 같다. 우리는 이들을 새롭게 '발견'한 것이라고 할 수 있고, 그 '발견 항목'인 신체악기나 신체극장의 개념은 문학적 성취 이상의 것이다.

흔히 이들의 모임을 당시 계급주의 문학으로 위세를 떨쳤던 카프(KAPF)에 대한 대타항적인 정도로 파악해왔다. 그러나 이들을 미적 근대주의자 정도로 오도하는 식의 상식적인 이해와 평가들을 이 '발견'이 단번에 무너뜨리게 될 것이다. 왜냐하면 이들의 '육체'(신체)의 주제는 카프 문예운동의 중심에 놓인 '노동자' 개념을 떠받치는 '노동하는 육체' 즉 '재화를 생산하는 육체'를 사회구조적 한계 속에서만 파악된 육체로 비판할 수 있게 해주기 때문이다. 즉 맑스주의적 육체 개념은 한계성을 갖는 것이다. 그것은 육체의 자연성을 사회구조적 관점 속에 갇히게 하여 그것의 본성을 착취한다. '몸'의 해방과 진정한 자유는 그것의 본성적 자연을 회복하는 일이다. 파라솔파는 바로 이러한 '몸의 자연'을 향해 나아갔고, 그것의 진정한 자유와 해방의 길을 탐색했다.

이들은 육체의 밀도에 관심을 가졌고, 그것을 통해 그것의 다양한 층위를 탐구했다. 궁극적으로 그들은 육체의 미지의 차원인 육체의 피안을 탐구했다. 이러한 새로운 혁신적 육체 개념은 카프의 '노동하는 육체'의 토대적 가치를 부정한다. 상부구조를 결정짓는 경제적 토대는 노동하는 육체의 경제활동에 의해 구축된다. 그러나 육체는 단순히 그러한 경제적 생산 체계에 의해 그 성격과 가치가 부여되는 것이 아니다. 이러한 외적인 사회 경제적 구조적 규정은 육체를 그러한 외적인 틀 속에 사로잡아 넣어버릴 뿐이다. 그 외부적 구조와 규정만으로는 육체의 활력과 밀도에 대해 아무런 규정도 내릴 수 없고 그에 대해 아무것도 알 수 없으며, 또 아무런 일도 할 수 없다. 그러한 것으로는 육체의 생명력을 상승시킬 수 없다.

파라솔파 동인들은 사회학적 계급적 관점으로 포착되는 육체, 노동에서 최상의 가치를 부여받는 육체가 아니라 전혀 다른 관점으로 포착된 육체에 대한 사유를 전개해나갔다. 이미 이상은 내가 '신체극장' 개념으로 포착한 육체의 독자적인 풍경을 펼쳐가고 있었다. 그에게 자신의 신체기관들은 단일한 하나의 개체 각 부분에 배치되고, 전체에 종속되어 있는 그러한 조직이 아니었다. 그는 각 기관들을 저마다 자율성이 있는 하나의 독립적인 생명체처럼 여겼다. 그에게 하나의 신체는 그러한 각 독립적 생명기관들의 연합체였다. 그의 삼차각 개념을 여기 동원한다면 그것들은 서로 간에 삼차각적인 조화, 화합, 사랑의 결합체인 것이다. 병은 그러한 결합체에 생긴 갈등과 붕괴와 해체의 결과물이다. 신체의 병을 다루는 이야기는 우선적으로 신체극장의 주요 모티프이자 대본이 된다. 기관들(ORGANE)이 붕괴되는 것은 악기적 조화로 이룩된 통일체의 붕괴를 말하며, 음악적 상태를 고양시키는 힘의 붕괴를 가리킨다. 이상의 시에서 '신체극장'은 이 불화를 보여준다. 「1931년 작품제1번」에서 신체 각 기관들이 보여주는 이야기가 바로 그러한 '불화'의 한 예이다.

그의 신체극장은 신체와 외부적 현실의 결합체로 존재한다. 「내과」의 신체극장은 폐기관과 바깥세상을 결합시킨 것이다. 폐는 바깥 세상의 병적 풍경을 자신 속에 품고 그 병을 떠메고 있다. 그것이 바로 신체에 가해진 십자가 형벌이다. 이상은 자신의 기독이 그 폐의 십자가에서 키가 커지고 있다고 하였다. 물론 이러한 것은 생리적 생물학적 육체의 풍경은 아니다. 그렇다고 단순히 문학적인 수사학이나 초현실주의적 기법의 차원으로만 그것을 해석해서는 안될 것이다. 왜냐

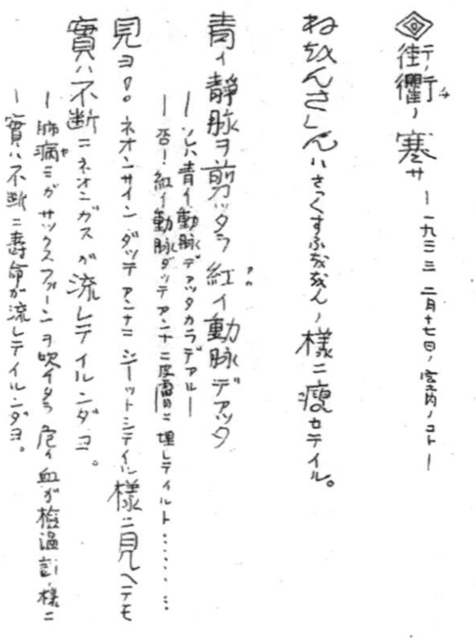

하면 그는 여러 시편들을 통해서 끊임없이 자신의 신체를 신체 바깥의 거리(街衢)와 결합하거나 상호 교환적으로 파악하고 있기 때문이다. 사진첩 시편에서「내과」뒤에 위치한「가구(街衢)의 추위」를 보라. 붉고 푸른 네온이 빛나는 거리 풍경은 동맥과 정맥 같은 신체적 요소들로 표현되어 있다. 나는 이 문제를 '초신체'라는 개념으로 다루었는데, 이브 탕기의 초신체적 형상들이 이해를 돕기 위해 동원되었다. 이브 탕기의 그림들은 거리와 몸을 기이하게 결합하고 있는데 그것은 단순히 초현실주의적 기법으로만 볼 것이 아니다. 거기에는 초신체에 대한 사유가 깃들어 있다.

이상의 경우도 마찬가지이다. 그 역시 수사학적 표현 효과를 위해 그러한 기법을 동원한 것이 아니다. 그는 자신의 문학 상당 부분(거의 대부분이라 할 정도로)에서 이 초신체적 형상과 사유를 전개하고 있는 것이다. 우리는 그것을 이상 자신

그림 11 이상의 사진첩 시편 마지막을 장식하는 「가구(街衢)의 추위」 전문

이 시 앞에 놓인 「내과」도 그렇지만 이상의 시에서 신체 풍경은 거리의 풍경과 통합되어 있다. 「내과」에서는 자신의 폐 기관에 거리의 풍경이 들어와 있다. 「가구의 추위」에서는 그 반대의 구도가 보인다. 즉 거리의 풍경에 신체의 핏줄(정맥과 동맥)들이 들어있는 것이다. "네온사인은쌕스폰과같이수척하여였다.//파릿한정맥을절단하니샛빨간동맥이었다/──". 마지막에 폐병쟁이가 색스폰을 불었더니 위험한 혈액이 검은계처럼 움직였다는 것이다. 네온사인에는 가스가 흐르지만 실은 수명이 흐르고 있는 것과 같다고 했다. 이상은 신체와 악기와 거리풍경을 모두 결합하고 있다. 그것들은 서로 자신들의 속성과 형태를 다른 것들에 주고받을 수 있다. 그러한 교환과 결합이야말로 '거리의 역사' '세상의 역사'를 자신의 신체 속에 포괄하는 것이며, 세상의 병을 자신의 신체가 감당하는 것이다. 이상의 '기독'의 주제는 종교적인 것이 아니라 니체의 초인적 개념을 담고 있다.

이 지속적으로 이끌고 가는 초신체적 사유의 전개로 보아야 할 것이다. 사진첩 시편에 이미 분명하게 초신체의 몇 가지 풍경이 나타난다. 「골편에관한무제」는 식물(나무)과 신체의 결합체로 파악되는 초신체적 풍경을 그렸다. 「내과」에서는 자신의 신체 속에 세상의 병든 거리가 들어와 있다. 「가구의 추위」에서는 그것이 반대로 전도된다. 즉 거리에 자신의 신체기관들이 펼쳐진다. 거리의 푸른 네온사인과 붉은 네온사인은 자신의 쇠약해져가는 정맥과 동맥으로 나타난다. 붉고 푸른 네온들이 빛나는 네거리(街衢가구) 십자로는 추위에 옹송그리고 있다. 그것은 마치 추위 속에서 죽어가는 자신의 신체풍경처럼 보인다. 그의 신체 이미지를 거리에 부여한 것은 그가 이미 세상의 거리에 자신의 신체를 증여하고 있으며, 거리와 통합하고 있음을 보여준다. 그것은 자신의 기독의 운명을 「내과」와는 반대로 표현한 것이다. 이상은 「가구의 추위」를 「내과」의 뒤에 배치했다. 아마도 「내과」에서 기독의 십자가 희생의 운명이 부각되고 기독의 존재가 확고하게 드러났기 때문에, 그는 자신의 기독을 세상의 거리로 내보내 자신의 신체를 증여하는 장면을 보여주려 했을 것이다. 이상이 제시하는 이러한 초신체는 물질적으로 포착된 풍경에 사상과 감각, 감정 들이 결합된 것이다. 그것은 단순히 환상이 아니다. 그러한 것들의 결합체로 존재하는 실체이다.

이미 1933년 초에 이러한 시들을 이상은 썼다. 이것을 그저 상상력이나 기법으로 치부할 것인가? 그렇지 않다. 그는 그러한 것을 통해 근대적 신체 개념과 대립되는 자신의 새로운 초신체 개념을 제시하는 것이다.

정지용은 「명모(파라솔)」를 통해서 이상의 이러한 초신체 개념에 어느 정도 접근했다. 그는 「유선애상」에서 그러한 방향으로의 길을 확실히 잡았다. 거리를 굴러다니는 '신체악기'가 이 시의 숨겨진 주인공이다. 이 시에서 지용은 신체의 외부와 내부를 혼합하는 초신체적 풍경으로까지 나아가지는 못했다. 거리를 이리저리 굴러다녀 거리의 풍속과 규율에 익숙해진 신체는 거리의 속성이 깊이 배어든 기질과 성품을 갖게 된다. 그렇게 길든 품성을 소멸시키는 일은 쉽지 않다. 이 시에서 지용은 그 신체의 본성을 깨우는 일에 대해 말하려 했다. 예술적 단련은 그것을 위한 하나의 계기일 뿐이다. 예술에도 형식과 규율이 있다. 신체는 그것을 못견뎌하며 그로부터 탈주할 때 비로소 자신의 본성을 드러낸다.

지용은 그 이후 「명모(파라솔)」를 썼다. 그의 눈동자 파라솔에는 거리의 많은 사건들, 이미지, 풍경 들이 사진처럼 찍혀 들어간다. 눈의 호수는 세상의 것들을 담아내고 눈동자는 그 호수 속에서 백조처럼 순결한 영혼의 주인공이 된다. 이상의 신체극장처럼 보이는 무대가 마련된다. 눈의 여러 부분들, 기관들로 구성된 무대가 시인의 비극적인 드라마 「백조의 호수」를 상연하기 위해 준비된다. 이 눈동자 파라솔은 연잎처럼 펼쳐지며 세상의 삶들을 모두 빨아들인다. 그리고는 연잎처럼 접힌다. 세상의 거리는 닫힌다. 밤의 암흑과 잠과 꿈의 세계가 펼쳐진다. 신체의 내면성의 세계가 펼쳐지는 것이다. 세상의 모든 것들이 눈의 호수에 고여서 녹아버리고, 잠과 꿈을 통해 하나의 알처럼 된다. '내'가 거기서 새롭게 탄생하는 자궁과 둥우리가 된다. 지용의 눈동자 파라솔은 자신의 신체의 내밀한 차원을 열기 시작한 것이다.

정지용이 1936년 이후 2년여에 걸쳐 신문에 연재한 「수수어」 연작을 통해 이러한 육체 탐구 작업을 집요하게 전개한 것이 인상적이다. 정지용의 이러한 작업에 대해서는 거의 소개된 바가 없다. 그의 이 연작에 「육체」와 「슬픈 우상」이 들어간다. 육체 탐구의 여정에서 그가 보여준 '육체'의 양극단이 이 두 글을 통해 제시된다. 노동자들의 노동하는 육체를 그는 「육체」에서 다뤘다. 그리고 거기서 여러 육체의 질적 위계를 탐구했다. 그러한 탐구의 도달점에 「슬픈 우상」이 놓여 있다. 그는 거기서 '육체의 피안'을 노래했다. 그것은 육체를 부정하고 초월하는 것이 아니라 육체의 내밀한 풍경, 물질적 차원 너머로까지 이어져있는 신비한 육체성을 노래한 것이다.

시와 예술의 궁극적인 지향점에는 육체의 피안에 도달하려는 이러한 욕망이 있다. 한계성의 존재인 인간에게 자신의 신체는 그 하염없는 '피안의 바다'로 안내하는 것이 아닐까? 그렇게 해서 불행하게 물질적 육체에 사로잡혀 거기 결박된 존재들을 구제해야 하는 것이 아닌가? 「슬픈 우상」 이후 지용의 마지막 시편들은 그러한 주제를 담게되었다. 그러한 관점에서 그의 마지막 시편들 속에 들어 있는 「나븨」와 「호랑나븨」 등을 보아야 할 것이다. 「태극선에 날리는 꿈」에서 시작된 범나비의 꿈이 식민지 말 암흑기 시편의 하나인 「호랑나븨」에서 완결된다. 세상에서 쑤군대는 어떤 스캔들, 어떤 소문에도 아랑곳하지 않고 자신의 궁극적인 꿈을 이루려는 어느 화가는 겨우내 산장의 여주인과 함께 지낸다. 그들의 소문이 마을에 파다하고 그들의 정사 소문은 석간신문에 실려 배달된다. 그러나 시인이 바라보는 풍경은 세상의 이러한 소문과 스캔들 반대편에 있다. 그들은 한 쌍의 호랑나비가 되어 청산의 경계 안으로 날라 들어간 것이다. 이미 세상에 휘몰려 다니는 비린내 나는 소문 같은 것은 이 청산의 경계 안에서는 아무 문젯거리조차 되지 않는다. 이것은 세상에서의 도피가 아니다. 오히려 그로부터의 강렬한 상승, 육체의 피안으로의 건너뜀을 의미한다.

「나븨」의 '나비'는 날개가 찢어진 채 산장 유리창에 붙은 상태로 시인에게 발견된다. 「유리창」에서 보여준 슬픔과 황홀함이 뒤섞인 고독이 여기서 상승된다. 산정으로의 등정에 대한 기대와 설렘을 동반하는 고독이 활활 타오르는 난로불과 함께 있는 것이다. 그러나 날개 찢긴 나비가 구름과 함께 유리창에 드리운다. 산정에서 내려온 나비는 날개가 찢어진 채 유리 너머로 산장 안을 들여다본다. 청산의 고지로의 상승은 결국 세상으로의 하강을 위한 것이다. 거리의 신체를 구제하기 위해 고지를 등정하는 일은 육체의 밀도를 상승시키는 일이며, 하늘을 담고 있는 하늘과 땅의 경계에서 육체의 피안과 함께 사는 일이다. 그것이 절벽처럼 위험한 일이 된다는 것을 시인은 알고 있다. 그의 꿈은 절벽의 나비를 좇는 것이었으니 말이다. 이제 「슬픈 우상」이후 나비가 된 시인은 고지에서 세상으로 내려가야 한다. 육체의 피안에서 자신의 신체를 구제한 존재는 이제는 세상이란 신체를 구제해야 한다. 거리의 신체가 타락했듯이 세상의 자연적 신체 역시 타락했기 때문이다. 자신이 몰고 다니던 거리의 신체를 구제한 시인은 나비가 되어 세상에 내려온다. 이제는 자신의 신체를 세상에 증여해야 한다. 나비의 희생적 증여는 세상을 구제하는 일이 된다. 날개 찢긴 나비는 산장의 유리창에서 그러한 하강의 기로에 서 있다. 이 책의 에필로그 마지막 부분에서 우리는 이 나비 이야기를 하게 될 것이다.

1부

파라솔파의 별무리와 신체극장의 아크로바티

구인회 파라솔파의 니체주의와
나비의 카오스

1

나는 '시인부락'파의 니체주의를 다룬 2012년의 한 논문[8]에서 매우 개괄적으로, 스케치하듯이 '구인회' 동인지 『시와소설』에 게재된 이상의 「가외가전」과 정지용의 「유선애상」, 김기림의 「제야」를 니체 사상과 관련해서 다뤘다. 이 시편들이 특히 니체의 『짜라투스트라는 이렇게 말했다』의 '목록판장(目錄版章)[9]과 관계된다는 것에 주목했다. 나는 그 논문에서 목록판장의 주제인 '정신적 고귀함'과 '새로운 민족의 창조적 형성' 개념이 구인회 동인들 특히 그중에서도 필자가 '파라솔파'라고 명명한 네 명의 동인의 주제와 관련된다는 것을 밝혔다.

---

8 신범순, 「'시인부락'파의 '해바라기'와 동물기호에 대한 연구:니체 사상과의 관련을 중심으로」, 『관악어문연구』 37집, 서울대학교 국어국문학과, 2012.

9 프리드리히 니체, 『짜라투스트라는 이렇게 말했다』, 3부 12장(On Old and New Tablets)을 말한다. '목록판'이란 선악의 가치를 표로 작성한 서판(tablet)을 가리킨다. 니체의 고유한 개념어와 그것이 쓰인 문맥에 대해서는 영어판과 독일어판을 참조했다. 영어판은 *THUS SPOKE ZARATHUSTRA*, trans. by WALTER KAUFMANN, NEW YORK: THE MODERN LIBRARY, 1995. 독어판은 *ALSO SPRACH ZARATHUSTRA*, MÜNCHEN: WILHELM GOLDMANN VERLAG, 1958.

『시와소설』에 발표된 파라솔파의 시편들은 각기 삶과 예술, 사상의 여러 차원에서 거리의 신체(육체)가 벌이는 곡예술(아크로바티)을 다룬 것이다. 김기림의 '모자'와 정지용의 '벼룻길' 그리고 이상의 '가외가(街外街)'[10]의 '육교'는 서로 다른 차원에서 곡예술적 탈주와 질주를 벌이는 육체의 교각(橋脚), 육체의 다리와 난간 등을 가리킨다. 그것은 신체의 고양(high wheel-wave)된 사상과 예술을 상징하는 기호들이었다. 식민지적 억압 속에서 탈주하는 이 '신체의 사상'은 암묵적으로는 제국의 신민(臣民)이라는 굴레에서 벗어나려는 은밀한 기획을 품었을 수도 있다. 그들은 모두 '거리의 질주'라는 주제를 공유했다. 그것은 식민지 경성 거리와 근대적인 제도의 삶과 문화로부터 탈주하는 '몸(신체)'의 문제를 다루는 것이었다. 그것은 '새로운 초종(super-genera)의 민족'을 만들어내려는 사상적 기획이기도 했다. 제국의 관점에서 본다면 매우 불온한 것이다. 하지만 이들은 이러한 기획을 직설적으로 드러내지 않고 최대한 시적인 비유와 난해한 기호들로 포장했다. 이들의 시는 그러한 시적 패션 속에 새로운 세계를 향한 사상적 기획을 함축했다. 그것은 그들이 꿈꾸는 새로운 세계의 '목록판'을 향한 질주이기도 했다. 거리 위에 높이 걸린 육교는 그러한 '목록판'의 은유적 기호이다. 그래서 이상은 그의 최상의 아크로바티가 도달한 가외가(거리 밖 거리)인 바로 그 '육교' 위에서 자신이 꿈꾸는 '편안한 대륙'을 내려다 본다. 그

---

10 '가외가'는 곧바로 해석하자면 '길 바깥의 길'인데 제국이 깔아놓은 길만을 가는 일반인들의 '삶의 행로' 바깥의 길을 가리키는 것이다. 이것은 그가 「지도의 암실」에서 제국이 경영하는 '지도의 길'에서 벗어나기 위해, 자신의 신체 자연이 탐색하는 '탈주로'와 '러브 퍼레이드'적인 새로운 '질주의 길'을 탐색했던 것과도 같다. '가외가'는 이러한 자연신체의 길, 그것의 탈주로와 질주의 길이다.

'대륙'은 현실의 거리(街)에서는 시끄러운 '훤조(喧噪)'에 시달리며 마멸되는 '몸'이 그러한 세상의 시끄러움들로부터 벗어나서 안식할 수 있을 땅이며 나라이고 세계였을 것이다. '몸'의 아크로바티에 의해 구축된 '육교(肉橋)'에 자리 잡은 사상과 그 꿈은 자연적 '몸'에 어울리는 그러한 세상(대륙)을 현실의 거리에 구현하고 싶었을 것이다.

그림 12 『별건곤』(1927.2)에 실린 「여류인물평판기」에 나오는 모던 걸의 모자 패션
김기림의 「제야」는 당시 유행하는 모자와 구두 패션으로 광화문 네거리 군중의 풍모를 스케치했다. 그 유행의 물결을 헤치고 나아가려는 자신의 존재는 어떤 것이어야 하는가라는 질문이 제시된다. 이상의 「가외가전」은 그러한 질문을 더 심각하게, 자신의 신체 풍경과 세계사적 풍경을 혼합한 초현실주의적 풍경으로 보여준다. 거기서도 「카페 프란스」처럼 뼈만 남은 것 같은 신체가 주인공으로 등장한다. 나는 이러한 '골편인'이 파라솔파의 주인공이라고 생각한다.

『시와소설』에 게재된 이 시들은 매우 난해한데 그것은 당시 식민지 경찰의 검열을 의식한 의도적인 측면도 있다. 이상은 1932년에 발표했던 연작시 「건축무한육면각체」의 마지막에 배치된 「출판법」에서 이미 그러한 경찰의 검열과 심문을 의식한 글쓰기 행위를 이야기하지 않았던가? 자신의 본래 의도를 숨겨놓기 위해 단어와 기호, 문장의 표면 아래 깊은 곳에서 굴을 뚫고 나가듯이 쓰는 광부(鑛夫)의 글쓰기, 자신의 생각을 발각당하지 않으려는 '급수성소화작용'의 수사학에 대해 거기서 말했었다. 그다음 시편이 「차8씨의 출발」인데 거기서는 땅을 굴착해서 뿌리박고 동시에 하늘로 솟구쳐 오르는 기이한 나무인간 '차8씨'의 아크로바티를 극적으로 표현했다. 「가외가전」은 그러한 '광부의 글쓰기'와 '차8씨'의 아크로바티가 통합되어 나타난 시라고 할 수 있다.

어디 이상만이 그러했겠는가? 정지용, 김기림 등도 같은 입장이었을 것이다. 그들에게도 당시 식민지 권력에 의해 권장되는 시민의 교양이나 모범적 삶 등은 경멸의 대상이었다. 그들은 내심으로 그러한 것들을 비판과 타도의 대상으로 여겼고 시에서 그러한 것들을 암시적으로 표현했다. 김기림의 시 「제야」가 조금은 직설적으로 그에 대해 말하고 있다. 시민적 교양과 지식에 걸맞게 자신의 '몸'을 길들이는 삶의 곡예술에 대해 그는 빈정거리듯 말했다. "나의 외투는 어느새 껍질처럼 내 몸에 피어났구나"라고 그는 한탄했다. 시민들의 삶은 가족과 백화점과 거리에서 '어여쁜 곡예사의 교양'을 발휘할 뿐이다. 그러한 '곡예술'은 도시 거리에 마련된 삶의 궤도에 안주한다. 결코 그 궤도를 그것은 이탈하지 못할 것이다.

정지용은 「유선애상」에서 거리에서 몰고 다니는 자동차와도 같이 되어버린 '몸'이 본래의 자연적(음악적) 본성을 모두 상실한 것에 대해 이야기한다. 줄이 늘어져버렸거나 일부 현(絃)이 끊어진 악기처럼 되어버린 '몸'을 사람들은 거리에서 몰고 다닌다. 그러한 삶에 익숙해지면서 '악기로서의 몸'은 자신의 본래적 음악성을 상실한 것이다. 그의 시는 그러한 '몸'을 '구제'할 수 있을지 이리저리 탐구하는 어느 시인의 절실하면서도 안타까운 이야기를 담아내려 한다.

이들의 시에서 거리의 아크로바티는 그렇게 도시적으로 일상화 규율화된 '거리의 삶'들을 뛰어넘는 신체적 사유의 체조이다. 그것은 몸이 벌이는 예술 사상적 곡예술이었다. 이상의 「가외가전」에 나오는 '가외가'의 '육교'는 그러한 곡예술의 최상의 자리였고, 새로운 가치, 새로운 사상과 이념의 목록판을 구축하는 아크로바티의 무대였다.

니체는 『짜라투스트라는 이렇게 말했다』의 3부 12장인 '목록판장'에서 새로운 민족의 창조에 대해 말했다. 그것은 새로운 민족형성을 위한 새로운 가치, 이념, 사상의 '목록판'을 구축하는 것에서 시작된다고 했다. '목록판'장인 12장 25절에서 니체의 짜라투스트라는 새로운 목록판의 창조가 '새로운 민족의 창조'와 연관된 것이라고 한 것이다. "새로운 민족이 발생하여 새로운 샘이 새로운 골짜기로 흘러내릴 날"을 그는 예상한다. "낡은 민족들의 지진 속에서 새로 샘이 용솟음친다". 새로운 선과 악의 목록판을 만들려는 강렬한 의지가 샘솟을 때 이 모든 것들이 이루어진다.

이 부분을 나는 같은 책 8장의 '교각절'과 결합해서 파라솔파 세 시인들이 시에서 이야기하는 곡예술과 아크로바티를 이해하려 한다. 니체는 이 '교각절'을 부정적인 선악의 목록판을 가리키는 기호로 제시했다. 만물의 흐름 위에서 그 흐름을 굳어지게 하고 고정시킨 '선악의 목록판'은 부정적인 것이었다. 기존 종교의 선악 개념을 비판하기 위해 니체는 이 '교각절'을 썼다. 우리의 논의를 위해서는 이 부정적 '교각'(목록판)과 12장의 긍정적 '목록판'을 적절히 결합해야 한다. 특히 이상의 「가외가전」

그림 13 박태원의 「소설가 구보씨의 일일」 1회 연재분 본문 삽화 이 삽화는 이상이 '하융'이란 필명으로 그린 것이다. 원고지 위에서 움직이는 펜과 그 옆의 구두 옆에 놓인 단장이 서로 호응하며 두 개의 기둥 축을 이루고 있다. 산책의 도구인 단장은 원고지 위에서 글쓰기의 길을 가는 펜과도 같다. 구두와 손의 움직임은 펜과 단장으로 인해 연결되는데 칸들이 쳐있는 원고지는 도로나 철길 같고 빌딩 같기도 하다. 원고지의 이러한 길들을 가는 것은 몸의 산책이며 몸의 글쓰기이다. 이상은 산책의 글쓰기를 「지도의 암실」이란 단편소설에서 신체 지도처럼 펼쳐놓았다. 「차8씨의 출발」과 「가외가전」에서 이러한 글쓰기는 신체의 아크로바티이다.

을 다루기 위해서는 이 부분에 대한 매우 섬세한 작업이 필요하다. 거기 나오는 여러 교각들은 긍정성과 부정성이 불확실하며 따라서 우리 역시 어느 한쪽으로 쏠려있지 않아야 하기 때문이다.

　새로운 목록판을 창조하기 위한 시인들의 탐구가 그때 있었다! 과연 식민지 시기에 이러한 위험한 명제를 파라솔파 시인들이 떠안고 있었을까? 매우 암시적인 기호와 비유법, 난해한 수사학 속에 그것들이 숨어있던 것일까? 이것이 사실이라면 매우 엄청난 일이다. 그저 모더니즘을 따르는 문학주의자들로만 알려져 있던 구인회 안에 사실은 카프적 사상경향을 비판하고 넘어서는 혁신적 사유가 존재했다는 것이다. 우리는 직설법을 피한 이들의 시를 더 파고 들어가 보아야 한다. 그들의 비유와 난해한 기호들이 은밀하게 구축하려 한 사상의 교각이나 육교에 대해 더 광대한 자료들을 끌어 모아야 한다. 그리고 그들의 곡예술과 아크로바티의 실체에 대해 알아보아야 할 것이다. 아크로바티(Acrobatie)의 번역어는 '곡예술'이다. 하지만 나는 이 책의 논의에서 이 둘을 구별했다. 낮은 단계와 높은 단계를 나눠서 낮은 단계를 '곡예술'로, 그보다 높은 단계를 '아크로바티'로 구별해본 것이다.[11]

　이상이 「가외가전」에서 '육교' 위에 마련한 '방대(尨大)한 방' 안의 탁자(시에서는 '상궤(床几)'는 책상과 식탁이 중첩된 이미지인데,[12] 바로 그 탁

11　독일어판에서는 흐름을 정지시키는 Tier•bändiger(맹수 조련사)라는 단어를 썼고, 번역본에서 그것을 "맹수를 부리는 곡예사"(황문수 번역본)라고 했다. 이 Tier•bändiger라는 단어는 아크로바티(곡예)와는 다른 단어이지만 내가 이 논의에서 사용하는 문맥에서는 호환 가능한 것이다. 니체도 나와 비슷하게 이러한 목록판을 작성하는 것이 일종의 맹수 조련적인 곡예술이라고 말하고 있는 것이다. 이 '맹수'는 우리 논의 속에서는 자연적 '몸(신체)'이다.

12　이상이 「가외가전」 마지막 부분에서 방대한 방 안의 탁자를 '상궤(床几)'라는 단어로 쓴 이유는 무엇인가? 계란이 놓인 탁자의 의미로서 '상(床)'을 썼을 것이다. 그렇다면 '궤(几)'는 무엇인가? 사전적 의미는 '안석(安席) 궤'이다. 만일 이 의미로 썼다면 앞에 나오는 육교에서 내려

자에서 새로운 '목록판'이 창조된다. 거기서 그는 세상의 행정과 사무에 소용되는 모든 부첩(簿牒) 떼를 바람에 날려버린다. 새로운 세계를 창조할 한 마리 '훈장형(勳章型) 조류'가 탁자 위 알(계란)에서 깨어 나와 푸드덕거리며 날갯짓하고 있었다. 이상은 자신의 '날개'에 초인적 이미지를 부여하고 있다. 그것은 세상을 지배해온 서류들, 거기 적힌 규율들을 모두 허공에 흩어지게 한다. 이상이 '훈장'이란 말을 구태여 여기 쓴 이유는 무엇일까? 그는 '새로운 민족(국가)의 창조'를 암시하고 있는 것이 아닌가? 그러한 민족(국가)을 세우는 공훈(功勳)을 가질 만한 새가 그의 알에서 막 나오고 있다. 시인의 탁자 위에서, 그의 글쓰기 속에서 그 새의 날개가 퍼덕거린다.[13]

　나는 앞에서 언급한 그 논문에서 '파라솔'파와 '시인부락'파 시인들을 이와 같은 관점에서 바라보고 그들의 작품을 해석하려 했다. 물론 그러한 해석은 그들이 꿈꾸는 '최상의 수준', 그들의 작품이 도달한 '최상의 경지'에 대한 것이다. 그러한 꿈을 향한 바탕에 '육체'가 놓여 있었다. 따라서 그들이 '육체'에 대해 어떤 관심을 드러냈는지, 그것의 밀도와 강렬도를 어떻게 드러내는지에 대해서도 주목했다. 그들의 작

다보는 '편안한 대륙'과 연관될 수 있다. 즉, 이 '상궤'는 '편안한 대륙'에 대한 사상을 펼치려는 글쓰기의 장이 된다.

13　이상은 「가외가전」을 발표한 1936년 3월 이전에 이미 '민족의 신비한 개화'에 대해 언급한 텍스트를 썼다. 「공포의 성채」에서 그는 이렇게 말했다. "사람들을 미워하고―반대로 민족을 그리워하라, 동경하라고 말하고자 한다." 또 이렇게도 말했다. "커다란 무어라고 형용할 수 없는 덩어리의 그늘 속에 불행을 되씹으며 웅크리고 있는 그는 민족에게서 신비한 개화를 기대하며/ 그는 '레브라'와 같은 화려한 밀타승의 불화를 꿈꾸고 있다." 그의 유고 노트에 남은 이 텍스트는 1935년 8월 3일에 쓴 것이다. 이상은 발표되지 않은 이 글에서 '민족'을 언급하고 있다. 이 텍스트는 '공포의 성채' 속에서 가축처럼 살아가는 사람들의 본성을 일깨우려는 이야기이다. '민족의 신비한 개화'는 '가축 떼'적인 차원에서 빠져나와 새롭게 된 민족을 가리킨다. '밀타승의 불화'는 금빛, 은빛으로 그려진 신비스러운 세계를 가리킬 것이다. 존재와 삶의 밀도가 높아진 사람들이 살아가는 세계, 그것이 그가 꿈꾸는 세계이다.

품에 등장하는 동물(곤충도 포함한) 기호들에서 그러한 육체적 자연성의 밀도와 강렬도에 대한 탐색이 확인되었다.

예를 들자면 '시인부락'파의 선두 주자인 서정주의 「화사」에 나오는 '화사(꽃뱀)'가 그 대표적인 예이다. '뱀'의 관능성은 꽃처럼 아름답지만 다른 한편으로 그것은 징그러운 모습으로 인류에 각인되어 있기도 하다. 이 둘의 대비는 그것의 원초적 자연과 종교 역사의 대립에서 나온다. 성적 관능을 알게 해준 그 뱀에게 돌팔매를 던지며 추방했던 인류의 종교적 역사의 모든 저주를 「화사」의 주인공 역시 뱀에 퍼붓는다. 그러나 그보다 더 깊은 충동이 자신 속에 있는데, 그것은 뱀의 관능과 아름다움에 대한 매혹이다. 시에서 전개된 증오와 매혹의 대비법은 시의 화자(주인공) 내면에서 벌어지는 갈등을 드러낸 것이다. 그 갈등의 승자는 매혹이 된다. 인간 육체의 성적 관능을 그에 대한 금욕주의적 증오와 함께 이렇게 강렬하게 드러낸 시는 드물다. 「화사」의 이 성공은 당시 시단을 강타했고 수많은 울림이 메아리치게 했다.

니체에 의하면 인류 역사는 자연적 본성의 상승이 아니라 그것이 억압된 '가축 떼 본능'으로의 추락의 역사였다. 가축이 아닌 야생의 동물들 이야기는 바로 그러한 금욕적 역사로부터의 탈주적 방향을 지시하는 것이다. '시인부락'파 이후 이러한 동물 기호들이 폭증했다. 이것들은 야생적 자연의 육체성을 드러내는 기호들이었다. 뱀과 말, 까마귀, 야성을 지닌 개와 닭, 신비한 유계와 소통하는 나비 등이 동원되었다. 문명에 길들여진 육체 속의 자연적 본성을 되불러내기 위해서는 이러한 자연의 존재들이 필요했다. 이들의 상상력 속에서 인간 신체는 이 자연의 존재들이 살아가는 생태계 속에서 자신의 자리를 찾아내야 했다. 육체의 생태적 특성들이 이들 자연적 존재들의 도움으로 되살아나야 했다.

이러한 주제들에 대한 보다 자세한 탐색은 나의 학부 및 대학원 강의록(2013~2014년)으로 작성되었다. 강의록에 첨가된 메모 상태의 글들도 다수 존재한다. 나는 그 강의록과 메모 내용들을 바탕으로 본격적인 책을 준비해왔다. 이 책은 그러한 것들의 한 결과물이라고 할 수 있다. 그 강의록들 중 한 부분에서 나는 구인회 내에서 니체주의적 경향을 공유한 세 명의 시인과 한 명의 소설가를 '파라솔'파로 언

그림 14 정지용의 「명모」는 후에 시집에서 「파라솔」로 제목이 바뀌었다. 시의 본문에서 눈동자를 파라솔에 비유했다. 눈동자는 신체가 세상을 바라보는 초점이며, 시인은 그곳을 마치 '천사'의 자리처럼 생각했다. 말하자면 눈동자를 인간의 신체에서 가장 아름답고 신비스런 부분으로 본 것이다. 그것은 세상의 모든 것을 주시하고 담아낸다. 이 눈동자 파라솔 개념은 이상의 「선에관한각서7」의 세계의 모든 것을 하나의 점으로 수렴하는 '시각의 이름'과 닮은 점이 있다. 이 시를 통해 정지용의 '신체' 개념이 「유선애상」으로부터 한 단계 더 상승된 것으로 보인다. 이 시에서 눈동자는 눈물이 고인 호수에 날아와 자리 잡은 순결한 백조이며, 세상의 삶을 모두 끌어안은 연잎이기도 하다. 파라솔 이미지가 이러한 것들을 모두 통합한다.

급하기 시작했다. 시인으로는 정지용과 이상, 김기림 그리고 소설가로는 박태원이 바로 이들에 속한다. 이들은 니체주의적 초인류 개념과 호모나투라적 신체(육체)의 주제를 공유하고 있었다. 나는 두 편의 논문에서 그러한 것들을 밝혀냈다. 그러나 이들이 공유했던 니체주의 사상과 미학은 그로부터 많은 시간이 경과했지만 여전히 다른 연구자들에게는 거의 언급되지 않고 있으며, 따라서 그에 대한 적절한 해명도 이루어지지 않고 있다. 이 책은 아직도 세상에 잘 알려지지 않고 가려진 이들의 참 면모를 처음으로 세상에 본격적으로 소개하는 작업이 될 것이다.

나는 '파라솔(PARA-SOL)'이란 단어로 이들이 공유한 예술 사상적 주제와 특성을 한마디로 표현해주고 싶었다. 그것은 태양과 비의 사상(파라솔은 우산이기도 하다)이며, 뼛쩍 말라버린 골편적 신체(지팡이로 상징되는)와 그 반대편에 놓일 음악적 신체 또는 신체악기의 개념을 포괄하는 상징적 기호이다.

정지용은 '눈동자 파라솔'에 대해 말했다. 「파라솔」(「명모(明眸)」(1936. 6. 1)로 발표된)이란 시에서 눈동자는 신체에 자리잡은 신비한 기관이자 장소이다. 눈동자는 태양이 뜨는 낮에는 파라솔처럼 펼쳐지는 눈조리개 중심에 자리잡고 있다. 이 시는 「유선애상」을 쓴 이후로는 첫 번째 시이다. 밝은 태양 빛 가운데 드러나는 세상의 사물과 삶을 모두 담아내는 우리 신체의 한 초점인 눈동자에 대해 노래한 시이다. 그는 이 시에서 눈동자가 잠겨 있는, 눈물이 고인 눈의 호수에서 '백조의 호수'를 연상시키는 비극의 무대를 마련하려 했다. 거리의 삶이 과연 예술적 음악적 삶이 될 수 있는가? 이러한 물음을 정지용은 세상에 던졌다. 연잎처럼 생긴 파라솔처럼 접히면서 신체의 천사 같이 모든 것을 보고 담아낼 수 있는 눈동자가 감길 때 신체에는 내밀한 잠이 찾아오고, 그 고요함 속에서 꿈이 포효한다. 낮의 사건들이 영사된 눈동자 필름들은 신체의 내밀한 깊이에서, 어둠과 잠속에서 녹아버린다. 모든 것들은 하나의 알 속에 통합된다. 그 알에서 무엇이 창조될 것인가? 정지용의 '파라솔'은 궁극적으로 자신의 육체적 깊이 속에서 새로운 존재와 세계가 태어날 수 있을지 묻고 있다.

그가 '육체'의 사유를 진행시켰음은 「카페 프란스」의 주인공 '뼛쩍 마른놈'의 질주 이후 그의 시편들, 수필들에서 꾸준히 확인되는 것이었다. 「파라솔」도 그 맥락 속에 있다. 그가 1936년 6월 20일에 발표한 수필 「수수어3」에도 '파라솔'이 나온다. 이 글 역시 경성의 아스팔트 거리에서 산책하며 자신의 육체적 자연을 즐기고, 그것이 꿈꾸는 삶에 대한 몽상을 전개하는 이야기이다. 담배 파이프와 흡연을 찬미하는 이야기이지만 거리 산책을 도와주는 도구로 '파이프'를 내세우기 전에 파라솔을 언급했다. '파라솔'은 그에게는 '육체'를 가볍게 거리로 나서게 하고 그것을 자유롭게 산책시킬 수 있게끔 도와줄만한 도구였다. 그러한 '파라솔'이 없다면 그 대용품으로 '파이프'를 물고 거리로 나서라는 것이다. 정지용의 이러한 사유를 담은 '파라솔'이 이상과 박태원의 파라솔 옆에 놓여 있다.

'파라솔' 이미지에 초인적인 번개의 사상과 음악적 신체 이미지를 결합한 첫 번째 작품은 이상의 「얼마 안되는 변해」였다. 그가 조선총독부 건축과에 근무하던 1932년 말에 쓴, 현실과 환상이 뒤섞인 시적 산문이다. 구인회가 결성되기 이전의 시기에 쓰인 것이다.

담배 전매를 위해 서대문(당시 의주통)에 건축되던 연초전매청 공사판에 이상은 3년간 투입되었다. 「얼마 안되는 변해」는 그 공사판 일에 이끌려 다니느라 '시'를 써야 할 그의 '본업(?)'이 방기된 일에 대해 한탄하는 이야기로 시작된다. 죽음에의 유혹과 자신에 부과된 '무서운 기록'(이상의 최초 소설 「12월12일」에 삽입된 공사판 메모에 나오는)을 끝내야 할 과제가 대결하는 가운데 공사판에 부역하며 소모된 시간들이 지나갔다. 냉정한 계산, 차가운 지식이 동원된 '지식의 0도'[14]의 건축물은 완공되

---

14 냉정한 계산이 전제되는 지식을 이상은 '지식의 0도'라고 했을 것이다. 전매는 국가가 이익을 창출하기 위해 하는 제도이다. 이러한 '이기주의'를 니체는 디오니소스적 지혜와 그것으로 구

었다. 총독부 관리들이 늘어서고, 신사(神社)의 사제가 주도하는 그 건물 낙성식에서 맨 뒷자리에 있게 된 그는 수치심으로 눈물을 흘리며 그 자리를 박차고 나갔다. 이 탈주로에서 '그'는 시적 에스프리처럼 빛나는 이미지로 다가온 '파라솔'을 만난다.

바깥으로 탈주하는 길에서 자유로운 시적 에스프리를 소생시킨 글의 화자 '그'(이상)는 빗줄기 속에서 갑자기 파라솔을 쓰고 나타나 나란히 걸어가는 두 명의 창기를 본다. 파라솔을 지붕처럼 쓴 두 창기의 나란한 행보에서 "인생을 횡단하는 장렬한 방향"[15]을 보게 되었다고 '그'는 말했다. 소리 없는 방전(放電)이 파라솔의 첨단에 내리꽂히는 순간 '그'의 뇌수에서도 새로운 사유의 불꽃이 피게 된다. '그'는 태초의 원시적 존재로 되돌아가 '비의 전선(電線)에서 지는 불꽃'을 노래한다. '지식의 0도'의 건축물이라고 비난된 전매청 건물 반대편에 이 태초의 번개와 불꽃이 있었다. '그'의 탈주로에서 벌어진 환상 여행은 이 불꽃을 향한 것이었다.

'그'는 이 탈주의 마지막 장면에서 자신에게 부과된 '기독교적 순사(殉死)'의 운명을 실현해 보인다. 현실의 거울계에 자신의 신체를 활짝 열고 냉각된 '월광(月光)'(태양의 사상이 아니라 그것이 반조된 반사상적 지식들, 개념들, 사상들)을 '몸' 속에 스며들게 했다. 그리하여 붕어처럼 아름답게 부

축되는 신화 세계를 해체하고 냉혹하게 자신들의 현재 이익만을 위해 작동하는 존재들의 기계장치들(지식과 제도의)에서 보았다. 현세적인 이해관계에 치중하는 이러한 이기주의를 '고도의 이기주의'라고 하였다.(『비극의 탄생』 17장, 범우사판 152쪽.)

15 파라솔을 쓴 두 명의 창기의 나란한 보행에서 장렬한 방향을 본 것은 「지도의 암실」에서 "리삼모각로 도북정거장 좌황포차거"의 구절과 연관된다고 보인다. 이상은 한자기호학을 통해 이 구절을 썼는데 '쏘'는 2인이 나란히 앉아 있는 상형이다. 이상은 이것을 '북정거장'의 '北'과 대비시켰다. 이 글자는 2인이 등을 지고 있는 상형이다. 이상은 차가운 '지식의 0도'(그림48, 63 참조)가 지배하는 세계를 북정거장으로부터 시작되는 차가운 길의 세계로 본 것이다.

풀어난 몸속에서 '월광'(본문에서는 '사각진 달의 채광(採鑛)')을 제련하여 그것을 보석으로 만들어내고, 마침내 그 보석을 분만(分娩)했다. 그리고 그 과정에서 모든 힘을 소진한 채 탈진한 그의 신체는 월광의 파편 더미 위에 쓰러졌다. 그는 자신의 신체를 희생적으로 소모시키면서 보석의 결정체를 만들어내 세상에 증여한 것이다. 물론 이 '보석'은 '그'의 신체가 투여된 글쓰기이며 작품이다. 이상은 이러한 희생적 증여의 이미지를 강렬한 시적 환상으로 제시했다. 파라솔의 강렬한 번갯불과 직결된 이러한 환상은 그가 탐구했던 초인적 사상과 예술의 결과물을 세상에 증여할 수 있도록 안내해주는 것이기도 했다. 파라솔의 번갯불을 통해서 이상은 '붕어같은' 신체의 황홀한 보석 분만 장면에 도달할 수 있었다.

그가 '파라솔'에 이러한 강렬한 초인적 이미지를 부여한 이후 박태원의 「소설가 구보씨의 일일」(1934년 중반 이상의 「오감도」 연재와 겹치기도 한 소설) 머리 삽화에 반은 접히고 반은 펼쳐진 우산(파라솔이기도 한) 그림을 그려 넣은 것은 매우 의도적인 것으로 보인다.

그림 15 박태원의 「소설가 구보씨의 일일」 연재분 머리 삽화

이상이 '하융'이란 필명으로 그린 것이다. 8회 연재(1934. 8.11)까지 이 우산(파라솔) 그림이 머리 삽화로 지속되고 그 이후는 나무줄기와 가지(나무인간 형상처럼 보이는) 그림으로 변한다. 이상은 이 우산 그림에 세 개의 이미지를 중첩시켰다. 접힌 우산과 펼쳐진 우산 그리고 단장(短杖)이 그것이다. 우산대는 굵고 손잡이를 크게 휘어지게 그려놓아서 구보가 가지고 다니는 지팡이를 암시했다. 구보의 산책은 이 세 개의 기호 속에서 움직인다.

이상에게 우산은 파라솔이고 파라솔은 우산이다. 「얼마 안되는 변해」라는 글에서 빗속을 나란히 걸어가는 두 명의 창기는 파라솔을 쓰고 있었다. 이것은 우산이면서 파라솔인데 이상에게는 '파라솔'이 특별한 의미를 갖는 기호였다. 그것은 태양의 사상을 머리에 쓰고 있는 그의 '사상의 모자'(「황의기 작품제2번」에 나오는)와도 같은 것이다. '단장'은 골편인간이자 동시에 나무인간의 표지였다. "스틱크!자네는쓸쓸하며유명하다"고 그는 노래했다. 가장 초창기 시편인 「파편의경치」에서 '단장'의 나무인간을 노래한 것이다. 「얼마 안되는 변해」에 출현한 '골편인'은 그의 신체극장의 주인공이다.

이상은 자신의 상상계 속에서 파라솔과 우산을 구별하지 않은 것으로 보인다. 왜냐하면 「얼마 안되는 변해」에서 창기들이 쓴 '파라솔'도 빗속을 뚫고 가는 것이었기 때문이다. 여기서 그는 '우산'이라고 하지 않고 '파라솔'이라고 했다. 그에게 '파라솔'은 단순한 도구 이상의 것이었다. 그것은 실용적으로는 태양빛을 가리는 용도이지만 이상에게 그것은 자신의 초인적 사상의 기호인 태양과 이미 결합된 것이었다. 이상에게 그것은 태양빛을 흠뻑 받는 것이었다. 창기들이 쓴 파라솔은 이상의 이러한 태양 사상적 기호였다. 따라서 비의 음악이 연주되는 빗줄기 속에서 거기 초인의 번갯불이 내리꽂힌다는 것도 우연이 아니다.

그림 16 박태원의 「적멸」 22회 연재분(「동아일보」, 1930.2.28.) 삽화
이 그림은 박태원이 직접 그린 것이다. 경성의 길거리에 주저앉은 주인공(광인) 옆에 접힌 우산과 모자가 뒹굴고 있다. 구보의 우산은 「적멸」의 이 광인의 우산을 계승한 것으로 보인다. 이상은 「소설가 구보씨의 일일」 삽화에 그려진 이 우산에 자신의 파라솔을 겹쳐놓은 것일까? 이상은 친구 박태원의 소설 「적멸」의 광인을 알았을 것이다. 그가 그 광인의 우산을 구보의 우산에 옮겨놓았다면 그는 「적멸」의 광인 이야기를 「소설가 구보씨의 일일」이 계승하고 있다는 것도 눈치챘을 것이다. 구보씨는 소설 말미에서 세상 모든 사람들을 일종의 광인이라고 보고 있기 때문이다.

소설가 구보씨도 이 우산(파라솔)을 들고 다닌다. 그것은 도시 거리의 산책에서 산책가의 소도구였는데, 거기에 분명히 박태원은 어떤 의미를 부여했을 것이다. 그가 그 이전에 발표한 소설 「적멸」의 마지막 연재분 삽화를 보자. 주인공이 거리에 쓰러져 있고 그 옆에 접힌 우산이 뒹굴고 있다. 이 삽화는 박태원 자신이 그린 것이다. 주인공은 기이한 광인이며 그는 식민지 시대 세상 전체의 관습과 법을 가로질러가며, 그러한 것들을 비웃고, 그로부터 광적으로 이탈해간 존재이다. 그의 모자는 그의 사상의 기호이다. 그의 우산은 도시의 우울한 비를 뚫고 가게 해주며, 자신의 신체를 가려주기 위한 것이다.

「소설가 구보씨의 일일」 서두에 그려진 이상의 삽화는 어쩌면 박태원의 「적멸」 마지막 부분 삽화에서 거리에 뒹구는 우산을 다시 일으켜 세운 것일 수도 있다. 그리고 그는 이 우산을 그리면서 거기에 자신의 초인적 기호인 '파라솔'을 은밀히 중첩시켜 넣었을지 모른다. 우산과 파라솔은 동전의 양면처럼 서로 대비되며 통합되는 음양적 기호이다. 비를 피하는 것과 태양 빛을 받는 것은 태양 사상을 가진 존재에게는 다른 것이 아니다. 그것은 동전의 양면처럼 한 존재의 두 얼굴인 것이다.

김기림은 1935년 6월에 발표한 「바다의 향수」에서 '파라솔'이란 단어를 쓰기는 했지만 그것을 심각하게 다루지는 않았다.[16] 그는 다만 바다의 푸른빛을 그 파라솔과 결합시키는 것에 만족했다. 그의 '파라솔'은 바로 '바다의 파라솔'인 것이다. 김기림에게 이상과 정지용의 '파라솔'과 대응할 만한 기호는 '파랑치마'이다. 그는 여성의 신체를 감싸는 "바다빛 치맛자락"(「여우가 도망한 봄」, 1934. 2)에 매혹되었다. 그의 시와 수필들에서 변주되며 지속적으로 등장하는 것은 여성의 '치마'이다. 「오월의 아침」(1933. 6)에서도 나무들의 '파랑치마'에 대해 언급한다.

『태양의 풍속』에 나오는 「먼들에서는」의 2연에 "산맥의 파랑치마짜

---

16 "파랑 '파라솔'을쓴/ 기선회사의 기빨과/ 파랑. '파라솔'을쓴/ '아라사'의 아기씨들이/ 옥색의손수건을흔드는부두의 거리에서는/ 바다는 해관(海關)의집웅보다도/ 노푼곳에 잇섯다."(「바다의 향수」 2연 부분) 여기서 '파랑 파라솔'은 기선회사의 지붕이며, 러시아 아가씨들의 양산이다. 그 파라솔은 바다의 파란 빛을 띠고 있다. 즉, 이 파라솔은 '바다의 파라솔'인 것이다.

그림 17 Constantin Guys, *Woman with a Parasol*, 1860~1865
김기림은 '파랑치마'라는 기호로 바다의 푸른 물결과 관능적 육체의 푸른 의상을 결합시켰다. 그의 '파라솔'은 디오니소스적 기호인 바다의 '파랑치마'로 등장한 것이다. 보들레르 시대의 풍속화가인 콩스탕탱 기의 「파라솔을 든 여인」은 매우 작은 파라솔을 쓴 여인을 그린 것이다. 그에 비해 매우 넓고 큰 파란 치마가 대비되어 마치 그녀를 날아갈 것처럼 만들었다. 파라솔과 파란 치마가 하나의 색조로 통일되어 있어서 그녀 전체를 보랏빛 감도는 푸른 색조로 감싸고 있다. 파리풍경을 현대적으로 포착해서 시를 쓴 보들레르는 이 화가의 그림을 좋아했다. 김기림의 '파랑치마'가 파라솔파의 '파라솔'적인 의미를 갖고 있다고 본다면 위 여인의 패션이 그에 잘 어울릴 것 같다. 여인의 치마 자체가 커다란 파라솔처럼 보인다. 여인의 하체가 그 파라솔의 대궁이(기둥)가 된다.

락"이 나온다. 바다의 푸른 디오니소스적 물결은 숲과 들의 푸른 물결로 전환되기도 한다. 태양에 의해 봄 들판은 푸른 물결로 물든다. 숲과 들의 파랑치마는 바다의 푸른 생명의 물결들이 나무와 풀에 깃든 것이다. 이 풍경을 바라보는 '나'는 거기서 "금빛웃음을 배웠다"고 한다. 김기림의 짜라투스트라적 웃음이 바로 이 '금빛웃음'이다. 그는 「파랑항구」(1936. 4)에서 봄 항구의 푸른 바다를 항구가 입은 '파랑치마'라고 했다. 파랑치마를 두른 이 항구를 아무라도 사랑할 수 있는 소녀에 비유했다. 『시와소설』에 발표한 「제야」 바로 뒤에 나온 것이어서 '바다'에 대한 이미지는 서로 통하는 바가 있다.

그렇게 보면 김기림의 '파랑치마'는 짜라투스트라적 생명의 바다를 의상 패션으로 드러낸 기호이다. 그것은 그에게 일종의 '태양의 풍속'이며 '바다의 풍속'이 될 것이다. 그러한 '파랑치마'를 입고 발랄하게 움직이는 여성들의 모습에 김기림은 매혹된다. 그의 글 여기저기에서 '파랑치마'가 나온다. 이상의 '파라솔' 기호 안에 그의 ORGANE적 신체악기 개념이 숨어 있다면 김기림의 파랑치마 안에는 바다의 출렁임 안에 생명을 담고 있는 여인의 황금빛 신체가 숨어 있다. 여성적 육체를 디오니소스적 바다의 물결 속에 잠기게 하는 것, 그러한 바다를 향한 삶으로 이끄는 것이 바로 '치마'이다. 아마 김기림의 '파라솔'적 기호는 바로 이 '파랑치마'일 것이다.

2

우리에게 '구인회' 파라솔파의 니체주의라는 것은 아직도 낯설게 느껴질지 모른다. 많은 사람들은 여전히 '구인회'를 모더니즘이란 안경으로 바라보는 데 익숙해 있기 때문이다. 그리고 1930년대 초반에 또는 '시인부락'파, 즉 생명파 이전에 과연 니체주의라는 것이 존재했을까, 라는 의구심들을 갖고 있다. 이에 대해서는 연구된 바가 거의 없기 때문이다. 그러나 그러한 익숙함을 넘어서는 것이 새로운 연구가 해야 할 일이 아닌가? 니체 사상을 면밀히 연구하고, 그의 사상적 불길을 체득한 자라면 '니체'를 직접 드러내고 언급하지 않지만 그것을 자신 속에 녹여낸 작품들 속에서도 그 영향력을 간파할 수 있을 것이다. 우리나라의 경우 니체 사상도 그렇지만 니체 사상을 자신의 정신과 예술 속에 담은 자들도 그것을 겉으로 표 나게 드러내지 않았다. 니체의 개념과 용어를 직접 드러낸 시들도 있지만 그러한 것들은 오히려 수준이 떨어지는 것들이다. 잘 들여다보면 생명파 이전의 시인들이 오히려 겉으로 드러내지 않으면서 니체주의적 사유를 고도로 발전시켰음을 알 수 있다. 아직 문단에 등장하기 이전의 문학청년기 시절 이상의 구술소설에서 꿈틀대던 '나비'의 풍경에 이미 그러한 니체주의와 관련된 사유가 담겨 있었다. 우리는 거기서 1920년대 한국문단에 스며든 니체주의의 독특한 풍경을 보게 된다. 그것은 니체 사상에 대한 교양적 수준을 훨씬 넘어선 것이었다. 표면적으로는 거기서 니체주의를 금방 읽어내기 어렵다. 그러나 깊이 들어가보면 매우 정밀한 차원에서 니체주의적 사유가 전개된 것임을 알 수 있다.

니체 사상은 마르크스주의처럼 떠들썩하지는 않았지만 1920년대 『개벽』파의 사상운동 속에 조용히 스며든 후 소리 없이 영향력을 넓혀 갔다. 그것은 김동인의 소설들 속에서 변용되었고 이후 김동인으로부터 이상에게 이어졌다. 김동인의 소설 「태평행(太平行)」(1929)은 이상에게 강렬하게 꽂혔다. 「태평행」은 매우 미묘한 작품이다. 아직 이 작품에 깃들어 있는 카오스적 나비의 비행에 대해 우리는 잘 알고 있지 못하다. 김동인은 동경 교외 들판을 날아간 나비 한 마리의 비행이 역사의 흐름 한 자락을 뒤바꾼 이야기를 펼쳤다. 이상은 자신의 친구 문종혁에게 이 이야기를 더 과장되게 각색해서 자기의 '구술(口述) 소설'처럼 들려주었다. 그 핵심 줄거리는 나비의 비행으로 야기된 아기의 죽음과 그로 인해 일파만파 확산된 사건들로 인해 일본과 중국 두 국가는 대대손손 내려가는 오랜 전쟁을 일으켰고, 그로 인해 두 국가는 멸망에까지 이르게 되었다는 것이다.

나는 몇 년 전에 저술한 책에서 이 문제를 다뤘다.[17] 그때는 '카오스

---

17 졸저, 『이상의 무한정원 삼차각나비』, 현암사, 2007, 32~35쪽 참조.

나비' 개념을 적용해서 그 이야기를 해석했었다. 그 이후 나는 관점을 바꿔 「태평행」의 나비 여행의 의미를 니체 사상과 관련시킬 수는 없을까에 대해 생각해보았다. 그것은 '자연'과 '우연'의 니체적 개념과 연관될 수 있었다. 김동인은 '운명'의 문제를 거기 첨가했다.

김동인은 초기작인 「약한 자의 슬픔」에서 이미 니체적인 권력의지 개념을 작동시킨 바 있다. 그에게 '약자'란 계급적 하층민이 아니라 자신의 주체적 의지가 없거나 약한 존재이다. 강자는 권력을 가진 자라기보다 자신의 주체적인 권력의지를 강렬하게 행사하는 자이다. 여주인공 엘리자베드는 낮은 신분이면서 동시에 약자이다. 그녀의 불행의 원인을 김동인은 신분보다는 약자의 살아가는 방식에서 찾는다.

『창조』지를 주재했던 그는 그 잡지가 종착역에 이르렀을 때 그 유명한 단편 「배따라기」를 실었다. 그는 이 소설 첫머리에서 의외로 진시황(폭군으로 알려진)의 권력의지를 긍정적으로 조명했다. 그리고 소설 본문에서는 우연한 사건 때문에 일생을 방랑자로 떠돌게 된 한 인물의 비극적 이야기를 펼쳐놓았다. '우연'과 '운명'을 결합시킨 것이 이 작품의 주제이다. 삶의 수많은 의지에도 불구하고, 사람들은 자신들의 의지의 방향대로 자신의 삶을 이끌지 못한다.[18] 왜냐하면 수많은 우연들이 삶의 길목에 자리 잡고, 의지를 가로막고 의지의 방향을 흩트려 놓기 때문이다. 자신 속의 권력(힘)과 의지를 결합해서 이 세상의 바다를 항해할 때 우리는 이러한 거친 우연의 파도들을 넘어가야 한다. 김동인은 인생에서 우연의 결정적인 힘과 역할에 주목했던 첫 번째 작가

---

18 이 주제가 이상에게서도 보인다. 이상의 첫 작품인 「12월12일」은 그 주제를 다루고 있다.

이다. 그의 소설의 보이지 않는 주인공은 바로 이 '우연'이다.

김동인이 제시한 이러한 명제는 대략적으로 니체의 명제와 통한다. 니체 역시 『비극의 탄생』 이후 소크라테스적 이성주의와 종교적 형이상학(이상주의)이 심어놓은 목적론과 인과론적 법칙으로 도배된 세계상을 비판하고 그것과의 싸움을 가장 큰 명제로 제시했다.[19] 짜라투스트라를 통해서 이렇게 말한다. "나는 나의 냄비 속에서 모든 우연을 끓인다. 그리고 우연이 거기서 잘 익었을 때 비로소 나는 우연을 나의 음식으로서 환영한다."[20] 그에게 우연은 낯설거나 거추장스러운 것이 아니라 삶과 세상의 활력 그 자체이다. 육체와 권력의지의 나아가는 길은 이러한 우연의 파도들로 이루어지는 것이다. 니체는 "자연은 우연이다"[21]라고 했다. 형이상학적 목적론과 이성적 인과론의 법칙을 거둬낸 자연을 그는 보았던 것이다.

아마도 김동인은 니체의 이러한 '우연'을 가장 적극적으로 해석한 작가일 것이다. 그러한 해석의 매우 독창적인 모습이 1929년 6월 『문예공론』에 발표된 소설 「태평행」에서 만들어졌다. 「태평행」에서 김동인은 그 '우연'을 문명의 길목에 폭탄처럼 심어놓았다. 무사시노 들판을 한가로이 날아가던 나비가 근처 한 마을에 들어오고, 한 아이가 그 나비를 잡으려다 그만 난롯불을 엎지르고 불에 타 죽는다. 아이의 아버지인 기관사가 이 소식을 듣고 그만 넋이 나간다. 그는 다음 역에서 마주 오는 기차를 피해주어야 하는데 넋이 나간 상태에서 그 역을 지

---

19   니체, 『비극의 탄생』, 곽복록 역, 범우사, 1984, 134~137쪽을 보라.

20   니체, 『짜라투스트라는 이렇게 말했다』, 황문수 역, 문예출판사, 2004, 285쪽.

21   니체, 「우상의 황혼」, 『우상의 황혼/반그리스도』(니체 전집 9), 송무 역, 청하, 1984, 75쪽.

나쳐버린다. 마주 오는 기차는 그 사실도 모른 채 마구 달려오고 결국 그 두 기차는 정면으로 충돌한다. 두 기차는 전복되고 거기 탄 수많은 사람들이 죽는다. 일본 정부와 정치적으로 얽힌 문제를 해결하고자 회담하러 가기 위해 열차에 탔던 외국의 요인들도 죽고 그로 인해 두 나라가 갈등에 빠진다. 한 사람의 죽음은 그와 관련된 사람들, 일들에 커다란 충격을 주고, 그 충격은 또 다른 충격을 불러온다. 수많은 죽음은 그러한 수많은 충격의 파도들을 연쇄적으로 불러 일으킨다. 일파만파의 충격파가 퍼져나간다. 일본의 도시들을 가로지르는 열차의 궤도가 나비 한 마리의 '우연'한 출현 때문에 파열되고, 그로 인해 무수한 사건들이 벌어져 역사의 물줄기가 바뀌어버렸다.

김동인의 천재성은 우연성과 운명의 결합을 이렇게 극한적인 방식으로 밀어붙인 데 있다. 즉 아주 작고 미미한 한 마리 나비의 날갯짓, 그 연약한 공기의 물결이 역사적인 사건들의 거대한 놀을 출렁

그림 18 신범순, 〈카오스 나비 프랙탈〉, 2020
나비효과를 처음 소설화시킨 사람은 김동인이다. 그의 미완의 소설 「태평행」(1929)에서 김동인은 나비 한 마리 때문에 벌어진 일파만파(一波萬波)의 사건들을 다뤘다. 동경 교외 무사시노 들판을 날아 마을로 들어선 나비를 잡으려던 아이가 화로를 엎질러 불을 내는 바람에 화재가 난다. 아이가 죽고 그 소식을 들은 아버지인 기관사가 넋을 놓는 바람에 마주 오던 기차와 충돌한다. 그리고 거기 탔던 많은 사람들이 죽고 그들의 죽음은 또 각기 연쇄반응을 일으켜 점점 더 거대한 비극적인 사건의 물결들이 일어난다. 그렇게 해서 예측할 수 없는 역사의 거대한 파국적 파도가 일어나게 된다는 것이다.

사브리나의 카오스 나비 그림을 변형시켜 보았다. 나비 날개의 자연적 이미지와 기하학적 이미지를 좌우 대비시킨 것이다. 오른쪽 기하학적 이미지는 카오스적 쪽거리(프랙탈)의 변주를 보여주기 위한 것이다. 수많은 뿔(뿔잔)형 삼각형 조각들로 분할되고 결합하는데, 그 각각의 조각들은 나비의 존재를 구성하는 생명 기하학의 근원적 요소들이다. 이것들은 그것들이 각자 품고 있는 더 미시적인 조각들을 통합한 것이다. 즉 이러한 조각들의 쪽거리는 더 극미한 차원에서 반복된다. 나비 날개의 경계는 이러한 쪽거리의 연속체 속에서 불분명해진다. 나비의 개체적 형상과 존재는 이러한 프랙탈 우주의 거대 그물망 속으로 용해된다.

이게 하고, 결국 역사의 방향을 바꾸어놓을 수 있다고 그는 말하는 것이다. 아마도 그는 이러한 카오스적 우연의 힘을 믿고 깨우쳐 그것을 통해서 우리를 식민화시킨 침략적인 근대문명의 궤도를 전복시킬 수 있지 않을까 생각해보도록 은밀히 독자들을 충동질했는지 모른다. 그는 그렇게 근대문명이 펼쳐가는 험악한 역사를 꿰뚫고 돌파해 나갈 사상과 힘을 그러한 자연의 카오스적 우연에서 발견해보려 했다.

요즈음은 몇몇 영화를 통해서도 김동인의 「태평행」과 비슷한 카오스 이야기를 쉽게 접할 수 있다. 그러나 김동인이 시도했던 나비 이야기를 카오스 이론의 '나비끌개'와 '나비효과'로 정식화할 수 있었던 것은 1960년대 이후에나 가능했던 일이다. '나비효과'란 말은 1979년도에 최초로 등장했다. 김동인은 이보다 50년 앞서 이미 '나비효과' 이야기를 써냈던 셈이다.[22] 그는 또 봄철 나무와 풀들이 돋고 꽃이 필 때 출현한 나비를 통해 자연의 생명력을 이끌어냈고, 자연 속 나비의 그 사소한 날갯짓이 문명의 궤도를 뒤엎으며 날아간 이야기로 전환시켰다. 이 나비의 놀라운 여행이 바로 '태평행(太平行)'이다. 즉, 그 나비의 여행은 약탈과 전쟁으로 얼룩진 근대문명의 길을 자연의 생명과 조화되는 방향으로 인도하여 '태평스러운' 세상을 만들려는 것이다. 그는

---

22 김동인의 이러한 독창성은 니체의 '나비' 이미지들을 검토해보아도 분명하게 드러난다. 니체의 '나비'는 이러한 '나비효과'를 보여주지 않기 때문이다. 니체는 디오니소스적인 작은 신 큐피드를 나비를 쫓는 신으로 등장시킨다. 이것은 『짜라투스트라는 이렇게 말했다』의 첫 번째 「춤노래」 장에 나온다. 소녀들의 춤은 나비 이미지로 연결된다. 좀 더 극적인 대목은 「예언자」 장에 나온다. 짜라투스트라가 자신의 꿈에서 죽음의 관을 열어젖혔을 때 어린애만큼 큰 나비들이 천개의 찡그린 얼굴로 짜라투스트라를 비웃고 조롱한다.(니체, 『짜라투스트라는 이렇게 말했다』, 229쪽 참조) 이 '어린애만큼 큰 나비'는 관이 쪼개지면서 토해낸 천 층의 哄笑와 관련된 이미지이다. 초인적 어린애의 웃음이 나비에게 주어졌다. 그것은 우수의 감옥에 갇힌 삶과 세계를 구제하는 이미지이다.

그것을 소설의 제목으로 삼았다.

3

김동인의 이러한 선구적인 천재성은 그 시대의 또 다른 천재인 이상
에게 날아가 꽂혔다. 비록 소설 작품으로 발표된 것은 아니지만 이상
은 당시 자신의 예술적 동반자였던 화가 지
망생 문종혁에게 「태평행」의 나비 이야기를
더 극한적으로 밀어붙인 구술소설을 들려주
었던 것이다. 문종혁은 자신의 회고담에서
이상과 동거했던 시절을 떠올리며 이 '구술
소설'에 대해 말했다. 그는 이 이야기의 출처
를 몰랐고, 단지 이상의 창작이라고만 생각
했다. 이 이야기의 원본은 김동인의 「태평행」
이었다.

이상은 그 줄거리에 약간의 변개를 가했
다. 무사시노 들판에서 날아온 나비를 쫓
다가 화로를 엎은 아이의 이야기가 이상에
게 와서는 나비를 쫓아 절벽으로 내닫는 아
이 이야기로 바뀌었다. 이러한 변개(變改)에는
어떤 계기가 있었을까? 나는 이 변개의 계기
로 정지용의 시 「태극선에 날니는 꿈」을 들
고 싶다. 이 시는 「태평행」보다 앞선 1927년
8월(『조선지광』 70호)에 발표된 것이다. 이 시의

그림 19 김동인의 「태평행」에서 제시된
기차 충돌의 비극은 충격적이다. 무사시
노 들판을 날아간 한 마리 나비의 무심한
날갯짓이 불러일으킨 비극이었기 때문이
다. 소설가의 시선이 그 인과관계를 붙잡
아낸다. 훨씬 후대에야 알려진 나비의 카
오스적 쪽거리 운동을 김동인은 이 소설
에서 간파해냈다. 그는 '일파만파'라는 전
통적 개념을 나비의 카오스적 운동으로
생생하게 보여준다. 나비의 가냘픈 날갯
짓은 근대 문명의 중심적인 동력을 붕괴
시킨 힘으로 작동했는데, 그것이 바로 자
연의 '우연의 힘'이었다. 젊은 이상은 이
소설에서 깊은 인상을 받았던 것 같다.
그는 거의 동일한 주제와 줄거리를 자신
의 이야기로 재창조하려 했다. 그가 머릿
속에서 좀 더 과장되게 재창조한 줄거리
를 친구 문종혁에게 들려준 것이다.

한 부분이 이상의 개작 부분과 상당히 닮았다. "이 아이는 범나비 뒤를 그리여/ 소스라치게 위태한 절벽 갓을 내닫는지도 모른다." 이 꿈속의 아이는 '다리 긴 왕자'처럼 세상의 고지(高地)들을 건너다니고 날개 돋친 아이가 되어 하늘을 날기도 한다. 정지용은 아이의 꿈을 통해 초인적 아이의 동화적 이미지를 그린 것이다.[23]

김동인의 나비 이야기로부터 이상에게 총탄처럼 파고든 것은 과연 무엇이었을까? 연약한 나비 날개의 팔랑거리는 날갯짓이었을까?[24] 식민지의 무기력한 한 지식인에게 그 연약한 날개의 힘이 식민지 본국의 문명의 궤도를 허물어버릴 수 있다는 것은 너무나 매혹적인 이야기였을 것이다. 아마 그로부터 그의 니체 사상에 대한 매혹과 탐색이 시작되었을지 모른다. 그는 김동인을 통해 니체로 건너갔던 것이 아닐까?

김동인으로부터 전해진 나비가 이상에게서 어떻게 변주되고 변용되며, 또한 초극되는지를 살펴보는 것도 재미있는 논의거리가 될 수 있다. 거기에는 우리 문학의 식민지적 풍경을 뚫고 솟구친 거대한 이야기가 숨어 있다.

이상의 「오감도」 중 「시제9호 총구」로부터 「시제10호 나비」를 거쳐 「시제14호」 「시제15호」에 이르는 이야기는 성적 생식적 육체의 강렬한 총탄이 거울세계(종교 과학에 지배된 역사)를 꿰뚫고 가려는 이야기, 거울계

---

23 정지용의 이 시에 나타난 초인적 아이는 이 책의 뒷부분에서 「유선애상」을 논할 때 중요한 자료로 제시될 것이다.

24 우리는 이로부터 이상의 「오감도」 핵심에 놓인 「시제10호 나비」와 소설 「날개」를 떠올려볼 수 있다. 이상의 수필에도 '나비' 이미지들이 나온다. 김기림이 이상의 '나비'를 떠올리며 쓴 것으로 보이는 「바다와 나비」가 '나비'의 낭만적 꿈을 따라가는 예술의 비극을 정리해준다. 이 '나비'의 꿈은 바다의 파도들에 비친 대지의 가상적 이미지들을 따라가는 것이었다. 김기림은 이 디오니소스적 바다의 꿈을 거둬내고 세상의 차갑고 어두운 심연과 그 위에서 꿈틀대는 파도만을 남겨준다. 나비의 여행은 비극적으로 끝난다.

를 장악한 반(胖)왜소형의 신(「시제5호」) 또는 역사의 망령(亡靈)(「시제14호」)
그리고 거울세계에 붙잡힌 '나'와 벌이는 거대한 전쟁(「시제15호」) 이야기
이다. 이상은 이러한 니체적 전쟁 이야기와 유계(幽界)인 무한계와 소
통하는 '나비'의 거울계 탈주 이야기를 「오감도」 연작시 속에서 통합
했다. 이상은 거울세계를 지배하는 존재를 다양하게 표출했다. 그것
은 카인과 악성(樂聖), 기독과 알카포네 같은 인물들로 등장한다. 이러
한 존재들의 사상과 이념이 지배하는 세계는 돈과 도시와 폭력과 종
교가 지배한다. 그 세계의 구조 안에서는 아무리 예술적으로 그 구조
를 개선한다 해도 결국 무한거울의 한계 속에 갇힌다. 이러한 것들로
부터 탈주하는 '나비'는 그러한 구조 바깥에 있는 유계(幽界)와 소통하
는 시인의 내밀한 존재이며 시적 영혼의 표상이다.

  이상은 김동인의 '태평행'에 내포된 '나비의 파괴적 질주'에서 그 유
명한 「오감도」의 첫 번째 시 「시제1호」의 '무서운 아이들'의 질주 이미
지를 암시받았을지 모른다. 이들의 '질주'에는 '탈주'가 포함되어 있다.
물론 이 유명한 시 이전에 발표한 일문시 「광녀의 고백」 같은 시도 주
목해야 한다. 거기에는 "독모(毒毛)를 살포(撒布)하면서 불나비와 같이"
고풍스런 지도 위를 날아가는 광녀(狂女)가 있다. 자신의 몸을 돈 때문
에 더럽히고, 여러 남자들에게 자신의 몸을 팔지만 동시에 자신의 몸
을 증여해온 그녀가 독한 날개를 펼쳐 그 위를 날아가는 '고풍스런 지
도'는 나한(羅漢)들이 살아가는 금욕주의적 세계의 지도이다. 돈과 종
교에 의해 육체의 자연적 본능을 억압하고 살아가는 사람들의 세상
을 그린 지도인 것이다. 그녀의 독기 어린 몸의 털을 그 지도 위에 '살
포'하는 것은 그러한 세상의 억압적인 체계를 공격하기 위한 것이리라.

불나비 같은 '몸'의 공격은 독기어린 털의 화살을 쏘아대는 것이다.

'카오스 나비'의 날갯짓이 일으키는 자연스러운 쪽거리(프랙탈)의 파동 대신 광녀의 불나비같은 운동은 '독모의 살포'라는 직접적 공격을 택한다. 이 '불나비'의 표상을 이상은 초기 시편에서 이렇게 한 번 거쳤다. 그러나 이 시의 존재나 의미를 아직 사람들은 잘 모르며 연구자들도 그러하다. 따라서 이 광녀의 불나비보다는 잘 알려진 「오감도」 시편들로 넘어가 이야기하는 편이 더 좋으리라. 「시제1호」에서 「시제10호 나비」에 이르는 탈주와 질주의 이야기를 해보기로 하자.

나는 「시제1호」에 나오는 이 '무서운' 초인적 아이들의 질주를 구인회 파라솔파 시인들이 『시와소설』에서 제시한 '거리에서의 질주' 개념과 연관시켜볼 것이다. 그것이 과연 그들에게 얼마나 중요한 주제였던가 살펴볼 것이다. 그리고 파라솔파가 그러한 '거리의 질주' 주제를 어떻게 공유하게 되었는지 알아보고자 한다. 그러한 과정에서 구인회 시인들의 니체주의적 면모를 드러내볼 것이다. 니체주의에 대한 개별적 관심들은 이전부터 있었다. 그러한 것들이 어울리고, 좀 더 집약되고, 합의되어 구인회 파라솔파 동인들 사이에 암묵적으로 약속된 공통 주제로 더 선명하게 떠올랐다고 생각한다. 이러한 것을 해명하는 것은 '거대한 이야기'의 실타래 속에서 하나의 실가닥을 풀어보는 것이다. 그 이야기의 핵심에 이상이 있다.

이상은 존재의 총체성을 구현하기 위해 무한(無限)과 극한(極限)의 사유를 전개했다. 하나의 개체존재나 개별적 현상은 이러한 무한과 극한의 사유를 통해서 그것의 모든 가능성의 영역, 그것의 최종적 도달점을 보여준다. 그는 또 존재의 아름다운 결정체를 위해 삼각형의 기하학적 사유를 전개했다. 그의 초기 시편에서 선명히 부각된 삼각형 기호는 그의 존재론을 변증법적 투쟁이 아니라 상호 화합과 조화로운 통합의 결정체로 바라보게 해준다. 이러한 것들이 이상 자신만의 독자적인 사상적 성채를 구축하는데 기여했다. 그에게 '전등형 인간'[25]이란 개념과 '삼차각'이란 독창적 개념이 있다. 이러한 것들이 바로 그 결과물들이다.

　이상은 '전등형 인간'을 자신의 초인적 개념의 표상으로 내세웠다. '삼차각' 개념은 니체가 인류 역사 전체의 부정적 기호로 내세우는 타란툴라 거미의 검은 삼각형과 대립하는 것이다.[26] 이상은 초기 시편에서 삼각형 기호의 유희(춤과 노래)를 보여준다. 그것은 타란툴라의 검은 삼각형을 의식하고 그러한 저급한 존재를 넘어서기 위한 것이다. 이상은 인류 역사를 장악하고 주도해온 타란툴라 삼각형에 반하는 자연의 근원적 형상 구조를 성적이며 생식적인 삼각형으로 파악했다. 다른 삼각형을 연인으로 갖고 있는 그러한 삼각형에 대한 시를 썼다. 「신경질적으로비만한삼각형」이 첫 번째 시이다. 자신의 짝이 되는 ▽을 부르는 이 삼각형은 원색과 같이 풍부한 삶을 지향한다. 그러기 위해서 사막 같은 세상을 카라반처럼 낙타가 되어 건너가려 한다. 「삼차각설계도」 연작의 주제인 '삼차각'은 이 △의 사랑 이야기이다. 이상

25　「삼차각설계도」 연작 중 「선에관한각서5」 참조.

26　이상의 초기 시편에서 삼각형 기호인 ▽과 △을 주제로 한 것들이 여러 편 있다. 그 두 삼각형은 사랑의 관계에 놓여 있다. 나는 「삼차각설계도」의 '삼차각' 개념을 이 초기 시편과 관련시켜 해석한 바 있다. 이 사랑의 강렬도 개념을 입체공간 좌표로 표현한 것이 「선에관한각서1」의 주제이다. 후기 소설 「단발」 「종생기」 「실화」 등에서 다루는 연애의 삼각관계는 이러한 사랑의 삼차각이 붕괴된 두 남녀의 이야기이다. 그것은 사랑의 밀도와 강렬도가 서로 간의 밀고 당기며 속이는 게임으로 타락한 이야기이다. 그의 소설은 현실계에서 벌어지는 이러한 세속적 사랑의 게임 속에서 진실된 사랑의 가능성을 찾아보려는 것이다.

은 이 기호를 통해 '사랑의 밀도와 강렬도'를 매우 독특하고 독창적인 방식으로 탐구했다. 아마도 이것만이 한국 현대문학에서 니체 사상과 겨룰 수 있는 자격을 갖출 수 있을 것이다.

우리는 아직 김동인과 이상의 이러한 독자적인 사유와 사상 풍경에 제대로 다가서보지 못했다. 식민지 시기의 근대성이라는 두꺼운 장막에 둘러싸인 채 여전히 그 속에서 많은 사람들은 서성거리고 있기 때문이다. 연구자들은 대개 그 장막 안에 있는 것들만을 보려 한다. 우리 스스로를 작게 축소시켜 바라보려는 세계관이 우리에게 주입되어 있다. 그러한 세계관의 작은 창들은 역사적으로 이미 오래전부터 우리 정신에 투입되고 고정되었다. 조선 시대를 거쳐 일제 식민지 시대에 더 그렇게 되었고, 그 이후에도 이러한 틀에서 완전히 탈피하지 못하고 있다.

니체 사상의 면모를 우리 문학에서 확인해보려는 것은 우리가 근대철학의 한 면모를 얼마나 잘 수입해서 우리의 근대적 교양과 지식을 넓혔는가 하는 것을 추적하는 일이 아니다. 흔히 속류적인 근대문학 연구자들이 하는 일이 그러한 것이다. 속류적인 비교문학자들도 그러한 일을 좋아한다. 그러나 그러한 연구들에 대해 니체가 만일 그 옆에 있다면 벌컥 화를 낼 만한 일이다. 김동인과 이상이 자신의 니체적 관심을 겉으로 드러내지 않은 것은 바로 그러한 속류주의적 관점을 피하기 위해서였을 것이다. 그들이 하고 싶었던 것은 니체 사상과 개념의 수입이 아니었다. 그러한 근대적 교양주의는 껍질적 패션일 뿐이다. 그들은 자신의 삶을 불태울 사상이 필요했고, 그들의 피를 데울 사유가 필요했다. 니체 사상의 흐름은 바로 이러한 뜨거운 예술적 혼들 속에 스며들어갔다. 니체적 교양, 지식이 중요한 것이 아니라 영혼의 사상적 땔감이 필요했던 것이다. 이러한 관점으로 바라볼 때 1930년대 우리 문학의 한 부분에는 장려한 풍경이 펼쳐져 있다. 우리는 바로 그 풍경을 발견하고 있다.

4

1930년대 중반에 그러한 풍경의 핵심이 만들어진다. 구인회의 결성이 그 한 사건이다. 그리고 시 분야에서 볼 때 그 이후 구인회와 연결되는 『시인부락』이 결성되고, 그것을 계승한 『자오선(子午線)』과 몇몇 시 잡지들이 만들어진다. 『시인부락』은 서정주가 주도했고, 『자오선』은 오장환이 주도했다. 이 두 시인이 니체 사상을 서로 다른 모습으로 변주하면서 함께 했고 경쟁했다. 서정주의 기념비적인 시인 「화사(花蛇)」는 큰 파장을 불러일으켰다. 니체 사상이 강조하는 원초적 생명력의 영원회귀 이미지를 담은 꽃뱀의 충격적 이미지는 여러 시인들에게 다양한 반향을 불러일으켰다. 그것은 관능적인 '뱀'과 육체의 이미지를 퍼뜨렸다. 오장환은 서정주의 반대편에서 먹구렁이 이미지를 불러왔다. 그는 또 여러 시편들에 걸쳐 풀묵지로부터 거북이에 이르는 동물 기호를 니체적 사유 속에서 이미지화했다. 서정주가 1930년대의 끝을 넘어가 1942년에 발표한 「거북이」에서 오장환의 풀묵지와 거북이에 화답했다. 『시인부락』 초창기에 만들어진 '해바라기' 이미지는 함형수로부터 서정주와 오장환에 이어지면서 니체 사상의 꽃이 되었다. 그 꽃은 시단 전체로 퍼져나갔다.

지금까지 연구자들은 이러한 기호와 이미지들을 개별적으로 파악했고, 그러한 것들이 서로 연결되어 하나의 풍경이 될 수 있다는 생각을 하지 못했다. 그 전체를 하나의 풍경으로 바라볼 수 있을 니체 사상을 대응시키지 못했기 때문이다. 김광섭이 「황혼」[27]에서 노래했던 해바라기 꽃의 향기와 빛깔에는 '한 나라가 숨 쉬는' 풍경이 들어 있다. 그는 학교에서 한국어 사용이 금지되었을 때 한글 교육을 했다는 이유로 고발되어 감옥에 들어갔다. 감옥 속에서 쓴 한 산문에서 그는 니체에 대한 자신의 관점을 고백했다.[28] 우울한 인류 역사를 꿰뚫는 사상에 대한 꿈이 감방 바깥에 피어난 장미 이미지와 중첩되었다. 그는 감옥의 우울함을 견뎌내기 위해 형무소 뜰 담장에 핀 장미 한 송이를 꺾어 자신의 방을 장식했다.[29] 그의 꽃에는 인류의 역사가 만들어 놓은 모든 감옥을 뚫고 나가려는 니체의 초인적 사유가 스며 있었다.

이렇게 1930년대 중반 이후 시단에 광범위하게 퍼져나간 동물과 꽃 기호의 의미를 우리는 어떻게 보아야 할까? 흔히 '생명파'와 '니체주의'를 운운하면서 이러한 현상의 일부에 대해 말하곤 한다. 그러나 이러한 언급들에서 '생명'의 개념은 너무 상식적인 수준에 머무른다. '니체주의'에 대한 논의도 그렇다. 그것을 아직 시인 작가들의 개인적인 지적 관심이나 교양주의 수준에서 파악하는 경우가 많은 것이다.

나는 1930년대 후반에 퍼져나간 이러한 동물과 꽃들의 풍경을 거대한 사상운동의 한 양상으로 생각한다. 소박한 몇몇 개인들이 개별적인 관심사로 제시한 생명사상이 아니라 식민지 권력 기구들을 꿰뚫

---

27 『조광』, 1938. 5.

28 그의 「옥창일기」(1944. 6. 17)를 보라.

29 김광섭은 암흑기에 일제에 의해 강제로 폐지된 한글과 한국어를 학생들에게 가르치려 했다는 죄목으로 감옥에 들어갔다.(「옥창기」, 1943. 11. 16 참조)

고 나가려는 '위험한 사상'으로 보려 하는 것이다. 그것은 식민지적 억압에 맞선 시인들의 내면 풍경이었다. 그리고 그것은 더 나아가 그러한 식민체제를 만들어낸 타란툴라적 역사 전체의 감옥을 넘어가려는 장대한 기획이기도 하였다.

이상의 초창기 연작시인 「조감도」도 그러한 기획을 품고 있다. 거기서 그는 인류의 전 역사를 하나의 통합적 책이나 풍경으로 조감하며 그것의 허무함과 황량함에 대해 말했다. 「삼차각설계도」에서는 새로운 인간, 새로운 존재론을 설계하고, 그러한 존재론을 우주적 차원과 연결시키는 총체적 사유의 지평을 열고자 했다.[30] 구인회 파라솔파 시인들이 '거리에서의 질주'를 주제로 삼은 것도 그러한 것이다. 식민화된 도시 거리의 삶에 길들여지고 억압된 사람들의 자연적 신체를 그들은 '구제'하고 그것들을 '거리'에서 질주시키고자 했다.

'시인부락'파 시인들이 이 구인회 파라솔파 시인들을 뒤따랐다. 서정주는 니체의 '정오의 사상'을 배경에 깔고 있는 「대낮」을 발표했다. 그리고 제주도 남쪽에 있는 남국의 섬 지귀도의 태양 아래에서 자신들의 '해바라기' 사상을 고양시키려 했다. 그는 '지귀도' 시편을 써냈다. 「웅계」의 초인적 수탉들이 거기서 탄생되었다. '지귀천년'을 울어대는 수탉은 자신들의 땅과 국토를 노래하며, 마치 국기처럼 머리 위에 붉은 벼슬을 휘날리게 했다. 식민지 시기에 국토와 국기를 되돌려달라는 암시를 갖고 있는 이러한 싯구들은 불온하게 여겨질 수도 있다.

---

30 이상의 시들이 「조감도」 「오감도」 등 높은 곳에서 내려다보는 관점의 연작 시편들을 쓴 것도 니체의 시각과 관련해서 주목된다. 니체는 위에서 내려다보는 '비교적(祕敎的) 방식'에 대해 이처럼 말했다. "모든 세상 괴로움을 한눈에 조감할 수 있는 정신의 극치라는 것이 세상에는 존재한다."(『선악을 넘어서』, 56쪽)

많은 것들이 생략되고 암시적인 비유를 썼기 때문에 이러한 시편들이 살아남았다. 북한에서 활동한 김광섭(위에 소개된 김광섭과 동명이인)은 「달레」[31]와 「옴두꺼비」[32]를 발표했고 이러한 시들에서 단군신화를 은밀하게 호출했다. 그는 새로운 민족을 생성시키기 위해 우리 고유의 신화를 복귀시키면서 '자손들의 나라'로 나아가려 했다. 말하자면 그것은 새로운 국가를 암시하는 것이고, 새로운 신화적 목록판을 구성하려는 작업이 될 수도 있었다.

　우리는 지금까지 이러한 것들을 너무 작은 창으로만 내다보려 했다. 그 시기의 문학들이 외래적 근대 양식이나 기법들을 얼마나 잘 수행하고 있는가에 주로 관심이 있었던 것이다. 마치 외국 근대문학의 선생들이 자신들의 모범적인 문학예술적 잣대를 들고 다니면서 측정하듯이 우리 내면에서 그러한 선생들의 잣대를 열심히 모방하고, 충실한 학생들처럼 그 잣대를 작품들에 들이댔다. 모더니즘과 이미지즘에 관련된 많은 논의들이 그러한 한계를 넘어설 수 있었을까? '생명파'에 대한 논의들도 크게 다르지 않다. 이들에 대한 보들레르나 니체의 영향 관계를 점검하는 것도 마치 냉정한 수사관이 벌이는 범죄 수사처럼 진행될 것이다. 수사관은 증거물을 수집하면 자기 일이 끝난다. 많은 문학 연구자들이 때로는 그러한 냉정성을 학문적인 엄밀함이라고 착각한다. 비교 분석하는 자들은 비교 항목 이외의 것에는 관심도 없다. 또 자신들이 엄밀하게 확증할 수 있는 것만을 부각시키고 나머지는 아무리 중요하고 절실한 것이 있다 해도 그에 대해서는 아무 할 말이

31　『맥』 2집, 1938. 9.
32　『맥』 1집, 1938. 6.

없다. 과연 '생명파'에 대한 기존 연구들에서 그들이 절실하게 추구했던 '해바라기'와 '뱀'의 사상과 육체가 얼마나 드러났던가? 그들의 예술가 공동체적 이미지인 해바라기 꽃과 관련된 '12명의 결의 형제'(해바라기 12송이나 12잎으로 표상된)가 별무리 운동처럼 파악된 일이 있었던가? 서정주와 오장환은 서로 다른 시기에 발표한 시에서 이 해바라기 이미지를 주고 받았었다. '결의 형제'에 대한 그들의 생각은 처절한 데가 있었다. 12송이 해바라기로 상징되는 삶과 예술의 공동체는 과연 어떤 것이었나? 오장환은 혼자 여행하는 고독한 순간에도 왜 이 정신적 동지들을 호명하고 있었나?

그림 20 Sunflower Line Art Drawing
(출처 : https-://thegraphicsfairy.com/vintage-image-colorful-sunflower)
『시인부락』파의 상징은 12송이 해바라기 또는 12꽃잎 해바라기였다. 아마 이 12는 동인들의 숫자이자, 정신적 공동체의 상징적 숫자였을 것이다. 서정주는 한반도의 가장 남쪽을 찾아가서 '적도의 해바라기' 이미지를 떠돌리며 「웅계」라는 시편을 써냈다. 제주도 남쪽 지귀도에서 그는 디오니소스와 아폴로의 초인적 정신을 탐색했다.

대개의 비교연구자들에게 이 시인들의 삶과 영혼은 별 관심 대상이 아니다. 그런데 비교연구자들 이외의 많은 사람들에게도 이러한 '비교연구자들'의 시선이 전파되고 그들 역시 그렇게 바라보고 해석하는 훈련을 받는다. 우리의 문학이 세계문학에서 2류나 3류처럼 보이는 것은 바로 이 때문이다. 그리고 그러한 양상이 이어지면서 실제로 그 이후 우리 문학의 많은 부분이 점차 2류나 3류가 되어갔다. 이러한 기류의 지속 속에서 세계적인 1류가 되기 위해 계속 유행 패션만을 따라가려는 몸부림들이 보여서 애처롭기까지 하다. 그렇게 해서 어떻게 일류가 될 수 있겠는가? 먼저 자신에 대해 스스로 충실해야 할 일이다. 독창성은 남들과의 비교 항목에만 신경 써서 이루어지는 것이 절대 아니다. 우리들이 세상을 바라보는 창은 이러한 비교와 흉내의 차원을 벗어날 때 진정으로 '나의 시선'이 보여주는 풍경을 드러낼 것이다. 풍경의 중심에 자신을 주인으로 앉힐 때 비로소 자신의 독자적인 이야기가 시작된다. 이상이 자신의 소설 「종생기」에서 뼈있게 내뱉은 말이 바로 이것이다.

1930년대 중반과 그 이후의 시단 풍경을 우리는 이제 자신을 주인으로 앉힌 시선의 좀 더 큰 창으로 바라볼 때가 되었다. 여러 작품들 전체를 내다보면서 우리는 거기서 함께 불타며 외치는 일련의 꽃들의 무리, 거대한 꽃밭을 볼 수 있을지 모른다. 그 수많은 시의 꽃들을 하나의 꽃밭으로 묶어줄 수 있는 사상이 바로 니체 사상이다. 따라서 그 시대 그들의 '니체'를 우리는 새롭게 발견해야 한다. 교양과 지식의 차원이 아니라 모방과 흉내, 습작의 차원이 아니라 자신의 세계 인식과 삶의 불길을 태우려는 땔감으로 가져온 그러한 '니체'를 알아보아야 한다.

이러한 니체 사상은 뚜렷한 모임도 강령도 없이, 이름도 없이 개인들의 사유와 내밀한 의식 속에서 번져갔다. 그것은 식민지의 수탈적 근대성과 조직적 체계적인 마르크스주의 이론 및 사회주의 운동에 대립하면서 커다란 흐름을 이뤘다. 그러한 타란툴라적인 것들을 모두 꿰뚫고 나아가려는 강렬한 의지와 의욕을 일군의 시인들이 자신 속에서 일깨웠다. 구인회 파라솔파 시인들과 시인부락파 및 그것을 계승하거나 거기서 영향받은 여러 작품들이 그러한 바탕 위에서 꽃 피어났다. 그 꽃들은 식민지의 차가운 냉풍 속에서도 은밀하게 자신들의 언어를 '밀어(密語)'처럼 속삭였다. '시인부락'파가 '해바라기의 밀어'라고 한 것이 바로 그러한 것이다. 그러나 그 '밀어'들은 1930년대 말 암흑기의 어둠과 냉풍 속에서 점점 위축되었다. 그리고 민족의 성씨와 모국어가 억압되고 폐지되는 가운데 숨죽이다 마침내 침묵했다.

해방 이후 현재까지 이러한 1930년대 파라솔파나 시인부락파가 피워낸 것 같은 강렬한 꽃밭은 다시는 출현하지 않았다. 그때의 시인들 중에 그 뒤에 더 오랫동안 활동을 한 자들도 있다. 그러나 그들은 모두 1930년대 절정기의 빛과 향기를 잃어버렸다. 좌우의 정치적 분열, 체제의 이념적 고정화 속에서 사상적 땔감으로서의 니체주의도 동력을 잃었다. 그것은 점차 지식과 교양의 수준으로만 남았다. 우리는 이렇게 해서 1930년대의 꽃밭 풍경을 바라볼 수 있는 시야마저 잃어버렸다. 하지만 이제 우리의 예술 사상적 질을 고양시키기 위해서는 그 시야를 되찾아야 한다. 그리고 그들의 진면모를 발견해야 한다. 그들을 복권시키기 위해서 나의 연구는 시작되었다.

구인회 이전의 니체 사상의 면모

1

김기림이 「문단불참기(文壇不參記)」에서 말했듯이 '구인회'가 그저 밥이나 먹으면서 이루어진 가벼운 사교모임에 불과한 것이었을까? 만일 그렇다면 나의 이러한 심각해 보이는 논의 자체가 우스운 것이 될 수도 있다. 그러나 김기림의 그러한 한마디 말은 그저 지나가는 말로 가볍게 했던 말이다. 그것은 자신들의 그룹이 대단한 조직이나 강령 같은 것을 의식하지 않을 정도로 자유로운 분위기를 지향한다는 것을 강조하고 싶어서 내뱉은 말이기도 하다. 하지만 사교모임이라 해도 문학적으로 치열한 사람들이 모인 자리였으니 그저 밥 먹고 술 마시고 잡담이나 한 것으로 그치지 않았을 것이다.

김기림의 말 중에 주목되는 바가 있다. '구인회'는 '꽤 재미있는 모임'이었으며, 상허(이태준), 구보(박태원), 상(이상을 가리킴)은 꽤 서로 신의를 지켜갈 수 있는 그러한 우의적 모임이었다는 것이다.[33] 김기림이

---

33 김기림, 「문단불참기」, 문장, 1940. 2.

1934~1935년에 걸친 겨울 어느 날 상허의 집에서 모였던 일을 잠깐 언급한 글이 있다.[34] 거기서 이상은 쥘 르나르의 글 한 편을 소개함으로써 그 모임의 분위기를 북돋았다. 그가 꺼내 든, 겨울철 난롯불에 온기를 느껴 봄으로 착각해 울음을 운 '카나리아' 이야기는 그 자리를 매우 상징적인 분위기로 이끌어갔다. 아마 그들은 이 이야기를 통해 자신들이 겨울철의 카나리아이며, 봄을 바라는 노래를 자신 속의 카나리아가 부르고 있다고 느꼈을 것이다. 이러한 식으로 사교적이고 사소해 보이는 담론 속에서도 그들은 문학과 예술에 대해 매우 심도 있는 논의들을 전개한 것이 아닌가? '구인회' 결성을 위해 모였던 제비다방에서의 몇 번의 회합도 그러한 성격의 것이지 않았을까?

　나는 구인회 동인지 『시와소설』에 제출된 경쟁적 또는 논쟁적인 시 작품들을 보면서 그러한 추정을 해본다. 그들은 거기 제출된 자신들의 작품과 주제에 대해서 별다른 언급들을 하지 않았다. 이상만이 거기 실린 「가외가전」이 굉장한 작품인 것처럼 어느 편지에선가 이야기했을 뿐이다. 물론 확인되는 자료 안에서는 그렇다는 말이다. 『시와소설』이나 그 주변 지면에서 그에 대해 심각한 논의를 한 적이 없으니 이렇게 말할 수밖에 없다. 니체의 『짜라투스트라는 이렇게 말했다』에서도 잘 주목되지 않는 '목록판'장의 주제가 어떻게 이들 간에 공유된

34　김기림, 「봄은 사기사(詐欺師)」, 중앙, 1935. 1. 이 글은 이태준의 집 '경독정사(耕讀精舍)'에서 구인회 동인들이 만났던 일의 한 장면을 다룬 것이다. 이상은 여기서 쥘 르나르의 「전원수첩」에서 읽은 한 구절을 이야기했다. "겨울날 방안에 가두어두었던 카나리아는 난로불 온기를 봄으로 착각하고 그만 날개를 푸닥이며 노래하기 시작하였다고—." 김기림은 이상의 마음에 봄을 그리는 생각이 남아 있어서 이러한 이야기를 꺼낸 것이라고 했다. 이상은 이때 제비다방이 파산된 상태였는데, 그로 인해 재판소 호출장과 내용증명 우편물을 가지고 다녔다. 이러한 파산한 시인과 찬란한 형용사로 꾸며지는 봄이 무슨 상관인가 라고 김기림은 묻고 있다.

주제가 되었는가? 물론 과연 그 작품들이 '목록판'장과 어떤 관련이 있는지도 자세히 논증되어야 할 사항이다.

그러나 그것이 입증되었다고 해도 니체 사상의 한 대목[35]을 이렇게 집중적으로 집요하게 고도의 은폐적 기호와 수사학을 동원해서 탐색했다는 것은 너무 갑작스럽다. 나의 추정은 따라서 자연스럽게 이미 니체 사상 또는 니체적 사유는 구인회 동인들이 결집되기 훨씬 이전부터 상당한 정도로 퍼져 있었다고 보아야 한다는 것이다.

적어도 이상과 김기림에게 있어서 이 문제는 확실하게 검증될 수 있다. 이상은 1931년의 초기 시편들부터 태양과 열풍, 타란튤라의 검은 삼각형[36]과 대비되는 삼각형 기호[37]와 절름발이 기호, 거울 기호[38] 등을 작동시키고 있었기 때문이다. 이러한 기호들은 니체 저작들에 일관되게 나오는 기호들이며, 그 의미도 거의 동일하게 작동한다. 이상이 비록 니체를 구체적으로 언급하지 않는다 해도 이러한 다양한 기호의 상호 유사성과 그 의미론적 일치는 우연한 것으로 보기 어렵다.

---

35 이 '목록판장'은 사실 연구자들에게 잘 언급되지도 않는 장이다. 여기에 나오는 '새로운 민족을 창조해야 한다'는 명제는 민족이란 말만 나와도 거부의 자세를 취하는 연구자들에게 달갑지 않은 것이었을 것이다. 그러나 식민지 국가 체제에서 점차 민족적 독자성을 상실해가던 당시 지식인들에게 이 문제는 내부적으로 심각하게 다가왔을 수도 있다. 그들은 은밀하게 이 문제를 제기했으며, 매우 난해하고 모호한 표현 속에 그것을 담아 은폐했다.

36 니체는 자신의 글에서 타란튤라 거미의 상징적 표지로 등에 박혀 있는 검은 삼각형을 말한 적이 있다. 그의 『짜라투스트라는 이렇게 말했다』, 169쪽을 보라.

37 초기 시편에서 태양과 삼각형 그리고 수염, 절름발이 십자 거미 기호 등이 니체적인 면모를 보인다. 그 이후 발표된 「조감도」는 이러한 니체적 사유를 통해 바라본 인류 역사에 대한 조감도이다. 삼각형 기호가 등장한 「▽의유희」는 웃음과 춤, 유희, 태양과 관련되는 이야기를 담고 있다. 비록 내용은 난해하지만 이러한 것들은 니체 사상을 표현하는 핵심어들이다. 『짜라투스트라는 이렇게 말했다』를 읽어보면 이 단어들이 니체 사상의 핵심을 담고 있음을 확인할 수 있다.

38 이상의 거울이 니체의 거울과 비교될 수 있다는 논의는 신범순, 『이상문학연구──불과 홍수의 달』, 523쪽 참조.

특히 이상의 초기작 중 개를 다룬 「황(獚)」 연작은 니체의 『짜라투스트라는 이렇게 말했다』에 등장하는 '개' 기호들 없이는 설명하기 어렵다.[39] 이상의 '황(獚)'은 그의 자연신체를 동물(개) 이미지로 표현한 것이다. 그것은 일종의 사티로스적 동물인간이다. 자신의 신체가 갖는 야생적 속성을 표현한 것이다.

이러한 야성적 본능이 위축된 개가 김기림의 시편들에 등장한다. 「구두」(1933. 3)는 '항로 없는 배'에 비유된 구두를 '온순한 강아지'로 노래한 것이다. 바다에서 상륙한 부두에서 다음 항해를 기다리는 '온순한 강아지'가 된 구두는 항구의 규율 속에서 얌전해진 존재이다. 「이방인」에는 '낯익은 강아지'가 나온다. 그것은 김기림에게 있는 '황'적 존재이다. 바다 바람을 자신과 동반한 '강아지'에 비유한 것이다. "발등을핥는 바다바람의 혀빠닥이/ 말할수없이 사롭건만/ 나는 이항구에 한벗도 한친척도 불룩한지갑도 호적도없는/ 거북이와같이 징글한 한이방인이다." 우리는 여기서 「구두」의 온순한 강아지와 대립하는 '낯익은 강아지'를 보게 된다. 바다의 바람은 야생의 강아지처럼 친근하게 다가온다. 바다에 익숙한 사람들에게 그것은 낯익은 '바다의 개'(이상의 「광녀의 고백」에도 '바닷개'가 나온다)처럼 느껴진다. 바다 항해자들에게는 언제나 친근하게 함께 뒹굴며 뛰어 노는 것 같은 파도가 있다. 그 파도들을 그는 바닷바람에서 느낀다. 낯선 항구에서 그를 위안시켜주는 것은 바로 그것이다. 그것만이 그의 친근한 동반자이다.

김기림은 정지용의 유명한 시 「카페 프란스」 마지막 부분에서 이러

39   니체, 앞의 책, 522쪽 이하 「황과 짜라투스트라의 불개」 항목 참조.

한 '강아지' 이미지를 빌려 온 것 같다. 이국땅을 헤매는 이방인(주인공)이 카페의 테이블에 앉아서 자신의 피곤한 발을 핥아달라고 청원하며 이국종 강아지를 불러본다. 그러나 김기림은 그것을 전혀 다른 문맥에 집어넣음으로써 낯설게 만들었다. 김기림은 「카페 프란스」의 애완견과 대비되는 야생의 강아지를 불러낸 것이다. 바닷바람의 야생적인 이미지가 어느 낯선 항구에 들어선 이방인을 위로하듯 친근하게 다가선다. 항구의 삶에 전혀 어울릴 수 없을 것처럼 느끼는 시인 속의 이방인은 항구의 강아지를 부르는 것이 아니라 자신의 내면의 바다를 불러내는 것이다. '바다'와 '개'는 같은 속성을 지닌 것이다.

「파선(破船)」(『태양의 풍속』에 실린)은 비슷한 주제 계열의 시편에서 이질적인 두 요소가 부딪쳐 파열음을 내는 유일한 시이다. 항구의 먼 불빛을 바라보며 제방 축대 위를 방황하는 시인은 자신을 바닷가 바위틈에 부서진 채 끼어 있는 파선처럼 참담하게 느낀다. 시인의 흉내도 못 내는 자신은 "빠이론과같이 짖을수도없(는)" 존재라고 말한다. 영국 낭만파 시인 바이런의 시가 마치 '바다 개'의 울부짖음처럼 묘사된 것이다. "차라리 노점(露店)에서 능금(林檎)을 사서/ 와락와락 껍질을 벗긴다." '항구'는 야생의 '바다'와 대립된다. 그는 바이런처럼 '바다'의 시인이 될 수 없다. 그 비슷한 흉내조차 내지 못한다. 그는 더 이상 바다를 항해할 수 없는 부서진 배이다. 항구의 길가 노점에 있는 사과를 '와락와락' 껍질을 벗겨내는 것은 그의 바다, 개의 울부짖음, 시를 대체하는 일이다. 바다의 삶과 항구의 삶이 시인의 내면에서 서로 격렬하게 부딪치고 있다. 사과 껍질을 마구 깎아대는 손과 칼에서 그 파열음이 느껴진다.

김기림의 야성적인 '개'는 다 초기 시편들(구인회 이전의)에 속해 있고, 이상의 '황'과 함께 니체주의적 사상권에 들어 있을 만한 것이다. 「개」에 나오는 안개 속의 '개'는 '즉흥시인'처럼 짖어댄다. 마을이 '안개의 해저'에 침몰했기 때문에 이 '개'는 '바다'의 짖음을 즉흥시처럼 뱉어내는 것이다. 바다의 디오니소스적 야성에 그는 매혹된다고 한 수필에서 말했다. 바닷가에서 자신의 동반자인 '개'를 포착하는 것은 그의 '바다'를 향한 여행길 또는 바다 위의 항해를 한결 수월하게 만들어주는 일이 될 것이다.

이상의 「황」 연작은 대부분 1933년까지 창작된 것이어서 구인회에 이상이 가입하기 이전에 해당한다. 이미 이상은 「황」 연작을 시작하기 이전에 「조감도」 시편(1931년에 쏜)의 「2인-1」 「2인-2」 등을 통해서 역사 시대 전체에 대한 비판적 조감도를 시도했었다. 그는 이어서 「신경질적으로비만한삼각형」(악기로서의 신체가 부각된)이나 「LE URINE」으로 나아가면서 역사의 타란툴라적 풍경에 대해 성난 삼각형, 뜨거운 오르간적 신체를 대립시켰다. 그 관능적 신체의 악기는 열풍 속에서 달궈지고, 성욕이 없는 역사의 금욕주의적 황무지, 즉 자연적 신체를 억압한 동토(凍土)의 지대를 뜨겁게 꿰뚫고 흘러간다. 그는 그 흐름을 '동화적 흐름'이라고 표현했다. 초인의 '아이 단계'가 '동화'라는 단어 속에 깃들어있다. 그 성적 생식적 육체의 흐름은 바닷가에서 비너스의 노래에 도달한다.

이렇게 니체적 주제를 강렬하게 압축한 시들을 그는 자신의 수수께끼 같은 '12·12' '13' △ ▽ ╋ ◈ □ 등과 여러 한자(漢字) 기호들, 다양한 아포리즘 등을 동원해 독창적인 수준에서 써내고 있었던 것이다. 이러한 기호학적 작업들을 그는 거의 대부분 1931년에서 1932년 사이에 써낸 일문시들에서 수행했다. 1931년에 발표한 「삼차각설계도」 연작과 그다음 해에 발표한 「건축무한육면각체」 등이 여기 포함되며, 발표되지 못한 「황」 연작과 유고 노트 시편들 역시 그 범주에 들어간다.

「LE URINE」와 대응되는 「광녀의 고백」[40]은 그의 상상력을 극대화시킨 화려한 작품이다. 거기서 그는 역사의 바닥, 근대의 바닥에서 자신의 신체를 성 상품으로 팔아야 살아갈 수 있는 창녀 이야기를 한다. 그는 이 시를 통해 육체적 쾌락을 사고파는 상품의 '최저낙원'에 침몰해버린 여자의 '신체'를 구제할 수 있는가 묻고 있다. 문명화된 세계 속에 이미 강렬하게 삽입된 '신체'의 구제 문제는 이상이 제기한 독특한 주제였다.

그에게 '최저낙원'의 풍경은 태초의 낙원을 가능케 했던 자연 '신체'가 가장 바닥으로 타락한 풍경이다. 초인적 주인공은 '광녀'의 신체를 통해 그 '최저낙원'으로 내려가 보아야 한다. 그 지옥의 풍경을 모두 알고 체험해보아야 한다. 거기서 타락한 천사들, 타락한 신체들과 더불어 살면서 그것들을 '구제'할 수 있는 방안을 모색해보아야 한다.

이러한 부분에서 이상은 니체적 주제를 한 단계 더 심화시키거나 이미 뛰어넘고 있다. 「광녀의 고백」은 그러한 주제를 극한적인 초현실적 풍경으로 이끌어간 놀라운 시이다. 거기서 광녀는 몰락한 혹은 하강

---

40 『조선과 건축』지에 1931년 8월에 발표된 연작시 「조감도」의 마지막 시편으로 「광녀의 고백」과 「흥행물천사」가 있다. 이 둘은 하나의 매춘부 이야기를 연작시 형식으로 다룬 것이다. 각기 8월 17일, 8월 18일에 쓴 것이어서 이틀에 걸쳐서 이 매춘부 '광녀'에 대한 두 가지 스토리를 작성한 것이다.

한 여자 초인처럼 보이기도 한다. 그녀는 금욕적 생활에 갇힌 나한들에게 자신의 '몸'을 증여해주기 위해 '불나비'같이 날아간다. 성적 타락과 성적 증여가 뒤섞여 있는 혼란스러운 지대를 그녀는 건너간다. 그녀는 과연 이 줄타기를 무사히 끝낼 수 있을까? 후속작인 「흥행물천사」에 그 답이 있다. 거기에는 북극(北極)의 빙결지대에 갇혀버린 그녀의 눈과 이미 그로테스크한 희극이 되어버린 거리의 서커스 같은 삶만이 그녀에게 초라하게 남아 있다. 이 시의 '북극'도 실제 북극 지역이 아니라 '北의 극한'이라는 기호학적 용어이다. 이상에게 '北'은 두 사람이 서로 등지고 있는 기호이다. 그의 기호학에서(「지도의 암실」에서 전개된) 그것은 '比(비)'와 '坐(좌)'의 반대편에 놓인다. 이러한 글자들은 두 사람이 나란히 앉아있는 형상 기호이다. 이상은 이러한 한자 기호학을 통해 사람들의 특성과 삶의 기호학적 지도를 그렸다.

이러한 기호학에서 '북국'은 철저한 이기주의적 계산만이 냉정하게 전개되는 '지식의 0도'의 극한적 세계이다. 「지도의 암실」에 나오는 '북정거장'의 '北'도 그러한 의미를 담고 있는 기호이다. 여기서 이상은 삼차각적 기호인 '삼모각'과 '북정거장'을 대비시키고 있다. '삼'의 기호는 냉정한 계산보다는 사랑과 화합, 증여를 앞세우는 존재이다. 삼각형 기호는 그의 시에서는 이러한 속성을 지닌다. 삼각형 기호, '삼'의 기호와 결합된 존재는 이상식의 '초인'적 존재이다. 「지도의 암실」은 그 삼모각의 '초인'을 냉혹한 '지식의 0도'의 세계로 하강시킨 것이고, 그 안에서 자신을 세상에 증여하기 위한 '길'을 찾고, 뚫고, 그렇게 자신의 '지도'를 그려나가는 이야기이다. 이상은 이와 관련된 많은 작품들을 남겼다. 그는 자신의 '초인상'에 대해 다양한 이야기를 통해 상세한 탐구를 했으며, 자신의 '초인'에 대한 다양한 설계도를 남긴 것이다. 그렇게 해서 니체의 '초인'과 겨뤘으며 그것을 넘어서려 했다.

『건축무한육면각체』(1932. 7)의 마지막 시 「한낮」[41]은 니체의 '정오 (Noontide)의 사상'을 가리키는 '대낮 정오'(태양이 머리 꼭지점 위에서 빛나고 있기 때문에 그림자가 없는 정오를 가리킨다)에 대한 패러디이다. '정오'는 이 시에서 도시 싸이렌과 연결되어 있다. '정오 싸이렌'은 석화(石化)된 도시인들의 석화된 머리[시에서 석두(石頭)]를 지배하는 기계적 울림소리이다.

이 시는 대도시의 풍경을 매우 부정적인 것으로 그리고 있는데, 수많은 인공태양들이 뜨고 지는 빌딩의 숲에서 '삼모(三毛)'라는 신체적 기호와 결합된 고양이 같은 시인이 배회하는 풍경이다. 이상이 니체적 태양 기호를 패러디 형태로 작동시켰음을 이 초기 시편에서 확인할 수 있다.

이상의 첫 번째 시 「이상한 가역반응」에서부터 '태양'은 니체적 사유와 관련된 기호이다. 그것은 인공과 자연, 차가움과 뜨거움의 대립이라는 니체적 사유와 이미지, 기호 체계의 기본 구조를 이 시가 따르고 있으며, 태양을 그 문맥 속에 위치시키고 있기 때문이다. 대리석 건물들이 서 있는 도시 거리 속에서 사람들의 육체가 어떻게 병적 상태가 되는가에 대해 이 시는 말한다. 이러한 대도시의 인공 태양 기호는 「수염」의 '아메리카의 유령', 「LE URINE」의 사보타지하는 태양, 「운동」

---

41 일문시 원문은 '진주(眞晝)'이다. 기존 이상 전집들은 「대낮」으로 번역했는데 나는 「한낮」으로 번역했다. '백주(白晝)'를 '대낮'이라고 번역하기 때문이다. '대낮'은 태양이 떠 있는 환한 낮이란 의미이지만, '한낮'은 태양이 한가운데 떠 있을 때를 가리킨다. 즉, '대낮' 중에서도 가장 뜨거울 때를 말하는 것이다. 니체 저작의 독일어판에서는 이 용어로 Mittag이 쓰인다. 영어판에서는 noontide이다.

의 기계적인 태양과 「한낮」의 대도시 인공태양에 이어진다. 「한낮」은 이러한 초기 도시 시편의 끝에 있다. 이 시의 '인공태양'은 끊임없이 떠오르는 자기(磁器)와 같은 태양이다. 그것은 도시가 토해내는 태양, 도시문명의 태양이다. 이 도시를 방황하는 시인은 '삼모묘(三毛猫)'라는 고양이 이미지로 묘사된다. '황'과 어울릴 만한 고양이 시인을 이상은 이 시에서 제시한 것이다. 이 삼모(三毛)는 세 가지 색깔의 털이나 세 개의 털을 가리키는 용어가 아니다. 이것은 '삼'이라는 '털'이다. 이 '삼모'의 고양이는 이상의 △기호 계열에 속하는 것

그림 21 "여자는고풍(古風)스러운지도(地圖)위를독모(毒毛)를 살포(撒布)하면서불나비와같이날은다. 여자는이제는이미오백나한의불쌍한홀아비들에게는없을래야없을수없는유일한안해인것이다."

「광녀의 고백」은 어느 매춘부에 대한 이야기이다. 그녀의 매춘은 자신의 신체를 증여하는 일과 상품으로 파는 일이 중첩된(시인의 시선에는 서로 겨루는 것으로 포착된) 기이한 이야기로 상승되어 있다. 이 독특한 주제를 이상의 독창성으로 빛나는 초현실주의적 화폭으로 그려낸 것이 바로 이 시이다. 그녀는 불교적 금욕주의의 표상과도 같은 오백나한에게 자신의 성적 쾌락을 증여한다. 그녀가 불나비같이 날아오르면서 뿌려대는 독모는 고풍스러운 금욕주의적 풍경에 대한 공격이다.

이상에게 여인의 신체적 생식력은 강렬하게 자라나는 모발로도 나타난다. 「작품제3번」에서 그것은 감옥에 갇힌 규수(閨秀)의 무기가 된다. '독두옹(禿頭翁)'이란 대머리의 황무지적 신체에 그녀의 마구 자라는 모발(毛髮)이 대립한다. 남자의 수염은 더 자주 생식력의 표지로 나타나기도 한다. 이상은 신체의 다양한 표상 중에서 털을 매우 중시했다. 고향의 산도 그에겐 털의 풍경이 된다. 유고노트 중에 「무제─손가락같은 여인」의 마지막을 보라. "고향의 산은 털과 같다. 문지르면 언제나 빨갛게 된다." 「한낮」의 '삼모묘(三毛猫)'라는 고양이는 이러한 생식적 활력으로 가득한 시인의 표상이 된다.

위의 사진은 범나방(tiger-moth)의 일종인데 몸에 화려한 색상의 털이 가득하다. 머리에 세 개의 검은 줄이 있고 좌우 날개에 세 개의 검은 점이 있다. 좌우 날개에 마치 B자처럼 생긴 문양이 있는데 두 개의 삼각형이 결합된 것이다. 이 나방은 이상의 △기호학의 표상이 될 만하다.

이며, 그러한 계열의 시작인 「신경질적으로비만한삼각형」(이상이 첫 번째 쓴 시이다)으로부터 「삼차각설계도」를 거쳐 초기 시편의 마지막을 장식하는 것이 된다. 니체가 타란툴라의 표지로 제시한 검은 삼각형의 맞은편에 이상의 이러한 삼각형 시편들이 놓인다.

　니체는 종교적 형이상학과 이성적 논리를 바탕으로 한 학문들을 비판하고, 인간의 역사가 점차 그러한 것들로 뒤덮인 우수(憂愁)의 세계임을 주장했다. 이상은 자신의 시 「LE URINE」에서 그렇게 타란툴라적으로 냉각된 우수어린 세계상을 보여준다. 「한낮」의 인공화된 도시는 그러한 세계상의 마지막 풍경이다. 이 도시는 아메리카의 대도시인 뉴욕 시카고 등을 떠올리게 만든다. 삼모묘(三毛猫) 시인은 사람들이 개미집 같은 빌딩들 속에서 콘크리트를 먹고 살아가는 대도시 속에서 인공태양들 사이를 돌아다닌다.

　니체의 '정오(Mittag)'는 『우상의 황혼』에서 이렇게 제시된다. "정오― 그림자가 가장 짧은 순간. 가장 긴 오류의 끝. 인류의 정점(頂点). ―짜라투스트라의 등장."[42] 니체의 '위대한 정오'라는 명제를 간략하게 압축한 이 '정오'와 이상의 「한낮」은 완전히 대립적인 것이다. 아무래도 이상이 니체 사상과 그것을 표현한 니체의 초인적 담론들을 깊숙이 알았다고 보지 않을 수 없다. 그러한 바탕에 위와 같은 패러디가 가능했을 것이다.

　김기림 역시 1930년대 초기 시편에서부터 니체적 분위기를 분명하게 보여준다. 그의 『태양의 풍속』 시집은 1930년대 후반에 발간되었지만 그것이 창작되고 발표된 것은 1930년대 전반이다. 이 시집의 목차는 매우 용의주도하게 짜여진 것인데, 그것은 니체적 사유를 시인의 체제로 옮겨놓은 것이다. 즉, 태양의 여정을 니체적 사상과 관련시켜

42　니체, 『우상의 황혼』, 42쪽. 번역판의 '대낮'을 여기서 '정오'로 수정했다.

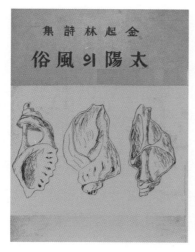

그림 22 김기림의 『태양의 풍속』 표지 그림
이 시집은 1939년 9월 학예사에서 출간되었다. 그의 대표시집인 『기상도』가 1936년 7월에 나왔으니 그로부터 3년 뒤에 나온 셈이다. 그러나 여기 실린 시들은 김기림의 초창기 시편들이다. 시집 서문에서 이 시집의 시편들이 1930년 가을부터 1934년 가을까지의 4년간 발표된 것들이라고 밝히고 있고, 이 서문을 쓴 날짜를 서문 끝에 1934년 10월 15일로 부기해놓아서 그러한 사실을 알 수 있다. 그는 첫 번째 시 「태양의 풍속」에서 "나의 바다의 요람을 흔들어주어라"라고 태양을 불렀으며, 이 태양의 상징을 시집 전체 여러 시편들에 배치해서 주도적 모티프로 삼았다. 마지막 3장 「오전의 생리」에 가서 이러한 태양의 열기를 북돋우는 시들로부터 출발해서 점차 그 열기가 시들며, 마지막 시 「상공운동회」에서 태양의 열기와 반대되는 근대적 상공인들의 경주를 보여준다. 산상에서 탄식하는 짜라투스트라가 이 광경을 내려다보고 있다.

목차 속에 배열했다.[43]

간략히 말한다면 그 뼈대는 '화술'이란 큰 제목 아래 배치된 두 개의 장, 즉 1장 '오후의 예의(禮儀)'와 3장 '오전의 생리(生理)'라는 두 장이다. '예의'는 아마도 니체 사상이 비판 대상으로 삼는 도덕과 관련될 것이다. '생리'는 그러한 인위적인 도덕, 풍속적 패션과 대립하는 것으로서 니체 사상의 핵심주제인 "육체는 역사를 뚫고 나간다"[44]라고 할 때의 '육체'와 관련된다.[45] 오후의 감상적 퇴락 풍경을 먼저 배치하고 새

---

43 이 목차를 그가 시집을 펴낸 1939년에 작성한 것으로 볼 수도 있다. 그러나 이러한 니체적 면모가 보이는 목차는 그 안에 담긴 시들과 상관없이 만들어질 수는 없을 것이다.

44 니체, 「증여하는 덕에 대하여」, 『짜라투스트라는 이렇게 말했다』, 황문수 역, 문예출판사, 2001, 132쪽.

45 니체는 육체의 생리를 힘에의 의지와 관련시킨다. 힘에의 의지가 쇠퇴하는 곳에서는 "반드시 생리학적 퇴행, 즉 데카당스가 있기 마련이다."(니체, 「반그리스도」, 『우상의 황혼/반그리스도』, 송무 역, 청하, 1984, 135쪽) 이 '육체'(번역본)는 영어판에서는 'the Body'이고 독어판에서는 'der Leib'이다. 이 독일어 Leib는 영어 life와 직결되는 생명, 목숨이란 의미와 신체, 몸을 동시에 의미하기 때문에 니체의 이 문맥에서 강한 울림을 준다. 자연적 생명, 목숨이 신체의 활동이기 때문이다. 영어 the body는 그에 비해 너무 물질적 정태적인 느낌을 준다. 일단 나

로운 태양이 떠오른 오전의 명랑한 풍경을 뒤에 배치했다. 니체 사상의 핵심인 '위대한 정오'는 어쩐 이유인지 생략했다. 그것은 '인류의 정점'으로서 '태양의 풍속'의 마지막 도달점이어야 할 텐데 이 시집에서는 그것을 향한 도정만이 있는 셈이다. 그리고는 시집 마지막에는 오히려 태양의 추락이 열거되고, '짜라투스트라의 산상(山上)의 탄식'으로 끝맺음을 한다.

3장인 '오전의 생리'가 이 시집의 중심부이다. 그것은 「기빨」로부터 「일요일행진곡」에 이르는 10편의 시들로 구성된다. 이 시편들은 '태양'과 관련되며, 대략 '태양의 경주(競走)' '태양의 풍경' '태양의 음식' '태양의 건축' 등의 주제를 담고 있다.[46] 이 시집의 제목은 바로 이 '오전의 생리'장 시편들로부터 가져온 것이라 할 수 있다. 서시에 해당하는 「태양의 풍속」은 "태양아/ —너를 부르기 위하야 나는 두루미의 목통을 비러오마"라고 외쳤는데, 바로 이 3장의 시편들이 거의 여기에 해당되는 이야기이다. 따라서 우리는 이 3장의 시들에 주목하고, 거기서 '태양'이란 기호에 부여된 김기림 자신만의 독창적인 '무엇인가'를 찾아내야 한다. 과연 그가 절규하며 찾는 그 '태양'은 무엇인가?

세상의 다양한 삶을 뜨겁게 불러일으킬 태양들이 서로 '경주'하며

는 '육체'라는 번역을 따랐다. 내가 이 책에서 제시하는 '신체' 개념은 '육체'보다 훨씬 광범위한 것이다.

46 이 장의 첫 번째 시는 「旗(기)빨」이다. "파랑모자를 기우려쓴 불란서영사관꼭댁이에서는/ 삼각형의 기빨이 붉은금붕어처럼 꼬리를떤다." 영사관 자체는 여기서 별 의미가 없다. 김기림에게는 이국적 패션이 더 중요하고 이 건물이 그러한 신선한 패션을 제공해줄 뿐이다. '삼각형 기빨'을 생동하는 붉은 금붕어 꼬리에 비유한 것도 그러한 것이다. 모든 바다와 육지의 기빨을 선도하는 이 삼각 기빨은 바다를 향한 항해의 시작을 알리는 깃발이다. 니체주의적 기호의 관점에서 이 삼각기빨은 반타란톨라적 기호이며, 바다의 디오니소스적 세계를 향한 출발의 깃발이다. 이상의 삼각형 기호와 연관성이 있다.

세상을 이끌어갈 때 세상의 풍경은 훨씬 생동감 있고 활력 있게 될 것이다. 그러한 태양 사상으로 사람들이 먹고 마시며 안락하게 거주할 공간들을 만들게 된다면 우리가 꿈꾸는 유토피아적 세상이 도래하게 될 것이다. 이러한 명제는 언뜻 교과서적이며, 윤리 교사들이 말할 법한 것이다. 그러나 이 태양 기호를 시에서 사상적으로 더 첨예하고 섬세하게 독창적인 것으로 만들었다면 이것도 충분히 주목해볼 만한 명제가 된다. 그리고 그러한 사상을 우리의 일상적인 삶들과 결합해 보여준다면 더욱더 그렇다.

"나의 식욕(食慾)은 태양에로 끌었단다"라고 김기림은 「분수」에서 노래한다. "병든 날개를 햇볕의 분수에 씻자" 그리고 "표범과같이 독수리와같이 몸을송기고/ 우리의 발굼치에 쭈그린 미운 계절을 바람처럼 꾸짖자"고 외친다. 표범, 독수리 등을 등장시킨 것은 짜라투스트라적 어법을 빌려온 것이다. 이러한 비유는 과연 어디서 개성적인 실질적 힘을 얻을 수 있을까? 어떤 실질적인 의미를 보여줄 수 있을까? 이러한 비유적 언어들이 사상의 치열한 꼭짓점에서 '몸'을 던진 전투 속에서 가져온 것이 아니라면 그 힘과 의미를 어디서 얻을 수 있단 말인가? 현실에서 지배적인 권력과 힘들, 그들이 작동시키는 지식과 교양 속에서 그러한 것들이 온다면 이 태양, 표범, 독수리는 모두 공허한 수사학이 된다.

'태양의 경주'라고 할 만한 주제가 「새날이 밝는다」에 나온다. 새날이 밝을 때 "고함을 치면서 거리거리를 미끄러져가는/ 난폭한 '스케-트' 선수"를 제시하고, 고무공처럼 탄력 있게 대지의 가슴으로 뛰어나가는 것은 '큰 아침'을 위한 '우리들의 경주'라고 말한다. 그의 비유들은 아직 범속한 윤리적 차원에 머물러 있다. 「출발」도 마찬가지이다. 여기서도 아침 해와 오월의 바다와 같은 창이 함께 등장한다. 아폴로가 디오니소스를 불러내듯이 '해'가 '바다'를 불러낸다. 「일요일 행진곡」은 '자연의 학대(虐待)'를 지속시킨 일주일의 시간들로부터 '역사의 여백'같은 일요일의 바다에 "너를 놓아라"라고 말한다. 자연과 역사의 니체적 대비법이 기본적인 진술을 한다.

이렇게 너무 뚜렷한 공식이 김기림에게는 존재한다. 마치 짜라투스트라의 어록 중 '요점 정리'된 부분들을 잘 외우고 있는 것 같은 인상을 준다. 「들은 우리를 불으오」가 이러한 요점을 가장 잘 보여준 작품이다. "무한한 야심(野心)과같은 우리들의 대낮으로 향하야 뛰여나가오"라고 했으며, "우리는 가축을 몰고 숲으로 가지 않겠소?"라고 한 것이다. 니체적 어법에서 나온 어휘들인 '대낮'이나 '가축' 등이 손쉽게 발견된다. 여기서 '태양'은 이러한 니체적 어법들을 거느린 '그들'의 즐거운 벗이 된다. 그러나 대개는 모두 니체적 어법들을 동원한 수사학적인 화려함에서 더 나아가지 못한다. 「아츰비행기」의 '유쾌한 악사'도 마찬가지이다. 하늘을 나는 비행기를 악사(樂士)에 비유한 것이다. 하늘에서 음악을 타는 프로펠러는 '싸포의 손보다 더 이쁘고' '5월의 바람보다 더 가볍다'. 그러나 이 감탄할 만한 음악적 비행기의 정체는 알 수 없다. 거기에는 니체적인 비극의 개입이 전혀 없는 명랑성만이 지배한다.

김기림의 이러한 '태양의 풍속'은 '바다의 풍속'이 되기도 한다. 「7월의 아가씨 섬」 같은 시들을 보자. "아가씨들이 갑자기 어족(魚族)의 일가인 것을 느끼는 7월.// 초록 문장의 해저에서 아가씨의 꿈은/ 붉은 미역 흰 물결의 테—프에 감기오.// 어족들의 고향에서는 푸른 유리창의 단면을 갈르고/ 뛰여나오는 물결의 흰 이빨이 갈매기의 비취빛 날개를 깨무오."

어족들의 바다의 삶은 '바다의 풍속'을 화려한 원색의 물결 속에서 보여준다. 이러한 '바다의 삶'은 그에게는 일종의 꿈의 풍경이다. '바다의 낭만주의'가 꿈꾸고 있는 풍경인 것이다. 『태양의 풍속』 시편들에는 이 꿈의 풍경을 향한 흐름이 존재한다. '바다의 풍속'에 도달하기 위해서는 인간의 강물이 바다를 향해 흘러가야 한다. 초인의 바다를 향해 흘러가는 '인간의 강물'이란 니체의 주제를 담고 있는 시편들이 있다. 「어족」이 바로 그것이다. 이 시는 시집의 3부 '오전의 생리'에 속한 「씨네마풍경」 장 속에 들어 있다.

어린 어족들은 벌거벗은 등을 햇볕에 쪼이며 헤엄칩니다. 그 속에서 집오리들이 정직한 세례교도처럼 푸른 가슴을 헤웁니다. 가까운 마을의 안악네들은 나물이나 빨래나 혹은 근심을 담은 바구니를 끼고 오솔길을 바쁘게 차며 나려옵니다. 사실 그 온갖 찍걱지들을 말없이 삼켜버리는 강과 같은 점잖은 하마가 어디 있겠습니까?

여기서 어린 어족과 집오리들 그리고 마을의 아낙네들이 강에서 자신들을 정화시킨다. 정직한 세례교도처럼 푸른 가슴을 강물에 담가 정화시키는 존재들은 분명 인공적 틀 속에 갇힌 가축적 존재의 인간적 때를 자연의 물결 속에서 정화시키는 것이다.[47] 이것은 인간의 강물

___
47 김기림의 '바다'는 낭만주의적 피안에 놓여 있다. 그의 수필들에서 수없이 출현하는 '바다'는

을 끊임없이 초인의 강물로 바꿔 결국 초인의 바다에 도달하도록 한다는 니체적 명제를 김기림식으로 명랑하게 표현한 것이다.

이러한 명랑성과 낙관주의는 '구인회' 시절에 쓰여진 『기상도』 시편의 마지막 부분까지 유지된다. 그 낙관주의는 근대 문명의 처참한 대파국적 몰락의 풍경을 지나치면서도 별 흔들림 없이 더 낙관적이고 예언적이 된다. 더 나아가 새로운 세계를 향한 꿈을 명료한 어조로 그리고 있다. 그러나 김기림이 계속해서 이러한 초기의 낙관주의와 명랑성을 유지하고 있었을까? 그의 또 다른 측면인 비애의 시편들이 있지 않은가? 「이방인」 「파선」 「구두」 같은 시들이 그렇지 않은가? 이 세 편의 시는 김기림 식의 '황'적 존재인 개의 위축을 보여준다.

니체가 정신의 최고 형식으로 삼는 '음악적 정신'은 본래 자연 자체 속에 스며 있는 디오니소스적 광휘의 선율과 생명의 박자에서 나왔을 것이다. 그 넓이와 깊이를 알 수 없는 도취와 황홀감이 그것의 본질이다. 그런데 김기림의 명랑성은 너무 명료하고 얄팍한 것처럼 보이고, 오히려 니체가 비판했던 소크라테스적 명랑성에 가까워 보인다. 현실적으로 명료한 것에 대한 피상적 이해와 낙천주의는 잘 결합된다. 명랑성이 거기서 나온다. 김기림의 이러한 시들로 도배된 『태양의 풍속』

세상사람들의 상처 많은 삶, 황량한 삶들 너머에 있는 '생명의 바다'이다. 「아이스크림 이야기」(1934. 8)에서 그는 처녀, 갈보, 강도, 기독교인, 사공 들의 '바다'를 그렇게 바라본다. 그들의 삶은 무엇인가 결여되고, 타락한 것이며, 활력이 없는 것이다. 그것들을 채울 수 있는 '바다'가 그들이 다가간 모래사장의 피안에서 출렁인다. 그리고 자신의 고향 바다는 마성의 정열과 꿈의 낭만주의적 바다이다. 「전원일기의 일절」(1933.9.7~9)이란 수필에서 그는 자신의 지적인 이성의 방파제를 넘쳐서 감정의 세계를 뒤흔드는 '바다'에 대해 말한다. 그가 『태양의 풍속』에서 노래하는 '바다의 풍속'은 아직은 이 피안의 영역인 '바다'가 실제 현실에서는 실현시키지 못한 풍속인 것이다. 그것은 미래에 펼쳐질 생명력으로 충만한 세계에 대한 꿈의 풍경이다.

은 너무 피상적인 니체주의, 수사학에 불과한 짜라투스트라가 아닌가? 그의 명랑성은 신문기자의 피상성으로부터 나온 것이 아닌가? 그런데 김기림의 이러한 얄팍함에 너무 주목하다 보면 그가 정작 구인회의 동료 이상에 대해, 그의 삶과 문학에 대해 깊이 천착하고 그를 이해하고, 후일에 그를 가장 깊이 추모한 것과 너무 동떨어져 보이기는 한다. 그렇다면 그의 이러한 것들에 혹시 다른 전략적 면모가 숨어 있는 것은 아닐까?

『태양의 풍속』에서 시도된 김기림의 시들이 전략적으로 신문기자의 일상적 관심과 결합된 것이라면 어떨까? 초인적 태양의 신성한 광휘와 측정할 수 없는 뜨거움의 열정을 일상 시민들의 평범성, 그들의 일상적 생활감각으로 내려 보낼 수 있는 방식은 무엇인가? 김기림은 오로지 이 '하강'의 양식과 기술에 전념한 것은 아닌가?

만일 그렇다면 이러한 기획에서 김기림이 노린 것은 문제적인데, 그것은 니체의 초인적 사유와 일상적 풍속의 두 측면을 '낮은 지대'에서 결합하려 했기 때문이다. 사실 니체의 초인 사상의 체로 거를 때 남아 있을 만한 것들은 인류의 역사와 사회, 종교, 철학에서 별로 없다. 김기림이 일상 풍속, 그중에서도 근대적인 풍속들을 니체의 태양 기호와 결합하려 한 것은 너무 의외의 일이고 어이없어 보이는 일이다. 그러나 어떤 면에서는 매우 독특한 시도이다. 만일 어떤 수준에서 이러한 일이 성공적으로 가능했다면 그의 시도는 매우 매력적인 성과를 보인 것이 되었으리라. 그러나 아직까지 이러한 관점을 김기림의 이 시편들에 들이댄 일이 없으니 그 성과가 어떤 것인지는 알려져 있지 않다.

그에게 근대적 일상은 이미 자신의 직업 앞에 확고히 주어진 것이었는데, 그러한 매일매일의 일상 사건과 풍속에 일일이 의미를 부여해야 하는 신문기자로서 그것을 어쩔 수 없이 인정해야 했을 것이다. 그는 자신의 일을 포기하지 않고, 자신의 예술과 사상적 탐색을 저버리지도 않을 수 있기 위해서는 두 가지 대립물을 동시에 끌어안아야 했을 것이다. 그의 시는 그래서 자신의 앞에 놓인 두 항목을 실험적으로 융합시켜볼 생각을 했을 것이다. 너무 진지하지 않게 그러나 매우 흥미롭고 순수하게 말이다. 마치 신문기사를 쓰듯이 그는 초인 사상의 요점들과 근대적 일상의 여러 양상들 중에서 결합될 만한 요소들을 찾아 헤맨다. 그것은 어찌 보면 가벼운, 명랑한 실험 같은 것이었는지 모른다. 신문기자로서 자신의 존재감을 버리지 않고 자신의 예술 형식 속에 그것을 접목시킨 것이다. 그러한 방식으로 확인하고 싶었을 것이다. 자신의 가능성을 말이다. 근대 신문 매체의 가벼움이 그에게 그러한 도전적 실험적 명랑성을 준 것은 아닐까?

김기림의 『태양의 풍속』 중심에 놓여 있는 '오전의 생리' 장의 명랑성은 과연 무엇인가? 신문매체에 은연중 가해진 '명랑하고 건전한 시민상을 권장하라'는 총독부 정권의 요청사항인가? 아니면 그러한 정권의 기조와 어느 정도 직업적으로 영합한 지식인의 재빠른 지적 변형을 통한 내밀한 응답인가? 그렇다면 니체적 초인의 태양사상은 그저 그러한 식민지 이데올로기에 이미지와 수사학만을 제공한 것인가?

김기림의 여러 글을 볼 때 이러한 방향을 택했을 가능성은 거의 없다. 신문기자적인 감각은 분명 엿보인다. 뉴스나 기삿거리로 등장할 듯한 사건이나 장면들이 시의 곳곳에 있다. 그의 명랑성은 분명 다른 경로를 통해 구축되고 분출된 것으로 보인다. 그것이 무엇일까? 그리고 그의 명랑성의 정체는 무엇인가? 김기림은 자신만의 독자적인 '명랑함'을 신문기자적인 감각과 니체적 태양 사상을 결합하는 가운데 만들어낸 것일까?

호안 미로의 「Figures and Dog in front of the Sun」(1949)에서 태양과 놀이하는 아이의 동화처럼 천진하고 명랑한 얼굴을 보면서 김기림의 명랑함이 그러한 아이 같은 천진난만함에서 나온 것이기를 기대해본다. 미로의 이 아이들은 태양에 얼굴을 디밀고 태양과 함께 놀듯이 아크로바티를 하고 있다. 이 아이들의 명랑함은 '태양과의 놀이'와 연관된다. 김기림의 명랑성이 이러한 아이들의 '태양의 놀이'와 비슷할 가능성은 없는가?

「3월의 씨네마」 중 「아츰해」를 읽어보자. 태양의 어린 아들을 노래한 「분광기」를 보자. 태양이 늙은 향수 장사로 나오는 이야기를 하는 「상아(象牙)의 해안」도 있다. 게으른 화가로 분장한 태양도 있다. 「가을의태양은'풀라티나'의 연미복을 입고」가 그것이다. 이러한 시들에 나오는 태양 이야기는 일견 동화적이다. 슬픔과 고독이 있어도, 도시의 사무와 아프리카 상아해안의 푸른 투명한 낭만을 모두 감싸 안는 따뜻함은 명랑함에서 나온 것이다. 아이의 천진한 명랑함이 아니고서는 설명할 수 없다.

이러한 김기림의 문제의식은 이상과 대비된다. 이상은 일상의 삶과 풍속을 처연한 눈빛으로 보고 있었기 때문이다. 심지어 그는 고급한 지식과 교양, 이론과 학문, 예술의 지대까지도 그러한 눈으로 내려다보았다. 소설 속 그의 여인들은 이 두 지대에 걸쳐 있다. 즉, 세속적 풍속과 지적 교양의 지대에 걸쳐 있는 것이다. 이러한 여인들과 대결하면서도 함께 생활해야 하는 고통스러운 문제를 그는 소설 주제로 다뤘다. 「날개」「동해」「종생기」「실화」 같은 소설에서 그것을 확인할 수 있다.

김기림은 근대문화인 영화, 사진앨범, 식료품점, 건축 등을 니체적 태양 기호의 풍속적 차원으로 옮겨놓으려 했다. 이렇게 풍속화된 태양 기호들이 니체 사상을 담고 있음을 확인시키려는 듯이 시의 마지막 「상공(商工)운동회」에서 짜라투스트라를 등장시켰다. 여기에는 천민적 상인들의 경주가 나오고, 이것은 초인적 경주(김기림에게 '올림피아드'로 지칭되는)에 대립한다. 이러한 상인적 경주들을 보고 이 시의 마지막에서 산상의 짜라투스트라가 탄식한다. 이 시집 전체의 마지막을 장식하는 이 부분이야말로 시집 전체의 요약이다. 위에서 제시된 태양 풍속의 니체적인 면모를 이 부분이 확증시켜 주는 것으로 보인다.

3

이렇게 이상과 김기림의 초기 작업들을 통해서 이미 니체적 사유와 기호들이 서로 다른 모습으로 그들의 작품에 등장하고 있었음을 알 수 있다. 그런데 이들보다 선배인 정지용의 경우는 어떠할까? 정지용은 「향수」의 시인이며, 「유리창」의 시인 그리고 가톨리시즘의 시인으로 너무 유명하다. 그리고 후기 「장수산」 연작과 「백록담」 등으로 동양적 정신세계를 보여준 것으로 평가되어 있다. 그 어디에도 니체적 사유와 분위기를 끼워 넣을 만한 곳이 없어 보인다.

그러나 관점을 달리해보면 그렇지도 않다. 우리는 정지용의 독자적인 정신세계에 대해 별로 주목하지 않았다. 그의 가톨리시즘에 대해 많이 연구하지만, 정작 그가 가톨릭 신앙의 입장에서 볼 때 매우 이단적인 그리스 소아시아적 기풍의 우상(偶像)을 노래했다는 것에 대해서는 입을 다문다. 그의 1938년에 발표한「슬픈 우상」에 그러한 우상이 있다. 이 시는 '신체'의 숭고한 비극적 세계를 노래한 작품이다. 그것은 가톨릭 시편들과 함께 발표된「밤」(소묘4)(1933. 9)[48]과도 통하는 작품이다. 따라서 정지용은 신앙적인 시들을 한쪽으로(종교잡지에) 발표하는 한편 다른 쪽(본격적인 문단 지면)에서는 그리스 비극적인 숭고함의 세계에 대한 주제를 계속 이끌어가고 있었던 셈이다. 그리고 이 주제는 신앙적 주제를 다룬 시들보다 예술적으로 더 심오하고 섬세한 시들 속에서 다루어졌다.

정지용 시에서 두드러지는「말」연작은 이러한 '신체'의 주제를 출발시킨 초창기 작품들이다.「말」연작에서 사람을 닮은 '말'은 자신의 근원도 모르며 낯선 땅에서 배회하는 야성적 존재이다.「말1」[49]에서 '말'은 뱀의 채찍 아래 바다의 파도와 더불어 질주하는 존재이다. '말'은 분명 달리는 동물 말(馬)이지만 의인화되어 있고, 사람 같기도 하다. 지용은 일종의 사티로스적인 동물인간적 표상을 이 '말'로 그려낸 것인가?

정지용의「말」연작에서 첫 번째 작품은 프랑스 여류 화가 마리 로랑생에게 바친다는 부제를 달고 있는「말」(1927. 7)[50]이다. 이후 그는 두

48　정지용은 이 시적 산문에서 자신의 그림자를 그리스 비극적 형상으로 묘사한다. 이 그림자는 지구의 비극적 그림자인 밤과 통해 있다. 이러한 비극적 풍모는「슬픈 우상」의 분위기와 닮아 있다.

49　『조선지광』71호, 1927.9.

50　『조선지광』69호(1927.7)에 발표된 것.「말」연작 중 최초 작품임.

그림 23 Marie Laurencin, *Little Poney*. Original drawing Signed by the stamp of the artist On paper (출처 : https-://www. plazzart.com)

지용의 「말」은 1927년 7월에 발표된 시이다. 부제에 '마리 로란산에게'라고 하여 로랑생의 「말」 그림을 염두에 둔 시처럼 보인다. 마리 로랑생의 위 그림은 조랑말이지만 눈매가 사람 같은 느낌을 주는 얼굴을 하고 있다. 몸은 그래서인지 일부러 거의 생략하고 암시적인 선들만을 몇 개 희미하게 그려 넣었다. 말이면서 사람임을 표현하려 한 것이다. 정지용은 「말」 「말2」 등에서 말과 사람이 서로를 자신 속에 숨겨놓고 살아가는 이야기를 했다. 이 특이한 이야기는 역사 속에서 인간이 자신의 자연적 본성을 숨기며 억압하는 문명적 삶을 살아간 이야기이다.

편의 「말」 연작을 썼다. '다락같은 말'이 나오는 첫 번째 「말」에서부터 '말'은 사람과 결합된 존재이다. "사람편인 말아"라는 표현도 여기 나온다. 즉, 그가 시에서 언급한 '말'은 동물이지만 오히려 그 '말'은 '사람편'에 속한다는 것이다. 「말1」에서는 '말'을 형제라고 부른다. 이렇게 사람과 비슷한 존재로 '말'을 이미지화하고 있는 것이다. 이러한 표현들은 '말'을 일종의 '동물인간'처럼 보이게 한다.

이상의 개인 '황'도 이상 자신의 분신처럼 표현된다. 인간과 동물을 결합한 이러한 존재들은 니체의 자연인간(homo-natura)과 닮아 있다. 니체는 사티로스(『비극의 탄생』에서)와 불개(『짜라투스트라는 이렇게 말했

다』에서) 이미지 등을 통해 그러한 자연인간을 표현했다. 정지용이 '말'을 자신의 근원도 모르는 존재로 표현한 것은 이러한 맥락 속에 놓일 수 있다. 누가 자신을 낳았는지 모른다는 것은 인간 자신의 자연신체가 스스로의 근원을 망각한 것에 해당하는 이야기이다. 이것은 자신을 낳아준 바로 윗대의 조상(부모)을 모른다는 고아의식이 아니다. 오랜 역사 속에서 길들여진 인간 신체의 최초 조상을 잊었다는 것이다. 자연 생태계의 원초적 품에서 떠난 지 오래된 말(인간)이 그렇다는 것이다. 정지용의 '말'은 식민지 시대에 우리 전통과 식민지 근대세계 모두

를 망각하고 넘어서려는 초역사적 사유와 존재를 가리킬 수 있다. 정지용은 그의 '말'을 이상의 '황'처럼 자신의 분신으로 보고 있고, 그것의 원관념인 자연신체를 태고의 원시적 풍경으로 되돌아가도록 채찍질하고 있는 것으로 보인다. 「말2」(『정지용 시집』(1935. 10)에 발표된)에서 이러한 것을 확인할 수 있다.

> 멩아리 소리 쩌르렁! 하게 울어라.
> 슬픈 놋방울소리 맞춰 내 한마디 할라니.
> 해는 하늘 한복판, 금빛 해바라기가 돌아가고,
> 파랑꽃 꽃타리 하늘대는 두둑 위로
> 머언 힌 바다가 치여드네
> 말아.
> 가자, 가자니, 고대(고대)와같은 나그냇길 떠나가자.

—「말2」 마지막 부분

'말'과 '나'는 각자 자신을 낳아준 부모를 모르고 보지도 못하고 자랐다. '말'은 사람스런 숨소리를 숨기고 살았고, '나'는 '말'스런 숨소리를 숨기고 자랐다. 즉, '말'은 사람처럼 숨을 쉬어야 하는 존재인데 그것을 억압받았다. '나'(사람)는 야생의 동물인 '말'처럼 숨 쉬어야 하는데 그것을 억압당했다. 즉 '말'은 사람이 되어야 하고, '나'(사람)는 '말'이 되어야 한다. 이것이 정지용이 파악한 인간 역사 전체에 대한 비판적 조망이며, 그러한 역사를 초극해야 할 명제를 제시한 것이다.

'말'은 사람처럼 대접받지 못한 삶을 살아왔다. 인류 역사 속에서 야생적 신체는 그렇게 비천하게 취급되고 억압된 것이다. 인간 역사의 사회와 문화가 인간의 자연을 억압하고 자신에 맞게 길들였기 때문이다. 그 때문에 '나'(사람)는 자신 속의 야생성을 숨(말스런 숨) 쉬어야 하는데 그렇게 되지 못했다. 인간 속의 자연성은 문명의 역사 속에서 숨죽인 채 살아온 것이다. 시인은 이렇게 인간의 자연성이 억압된 문명의 역사 전체를 조망하고 비판한다. 이 시의 결론은 그러한 '말'의 슬픔과 절규이다.

'나'도 그 '말'의 쩌르렁하는 소리에 맞춰 한마디 하고자 한다. 니체적 초인의 나라 풍경이 마지막을 장식한다. 금빛 태양이 하늘에 꽃피고 대지는 푸른 꽃들로 넘쳐난다. 그리고 멀리 바다의 흰 물결이 출렁인다. 이 원초적 풍경이 '말'과 '나'를 부른다. 그 원초적 고대의 '나라'가 그들의 정신을 안식하게 하고 그들의 삶을 풍요롭게 할 것이다. 그것이 바로 초인들의 나라 풍경이다.

정지용의 「말」 연작에 등장한 이 '말'의 의미를 깊이 있고 실감나게 자신의 글 속에서 풀이해준 것은 바로 이상(李箱)이다. 이상은 정지용의 '말'을 어떠한 의미로 받아들였을까? 정지용의 추천을 통해 문단에 데뷔한 이상은 정지용의 「말」에 대단한 관심을 표시했다. 그는 정지용의 「말」에 나오는 "검정 콩 푸렁 콩을 주마"라는 구절을 가장 아름다운 우리말로 꼽았다.[51] '푸렁'이란 말은 원래 사전에 없는 단어인데 시적인 울림을 위해 '검정'의 이응 소리와 호응하기 위해 '푸른' 대신 '푸

---

51 이상, 「아름다운조선말」, 『중앙』, 1936.1. 이 글은 『중앙』지에서 여러 작가들에게 제시한 설문에 답한 글이다. 『시와소설』이 발간되기 2개월 전에 발표된 것이다.

렁'을 쓴 것이었다.

이 '말'을 우리말의 미묘한 뉘앙스와 관련해서 접근한 이상의 언급은 매우 중요하다. 왜냐하면 정지용의 「말」 연작에서 '말'은 말(馬)이면서 동시에 사람이기도 하기 때문이다. 우리말에서 그 둘은 동음이의어에 속한다. 「말1」에서 시인은 어떤 말(언어)을 해야 하면서도 하지 못하는 '부끄러운 입'을 그만 싸매라고 말한다. 그것은 떳떳이 자기가 하고 싶은 '말'을 하지 못하고 살아가는 식민지인(또는 역사의 문명에 식민화된 자연인간)이 겪는 수치스러움을 표현한 것이다.

정지용은 구인회 동인지 『시와소설』의 속지에 배열된 동인(同人)의 말에서도 민족어의 중요성에 대해 언급한다. 그에게 '말'은 '우리나라'의 영토와 언어와 정신을 표출해야 하는 것이었다. 그에게 '말'은 이 영토에서 태어난 존재인 신체이며, 그 영토에서 만들어진 '말'(방언)이기도 했다. 말은 말(馬)이면서 동시에 동음이의어인 말(言)이었다.

이상은 정지용의 이러한 면모를 알아보지 않았을까? 그는 마지막 소설 「실화(失花)」에서 정지용의 「말」을 인용하고,[52] 또 그 연장선에서 「카페 프란스」에 나오는 '이국종 강아지'를 빌려와 자신의 자화상 이미지로 삼았다.[53] 정지용의 시에 나오는 '말'과 '이국종 강아지'가 동경에서 방황하던 이상 자신의 마지막 초상화로 동원된 것이다. 정지용도 그렇지만 이상에게도 그 둘은 자연적 본성이 억압되고 자유롭지

---

52 정지용의 「말」이 패러디된 부분은 이렇다. "당신의 텁석부리는 말을 연상시키는구려. 그렇다면 말아! 다락같은 말아! 귀하는 점잖기도 하다마는 또 귀하는 왜그리 슬퍼보이오?" 텁석부리 수염에서 말 이미지를 이끌어냈다. 이것은 이상의 초기 시 「수염」과 연관된다. 이 시에도 말이 나온다.

53 「실화」의 마지막 부분에서 이상은 "나는 이국종 강아지올시다"라고 말한다.

못한 시인 자신의 초상화가 되었다. 그것은 시인의 '말'(언어)과 '몸'(신체) 그 둘 모두를 중첩시킨 이미지였다.

이상은 자신의 목장을 지키는 개를 '황'이라고 명명하고, 그 개를 자신의 분신처럼 묘사했다. 정지용의 말 역시 그 비슷한 존재이다. 이상은 자신의 개(犬)인 '황'과 비슷한 맥락에 있는 정지용의 '말(馬)'에 주목했을 것이다. 그는 니체와 정지용으로부터 그러한 상상력을 불러낸 것이 아닐까?

그는 소설 「동해(童骸)」 이후 「종생기(終生記)」와 「실화」에서 계속 자신의 '몸'과 '말'을 등장시켰고, 그 둘 사이를 오갔다. 그에게 '말'은 자신의 '몸'을 질주시켜야 할 표지판처럼 나타났다.[54] 말은 또한 이상의 초기 시 「수염」으로부터 「최저낙원」을 거쳐 후기작인 소설 「동해」와 「종생기」에 이르기까지 전 기간을 통해 일관되게 지속된 생식적 신체의 기호이다. 그는 이 소설들에서 애정의 복잡한 심리적 계산을 깔아놓고 게임처럼 줄다리기하는 삼각관계를 주로 다뤘다. 언뜻 통속적인 사랑의 삼각관계 이야기처럼 보인다. 그러나 이 통속성을 감싼 삼각형 기호학이 그의 소설을 독특한 것으로 변모시킨다. 이 '삼각관계'는 이상의 초기 시편들에서 작동하던 삼각형(삼차각적 기호)의 반대편에 놓인 '부정적 삼각형'이기 때문이다. 따라서 통속적인 '부정적 삼각형' 형식 속에서 그의 삼차각적 삼각형의 가능성이 탐구되고 있는 것이다.

아마 이상은 자신의 '타란툴라 거미' 삼각형을 이 사랑의 통속적 삼각관계 속에서 찾은 것 같다. 그것은 타락한 사랑 게임을 늘어놓고

---

54 이에 대해서는 신범순, 『이상의 무한정원 삼차각나비』(현암사, 2007) 437쪽을 참조하라. 여기서 나는 이상의 니체적 동물인 개와 말의 생식적 측면을 다뤘다.

'내'가 거기 빠져 들어가 그 속에서 사랑의 본질, 성적 본질을 상실해 가는 것을 보여준다. 둘 간의 사랑은 한쪽(주로 여성)의 성이 사회적 이해관계(돈과 권력에 좌우되는) 속에서 흔들리는 가운데 통속화하고 타락한다. '말(馬)' 기호는 말(言)을 은연중 내포하면서 '나'의 붓의 채찍과 함께 한다. 그것은 사랑에 성적 생식적 본능을 일깨우려 한다. 그 채찍질 속에서 이러한 이해관계, 돈과 권력, 신분 구조에 얽힌 사회구조를 헤쳐나가며 '나'는 자신의 모든 것을 소진시키는 죽음을 향해 돌진한다.

이렇게 해서 이상의 소설에서 말(馬/言)은 인간 사회(좁게는 식민지 당대 사회) 속에서 초인적 탈주를 보여주는 기호로 작동한다. 아마 그는 초기 시편의 「황」 연작에 등장시킨 동물인간적 존재인 개[55], 초인적 존재로 이끌어가는 동력인 호모나투라(homo-natura)적 신체의 은유적 기호인 개를 이 '말' 기호로 전환시킨 것 같다. 이상의 거의 마지막 시기 작품인 「종생기」에서는 말을 채찍질하는 산호채찍을 통해 그 주제를 심화시킨다. 소설 첫머리에 '극유산호(郤遺珊瑚)'[56]라는 기이하고 난해한 수수께끼 같은 구절이 등장한다. 이 구절이 그의 유명한 '산호채찍'인데 그것은 그가 앞의 소설들에 나오는 채찍을 이어받은 것이다. 소설에서 '내'가 대단한 구절이라고 내세우는 이 '산호편(珊瑚鞭)' 즉 산호채찍은 성적(性的) 의미를 담고 있다.

나는 이전의 책에서 '산호'의 성적 의미를 확인시켜주는 여러 전고(典

---

55 니체는 다양한 개들을 등장시키는데 『즐거운 지식』에서는 자신의 고통에 '개'라는 이름을 붙였다. 그의 『즐거운 지식』, 권영숙 역, 청하, 1998, 259쪽 참조. '지옥의 개'와 달을 향해 짖는 개는 『짜라투스트라는 이렇게 말했다』에 나오는데 이 개들 역시 자신의 고통의 개에 속한다.

56 이 구절에 대한 해석은 『이상의 무한정원 삼차각나비』, 450쪽을 보라.

故)들을 통해 그것을 증명했다.[57] 이것의 니체적 함축은 분명하다. 니체는 '육체는 역사를 꿰뚫고 나간다'라는 명제를 제시했다. 이때 '육체'는 성적이며 생식적(生殖的) 존재이다.[58] 이상의 산호채찍 기호와 연관된 말(馬)은 이 니체적 육체의 기호를 품고 있다. 그는 거리를 뚫고 질주하는 '몸'(신체)의 주제[59]를 초기부터 관철해나갔는데 마지막에는 '말'이 그 역할을 한다.

이상은 자신의 마지막 소설 「실화」에서 자신의 이 '말'을 정지용의 '말'과 결합시켰다. 여기에는 분명 이상이 정지용의 시에 대해 생각했던 어떤 판단이 개입해 있을 것이다. 그것이 과연 무엇이었을까? 아마 그것은 자신의 존재의 근원, '자신의 나라'에 대한 염원 같은 것들이지 않을까? 이국땅을 방황하면서 그는 정지용의 「말」에 배어 있는 향수를 자신 속에서 느꼈을 것이다. 그러나 그 '향수'는 점차 텅 비어가는 고향을 바라보고 있다. 식민지의 땅에서 자신의 고향을 이루던 것들이 사라져가고 있었다. 토착종들이 소멸되거나 빠르게 유사 이국종들로 대체되어가고 있었다. 이 둘이 '이국종'을 유독 의식하는 것은 바로 토착종들이 추방되고 소거되는 풍경을 의식하고 있기 때문이다.

57　산호편(산호채찍)의 의미에 대해서는 같은 책, 444~447쪽 참조.

58　니체는 자신의 저서 전체를 통해서 '육체'를 성적이며 생식적 육체로 파악한다. 그가 이론적 (논리적) 정신을 비판하는 근거는 바로 이러한 육체의 자연성을 바탕으로 한 것이다. 그리스 철학(소크라테스적인)을 데카당으로 바라보는 그의 관점은 당시 그리스 철학의 동성애적 취향에 대한 비판과 같은 유의 것이다. 동성애는 육체의 생식적 관점에서 바라볼 때 '육체'의 타락이었던 것이다. 이상은 「LE URINE」에서 자신의 생식기를 'organe'이란 말로 표현했다. 거기서 나오는 오줌이 얼어붙은 역사의 동토를 꿰뚫고 나가는 이야기가 그 시에 담겨 있다. 니체는 이성이 아니라 육체의 생식기를 암시하는 organ을 '진리를 아는 오르간'이라고 불렀다.(이에 대해서는 그의 『즐거운 지식』, 311쪽을 보라.)

59　초기 시편에서는 「LE URINE」와 「且8氏의 출발」에서 이 주제가 보인다. 그것이 「오감도」중 「시제1호」에서 깃발처럼 드러났다. 수필 「공포의 기록」에서 그는 이렇게 표현했다. "밤이면 나는 유령과 같이 흥분하여 거리를 뚫었다."

이상은 「종생기」에서 자신을 풍경의 중심, 풍경의 주인으로 세우고 싶어 했다. 그러나 식민지 현실과 역사의 오랜 사대(事大)적 관습이 낳은 중국화된 지배적인 사상과 문화가 그것을 방해하고 있다. 그의 애인은 이러한 자신의 입장(풍경의 주인이 되려는)을 벗어나는 삶을 살고 있다. 정희(이상의 애인인)의 거울은 자신만의 독자적인 시선이 없으며, 타자의 시선, 타자의 정신이라는 '거울'을 통해 자신을 볼 뿐이다.

정지용은 이상의 사후 「삽사리」(1938. 4)[60]를 쓰면서 이상의 이러한 사유와 엇비슷해지는 길을 갔다. 이 시는 일제 말기 전쟁에 공출되면서 급격하게 사라져버린 우리의 토종 삽살개를 대상으로 쓴 시이다. 매우 고전적인 품격을 지니는 우리말의 옛 어투를 동원해서 쓴 이례적인 시이다. 그는 「온정(溫井)」이란 산문시와 이 시를 같은 시기에 발표했다. 매우 단아하고 서정적인 시들이지만 그 속에 숨겨진 상황은 사실 처절한 것이다. 점차 대동아 전쟁의 분위기 속으로 휘말려 들어가면서 우리 민족의 고유한 문화, 정신, 말과 글이 점차 억압받게 되는 상황이 암시되어 있다. 단아하고 유려한 존대법(尊待法)적 문체가 그러한 상황에 반발하듯 고유한 말씨와 거기 서린 정신과 혼을 되살려내고 있다. 자신의 병든 친구 박용철이 금강산 기슭 그 온천장의 한방에 묵고 있었고, 잠이 들려 하고 있었다. 그 친구를 따뜻이 감싸는 어법이 여기 동원되고 있다. 그 친구의 방을 지켜주는 삽살개의 몸짓과

---

60 『삼천리 문학』 2집, 1938. 4. 「장수산」과 「백록담」 등 '고지(高地)의 시편'들이 발표된 시기와 겹친다. 정지용의 '말'을 이상이 바라본 것처럼 니체적 '육체'의 한 표상으로 볼 수 있다면, 이 '고지의 시편'들도 그 연장선상에서 해석될 수 있다. 「백록담」에서 동물들이 사람들과 어울리는 고지의 장면 같은 것, 별들이 양탄자처럼 깔리는 장면 같은 것도 그러한 해석을 가능하게 한다. 그 이후 발표된 「나븨」 역시 그러한 고지의 사상을 담고 있다.

표정, 마음까지 정지용은 시에서 드러내고 있다. 이 토착종 개는 사악한 기운을 몰아내는 사자같은 개로서 우리에게 사랑받아왔다. 그 어둡고 추운 시절, 자기 한 몸 건사하기 어려운 상황에서 누가 나를 이렇게 따뜻하게 보살펴주고 지켜줄 수 있을까? 이 삽살개 종은 식민지 말기에 거의 소멸되어버렸다. 전쟁에 공출되어 그 가죽과 털이 군대 의복으로 소모되어버린 것이다. 삽살개의 종적 소멸은 그것이 지켜내던 우리 민족의 종적 소멸을 암시해준다. 그러한 위기를 정지용의 시들이 감당하고 있었다.

식민지 말기 시인들은 자신의 신체에 가해오는 억압과 고유한 종적 문화의 소멸을 강요당하는 가장 참담한 위기를 겪었다. 식민화를 이끄는 군국주의적 국가 제도의 폭풍 속에서 벌어진 일이다. 니체가 국가를 '지옥의 곡예'[61]라고 한 것이 이러한 대목에서 떠올려진다. 전쟁 상황으로 몰아가는 국가의 폭력적 구조에 갇혀 이러한 종적 소멸이 진행되었다.

정지용이 이러한 상황을 자신의 시에 함축적으로 담았다는 것이 중요하다. 그의 「삽사리」는 이러한 측면에서 볼 때 이상의 '말' 주제와 그렇게 멀리 떨어진 것이 아니다. 그것은 니체적 사상의 핵심 주제인 생식적 '육체'를 건드리고 있기 때문이다. 이상이 가져온 정지용의 '말'도 그렇다. 정지용이 매우 암시적으로 형상화한 것이지만 그것은 분명 자신의 출생 근원에 대해 묻고 있다. 즉, 종적 관심이 포함되어 있는 것이다. 뱀 채찍을 맞으며 바다의 파도와 함께 달리는 장면도 니체의

---

61   니체, 『짜라투스트라는 이렇게 말했다』 1부 '새로운 우상' 장(91쪽)을 보라.

짜라투스트라적 분위기를 담아낼 수 있다.[62] 뱀의 생식적 특성은 니체에게 분명하게 나타난다. 「말」 연작의 '바다'는 이러한 '말'의 생식적 육체성 배경에 놓여 있다. 이 '바다'는 초인적 존재들의 세계 이미지로 제시되는 니체의 '바다'와 동일한 것이다. 생식적 관점으로 이것을 바라본다면 그것은 싱싱한 '종'들의 바다가 된다. 수많은 생명체는 각기 자신들의 '종'적 계열 속에서 낳고 자라고 죽는다. 생명의 바다는 그러한 개체들이 속한 종들의 바다인 것이다.

---

62 말을 '꼬리 긴 영웅'이라고 한 것을 보라. 이 '영웅'이란 말은 바다의 파도 위를 달리는 영웅적 의지를 표상한다. '바다'는 니체 사상의 주도적 기호이다. 그것은 디오니소스적인 기호, 영원 회귀하는 생명과 삶의 기호이다. 인간을 넘어서 새로운 초인적 존재로 상승하는 장소이기도 하다.

구인회 '파라솔파'의 별무리(星群)와
신체극장의 아크로바티

1. 스스로 움직이는 신체와 초신체의 사유

구인회 동인지로 출간된 『시와소설』에는 이상의 「가외가전」과 정지용의 「유선애상」 그리고 김기림의 「제야」가 실렸다. 이 세 편의 시는 같은 지면에 실렸다는 것 이상으로 서로 긴밀한 관련을 갖고 있다. 그것은 모두 '거리(街)'에 대해서 노래하고 있다는 것이다. 「가외가전」은 '거리 밖의 거리'에 대한 이야기이다. 정지용은 '유선(流線)' 즉 '흘러가는 선'이라는 말을 통해 유랑(流浪)하는 존재와 그러한 '흐름'이 있는 거리의 몇몇 이미지를 보여준다. 그리고 김기림은 신문기자답게 광화문 거리 풍경을 시사적 관점과 겹쳐서 다루고 있다. 그런데 이들 모두 '거리'의 의미를 평범한 것으로 두지 않고 무엇인가 특이한 자신들의 사상적 지형도로 만들고 있다는 것이 주목된다. '거리'를 공통적 화소로 삼고 이 세 사람(사실은 소설 『방란장 주인(芳蘭莊 主人)』의 작가 박태원까지 합해서 네 사람이다)[63]이 무엇인가 경쟁하고 있는 형국을 보인다는 것이다. 도대체 이

---

63   박태원은 「방란장 주인─성군 중의 하나」를 『시와소설』에 게재한 뒤 「성군(星群)」을 연작식으로 발표했다. 동일한 방란장 다방이 무대이고 동일한 인물들이 등장한다.

'거리'라는 것은 무엇을 말하는 것일까? 이들 모두 거리의 '기이한 존재'를 다루고 있다. 거리에서 벌어지는 '어떤 이야기'를 문제 삼고 있다.

'거리를 달려가는 예술가'라는 질주적 존재는 1930년에 발표된 박태원의 초기작 「적멸」과 「거리」에서부터 보인다. 「적멸」에서 소설 화자의 '산보'는 도시 군중의 행렬 속을 뚫고 넘어가서 한 기이한 존재를 만나게 된다. 이 소설에서 주목되는 것은 여기서 다루어지는 주제가 단순한 '산책가' 영역에 속하지 않는다는 것이다. 특히 문제적인 것은 거리의 카페들을 돌아보면서 화자의 시선에 의해 제시되는 풍경들이다. 첫 번째 풍경은 어느 카페에서 일본인들이 거들먹거리는 대목이다. 박태원은 그들을 지칭할 때 특이하게도 프랑스와 영국 시민혁명의 주역인 '미라보'와 '크롬웰'이라고 부른다. 이러한 이름들은 존숭되는 분위기 속에서 언급되는 것이 아니고 오히려 그 반대이다. 이 혁명의 주역들은 풍자적인 관점에서 제시된 것이다. 이렇게 이 두 혁명 주역의 이름을 붙여 이 두 일본인을 풍자적으로 묘사하는 것은 무엇 때문일까? 이 둘은 식민지 거리를 지배하는 일본 제국의 후광을 등에 업고 식민지인들에게 자신들의 위세를 좀 뽐내보려는 한심한 존재들이다.

서구 시민혁명의 영웅이 패러디된 일본의 가면 얼굴들이 등장한 이후 이들을 배경으로 하여 이 소설의 진짜 주인공이 나온다. 여러 카페를 전전하던 '내'가 계속해서 마주친 한 기이한 인물은 붉은 실감기 놀이만을 되풀이하는 광인(狂人)이다. 박태원은 이 광인을 통해 근대 문명의 여러 측면들을 비판하고 부정한다. 카페에서 보여준 '붉은 실감기 놀이'는 마치 시계태엽처럼 똑같은 리듬을 기계적으로 반복하는 근대적 일상의 상징이다. 이 광인의 눈을 통해 바라본 세계는 실감기

그림 24 밤의 도시 자동차들의 질주가 빛의 유선으로 되어서 도로가 빛의 강물처럼 보인다. 아스팔트 길에서 사람들의 행보를 차의 유선(流線)으로 노래한 것이 지용의 「유선애상」이다. '유선형'이란 말이 당시 유행했다고 해서 그 말을 시에서 그대로 옮겨 쓴 것은 아니다.

「유선애상」에서 '유선(流線)이란 것은 흐름의 선인데 강 위를 떠가는 곤돌라처럼 '몸'이 그렇게 자신의 물길을 따라 흘러가야 한다는 것을 암시하고 있다. 발에 신은 구두는 도로 위의 자동차이면서 동시에 배가 되어야 한다. 도시 아스팔트는 '몸'에 맞추어 출렁거리는 강이나 바다가 되어야 한다. '몸'은 배가 되어 그러한 흐름(유선)을 타야 한다. 이러한 흐름만이 인위적인 제도들로 규격화된 도시거리를 꿰뚫고 새로운 세계를 향해 나갈 수 있다.

놀이처럼 단조롭고 무의미하다. 그는 깊은 허무에 사로잡혀 염세주의자가 되어 있다. 이것이 소설 제목 '적멸(寂滅)'의 의미이다. 광인이 바라본 이 허무한 세계는 위에서 거론한 '미라보' '크롬웰' 같은 근대적 혁명가들에 의해 만들어진 것이다. 박태원은 이 광인의 허무의식을 따라가면서, 그러한 염세주의를 극복하기 위해서 우리는 무엇을 해야 하는가라는 질문을 던진다.

이 광인을 니체적 사유 속에서 조명해볼 수 있지 않을까? 프랑스 혁명의 주도자들을 강도 높게 비판한 니체의 관점을 여기에 대입해볼 수 있지 않을까? 여러 카페를 돌아다니는 광인은 식민지 경성의 최상의 문화로 장식된 카페 공간에서 모든 의미를 무화시키려는 자신의 광기(붉은 실감기 놀이)를 시위한다. 카페들을 들락거리는 식민지 예술가 패거리에게도 이러한 광기가 가시처럼 그들의 심장을 찌를 것이다. 근대 예술 사상의 유행 패션을 흉내 내는 자들에게 이 광기의 가시는 그들의 예술 사상적 패션을 위협하는 것이 된다. 그러나 진정한 예술과 사상을 창조하기 위한 길을 탐구하는 자들에게 이 가시는 피해 갈 수 없는 것이 될 것이다.

흔히 도시 산책자 연구의 대상이 되는 「소설가 구보씨의 일일」의 주인공 '구보씨'는 이 「적멸」의 광인에서 그리 멀리 떨어진 존재가 아니다. 구보는 사실 경성의 근대화된 풍속을 객관적으로 꼼꼼히 관찰 기록 묘사(보고)하는 거리 생태학의 고현학적 존재에 그치는 것이 아니다. 그가 자신의 소설을 쓰기 위해서 그러한 자료가 필요하기는 하다. 그러나 박태원의 '소설'에서 조망되는 것은 '구보의 피로한 삶, 허무하고 권태로운 삶'이다. 그런데도 대부분의 연구는 마치 그를 근대성을 채집하는 풍속학자처럼 보려 한다. 그의 '피로, 허무, 권태'에 대해 초점을 맞추지 않고 말이다.

구보는 그러한 근대적 풍속도 속에 매몰되어 살아가는 사람들을 동물원 속의 동물이나 병원 속의 환자들처럼 신기하게 바라본다. 소설의 앞뒤에서 '병원'의 세계가 부각된다. 이상의 「시제4호」에서 세상의 삶을 한정된 숫자 체계에 갇힌 '병'으로 진단한 '책임의사 이상'처럼 구보 역시 당대를 '총독부 병원 시대'라고 규정하고 있다. 그 안에서 자신의 삶을 병으로 인식하지 못하는 사람들의 삶을 그는 '광인'들의 삶처럼 인식하는 것이다. 「적멸」의 '광인' 반대편에 이 세상의 세속적 광인들이 존재한다.

구보는 동료 예술가인 이상, 김기림 등과의 만남을 이 황무지 사막의 오아시스처럼 생각해본다. 그러나 그들의 삶 역시 자신처럼 피로와 허무, 권태에 찌들어 있고, 막막한 항해 속에 있을 뿐이다. 이들 모두 자신들의 문학과 예술, 사상의 길을 탐색하고 있지만 그들 앞에 빛나는 별들은 보이지 않는다. 「방란장 주인」은 아마도 이들을 집합시킨 한 예술가 그룹을 상정한 것이며, 그들의 예술을 별들로 상승시키는 꿈에 대한 이야기일 것이다. 그들을 직접 지칭하는 것보다는 다른 나

그림 25 박태원의 「소설가 구보씨의 일일」 1회 연재분(「조선중앙일보」, 1934.8.1.)
이상의 「오감도」 중 「시제7호」가 그 옆에 함께 실렸다. 이상은 하융이란 필명으로 친구 박태원의 이 소설에 삽화를 그렸다. 첫 번째 삽화는 구보씨의 글쓰기와 산책을 보여주려한 것인데 마치 수많은 원고지를 도시의 거리와 빌딩 이미지와 혼합한 것처럼 그렸다. 손과 구두, 펜과 단장(지팡이)가 서로 대응하고 있다. 여인의 얼굴이 왼쪽의 허공 위에 떠서 아래쪽을 내려다보고 있다. 이 여인은 구보씨가 거리에서 마주친 여인이며, 자신이 동경유학시절 사랑을 고백하지 못하고 떠나보낸 머나먼 여인의 그림자 같은 존재이다.

라 아마추어 예술가들을 집합시켜 이야기하는 것이 더 편했을지 모른다. 박태원은 그 병원 같은 황무지의 세계에서 꿈이 필요했을 것이다. 최소한도의 꿈이 「방란장 주인」에서 다루어졌다. 이제 그의 소설은 구보의 산책자 노트에 기록되는 풍경보다 더 절실한 다른 풍경이 필요했다. '산책' 이후 다가온 것은 '질주'의 문제였다. 그것은 경성 거리를 방향 없이 떠도는 것이 아니라 이 거리에서 무엇인가 새로운 것을 '창조'할 것에 대한 문제였다. '피로와 허무, 권태'를 넘어가서 그들의 육체를 싱싱하게 만들 그러한 삶과 세계에 대한 목표가 설정되어야 했다.

박태원의 「방란장 주인」과 후속작인 「성군」에서 '진정한 창조의 길'에 대한 탐구가 부각되며 주제로 제시된다. 「성군」에 나오는 한 소설가 지망생이 구상하는 소설 첫머리에는 과연 예술가 구락부에서 '누가 앞장설 것인가' 하는 이야기를 써야 한다. 그런데 이 문제가 풀리지 않고 있다. 이 문제가 여전히 풀리지 않아 그의 소설은 진척되지 못한다. 그래서 이 소설가 지망생은 이 문제가 풀리지 않는 한 소설을 시작할 수 없고 따라서 소설가가 될 수 없다. 우스꽝스러워 보이지만 이 문제가 던지는 무게는 결코 가볍지 않다. 박태원은 '성군(星群)'이란 제목으로 그 무게를 감당하고 있다.

나는 앞에서 언급한 논문[64]에서 박태원의 소설 「방란장 주인」에 제시된 부제인 '성군(星群) 중의 하나'의 '성군' 즉 '별무리'에 주목했다. '성군'은 성좌를 만드는 별들의 무리이다. 우리가 머리에 이고 살아가는 하늘의 성좌들은 지상의 삶을 의미있게 만드는, 세계를 비추는 빛들이다. 우리는 그 빛들을 우러러보고 마음에 새기며 살아간다. 사람들이 영위하고 창조하는 예술과 문학, 사상과 철학은 모두 이 성좌가 되고자 한다. 거리를 달리는 예술가들은 모두 각기 자신

그림 26 박태원의 「소설가 구보씨의 일일」, 15회 연재분과 이상의 삽화(「조선중앙일보」, 1934.8.22.)

이 삽화는 구보씨가 들른 다방 낙랑 파라 실내를 그린 것이다. 거리를 배회하다 피로해진 주인공 구보가 낙랑파라로 들어가 자신의 고독을 위로해줄 이국종 강아지를 부르는 장면이다. 그림에서는 머리를 쓰다듬고 있지만 소설에서는 이 강아지가 구보를 향해 짖어대며 도망간다. 이상은 이 그림을 그리면서 정지용의 '카페 프란스' 마지막 대목을 떠올렸을 것이다. 거리를 떠돌며 배회하는 작가 예술가들의 '피로'와 '고독'은 그들의 머나먼 이상과 괴리된 현실에서 마주칠 수밖에 없는 것이었다. 피로한 구보에게 이 다방은 스키퍼의 음악('아이 아이 아이'를 들려주는)과 등의자와 안락의자 등으로 맞아준다. 그는 이러한 것들에 애정을 갖는다. 그러나 그것은 작은 안주에 그치는 것이다. 거리의 예술가 시인들(파라솔파 동인)은 이러한 작은 휴식 속에서 더 큰 세계에 대한 동경을 품고 현실의 한계 너머로 자신들의 예술적 사유를 밀어붙였다. 현실의 거리를 딛고 서서 그러한 것들이 먼 이상의 빛들로 솟구쳤다. 현실의 풍경 위에서 그러한 것들이 빛나게 되었을 때 그들은 그 시대의 별들이 될 수 있었다.

64　각주 2)의 논문.

이 품고 있는 별들이 있다. 그것을 자신의 작품으로 세상에 펼쳐낼 때 그것은 세상의 별이 된다. 이러한 여러 별들이 무리 지어 모여들 때 그것은 성좌가 되며, 밤하늘에서 확고한 형상과 의미, 자신의 자리를 고정시키게 된다.

우리는 박태원의 「방란장 주인」의 '성군'이 바로 그러한 것이며, 그가 후속작인 「성군」에서 그 주제를 변주하고 있다고 생각한다. 아마 그 '성군'이 되기 위한 출발점이 '예술가 공동체'를 조직하고, 그들이 공동의 별무리가 되기 위한 예술 창조를 하는 것이 될 것이다. 박태원은 어느 정도는 자신들(구인회)을 암시하면서 당대의 '가난한 예술가들 (거리를 달려가는)이 별이 되고, 또 과연 이러한 성좌를 구축할 수 있는가' 라고 묻고 있는 것이다. 그들이 반짝이는 빛들을 주고받으면서 별들로 이루어진 예술의 궁전에서 각자 자신의 자리를 잡게 될 때 그들은 하나의 성좌를 구축할 수 있게 될 것이다. 그렇게 성좌에서 각자 자신의 자리를 잡으려 할 때 '누가 가장 앞장 서는 존재'이며, '누가 별무리를 구성하는 중심적 존재가 되어야 하는가'라는 물음을 그는 묻고 있다. 어떤 창조적인 공동의 기획, 공통의 미학과 사상을 빛나는 성좌처럼 구축하기 위해서는 이러한 문제의식을 가져야 하고, 그 문제를 해결해내야 할 것이다.

'방란장'이라는 예술가 공동체의 아마추어 소설가가 제시한 주제는 사실 이러한 물음의 한 부분을 제시한 것이다. 자신들의 무리에서 '앞장서서 달리는' 존재가 나와야 한다. 그가 누구인가? 이것은 자신들을 새로운 창조의 지평으로 몰아가는 그러한 존재에 대한 갈망이기도 하다.

정지용의 시 「유선애상」도 같은 주제를 담고 있다. 거리를 떠도는 룸펜, 유랑 예술가들 같은 존재들이 진짜 별무리가 될 수 있을까? 그리고 그러한 별무리의 별들이 되기 위해서는 각자 '스스로 굴러가는 수레바퀴'인 그러한 '하나의 별'이 되어야 한다. 그들은 그렇게 각기 독자적인 빛을 발하면서도 하나의 그룹으로 묶일 수 있는가?

'방란장' 다방의 예술가 공동체는 '구인회'에 대한 하나의 비유적 모델일 것이다. 경성의 '구인회' 그룹은 어찌 보면 '방란장' 예술가모임처럼 변두리적인 것이다. 식민지의 수도 경성은 제국의 영토에서 볼 때 식민지 본국 수도인 동경의 변두리이다. '방란장'은 동경 교외 무사시노 지역에 있는 한 초라한

그림 27 박태원의 「방란장 주인—성군 중의 하나」 첫 페이지(『시와소설』, 1936.3.)

동경 교외 무사시노의 한 지역에 가난한 예술가들이 모여 만든 한적한 다방 '방란장'에 대해 이야기한 소설이다. 전체 줄거리를 하나의 문장으로 이어가는 실험적 양식을 선보인 것이기도 했다. 이 '하나의 문장'은 여러 이야기들을 하나의 주어 술어 구조에 붙잡아 담아낸 것이다. 이 소설의 모든 주어를 빨아들인 대주어는 무엇인가? 이 소설의 모든 술어를 압축해낸 대술어는 무엇인가? 이 소설의 제목과 부제로부터 이 문제를 풀어보기로 하자.

성군(星群)은 별무리인데 빛나는 예술가들을 가리키는 기호이다. 그들이 세상에 예술과 사상의 빛을 뿌려줄 때 세상의 삶은 아름다워질 수 있다. 박태원은 후속 작 「성군」에서 '거리를 질주하는 예술가'의 주제를 다룬다. 그것은 니체적 주제이며, 정지용이 「카페 프란스」에서 던진 예술 사상가의 전위적 과제에 대한 탐색이었다.

다방이다. 동경의 중심지에서 멀리 떨어진 외곽의 한적한 다방인 것이다. 그것은 또 아직 예술 창조의 본무대에 발을 붙이지 못하고 있는 룸펜 예술가들의 집합소이다. 장사가 되지 않아 결국 몰락하는 다방

이다. 박태원은 왜 하필 이러한 다방을 '성군' 이야기의 무대 위에 올린 것일까?

두 가지를 생각해볼 수 있지 않을까? 하나는 가깝게 제비다방을 떠올려볼 수 있다. 그와 가장 친했던 친구 이상이 경영하다 실패한 다방이며, 그가 친한 만큼 자주 가보았던 다방이다. 그리고 구인회 결성에 관련된 모임을 거기서 하기도 했고, 이상이 그 인연으로 구인회 동인이 되기도 했다. 제비다방은 또 이상이 예술가 공동체에 대한 꿈을 갖고 시작했던 다방이기도 하다. 그에 대해서는 친구 문종혁이 증언하고 있다. 따라서 우리는 방란장 다방의 모델 중의 하나로 제비 다방을 꼽아볼 수 있다.

'방란장'의 또 하나의 모델이 있다면 그것은 정지용의 「카페 프란스」가 되지 않을까? 정지용을 유명하게 만든 시이다. 박태원의 「성군」에 제시된 '누가 앞장을 설 것인가'라는 소설가의 명제는 이 시에서 나온 것이다. "이놈은 루바슈카/ 또 한 놈은 보헤미안 넥타이/ 뺏쩍 마른 놈이 앞장을 섰다.// 밤비는 뱀눈처럼 가는데/ 페이브먼트에 흐늑이는 불빛/ 카페 프란스에 가자.// 이놈의 머리는 비뚤어진 능금/ 또 한 놈의 심장은 벌레먹은 장미/ 제비처럼 젖은 놈이 뛰어간다." 여기에 나오는 인물들 역시 룸펜 예술가들로 보인다. 좌익과 데카당스 패션들이 보인다. 능금과 장미도 퇴폐적인 이미지이다. 이들 가운데 '뺏쩍 마른놈'이 앞장서고, 제비처럼 젖은 놈이 뛰어간다. 아마 이 둘은 같은 존재일 것이다. 이 시는 이렇게 예술가들의 집합소인 '카페 프란스'로 달려가는 예술가들의 다양한 모습을 그린 것이다. 이 예술가들 중 '누가 앞장설 것인가?'에 대해 이 시는 '몸'에 루바슈카나 보헤미안 넥타이 그리고 그 이외의 어떤 패션도 걸치지 않은 '뼛쩍 마른놈'이라는 대답을 내놓고 있다. 이 패션은 물론 예술 사상적 패션에 대한 알레고리이다.

시에 전개된 이 풍경은 실제 있었던 어떤 사실을 전달한 것이 아니다. 당대 유행하는 전위적인 예술 패션들을 등장시키면서 당대 현실의 삶이 펼쳐지는 거리에서 '가장 앞장설 수 있는 예술 사상'이 무엇인지 생각해보게 한 것이다. 진정한 창조는 유행에 대한 모방의 경지를 뛰어넘어야 하는 것이다. 모방적 패션들을 휘감은 예술가들은 '스스로 굴러가는 수레바퀴'를 결여하고 있다. 결국 '카페 프란스'에서 확인되는 것은 자신들이 과시하는 예술 사상이 한낱 모방

그림 28 일본 동경(현대)의 한 앵무새 카페 풍경
이미 1920~30년대 카페에서도 앵무새를 키우는 곳이 있었다. 1930년대 초 식민지 경성의 어느 카페에서도 그것이 확인된다. 이러한 실증주의적 자료들을 찾는 것이 정지용의 시를 독해하는 목표가 되어서는 안 될 것이다. 그가 '앵무새'에 어떤 의미를 주었는지가 더 중요하다. 당대 예술 사상가들에게 던진 '앵무새'의 의미는 1930년대 초에 발표된 이상의 단편소설 「지도의 암실」에서도 확인된다. 이 소설에서 분명하게 「카페 프란스」의 주제를 이어받고 있다는 암시를 받을 수 있다. 그는 여기서 정지용이 「카페 프란스」에 등장시킨 '앵무새'의 역할을 의식하고 있다. 앵무새는 방문자들의 말을 흉내내는 존재이지만, 곧잘 그것을 자기식으로 변용한다. 앵무새는 카페에 들어오는 존재들에게 인사를 건네는데, 시에서 그것은 방문자들의 예술과 사상이 어떤 수준인가? 그들이 모방과 변용의 수준인가 아니면 그 이상인가를 측정하는 시적 장치이기도 하다. 앵무새가 카페를 출입하는 예술가들에게 던지는 인사와 질문을 이상은 이 소설에서 자신의 문맥에 맞게 변용하여 제시하고 있다. 모방과 흉내의 차원을 넘어서서 자신의 독자적인 창조를 위해 시인 작가는 어떻게 해야 할 것인가? 당대 유행하는 사조와 식민지 권력체계 속에 묶여있는 사유와 출판법의 검열을 어떻게 뚫고 나갈 것인가? 이러한 질문들이 그 속에 담겨 있다.

품에 불과한 것일 수도 있다는 것이다. 시인은 마치 그것을 확인시키기라도 하듯이 카페 입구에 앵무새를 배치했다. 트리스탕 차라의 「다다이즘 선언」에서 '앵무새'는 기존의 예술가들을 질타하기 위해 동원된 기호였다. 진정으로 혁명적인 예술을 위해서는 기존의 예술 사상의 범주에서 흉내만 내는 '앵무새' 같은 예술가들을 퇴출시켜야 한다는 것이다. 지용의 다다이즘적 양상은 이 정도 수준에서만 자신의 시

에 개입해 있다. 그의 '앵무새'는 트리스탕 차라의 '앵무새'를 약간 자리 이동시켜 다른 역할을 맡겨놓았다. 이 새는 카페를 출입하는 존재들의 내면까지 들여다보며 그들이 단지 흉내 내는 정도에 머무는 존재인지 아니면 그 이상인지를 측정하는 가늠자 역할을 맡고 있다.

누군가 카페에 들어서면 그곳을 출입하는 자들의 인사를 흉내 내는 앵무새가 입구에서 맞아준다. 마치 그들의 모방(흉내)적 삶과 예술을 점검이라도 하듯이 이 앵무새가 입구에서 일일이 그들의 어투를 흉내 내며 인사를 하는 것이다. 그들은 이 앵무새의 흉내 내기 인사를 통과해서 카페 안으로 들어가게 된다. 앵무새가 입구를 지키는 이 예술공간은 서구 문화예술의 본고장인 '프랑스 문화'를 옮겨다 심은 '프랑스 문화 모조 카페' 정도로 불릴만한 곳이다. 시인(정지용)도 당대적인 예술을 하기 위해서는 예술가 무리와 함께 이곳으로 들어가야 한다. 여기서 그들과 대화하고, 논쟁하고 토론하며 당대의 예술 패션을 익히게 될 것이다. 그러나 '카페 프랑스'를 출입하는 사람들 모두가 프랑스 문화를 모조하는 수준에 머물지는 않았을 것이다. 어디서나 문제적인 인물이 있기 마련이다. 여기서는 '뼛쩍 마른놈'이 그 역할을 떠맡는다. '카페

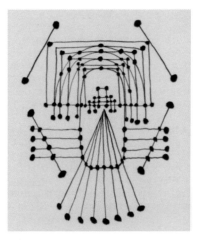

그림 29 Pablo Picasso, *The Constellation drawings*, 1924 (a series of sketches by Pablo Picasso drawn on sixteen pages of a notebook in 1924)
피카소의 「성좌도」 부분. 별들이 질서정연하게 연결되어 별들의 궁(宮)과 성(城)을 구축한 것 같다. 예술가들이 모여서 하나의 무리를 이루게 되면 그들의 사상과 예술은 정신적 예술적 구조물을 건축하는 셈이 된다. 나는 구인회 내 파라솔파 예술가들의 모임을 그러한 별무리(星群)의 건축물(궁과 성)로 보고자 한다.

프랑스'에 들락거리면서 아무 패션도 걸치지 않은 몸은 그러한 모조품들에 사로잡히지 않는다. 그러나 그는 그 때문에 외로운 존재가 된다. 그는 위로를 받고 싶지만 차가운 대리석 테이블처럼 카페의 모든 것들은 그를 외면하고 있다. 이 고독 속에서 그는 새로운 창조의 가능성을 탐색하고 있다.

모방의 공간에서도 '창조'는 가능하다. 정지용은 아무 패션도 부각되지 않은 '뼛쩍 마른놈'을 앞세웠으며, 그의 '무(無) 패션'이 그러한 유행패션의 모방품들을 뚫고 나갈 수 있을 것이란 암시를 해주고 있다. 아무 패션도 걸치지 않은 주인공은 바로 뼈만 앙상하게 남은 빈약한 '몸'이다. 정지용의 진정한 창조적 주체는 황량한 상태의 이러한 '몸'을 내세우며 거리를 질주한다.

이렇게 보면 구인회 동인지 『시와소설』에 실린 「유선애상」의 주제가 원초적 형태로 그의 초창기 시인 「카페 프란스」에서 이미 제시된 셈이다. 거리를 달리는 '몸'이 이 두 시의 공통된 주인공이기 때문이다. 「방란장 주인」에 부제로 제시된 '성군'은 밤하늘에 떠서 회전하며 이동하는 일군의 별무리이다. 이 별들은 '스스로 굴러가는 수레바퀴'인 원초적 '몸'과 그것을 기반으로 창조적 빛을 내는 예술가들을 상징하고 있다. 이러한 점에서 이 소설도 정지용의 이 '몸의 질주'의 주제에 동참한다.

정지용의 「카페 프란스」에는 그가 유학 생활을 한 일본 교토에서의 이국적 체험이 배경으로 깔려 있다. 박태원의 '방란장'이 동경의 외곽인 무사시노에 있다는 것도 이국적인 풍경이라는 점에서 비슷하다. 우리는 이렇게 물을 수 있다. '방란장'의 예술가들과 '카페 프란스'의 예술가들이 공유하는 것은 무엇일까? 그들은 아직 모두 데카당스일 뿐이며, 예술의 본격적인 창조적 무대에는 올라서지 못한 자들이 아닌가?

박태원은 두 개의 물음을 던진다. '성군', 즉 별무리는 거리에서 어떻게 해야 예술의 빛을 뿌려대며 질주할 수 있는가? 그리고 이 빛을 뿌리는 예술가들 중 누가 이 거리의 질주에서 앞장을 서야 하는가? 그두 물음은 하나의 물음이기도 하다. 그것이 하나의 물음으로 통합되기 위해서는 '성군'이란 기호를 '스스로 굴러가는 수레바퀴'와 연관시킨 니체에 기대어야 할 것이다. '창조'란 무엇인가에 대해 짜라투스트라가 말하는 대목을 보기로 하자.

니체의 짜라투스트라는 「창조하는 자의 길」 장에서 이렇게 말했다. 창조하는 자는 '그대 자신의 길'을 찾으라. 창조하는 자가 되기 위해서는 군중의 소리로부터 멀리 떨어져서 고독한 '우수의 길'을 가야 한다. 그렇게 할 수 있는 권리와 힘은 무엇인가? 그는 이렇게 묻는다.

> 그대는 새로운 힘이며 새로운 권리인가? 최초의 운동인가? 스스로 굴러가는 수레바퀴인가?
> 그대는 별들을 강요하여 그대의 주변을 돌게 할 수 있는가?[65]

이 구절에 따르면 별무리를 자신의 주변을 돌게 할 수 있는 존재만이 참된 창조자이다. 짜라투스트라는 위 구절 뒤에서 이 창조자를 '하

---

65   니체, 『짜라투스트라는 이렇게 말했다』, 111쪽.

나의 별'에 비유한다. "홀로 자기 자신의 율법의 재판관 및 복수자와 지낸다는 것은 무서운 일이다. 이렇게 해서 황량한 공간에, 그리고 얼음같이 찬 고독의 기식(氣息)에 하나의 별이 던져진다."[66]

니체의 어법에 따르면 '별무리'는 '하나의 별'과 그 주변을 도는 별들이다. 별무리는 초인적 창조자와 그를 둘러싸고 함께 움직이는 일군의 별들을 가리킨다. 함께 움직이는 별들에 둘러싸인 '하나의 별'은 초인적 존재를 가리킨다. 그것의 초인적 특성은 "보다 높은 육체를, 제1운동을, 스스로 굴러가는 수레바퀴를 창조해야 한다"[67]라는 언급에서 분명해진다. 그렇다고 해서 중심별 주변을 도는 별무리가 그저 누군가를 따르는 모방적 추종자들인 것은 아니다. 그들은 중심별의 창조력에 견인된 자들이며 자신들의 내부에서도 이미 그러한 창조성이 어느 정도 발현된 자들이다. 그의 내면에 그러한 창조력에 대한 관심이 없다면 그는 거기에 이끌려 가지 않을 것이다. 중심별인 초인적 존재는 자신을 따르는 자들 속에 있는 자신과 동일한 속성을 알며, 그것을 더 상승시켜줄 것이다. 그들 역시 그렇게 해서 각기 자신에 걸맞는 초인적 존재로 변화되고 상승된다. 별무리는 모두 그렇게 서로 다른 초인적 존재로 상승하며 그렇게 함께 빛나는 성좌가 된다. 세상에 그들은 한 무리의 빛을 증여하게 되는 것이다. 세상 사람들의 삶은 그 별빛을 바라보고 거기 젖어들어간다. 그 빛을 흡수하여 자신들의 삶을 상승시킨다.

별 기호를 이러한 문맥에서 바라볼 때, 이상의 「황의기 작품제2번」

---

66 같은 책, 112쪽.
67 같은 책, 123쪽.

마지막 장에 나오는 성좌 이야기가 이해될 것이다. 하늘의 별들에 폭풍우가 몰아치고 그 전쟁에서 살아남은 오리온좌 별들만이 황량한 겨울 하늘에 남아 빛나고 있다.

> 붉은 밤   보랏빛바탕
>
> 별들은흩날리고하늘은나의쓰러져객사(客死)할광장(廣場)
>
> 보이지않는별들의조소(嘲笑)
>
> 다만남아있는오리온좌의뒹구는못(釘)같은성원(星員)[68]

이상은 자신의 예술 사상적 성좌를 오리온 별자리에 비유했다. 그가 자신의 이 성좌를 계속 지키며 구인회에 합류했음은 물론이다. 정지용의 「별」[69]도 이러한 맥락에 놓일 때 더 강렬하게 빛난다. 박태원의 '별무

---

68 이상 「황의기 작품제2번」 마지막 장인 '기4' 장의 일부. 이 시는 원고 마지막에 '3월 20일'이라는 날짜가 부기되어 있다. 연도 표시는 없다. 앞뒤 다른 시편들과의 관계로 볼 때 1933년 3월 20일로 추정된다. 이때면 사진첩 시편인 「내과」「골편에관한무제」「최후」 등을 쓴 2월 중순에서 한 달 뒤 정도가 된다.

69 정지용의 「별」은 1933년 9월 『가톨닉청년』 4호에 발표된 것이다. "누어서 보는 별 하나는/ 진정 멀―고나.// 아스름 다치랴는 눈초리와/ 금실로 이슷듯 가깝기도 하고,// 잠살포시 깨인 한밤 엔/ 창유리에 붙어서 엿보노나."(「별」 부분)
시집 『백록담』(1941)에 실린 「별」은 또 다른 시이다. "별을 잔치하는 밤/ 흰옷과 흰자리로 단속하다.// (……)// 돌아 누어 별에서 별까지/ 해도(海圖)없이 항해하다.// 별도 포기포기 솟았기에/ 그중 하나는 더 휙지고/ 하나는 갓 낳은 양/여럿여럿 빛나고/ 하나는 발열하여/ 붉고 떨고/ 바람에 별도 쏠니다.// 회회 돌아 살아나는 촉불!/ 찬물에 씻기어/ 사금을 흘리는 은하!// 마스트 아래로 섬들이 항시 달려 왔고/ 별들은 우리 눈섭 기슭에 아스름 항구가 그립다.// 대웅성좌가/ 기웃이 도는데!// 청려한 하늘의 비극에/ 우리는 숨소리까지 삼가다."(「별」 부분)
아마 이 두 번째 「별」은 1939년 이후 작일 가능성이 많다. 「장수산2」에 나오는 '휙진 시울'과 비슷한 '휙지고' 등의 표현이 있는 것으로 그렇게 추정해본다. 첫 번째 「별」에 비해 하늘의 성좌 풍경이 큰 화폭으로 확장되었고, '대웅성좌'를 향한 항해의 비극에 대해 노래할 정도로 그가 하늘의 성좌에 자리 잡으려는 비극적 스토리가 읽힌다. 첫 번째 「별」이 그저 별을 바라보는 시선에 머물렀던 것에서 상승되어 여기에는 하늘의 성좌를 구축하는 과정, 그 성취와 좌절에 대한 많은 이야기가 깔려 있는 것이다.

리'는 이러한 구인회 동인들의 별 기호와 함께 다루어져야 하리라.

파라솔파 동인에게는 각자의 별이 있었다. 그들이 바라보는 별, 그들 각자의 영혼을 이끌어가는 별을 그들은 노래했다. 자신의 예술과 사상이 모든 사람이 바라보는 하늘에 성좌처럼 못 박힐 수 있는 길은 무엇인가? '스스로 굴러가는 수레바퀴'의 대열에 동참하기 위해 그들은 자신의 별을 따라 모여들었다. 그리고 하나의 별무리가 되었다. 박태원은 그래서 이들을 바라보면서 '성군' 연작을 쓰게 된 것이리라. 여러 가난한 예술가들이 어떤 세속적 야심도 없이 모여들어 하나의 '파라솔' 밑에서 서로의 생각과 예술을 나누게 되었다. 거기서 그들은 '스스로 굴러가는 수레바퀴'로서의 '몸', 즉 '신체'의 주제를 공유하고 그것을 한층 더 심화시키게 되었다. 세상의 거리에서 규율되고 억압되는 그 '몸'의 문제, 신체와 육체의 문제가 다양하게 다루어졌다. 바로 그 문제가 당대 예술 사상에서 가장 앞선 자리에 있게 되었다. 가장 전위적이고 중심적인 주제가 되었다. 그것만이 각자 자신들의 개성 속에서 첨예하게 탐색해야 할 문제가 되었으며, 그로부터 암묵적인 선의의 경쟁이 시작되었다. 파라솔파가 자신들의 동인지를 선보이는 『시와소설』에서 그 빛나는 경연(競演)의 장이 이루어졌다. 아마 여기 제출된 시들이 보여준 치열한 '경연'의 의미를 우리가 제대로 알게 된다면 거기서 현대의 예술 사상사의 한 빛나는 봉우리를 볼 수 있게 되리라. 이 책에서 우리는 바로 그 봉우리를 향해 등정을 하고 있는 것이다.

2. 신체극장의 아크로바티 1

박태원은 「방란장 주인」에서 '방란장'의 예술가들이 과연 본격적인 무대에 자리 잡을 만한 별무리가 될 수 있는지 묻고 있다. 구인회의 사상적 탐색, 예술적 탐색이 독자적인 빛을 뿌리는 창조의 길을 갈수 있는지 '방란장' 예술가들을 통해 묻고 있는 셈이다. 이 소설 속 예술가들의 모델은 현실에 있는 '구인회' '파라솔파' 동인들이 될 것이다. 그는 소설을 통해 「카페 프란스」의 시인 정지용에게 이 물음을 던진 것이고, 제비다방을 운영하는 이상에게 이 물음을 던진 것이다.

제비다방 벽면에는 이상의 친구인 꼽추화가 구본웅이 그린 벽화가 있었다. 강렬한 선들로 그려진 것인데, 나목에 기대선 나부(裸婦)가 바라보는 방향으로 제비 한 마리가 날아가는 풍경이었다. 「카페 프란스」의 예술가들 가운데 앞장선 자, 제비처럼 비에 젖어 뛰어가는 자는 누구였던가? 이상은 거리를 질주하는 '무서운 아이들'의 집합소를 제비다방에서 구현해보려 하지 않았을까? 그의 친구 구본웅의 벽화 그림에 그러한 이상의 바램이 투영되지 않았을까? 그러나 제비다방은 매우 허술하게 경영되었고, 이상의 꿈과는 거리가 멀게 한적한 곳이 되었다. 그에게 빚만 잔뜩 남기고 1935년에 파산한 상태가 되었고 결

그림 30 박태원의 연재소설 「애욕」 5회 연재분(『조선일보』, 1934.10.11.)
제비다방에는 이상의 자화상이 걸려있었다. 선전에 입선했던 작품이다. 제비다방에 걸려있던 이상의 자화상을 그린 위 삽화는 김웅초 화백의 필치로 그려진 것이다. 하얀 벽면에 그려진 구본웅의 제비와 나부 그림이 이 반대편에 놓여있었을 것이다.

국 폐업하고 말았다.

제비다방 폐업과 함께 예술가 공동체의 꿈이 사라졌던가? 제비다방 밖에서 벌어진 구인회 파라솔파의 회합들이 그를 또 다른 가능성으로 몰고 갔던가? 그는 이 오랜 꿈을 향해 자신의 질주를 실현하는 작품들과 함께 나아갔다고 할 수 있다. 그 꿈은 초기 시편인 「조감도」 「삼차각설계도」 「건축무한육면각체」로부터 제비다방 시절의 「오감도」 로 나아갔다. 그가 파라솔파의 중심으로 파고들 수 있었던 것은 이러한 작품들의 질주 덕분이다.

그는 과연 파라솔파 별무리의 중심에 자신의 자리를 잡을 수 있었을까? 그러한 시도나 증거를 우리가 알 수 있을까? 그가 누구보다 니체의 '스스로 굴러가는 수레바퀴'와 같은 창조적 명제에 관심이 있었음을 알려주는 시편들이 있다. 그는 이미 「차8씨의 출발(且8氏의 출발)」 (1932. 7)에서 장자적(莊子的) 어구를 패러디함으로써 니체적 명제를 제시했었다. '스스로 굴러가는 바퀴'는 이 시에서 '윤부전지(輪不輾地)'로 표현되었다. '수레바퀴는 땅을 밟지 않는다'라는 장자의 원래 표현에서 '밟는다'는 의미의 '蹍(밟을 전)'이란 글자를 '輾(구를 전)'으로 바꿔치기한 것이다. 인공화된 세계를 표상하는 물건인 지구의(地球儀)를 앞에 두고 이상이 반어적으로 내민 니체적 명제인 것이다. '윤부전지'는 이 인공화된 지구의 표상인 지구의 앞에 그가 내민 에피그람적 명제이다. 이 표현을 뒤집으면, 예술가(창조자)는 인공화된 세계 위를 굴러가야 하는 것이 아니라, 생명력으로 충만한 땅(지구)을 밟고 '스스로 굴러가는 수레바퀴'가 되어야 한다는 것이다. 이것은 이 시의 주인공 '차8씨'가 수레바퀴와 관련하여 진술한 것이다.

니체에 의해 '보다 높은 육체' 또는 '제1운동'이라고 정의된 이 창조적 운동의 수레바퀴 이야기를 이상은 '차8씨(且8氏)'를 통해 하고 있다. 이 '且'는 도대체 누구인가? 이에 대한 여러 논의들이 있지만 이상의 전체 작품을 관통하는 사상과 관련시킨 연구는 없다. '且'는 여러 기호로 변주되는 이상 작품의 진정한 주인공이다. 그는 「LE URINE」에서는 ORGANE이었으며, 「신경질적으로비만한삼각형」에서는 '삼각형'이고, 「황」 연작에서는 '황'이었다. 「오감도」 시편에

그림 31 파라솔파 동인들은 '스스로 굴러가는 수레바퀴'를 창조한다는 니체적 명제를 자신들의 예술적 개성에 맞게 변주하며 각자 별이 되고, 서로 모여들어 별무리가 되려 했다. 그들은 자연적 신체의 수레, 거리에서 스스로 굴러가는 자동차가 될 그러한 신체의 주제를 탐색했다. 정지용은 「유선애상」에서 거리에서 사람들이 마구 굴리는 그러한 신체에 그의 본래 악기적 본성을 되살려내려 했다. 이상은 자신의 '황포차' 개념을 「지도의 암실」에서 제시했다. 김기림은 「제야」에서 네거리를 흘러가는 구두들이 그러한 수레바퀴가 될 수 있을지 물었다. (위 사진은 북미 유타주 Newspaper Rock에 그려진 뿔 달린 도끼형 인간과 그가 관장하는 존재의 수레바퀴 그림이다)

서는 '나무인간'으로 나타난다. 이 나무는 거울 속에서도 꽃을 피워야 하는 '꽃나무'였다. 「오감도」 시편 이전의 「꽃나무」에 등장한 바로 그 '꽃나무'이다.

「차8씨의 출발」에서 진정한 생명력이 깃든 세계를 향한 '차8씨'의 질주는 꽃을 향한 질주로 나타난다. 이 질주의 주제는 이후에 발표된 「꽃나무」에서 전면화된다. 이 '꽃을 향한 질주'는 이상의 거울시편에서는 '거울로부터의 탈주'라는 주제로 변주된다. 이 '질주'는 「삼차각설계도」에서 처음 제시된 것인데, 여기서는 '광선보다 빠른 질주'라는 표현을 얻었다. 거울의 광학은 빛 속도의 한계성 안에 있다. 빛보다 빠

른 질주는 거울의 광학을 넘어선다. 이러한 질주를 통해 새롭게 탄생한 초인적 존재가 '전등형 인간'이다. 「출판법」에서도 '전등형 인간'의 주제가 이어진다. 여기서는 손바닥에 '전등형 운하를 굴착'하는 시험적인 글쓰기로 나타난다. '여과된 고혈(膏血)'과 같은 강물이 이 '전등형 운하'에 흘러든다고 했다. 그는 '피의 글쓰기'에 대해 말하고 있다. 그가 쓰는 모든 언어와 수사학 속에 이 '피'가 스며들어 있다. 창조자의 글쓰기는 이렇게 해서 거울광학에 지배되는 모방적 세계를 넘어서야

한다. 전등형 운하의 글쓰기는 바로 그러한 것이다. 거울세계를 파헤치는 이러한 '굴착'은 그다음 시편인 「차8씨의 출발」에서 '지구를 굴착하라'는 구절로 이어진다.

且(차)는 8과 연관되어 '굴러가는 수레바퀴'의 이미지도 갖게 된다. '스스로 굴러가는 수레바퀴'라는 니체적인 '제1운동'의 질주가 여기서도 작동된다. 이상은 1932년에 발표한 「지도의 암실」에서 '황포차(黃布車)'라는 개념을 쓴 일이 있다. 이것 역시 '스스로 굴러가는 수레바퀴'의 의미를 지닌 원초적 신체의 개념이다. '황포'라는 말에 이상은 '신체'의 누런 피부 이미지를 부여한 것이다. 그것은 개 인간 '황'의 또 다른 변주이다.

그림 32 지구본

이상은 「1931년 작품제1번」의 7연에 '지구의'를 인공화된 세계로 표현했다. 「차8씨의 출발」과 「무제 육면거울방」에도 '지구의'가 나온다. '스스로 굴러가는 수레바퀴'의 주제는 인공화된 지구의 표상인 '지구의'와 대립한다. 이 지구의는 「무제 육면거울방」에서는 태양에 탐조되는 완구점의 2층에서 이상이 즐겨 완상하던 것이다. 거꾸로의 대가인 악성(樂聖)의 비밀스러운 방에 안내되어 거기서 악성이 이상에게 보여주는 것도 지구의이다. 이상의 '지구의'는 이 악성의 비실(秘室)에서 가장 뚜렷하고 기이하게 정체를 드러낸다. 악성은 이상에게 그 지구의 위에서 이상의 주소(어드레스)를 찾아보라 했지만 지구의에 표시된 육지는 모두 시커멓게 칠해져 지워져있었다. 그리고 육지 이외의 물에는 "거꾸로 개록(改錄)된 악보의 세계"라는 문자가 쓰여 있었다. 이 '거꾸로의 대가'는 그 이후 이상을 모든 것이 뒤집힌 상으로만 보이는 육면거울방으로 안내한다. 거기서 이상은 졸도한다.

이러한 능동적 신체, 창조적 신체의 주제는 「시제1호」의 '무서운 아해'나 「꽃나무」 「절벽」 「실화」의 '꽃'으로 표현되기도 한다. '무서운 아해'는 거울계 안에서 파괴와 탈주 운동을 신체의 질주와 결합해서 보여주는 초인적 존재이다. '꽃'은 거울계 바깥의 참존재인 꽃이며, 향기와 깊이와 실체를 갖는 꽃, 자연의 본성을 유지하는 꽃을 가리킨다.

이러한 주제는 니체의 사상과 통한다. 타란튤라적 역사를 꿰뚫고 나가는 '높은 육체로의 상승'의 사상이 거기 담겨 있다. 그렇다면 '차8씨'의 且(차)는 차라투스트라적 존재[70]를 가리키는 것일 수 있다. 이 글자가 사다리처럼 보이는 것이나 생식기를 의미하는 것도 그것과 통한다. 짜라투스트라는 가장 높은 사다리를 올라가는 존재이기 때문이다.[71] '且8씨'는 생식적 성적 육체의 운동을 밀고 나가는 초인적 존재이다. '8'은 생명의 아크로바티이며 영원회귀의 표상이 된다. 이상은 이 시에서 황무지 도시 거리에서 벌이는 삶의 곡예를 초월한 생명의 아크로바티에 대해 말한다. '且8씨'는 그러한 최상의 곡예술을 자신의 예술적 광기와 결합한 자이다. "사람의숙명적발광(發狂)은곤봉(棍棒)을내어미는것이어라.// 사실차8씨는자발적으로발광(發狂)하였다"고 했다. 그렇게 해서 자신의 온실에서 은화식물이 기적처럼 꽃을 피운다.[72] 숨

---

70 1930년대 당시에는 '차라투스트라'로 표기되는 경우가 보인다. 예를 들어 서항석의 시 「차라투-스타라의 노래」(『조선문학』1933. 10)를 보라. 且의 음이 '찾'이니 '차라투스트라'의 '차'와 통한다. 이 글자를 권영민 교수는 구본웅의 具를 파자한 것으로 푼다. 그러나 且와 八을 결합해서 具 자가 되는 것은 아니다. 그리고 八 대신에 구태여 8을 쓴 것도 그러한 해석을 곤란하게 한다. 이러한 해석보다는 이상의 여러 작품을 관통하는 사상적 주제를 감당하는 초인적 존재로 보는 것이 설득력이 있을 것 같다.

71 니체의 『이 사람을 보라』에서 "그가 오르내리는 사닥다리는 거대한 것이다"(『도덕의 계보/이 사람을 보라』(니체 전집 8), 김태현 역, 청하, 1999, 276쪽 참조) 부분을 보라.

72 우리는 곡예와 광기가 결합되는 이 '발광'의 주제를 박태원과 정지용의 「유선애상」에서도 볼 수 있다. 구인회 동인들로 모여든 접점에 바로 이 주제가 있다.

겨진 꽃이 빛을 발하는 '발광(發光)'은 광기가 발동하는 '발광(發狂)'에서 나온다.

이상은 「차8씨의 출발」에서 보여준 주제를 그 전후의 시들에서 변주했다. 자신의 목장을 지키는 개인 '황'을 주제로 한 연작이 그것이다. 「황의기 작품제2번」은 1933년 3월 20일 쓴 것(「차8씨의 출발」이 발표된 날로부터 8개월 정도 뒤에 쓴 것)으로 추정된다. 이 시에서 니체의 사티로스적 존재를 닮은 '황'은 하늘의 전쟁, 예술과 사상의 별들의 전쟁에서 살아남은 오리온좌를 머리에 이고 있다. '나'의 정수리 언저리에서 이 '황'이 짖는다. 그것은 나의 초인 사상의 울부짖음이다. 그것은 "불성실한 지구[73]를 두드리는 소리"이기도 하다. 이것은 '지구를 굴착하라'는 차8씨의 명제와 통하는 것이다.

이상은 이렇게 이미 구인회 가입 이전부터 다양하게 니체의 '스스로 굴러가는 수레바퀴'라는 초인적 명제를 여러 시편들을 통해 자신의 개성적 양식으로 탐구하고 제시해왔다. 그런 그가 『시와소설』을 창간할 즈음 친구 박태원이 던졌을지 모를 물음, 즉 '누구를 앞장세울 것인가?'에 새삼 직면했다면 어떻게 했을 것인가? 그는 그즈음에는 자신이 탐구하고 제시해왔던 것 중 무엇으로 그 '앞장의 자리'에 세울 수 있었을까? 「오감도」의 「시제1호」의 '무서운 아해들의 질주'를 다시 꺼내 들었을까? 「황의기 작품제2번」에서 "나는 불꺼진 탄환처럼 그 길을 탄다"라고 했던 그 우울한 질주를 다시 말해야 했을까? 제비다방

---

73 "정수리언저리에서 개가 짖었다 불성실한 지구를 두드리는 소리"(「황의기 작품제2번」, '기4' 부분). 여기서 '불성실한 지구'는 자신의 원래 지닌 생명력, 자신의 자연을 제대로 관리하지 못하는 지구를 가리킨다.

파산 이후의 파탄된 가정생활을 그린 「지비」와 「역단」에서 보여준 자신의 초라해진 초인적 풍모를 제시하는 일이 되었을까?

아마 그는 이미 지나간 작품들 이상으로, 또 그가 당시 겪고 있던 처참한 상황들이 반영된 작품 이상으로 더 야심찬 방대한 그림을 제시해보려 하지 않았을까? 동인들의 수준을 훨씬 뛰어넘을 만한 그의 야심차고 초월적인 풍모를 보여주어야 하지 않았을까? 그가 동인들과 같은 지면에 올린 시 「가외가전」에는 그의 '초인'이 겪어온 여러 고민들이 투사되어 있다. 그러나 그럼에도 불구하고 동인들의 '누가 앞장설 것인가?'라는 질문에 답하기 위해 그는 더 높이 더 멀리 자신의 문제의식을 던져보고, 지구 역사 전체와 대면해 싸우는 '몸'의 극적인 아크로바티를 최상의 화폭으로 그려내야 했을 것이다.

「가외가전」에서는 초인적 아이가 이미 늙어버린 모습을 하고 있다. 제비다방 시절에 쓴 「시제1호」의 '무서운 아해'를 거쳐 제비다방 파산 이후 성천 기행을 떠난 이야기를 다룬 「첫 번째 방랑」과 바로 그 전의 이야기를 다룬 「공포의 기록」에서만 해도 '무시무시한 풍모의 소년 같은 모습'이었다. 「가외가전」에서 그 '소년'이 바짝 늙어버린 것이다. 그러나 여전히 그는 '초인적 아이'를 유지하고 있기는 하다. 그는 여기서 늙어버린 듯하지만 여전히 '초인 아이'로 남아 있는 자신의 '몸'의 힘겨운 곡예술과 그 최상의 아크로바티를 보여준다. 여러 어려운 상황 속에서도 그는 여전히 초인적 사상의 정신적 고지를 향해 사다리를 올라가고, 교각의 난간 위로 올라서려 한다. 교각 위(가외가)의 '육교'는 사상의 본무대, 사상의 전쟁터이다. 거기 있는 존재들은 거리의 삶을 내려다볼 수 있다. 거기 자리 잡은 사상은 거리에서 펼쳐지는 자신의 삶을 조감할 수 있는 것이다.

이 주제는 『짜라투스트라는 이렇게 말했다』의 '목록판장'과 관련된 것으로 보인다. 거기에 교각과 난간의 모티프가 나온다. 이상은 이 시에서, 삶의 흐름을 굳어지게 하는 이 '사상의 교각(다리와 난간)' 이미지에 짜라투스트라의 사다리 이미지를 결합시킨 것 같다. 니체는 이 '다리'(교각)를 사물의 모든 가치, 여러 개념을 고정시키는 부정적인 고정판으로 부각시켰다. 그는 '목록판' 개념과 이 다리의 고정판 개념을 은유적으로 중첩시켰다. 이 고정판의 다리와 난간을 부숴버리는 '황소' 같은 파괴자가 바로 초인의 강물(흐름)이다. 그러나 니체는 기존의 고정된 가치, 선악의 목록판을 부수는 것에 그치지 않고 '새로운 목록판'을 제시하려 한다. 고정된 판이 지배하던 조상들의 땅에서 추방된 자들은 '자손들의 땅'을 찾아나서야 한다. 지나간 시대를 구제하기 위해서 그렇게 해야 한다는 것이다. 이것을 위해 '새로운 목록판'의 창조가 필요하다.[74] 이상은 이 '새로운 목록판'을 형성하기 위해 다리의 고정판 위로 올라가는 상승의 아크로바티를 하고 있는 셈이다. 따라서 그의 아크로바티는 짜라투스트라의 '사다리' 개념을 포함하고 있게 된다.

그는 또한 여기서 자신의 신체극장 기호를 작동시키고 있다. 「내과」에서 폐의 무대공간에서 십자가 나무가 커가고 거기서 자신의 나무인간적 존재인 '기독'이 성장한다.[75] 「오감도」에 오면 나무인간의 시련과

---

74 이 부분 내용은 「목록판」 장의 12절에 나와 있다. 「목록판」 장은 『짜라투스트라는 이렇게 말했다』 3부 12장 「새롭고 낡은 목록판에 대하여」이다.

75 니체는 '십자가 나무'를 "모든 나무 중에서 가장 나쁜 나무"(「목록판장」 12절)라고 했다. 니체가 부정적으로 파악한 십자가 나무는 기독교의 예수가 매달린 나무이다. 그는 이것을 '십자 거미'라는 어휘로 부른 적도 있다. 즉, 타란툴라적인 이미지를 십자가 나무에 씌우고 있는 셈이다. 이상의 '십자가 나무'는 기독교에서 차용했지만 오히려 그 내용은 반기독교적인 것이

구제가 「시제7호」 「시제8호」에서 제시된다. 그리고 「시제9호 총구」에 오면 달아오른 신체의 내장과 입이 에로틱한 힘으로 충만한 '총'이 된다. 「가외가전」은 이러한 신체극장의 새로운 단계를 보여준다. 거울세계와의 전쟁으로 돌입한 「오감도」의 주제는 여기서 한단계 더 발전하여 거울계의 '거리(街)'를 구제하려는 '몸'의 아크로바티 이야기가 되는 것이다.

이제 그는 폐 안에 있던 십자가 나무를 거리에서 보려한다. 거리의 '街(가)'의 상형에는 두 개의 십자가가 상하에 놓인 글자인 '圭(규)'가 있다. 그는 「첫 번째 방랑」에서도 '십자로'에 대해 언급했었다. 그는 루파 슈카 입은 소년 같은 모습으로 어느 먼 바다 건너 "어느 나라인지도 모를 거리의 십자로(十字路)에 멈춰 서있곤 한다"라고 말했다. 거리의 십(十)자는 이상의 운명적 기호이다. 「가외가전」의 '街(가)'는 상하 이중의 십자로이다. 「내과」 뒤에 나오는 「街衢(가구)의 추위」에서의 '街衢(가구)'도 십자로이다. 이상은 자신의 신체와 거리를 결합한(또는상호 호환 가능한 풍경으로서) 기이한 초현실적 초신체(超身體)의 이미지를 「내과」 「가구의 추위」 등에서 보여주었다. 十자 모티프가 흔히 이 초신체 이미지에 결합되기도 한다.

「가외가전」은 그러한 바탕 위에서 이상의 사유와 상상력이 전개된 것이다. 즉, 그는 이제 '폐'의 십자가 나무에서 성장하는 기독의 단계로부터 세상으로 나온 기독이 된 것이다. 이것이 이상이 「가외가전」에서 새롭게 보여주려 한 초인적 기독의 모습이다. 그는 이제 세상의 거리

다. 그는 '초인적 기독'의 희생과 증여의 의미를 거기 부여했다.

에서 상하 두 개의 십자가가 놓인 위계적 구조에 자신의 '몸'의 아크로바티를 펼쳐 보이려 하는 것이다. 그는 여기서 '차8씨'의 아크로바티로부터 한 차원 더 나아간다. 즉, 그는 '장가이넝' 같은 시골 황무지 땅에서 벌이는 '차8씨'의 아크로바티가 아니라 현대적인 도시풍경과 나아가서 세계 전체의 문명화된 거리 풍경에서의 아크로바티를 보여주려 하는 것이다. 그의 기독으로서의 '몸'은 이 십자가의 여러 층들을 오르내리는 아크로바티를 통해 이 '십자가의 거리' 전체에 자신의 '몸'을 펼쳐놓으려 한다. 그렇게 해서 그의 '몸'과 '거리 전체'가 결합한다. 자신의 '몸'을 그렇게 거리에 증여하고 그것의 구제 가능

그림 33 Inka Essenhigh, *Girls Night Out*, 2017

잉카 에센하이의 그림은 인체와 거리가 서로 결합되어 있다. 여자들의 육체는 밤의 어두운 관능으로 빛나고 그 황홀한 에너지로 비틀거린다. 두 명의 여인 모두 왼쪽 벽으로 쓰러질 듯 비스듬히 기울어져 있는데 밤의 액체화된 요정의 흐름이 그녀들 앞에서 기웃거리고 있기 때문이다. 왼쪽 화려한 옷으로 감싼 여인은 벽에 기대 있으며, 벽의 껍데기가 그녀의 옷으로 변하고 있다. 그녀는 이 복도로부터 벽으로 서서히 빨려 들어간다. 그녀의 육체는 이미 옷처럼 변해있고 육체의 하반부는 옷으로만 남아 껍질처럼 되어 있다. 마치 이러한 화려한 껍질의 옷을 벗어난 여인이 그 앞에 나와 있는 것 같다. 그녀는 거의 알몸으로 자신의 화려한 옷에 약간의 신체만 남긴 채 바깥으로 나와 있다. 그녀는 흘러 다니는 밤의 푸른 요정들을 바라본다.

신체와 바깥 공간, 신체와 도시 거리의 결합이라는 이 미묘한 주제는 1930년대 파라솔파의 주제 중 하나가 되었다. 이상은 그러한 주제의 파격적인 제안자이자 선두주자였다. 「가외가전」은 그 대표적인 작품이 된다.

성을 가늠해본다. 그것이 바로 '몸'의 아크로바티적 글쓰기가 된다.[76]

이렇게 자신의 '몸'을 증여하고 희생하려는 기독의 주제는 1932년

---

76 「가외가전」과 함께 『시와소설』에 실린 김기림의 「제야」 역시 십자로를 배경으로 한다. 이 시는 '광화문 네거리'를 등장시킨다. 김기림이 이상의 십자로 주제를 의식한 것은 아닐까? 그러나 김기림의 '십자로'는 자신의 '몸'과 결합되는 거리가 아니라 여러 사건들이 벌어지는 곳이다.

말에 쓰인 「얼마 안되는 변해」에서 처음으로 명확히 나타났고 그다음 해 초의 「각혈의 아침」과 그 일부를 개작하여 2월 중순 정도 쓴 「내과」에서 발전했다. 이 주제를 이상이 버릴 수 없었음은 그가 「내과」 등 사진첩 시편을 그의 생애 마지막을 보낸 동경 시절까지 계속 끌고 다닌 것에서 알 수 있다. 그러하니 「가외가전」을 쓸 당시에도 그는 여전히 이 주제의 전개에 대해 계속 골몰하고 있었을 것이다.

3. 신체극장의 아크로바티 2

이상은 이 시의 신체극장 무대를 제목이기도 한 '가외가(街外街)'의 기호들과 시 본문의 '육교(陸橋)'의 기호들을 통해 구축했다. 그 두 글자 모두 상하 두 개의 십자가가 결합된 圭(규) 형태의 구조를 품고 있다. '街'의 가운데, '陸'의 오른쪽에 이 구조가 들어 있다. 이상의 시는 한자 부수들을 기호처럼 사용한다. 한자 부수들은 시적 암호들처럼 서로 다른 글자들을 관통하여 흘러가며 서로 연결되는 독특한 기호적 흐름을 만들기도 한다. 이 기호적 흐름은 이전의 다른 시인들에게는 존재하지 않았던 것이며, 이상 자신이 창조해낸 기법이다. 이 기호적 흐름은 여러 작품들을 이리저리 관류하는 텍스트의 독특한 결을 만들어낸다.

이 비밀스러운 암호기호학은 검열을 뚫고 나가기 위한 전략이면서, 동시에 기존 관습적 언어의 틀을 무너뜨리고 자신의 독창적인 신체적 사유의 기호적 흐름을 실현하기 위한 것이다. 우리는 뒷장에서 그의 '양(羊)의 글쓰기'를 이러한 한자 기호학의 독특한 전개 속에서 포착할 것이다. 이상은 「출판법」에서 자신의 손바닥에 '전등형 운하'를 굴

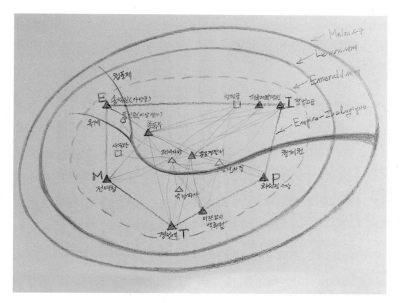

그림 34 신범순, 〈멜론 우주와 에메랄드 세계〉, 2021

이 그림은 2018년 5월 16일에 강의록을 위해 스케치한 그림을 간략하게 정리한 것이다. 멜론우주의 파동점들로 가득 채워진 기억의 강체선들이 이상의 신체극장을 구축한다. 이상은 식민지 현실에서 멜론 우주의 지도를 꿈꿨다고 할 수 있다. 우리가 「지도의 암실」에서 펼쳐진 무대극을 바라보는 것은 바로 이 신체극장의 드라마를 보는 것과도 같다. 이상은 이 소설에서 자신의 신체의 글쓰기를 위한 손가락의 행보를 거미줄처럼 깔린 제국의 지도 위에 펼쳐보았다. 그의 글쓰기의 행보는 타란튤라적 세상의 지도로부터 탈주하는 길을 찾는 것이었다. 그 탈주의 길은 제국의 지도에 새겨진 길들 바깥의 길들을 탐색해내고 그것으로 자신의 육체의 지도를 그려내는 것이었다. 위 도상은 그러한 개념을 당시 경성지도와 통합해서 그려본 것이다. 검은 삼각형들로 구축된 타란튤라적 거미세계의 오각형은 검은 실선의 길들로 연결되어 있다. 흰 삼각형은 이상의 집과 그가 경영하던 제비다방, 「날개」의 집(관철동 33번지)과 낙랑파라 등이다. 이상의 창조적 작업은 이 흰 삼각형들에서 벌어가는 붉은 선들의 길과 관련된다. 이 길들이 이상의 육체의 지도를 그리게 될 것이다. 이 두 지도 간의 전쟁이 있다. 맨 위쪽의 권력지식의 빙결선 *티*와 *PI* 위에서 그러한 전쟁이 벌어진다. 개 인간 '황'과 '나'는 거미제국을 구축하는 나시(NASHI)와 갈등하고 결국 서로를 파괴하려는 전쟁으로 나아간다. 이러한 이야기는 이상의 유고노트 시편들 중 「황」 연작에서 제시되고 있다. 이상의 육체의 지도에서의 산책과 질주는 냉각된 타란튤라의 오각형 세계를 뜨겁게 용해시켜 보석처럼 결정화시키는 작업을 향해간다. 오각형 바깥의 붉은 점선이 그렇게 보석으로 결정화된 에메랄드 세계이다. 그것을 감싸는 붉은 타원은 레몬 세계이다. 태양의 즙액이 가득한 생명의 세계를 의미한다. 그 바깥에 초록색 타원은 멜론 우주이다. 이상이 꿈꿀만한 풍요로운 낙원은 음악적 존재론으로 충만한 Mel-On(Melody-Ontology) 우주가 되어야 한다.

그림 35 츠베토미라 베코바, 〈멜론 우주〉, 2021

츠베토미라의 멜론은 이상이 꿈꾸는 낙원의 황금빛 달 아래 놓여있다. 황토색 땅 위에 그 대지의 살을 담고 있으며 자연의 초록색 옷을 입고 있다. 그 멜론은 우리의 육체이며 모든 생명체들의 '몸'이다.

우리의 삶이 낙원의 삶이 되기 위해서 세상의 과일은 자신의 살과 향기와 맛을 키워내고 성숙시켜야 한다. 우리는 이 세상의 맛을 즐기기 위해 금욕주의적인 지식에 물들어 있는 영양학에 사로잡히지 말아야 한다. 우리의 신체는 거시적 차원과 미시적 차원이 겹쳐있는 것이며, 그 신체로 우리는 영양분 이상의 많은 것들이 깃들어있는 우주와 사물들을 체험하고 느끼며 살아야 한다. 그러한 마음이 통하는 상대가 함께 있다면 누구든지 바로 이 지상에서 최상의 낙원에 들어가는 입구에 서있게 된다.

착하는 이야기를 했는데 비밀스러운 글쓰기를 비유한 것이며, 신체적 암호 기호의 흐름을 의미한 것이다. 마치 자신의 육체의 '피의 잉크'가 그 굴착되는 운하를 통해 펜을 놀리는 손에 전달되고, 글쓰기의 흐름 속에 퍼져나갈 것 같다. 검열에 포착되지 않는 언어와 기호의 은밀한 암호적 흐름이 손바닥 '운하'의 흐름이 된다. 그리고 그 '운하'의 암호에는 신체(육체)의 통신이 들어가 있다. 그 운하의 흐름이 바로 글쓰기의 강물에 섞여 흘러가게 될 것이다. 그것은 신체의 글쓰기를 실현시키는 방식이 된다.

「가외가전」에도 그 비슷한 시도가 있다. 그는 거리에서 발산되는 시끄러운 소음인 '喧噪(훤조)'와 시인의 '無言(무언)'을 대립시킨다. 시인의 언어와 말이 어떻게 거리의 삶이 일으키는 소음(훤조)을 극복할 수 있는가, 거리의 소음에 마멸되는 '몸'을 어떻게 구제해야 하는가, 라는 문제를 이 시는 다루고 있다. '무언'은 거리의 소음을 모두 지워버린 시인의 말이다. '유구무언(有口無言)'의 입이 내뱉는 역설적 언어인 것이다. 그의 '말'은 거리에서 솟구치는 그 소음들을 모두 가라앉힌 자리에서 창조되어야 한다. 그렇게 되기 위해 시인의 말은 시끄러운 소음의 말들이 오가는 '거리(街) 위'의 더 높은 차원으로 솟구쳐야 한다. 적어도 먹고사는 문제(경제적 현실적 이해관계를 따지는)로 주판알을 튀기며 시끄럽게 다투는 그러한 언어 층위로부터 솟구쳐야 한다는 말이다. 이 기본적 명제를 이 시는 갖고 있고 그것에 관련된 이야기가 제목과 본문의 단어와 그것에 담긴 비밀스러운 암호적 흐름 속에 들어 있다.

이 거리에서의 '솟구침'은 제목의 '街'와 본문의 중심어인 '陸橋(육교)'의 '陸'이 두 단어에 포함된 圭(규)와 그 비슷한 '춰(육)'에 관련되어 있다. 상하 두 개의 十이 이 두 글자 상형에 포함되어 있다. 초기 시편에서부터 十이란 글자의 기호적 의미에 특별한 관심이 있었던[77] 이상이 이 한자상형에 자신의 그러한 기호학을 내포시키지 않았을까?

'陸橋(육교)'의 橋에서는 그 오른쪽 위아래 두 개의 입 口가 주목된다. 나무 목 옆의 喬(교)는 '높을 교'인데, 위쪽에 삼킬 呑(탄)이 얹혀있다. 이 글자의 본래 의미는 '교만하다' '교활하다' '악랄하다' 등 별로 좋지 않은 의미를 갖고 있다. 그래서 그런지 "날카로운신단(身端)이싱싱한육교그중심(甚)한구석을진단(診斷)하듯어루맍이기만한다"고 한 부분을 보면 '싱싱한 육교'가 나오지만 그 뒤에 나오는 단어들은 별로 '좋지 않은' 것들이다. '육교의 심한 구석'은 '금(金)니'와 '추잡한 혀' 등 입(口)과 관련된 단어들을 보여준다. 따라서 날카로운 신단(身端)[신체의

---

77 초기 시편 「이상한가역반응」 시편의 하나인 「BOITEUX·BOITEUSE」를 보라. "긴것/ 짧은것/ 열十자 / X / 그러나CROSS에는기름이 묻어있었다"에서 이상은 기름이 묻어 미끄러워 추락한 긴것과 짧은 것의 이야기를 한다. 십자체를 만들기 위한 끈끈한 결합력이 둘 사이에 없어서 그러한 '추락'이 일어났다. 이상의 십자가의 운명은 바로 이 끈끈한 십자결합체를 만들기 위해 자신의 '몸'을 희생양으로 세상에 바치는 것이었다. 자신의 의식이 아니라 그 '몸'이 바로 그의 '기독'이었다.

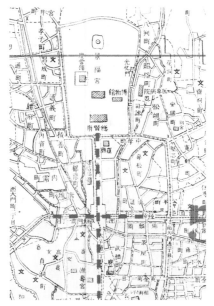

그림 36 '대경성정도'의 광화문 십자로 지도

이상의 생가가 있는 통인동이 지도의 맨 왼쪽 위에 있고, 종로1가 제비다방의 위치도 볼 수 있다. 「날개」에 나오는 18구구 33번지의 관철동이 오른쪽 맨 아래 (숫자5 아랫부분)에 있다. 이상의 삶의 공간이 여기 모두 들어가 있다. 총독부가 마치 머리처럼 이 거리를 장악하고 있다.

광화문 십자로 부분을 십자가처럼 붉게 칠해보았다. 본래 빛으로 모든 것이 변해야 할 거리이지만 식민지로 떨어지면서 암흑의 거리가 되었다. 김기림은 아예 이 '광화문 네거리'를 자신의 시 「제야」의 무대로 삼았다. 시에서도 신문 기자 다운 풍모를 보인 것이다. 이상은 어디에도 없지만 또 어디에도 있는 그러한 거리(가)와 '가외가'(거리밖거리)를 문제 삼았다. 그의 '街'는 십자가의 여러 층이 존재하는 거리였다. 자신의 '몸'을 그 거리에 바치고, '사상'을 '가외가'에 바치며 그의 예술적 아크로바티의 삶은 전개되었다. 「가외가전」에서 그 거리에 자신을 희생양으로 바쳐(증여)야 할 거리를 그는 기이한 신체와 거리가 결합되어 만들어낸 초신체적 거리 풍경 즉 '가외가'의 풍경으로 묘사했다. 거기에서 그의 '몸'과 '사상'이 바로 그의 '기독'이 되었다.

정점(頂點)으로서 끝은 말이 탄생하는 혀끝이 될 것이다]이 어루만지는 '육교'는 '입'이 될 것이다. 아니면 그것은 '입'과 관련된 기호이다.

이상의 한문 기호학에서 이 '입'은 시 본문 첫 단어인 '喧噪(훤조)'의 입들과 연결된다. 거리의 시끄러운 소음을 의미하는 이 단어의 입인 口는 '喧噪(훤조)' 두 글자에 모두 들어있다. 특히 噪(조)에는 왼쪽에 한 개 오른쪽 위에 세 개가 있다. 나무 위에 있는 세 개의 口는 橋(교)에서 나무 옆에 위아래 두 개의 口가 있는 것과 대비된다. 噪(조)의 여러 개의 입은 시끄러움을 보여줄 만하다. 나무(木) 옆의 喬(교)는 위쪽의 입이 아래쪽의 입을 올라타고 억압하며 모든 것들을 자기가 삼켜버려 교만해진 모습이다. '날카로운 신단(身端)'은 섬세하고 예민하게 된 신체의 첨단 즉 올바른 끝을 의미한다. 이것은 아마 신체의 올바른 말을 창조하고 독백이나 대화로 실행하는 '혀'를 뜻

할 것이다. 육교의 橋(교)에 삼킬 呑(탄)이 포함되어 있으니 입의 '혀'와
도 상관이 있을 것이다. 이러한 이상의 독특한 한자 기호학을 전제하
지 않으면 이 시는 독해하기 불가능하다.

시의 언어는 '혀의 춤'이라고 빅토르 슈클로프스키(러시아 형식주의 이론
가)는 어느 글에선가 말했다. 이상의 오르간(ORGANE)적 상상력 속에
서 「시제9호 총구」를 거쳐 온 신체극장의 풍경은 이 혀의 춤을 새로운
아크로바티로 보여주는 것이 될 것이다. '싱싱한 육교'는 거리를 구제
하기 위해 높은 곳에 가설되어야 할 신체의 육교가 되며, 그것은 혀의
춤으로 구축될 것이다. 그것은 말과 글로 된 육교이며, 거기 담긴 '사
상의 육교'인 것이다.

圭(규) 자는 본래는 상서로운 옥(玉), 용량 단위, 모서리, 저울 눈 등
의 뜻을 갖고 있다. 따라서 '街'는 사람들의 삶의 거리이다. 먹고살기
위해 상품들이 전시되고, 유통되는 곳이다. 그 상품들의 질과 양은 다
양하게 측정되고 그 가치를 부여받는다. 사람들은 상품의 질과 양을
자신이 사려는 가격과 맞추며 흥정하고 상인은 자신의 이익을 남기기
위해 주판알을 튀긴다. 이러한 측정과 계산이 이루어지는 곳이 바로
시정거리인 '가'이다. 시에서 이상이 '산반(算盤)알'로 자신의 '몸'을 표현
한 것도 이 때문이다. 그의 '몸'은 시정거리의 이해관계로 시끄러운 훤
조 속을 뚫고 나가야 한다. '육체는 역사를 뚫고 나간다'는 짜라투스
트라적 명제의 이상 식 변용을 여기서 볼 수 있다.

그러나 이러한 자전(字典)적인 뜻과 더불어 이상은 이 글자들(街/陸橋)
의 상형에 관심을 가졌을 것이다. 그는 이 글자의 여러 층에 걸쳐 있는
구조를 본 것이 아닐까? 입과 혀의 놀림, 그리고 거기서 만들어지는 말

그림 37 Yves Tanguy, Cover for *Dormir dans les Pierres* (written by Benjamin Péret), 1924
이브 탕기가 1927년에 나온 벤쟈민 페레의 책 DORMIR DANS LES PIERRE의 표지를 그린 것이다.
이브 탕기의 초신체는 풍경의 여러 요소들과 결합된 것으로 표현된다. 한 시인의 초상은 대지에 나있는 길들로 형태적 윤곽을 보여주고, 얼굴과 팔과 손은 시인의 머리와 창조적 작업을 위해 자라난 기이한 나무나 또 다른 신체처럼 보인다. 대지에 누워 있는 신체 대지 그 자체가 된 신체의 머리는 '돌' 속의 DORMIR에 대해 사유하고 있다. 다른 또 하나의 커다란 흰색이 칠해진 팔은 거대한 암벽처럼 하늘로 솟구쳐있다. DORMIR란 알파벳이 이 암벽 꼭대기를 기어올라가 이 손 위의 하늘에 날고 있다. 시(Poeme)의 길 위에는 머리를 길게 늘어뜨리고 긴 망토를 질질 끄는 방랑자 또는 순례자같이 생긴 시인이 그 암벽을 향해 걸어가고 있다. 이 시인이 대지적 신체의 또 다른 팔이자 손이다.
이브 탕기의 초신체는 다양한 풍경과 풍경의 이야기로 펼쳐진다. 이상의 「가외가전」을 이해하는 데 이러한 탕기의 초신체 풍경이 어느 정도 도움이 될 것이다.

들의 여러 층에 대해 시에서 이야기하게 되지 않았을까? '육교'에 대해 말하면서 신체의 일부 형상, 즉 이와 혀와 입술을 말하고, 동시에 골목과 문을 이야기한다. 그는 거리와 신체를 기이하게 연결 결합한다. 거리와 신체가 서로 뒤섞여 융합된 기이한 초현실적 풍경을 그린 것이다. 그리고 동시에 그러한 것의 깊이와 높이에 대해 말한다. 여러 벌의 '층단(層段)'이 있고 거기 위와 아래가 있다. 시의 첫 부분에서 '육교'는 '몸'이 거기 올라간 상태에서 아래쪽 '세상의 거리'나 '자신이 살만한 대륙'을 내려다보는 장소이다. 그 '몸'은 산반알처럼 '자격너머'로 튀어 올라 거기에 있게 된 것이다. '자격'이란 세상의 권력들이 시인같은 소시민적 존재에게 부여한 한정된 사회적 계층적 역할이다. 그의 아크로바티는

그렇게 자신에게 부여된 사회적 한계 너머로 튀어 오르는 것이다. '육교'의 특정한 장소에 올라가는 것은 바로 그러한 행위이다.

결국 이러한 한자 기호 圭 口들의 배치와 구도에 이상은 신경을 쓰며 이 시를 썼다. 「가외가전」의 은밀한 암호적 흐름이 그렇게 해서 마련되었을 것이다. 그것은 결국 여러 입(口)과 그 변주적 기호들의 흐름 속에서 육교를 어루만지는 신단(혀끝)의 춤이 만들어내는 시적 언어(言語)에 도달하게 된다. 거리의 '훤조' 같은 소음을 넘어서서 시인이 창조해내야 할 말은 바로 그러한 언어에서 나온다.

이렇게 해서 이 시는 '육교'의 독특한 기호학적 신체를 만들어 내며, 그러한 신체의 입에서 나오는 언어(말)에 대한 이야기를 하고 있는 셈이 된다. 결국 '육교'는 일상적으로는 거리의 위쪽에 가설된 다리이지만 시에서는 육체의 다리와 머리, 얼굴 등의 이미지를 갖고 있기도 한 것이다. 그것은 아크로바티를 하는 신체의 활동 자체를 의미하기도 한다. 한자의 기호놀이를 통해 그것은 입과 말(언어)의 문제를 제시하는 것이다. 그는 거리의 언어인 '훤조'와 그에 대비되는 시인의 '무언' 그리고 그것을 다른 방식으로 표현한 '훤조의 사투리' 등 언어의 여러 양상들을 늘어놓는다. '육교'적 신체의 언어는 그러한 것들을 뛰어넘는다.

언어는 이렇게 해서 단일한 것이 아니라 여러 층위로 나뉘며 하나의 언어도 이러한 관점에서 바라보면 입체적인 여러 층위를 포함한 것이 된다. 시인은 과연 이러한 여러 언어 층위를 가로질러감으로써 자신만의 독창적인 말을 창조해낼 수 있다. 그렇게 하기 위해 그는 어떠한 말을 쏟아내야 하는 것인가? 그를 둘러싼 언어 상황이 매우 억압적일 때 그는 어떻게 해야 하는가? 이 시에서 주목할 것은 시인이 처한 어려운 상황에 대한 암시적 발언이다. 신체의 첨단이 올바른 자신의 말을 발설할 수 없는 상황은 식민지의 압제적 상황에서 나온 것이다. 시인

그림 38 Oracle bone from the Couling-Chalfant collection in the British Library Created, 1300 B.C.~1050 B.C.
위 뼈의 오른쪽 중간에 입과 이빨이 그려진 갑골문자 齒(치)가 보인다. 커다란 사각형 안에 작은 사각형들이 보인다. 큰 사각형은 입 口(구)이고 그 안의 작은 사각형은 이빨들이다. 왼쪽 길쭉한 사각형은 占(점)의 갑골문자이다. 긴 사각형 안에 입 口(구)와 그 위 점칠 복(卜)자가 있다.
이상의 「가외가전」은 입 口(구)가 여럿 있는 글자인 '喧噪(훤조)'로부터 시작해서 입 안의 혀와 이빨에 대한 이야기로 전개되는 이야기이다. 한자의 상형기호학이 은밀하게 개입되어 있어서 口 舌(설) 齒(치) 등의 글자에 들어 있는 사각형 口에 대해 이상이 숨겨놓은 기호적 의미를 풀어내야 시를 해독할 수 있다. 거리의 풍경과 신체의 풍경이 결합된 신체극장의 드라마가 거리의 시끄러운 말들이 나오는 구멍인 여러 개의 口에서 시작되며, 그러한 시끄러움이 어떠한 입(口)의 풍경에서 전개되는지 묘사한다. 「가외가전」은 말하자면 다양한 口의 풍경을 그린 것이다. 이상의 「건축무한육면각체」 첫 번째 시 「마가젱」에서 백화점과 상품의 사각형의 무한한 미궁의 도상 속에서 전개된다. 거리의 사각형들 역시 마찬가지이다. 이상은 거기서 모든 것이 상품처럼 일정하게 규격화된 사각형들의 도시와 세계를 보았다. 「가외가전」의 거리 풍경 역시 그러한 사각형들의 세계의 하나이다.

은 자신의 고유한 언어를 직설적으로 발언하지 못하고 그것을 뒤틀린 상태로 표현한다. 그것을 여기서는 '사투리'라고 지칭한다. 이러한 상황은 '초인적 아이'를 지배하려 하는 '아버지'(식민적 권력)의 기도를 반역하려 할 때 발생한다.

'아버지'를 반역하는 시인 자신의 언어를 문단 시스템 속에서 직설적으로 발언할 수는 없다. 그는 이미 「출판법」에서 검열의 문제로 이것을 다루지 않았던가? 그러하니 그러한 "(반역하는)기도를봉쇄한체하고말을하면사투리"라는 것이다. 이렇게 반역적인 말을 뒤틀어서 발설된 '사투리'는 자기만 알아듣는 혼잣말이 될 가능성이 다분하다. 저 혼자만 알아듣는 '사투리'는 다른 사람들에게 전달되기 어렵다. 그렇다고 아무 말도 하지 않는 무언(無言)이 정당화되는 것도 아니다. 무언은 거리의 시끄러운 소음인 '훤조의 사투리'라는 것이다. 시인의 '무언'은 거리의 소음을 받아들이는 것이고, 결국 그 '무언'은 거리의 소음에 대한 시인의 뒤틀린 언어인 사투리가 되는 셈이다.

시인의 입이 '유구무언'의 상태가 될 때 시인은 거리의 소음에 대해 무력한 존재가 된다. 그는 그러한 소음들을 극복할 자신의 드높은 언어의 층계들을 설정하고 자신의 언어들을 거기 올려 보내야 한다. '육교'의 언어가 탐색되어야 마땅하다. 자신만의 사투리는 결국 통용되지 못하고 자신의 지방성 안에 갇힌다. 그러한 사투리들을 건너갈 수 있는 사다리와 다리가 있어야 한다. '육교의 언어'는 그렇게 '건너갈 수 있는' 언어이다. 이 시의 교각은 소음 가득한 도시 거리 위에서 이러한 '육교의 언어 지대'를 떠메고 있다.

이상은 매우 난해한 표현들로 이 시를 채웠다. 그러나 니체적 기호들이 여기 등장하기 때문에 어느 정도 그 기호의 의미들이 해독 가능하다. 니체와 연결될 수 있는 결정적인 대목은 아마 이 부분일 것이다. "그렇지 않아도 육교는 또 월광(月光)으로 충분히 천칭(天秤)처럼 제 무게에 끄덱인다."(띄어쓰기─인용자)

여기서 '월광'과 '천칭'의 결합은 니체 저작에서 타란툴라의 부정적인 두 이미지를 결합한 것이다. 니체는 창백한 빛을 한 월광을 수도승과 학자, 상인의 비유적 이미지로 다뤘다. 천칭의 의미는 주로 자연과학적인 측정으로 구별하고 분석, 분류하는 학자적 이성의 비유로 나타난다. 모두 무겁게 내려앉고 가라앉게 만드는 '중력의 정령'에 사로잡힌 것들이다. 이상의 「가외가전」에서는 이 두 부정적 이미지가 결합되어 육교를 '중력으로 더욱 무겁게 하고, 위태롭게 뒤흔든다.[78]

'육교'는 또 두 가지 부정적인 것들을 위 구절 앞뒤에 거느린다. 하나는 동갑내기들이 시시덕거리며 떼를 지어 '답교'하는 것이고, 또 하

---

78 이상의 작품들에서 월광, 만월 등 달과 관련된 이미지들은 거의 모두 부정적인 것이다. 특히 「최저낙원」에서 월광을 자본주의 화폐인 은화와 비유한 것에 주목하라.

나는 타인의 그림자가 넓게 거기에 자리 잡고 있는 상황이다. 미미한 그림자들은 이 커다란 타인의 그림자 때문에 모조리 주저앉아버린다. '육교'는 기괴한 그림자극의 허무주의적 무대가 되어버린다. 홍보석 같은 열매가 맺히는 나무인 앵도(櫻桃)가 지고[79] 종자(種子)가 소멸되는 이 극의 비극적 결론은 박수를 칠 수 없게 만든다. '종자의 소멸'은 식민화된 국가와 민족이 겪는 운명이다. 결국 자연적 신체가 거리의 소음에 속에서 마멸되고 붕괴되는 시대의 운명은 궁극적으로 그러한 신체의 근원인 '종자'의 소멸로 귀결된다. 신체의 그림자 연극이 이 신체의 본성과 그것의 발전을 위해 별로 한 것이 없게 된다면 그 연극이 경연되는 육교의 무대도 별 의미가 없게 된다. 육교의 무대를 거울의 빛인 월광이 지배하게 되면 거기에서 상연되는 예술과 사상은 껍데기들의 잔치가 되는 것이다. 진정한 그림자 극은 신체의 열기가 투사된 전위적 언어와 문체와 스토리가 되어야 한다.

이상은 소년의 풍모로(본래는 '무시무시한 아이'의 풍모였다) 이 동갑내기들과 커다란 타인의 그림자들이 벌이는 연극 무대를 헤치고 나아가 이 육교의 '사상의 무대'를 점령해야 한다. 왜냐하면 시의 뒷부분에 나오지만 타락한 육체의 기관들과 거리의 모든 것들이 병들고 '난폭한 질서' 속에 감금되어 있기 때문이다. 모든 꿈은 짓밟혔다. 거리의 삶은 어지러운 전쟁의 바둑판이 되어버렸다. "이 세기의 곤비(困憊)와 살기(殺氣)가 바둑판처럼 넓니 깔였다"고 했다. 이렇게 된 것은 거리 위에 세워

---

79 니체와 이상은 '나무'를 대지에 뿌리박은 초인적 존재의 은유적 기호로 등장시킨다. 여기서도 그러한 용법의 하나로 보인다. '앵두나무'는 가장 아름다운 홍보석 열매를 매다는 나무이니 초인의 가장 아름다운 이미지로 삼을 만하다. 시에서 '종자도 연멸(煙滅)한다'고 했는데 초인적 존재들의 종자가 연기처럼 소멸된다는 뜻이다.

진 육교—사상의 무대가 시시껄렁한 존재들 및 그 껍데기 그림자들에 점령당한 채로 굳어져버렸기 때문이다. 이 육교뿐 아니라 그것이 내려다보는 아래 세상도 여러 층의 공간들로 기이하게 구성되어 있다. 이 환상적 구조는 이 세계의 여러 문제들을 시적으로 모자이크한 공간의 모습이다. 도시 거리와 세계의 풍경, 자신이 사는 유곽과 사무실 풍경 등이 서로 중첩 통합되어 있다. 이 모든 것들이 서로 이어지고 결합되어 만들어진 세계의 기이한 미궁적 풍경을 그는 구축한 것이다. 이러한 것은 리얼리즘적 관점으로는 불가능한 것이지만 모든 것들의 연관성을 파악한 시인의 생각 속에서는 충분히 가능한 풍경이다.

이상은 「차8씨의 출발」에서 보여준 나무인간의 아크로바티를 여기서 변주하였다. 이러한 아크로바티적 글쓰기는 「출판법」에서 손바닥에 '전등형 운하'를 굴착하는 '광부(鑛夫)'의 글쓰기와 대비되는 것이다. 「가외가전」에서 이 둘이 통합되었다. 이 시에서 이상은 「내과」 계열에서 발전시킨 초신체(신체와 거리가 결합된)적 주제의 정점을 보여주었다. 그가 겪은 제비다방의 파산, 식구들의 몰락 같은 참혹한 현실 경험이 투사된 시편들을 딛고 올라간 경지를 이 시는 보여준다. 초신체적 미궁의 풍경 속에 그 모든 것들이 압축되어 있다. 그의 '아크로바티'가 도달한 꼭지점에 세계알이 놓여있다. 새로운 세계 창조를 위해 날아오르는 새의 날갯짓이 있다. 파라솔파 최대치의 사유와 예술적 성취를 여기서 볼 수 있을 것이다.

파라솔파 이후—『시인부락』파의 해바라기 사상
또는 음울한 초인으로서의 뱀과 박쥐와 거북이

1

이 책은 1930년대 한국문학에서 니체 사상의 어떤 부분이 수용되고 또 그것이 독자적인 양상으로 어떻게 재창조되는지 살펴보는 작업을 동반하고 있다. 구인회 파라솔파의 독특한 '신체악기' 개념이나 '내밀한 신체' 개념이 어떤 맥락 속에서 탄생했고 어느 정도 독창적인 것인지 알기 위해서 필요한 작업이다. 1930년대 한국문학 특히 시 분야에서 니체주의적 기류가 어떠한 양상으로 형성 전개되었는지 알게 되면 파라솔파의 이러한 독특한 주제가 얼마나 매력적인 것인지 더 잘 알 수 있게 될 것이다. 특히 이들의 후배격인 『시인부락』파 시인들이 성취한 니체주의 사상의 경향, 수준 등을 알아보는 것도 중요하다. 그들은 자신들의 선배 이상, 정지용, 김기림 등과 연관성을 갖고 있기 때문이다.

『시인부락』의 여러 예술적 사상적 양상에 대해 아는 것, 특히 그들의 니체주의적 면모를 아는 것은 파라솔파를 더 잘 드러내기 위한 비교 항목 하나를 확보하는 것이 될 것이다. 이러한 비교 대상을 통해 우리는 파라솔파의 예술 사상적 특성, 그 독자적 위상, 그 가치와 의미를 더 확실하게 알 수 있게 될 것이다.

나는 22년 전의 한 논문에서 1930년대 한국문단의 니체주의적 양상이 어떠했는지 대략 소개한 바 있다.[80] 그 논문에서는 주로 비평적 분야에 한정해서 그 주제를 다뤘다. 그 주제를 확장해서 1930년대 작품 전반에서 그러한 양상을 살펴보는 것도 생각해볼 만한 일이다. 2012년에 그러한 관심을 시 분야로 확장한 한 편의 논문을 『관악어문연구』에 실었다.[81] 그것은 구인회(九人會) 이후 출현했으며, 어느 정도 구인회 동인과 친분 관계가 있는 시인들의 모임인 『시인부락』파의 니체주의에 대한 것이었다. 서정주와 오장환의 시편들이 거기서 주로 다루어졌다.[82] 우리가 논의하는 파라솔파의 주제와 관련해서 그때 다루어진 내용들이 부분적으로 도움을 주고 있다. 그런데 당시 논문은 니체주의에 집중하는 바람에 정작 이들의 고유한 예술적 사상적 탐구의 독자적인 측면에 대해서는 논의해보지 못했었다. 이번 책에서 나는 그것을 보충해야 한다. 아마도 그것은 『시인부락』파를 주도한 서정주와 오장환이 창조해낸 독특한 초인적 표상들이 될 것이다. 서정주가 『웅계』(1937년 지귀도 시절에 쓴) 시편들을 통해, 그리고 오장환이 「THE

---

80 졸고, 「1930년대 문학에서 퇴폐적 경향에 대한 논의―불안사조와 니체주의의 대두」(『한국현대시의 퇴폐와 작은주체』, 신구문화사, 1998, 니체에 관련된 논의는 41~56쪽을 보라)

81 신범순, 「'시인부락'파의 '해바라기'와 동물기호에 대한 연구―니체 사상과의 관련을 중심으로」, 『관악어문연구』 37집, 2012. 12. 277~286쪽 논의 참조.

82 『시인부락』 창간호는 1936년 11월에 발간되었다. 창간을 주도한 서정주는 함형수, 이성범, 오장환, 여상현 등을 대동하고 청계천 뒷골목의 이상의 집을 찾았는데 이상이 성천을 다녀온 한 달 뒤 정도인 가을 어느 날이었던 것 같다.

그림 39 『시인부락』 창간호(1936.11.) 표지
이 그림은 고갱의 판화이다. 새로운 세계상을 창조할 기독이 성모에게 안겨 있다. 타히티의 신화와 불교, 기독교적 요소들이 결합되어 있다. 여러 가지가 혼합 통합되어 있지만 초점은 아기 형태의 '기독'이다. 『시인부락』의 중요한 명제가 이 장면에 들어 있다.

고갱의 판화 「테 아투아」는 이 표지화에서 거울상처럼 좌우가 뒤집힌 상태이다. 오른쪽 성모상 쪽을 향해 스핑크스적 형태의 여인이 경배를 드리고 있다. 그 아래쪽의 뱀과 위쪽의 닭(공작처럼 보이기도 하는)도 같은 쪽을 향하고 있다. 이 두 동물 기호가 『시인부락』파의 주도자였던 서정주에게 중요한 기호로 작동한다. 성모가 안고 있는 구세주 아기는 스핑크스적 여인의 경배 대상이다. 이 존재야말로 『시인부락』파의 시적 상상계가 휘감고 도는 새로운 세계의 창조자가 될 것이다. 그는 새로운 목록판을 창조하는 주인공이 된다.

서정주의 「화사」는 성적인 스핑크스와 그 아래에 놓인 뱀의 기호와 연결되는 것은 아닐까? 「화사」의 성적인 분위기가 묘하게도 「스핑크스」의 성적 측면과 통하고, 「화사」의 뱀 이미지도 「스핑크스」 아래에 놓인 뱀과 대응된다. 위쪽의 관을 쓴 새는 「웅계」의 수탉에 대응될 수 있다.

LAST TRAIN」(1938. 4), 「할렐루야」(1939. 8) 등을 통해 전개한 '박쥐' 같은 카인적 초인이 바로 그것이다. 이 섬뜩한 이미지를 그들은 선배 이상에게서 전달받았다. 『시인부락』 창간 이후 동인들도 해체되고 각기 자신들의 길을 갈 때, 고독하고 암울한 삶의 여정 속에서 서정주와 오장환에게 그 표상이 강렬하게 솟구쳤다. 그것이 그들에게 자신들만의 독자적인 악마적 초인사상을 더 듬어나가게 만들었다. 그리고 거기에는 이상이라는 선배에 대한 경쟁의식도 숨어 있었을 것이다.

이 후배들은 선배들에게 배움을 청하고 어떤 면에서는 그들을 넘어보려 했다. 그러한 시도가 그들에게 '생명파'라는 명칭을 얻게 했다. 그런데 「화사(花蛇)」(『시인부락』 2집, 1936. 12)의 '화사'를 쫓는 질주로 대표되는 그들의 '질주'가 과연 그들의 선배인 파라솔파의 '질주'를 넘어선 것일까?

서정주의 「화사」가 보여준 관능적 육체의 매혹적인 화려함과 그 뱀을 향해 돌팔매질하며 따라간 인간들의 저주의 역사가 보여준 강렬한 대비는 굉장히 큰 충격을 주었다. 한동안 많은 시인들에게 이 '화사'는 자신들이 따라야 할 본보기이자 은밀한 경쟁자였다.

그러나 이 관능적 육체의 표상인 '뱀'이 이상에게 이미 다양한 형태로 존재하고 있었다는 것을 알아야 하지 않을까? 즉 관능적 육체성의 기호로 뱀을 제시한 것은 서정주가 최초가 아니었던 것이다. 이상은 역사의 황무지를 흘러가는 자신의 생식적인 뱀을 초기 시편인 「LE URINE」에서 이야기했었다. 『시인부락』을 창간하기 한 해 전 서정주

일행이 그를 찾아왔을 때 그는 성천에서 돌아온 뒤였다. 그는 성천 기행문에서도 바로 그 뱀의 표상을 끌고 갔다. 그의 뱀은 「첫 번째 방랑」에서 '적토(赤土)의 언덕'에서 말라 죽을지도 모르는 길을 헤쳐 가며 자신의 '뇌수에서 피는 꽃'의 향기를 맡고 있었다. 그 '뱀'은 아담과 하와 이전에 있던 존재이다. 자연의 관능적 생식적 육체는 태초의 존재였다. 이상의 뱀과 원초적 육체는 긴밀하게 관련되어 있고, 그의 뱀은 초기 시편 이후에도 그 의미를 유지한 채 때때로 등장했다. 그것은 「오감도」

그림 40 Paul Gauguin, *Te Atua (The Gods)*, 1898~1899
『시인부락』 창간호 표지화에 들어간 그림 원본인 고갱의 타히티 시대 그림인 「테 아투아」. 『시인부락』 창간호 표지 그림에서는 이 원본 그림의 좌우가 뒤집힌 거울상으로 들어가 있다. 이 그림을 집어넣은 것은 새로운 민족의 탄생을 위한 신화적 풍모를 기획한 것으로 볼 수 있다. 서정주의 기독의식을 이 그림을 통해 유추해볼 수도 있다. 이상의 초인적 기독의식과 서정주의 기독의식의 차이점에 대해서 우리는 생각해보아야 한다. 위 표지화를 통해서 우리에게는 하나의 비교대상으로 고갱의 기독의식이 다가선다. 이러한 '기독'은 기독교의 것이 아니라 새롭게 창조되는 신화적 세계상을 떠맡을 존재로서의 그것이었다.

시편의 하나인 「시제7호」에도 나오며 그 이후 시편인 「정식」에서도 선보인다. 이상을 정신적 선배로 인정하고 찾아간 서정주가 이러한 작품들을 읽었을 가능성은 충분히 존재한다.

아무튼 파라솔파의 핵심에 놓여있는 이상의 이 중심 주제가 후배들에게 이어진 것은 분명하다. 구체적인 영향관계는 알 수 없다. 서정주의 '화사'(아름답게 빛나는 관능)와 오장환의 '먹구렁이'(병들어 어두워진 관능)는 서로 대비되는 뱀 이미지를 보여주면서 '육체성'의 두 가지 이야기를 전개해갔다. 이들이 선배들의 작품을 어디까지 읽어냈는지 알 수 없지만 그것들을 의식했고, 은밀하게 그것과 겨뤘다고 할 수 있다.

우리는 이러한 선후배 간의 계승과 암묵적 경쟁 속에서 당시 문학사적 풍경을 읽어보아야 한다. 그러나 뒷 세대가 앞 세대를 언제나 추월하는 것은 아니다. 이 경우도 그렇다. 우리는 파라솔파의 육체 탐구가 도달한 꼭짓점에 이 후배들의 깃발이 이르지 못했다는 것을 알게 될 것이다. 그렇다고 해도 몇 년 차이도 나지 않고, 심지어 겹쳐지기도 하는 앞 뒤 세대의 상호교섭이 만들어낸 예술 사상적 성과는 놀라운 것이다. 그리고 심지어 그것은 아름답기까지 하다. 먼저 자기들보다 네다섯 살 정도 위라고 여겨진 이상을 어떻게 지칭할지 약간 고민하면서 서정주들이 이상을 찾아갔던 장면을 떠올려보기로 하자.

『시인부락』을 창간하기 한 해 전인 1935년 어느 가을날 해질 무렵에 서정주 일행은 그들이 유일하게 자신들의 선배로서 인정하고 있던 이상을 찾았다. 청계천 4가 언저리의 구석진 뒷골목, "모든 게 까맣게 낡아빠지고 망가져 들어가는 최하급 일본식 건물"은 박쥐나 살 만한 그러한 집이었다. 대문도 없는 그 집의 한 방에 거주했던 이상은 이들을 친절히 맞아주고, 그들을 데리고 밤거리로 나갔다. 그는 그 특유의 장광설을 통해 그들에게 여러 가르침을 베풀었을 것이고 생전 처음 맛볼 정도의 강력한 충격을 받았을지 모른다. 그래서인지 서정주 일행은 또 한 번 이상을 방문했다. 첫 번째 방문에서는 오장환이 자신의 시 원고를 내놓고 이상에게 평을 구하는 바람에 그러한 대화의 열기를 지필 수 없었다. 두 번째 방문에서 오장환은 제외됐다. 이 두 번째 방문은 좀 더 격의 없는 자리에서 본격적인 대화를 나누기 위한 것이고, 그를 통해 이상의 심화된 가르침을 들어보기 위한 것이었으리라. 서정주의 회고담에서 그에 얽힌 일화를 볼 수 있다.[83]

서정주는 이때 술집 순례의 어느 술자리에서 이상의 '기독 의식'을 전달받았을 것으로 보인다. 어느 주모(酒母)의 검정 스웨터 앞가슴 단추를 매우 세게 여인이 비명을 울려댈 때까지 진땀을 내면서 눌러대는 모습을 그는 보았다. 마치 SOS처럼 하늘이나 영원을 향해 아니면 우리 겨레의 역사를 향해선지 절박한 초인종 신호를 보내고 있는 것처럼 그는 느꼈다.

서정주의 회고담은 이상의 비상한 면모를 번개에 비유한 대목으로

---

83 서정주 「이상의 일」(『서정주 문학전집』5, 일지사, 1972. 86쪽 이하)을 보라. 이상은 두 번째 방문한 서정주 일행을 데리고 밤을 새워 여러 음식점 술집을 돌아다녔다. 새벽이 되어서야 이들은 헤어졌는데 그 장면을 서정주는 매우 인상 깊게 회고하고 있다. 그 마지막 장면에서 이성범은 바닥에 쓰러져 울었다고 했는데, 구체적으로 어떤 대화들이 오갔는지 자세히 알 수는 없다. 다만 이상의 이야기를 듣고 이성범은 충격을 받았으며, 서정주는 이상의 장광설적 언변과 기이한 제스처들을 보았고, 그에게 '당신은 삐에로가 아니냐'고 강변하기도 했다. 이상이 이들을 데리고 밤새워 돌아다니며 술을 마시고 상당한 정도의 가르침을 베풀었던 것이 분명하다. 이성범은 이상의 사후 바로 추도시를 쓸 정도였다. 이러한 장면은 고 갱이 어느 숲에서 자신들의 제자를 가르쳤던 장면을 떠올리게 한다. 이 열두 명 제자들은 후에 '나비파'가 된다. 그 중 하나인 피에르 지리외는 그러한 고갱과 제자들을 타히티 섬을 배경으로 한 예수의 최후의 만찬 장면처럼 그려냈다. 피에르 지리외 「고갱에게 바치는 경의」(1906)를 참조하라.

그림 41 『화사집』(서정주, 1941)의 속표지 그림
오장환이 경영하던 서점 남만서고에서 1941년 발간
한 시집이다. 이 속표지의 뱀 그림은 「시인부락」에
발표된 「화사」를 서정주의 대표작으로 생각해서 그
의 시 전체를 대표하는 이미지로 그려진 것이다. 사
과(선악과)를 입에 물고 있는 뱀은 이브를 꼬여낸 유
혹자의 모습이다. 가능한 한 몸체를 많이 굴곡지게
하여 생명의 꿈틀거리는 파동을 연상하게 했다. 이
것은 서정주의 '관능적 육체', 디오니소스적 육체성
을 상징하는 것이 되리라. 서정주는 「화사」에서 돌
팔매를 던지면서도 이 뱀을 따라가는 질주에 대해
노래한 것이다. 그 뱀을 꽃대님처럼 원형으로 말아
발찌처럼 두를 것을 노래했다.

ㅣ작한다. 그가 이때 니체의 『짜라투스트라는 이렇게 말했다』 일역본을 읽은 뒤였기 때문에 '번개'가 초인의 상징임을 잘 알고 있었을 때이다. "이상 그를 번개에 비유해 맞을 것인지 그보다도 더 무엇이라야 할 것인지"라고 운을 떼었다. 서정주는 「박쥐같은 천재」라는 제목 하에 이상을 십자가 처형을 받는 새의 형상으로 바라보았다. "높지거니 매달려 처형당하는 새의 부르르르 떠는 몸부림과 같다"는 표현으로 그는 이상을 떠올렸다. 아마 이것은 이상의 사유와 작품 속에 깊이 박힌 그의 기독적 운명, 십자가형인 '기독교적 순사(殉死)'('얼마 안 되는 변해」에서 제시된)의 길을 걸어갈 운명을 드러낸 것이리라. 이상은 후배들과 나누는 문학예술에 대한 대화 속에서 자신의 문학에 깊이 박힌 이 주제를 어느 정도 전달하지 않았을까?

서정주는 『시인부락』 창간을 주도한 뒤에는 급히 무슨 볼일이라도 보듯이 제주도 최남단 지귀도 섬으로 내려갔다. 그 이후 그는 여러 글에서 자신의 '기독 수련'에 대해 말하게 된다. 그가 당시는 언급하지 않았지만 이상의 강렬한 영향과 그에 대한 대결의식이 그를 조급하게 휘몰아갔던 것으로 보인다.

『시인부락』파의 또 다른 중심 멤버인 오장환은 정지용의 휘문고보 제자이다. 오장환의 '바다' 뒤에는 정지용의 '바다'가 꿈틀거리고 있다. 가장 깊은 삶의 '바다'를 탐색하는 것이 이 둘의 주제이다. 그 '바다'에서의 방랑과 그것으로의 영원한 귀향이 '바다' 모티프를 통해 탐색된다. 이 두 시인은 이렇게 얽혀 있다.

2

구인회 내에서 니체주의를 공유했던 4인에 대해 '파라솔파'란 명칭을 붙여주었듯이 『시인부락』파에게 그런 식으로 붙여줄 이름이 없을까? 아마 그들을 대표하는 기호는 '해바라기'가 될 것이다. 태양을 바라보며 돌아가는 그 꽃이 그들의 예술적 사상적 경향을 대변한다. '파라솔'도 태양 사상의 기호이다. 이 선후 두 그룹간의 연속성이 느껴진다. 그리고 파라솔파와 마찬가지로 이들 역시 음악적 정신을 중시했다.

서정주의 회고에 의하면 『시인부락』의 예술가 공동체(부락)는 음악적 하모니 같은 조화와 결속을 지향한 것이었다. 서정주가 동인들을 대표해서 쓴 『시인부락』 창간호 「후기」에서 여기 모여든 예술가들은 '피리' '나발' 같은 악기를 지닌 존재들이다. 이러한 음악적 존재들의 공동체는 당시 현실을 점차 감옥처럼 만들어간 식민지 국가체제에 대한 예술적 대응물이었을 것이다. 그 예술가 부락('시인부락'이란 명칭은 일종의 예술가 공동체를 의미한다)에서 동인지에 표제시처럼 첫 번째로 등장한 함형수의 시 「해바래기의 비명(碑銘)」에서처럼 그들은 모두 '해바라기

밭'의 일원이 되고자 했다. "될 수 있는 대로 우리는 햇볕이 바로 쪼이는 위치에 생생하고 젊은 한 개의 시인부락을 건설하기로 한다"라고 한 서정주의 「후기」에서 보듯, 태양의 사상이 식민지의 암울한 공기를 뚫고 그들을 비추고 있었다.

이들은 강령 같은 것 대신 표제시와 후기를 통해 자신들의 확고한 정신적 예술적 지향점을 보여준 것이다. 이때의 정신적 예술적 지향점과 그것을 향한 동인들의 결집을 가장 명확하게 표현한 것은 몇 년의 거리를 둔 이후에야 가능했던 것 같다. 서정주는 1939년도에 발표한 「웅계」(상)에서 "적도(赤途) 해바래기 열두송이 꽃심지(心地)/ 횃불 켜든 위에 물결치는 은하의 밤"이라고 노래했다. 이 해바라기 열두 송이는 의좋은 '결의 형제'라고 지칭된다. 그것은 『시인부락』 열두 명의 동인을 암시한 것이다.

> 결의 형제같이 의좋게 우리는
> 하눌하눌 국기마냥 머리에 달고
> 지귀(地歸) 천년의 정오(正午)를 울자.

이 시는 1939년 5월에 발간된 『시학』 2집에 실린 시이다. 『시인부락』이 창간된 지 이미 2년이 더 지난 뒤였다. 이 시는 지귀도 시절에 나온 것이었으니 1937년이나 그다음 해 정도에 쓰였을 것이다. 그는 『시인부락』 2호에 대한 일을 오장환에게 맡기고 제주도 남쪽 섬으로 '적도의 태양'을 찾아간 것이었다. 그가 거기서 노래한 '적도의 해바라기'는 '결의 형제' 같은 『시인부락』 동인들 열두 명을 지칭하는 것이다. 어쩐 일인지 그는 '열두 송이 꽃 심지(心地)'라고 노래했다. 아마 해바라기 열두 꽃송이는 하나로 통합되어 하나의 해바라기가 되었던 것이리라. 그 가운데 '꽃 심지'가 자리한다. 서정주는 그 중심의 자리를, 태양이 뜨겁게 내려 쪼이는 남쪽 바다의 섬 지귀도에 내려와 있는 자신에게 배당한 것이 아닐까? 거기서 디오니소스적 정신을 고양시켜

그림 42 제주도 최남단의 섬 지귀도
서귀포 시 남쪽 바다에 문섬, 섶섬, 지귀도가 있는데 가장 오른쪽으로 멀리 떨어진 마름모꼴 섬이 지귀도이다. 이렇게 외따로 떨어진 섬에 변변히 머물 곳도 없었을 시기에 「시인부락」 창간호에 정오의 사상이 전개된 「대낮」을 쓴 서정주는 한반도에서 가장 뜨거운 태양을 찾아간 것이다. 그리고 그는 '지귀(地歸)'라는 섬 이름에도 관심이 있지 않았을까? '대지로 돌아간다' 또는 '대지가 돌아온다'는 의미로 그것을 새긴다면 그의 디오니소스적 사상과 그 이름이 잘 어울리지 않았을까? 그는 이 섬에서 태양 사상을 울부짖을 초인적 수탉을 노래하는 「웅계」 시편들을 써낸다.

가는 자신을 수탉에 비유하며 그 수탉의 울음이 "지귀 천년의 정오"를 울어댈 것임을 설파했다. '지귀 천년'은 바로 자신들이 구축해야 할 '초인들의 나라' '초인들의 땅'의 시대를 암시하는 것이다. '지귀'는 그러한 땅이 돌아올 것이라는 의미이다. 식민지로 떨어져 자신들의 땅이 없는 시대에 발언된 이러한 시적 선언은 큰 울림을 갖고 있다.

　나중에 오장환은 「귀향의 노래」(『춘추』, 1941. 10)에서 이에 화답하거나 이러한 장면을 회고하는 것 같은 시를 썼다. 거기서는 동인들이 해바라기 열두 꽃잎으로 노래된다. "목수여! 사공이어! 미쟁이어! 열두 형제는 노란 꽃닢팔/ 해를 쫓는 두터운 화심(花心)에 피는 잎이니 피맺힌 발바닥으로 무연한 뻘 지나서오라." 여기서 동인들은 '열두 형제'라고 지칭되며 그들은 '노란 꽃닢팔'이다. 즉, 열두 개 해바라기의 노란 꽃잎들인 것이다. 그는 식민지 암흑기 거의 끝 무렵인 1941년 10월 유일하

게 한글 시를 실어주는 잡지로 남아 있는 『춘추』에 이 시를 발표했다. 시대의 밤이 가장 깊을 때 자신들의 황금빛 시대를 회고한 것이다. 오장환은 해바라기 화심(花心)을 동인의 중심적 존재(인물)가 아니라 태양을 쫓는 마음으로 보았다. 이들 동인을 열네 명으로 볼 것인지 아니면 열두 명으로 볼 것인지가 문제이다.[84]

'해바라기'의 표상이 이들 동인 전체의 예술적 사상적 풍경이었다. 거기에 니체의 디오니소스적 바다와 아폴로적 태양이 들어 있다. 그의 제주도 남쪽 바다 지귀도행은 그것을 더 강렬하게 자신 속에 체화(體化)시키기 위한 여행이었다. 이러한 '해바라기'의 표상을 통해 우리는 그들의 첫 발걸음을 다시 조명해보아야 한다. 그러면 거기 분명하게 자리 잡은 니체 사상의 풍경을 알아차릴 수 있게 된다.

서정주는 니체적 정오의 태양 사상을 「대낮」에서,[85] 관능적 육체의 충동적 질주를 「화사」에서 노래했다. 그는 이후 해바라기처럼 솟구친 「웅계」 시편의 수탉 그리고 마지막에 먹먹히 울음을 삼키고 꽃들이 뿌려진 물 위를 헤엄쳐가는 거북이(「거북이」)[86]로 옮아가며 자신 속의 초인을 키우는 사유를 전개했다. 그는 정신적 사상적으로 이상의 계승자이다. 『시인부락』을 창간하기 한 해 전에 그는 동인들을 이끌고 성천

---

84   『시인부락』 창간호 후기에는 열네 명이 잡지를 만들었다고 했다. 그러나 속표지 뒷면에는 열두 명의 동인만 기재되어 있다.

85   이 시의 반대편에 「옥야(獄夜)」가 있다. 그것은 니체가 비판하는 '타란툴라 거미'의 대응물이다. 서정주는 역사 전체의 어두운 감옥 풍경을 "종신 금고(終身 禁錮) 받은 페닉스의 집"이라고 했다. '몸'이 바로 페닉스이다. 그 '몸'은 끝없이 죽고 살지만 역사의 감옥에 갇혀 있어서 자신의 허공을 마음대로 날아다닐 수 없다. 자신의 몸을 눕힌 이 방 천정 상량의 거미줄은 '타란툴라'의 거미줄이다. 이렇게 타란툴라적 감옥의 밤을 노래한 「옥야」와 그러한 암흑의 풍경을 뚫고 나갈 정오의 사상을 노래한 「대낮」을 동시에 『시인부락』 창간호에 실었다.

86   『춘추』, 1942년 6월에 발표된 것이다.

기행을 하고 돌아왔을 때의 이상을 두 번 방문했다. 첫 번째 방문 시에는 오장환도 동행했다.

「화사집 시절」[87]이란 글에서 그는 18세(1934년 정도를 말할 것이다) 때 가을 정도부터 니체의 『짜라투스트라는 이렇게 말한다』의 일역본을 읽고 있었다고 했다. 이상을 방문하기 한 해 전이다. 그는 이때 자신을 '신이며 동시에 인간인 존재'로 상승시켜야 한다고 생각했다. 그는 짜라투스트라가 지향하는 '초인'을 '신인'으로 생각했던 것 같다.

이러한 개념적 혼란은 그가 아직 니체 사상을 충실히 이해하지 못한 수준임을 보여준다. 그리고 「단발령」이란 글에서 고백했듯이 그는 톨스토이 사상과 니체 사상 사이에서 흔들리고 있었다. 아마 이상과의 만남이 그의 이러한 사상적 방황을 끝장내주지 않았을까? 서정주가 니체에 입문하던 1934년 가을이면 이상은 이미 「오감도」 연재를 끝냈을 때였다. 서정주의 니체 입문 시기에 이상은 자신의 초인상인 '나무인간' 이미지를 「오감도」 시편에서 펼쳐내고 있었다. 그리고 그는 그다음 해 제비다방 파산을 맞게 된다. 그는 자신의 초인적 기독의 행방을 파탄된 자신의 일상 속에서 새롭게 자리 잡게 해주어야 했다. 그는 식구들을 팽개치고 야밤에 기차를 타고 성천으로 탈주했다. 그의 새로운 기독상이 거기 성천의 뽕나무 밭에서 기다리고 있었다.

「얼마 안되는 변해」(1932년 말에 쓰여진)에서 분명하게 자각된 '기독' 의식(십자가의 죽음을 통해 자신을 세상에 희생적으로 증여하는)은 1933년 초 사진첩 시편들인 「육친의 장」「내과」「가구의 추위」 등을 거치면서 한 차례 발

---

87 이 글은 『현대시학』 1991년 7월호에 실린 것이다. 그러나 이때 그는 아직 확고하게 니체 사상에 기울어지지 못했고 다른 한편으로는 톨스토이적 인도주의 사상에 경도되어 있었다.

전했고, 마침내 성천 기행문인 「산촌여정」에서 순결하고 숭고한 크리스마스트리에 도달했다. 성천의 시골 처녀들이 하얀 누에고치가 열린 나무에서 그 열매를 거두는 장면은 토착적인 마리아들(누에를 키운 성천 처녀들) 품(바구니)에 기독의 '죽음의 열매'가 안기는 토착화된 '피에타 화폭'으로 완성되고 있었다.

이상의 '초인적 기독' 의식이 성천 여행을 통해 완성된 1936년 가을 어느 날 서정주 일행은 이상을 방문했던 것이다. 니체와 톨스토이 사이에서 방황하던 서정주는 이러한 이상에게 충격을 받고 강렬하게 견인되지 않았을까? 그가 이후 제주도 남쪽 지귀도 섬에 내려가 자신의 정신적 수행을 강조하는 가운데 자신 속의 디오니소스적 존재를 고양시키는 이야기를 하고,[88] 그 이후 몇 편의 글에서 자신을 '기독'처럼 생각하며, 자신의 정신적 고양을 독려한 것은 이러한 이상의 후광 속에서만 이해될 수 있을 것 같다.[89] 그러나 자신들을 이미 높은 곳에서 내려다보는 것 같은 이 선배 시인의 초인상에 서정주는 압도되지 않

---

88 그는 「제주도의 한 여름」에서 "여기까지 온 나는 이미 사람도 아니어서—한 마리의 나른한 작은 신이었노라"라고 했다.(『서정주 시전집 2』 민음사, 2000, 471쪽을 보라) '한 마리의 신'이라고 하는 특이한 단어를 그는 당시를 회고하는 시에서 썼다. 그의 회상 속에서 '신인' 개념과 초인적인 동물인간인 '사티로스적 존재'가 뒤섞인 것 같다.

89 그는 자신을 '기독'이라고 지칭하는 글들을 남겼다. 「주문(상)」(『조선일보』 1940. 3. 2)의 한 대목을 보자. "거울에 비친 자기를 본다는 것은 크나큰 위험이다. 만화경에 비친 절망한 기독의 쌍판이라는 걸 상상해보라." 그의 자서전적 글인 「속 나의 방랑기」(『인문평론』, 1940. 4)에서는 더 구체적으로 진술된다. "소화 10년도 11월달로부터 소화 11년도 4월달에 궁(亘)한 6개월 동안 나는 확실히 절망한 기독이었다.—카르모젠과 한자루의 단도를 번갈아서 사가지고 다니기는 하였으나 나는 그 칼로써 자살하지는 못하였다." 그는 이어지는 글에서 '나의 기독의 수련기'라는 말을 썼다. 이전에 썼던 '신인' '인신' 개념을 '기독'이 대체했다. 아마 '기독'은 '자신의 죽음을 수행하는 자'라는 의미로 쓰였을지 모른다. 여기서 그가 언급한 기간은 1935년 11월로부터 1936년 4월에 이르는 6개월이다. 그렇다면 아직 이상을 만나기도 전이다. 과연 이 진술을 액면 그대로 받아들여야 할 것인가? 「주문(상)」의 거울 이야기는 이상의 거울을 떠올리게 해준다. 그는 자신을 이상과 겹쳐놓고 있었던 것은 아닐까?

앉을까? 그는 자신을 둘러싼 열두 명의 동인들을 대표하여 자신들의 독자적인 성을 쌓아야 하지 않았을까? 어떻게 해야 자신들을 새롭고 전위적으로 보이도록 할 수 있겠는가? 이러한 고뇌가 그를 제주도 남쪽으로 내몰았을 것이다.

3

서정주는 지귀도 시편인 「웅계(하)」에서 그의 초인적 면모를 카인적 면모와 결합하기 시작했다. 그는 초인사상의 태양을 불러내야 할 자신의 닭을 희생제의적으로 처형하고 그것을 먹어버림으로써 카인적 기독으로 변모한다. 자신의 형제와도 같은 닭을 죽인 것은 카인적 행위이다. 그가 자신의 닭을 죽이고 카인적 존재로 된 것은 어머니와 막달라 마리아가 견뎌온 어둠의 역사 전체와 대면하고 있기 때문이다. 그 희생적인 여인들의 슬픔과 고난의 역사 그리고 사랑의 역사를 자신이 어떻게든 떠메야 하기 때문이다. 서정주의 초인은 이러한 어두운 역사로 하강한다. 이러한 하강은 카인과 기독의 결합을 통해 만들어진다. 두 닭의 해바라기로 엮은 십자가에서 처형을 받은 웅계는 초인적 기독의 이미지를 갖는다. 그리고 그 닭을 죽인 나는 거듭남으로써[90] 카인적 존재가 된다. 결국 십자가 처형으로 죽은 닭을 먹은 나는 그 닭의 속성을 지닌다. '나'는 말하자면 '카인-기독'이 된 것이다. 이것이 서정주식 초인의 새로운 형식이 된다.

그가 지귀도에서 기독 수련을 위해 고심참담하게 자신을 몰아간

---

90 십자가 처형은 죽음 이후 부활(거듭남)의 메시지를 던지는 것이다. 이 부활을 통해 부활한 존재는 모든 생명의 영원회귀성을 이끌어주는 존재가 된다.

것은 그에게 충격을 주었던 이상의 기독 의식과의 대결을 위한 것이 아니었을까? 이 주제는 오장환의 시에서 중요하게 등장하는 '카인'과 어떤 관련이 있을 것 같다. 오장환은 이상의 '카인' 관련 시편 「파첩(破帖)」을 자신이 주재한 『자오선』 창간호(1937. 10)에 실었다. 이상의 '카인'은 마침내는 붕괴할 운명을 가진 도시문명을 최초로 건설했던 역사의 주인이다. 그는 '초인적 기독'의 반대편에 있다. 이상에게 카인은 분명 인류 역사를 오도한 존재이며, 인류의 원초적 본성을 타락시킨 존재이다. 그러나 서정주와 오장환의 카인은 이러한 이상의 관점을 벗어나 있다.

오장환이 왜 하필 서정주와 그가 카인적 존재를 기독과 결합하려는 마당에 이상의 '카인'을 불러냈을까? 그들은 이상의 '카인'과 '기독'을 넘어서려는 기획을 그렇게 추진하고 있었던 것일까? 그가 『자오선』 2호(1937. 11)에 자신의 야심작이라 할 장편 서사시 「황무지」를 실었던 것이 주목된다. 그는 이상의 「파첩」을 의식하고 있다. 인류 문명 전체의 역사, 그 중심에 있는 도시문명의 역사를 '카인'이란 악마적 존재의 기획으로 파악한 것이 「파첩」이다. 수도(首都)의 폐허와 도시의 붕락(崩落), 그리고 이러한 문명의 종말을 암시하는 '상장(喪章)을 부친 암호'가 등장한다. 이상은 여기서 도시문명에 길들여진 '우아한 여적(女賊)'을 등장시킨다. 그녀의 여체는 월광의 빛으로 매혹적이 된다. '나'는 이 매혹의 지대를 건너가야 한다. 이상에게 '월광'은 니체에게 그러한 것처럼 육체의 열기가 제거된 창백한 수도승, 학자 들의 이미지이다. 이러한 월광에 반사된 여체는 자신의 원초적 열기, 성적 매혹을 잃어버린 육체이다.

오장환의 「황무지」도 역사 전체를 조망하며 그것의 붕괴를 노래하게 된다. 마치 이상처럼 그도 역시 그 역사 속 문명의 매혹적 얼굴들을 다루지 않을 수 없었다. 아니 어쩌면 그에게는 그 매혹의 지대에 이끌린 자의 어두운 운명이 자신에게 더 잘 어울리는 주제였는지 모른다. 그는 문명 이전의 야성과 이 도시 문명을 장대한 스토리 속에서 서로 갈등하는 요소들로 배치하고 결합했다. 그러한 것들이 뒤섞인 지대에서 그는 '박쥐'를 이끌어낸다. 그것이 자신의 자화상이다. 뒤에 어두운 카인적 초인이 거기서 탄생했다.

그의 시 「황무지」의 중심 선율은 타락한 도시문명 속에서 야생의 풀묵지 집단과 상대(上代)의 유목민들이 원초적인 생존을 추구하는 것을 노래하는 것이다. 자연을 파헤치고 붕괴시키다 몰락해서 폐광이 된 동굴에서 그는 '박쥐 같은 존재'로 살아간다. '박쥐'는 본래 '검은 망토 안에 두 팔을 숨기운' 대학 예과생이며, 호쾌한 웃음과 커다란 아첨, 거대한 절충에 빠져 있는 존재이기도 하다. 이 '불길한 족속'은 '아카데믹한 부류'이다. 도시문명의 밤이 발산하는 매혹적인 지대에 홀려 다닌다. '저자

그림 43 조선 민속화 〈웅계도〉
서정주는 「웅계(상)」에서 태양사상을 중심으로 열두 명의 결의 형제가 해바라기 열두 송이처럼 결집한 풍경과 수탉의 초인적 모습을 결합시켰다. 「웅계(하)」에서는 그 수탉을 십자가로 처형시켜 그 닭을 먹은 시인이 카인적 존재로 거듭난다. 서정주가 자신의 디오니소스적 초인의 탄생을 위한 닭 울음을 이렇게 처절한 핏빛의 십자가 처형으로 이끌어간 것은 무엇 때문인가? 악마적 초인의 이미지로 변신시킨 것은 오장환과의 교감 속에서 이루어진 것인가? 그들의 정신적 선배 이상의 초인상을 극복하려는 그들의 암묵적인 고투의 결과인 것인가?

에 몸을 구울리며' 그는 화장품, 마차에 이끌린다. "아코디언 굽이치는 슬픈 뱃대기에 기러기의 찬 날개를 띄여 가노니"라고 노래한다. 도시문명의 상층부를 거쳐 온 이 명문(名門)의 후예는 그러한 매혹 속에서도 불길한 마음을 갖고 있다. 역사의 폭동들과 시가전을, 마침내는 혼돈과 홍수의 종말을 예감한다. 이 박쥐는 아득한 선사적 삶에 대한 동경과 회한, 검은 의심과 충충한 습속에서 빠져나가지 못하면서도 날카롭게 황무지를 덮고 뻗어 가는 야생의 풀들, 자연의 칼날들을 바라본다. 문명 전체를 조망하고 비판하는 김기림적 시야가 이상의 강렬한 역동적 상상력과 결합한 듯하다. 그의 '박쥐'는 그가 후에 발전시킨 카인적 분위기를 이미 드러내고 있다.

　　오장환의 '카인'적 존재는 「The Last Train」(1938. 4)에서 최초로 언급되었다. 이후 그의 카인적 존재에 대한 탐색은 몇 편의 시를 거쳐 「할렐루야」(1939. 8)에 이른다. 이 시에서 오장환은 카인의 어둠과 부정적 속성을 변화시키기에 이른다. 그는 박쥐 날개의 상승을 사탄적 뱀과 결합시킨다.[91] 그리고 사탄과 카인의 어둠을 '빛의 개울'과 '붉은빛 장미' 이미지와 결합시킨다. 이러한 전환의 의미는 과연 무엇일까? 그는 서정주의 '웅계'를 의식하고 있었을까? 오장환은 서정주처럼 강렬한 태양빛을 향한 질주를 보여줄 수 없었다. 하나의 세계를 창조하려는 강렬한 빛의 사상을 자신의 머리 위에 꽃처럼 피울 수 없었던 것이다. 그의 카인적 사유는 아직 그러한 태양에 도달하지 못한 부정적 특

91　서정주가 꽃과 결합된 생명 코드로서의 '뱀'을 노래했다면 오장환은 생명의 꽃들을 피워내지 못하는 어두운 병든 뱀인 먹구렁이를 노래했다고 할 수 있다. 사탄적 뱀은 이 먹구렁이가 더 강렬한 '악의 이미지'로 전환된 것이다.

질을 갖는다.

그는 김소월을 '한란계(寒暖計) 같은 시인'이라고 불렀는데[92] 그 자신 역시 시에 그러한 설움과 울음의 강물을 반영하는 데 치우쳐왔다. 자신의 병든 어두운 관능은 그러한 종족적 울음을 떠안고 어두운 방랑을 계속해왔다. 그러나 그의 울음은 '종족적 울음'의 측면에서도 서정주가 「웅계」 시편을 거쳐 「모(母)」에서 노래한 '어머니 닭의 울음'에 도달하지 못했다. 그가 자신의 수필 「제7의 고독(孤獨)」(1939. 11. 2~3)에서 니체의 짜라투스트라적 명제를 새롭게 가공한 것은 아마도 이러한 애상적(哀傷的) 궤도에서 탈출하고 싶었기 때문일 것이다. 그 명제는 고독과 귀향(歸鄉)의 명제이다.[93]

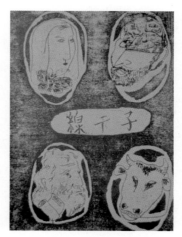

그림 44 오장환 주도로 간행된 『자오선』(1937. 10.) 표지
『자오선』은 「시인부락」의 후광을 이어받은 잡지였다. 암흑의 정점과 빛의 정점인 '자정'과 '정오'를 교차하는 사상을 '자오선'으로 표현한 것으로 생각해볼 수 있다. 그리고 '자오선'(Merdian) 자체가 '정오'와 '정점'이란 의미를 함축하고 있기도 하다. 오장환은 이상의 유고시 「파첩」을 여기 실었다. 「파첩」의 '카인'에 마치 자신의 카인의식을 맞세워보려 했던 것일까? 이상이 죽은 지 6개월 뒤였기에 추모적인 의도도 있었을 것이다.

우리는 파라솔파의 정신적 중심에 놓여 있던 이상과 그를 자신들의 선배로 모시려 한 이 『시인부락』 후배들 간의 미묘한 예술 사상적 경쟁을 추적해볼 필요가 있다. 아마 이 지점에 우리 문학사에서 가장 빛나는 풍경이 자리 잡고 있을지 모른다.

---

92 오장환, 「조선시에 있어서의 상징」, 『신천지』 1947. 1.
93 니체는 『짜라투스트라는 이렇게 말했다』의 3부 「귀향」 장에서 이 주제를 다뤘다.

오장환과 서정주는 '정신적 쌍생아'라고 주위에서 지칭될 정도로 둘은 정신적 동지였으며, 예술적 사상적으로 긴밀한 관계를 맺고 있었다. 인간적으로 친밀했고 시적인 모티프를 서로 교환해서 쓸 정도로 정신적으로 유대가 깊었다. 서정주의 「화사」는 오장환의 「불길한 노래」(『헌사』, 1939. 7)에 메아리치고 있다. 서정주의 「웅계」는 오장환의 「귀향의 노래」에 반향되고 있다. 오장환은 『시인부락』의 2인자였다. 서정주가 제주도로 내려간 뒤에는 그가 그룹을 주도했을 것이다.

둘은 정신적으로 매우 닮았고 예술적으로도 주요 모티프를 서로 주고 받을 정도의 사이였지만 예술적 주제와 경향은 많이 달랐다. 서정주가 치열한 태양의 열기를 배경으로 관능적 육체의 질주를 보여준 데 반해 오장환은 주로 어두운 곳을 찾아다니는 방랑자를 노래했다. 탕아적 방랑자의 유랑은 자신의 병든 관능을 어두운 바다를 배경으로 펼쳤다. 초기 시편 「체온표」는 병든 위안을 찾아다니며 '고개 숙인 해바라기'를 노래했다. 정지용의 제자였지만 지용의 '바다'를 빛나게 했던 태양과 달무리를 그는 자신의 '바다'에서 추방했다. 그의 문학적 주인공인 초인적 존재는 불길하고 어두운 카인적 이미지를 뒤집어썼다. 그는 정지용과 서정주의 어두운 반사상처럼 보이는 뒤안길을 걸어갔다. 그의 '거북이'(「The Last Train」(1938.4)에서)는 비애의 지도를 등에 진 존재이다. 그의 이 '비애의 거북이'는 식민지 거의 마지막 시에 해당하는 「연화시편」(1941.4)의 '거북이'에서 다시 등장했다. 모든 꽃들이 떨어져 내려앉는 연못 바닥에서 죽음과 잠의 세계 속으로 침잠해 들어가야 하는 존재의 비애를 그는 노래했다.

오장환은 「연화시편」에서 시대의 모든 어둠이 응집된 것 같은 시궁 창 웅뎅이 공간을 창조했다. 바다와 항구를 떠돌던 드넓은 방랑의 공간이 사라지고, 모든 것이 침전하는 무겁고 어두운 그리고 매우 좁혀진 공간이 나타난다. 두터운 껍데기 속으로 언제든지 모가지와 사지를 집어넣고 움츠릴 수 있는 단단한 바위 같은 존재인 거북이가 이 좁혀진 공간의 바닥에서 깊은 생각에 잠긴다.

이번에는 서정주가 오장환의 이 응축된 거북이 코드에 화답한다. 그는 「거북이」를 1942년 6월 암흑기에 남은 몇 안 되는 잡지인 『춘추』지에 발표한다. 오장환의 「연화시편」에 그는 어떻게 화답했을까? 「연화시편」의 그 캄캄한 어둠, 모든 것이 침전하는 그 무거운 우수의 늪에 그는 약간의 빛을 던져주려 한 것일까? 그는 꽃이파리를 연못물에 띄웠고, 기우는 햇살 속에 풀묵지를 등장시켰다. 하늘에 구름을 펼쳐놓고 거북이의 푸르른 목을 내두르도록 했다. 장고를 쳐주면서 거북이에게 "오래인 오래인 소리 한마디만 외이라"고 요청했다. 두터운 갑옷 아래 보존되어 있을 피의 노래를 부르라는 것이다.

서정주의 「거북이」는 「동리에게」와 「밤이 깊으면」의 거북 이미지에서 그 싹을 볼 수 있다. 거북이는 신체적인 칼인 손톱이나 발톱 이미지를 품고 있다. 그리고 거북표 신발에서처럼 가난한 민중의 발걸음과 연관되어 있기도 하다. 서정주가 꼭두각시패나 남사당패 같은 민속 예능집단을 한컷에 등장시키며 암흑기를 헤쳐 나갈 때 거북표 신발은 그(들)의 발에 신겨있는 것이기도 하다. 서정주는 「주문(呪文)」(『조선일보』, 1940.3.2.)에서 이미 거북표 신발을 이야기한 바 있다.

이 저주할 상징적 복습.

　가령 말하자면 보리밭에서는 왜 항상 시퍼런 달이 뜨느냐는 것이라
든지 모든 문자에서는

　즘생의 냄새가 난다 '비이너스'의 그 탄생 신화같은 것, 그러한 수심
(水深). 우리 어머니는

　어째서 늘 껌정거북표의 다 찢어진 고무신짝을 끌고 다녀야만 하느
냐는 것이라든지

「주문(呪文)」상 부분(밑줄 강조―인용자)

　이러한 '거북표 신발'의 거북이는 마치 오장환의 「마지막 기차」처럼
슬픔의 지도를 등에 지고 있는 것 같다. 이 거북이는 슬픔만이 아니
라 쫓기는 존재들의 삶 전체를 등에 지고 있다. 그리고 만세소리 같은
것, 피 같은 것을 동시에 등에 지고 있다. 「엽서」의 '귀갑(龜甲)같은 손
톱'의 이미지는 분명 「거북이」에 흘러든 것 같다. 그리고 민속적 예능
패의 이미지가 같이 흘러들어와 「거북이」에서 합류한다.
　오장환은 「귀향의 노래」에서 자신을 기독의 이미지로 상승시켰다.
굴팜나무[94]로 만든 십자가를 시 첫줄에서 언급한 것이다.[95] 그리고 자
신의 목덜미에 꽂은 해바라기를 후광처럼 그리고 있다.[96] 자신의 귀향

94　'굴팜나무'는 굴참나무이다. 상수리나무와 거의 같은 종류인데 껍질의 수피가 더 부드럽다.
　　오장환이 굴참나무를 십자가로 만든 것은 고향의 추억과 관련된 것일까?

95　"굴팜나무로 엮은 십자가, 이렇게 그리웠다./ 일상 성내인 내 마음의 시꺼믄 뻘/ 쓸물은 나
　　날이 쓸어버린다."(「귀향의 노래」1-3연)

96　"해바라기 덜미에 꽂고/ 내 번 듯이 웃음웃는 머리 위에 후광(後光)을 보라.// 목수여! 사공
　　이어! 미장이여! 열두 형제는 노-란 꽃닢팔// 해를 쫓는 두터운 화심(花心)에 피는 잎이니 피

은 짜라투스트라적 기독을 향한 '영원한 귀향'이다. 오장환은 이미 서정주의 꿈을 기리는 「귀촉도」를 「연화시편」과 같은 시기에 발표했었다. 그의 귀향은 아마도 먼저 초인적 수탉을 노래했던 그 동무(서정주)와 함께 하는 귀향일 것이다. 이 '귀향'은 자신들의 출발지, 즉 태양 꽃인 해바라기를 자신들의 예술 사상적 꽃으로 내세웠던 그 '시인부락'으로의 귀향을 가리킨다. 『시인부락』 시기를 생각하면서 그는 그 동인적 결사체가 공유했던 해바라기 명제를 새삼스럽게 불러온다. 이제 오랜(?) 방황 끝에 그들에게 새롭게 발견된 해바라기 꽃잎들은 당시 현실의 천민적 존재들로 떠올랐다. 미장이와 목수, 사공 같은 노가대로 그들은 살아가고 있다. 서정주도 자신의 생계를 해결하기 위해 그러한 노동 결사체를 조직하려 했었다.[97] 오장환도 그것을 알고 있었을까?

초인 사상의 태양을 따라 얼굴을 돌리는 해바라기의 화심(花心)은 새로운 깨우침에 의해 옛날보다 더 두터워졌다. 이 두터운 화심에 처음에는 서정주 혼자 자리했지만 이제는 오장환의 귀향이 거기 참여하게 된 것이다. 해바라기 화심이 두터워진 것은 그동안 자신의 정신적 편력에 의해 그의 태양사상, 초인사상이 더 확고해졌고 자신의 삶과 정신 속에 뿌리를 내렸기 때문이다. 그는 그 편력 속에서 먼저 그 화심에 도달했던 서정주와의 정신적 동지의식을 유지하면서 자신을 키웠

맺힌 발바닥으로 무연한 뻘 지나서오라."(「귀향의 노래」 3연 부분, 4(마지막)연)

97 서정주는 1939년도에 결혼한 가정을 꾸리기 위해 '노가대'라는 조직을 결성했다. 미장이 그룹인데 배미사와 김동리 그리고 『낭만』의 편집인 등으로 조직된 「삼선조(三仙組)」라는 것이 있었다. 그것은 여기저기 떠돌면서 '오유산수(娛遊山水)'하는 화랑 그룹을 선망하며 만든 것이다. 이 이야기는 서정주의 「배상기의 회상」(일지사판 전집5, 1972, 43-44쪽)에 나온다.

나갔을 것이다.[98]

오장환의 '귀향'이 이러한 동인적 결사체의 해바라기 이미지를 되불러오는 것이었다면, 그는 '시인부락'의 명제를 이 시에서 어느 정도 실현한 것일까? 이에 대해서는 여러모로 생각할 거리가 있다. 왜냐하면 그가 제출한 '12꽃잎 해바라기'에 대한 실질적 대응물이 현실적으로 형성되지 않았기 때문이다. 새로운 '시인부락'은 형성되지 못했고, 옛 동인들이 재결집하지도 못했다. 오장환은 『자오선』 이후 자신이 주도하는 정신적 결사체 또는 동인 그룹을 더 이상 만들어내지 못했다. 그는 「제7의 고독」 같은 글에서 니체의 고독을 언급한다. 짜라투스트라의 '귀향'은 그러한 고독 속에서 더 심화된 것이 분명하다.[99] 아마 니체적 귀향의 의미를 그는 이제 자신의 책에서 얻은 교양적 지식이나 관념이 아니라 현실적인 삶의 고난과 고뇌 속에서 체득하게 되었을 것이다. 그의 방황과 고독이 초인의 사상을 현실 속에서 더 날카롭고 섬세하게, 또 현실과의 교섭 속에서 살아갈 수 있을 어떤 양식으로 다듬어냈을 것이다. 그러한 고독의 더 높은 승화를 오장환은 「정상의 노래」(『춘추』, 1943. 6)에서 노래했다. 이 시가 오장환의 카인적 초인이 도달한 식민지 시기 최후의 노래이다.

---

98 오장환에게 전해진 서정주의 시 원고들이 이 편력 기간에 시집으로 묶이지 못하고 계속해서 미뤄졌다. 오장환의 어떤 사정이 있었을 것이다. 서정주 시집 출판이 이 귀향의 노래가 있었던 시기에 비로소 이루어진다는 것도 의미심장하다. 오장환은 자신이 경영하던 '남만서고'에서 서정주의 『화사집』을 1941년 겨울에 출판하게 된다. 호화 장정의 특별판도 한정판으로 찍어낸 것을 보면 상당히 신경을 써준 것이다.

99 이 귀향은 「할렐루야」와 「성탄제」(1939.10.24.)를 쓴 이후 '동무의 고향'으로 향하는 것이었다.

2부

이상의 「오감도」의 거울계
또는 거울 속 존재들과의 전쟁 이야기

거울 속에서 '꽃'을 피우다, '꽃'을 잃어버리다

1

이상의 시에서 '꽃'은 무엇인가? 그는 정지용의 추천으로 1933년 중순 『가톨닉청년』지에 실은 최초의 한글 시편 중 하나인 「꽃나무」에서 "꽃나무는제가생각하는꽃나무를 열심으로생각하는것처럼열심으로 꽃을피워가지고섯소"라고 했다. 그러나 곧 이어 "꽃나무는제가생각하는꽃나무에게갈수업소"라고 했으니 그 사연이 궁금해진다.[100] 이 시를 읽으면 이상이 생각했던 꽃나무, 즉 그가 도달할 수 없었던 '제가생각하는꽃나무'가 과연 무엇인지 묻게 된다. 이상의 그 유명한 「오감도」 15편 전체(1934년 중순에 신문에 연재된), 아니 그의 작품 모두가 어쩌면

---

100   이상은 정식으로 문단에 등단하기 전에 일본어로 된 시를 여러 편 발표했다. 「조감도」, 「삼차각설계도」, 「건축무한육면각체」 등의 연작시가 그것이다. 1933년에 최초의 한글 시 「꽃나무」를 정지용이 주재하는 『가톨닉청년』지에 발표한 것이 정식으로 문단에 첫 얼굴을 내민 것이 되었다. 그는 이미 중견시인으로 유명해진 정지용에게 자신의 한글 시 처녀작을 내밀었던 셈이다. 이 '꽃나무'는 바로 이상 자신이었으며, 그가 쓰는 시들이 바로 그가 피워낸 꽃들이었다. 그러나 어쩐 일인지 그에게 그가 열심히 써낸 시들은 자기가 꿈꾸는 꽃나무로 가기 위해 이상스런 흉내를 내는 일에 불과한 것이었다. 즉, 그의 시들은 거울 바깥에 실재할 꽃에 대한 일종의 모방이었으며 그 꽃의 거울상이었던 것이다.

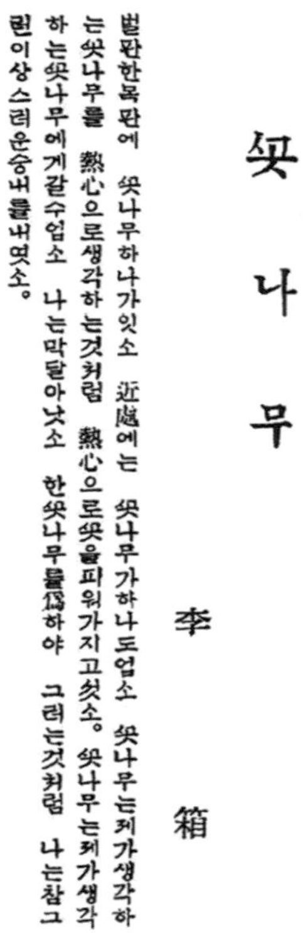

이 물음 하나로 귀결되는 것이 아닐까?

이 '꽃'은 「오감도」 이후 쓰여진 성천 기행문의 하나인 「첫 번째 방랑」에서 "꺾으면 피가 묻는 고대스러운 꽃"이라고 한 것과 같은 것이다. 그가 피우고자 하는 꽃은 생명의 피가 흐르는 줄기와 가지 위에서 피를 토하듯 붉게 피어난 꽃이다. 그리고 그것은 '고대스러운 꽃' 즉 현대문명의 첨예한 인공성으로부터 멀리 벗어나 있는 시대의 꽃, 역사가 아직 자연의 원초적 숨결과 함께했던 그러한 '고대'적 분위기가 스며있는 '꽃'인 것이다. 「첫 번째 방랑」에 나오는 이 '꽃'은 그에게 닥친 현실의 절망적인 상황에서 다가온 것이었다. 그는 만주행 열차에 몸을 싣고 성천을 향해 달아나는 자신의 탈주적 '여행'에 대해 어떤 의미를 부여하려 시도했는데, 그에게 다시 살아나는 이 '꽃'의 향기가 그의 죽어가던 시적 영혼(에스프리)을 되살려놓았다.

꽃
나
무

李
箱

벌판한복판에 꽃나무하나가잇소 近處에는 꽃나무가하나도업소 꽃나무는제가생각하는꽃나무를 熱心으로생각하는것처럼 熱心으로꽃을피워가지고섯소 꽃나무는제가생각하는꽃나무에게갈수업소 나는막달아낫소 한꽃나무를爲하야 그러는것처럼 나는참그런이상스러운숭내를내엇소.

그림 45 이상의 최초 한글시 「꽃나무」 (『가톨릭청년』, 1933.7.) 원문

1935년 여름이 끝나고 막 가을이 시작될 무렵 캄캄한 밤 열차 삼등칸에서 『학살당한 시인』이란 아폴리네르의 소설을 읽으면서 그는 성천으로 향했다. 이 '여행'은 과연 어떤 것이었던가?

그해 초반에 제비다방은 파산 상태가 되었다. 여름 정도에는 거의 폐업 상황으로 내몰린 것 같다. 집문서로 대출을 받았기 때문에 집

이 은행에 차압되어 거리에 나앉게 된 식구들은 비참한 나날을 보냈다. 그들을 경성 시내 어느 변두리 빈민가 뒷골목 집에 방치한 채 이상은 어느 야밤에 도주하듯 평안도 성천 행 기차를 탔다. 그는 도미에의 그림 「3등열차」를 떠올렸다. 3등칸의 가난과 피곤에 지친 사람들 속에서 그들과 함께 어디론가 캄캄한 세계 속을 달리는 기차의 실내 풍경을 「첫 번째 방랑」에서 자세히 소묘했다. 그리고 기차 속에서 많은 몽상들을 전개한다. 그러한 몽상들의 끝에 그에게 멀어졌던 것 같은 '꽃'이 다시 다가온다. 자신이 이전 시편들에서 노래했던 그 '꽃'의 향기가 다시 발동한 것이다. 자신의 '기억' 속에 묻혀있던, 과거 여러 시편들을 통해 추구했던 그 '꽃'의 향기가 다시금 솟구치고 있었다. 파탄된 일상에서 황량해진 자신의 시적 영혼이 이 탈주적 여행의 기차 칸에서 이상한 향기를 다시 내뿜고 있었던 것이다.

그러자 그는 곧 자신의 시를 열정적으로 추진시켰던 그 힘을 회복한다. 골편(骨片)만 남은 몸을 "적토(赤土)있는 곳으로 운반하지 않으면 안되겠다"고 하면서 자신의 투명한 피에 이제 대지의 핏빛인 적토색을 물들일 때가 되었다고 선언한다. 그는 한 마리 뱀처럼 그 적토 언덕을 필사적으로 기어 올라가게 될 것이다. 거기서 그는 아름다운 꽃, 피가 진하게 배어 있을 것 같은 '꽃'을 피우려 한다. 그 '꽃'에 대한 염원은 그에게 닥친 경제적 파산과 집안 식구들의 몰락 그리고 자신에 대한 그들의 원망 등, 그를 지금까지 사로잡아 짓눌러왔던 것들을 모두 잠시 자신의 '몸'에서 내려놓게 할 만한 힘이었다.

그는 성천으로의 도피 여행 중 자신 속에서 다시 향기를 뿜어대는 '꽃'을 보았다. 그리고 이것을 향하여 나아갈 수 있는 새로운 의지를 불태울 수 있게 된다. 이 '꽃'은 그가 「절벽」에서 노래했듯이 자신의 삶을 송두리째 바쳐온 것이다. 그러한 삶이 무덤이 되고, 또 세상 모든 것이 그에게 무덤이 될지라도 단지 그 향기만이라도 있으면 그것만으로 살아갈 수 있는 그러한 것이었다. 보이지도 않는 '꽃'의 향기가 그를 다시 부른다. 그에게 다가오고 덮쳐오는 일상적 '삶의 무덤'에서 그는 '꽃'을 향해 끊임없이 다시 일어나곤 했다. 그렇게 그가 추구했던 그리고 계속 추구해야 할 그 '꽃'만이 그의 삶에 '의미'를 부여해줄 유일한 것이었다. 그런데 그의 생애 마지막 장에서 그는 이 '꽃'을 그만 잃어버린다. 그에게 진짜 '죽음'이 다가오고 있었다.

그의 마지막 작품이 된 소설 「실화(失花)」는 바로 그 이야기이다. 이상은 그의 생애 마지막 시기에 낯선 이국의 도시 동경(東京) 여기저기를 배회하고 있었다. 동경의 어느 거리에서 그는 그만 '꽃'을 잃어버렸다. 그가 잃어버린 '꽃'은 C양이 자신의 옷깃에 꽂아준 백국(白菊) 한 송이였다. 동경에 온 그는 아르바이트 삼아 영어 읽기 가정교사를 한 것인데, 친구의 애인 C양에게 영어 소설 독해를 해준 것이다. 그녀는 보답으로 이상의 옷깃에 백국 한 송이를 꽂아주었다. 이상은 이국종 강아지처럼 신주쿠역을 헤매다 그만 그 '꽃'을 잃어버린다.

이 소설에서 이상은 단지 한 여성이 자기 옷깃에 꽂아준 꽃의 분실에 대해 말하려 했던가? 그렇지 않다. 그는 여성이 준 '꽃'의 분실에 대해 말하면서 사실은 이국땅을 배회하는 자신의 근본적 허탈함, 내면의 공허함을 말하고 싶었던 것이다. 그는 자신의 내면에서 피워내야 할 '꽃의 상실'이라는 더 큰 주제, 더 깊은 주제에 대해 이야기하려 한 것이다. 여성이 준 꽃은 그의 내면의 꽃을 떠올리고 그에 대해 이야기하도록 해주는 안내자였다. 내면의 꽃을 잃어버린다는 것은 곧 시인의 죽음, 시의 죽음을 의미한다. 그리고 시를 쓴다는 것은 이상에게는 자신의 어떤 삶으로도 대체할 수 없는 것이었다. 그의 삶은 '꽃'에서 '꽃'으로 이행되면서 간신히 유지되어 왔다.

「차8씨의 출발」에서 거론했던 '산호나무'와 '은화식물의 꽃'으로부터 그의 '꽃의 역사'는 시작된다. 「시제7호」에서는 '현화식물의 꽃들', 고통스럽게 피워내던 '30륜(輪)의 꽃들'이 있었다. 그가 경성에서 탈주해 도달했던 성천 시골에서 보았던 꽃들, 대지를 뜨겁게 숨 쉬던 맨드라미, 혜원(신윤복)의 그림 속 일산(日傘)을 쓴 기생들을 떠올릴 만한 기생화 같은 꽃들을 그는 거쳐 왔다. 그의 내면에는 여러 편의 시를 통해 탐구해온 '이상한 향기'를 뿜어대는 '고대스러운 꽃'들이 숨어 있었다. 숨 막히는 경성에서 이러한 꽃들은 억압되었다. 그는 이 숨 막히는 땅을 탈출해서 이국의 땅 동경에서 그 '꽃'을 더 강렬하게 피워내고 싶었다. 그러한 목적으로 이국의 낯선 도시를 찾아들었다. 그러나 오히려 그의

그림 46 츠베토미라 베코바, 〈거울 속에 꽃〉(사진), 2021

이상은 거울세계 속에서 자신이 꿈꾸는 꽃을 피우는 그러한 이야기를 했다. 거울 속의 이상이 이러한 꽃피우기를 시도했던 것은 「꽃나무」와 「오감도」 연작의 하나인 「시제7호」 「시제8호 해부」 등이다. 그리고 그 이전 일본어 시로 발표된 「차8씨의 출발」도 있다. 여기서 그는 '은화식물의 꽃피우기' 이야기를 했다. 그리고 그것은 「시제7호」에서는 '현화식물의 꽃'으로 변했다. '은화'에서 '현화'로의 이행이 그의 문단 진출 전후에 이루어졌다. 이 '꽃'은 그의 원고지에서 피어나는 꽃이었다. 즉 그것은 글쓰기의 꽃이었고, 그는 그 꽃을 피우는 꽃나무였다. 그는 그렇게 자신의 '화원'을 가꾸어갔다. 그러나 제비다방의 경영 파탄이 그의 화원의 경제적 토대를 붕괴시켰다. 그는 자신의 신체나무를 더 강력히 독하게 대지에 뿌리박지 않으면 안 되었다. 현실의 고난이 그의 나무인간을 더 깊이 뿌리내리게 만들었다.(위 사진은 내 연구실 학생인 츠베토미라의 사진 작품이다. 장미처럼 접힌 종이 안에 한 아름 담긴 꽃은 내 연구실을 거쳐간 엘리자베스 김연경이 내게 선물로 준 것이다)

내면은 더 적막해지고 공허해졌다.

「실화」라는 제목은 불길하다. 이상은 아마도 자신의 시적 여정, 즉 '제가생각하는꽃나무'를 향해 달려온 그러한 여정의 종말을 여기서 예감한 것이 아닐까? 그는 「실화」를 쓴 동경에서 죽음을 맞이했다. 그는 이 소설을 쓸 때 자신의 죽음을 예감한 것이 아닐까?

「실화」의 배경은 동경 번화가의 연말 거리 풍경이다. 1936년 말 이슬비 젖은 아스팔트 위에서 크리스마스 연말 분위기를 띄우는 백화점 취주악대들의 연주가 있다. 옛(일본을 근대화시킨 유신시대 초기) 유행가를 연주하는 이 가각(街角) 풍경에서 이상은 기묘한 인상과 씁쓸한 느낌을 맛본다. 동경의 중심부는 신식과 구식이 기묘하게 뒤섞인 모습으로 이상을 맞이한다. 이상은 자신의 구인회 동지이자 자신을 문단에 처음 소개해준 정지용의 몇몇 시편들을 언급하면서 이 동경 이야기를 경성과 뒤섞어가며 전개했다. 소설 전개상 필요한 곳에 매우 용의주도한 삽입구처럼 정지용의 시 「해협」 「말」 「카페 프란스」의 유명한 구절들을 패러디해 삽입했다. 지용의 시와 자신의 소설을 오가면서 두 작품이 겹쳐지도록 하는 입체파적 화법이 이 삽입들을 통해 이루어졌다. 따라서 「실화」를 제대로 읽기 위해서는 지용의 관련 시편들을 읽어보지 않으면 안 된다. 그 시편들을 알고 있어야 그 일부를 패러디식으로 가져오며 이야기하는 이상의 의도를 따라잡을 수 있기 때문이다. 그 시편들은 이상의 내면에 속속들이 배어들어 있었다. 그에게 그것들은 거의 자기화되어 있어서. 그는 그것을 자기 식으로 자유롭게 변주할 수 있었다. 이상과 정지용 두 사람 간의 친밀성만으로는 그러한 시적 자기화를 설명할 수 없다. 이상에게 지용의 몇몇 시편들은 자신의 시와 사상의 내적인 풍경이 되어버린 것이다.

정지용의 시 「해협」과 「말」은 전반기 시들 중에 유명한 것이다. 그것들은 지용의 '바다의 낭만주의'를 대표하는 것이며, 그의 초창기 시편에서 니체적인 '몸'의 사유를 '말(馬)' 이미지로 보여준 대표작이다. 이상은 이 「말」을 제일 애송했다. 이 시는 파리의 입체파 화가이며 아뽈리네르의 연인이었던 마리 로랑생에게 헌정된 시이다. 「말」에 나오는 '말'은 질주해야 할 몸을 상징한다. 그것의 기원은 「카페 프란스」에 있다.

「실화」에서 이상은 동경 신주쿠 거리에 있는 NOVA라는 카페를 향해 법정대 Y군과 함께 비 내리는 거리를 서둘러 간다. 정지용의 「카페 프란스」 구절들이 조각난 상태로, 본래와는 다른 엉뚱한 문맥 속에 뒤섞여 이 카페를 향한 행로 이야기에 끼어든다. "가십시다 가십시다/ 마담은 루파시카. 노봐는 에스페란토. 헌팅을 얹은 놈의 심장을 아까부터 벌레가 연해 파먹어 들어간다. 그러면 시인 지용이여! 이상은 물론 자작(子爵)의 아들도 아무 것도 아니겠습니다 그려!"

이미 노봐 카페를 향한 행로의 시작에서부터 「카페 프란스」의 진지한 주제가 훼손된다. 그 시에서 제시된 '뺏쩍 마른놈'의 질주에 대한 진지한 논의 같은 것은 위에서 보듯 소설적 패러디 속에서 산산조각 나버렸다. 노봐 카페 안에서의 풍경은 지용의 시 두 편 「해협」과 「말」의 일부분을 패러디함으로써 「카페 프란스」의 분위기를 한층 더 희극적으로 전도시키고 있다. 노봐 카페에는 일고(一高)(동경제일고보를 가리킬 것이다) 휘장을 두른 핸섭보이 하나가 좌정하고 있고, 이상은 그와 더불어 지적인 토론이나 논쟁을 시도해보려 했지만 그는 요지부동 묵묵부답이다.

"해협 오전 2시의 망토를 두르고 내 곁에 버티고 앉아서 동(動)치 않기를 한 시간(以上?) 이 미목수려한 일고 휘장의 천재에게 입을 열도록 갈팡질팡 노력했지만 나는 졌다. 지고 말았다"라고 말한다. 그에 이어 지용의 「말」을 패러디한 대목이 나온다. "당신의 텁석부리는 말(馬)을 연상시키는구려. 그러면 말아! 다락 같은 말아! 귀하는 점잖기도 하다만은 또 귀하는 왜 그리 슬퍼 보이오? 네?(이놈은 무례한 놈이다.)"

이 부분은 핸섬보이의 생각 속에서 진행된 것 같은 말인데, 이상 자신의 말로 번역해 풀어놓은 것이다. 지용의 「말」에 나오는 '다락 같은 말'은 여기서 '텁석부리 말'로 희화화된다. 일본 최고 명문을 나온 천재처럼 보이는 지식인과 야생의 떠도는 텁석부리 말같이 생겨먹은 식민지 지식인(이상 자신)의 적대적 대립이 형성되고 있다. 이상은 이미 그 이전의 여러 단편소설에서 '말' 모티프를 이어오는 중이었다. 그 '말'을 동경의 미목수려한 천재 앞에까지 이끌고 온 것이다. 과연 이 '말'은 식민지를 지배 경영하는 본국(제국 일본)의 수도 동경에서 자신의 길을 찾아내 달려볼 수 있을까?

2

우리는 앞에서 정지용의 '육체성의 질주'라는 주제에 대해 알아보았었다. '뺏쩍 마른놈'의 골편적 신체가 기차나 말로 옮겨가면서 그 '질주'는 '바다의 낭만주의'를 향해하고 있었다. 그 '낭만주의'가 지용의 중기 시편인 「유선애상」과 「파라솔」 그리고 「수수어」 연작에서 현실의 바다로 내려앉았다. 정지용은 이상이 동경에서 죽은 지 두 달 정도 뒤인 1937년 6월에 새로운 「수수어」 연작을 연재하고 있었다. 후에

「육체」「이목구비」「슬픈 우상」 같은 제목으로 바뀐 글들이 거기 있다. 이러한 글들에서 그의 두 번째 육체 탐구가 전개되었으며, 이전보다 매우 심화된 단계를 거치고 있었다. 이러한 발전이 이상의 죽음을 의식하면서 이루어진 것인지는 알 수 없다. 하지만 자신의 시를 좋아했던 이상에 대해 어떤 감정을 갖고 있었음은 분명하다. 그리고 그들이 공유했던 '몸의 질주'라는 주제를 놓고 은밀하게 각축하는 시적 경쟁을 벌이고 있었을 가능성도 있다. 후배와의 경쟁 속에서 그는 자신의 시에 전환점을 불러왔고, 그 주제를 한층 더 높은 수준으로 이끌어올릴 수 있었다.

이상이 동경을 헤매던 1936년 말의 이야기를 담은 「실화」가 지용의 초기 시편 중 「카페 프란스」

그림 47 신범순, 전남 땅끝 마을 밤하늘의 운해 속의 달 사진

십 몇 년 전 어느 날 땅끝 마을에서 청해진으로 답사를 가는 길에 무지개 빛이 감도는 운해 속에서 달이 빛났다. 내가 목마르게 찾아가는 새로운 낙원의 빛이 낭만주의의 아우라를 뿜어냈다.

정지용의 「해협」은 그의 '바다' 연작 중의 하나에 속한다. 거기서 그는 현해탄 바다 위에서 자신의 머리에 휘황한 원광을 두른 청년 시인의 초상화를 그렸다. 거대한 디오니소스의 바다가 출렁거릴 때 그 세계 전체를 자신 속에 담아내고 긍정하며 그 미지의 세계를 향해 항해하는 황홀경을 그는 그 초상화 속에 담은 것이다. 그의 '바다의 낭만주의'가 이 시에서 정점에 달했다. 우리가 다루는 이상의 '거울세계'가 이 디오니소스적 바다 세계의 반대편에 가로놓여있다. 지용은 「바다」에서 이러한 디오니소스 세계를 지구적 차원의 '바다연잎(꽃)' 이미지로 수렴한다.

이상은 「무제─육면거울방」에서 육지가 모두 시커멓게 칠해지고 바다에는 '거꾸로 기록된 악보의 세계'라고 써 있는 지구의(地球儀)를 악성의 방에서 본다. 이 '지구의'는 지용의 '연잎 지구' 반대편에 놓이는 것이다. '지구의'는 일종의 거울지구이다.

와 「말」「해협」(발표 시 제목은 「해협의 오전2시」, 1933. 6)의 일부 조각난 구절들을 패러디하면서 인용하고 있었기 때문에 두 시인을 오가는 교차 풍경이 이때 만들어지고 있었음을 알 수 있다. 이상은 정지용의 「말」을 특히 좋아했고,[101] 「해협」을 쓴 지용을 구인회의 유일한 선배로 모실만 하다고 동인들에게 말한 바 있기 때문에 이 두 편의 시가 인용된 것은 그로서는 자연스러운 일이다. 그리고 「카페 프란스」는 지용의 첫 번째 발표작이고 너무 유명한 것이니, 지용 시를 인용할 때 당연하게 앞자리에 있을 만하다.

이상은 자신의 동경행에 어떤 의미를 부여한 것일까? 식민지 지식인들, 사상적으로 그만그만한 동갑내기들의 그림자 연극(「가외가전」)이 벌어지는 경성 문단으로부터 탈주를 기획한 것일까? 아니면 전쟁 분위기로 몰아가면서 생겨난 식민지적 압박의 증대로부터 도피하기 위한 것이었을까? 김기림에게 준 편지에서 말한 것처럼 동경에서 서구적 유행패션에 사로잡힌 지식인들에게 '대륙의 철퇴'[102]를 내리꽂아주기 위해 간 것일까?

이 편지에서 이상이 '대륙의 철퇴'라고 한 것은 자신의 사상적 면모를 가리키는 기호였다. 그것은 '차8씨'의 곤봉(「차8씨의 출발」에 나오는)과 같은 것이다. '대륙'은 섬나라 일본에 대비시킨 단어이다. 일본은 완전한 섬이 아니라 반절만 섬이라는 '반도'라는 말로 식민지 한국을 비하했는데, 아마 이상이 이 단어를 피하고 '대륙'이란 말을 쓴 것은 자신의 사상을 그러한 비하된 기호와 결합하기 싫었기 때문일 것이다. '대륙'이 꼭 만주나 중국을 의미할 필요는 없다. 「가외가전」에서 이상이

101　"말아, 다락같은 말아"로 시작하는 이 시의 한 구절 "검정 콩 푸렁 콩을 주마"를 좋아했다. '푸렁 콩'의 '푸렁'은 원래 쓰는 말은 아닌데 지용이 앞의 '검정'이란 말의 소리에 대응시키기 위해 '푸른'을 '푸렁'으로 바꿔치기한 것이다. 이러한 음악적 화음에 대한 고려가 우리말을 아름답게 변화시킨 것으로 이상은 생각한 것이다.

102　이상이 동경에서 김기림에게 준 편지(1936년 11월 29일에 쓴)에서 한 말이다.

썼던 '대륙'이란 말도 그렇다. 육교 위에서 '편안한 대륙'을 내려다보고 근근이 살아간다고 그는 말했다. 그것은 그의 사상이 꿈꾸는 새로운 세계를 가리키는 단어이다.

'철퇴'는 니체식 용어인데 '곤봉'으로 대체되어도 상관없는 용어이다. 거울세계의 지식과 사상 나부랭이들을 부서뜨릴 만한 강렬한 타격을 초인적 사상가들은 준비해야 한다. 철퇴와 곤봉은 바로 그러한 타격을 가리키는 단어이다. 그것들은 거울세계에 대한 사상전쟁을 과감히 치러나갈 병사들의 무기이다. 이상은 「면경」에 그러한 이야기를 담았다. 이 시에서 거울세계에서 활동하던 시인은 학자이자 병사였다. 그는 거울 속에서 자신의 연구와 시작(詩作)을 하면서 자신의 전쟁을 치러나갔다. 그리고 거울에 자신의 전쟁도구인 펜과 종이, 잉크병을 남겨둔 채 어디론가 실종되어버렸다. 시인은 말한다. 이름 없는 병사인 '그'는 언젠가는 다시 돌아와 이 전쟁의 도구들을 거울 속에서 다시 운전하게 될 것이라고 말이다.

이상의 동경행이 그 어떤 것이든 「종생기」 「실화」로 대표되는 그의 생애 마지막 작품은 '거울로부터의 탈출'과 '거울 속 꽃피우기'라는 주제를 산문적인 차원에서 밀어붙이는 것이었다. 정지용이 초기 시편의 '바다의 낭만주의'를 현실의 바다으로 이끌고 내려왔듯이 그도 역시 「오감도」의 스캔들 이후 「지주회시」 「날개」같은 소설을 쓰면서 현실의 바닥으로 내려왔다. 초인적 주인공은 산문적 일상의 관점에서 포착되고, 산문적 일상의 삶들을 견뎌내며, 거기서 자신의 삶의 지도를 모색해보아야 했다. 「날개」의 주인공은 '몸'의 생명력이 말라붙어버려 '박제된 천재'가 되었다. 이 '천재'는 일상의 현실적 의미를 이해하지 못하는

'바보'가 되어 있었다. 현실적 삶의 의미를 반대로 뒤집어보는 '바보' 같은 삶의 길을 '나'는 경성의 거리에서 연출한다. 이 역도법적 삶의 길은 일종의 탈주로이다. 일상의 삶에 대한 패러디 수준에 그치는 이러한 역도법적 탈주만으로는 거울계를 벗어날 수 없다. 그는 이 군중의 거리에서 솟구칠 수 있는 진짜 '날개'를 원했다. 거울계 바깥으로 빠져나가기 위한 날개를 그는 일상의 차원, 군중의 차원에서 그들과 함께 솟구칠 수 있는 그러한 '날개'를 찾아내려 한 것이다. 이러한 탐색의 연장선상에 「종생기」와 「실화」가 있었다.

이러한 맥락에서 보면 이상이 「실화」에 삽입시킨 지용의 「해협」을 패러디한 부분이 주목된다. 왜냐하면 '바다의 낭만주의'는 「해협」에서 고독하고 휘황하게 빛나고 있었기 때문이다. "해협오전2시의 고독은 오롯한 원광(圓光)을 쓰다"라고 정지용은 노래했었다. 새벽 2시 바다 위에서 시인은 자신의 머리를 휘감은 '오롯한 원광'을 본다 느낀다. 밤하늘에 빛나는 달에서 이 원광의 이미지가 왔을 것이다. 세상의 바다 전체를 굽어보며, 그 파도들 전체를 제압하는 듯한 젊은 시인의 광휘가 어둠 속에서 빛나고 있었다. 그래서 지용은 그다음 구절에서 "나의 청춘은 나의 조국!"이라고 외치지 않았던가? 식민지 지식인으로서 그에게 '조국'은 상실된 것이었지만 그것을 대체할 만한 '빛나는 청춘', 바다 전체를 제압하는 시인의 '청춘'이 있었다. 이 휘황한 '바다의 낭만주의'를 지용은 통과해왔다. 그러나 그것은 고독한 개인의 낭만주의였을 뿐이다. 현실의 거리를 메우는 군중들과 그것은 멀리 떨어져 있었다.

정지용의 낭만주의를 빛내주던 그 '해협', 즉 현해탄을 이상은 「날개」를 쓴 이후 건너가고 있었다. 식민지 조선을 탈주하고 있었던 것이다. 팍팍한 식민지 현실로부터 탈주함으로써 그는 자신의 문학을 알아줄 이국의 현실을 기대했으며, 거기에서 문학의 꿈을 한층 더 높은 수준으로 활성화시키고 싶었을 것이다. 이때 그에게 청춘의 고독한 낭만주의적 황홀경 같은 것은 이미 없었다. 시는 포기되었고 씁쓸한 현실을 산문으로 빨아들이며 그 안에서 시적 에스푸리를 전개하는 소설 양식으로 그는 나아갔다.

「날개」를 쓰기 이전부터 이미 그러한 작업이 시작되었다. 그는 소설 「지주회시」(1936. 6)를 통해 본격적인 산문화의 길을 모색하고 있었다. 「오감도」 연재의 실패(대중의 비난과 외면으로 인한)를 이 산문화의 길을 통해 만회할 수 있을 것으로 기대했을지 모른다. 그는 산문적인 일상의 사건들 속으로 파고들었다. 그리고 그것들에 자신의 시적 주제를 떠맡기는 방식을 찾았다. 시에서 전개했던 혁명적 주제(역사 전체를 뚫고 나간다는)를 소설에서 전개할 방식을 탐색했다. 그러나 이 길은 그리 성공적인 것으로 보이지 않는다. 그가 「날개」를 통해 비평가들에게 인정받고 어느 정도 대중들에게도 다가서는데 성공한 것은 분명하다. 그러나 「날개」에서 이상이 의도했던 것이 비평가들에게 인식된 것은 아니다. 이 작품은 심각한 오해와 오독을 통해 비평가들과 독자 대중들에게 전달되었다. 한 기괴한 천재적 주인공의 병적 심리가 주로 거론되었다. 심리적 리얼리즘은 기괴한 주인공의 일상과 결합하여 일상 현실에 대한 병든 자의 보고서처럼 취급되었다.

이러한 프로이트주의는 이상이 전혀 의도했던 바가 아니다. 아마 이러한 비평적 반응들을 보고 그는 내심 불쾌했을지 모른다. 그는 「날개」 첫머리에 쓴 서문에서 이미 이러한 오독 가능성을 경계했다. 거기서 그는 '박제된 천재'의 의미가 무엇인지 썼으며, 그것이 이 소설을 읽는 관점이 되어야 할 것이라고 암시했다. 그러나 사람들은 '천재'에 주목했고, '박제'의 원래 주체인 '몸'에 대해서는 생각하지도 못했다. 이상 문학 전체의 주인공인 '몸'에 대해 사람들은 전혀 알지 못했던 것이다. 우리는 이 '몸'의 주제를 이상이 다양하게 전개해왔으며, 때로는 그것을 시적 에스푸리로 또 때로는 '꽃'으로 표현해왔다는 것을 알고 있다. 그러나 그가 현실과 더 깊이 대면하고 일상의 대중들 속에서 그러한 주제를 전개하려는 소설적 시도는 배반당했던 것이다.

아마 「종생기」와 「실화」는 이러한 배반을 건너가 보려는 색다른 소설 기법의 시도였을 것이다. 그는 산문양식에 다시금 시들을 삽입하기 시작했다. 그러나 시와 산문은 충돌했으며, 본래의 시적 에스푸리를 산문에서 유지할 수 없었다. 일상의 현실이 시적 낭만주의를 조롱하듯이 거기 삽입된 시들은 부서지며 조롱되고 훼손되었다. 그러나 이러한 산문적 공격을 감당하고 그것을 통과해가기 위해 시들은 다시 산문 속에 등장할 운명이었다.

「실화」에서 그는 그가 좋아했던 정지용의 「해협」을 가져왔지만 거기서 빛나던 휘황한 낭만주의적 원광을 삭제했다. 낭만주의의 빛이 훼손된 조각난 시 한 구절을 자신의 논쟁 대상으로 카페 의자에 앉혀놓은 일고의 휘장을 단 핸섬보이에게 헌정했다. '해협오전2시의 원광'에서 원광을 삭제한 자리에 그 핸섬보이의 '망또'를 끼워 넣었다. 이상은 밤의 카페에서 박쥐 날개 같은 망토를 두른 채 묵묵부답으로 앉아있는 제국의 지식인에게 참혹한 패배감을 맛본다. 그의 무언에서 식민지인에 대한 무시와 경멸감을 느꼈을 것이다. 수염도 깎지 못했을 반문명적인 텁석부리 얼굴도 경멸의 대상이 되었을지 모른다.

정지용이 이국의 땅에서 받았던 수모와 함께 자신의 종적 본질을 헤아리던 「말」이 떠올랐을 것이다. 자신의 존귀함을 표현하는 '다락 같은 말', 점잖고 고상한 그 '말'은 이국의 땅에서 그 존귀함을 잃고 슬픈 처지로 전락한다. 이 쓸쓸한 현실적 각성이 그의 초기 시편 이후 무섭게 질주하던 별무리 사상의 빛(원광)을 퇴색시킨다. 초기 시편에서 '기독'의 존재로 자신을 내세우던 자존감[103]을 어디서 확보해야 할 것인가? 동경의 거리와 카페에서 그것은 경성의 거리와 카페보다 더 찾기 어려웠을 것이다.

「실화」의 마지막은 다시 「카페 프란스」를 패러디한 구절로 마무리된다. "나는 이국종 강아지 올씨다"라는 구절이 바로 그것이다. 「카페 프란스」 마지막에 나오는 구절이다. 이 '이국종 강아지'는 카페에서 키우는 애완견이다. 이국을 헤매는 이방인(주인공)이 자신의 피로한 몸을 카페 탁자와 의자에 기대며 바라보던 강아지이다. 그 강아지가 자신의 피로한 발을 핥아준다면 조금이라도 위로받을 수 있을까? 그러나 그 강아지가 「실화」에서는 '내'가 된다. '나'는 거리를 떠도는 강아지 신세로 전락해버린 것이다. 그것도 이국에서 길을 잃고 헤매이는 그러한 강아지인 것이다. 「실화」는 이상이 자신의 문학적 생애 전체 속에서 추구하던 '거울 속 꽃피우기'의 주제에 대한 종언을 '이국종 강아지'의 쓸쓸한 풍경으로 보여준다. 그가 '꽃'을 잃어버렸을 때 그의 '질주'도 이렇게 끝났다.

---

103 사진첩 시편의 「내과」와 유고노트 시편인 「각혈의 아침」에 자신을 '기독'으로 보는 관점이 분명히 제시된다. 이 관점은 「실낙원」 시편에 이르기까지 지속되는 것이었다.

꽃과 거울
—프로이트와 라깡을 넘어선 '거울' 읽기

1

이상의 「꽃나무」로 다시 되돌아가보자. 우리는 그의 '꽃피우기'를 '거울'과 다시 관련시켜 보아야 한다. 꽃과 거울은 이상 문학의 두 기둥을 이루는 기호이다. 이상의 '꽃'은 「꽃나무」로 대표되는 "제가생각하는꽃나무에게" 가기 위해 열심히 꽃을 피우는 그러한 꽃이다. 그런데 왜 그는 그렇게 꽃을 피우는 것을 '참 그런 이상스러운 흉내'라고 했던 것인가? 이 구절을 제대로 해석하기는 어렵다. 우리가 일반적으로 생각하는 그러한 꽃나무만을 생각한다면 말이다. 이 시의 꽃나무는 실제 꽃나무가 아니다. 자신이 생각하는 그러한 꽃나무를 위해 열심히 꽃을 피우는 꽃나무인 것이며, 자신의 꽃피우기를 '이상스러운 흉내'라고 말하는 꽃나무인 것이다.

이 '이상스러운 흉내'를 내는 꽃피우기는 사실상 '거울 속 이상의 꽃피우기'임을 알아야 위 시의 문맥을 제대로 간파할 수 있다. 거울세계 (거울속의 반사상 세계) 속에 그림자로 존재하는 이상(김해경)은 열심히 자신의 꽃을 피우고 있다. 그것은 자신이 꿈꾸는 '거울 밖 세계의 꽃'의 이미지를 흉내낼 뿐만이 아니라 그 꽃을 살고 숨 쉬며 그 향기를 내뿜을 수도 있기 위해서이다. 여기서 '거울'이란 과연 어떤 것을 의미하는 것인가? '꽃'은 과연 무엇인가? 이러한 질문에 제대로 답하는 것이 중요하다. 그것만으로도 이상의 시 전체를 덮고 있는 난해한 장막의 상당부분이 걷히게 될 것이다.

이 문제를 「꽃나무」와 함께 발표된 「거울」과 「1933, 6, 1」이 두 편의 시와 더불어 생각해보기로 하자. 이 두 편의 시를 통해 이상은 자신의 '거울'이 무엇인지 그 정체를 알도록 독자들을 안내하고자 했다. 과연 이상의 의도는 성공했을까?

「거울」은 이상의 시 중에서 가장 쉽게 읽히는 시이다. 그래서 그런지 가장 잘 알려진 시가 되었다. "거울속에는소리가업소/ 저럿케까지조용한세상은참업슬것이오" "거울속의나는왼손잡이오/ 내악수를바들줄몰으는─악수를몰으는왼손잡이오." 이 구절은 이상을 좀 공부한 사람이면 누구나 알 만한 것이다. 반사상 이미지만 존재하는 거울세계에는 '소리'가 없는 것이 당연하다. 거울세계는 그래서 '조용한 세상'이다. 거울 속의 '나'는 거울 밖의 '참나'와는 좌우가 반대되는 존재이며, 내 말을 알아듣지 못하고(왜냐하면 소리가 없는 세계이니), 또 내 악수를 받을 줄도 모른다. 그는 '나'와 꽤 닮은 것 같지만 '나'와 이렇게 단절되고 어긋나 있다. 이 시에서 거울 바깥에 존재하는 '참나'는 과연 무엇인가? 또 이 '참나'와 거울 속 '나'의 이러한 '어긋남'은 또 무엇인가? 이러한 물음을 이 시는 던진다.

'나'의 거울상과 '내'가 서로 악수하지 못하는 이야기는 「오감도」의

그림 48 거울에 비친 자신의 모습에서 자신의 아름다운 모습을 꿈꾸며 보려고, 자신의 그렇게 이상화된 이미지에 매혹되는 심리를 프로이트는 나르시시즘이라 했다. 이 개념은 프로이트 정신분석에서 중요한 위치를 차지했다. 한때 이상의 거울도 그러한 심리적 공간으로 연구되었었다. 그러나 이상의 거울상은 나르시시즘과는 거리가 멀었다. 그가 왜 거울 속의 자신에 대해 총을 발사했겠는가? 그는 거기서 짜라투스트라처럼 자신의 기괴한 유령적 분신을 보았던 것이다. 「1933, 6, 1」이란 시는 과학자적 생을 살아온 자신의 분신에 대한 이야기이다. 그에 대한 참회록을 거기서 썼다. 그 과학자가 이상 자신의 거울상 중의 하나였다. 그 과학자를 가둔 '거울'은 세계에 대해 과학적 법칙으로 수량 측정만을 하는 세계였다. 그러한 거울세계 속에서 그 거울법칙에 부역하면서 살아온 자신을 고발하고 그에 대해 참회하며 그(거울 속 자기)를 죽이려는 계획을 세우기 시작한다. 이렇게 해서 벌어진 전쟁이 「시제15호」의 이야기이다.

「시제15호」에서도 볼 수 있다. 그 시의 마지막 부분에서 "악수할수조차업는 두사람을봉쇄한거대한죄가잇다"고 했다. '거울'은 '거대한 죄'가 되는 물건이다. 왜냐하면 거울 밖의 '나'와 거울안의 '나'를 악수할 수 없게 만들었기 때문이다. 거울 속 '나'는 이러한 죄의 공간에 죄수처럼 갇혀 있다. 그 '나'는 진정한 자신의 참모습으로 존재하지 못하고 언제나 '나'의 모방적 이미지로만 존재한다. 인공적인 모형심장과 거기서 흘러내리는 피의 모조품인 붉은 잉크가 '나'의 거울 속 꿈 이미지이다. '나'는 꿈에 극형을 받았기 때문에 '나'의 거울 속 신체는 상처입고 훼손되었다. 그렇게 파괴된 이미지는 거울 속 '내'가 모형적(인공적 모조품)인 것임을 보여준다.

「오감도」 시편의 전반부(前半部)에서 이상은 현화식물의 꽃피우기 이야기(「시제7호」)로부터, 거울에 투사된 반사상으로 존재하는 나무인간의 신체를 '거울수술'을 통해서 구제하려는 이야기(「시제8호 해부」)로 나아간다. 그 이후 「시제9호 총구」와 「시제10호 나비」에서는 거울계에 묶인 신체의 한계를 뚫고 나가는 시인의 말, 뜨겁게 달궈진 신체로부터 발사되는 탄환 같은 말에 대해 이야기한다. 거울을 향해 발사하는 탄환 이야기가 「시제15호」에 나오는데 그 이야기는 「시제9호 총구」에서 시작된 것이다.

대개 이전의 많은 연구자들은 이상의 '거울'을 실제 거울로 생각했다. 그래서 「거울」에서 언급한 거울 밖의 '참나'를 일상적 현실의 '나'로 오해했다. 이상의 생각과는 반대되는 이러한 해석이 당연한 것처럼 여겨졌다. 그 일상 현실의 '나'가 바라보는 거울 속 '나'는 일상 현실의 '나'의 투사상이며, 따라서 거울에 비친 가상이었던 것이다. 그러나 '참나'는 현실에 있는 '일상의 나'가 아니다. 일상적 현실을 규정하는 수많은 제도와 규범, 지식들에 의해 교육되고 규율되고 세뇌된 '나'를 어떻게 '참나'라고 할 수 있단 말인가? 이상의 '참나'는 니체의 원초적 신체이며 호모 나투라적 존재이다.

그런데 많은 사람들은 이상 시 전체를 관통하는 이러한 근본 주제를 알아차리지 못했다. 실제 거울과 일상의 '나' 사이에 이루어지는 거울의 심리학이 이상 작품 해석에 적용되었다. 프로이트주의가 이상의 거울들을 점령해버린 것이다.

『처용단장』으로 유명한 김춘수만이 그의 시 이론서인 『시론집』(1986)에서 이러한 일반적인 해석 경향과는 반대로 말했다. 그는 니체를 공부했던 사람이다. 아마 나의 이상연구가 있기 전 이상의 '거울'을 어느 정도 올바로 파악했던 거의 유일한 사람이었을 것이다. 그는 이상의 시에서 거울 속 '나'가 바로 일상 현실의 '나'라고 하였다. 그는 거의 모든 연구자들이 거울에 비친 가상을 심리적 이미지로 해석했던 것과는 정반대로 생각했던 것이다. 그만이 이상의 역전적 사유를 간파

그림 49 Mary Cassatt, *Denise at Her Dressing Table*, 1908~1909

이상의 초기 시 「거울」은 그의 '거울' 중에 최초가 아니었다. 문단 데뷔 이전에 이미 상당량의 시와 신문을 썼고 거기서 그는 '거울'에 대한 다양한 이야기들을 펼쳐냈다. 그의 '거울'은 1931년에서 1932년에 걸쳐있는 「황」 연작이나 「얼마 안되는 변해」 「무제─육면거울방」 등에서 고도로 복잡하게 전개된 사유와 상상력이 작동된 상징적 기호였다. 그 '거울'에 이상은 인간이 구축할 수 있는 모든 가능한 인공적인 논리와 기술, 형이상학의 극한을 담아냈다. '거울'은 바로 인간이 만들어낸 인공적 세계 그 자체이다. 최초 한글시편의 하나인 「거울」은 이 작품들 뒤에 나온 것이며, 이 모든 사변적 '거울'을 다시금 원초적인 거울상으로 되돌려왔다. 이 시에서 이상은 자신의 살아있는 형상을 그대로 모방한 평면적 이미지 존재인 거울상을 바라보며, 그 형상의 모조적 한계와 그것과의 합일 불가능성에 대해 말하고 있다. 그러나 나중에 「오감도」 시편의 마지막에 가서는 거울속의 모상이 오히려 자신의 독자적인 지위를 시위하며, 거울상과 본체 사이의 불화와 전쟁이 불길하게 전개된다. 거울 이야기는 「거울」에서 다시금 이러한 거울 드라마의 시초를 보여준 것이며, 그 드라마의 불길한 절정이 「시제15호」에서 표출된 것이다. 우리는 이상의 '거울'을 이러한 이상 자신의 독자적인 이야기 속에서 파악해야 한다. 프로이트나 라캉의 거울론으로 이것을 몰아가는 것은 통속적 이론가들이나 할 일이다.

해냈다. 그러나 매우 짧고 간단하게 언급된 김춘수의 이러한 언급은 눈에 띄지 않았고, 연구자들에게 별다른 영향력을 끼치지 못했다. 계속해서 사람들은 프로이트 이론의 영향권에서 이상의 '거울'을 보았고, 연구했다. 그리고 라캉의 거울이론이 유행하자 프로이트 이론은 낡은 유행처럼 버려졌고 곧 라캉적 '거울' 개념이 이상의 거울을 사로잡아버렸다.

서구의 '거울이론'이 새로 등장하면 이상의 '거울'은 곧 그러한 이론을 받아들인 연구자들의 먹잇감이 된다. 그러나 그러한 이론들은 이상이 시적으로 창조한 '거울'에 잘 들어맞지 않았다. 실상 이상의 '거울'은 그동안 거의 언급되지 않았던 프리드리히 니체의 '거울' 개념에 더 가깝기 때문이다. 김춘수는 직감적으로 그것을 알아차렸던 셈이다. 그는 니체를 언급하지 않았지만 이미 어느 정도 자신의 것이 되어버린 니체적 관점으로 그렇게 파악했던 것이다.

프로이트 심리학을 비판하기도 했던 니체는 자신의 저작 여러 곳에서 '거울'을 인식작용의 비유로 사용했다.『짜라투스트라는 이렇게 말했다』에서도 특이한 종류의 '거울'에 대해 언급하는데 모두 비유적인 차원에서 제시된 것이다. 그에게 '거울'은 인식작용의 기계적인 반사운동을 비유하는 이미지이다. 그의 생각에 철학자들은 자신들의 논리의 거울을 가지고 작업하는 자들에 불과하다. 그는 우리의 인식은 거울이며, 새롭게 어떤 것들을 보게 되면 이미 알고 있는 지식(논리)에 그것을 비춰 본다고 했다. 짜라투스트라의 적들은 자신들이 이미 아는 지식들의 거울에 짜라투스트라를 비춰본다. 그렇게 하여 짜라투스트라의 참모습이 아니라 자신들의 지식과 논리에 의해 왜곡된 일그러진 초상화를 만들어냈다. 그들은 그 거울을 짜라투스트라에게 들이댄다.[104]

이러한 악마적 거울 반대편에 싱싱한 육체가 속한 영혼의 '고상한 거울'이 있다. 니체는『짜라투스트라는 이렇게 말했다』제3부 10장「세가지 악에 대하여」에서 이 '고상한 거울'에 대해 말했다. "고상한 육체가 속해 있는 영혼, 둘레의 모든 사물에 대해 거울이 될 만큼 아름답고 불가항력적이며 싱싱한 영혼으로부터" 솟아나오는 '아욕(我慾)'을 짜라투스트라는 복된 것으로 찬양했다. 이 부분에 나오는 거울은

---

104 『짜라투스트라는 이렇게 말했다』 2부 1장「거울을 가진 어린애」에 나오는 '거울'은 짜라투스트라의 적들이 짜라투스트라의 일그러진 초상화를 만들어내는 '거울'이다. "나는 거울 속에서 나를 보지 못하고 악마의 찌푸린 얼굴과 조소를 보았(다)"고 짜라투스트라는 말했다. 꿈속의 아이가 짜라투스트라에게 들이민 '거울'에 비친 초상화는 적들의 시선과 의견, 논리 등이 꾸며낸 초상이었다. 짜라투스트라를 악의적으로 왜곡하고 악마화하는 시선들이 만들어낸 초상화가 그 '거울' 속에 있었다.

아름다운 영혼의 거울인데, 이 영혼은 고상한 육체(der hohe Leib)가 속해 있는 영혼이다. 여기서 니체는 유일하게 '거울'을 긍정적인 것으로 언급했다. 이 '거울'은 고상한 육체의 영혼이 발동시키는 싱싱한 육체의 인식과 삶의 거울이었다.

니체는 『짜라투스트라는 이렇게 말했다』의 2부 15장에서 '아욕'을 부정하고 저주하는 수도사 같은 금욕주의자, 형이상학자들의 '순수 인식'을 비판했다. 삶에 대한 아무 욕망도 없는 것처럼, '내장의 뜻을 좇는 것을 부끄러워하(는)' 이들은 모든 것을 아무 욕망없이 순수하게 관조하려 한다. 자신의 의지를 죽이고, 차갑고 창백한 회색빛 '달의 눈'을 갖고 세상을 바라본다. 이것을 니체는 '사물에 대한 (아무 욕망도 없는) 깨끗한 인식'이라고 규정하며, 이러한 수도승의 시선은 사물 앞에 '100개의 눈을 가진 거울처럼 누워 있을 뿐'이다. 이러한 금욕적 시선은 사물을 사는 것도, 사물에 대해 무엇인가 바라는 것도 아니라고 비판한다. 수도승의 시선은 삶에 오염되지 않은 '100개의 거울'이라는 것이다. 물론 여기서 '순수'라거나 '깨끗한'이라는 형용사는 우리가 본래 거기 부여하는 긍정적인 의미를 갖고 있지 않다. 이 금욕적 수도사들은 지상의 삶을 경멸하기 때문에 그에 대한 아무런 욕망도 갖지 않는 시선과 삶을 '순수함' '깨끗함'이란 단어로 포장한다. 즉 그들은 이 세상 자체를 긍정하지 않고 경멸하며, 지상의 삶에 어떠한 가치도 부여하지 않는다. 그러나 니체는 이러한 '순수' 뒤에서 그들의 '위선'을 읽어낸다. 이들은 자신들의 시선, 즉 현실에 대한 욕망이 거세된 '곁눈질'을 '관조'라고 불리기를 바란다. 이것은 사실은 '비겁한 눈으로 더듬는 것'에 불과하다. 이상은 이러한 곁눈질을 '비예(睥睨)'라는 독특한 단어로 표현했다. 「출판법」「무제—
황」의 3장에 이 단어가 나온다.

　이상의 '거울'도 니체의 '거울'
과 비슷한 문맥을 지닌다. 이상
의 '거울'은 우리 현실을 지배하
는 의식의 공간, 일상 현실에서
작동하는 관습과 지식, 논리 등
이 작동하고 사람들이 거기 지
배되는 공간이다. 이상은 이러
한 것들이 지배하는 사회에서
그러한 관습, 지식, 논리에 맞춰
살아가는 일상적 현실의 '나'를
'거울에 갇힌 나'로 보았고, 그러
한 '거울' 바깥에 존재하는 '나'
를 '참나'라고 한 것이다.

　우리의 일상을 지배하는 수
많은 관념과 관점, 사상과 논
리 등은 그에게는 진짜 삶이 배
제된 일종의 '거울 작용'일 뿐이
다. 그러한 것에 지배되고, 거기
길들여져 살아가는 우리의 모습
은 진정한 '나' 즉 '참나'의 모습
이 아니다. 그것은 그러한 인위

그림 50 Reflections in the Mirror (사진)

자크 라캉은 어린아이가 거울에 비친 자신의 모습을 보면
서 '자아'상을 확립한다고 보았다. 이것을 라캉은 '거울단
계'라고 불렀다. '자아'가 실체적으로 먼저 존재하는 것이
아니고 거울에 비친 자신의 모습을 바라보면서 서서히 '자
신이 이러저러한 모습'일 것이라는 상상계적 이미지가 형
성된다는 것이다. 그는 이러한 '자아'상을 일종의 타자적인
것으로 보았다. 거울 속 자신을 바라보는 나르시시즘적 시
선은 자신의 '자아'를 만들어가면서 동시에 거울 속에 있
다. 그것의 타자적 속성 때문에 자기동일성 속에 틈과 분열
을 불러일으킨다. 이상의 시에 나타나는 '거울상'은 자아상
을 형성하는 이러한 심리적 '거울단계'로부터 훨씬 더 진전
된 것이다. 그의 '거울상'은 아무것도 모르는 순진한 '아이'
의 거울놀이에서 형성된 것이 아니라 이미 확립된 전문적
지식들, 제도들, 사상들로 채워진 사회 속에서 형성된 것이
다. 라캉식의 '거울뉴런'이 그러한 것들을 자신 속에 빨아
들여 자신의 거울상을 만든다고 할 수 있다. 이상은 라캉의
거울이론에서는 제시되지 않는 '거울 바깥의 참나'를 설정
했다. 그것은 인간이 만들어낸 모든 지식과 기호 너머의 존
재이다. 그 '육체성의 존재'는 '거울계'에 진입하면서 자신
의 그림자가 되고, 그림자 세계의 차원과 틀과 언어에 사로
잡힌다. 그 둘은 비슷하지만 같지 않다. 그림자는 점차 거
울 이미지에 사로잡힌다. 거울계의 차원과 틀과 언어가 그
를 장악한다. 거울 속 '나'는 참나의 그림자와 불화(不和)한
다. 이들 사이에 전쟁이 벌어진다. 이상의 작품들은 이 둘
사이의 틈과 불화 그리고 전쟁을 다루고 있다.

그림 51 An infinity mirror effect viewed between the mirrors Elsamuko from Kiel, Germany (출처 : https-:// en.wikipedia.org/wiki/Infinity_mirror)

'무한거울방'이란 주제는 이미 이상의 유고노트에서 1930년대초 '육면거울방'이란 아이디어로 제시된 것이었다. 이상은 어느 악성(樂聖)에 초대되어 그가 창안한 '육면거울방'에 들어가보게 된다. 천정과 바닥이 거울로 되어 있었고, 그는 악성과 자신의 무한반사상에 놀라게 된다. 악성은 또 4벽의 커튼을 모두 걷어버리는데 거기에도 모두 거울이 있었고 방은 곧 무한반사상의 끝없는 세계로 변한다. 이상은 거기서 졸도한다. 악성은 그(이상)를 질타한다. 그가 자신의 세계의 비밀을 엿본 죄가 있다는 것이다. 그 때문에 평생 이 거울세계 안에 갇혀 있어야 한다는 형벌적 운명을 악성은 이상에게 언도한다. 이 음악의 성인은 과연 어떤 존재인가? 이상은 거울반사상적 리듬을 구가하는 푸가의 대가인 바하를 생각했던 것은 아닐까? 신체의 음악을 추구하는 이상이 '악성'이란 단어를 그 반대의 극점에 있는 존재로 제시한 것이 흥미롭다. 이 악성은 거울계를 지배하고 장악한 자이다.

적인 인식과 지식, 관념 들로 이루어진 '나' 즉 '참나'의 거울상(허상)일 뿐이다. 우리가 갖고 있는 어떤 지식은 기존의 다른 지식을 반사할 뿐이고, 우리의 인식은 거울처럼 이미 교육과 교양에 의해 우리 속에 있게 된 관념, 지식들로 대상을 바라보고 인식할 뿐이다. 낯선 것들을 대할 때 우리 안의 익숙한 지식, 익숙한 인식 틀로 환원시켜 그것을 이해하려 한다. 우리는 어렵게 미지의 영역에 다가서려 하기보다는 되도록 쉬운 길을 택한다. 니체는 그러한 인간의 습성을 알았고 '인식은 거울작용'이라는 말로 그것을 표현했다.

이상이 「거울」 바로 앞에 「1933, 6, 1」을 발표한 것은 그의 '거울'이 일종의 논리 체계이며, 과학적 법칙과 과학적 지식의 체계이기도 함을 보여주기 위한 것이다. 이 시에서 '나'는 참회록을 쓰고 있다. 왜냐하면 '나'는 사물의 양을 측정하는 천칭(天秤) 위에서 30년 동안을 살아온 과학자였기 때문이다. 이상은 이때 24세이니 그 '과학자'인 자신에 대해 "24년동안이나뻔뻔히사라온 사람(나)"라는 말을 덧붙였다. 일종의 자서전식의 스토리를 쓴 것이다. 이상 자신의 삶을 가리키는 '나'의 일생은 이 시에서 일반적인 사람들의 일반적 인생과 크게 다르지 않고, 더 나아가 철저히 과학적인 사유와 과학적 실천으로만 살아온 어느 과학자의 일생과 같은 것이기도 하다. 30만 개의 별의 수효를 세는 데 일생을 바친 사람은 그 별을 산(生) 것이 아니라 별의 숫자만을 산술적으로 측정해온 수량적 삶만을 산 것이다. 이러한 산술적 삶은 자신의 참된 존재의 삶을 제대로 산 게 아니다. '나(과학자)'는 천칭 위에서 살았을 뿐이다. 그에 대한 뼈아픈 참회록을 '나'는 쓰고 있다.

　무엇인가 수량적으로 측정하는 천칭은 일종의 '거울'이다.[105] 우주의 별들 자체가 아니라 그에 대한 일정한 과학적 정보와 지식만을 체크하고 축적하는 삶은 그 별들을 사는 것이 아니다. 그것은 별들에 대해 한 측면에서만 파악된 지식으로 구성된 일종의 모사품을 사는 것이다. 즉, 특정한 지식에 비친 반사상들만을 살게 된 것이지 별 자체를 산 것이 아니다. 이상은 성천 기행문의 하나인 「어리석은 석반(夕飯)」에서 성천의 촌사람들이 '별'을 보고 그것을 송두리째로 '하느님'으로 여기며 살아가는 것에 대해 말한 적이 있다. 거기서 이상은 "더구나 일등성 이등성 하고 구별하는 사람의 번뇌야말로, 가히 짐작할 수 있도다. 불행한 사람들임에 틀림없다"고 했다. 별에 대한 천문학적 지식에 매인 사람들이 별을 송두리째 하느님으로 여기며 사는 촌사람들보다

105　이상의 초기 유고노트 시편 중 하나인 「1931년 작품제1번」 12장에 '거울의 수량'이라거나 '거울의 불황' 같은 단어들이 나온다. 그의 '거울' 개념이 일상적인 '거울'이 아님을 이러한 단어들에서도 확인해볼 수 있다. "거울의 불황과 함께 비관설 대두하다"라고 했는데, 여기서 '거울의 불황'은 거울세계를 구성하는 인위적인 정치 경제 과학 시스템 전체가 붕괴되고 있다는 말이다. 이 시는 인체를 인공화 하는 프로젝트로부터 시작되는데, 그렇게 해서 인간생명의 근원인 정자까지 인공화하려는 시도를 하려는 주인공의 이야기를 다룬 것이다. 그러나 그러한 일들이 결국 인간과 인간세계 전체를 붕괴시키는 종말적 비극이 된다는 것을 이상은 이 시에서 예고했다.

그림 52 이상의 「거울」(『가톨릭청년』, 1933.10.) 원문 이 시의 윗부분에 독일어로 'DIE CHRISTLICHE KUNST'(기독교 예술)라는 글이 도안화된 알파벳으로 쓰여 있다. 거울상으로 뒤집힌 것이다. 마치 이상의 「거울」 주제를 반영하여 그렇게 디자인 한 것처럼 보인다.

훨씬 불행한 존재들이라고 말하고 있는 것이다.

「거울」이 「1933, 6, 1」 뒤에 발표되었다. 우리는 자신의 '과학자적 삶'을 참회한 이상의 생각의 흐름을 여기서 읽어볼 수 있다. 그는 그러한 삶의 가상성을 알게 된 것이고, 그것을 '거울' 이미지로 전환시킨 것이라고 할 수 있다. 사실 그는 그 이전에 발표된 일본어 시편들에서 이미 '거울'에 대해 매우 깊이 있는 사유들을 전개하고 있었다. 그러나 자신의 유고노트에서 전개된 그런 정도의 심각하고 깊이 있는 '거울'에 대한 이야기를 처음 문단에 얼굴을 내미는 시인으로서 대중들에게 제시하기는 어려웠을 것이다. 또 『가톨릭청년』지가 가톨릭 신도들을 위한 교회 기관지였기 때문에 문학적 교양 정도를 기대하는 독자층(교회 신도들)의 한계를 염두에 두어야 했을 것이다. 그는 최대한 자신의 복잡한 사유와 난해한 스토리를 이 교양인들의 층위로 내려 보내야 했다. 그런 생각을 하며 그는 「거울」을 썼을 것이다. 그래서 그런지 그의 유고노트의 글 예를 들어 「1931년 작품제1번」이나 「얼마 안되는 변해」「무제─육면거울방」 등에서 전개된 '거울'에 대한 난해한 사유를 이 시들에서 전개할 수 없었을 것이다. 그의 '거울' 개념은 여기서 가장 쉬운 표현들로 대체된다.

1931~1932년에 쓰여진 유고노트 시편들과 시적 산문들에서 이상은 「1933, 6, 1」에서 제시된 '과학자적 삶'보다 훨씬 더 극대화된 미래의 과학적 시도들, 예를 들어 인간 신체의 여러 부분들을 인공신체로 대체하려는 극단화된 시도, 무한거울적 세계를 만들어보려는 시도 등에 대해 말하고 있었다. 그러나 「거울」에서는 그러한 과격한 실험적 전위적 사유로부터 얌전하게 내려와 평범한 거울 이야기로 돌아온 것처럼 보인다. 이 '얌전한' 얼굴이 그가 본격적으로 문단에 데뷔한 첫 번째 얼굴이었다. 「거울」에서 그는 가장 평이한 수준의 '거울 드라마'를 제시하는 것으로 만족한 것이다. 거울 속의 '나'와 거울 바깥의 '참나'는 서로 닮았지만 악수할 수 없으며, 서로의 소리를 들을 수 없이 단절되어 있다는 기본적인 스토리는 '거울'의 '단절' 개념에만 초점이 맞추어져 있다. 서로 닮았지만 어긋나 있는 이 단절은 '거울' 때문에 생긴 것이다. 이 '거울'은 반사상만을 보여줄 뿐 그 안의 존재에게 어떤 육체도 줄 수 없다. 그는 이미지로만 존재한다.

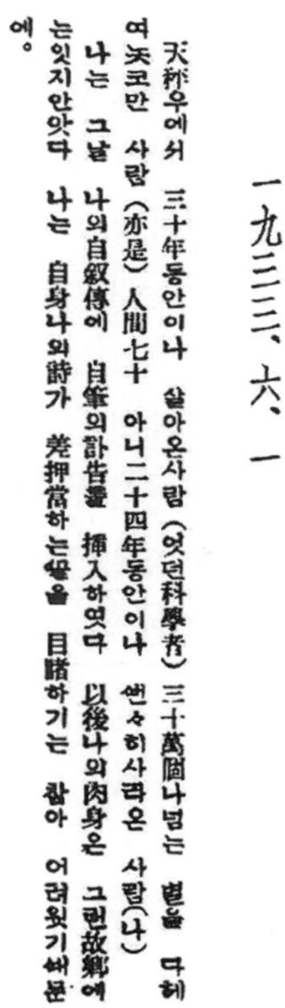

이상은 그 이미지의 세계를 부각시키려 "거울 속에는 소리가 없소"라고 했다. 거울상은 이미지로만 존재하기 때문에 참된 육체성이 부여되어 있지 않다는 말이다. 그러한 육체가 있어야

一九三三、六、一

天秤우에서 三十年동안이나 살아온사람(엇떤科學者) 三十萬個나넘는 별을 다헤

여天코만 사람(亦是) 人間七十 아니二十四年동안이나 씬수히사라온 사람(나)

나는 그날 나의自敍傳에 自筆의訃告를 挿入하얏다 以後나의肉身은 그런故鄕에

는잇지안앗다 나는 自身나와詩가 悅押常하는것을 目睹하기는 참아 어려웟기짜문.

예.

그림 53 이상의 「1933, 6, 1」(「가톨닉청년」, 1933.7.) 원문

거울 속 존재는 소리를 내고 말을 할 수 있을 것이다. 그는 참육체의 반사상으로만 존재하니 참육체의 소리를 낼 수 없다. 우리가 교육받아온 논리들, 차가운 인식작용을 통해 획득한 철학가, 과학자들의 논리는 참육체의 사유가 아니다. 그러한 것들은 인위적 개념과 지식들로 만들어진 조작품이며, 참된 대상들과 그러한 것들의 운동에 대한 어설픈 모상적 인식에 불과하다.

그리고 거울 속 '나'는 우리의 일반적인 인식 한계인 삼차원의 물질적 세계에 갇혀 있다. '왼손잡이'는 유물론적 관념에 지배된 존재에 대한 은유이다. 물질세계의 한계는 빛의 한계이다. 광학적 세계상이 현대과학이 파악하는 우주의 전모이다. 그 빛을 넘어선 세계는 존재하지 않는다고 우리는 생각한다. 따라서 '거울세계'는 빛의 광학적 한계에 갇혀 있는 세계인 것이다. 물질적 빛의 광학으로 구성된 세계상은 일종의 거울상인 것이다. 그것은 참된 세계를 파악한 것이 아니라 그것의 광학적 모사품을 파악한 것이 된다. 우리의 인식 한계가 과학과 철학, 일반학문의 유물론적 범주에서만 작동하는 한 이 거울계는 바로 우리 자신을 가둔 우리만의 세계가 된다.

거울과의 전쟁—역사 망령과의 전쟁, 거울 분신에 대한 전쟁 이야기

1

「오감도」의 마지막 시인 「시제15호」는 거울 주제를 가장 본격적으로 다룬 것이다. 여기에는 세 명의 분신이 등장한다. 거울 속의 나와 거울 밖의 나 그리고 꿈속의 나이다. 이 시는 거울계와 꿈계를 다룬 것이다. 1, 3, 5장은 거울을 2, 4, 6장은 꿈을 다루고 있다.

이상의 꿈은 그것이 억압되어 악몽이 되지 않는 한 오르간(organe)[106] 계를 지향하는 것이다. 우리는 그 꿈이 지향하는 세계를 '에메랄드 세계'로 명명(命名)하고자 한다. 그것은 거울계를 넘어서 구축되는 보석 같은 결정체의 세계이다. 우리는 이상의 '거울계'에 '꿈'이 개입됨으로

---

106 오르간(organe)계 개념은 이상의 시 「LE URINE」에 나오는 ORGANE에서 가져온 것이다. 이 단어는 불어인데 신체기관, 성기관을 뜻한다. 이상은 '음악적 신체'의 특성을 거기 가미했다. 즉, 그것은 '오르간' 악기이기도 하다. 이 복합체적 기호가 이상 시의 주인공이다. 거기서 분출된 생식적 흐름이 뱀처럼 유동하면서 얼어붙은 역사의 동토를 녹이면서 꿰뚫고 흘러간다. 이 생식적 흐름은 글쓰기의 흐름이기도 하며, 시인의 잉크의 흐름이다. 소설 「지도의 암실」은 태양빛에 탐조된 몸의 글쓰기가 거울계의 지도를 꿰뚫고 가는 이야기를 썼다. 그 이야기는 암실에서 피는 꽃이었는데, 일본어시 「차8씨의 출발」에서 은화식물의 꽃이 바로 그 것이다.

그림 54 「얼마 안되는 변해」는 시적 산문(일종의 산문시)이며 이상이 자신의 생애 전체를 예감하며 투시해본 정신적 기록물이기도 하다. 초인적 기독의 순교자적 운명에 대해 그는 깨우침을 얻었는데 자신의 신체를 세상을 구제하기 위해 희생물로 바치는 것이 그 운명이었다. 거울 세계의 빛과 형상과 의미들을 자신의 신체 속에 담아내 그것을 보석의 결정체로 만들어내는 것이 바로 그의 예술적 삶이었다. 그 보석(작품)을 분만해내면서 그의 신체는 모두 소모되었으며, 그로 인해 그의 삶이 완성되는 죽음에 이르게 된다.

써 그의 '거울계'가 '환상계'와 겹쳐지게 된다는 것을 알게 된다. 「오감도」의 거울 이야기는 「시제7호」「시제8호 해부」와 「시제9호 총구」에서 거울계에 갇힌 시인의 글쓰기를 다뤘다. 그리고 마지막 부분 「시제15호」에서 '꿈'과 '환상'을 다루는 이야기로 이행했다. 아마 이상은 그의 글쓰기가 광대한 꿈과 환상의 영역에서 활동하는 자신(몸)의 그림자를 붙잡고 있다고 생각했을 것이다.

이상의 거울 이야기가 거기 갇힌 자연성으로의 육체(나무인간)의 글쓰기와 환상, 꿈의 영역을 함께 다루고 있다는 것에 주목하기로 하자. 이 세 가지 항목, 즉 거울, 육체, 꿈 등의 의미 영역이 이상의 사유와 작품에서 어떠한 것이었나 생각해보아야 한다. 우리는 이 상의 가장 아름다운 꿈/환상을 「얼마 안되는 변해」 마지막 부분에서 볼 수 있다. 거기에서 실재하는 거울계와 상상가능한 여러 가지 거울계를 통과한 이상 자신의 육체가 거울계의 빛인 창백한 월광을 몸속에 집어넣고, 몸의 생명의 열기로 제련하여 아름다운 보석처럼 만들어 분만(分娩)하는 장면이 있다. 그 '보석'은 과연 무엇이었던가? 그것은 0도의 거울계로부터 탈주하는 과정에서 소생한 시적 에스프리가 도달한 마지막 장면이 아니었던가?

제국의 경제적 이익에 봉사할 연초전매청 건축 공사판 일에 붙잡혀 있던 '나'의 우울한 내면 일기를 이상은 「얼마 안되는 변해」라는 제목으로 썼다. 그는 자신의 시적 에스프리를 모조리 차압해버린 공사판을 배경으로 삼은 것일까?

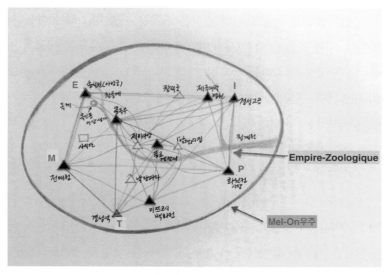

그림 55 신범순, 〈오각형 거울계의 신체지도 개념도〉, 2021

이상의 생가 주변 산책길과 그 주변을 흘러가는 물길은 식민지화된 경성, 나시(NASHI)가 지배하는 제국의 도시를 점령한 총독부, 전매청, 경찰서, 병원과 대학교, 화원정 시장 등을 연결하는 도로망을 꿰뚫고 흘러가는 '생명의 길'과도 같다. 이상의 난해한 소설 「지도의 암실」을 제대로 읽기 위해서는 「무제—황」에 제시된 물길과 소프라노 리듬을 따르는 '몸'의 산책길을 따라가야 한다. 그것은 나시제국의 거울계를 꿰뚫고 넘어가기 위한 산책과 질주의 길이 된다.

위 그림은 필자가 이상학회에서 이상 생가 주변을 답사할 때 쓰려고 작성했던 그림을 간략하게 만든 것이다. 이상 문학 전체를 추려서 관련된 항목들을 대경성전도(총독부에서 제작한)에 부어 넣었다. 이상의 신체가 동원된 이야기들은 이 경성의 지도에 자신의 내밀한 지도를 그려 넣었다. '신체지도'는 오각형의 거울계(EMTPI)를 장악한 총독부 거미(타란툴라의 검은 삼각형)의 거미줄 같은 선들을 탈주하고 뚫고 나가기 위한 것이다. 그렇게 해서 「무제—황」에 나오는 고왕의 잔에서 흘러나오는 생명의 물길을 이 나시제국의 지도에 흘러가게 하는 것이다. 원래 그림 오른쪽 부분에 삼각형 도상들이 있었는데, 나의 '밀도 기호학'을 대략 메모 식으로 그려 넣은 것이었다. 나시제국의 거울계를 자신의 신체 속에서 재창조하는 것은 거울계 구성요소들의 '밀도'를 높이는 일이 된다. 밀도의 상승은 거울의 0도(지식의 0도)에서 납작해진 존재를 더 높고 광대한 차원으로 부풀어 오르게 하는 것이다. 이 삼각형들은 필자가 고안한 SIM 기호학 도상인데, 밀도의 상승에 따라 그 삼각형들이 상승하는 모습을 그린 것이다. S(Subject)의 밀도 상승은 I'magy와 M-code의 위상을 상승시킨다.

전매청은 나시(NASHI)제국의 건물이며, 그 제국의 경제를 살찌우기 위한 건물이다. 그 제국의 건물은 '지식의 첨예각도 0도'[107]를 나타내는 건조물이라 했다. 그것은 차가운 계산만을 앞세우는 존재들의 냉혹한 지식들이 동원되어 건축된 것이다. 공학도로서 그 건축 공사판에 투입되었지만 이상 자신의 본질은 뜨거운 시를 창조해야 하는 시인이다. 시를 쓰는 동력인 '시적 에스프리'의 뜨거운 온도는 제국의 겨울(거울)왕국을 건축하는 냉혹한 지식, '지식의 0도'라는 차가운 온도와 대립한다. 결국 보석을 분만하는 육체의 온도는 뜨거운 용광로처럼 끓어오르는 것이며, 이상은 자신의 시 창조 이야기를 그러한 보석 제련 이야기에 비유한 것이다. 보석 잉태와 분만의 환상이 시 창조의 글쓰기 장면을 대체했다.

「오감도」 연작의 거울 이야기는 최초 한글시인 「꽃나무」의 다양한 변주곡이다. 여러 편의 시에 시인의 나무 인간적 이미지가 나온다. 나무인간은 자신의 팔에서 꽃을 피운다. 혹독한 상황 속에서도 시인은 자신의 거울 속에서 창조적인 글쓰기, 생명이 있는 글쓰기를 어떻게 전개시킬 것인가 고뇌한다. 꿈과 환상이 거울 밖의 육체(나무인간)와 거울 사이에 끼어든다. 그리고 이 꿈과 환상의 지대를 누가 장악할 것인가, 하는 어렵고 복잡한 전쟁이 제시된다. 그 꿈이 악몽이 될 수도 있는데 그것은 이 전쟁으로 인한 것이다. 「시제15호」 마지막 부분인 6장

---

107 이상은 '삼차각' 같은 시적 상징기호를 썼는데 여기서 '지식의 첨예각도 0도' 역시 마찬가지로 시적 상징기호로 보인다. 기하학적 각도의 비유이지만 시적 차원으로 전환된 것이기 때문에 실제 기하학의 각도로 접근해서는 의미를 알 수 없다. 아마 이상은 0도를 거울평면의 각도로 생각했을 것이다. 그것은 납작하게 빙결된 거울면에 속하는 지식들을 일컫는다. 거울에 높이와 깊이를 부여하는 지식은 0도 이상의 각도를 갖게 될 것이다.

에서 이상은 "내꿈을 지배하는 자는 내가 아니다"라고 말했다. 그는
자신의 꿈에 지각한 것이다. 자신의 꿈에 먼저 참여하여 그 꿈의 영상
들을 자신의 오르간 무대에 올리는 것이 그의 과제이다. 그러나 그 꿈
에 자신은 지각하고 그 대신 거울계에 적응하고 그 대변자가 된 '내'가
그 꿈의 무대를 장악한다. 나의 꿈은 악몽으로 변한다.

「얼마 안되는 변해」는 전매청 공사판에 투입된 1년의 시간에 대한
시적 산문의 기록이다. 이상은 자신의 '거울' 중에서도 가장 난해한
'무한거울' 이야기를 이 글에 포함시켰다. 이 '무한거울'은 빙점(0도)의
지식으로 구축된 나시제국의 거울(전매청 건축으로 상징된)[108]을 넘어서기
위한 것으로 제안된다. 그것은 이상의 거울세계 내에서 펼쳐진 거울무
한적 사유, 그것의 꿈과 환상의 세계였다.

　　그는 한 장의 거울을 설계하였다. 그리고 물리적생리수술[109]을 그는
　　무사히 완료하였다.
　　기억이 관계하지 않는 그리고 의지가 음향하지 않는 그 무한으로 통
　　하는 방장의 제3축에 그는 그의 안주를 발견하였다.
　　'좌'라는 공평이 이미 그로하여금 '부처'와도 절연시켰다.
　　이 가장 문명된 군비(軍備), 거울을 가지고 그는 과연 믿었던 안주(安
　　住)를 다행히 향수할 수 있을 것인가?
　　이미 그것은 자궁확대모형의 뒷문이 폐쇄된 후의 반향이 없는 문제

108　나시제국의 이 건축물과 대응하는 거울계의 건축물을 이상은 「건축무한육면각체」라는 연
　　　작시의 제목으로 삼았다. 이 '건축무한육면각체'는 무한사각형이 중첩된 거울세계의 건축
　　　물이다. 이상의 '무한거울'은 이 차가운 무한사각형의 거울을 뛰어넘기 위해 상상된 것이다.
109　거울수술의 이 주제가 후에 「오감도」 시편의 하나인 「시제8호 해부」에서 변주된다.

에 불과한 것이다.

—「얼마 안되는 변해」 부분

이상은 두 개의 무한거울 개념을 보여주고 있는데 그 하나가 위의 거울이다. 생명존재의 두 기본 요소인 기억과 의지가 작동하지 않는 거울계이다. 그 둘을 생명존재로부터 제거하는 것이 '물리적 생리수술'이라는 것이다. 또 다른 무한거울은 「무제─육면거울방」에 나오는 악성의 거울이다. 음악의 성인에 해당하는 어떤 존재가 '육면거울방'이라는 무한거울 공간을 제작하고, 거기로 이상을 안내하는 것이다. 이 두 개의 무한거울은 닮은꼴인데 왜냐하면 이상이 자신의 현실인 거울계의 압력으로부터 탈주하는 곳에 이 무한거울들이 등장하기 때문이다. 그는 자신의 탈주로에서 이 무한거울의 환상과 꿈에 도달하는 것이다. 그는 이러한 무한거울계가 거울계의 한계성을 극복하여 자신의 존재를 '안주'할 수 있게 할 수 있을지 기대해본다. 그러나 그러한 기대는 무너진다. 무한거울계 역시 근본적으로 거울계일 뿐이다.

이 무한거울 주제의 요점은 납작한 거울 평면으로부터 탈주하기 위해 그 '평면'을 아무리 무한대로 늘려놓아도 거기에는 '삶의 깊이' '삶을 풍요롭게 해주는 입체적 깊이'가 존재하지 않는다는 것이다. 즉 무한거울계는 여전히 거울계의 황량함, 육체의 활기를 질식시키는 냉혹함으로서의 '지식의 0도'를 넘어서지 못한다. 무한거울 공간은 따라서 자신이 안주할 수 있는 '편안한 집'이 되지 못한다. 부처와 절연된 세계, 즉 정신적 형이상학의 영역과 단절된 무한의 영역은 빈곤하다. 아마 여기서 무한으로 통하는 '방장의 제3축'은 공간 시간의 축 이외의 다른 축을 암시하는 것 같다. 이 무한공간은 3차원 현실계의 물리적 공간 시간 개념을 초월함으로써 예상되는 무한차원과 관련된 세계이리라. 이 거울무한공간은 '자궁확대모형'이라는 인공자궁적 환상공간 다음에 나오는 것이다. 이 둘을 연관시켜가며 이상은 무한거울 이야기를 마무리한다. "자궁확대모형의 뒷문이 폐쇄된 후의 반향이 없는 문제"라고 그는 말했다. 거울공간은 깊이가 없다. 거기에는 어떠한 생명의 실체도 존재할 수 없다. 나는 이상 주석서에서 이 '자궁확대모형'을 인공 매트릭스라고 해석했다.[110] 인간의 역사는 그들이 만들어낸 지식과 논리와 환상의 체계 속에 사로잡히고, 그 안에서 태어난다. 과학이 발전할수록 점차 생명체마저 인공적인 것으로 만들어내는 시스템이 개발되고 정착될 것이다. 인공자궁 속에서 인조인간들이 창조될 날들이 다가오고 있다. 우주적 총체성으로부터 분리된 이러한 매트릭스에서 태어난 존재들은 과연 어떤 특성을 갖게 될 것인가? 우리의 미래에 대해 공포스러운 물음들을 준비해야 하지 않을까? 이상의 무한거울에 대한 사유는 이미 이러한 공포스런 미래상을 선취하고 있었다.

2

「얼마 안되는 변해」는 전매청 낙성식 자리로부터 탈주하는 길에 대한 이야기이다. 그 길은 근대로부터 근원을 향해 시대를 거꾸로 거슬러 가는 역전된 시간의 길이며, 근대도시 공간에서 원시인의 무덤 공

---

110   신범순 편저, 『꽃속에꽃을피우다 1─이상 시 전집』, 도서출판 나녹, 2019, 164쪽 참조.

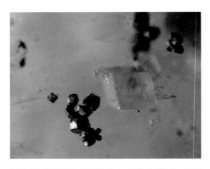

그림 56 콜롬비아 에메랄드 보석 안에 형성된 다양한 결정체들 사진. 하나의 보석 결정체 안에는 다양한 미시적인 결정체 지형들이 존재한다. 이상의 「지도의 암실」은 거울계의 지도 안에서 신체의 지리학을 펼쳐내는 이야기이다. 그의 신체는 거울계의 지리들을 빨아들여 그것들을 자신의 보석으로 제련해 내야 한다. 거대한 에메랄드 세계로 만들기 위해서 말이다. 그의 글쓰기들은 그 보석 세계를 만들어내는 도정에서 다양한 다채로운 보석들을 만들며 나아간다. 그의 신체는 이러한 작업을 통해 더 풍요롭고 풍부하게 될 것이다. 그의 창조적 작업들을 통해 그의 신체는 세계의 형상과 감각들을 활성화시키고, 자신의 밀도를 증대시키며 작업하게 될 것이다. 신체의 이러한 창조적 작업이 그와 사물, 세계, 우주를 더 긴밀하게 조응, 결합시키게 만든다. 위의 에메랄드 사진처럼 신체의 보석 안에 다양한 미시적 보석 결정체들이 다양한 지리학으로 자리잡는다.

간으로 이행하는 길이다. 그리고 전매청의 '지식의 0도' 건축, 즉 빙결된 지식들로 구축된 나시제국의 공간 속에서 자신이 그것들을 생성 변형하여 창조하는 새로운 거울계, 즉 특수한 거울무한 공간으로 나아가는 길이 된다. 거기서 '그'는 자신의 '안주'를 찾아보려 시도한다. 그러나 그러한 '무한'에의 시도가 도달한 허망한 결과 때문에 '안주'의 가능성은 포기된다.

'그'에게는 다른 방향의 해결책이 있어야 했다. 마지막 부분에 그러한 '해결'이 있다. 그는 '안주' 대신 자신의 몸의 희생을 택한다. 그는 거울계에 대한 여러 가지 색다른 실험과 탐구를 하였지만 그가 이 거울계의 한계를 빠져나갈 별다른 방안은 없다는 우울한 결론에 도달한 것 같다. 그에게 남은 마지막 선택지는 그의 탈주 과정 첫머리에 놓여 있던 무덤 속 관통의 벽에 낙서하듯 운산해보았던 자신의 운명이었다. '기독교적 순사'라는 운명이 그의 탈주적 여행 출발점에 있었다. 이 탈주 여행의 마지막에서 그는 그 최초의 결론에 도달했다.

그는 결국 자신의 신체를 거울계에 증여한다. 그의 신체는 세상의 것들이 들어와 새롭게 탄생해야 할 공간이 된다. 그는 거울계의 요소들을 자신의 몸속에 집어넣는다. 차가운 빛인 월광이 거울세상의 모든 빛들을 총합한 것으로 등장한다. 그의 몸은 그 냉정한 월광들을 받아들인다. 그의 몸은 자연적 생명의 용광로 속에 그것들을 집어넣는다. 월광의 차가운 빛들(지식의 0도를 작동시키는)을 찬란한 보석의 결정체처럼 변환시키는 창조적 공간으로의 이행이 진행된다. 이러한 '몸'의 탈주와 창조적 글쓰기로의 이행이란 주제는 「지도의 암실」에서 새롭게 변주된다.

「지도의 암실」에서 거울계의 '지도'를 에메랄드 세계지도로 바꿔줄 수 있는 것은 무엇인가? 그것은 바로 이러한 창조의 빛으로 달궈진 몸의 글쓰기인 '빛의 글쓰기'가 거울계의 기호들을 자신의 육체의 빛으로 제련, 변형시키기 때문이다. 고도로 상승된 육체의 밀도가 거울계의 기호들에 투입된다. 거울계의 기호들로 이루어진 지도의 선들은 이러한 육체의 밀도선들로 변화된다.[111]

'육체의 밀도'는 우리가 앞 강의에서 다룬 '감각의 밀도' '감정의 밀도' 등을 가리키는 것이며, 이러한 것들은 '존재의 밀도'를 구성하는

---

111 「지도의 암실」은 이상 자신의 '참나'적 존재 즉 '육체'가 옷처럼 뒤집어쓰고 살아갈 수밖에 없는 현실세계 속에서 자신의 길을 찾으려는 이야기이다. 그것은 현실의 장막을 뚫고 나가려는 여러 길들을 이미 확정된 현실계의 지도 속에 그려 넣기 위한 이야기가 된다. 거울세계(동물원)의 체계로 조직된 '옷'(소설에서 '저고리' '외투' 등으로 표현되기도 하는)의 지식과 기호 체계를 꿰뚫고 가야 할 '영혼의 지도'가 '신체의 지도'를 견인한다. 육체와 꿈의 지도, 한 존재의 꿈틀대는 물질성과 영혼의 내면성이 한데 뒤섞여 강렬하게 발산된 지도인 것이다.
여러 분신들이 저마다 자신의 세계를 살아가려 경주하기 때문에 벌어지는 미묘한 갈등이 이 소설만큼 깊이 다루어진 것은 없다. 이상은 '나'와 '그' '리상' 'K' 등을 넘나들며 하나의 인격에 스며든 세계의 여러 권력과 그것들 사이의 틈에 대해 이야기한다. 그러한 것들이 그려낸 궤적의 파도 위에 태양의 열기와 빛으로 발갛게 달아오른 몸뚱어리의 길을 자신의 지도에 새겨놓아야 할 과제를 '그'는 갖고 있다. 소설에 삽입된 7개의 명제가 소설 전체의 주제를 몇 개의 짧은 에피그람(외국어로 이루어진)으로 제시하고 있다. 소설에 나오는 10개의 서사공간이 그 명제를 풀어가는 이야기를 만들어낸다.

것이다. 이러한 존재의 밀도가 높을수록 존재는 풍요롭고 건강하게
되며, 존재감이 증폭된다. 이 '밀도선의 길'이 냉각된 역사 전체의 황
무지를 꿰뚫고 가는 길이 된다. 우리는 이러한 '밀도선의 길'을 「LE
URINE」에서 읽을 수 있다. 그것은 역사 전체의 빙결된 지대를 녹이며
뚫고 가는 오르간(organe)의 길, 육체의 생식적 흐름이 황무지에 육체
의 밀도를 증여하는 그러한 '증여의 길'이 된다. 그것이 초인적인 존재
인 '디오니소스적 기독'의 길이라는 것을 이 시는 마지막 부분에서 암
시한다. 거기서 '나'는 비너스와 마리아를 자신의 짝으로 불러대고 있
기 때문이다. 비너스를 부르는 것은 디오니소스이며, 마리아를 부르
는 것은 기독이다. 이상의 초인은 디오니소스적 측면과 기독적 측면
을 결합하고 있다. 그러한 두 측면을 겸비한 여성적 짝이 동반됨으로
써 초인적 증여의 길은 싱싱한 생명의 파도들로 가득한 '바다'에 도달
할 수 있다.

이렇게 이상의 초기작부터 시작된 여러 가지 '거울' 모티프가 있음을
알 수 있으며, 그것이 단순히 개인적인 차원의 '거울'이 아님을 확인하
게 된다. 즉 그의 '거울'은 냉각된 '지식의 0도'로 구축된 세계를 가리키
며, 그것은 근대적인 세계일뿐더러 그 이전의 역사 전체에도 해당하는
것이었다. '거울'은 과학적 지식과 논리뿐 아니라 그 이전의 종교사상,
형이상학 등의 사유와 논리에도 존재했던 것이다.

이상은 이러한 '거울'을 장악하고 주도하는 '거울의 정령'을 악마적
존재로 파악한다. 그는 「오감도」의 「시제5호」에서 '반왜소형 난장이
신'이라는 독특한 이미지로 거울의 정령을 묘사했다. 그리고 「시제14
호」에서는 '종합된 역사의 망령'을 보여준다. 이러한 존재들이 거울계

를 형성하고 지배하는 주인이다. 「오감도」 전체가 이러한 거울계와 그로부터의 탈주 또는 해체라는 주제를 갖고 있다. 「오감도」의 마지막 부분은 거울계의 주인 즉 거울의 정령과 벌이는 마지막 전쟁 이야기이다. 이상의 '거울'은 이렇게 인류 역사 전체에 그것을 대응시키는 독법을 우리에게 요청한다.

이상은 「오감도」 시편의 마지막에 「시제14호」와 「시제15호」를 배치했다. 거기서 그는 '역사'와 '거울'을 곧바로 대응시키도록 독자들을 유도했다. 이상의 초창기 작품들에서 '역사'와 '거울'을 연결시켜주는 몇 개의 정보들이 있다. 그것을 우리는 「LE URINE」 「공포의 성채」 「회한의 장」 등에서 읽어낼 수 있다. 「회한의 장」에서 그는 '역사는 무거

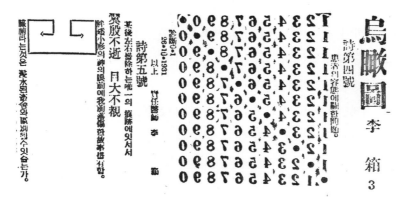

그림 57 이상의 「오감도」 중 「시제4호」·「시제5호」(『조선중앙일보』, 1934.7.28.) 원문

이 두 시는 한 지면에 실렸다. 거울세계에 대한 두 가지 이야기를 두 개의 시로 다룬 것이다. 「시제4호」는 숫자판을 거울상으로 배열하고 아래로 갈수록 숫자영역이 줄어들어 마침내 죽음에 이르게 되는 거울계의 이야기를 다룬 것이다. 거울계의 세계인식은 무한대로 확장된 수 영역으로 나아가지 못하고 점차 좁아 들게 된다는 것이다. 1931년 10월 26일에 쓴 것임을 시 맨 끝 부분에서 확인할 수 있다. 이 시는 「건축무한육면각체」 연작시의 「진단0:1」과 같은 것이며 그것을 거울상으로 만든 것이다. 「시제5호」는 역시 그 연작시의 「이십년」과 같은 것인데 시의 첫 부분 글자만 바꿔버렸다. 거울세계에서는 삼차각적으로 결합하는 사건들이 존재하지 않고 평행하거나 서로 등지며 어긋난다는 이야기를 도식화했다.

운 짐이다'라는 명제를 제시한다. "양팔을 자르고 나의 직무를 회피한
다—// 역사는 무거운 짐이다/ 세상에 대한 사표쓰기란 더욱 무거운
짐이다/ 나는 나의 글자들을 가둬버렸다/ 도서관에서 온 소환장을
이제 난 읽지 못한다"라고 한 부분을 읽어보라. 여기서 역사의 무거운
짐은 도서관의 책들의 짐이기도 하다. 역사의 무게는 이 책들의 무게
이다. 인류의 기록인 책들, 인류의 삶과 업적의 기록물들, 역사 전체의
기록인 이 책들을 어떻게 '인식'하고 감당하고 돌파할 것인가? 이것이
바로 이상의 초인적 과제였다. 그의 직무는 이 책들을 모조리 읽는 것
이며, 그것들을 뛰어넘는 글쓰기를 해야 하는 것이다.

　'양팔을 자르고 나의 직무를 회피한다'는 것은 그러한 글쓰기를 하
는 작업을 포기한다는 말이다. '역사의 무거운 짐'을 들고, 그 무게를
감당하며, 그로부터 탈주하고, 새로운 세계를 향해 나아가야 하는 글
쓰기를 해야 하는 '양팔'은 초인의 '다리'이기도 하다. 그것은 인류 역
사의 경계를 건너가는 '다리'이다.

　「시제13호」에도 '잘린 팔'의 이미지가 나온다. 초기 시편인 「작품제3
번」에서부터 시작된 '잘린 팔'의 이미지는 이상이 보여준 독특한 이미
지이다. 그것은 「시제8호 해부」에서는 아직 나무인간의 팔인 나뭇가
지 이미지로 제시된 것이었다. 시에서 이상은 '상지(上肢)'라는 단어로
그것을 표현한다. 평면경에 투사된 나뭇가지로서의 팔에 철필과 백지
를 지급한다. '거울수술'을 통해 '거울 속의 나'는 거울계의 마취로부
터 깨어날 수 있을까? 그의 '철필'은 자신의 '백지' 위에 거울 바깥의 참
나인 '나무인간'의 글쓰기를 할 수 있을까? 「시제7호」에 바로 그 '나무
인간' 이미지가 나온다. "구원적거(久遠謫居)의지(地)의일지(一枝)"에서 '일

지(一枝)'가 바로 그 나무인간의 가지 즉 팔이 된다. 여기서는 영원한 귀양지인 '구원적거의지'가 바로 거울계가 된다. '참나'(거울 밖의 '나') 는 매우 오랜 세월 동안 이 거울계의 땅에서 귀양살이를 하고 있다. 이 거울계의 특이한 달인 4월에 '나'의 팔은 30륜의 꽃을 피운다. 양측의 명경 사이에서 피우는 이 꽃은 말하자면 절명지(絶命地) 같은 곳에서 피우는 꽃이 된다. 이 꽃은 이상이 세상에 발표한 시 작

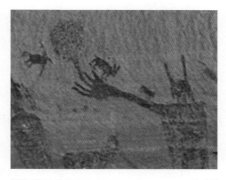

그림 58 북미 유타주 The Maze Canyonlands의 바위그림 사진 (Don Campbell, 1979)
토착 원주민 인디언의 그림으로 여겨지는 이 그림에서 머리 위에 두 뿔이 솟아있는 한 인간형 존재의 팔이 나무 기둥처럼 솟아 있고, 손가락 끝에서 나무가 하나 자라난 것처럼 표현했다. 이것은 생명나무를 창조하는 신적 존재의 '창조손'을 그린 것이다. 이러한 '생명창조'에 근접하는 글쓰기를 이상은 자신의 시적 이상으로 꿈꿨다. 그의 글쓰기는 손에서 피어나는 꽃이 되었으며, 세상에 보여주는 현화(顯花)가 되었다.

품들이다. 「오감도」 시편들이 그러한 꽃, 즉 시에서 표현한 대로 '일지에피는현화'가 된다. '현화(顯花)'란 세상에 드러낸 꽃이다. 그가 문단에 나오기 전에 자신의 암실과 같은 공간에서 은밀히 써나가던 시편들은 숨어있는 꽃인 '은화(隱花)'였다. 「차8씨의 출발」 마지막에 이 은화식물의 꽃이 나온다. '구원적거의지' 대신에 여기서는 '균열이생긴장가이녕의지'가 나온다. 이것은 황무지처럼 말라붙어 갈라진 시골의 진흙땅, 진창을 가리키는데 식민지 조선의 문단을 암시하는 비유적 이미지이다. 이 한미한 시골처럼 보이는 경성 문단에 한 대의 곤봉을 꽂아본다는 것이다. 그것은 황량한 황무지 문단에 자신의 생식적 몸의 글쓰기를 하는 육봉(肉峯)으로서의 철필을 내리꽂아본다는 것이다. 「LE URINE」의 성적 생식력의 글쓰기 이미지가 여기서도 변주되고 있다.

이 시에서 곤봉은 '산호나무'이기도 하다. 그것은 '사막에 성한 한 대의 산호나무'인 것이다.

이러한 나무 이미지들은 이상 자신의 육체, 이상 자신의 자연성을 가리킨다. 그의 팔과 손은 그 자연성으로서의 육체의 가지이며, 거기서 피는 꽃은 자연성의 글쓰기이며 아름다운 시 작품이다. 이러한 꽃 피우기로서의 글쓰기를 행하는 가지로서의 팔을 그는 「시제8호 해부」에서 '상지(上肢)'라고 했던 것이다. 거울계 안에 갇힌 육체의 글쓰기를 그는 이 시에서 묘사한 것이다. 그것이 잘린 비극적 장면이 「시제13호」에서 표현된다. 그 뒤에 「시제14호」가 나오며 거기서 역사의 종합된 망령과의 마지막 전쟁이 묘사된다.

우리는 이상이 역사의 무거운 짐을 지고 그 역사의 감옥으로부터 탈주의 길을 모색한 「지도의 암실」을 알고 있다. 무거운 짐을 진 존재는 '낙타'로 표현되며, '낙타의 길'은 역사의 황무지를 건너가는 길이다. 이 '낙타'는 짜라투스트라의 초인 단계 중 첫 번째 단계이다.[112]

'역사'의 여러 사상과 그것을 담은 책들을 그는 「출판법」이나 「내부」 등에서 말한다. 세상의 책들을 읽는 것은 '낙타의 길'을 탐색하기 위한 것이다. 「소녀」는 거울계의 독기가 가득한 책들을 읽는 '소녀'로서의 자화상을 그린다. 「회한의 장」의 글자와 도서관의 책은 '소녀'로서의 그를 계속 소환하는 곳이다. 그의 '직무'는 '소녀'의 독서를 하는 것이며, 그것을 통해 거울계(동물원 세계)로부터 빠져나가는 '낙타의 길'을 찾아내는 것이다.

---

112   초인의 3단계에 대해서는 니체의 『짜라투스트라는 이렇게 말했다』의 1부 짜라투스트라의 설교 중 「세 가지 변화에 대하여」 장을 읽어보라.

「시제14호」에서 이상은 '역사의 무너진 성터'에서 종합된 역사의 망령과 마지막 전쟁을 치른다. 무너진 성터는 역사의 거울계가 붕괴된 흔적이다. 이상에게 인류역사는 이미 붕괴된 것인가? 아니면 붕괴될 운명의 미래상을 미리 끌어다놓은 것인가? 하지만 역사의 망령이 출몰하여 붕괴된 성터 위에 서있는 '나'를 공격한다. 이상은 자신의 미래적 사유에서는 이미 죽어버린 역사가 필연이지만 현재 여전히 그러한 역사를 주도해나가는 힘들, 사상들이 여전히 강렬한 존재로 활동하는 현실이 존재한다. 그는 이 현실을 그것의 미래상인 망령의 형태로 대면하고 있다. 매우 아이러니한 싸움이 그에게 남겨진 것이다.

「시제15호」에서 현재하는 거울계의 '나'와의 육박전이 전개된다. 거울 속의 '나'는 여전히 거울 밖의 '참나'와 어긋난 존재로 활약하고 있다. 이 둘의 적대적 분리가 문제되어 있는 것이다. 「지도의 암실」에서 어느 정도의 소통이 유지된 것과 대조된다. 이러한 소통은 「시제10호 나비」에서 '찢어진 벽지'틈을 통해 간신히 유지되며 「시제8호 해부」에서는 여러 가지 거울계에 대한 실험을 통해 소통 가능성이 탐구되었다.

그가 제시하는 '거울'을 이렇게 광대한 실험적 사유 속에서 읽어내야만 이상의 문학 전체의 수수께끼를 풀어낼 수 있다. 그는 자신의 독특한 '거울' 이야기를 다양하게 변주함으로써 난해해 보이는 문학적 수수께끼를 당대의 독자들에게는 물론 먼 미래의 후손들에게까지 던진 것이다.

이상의 기호계—거울계와 오르간(ORGANE)계

이상의 텍스트 전체는 그가 치밀하게 조직한 기호들로 구축되어 있다. 그러한 '기호계'의 핵심부에 감옥과도 같은 현실인 '거울계'가 존재한다. 이 '거울계'로부터 탈주하려는 기호들은 '오르간계'를 이룬다. 오르간은 원초적 신체이며 동시에 잘 조율된 음악적 신체이다. 오르간계는 이러한 신체의 삶과 활동을 발산하는 기호계이다.

이상의 '거울계'는 자연의 본성과 총체성에 못 미치는 인간의 지식이 구축한 세계이다. 그것은 부분적 분석적인 특성을 갖는 인공적 지식과 논리적 사유 체계로 구축된 '인공적 세계'를 가리킨다. 그는 때때로 이것을 지구와 비슷하게 만들어진 모사품인 '지구의(地球儀)'라는 기호로 표현한다. 본래적 '지구'를 모방하여 인간의 지식으로 구축된 '지구 비슷한 것'이 바로 '지구의'이다. 이 기호는 이상의 초기 시편들인 「차8씨의 출발」 「1931년 작품제1번」 「무제 육면거울방」 「AU MAGASIN DE NOUVEAUTE」 등에 나온다. 이상에게 '지구의'는 지구에 대한 인간의 지식이 취합된 인공적 세계이다. 즉 지질학, 기상학, 천문학, 물리

화학 등의 지식이 종합된 세계인 것이다. 이것이 바로 '거울계'의 한 모습이다.

이 '거울계'에 우리는 모두 사로잡혀 있다. 모든 제도들이 우리를 그 속에서 배양하며 길러낸다. 그것은 우리가 우리이게끔 만들어주는 일종의 매트릭스(모체)이다. 이상에게 이 '거울계'를 주도하며 그 안에 인간을 가두고 배양하는 존재는 '나시(NASHI)'이다. 「무제 육면거울방」에서는 거울계의 악성이다. 「시제14호」에서는 '종합된 역사의 망령'이다. 「22년」에서는 '반왜소형의 신'이다. 과연 이들의 손아귀로부터 우리는 벗어날 수 있을까? 우리는 거울계로부터 빠져나갈 수 있을까?

이상의 '꽃피우기'는 거울계로부터의 탈주와 거울 밖 세계로의 진입에 관련된 이야기이다. 이상의 '꽃'은 과연 무엇을 나타내는 기호일까? 그가 '뇌수에 피는 꽃'(「얼마 안되는 변해」)이라고 한 것은 무엇이며, 그것은 왜 '태양의 모형'처럼 사랑스러운 것이었을까? 그는 「무제—황」에서 "땀이 꽃속에서 꽃을 피우고 있었다"고 했다. 이 구절을 그는 전등불이 옷을 벗어 던지는 순간과 열풍이 몸을 휘감는 순간 사이에 배치했다. '꽃 속의 꽃'이라는 이 수수께끼 같은 말을 그는 썼다. 그의 '꽃'을 알기 위해서는 이러한 수수께끼를 풀어내야 한다.

이 부분은 「지도의 암실」에서 전구처럼 달아오른 '발간 몸덩이'와 불과 옷의 관계를 이해하는 데 중요한 시사점이 된다. 우리는 이상의 여러 텍스트에서 뜨겁게 달아오른 몸의 중요성을 알게 된다. 「오감도」의 「시제9호 총구」가 대표적이며 초기 시편 중 「LE URINE」가 출발점이다. ORGANE의 뜨거움, 그 성적 생식적 분출은 「시제9호 총구」에서 달아오른 육체의 입에서 탄환처럼 발사되는 말이 된다.

이상의 '꽃' 기호는 사유의 지대로부터 말의 지대 그리고 글쓰기의 지대로 옮겨가는 이행적 특성을 갖는다. 그가 「차8씨의 출발」의 은화식물의 꽃으로부터 「시제7호」의 현화식물의 꽃으로 이행한 것이 그러한 이행성을 증명해준다. 자기 혼자만의 세계인 온실 속의 꽃이 아니라 세상에 그 꽃을 드러낼 때 그것은 '현화'가 된다. 즉, 자신의 꽃은 세상에 '증여'되어야 한다. 나무인간의 '꽃'을 세상에 피워낼 때 그것은 자신의 몸을 세상에 증여하는 것이 된다.

이러한 이행성이란 무엇인가? 그것을 우리는 이상이 행하는 글쓰기의 두 측면으로 생각해볼 수 있다. 그의 글쓰기는 거울계로부터의 '탈주'의 글쓰기를 지향한 것이며, 새로운 보석 같은 존재들의 세계를 향한 '질주'의 글쓰기를 향한 것이다. 이러한 것을 주제로 이상은 「지도의 암실」을 썼다. 거기서 처음부터 이상이 제시한 참된 글쓰기, '참나'의 생각과 의지가 반영되는 글쓰기는 발갛게 달아오른 '몸의 빛'이 광선잉크로 써나간 글이 되어야 한다. "미다지에광선잉크가 암시적으로 쓰는의미가 그는그의 몸덩이에불이 확켜진것을알라는것이닛가 그는 봉투를닙는다...봉투는 옷이고 침구다음에 그의 몸덩이가 뒤집어쓰는 것으로달는다."

「지도의 암실」에서 이상은 '나'와 '리상' '그' 'K' 등의 여러 분신적 존재를 등장시킨다. '나'는 분신들 전체를 바라보는 전지(全知)적 존재이다. '리상'은 '그'로 지칭되지만 은광(銀鑛)들의 지리학으로 가득한 '지도의 세계'에 매여 있는 '그'와 달리 그러한 세계 바깥에 존재하기도 한다. '리상'은 거울의 창문 바깥에 존재한다. 그는 '거울'을 통해서만 볼 수 있는 존재이기도 하다.

이렇게 「시제10호 거울」의 주제가 이미 「지도의 암실」에 있다. 즉 「지도의 암실」에서 거울창 바깥의 '리상'이 등장하는 부분은 '어떤 방'과 '거울'이 동시에 나오는 부분이다. 「시제10호 나비」 역시 마찬가지이다. 먼저 찢어진 벽지가 있는 '방'이 제시되고, 그다음에 '거울'에 비친 자화상이 제시된다. 이 자화상의 수염에 나비 이미지가 있다. 이상은 「시제9호 총구」 다음에 이 시를 배치했는데 아마도 '총구'의 뜨거운 말(입김)과 입김의 이슬을 먹으며 연명하는 '수염-나비'를 서로 연결시켜 읽게 하려 했을 것이다. 이러한 거울 주제를 제대로 읽기 위해서 우리는 이상의 '거울계'가 과연 무엇일까 알아보아야 한다. 왜냐하면 그에게 '거울'은 감금적 의미를 발동시키고 있는 것이며, 본래적 몸(ORGANE)의 생명성을 억압 유폐시키는 공간이기 때문이다.

「오감도」로 건너가기 전에 그는 「거울」을 썼다. 그리고 「1933, 6, 1」과 「보통기념」처럼 과학적 사유와 지식을 비판하는 시를 썼다. 그가 「황」 연작의 주제를 호모나투라적 존재인 '황'과 과학적 지식과 기술, 체제를 장악한 나시(NASHI)적 존재의 대립으로 정한 것, 그 연작의 하나인 「1931년 작품제1번」에서 나시(또는 리양(梨孃)이라 등장하기도 하는)의 과학적 방향, 생체의 인공화

그림 59 몸(오르간)과 그 그림자의 상호 관계는 이상 시 전체의 주 모티프이다. 그림자는 본체의 2차원적 영상이다. 참나의 본체를 반영한 그림자는 거울계에서 활동하는 본체의 분신이다. 이상은 본체인 신체 오르간의 기하학을 거울계 안에 펼쳐놓을 수 있을 방식을 탐구했다. 「1931년 작품제1번」에 그러한 내용이 들어 있다. 삼차각이란 개념과 거기 들어 있는 사상이 거울계 속에서 그림자의 질주를 위한 양식이 된다.(사진은 금성산 흔들바위 답사길 필자와 동행들의 그림자)

방향을 다룬 것도 그러한 것이다. 거기서 이상은 분명하게 과학적인 기법으로 만들어낸 인공장기(실제 장기를 모방한)의 제작을 '거울계'적인 작업으로 제시했다. 여기서 이상의 '거울'이 과학적 지식(권력)을 포함하고 있음이 드러난다. 이 거울계에 부역한 '나'의 생애에 대한 참회를 한 것이 바로 「1933, 6, 1」이다. 윤동주의 「참회록」보다 먼저 쓰인 이상의 '참회록'인 것이다. 여기서는 '거울'이 직접 등장하지 않지만, 과학적 지식과 사유 그리고 그러한 것이 전개된 세계가 바로 '거울계'이다. 그 '거울계' 안의 자기 모습에 대해 참회한 것이다.

「시제8호 해부」는 거울계 안에 침투된 나무인간의 존재가 구제될 수 있는가에 대한 실험이다. 이상의 글쓰기는 이 나무인간의 글쓰기이며, 결국 그것은 구제의 글쓰기이다. 초기 시편 중 「황」 연작의 하나인 「작품제3번」에서 그러한 구제의 글쓰기가 먼 미래의 봄을 예기하고 있다. 새로운 아담들이 살아갈 세계에서 그의 작품은 더 이상 세상에 나설 필요가 없으며 그의 글쓰기의 광굴(鑛窟)은 닫힐 것이다.

3부

이상의 신체지도(Body-Geography)로서의 '羊(양)의 글쓰기'와
신체극장의 몇 가지 면모

羊의 글쓰기와
산호(珊瑚)나무(차8씨)의 아크로바티

1

앞 장에서 우리는 이상의 '꽃나무'를 다루어보았다. 이상의 '꽃'은 과연 무엇이었나? 그는 왜 그 먼 동경(東京)의 거리에서 그의 '꽃'을 잃어버렸나? 이러한 '꽃의 스토리'를 다뤘다. 그 이야기에는 유리평면처럼 굳어지고 납작해진 거울세계 속에서 나무인간(시인)이 진정한 향기를 발산하는 그러한 글쓰기의 '꽃'을 과연 피울 수 있을 것인가라는 물음이 포함되어 있다.

이상은 「꽃나무」와 「거울」을 비슷한 시기에 발표했는데, 꽃과 거울 두 모티프는 이상에게는 서로 밀접하게 연관된 것이다. 1933년 중반과 후반 무렵 이상으로서는 최초의 한글시로 발표된 이 시들은 정지용이 주관하는 『가톨닉청년』지에 실렸다. 그런대로 이상은 이 몇 편의 시들을 통해 본격적인 문단에는 얼굴을 처음 내민 셈이 되었다.

그가 이전에 썼던 일본어 시들은 비문학계 잡지인 『조선과 건축』에 발표되었다. 「조감도」 「삼차각설계도」 「건축무한육면각체」 연작시들

이 그것이다. 그러한 시들에서 이미 이상은 매우 진전된 전위적이고 난해한 시들을 선보였다. '나무인간' 모티프는 이중 늦게 발표된 「건축무한육면각체」 연작시 중의 하나인 「차8씨의 출발」에서 시작된 것이다. '차8씨(且8氏)'라는 독특한 이름의 나무인간은 보석 같은 느낌을 주는 '산호(珊瑚)나무' 이미지로 제시되었다.[113] 한자 부수들의 기호적 특성에까지 신경을 썼던 그이니 '산호'와 나무를 결합시켰던 의도가 있었을 것이다. '산호(珊瑚)'는 내부가 비어 있는 자포(刺胞) 동물이면서 나무 형상이니 식물이기도 하다. '산호나무'란 이름으로 그는 자신의 인간존재에 동·식물의 특성을 모두 한꺼번에 갖춘 독특한 모습을 부여했다.

그림 60 象(상)나라 금문에 나오는 且(코끼리 아래 삼각뿔처럼 생긴 글자)는 조상의 뜻이다. 본래 이 글자는 남근(男根) 형상이었다. 그 아래 도끼를 의미하는 신(辛)이 있어서 생명을 창조하는(도끼로 생명나무를 잘라내는) 의미를 가진다. 且는 남자 생식기이며 그것이 후손들을 낳는 근거였기에 조상(祖)의 의미를 갖게 되었다. 이상은 「차8씨의 출발」의 주인공을 '且8氏'라 했다. 여기서 남근적 기호인 且를 '곤봉'의 기호로 전환시키고, 그것을 식물(나무)의 아크로바티 운동과 결합시켰다. 그것은 생식적인 생명운동. 즉 황무지 땅에 뿌리박고 하늘로 솟구치는 운동이었다. '차8씨'는 이상 시의 주인공인 '몸'을 의인화시킨 것이었다. 그 이름에 '씨'를 붙임으로써 그가 황량한 대지에 자신의 씨를 뿌려 풍요롭게 만들 존재임을 암시한 것이다.

뼈처럼 단단한 석회질의 골격으로 된 것이 '산호'이니 그것은 그의 문학적 주인공이기도 한 '골편인(骨片人)'을 떠올리게 할 수도 있었다. 그는 뼈의 나무를 안에 깊숙이 감춘 '나무인간'으로서의 정신적 자화

113　이상의 거의 마지막 시기 작품에 해당하는 단편 「종생기」의 첫머리에 '산호편(산호채찍)'이 나오며, 그것이 그 특유의 성적인 의미를 동반하고, 자신의 글쓰기는 무슨 일이 있어도 이것만은 꽉 쥐고 죽겠다고 호언하는 것인데, 이 '산호채찍'의 기원은 「차8씨의 출발」에 있다.

상을 그린 「골편에관한무제」를 '사진첩 시편' 속에 남기지 않았던가? 그 이전에 시적 산문인 「얼마 안되는 변해」를 썼고, 거기서 '골편인'의 환상 기차 여행에 대한 흥미로운 이야기를 남겼다. 그 골편인 역시 '나무인간'의 환상적 이야기를 한 토막 보여준다.

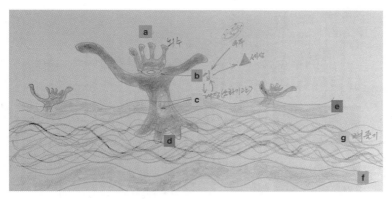

그림 61 신범순, 〈산호나무 인간 오르간 개념도〉, 2020

산호(珊瑚)는 자포동물로서 '산호충'으로도 불리지만 바닷 속 숲을 이루는 일종의 바다나무이기도 하다. 그것은 예부터 보석으로 귀하게 여겨지기도 했으며, 화려한 문장(文章)의 상징이기도 했다. 이상은 산호의 이러한 여러 복합적 성격을 자신의 '산호나무'에 반영하고 있다. 「차8씨의 출발」과 소설 「종생기」에서 '산호나무'에 대한 그러한 인식을 드러낸다. 그는 「차8씨의 출발」에서 '차8씨'를 '산호나무'라는 나무인간적 존재로 불러낸다. 그는 동물이면서 식물이면서 인간인 그러한 존재가 된다. 이러한 '산호'는 이상에게 자신의 문학 전체의 주인공인 '몸'을 형상화하는 중요한 기호가 될 것이다. 폴립 산호의 구조는 '몸(신체)'에 대한 이상의 사유를 보여주는 데 참고로 할 만한 것이다. 그는 '몸'의 각 부분(기관이나 지체)들을 독립적인 존재들처럼 생각하며, 그 부분들이 모여서 이루어진 '몸'을 일종의 생태학적 풍경으로 바라본다. '산호나무'는 독립적인 개체 산호들이 서로 모이고, 결합되고, 하나의 전체를 만들어낸다. 그것은 하나의 생태계적 나무이다. 우리에게 그것은 몸의 생태적 자연성이 활동하는 글쓰기의 지형도(Body-Geograpy)의 모델이 될 것이다.

위 그림은 폴립 산호의 구조를 참조해서 그린 '산호나무 인간' 이미지이다. 여러 산호나무 인간들이 하나의 '뼈'로 이루어진 '뼈 대지'(혹은 '뼈의 바다')에 함께 연결되어 있는 생태학적 풍경을 보여준다. 하나의 산호나무 인간이 외계의 사물들을 먹고 마시며 소화시킨 것이 분비되어 이 '뼈의 대지'가 형성된다. '뼈 대지'는 시간의 강물과 함께 끊임없이 생성의 춤으로 출렁인다. 이 '뼈의 대지'에 연결된 산호나무 인간들은 모두 하나의 거대한 뼈 몸체의 지체들로 존재한다.

이상의 '골편인'은 자신의 존재를 이러한 '뼈 대지'의 지평에 뿌리박고 자신의 종들과 연결하여 숲이됨으로써 이 세상을 혁신시킬 수 있다. 이상의 '골편인'은 가장 원시적 생태 풍경의 이러한 '뼈 대지'에 대한 인식에서 나왔을 것이다. 「얼마 안되는 변해」에서 처음 등장하는 '골편인'이 역사를 거슬러 올라가는 환상 여행을 통해 원시인의 무덤공간에 도달하는 것은 그 때문이다. 당대를 살아가는 이상의 '골편'은 태고 원시인의 무덤 속 '골편'과 연결된다. '뼈의 대지'가 그 통합공간의 골편인 풍경이 된다.

'차8씨'의 산호나무 이야기는 그 이전에 발표된 것이다. 그러니 이것이 그의 문학적 주인공인 '골편인'의 출발이기도 했던 것이다. 산호는 또 화려한 꽃처럼 보이기도 하니 그의 '꽃나무' 주제와도 잘 어울렸다. 최상의 시인이라는 자부심을 그는 그 글자에 담고 싶었을 것이다. 옥(玉)으로 된 책(冊)으로서의 '珊(산)'과 백옥처럼 빛나는 옛 오랑캐의 달(月)인 '胡(호)'의 의미를 '瑚(호)'라는 글자에 그것을 담았으리라. 그래서 그는 「차8씨의 출발」에서 만월(滿月)을 노래하지 않았던가? "만월(滿月)이비행기보다신선하게공기속을추진하는것의신선함이란산호나무의음울(陰鬱)한성질이증대되기이전의일이다"라고 이상은 썼다. 비행기가 등장하면서 그 이전에는 신비했던 하늘 영역까지 기계문명이 침범했다. 그렇게 지구 곳곳을 장악한 근대문명이 지구전체를 인공화 시켜버려 지구는 그 거울상인 '지구의'처럼 되어버렸다. 그렇게 인공적으로 변화된 세계에서 '차8씨'의 동·식물적 자연의 본성적 모습을 부각시키려 했다. 그리고 산호나무의 그 화려한 자태에 그늘이 낀 것처럼 음울(陰鬱)해진 분위기를 드러내고자 한 것이다. 그러고는 '전개된 지구의'를 앞에 놓고 '윤부전지(輪不輾地)' 즉 '바퀴는 땅을 구르지 않는다'라는 수수께끼 같은 말을 '차8씨'에게 던지는 것이다.

옛 문장가들(시인들)이 찬미했던 달밤의 신비한 풍경은 근대화된 문명의 풍경 속에서 사라져버렸다. 만월(滿月)의 비행은 이제 신선하지 않다. 문명의 기계들이 하늘을 날아다니면서 하늘을 오염시켰기 때문이다. 옛 풍류 시인처럼 낭만적인 분위기를 산호나무의 문장은 이제 연출할 수 없다. '차8씨'의 바퀴(8의 기호가 암시하는)는 이제 문명으로 오염된 지구 위를 굴러가야 한다. 만월은 이제는 신선한 공기 속을 비행할 수 없다. 그의 발 역시 그렇게 인공화 되어가는 지구, 즉 지구의(地球儀) 위를 밟지 않을 수 없다. 그래서 이상은 '차8씨'에게 '윤부전지(輪不輾地)'라고 굵게 강조된 명제를 제시하는 것이다. '차8씨'는 그렇게 인공화 된 세계에 순응해서는 안 되는 존재이다. 그의 수레바퀴인 발은 '지구의'의 땅을 밟지 말아야 한다! 그는 이 세계에 타격을 가해야 하는 존재이다. 且 는 바로 그러한 특성을 드러내는 글자이다.

황량한 시골의 척박한 땅 같은 조선 문단에 자신의 생식적 곤봉('且'라는 글자의 본래 의미가 생식기이고, 그 글자 상형이 곤봉 같기도 하다)으로 강렬한 타격을 가하면서 '차8씨'의 야심찬 예술 사상적 출발은 시작되었다. 그의 곤봉은 그의 펜이었고, 그것이 쓰는 글이었으며, 거기 담긴 전위적인 예술과 사상이었다. 그 곤봉의 춤은 백지와 조선의 문단 위에서 펼쳐낸 '차8씨'의 아크로바티였다. 조선 문단의 그 어떤 존재도

그림 62 인디언 클럽 운동 포스터 그림
(출처 : https-://www.artofmanliness.com)
'클럽'은 인디언들이 전통적으로 사용하던 곤봉이 전승된 것이다.
이상의 「차8씨의 출발」에서 '차8씨'의 몸은 그 자체가 '곤봉(棍棒)'이며, 그의 곤봉의 아크로바티는 그의 '몸'의 곡예술적 삶을 가리킨다. 그의 '몸'은 성적인 기호인 且이며, 이것의 생식적 운동이 그의 아크로바티가 된다. 대지에 뿌리박고 솟구치는 아크로바티적 삶은 지구의 본래적 자연성에 충실하려는 삶의 에로티즘을 표현한 것이다. 이상은 「조감도」 연작 시편의 「LE URINE」에서 이미 ORGANE의 에로틱한 운동을 통해 그것을 선보였었다. 그 ORGANE이 이시에서는 且로 변화한 것이다. '차8씨'의 곤봉(棍棒)의 아크로바티는 '사람의 숙명적인 발광(發狂) 같은 것이었는데, 이 신체의 몸부림은 시의 끝에서 차8씨의 꽃의 발광(發光)으로 전환된다. '차8씨'의 광기의 글쓰기를 이상은 신체의 빛으로 제시한 것이다.

알지 못했던 글쓰기와 사상의 초인적 곡예술을 그는 보여주려 했다.

'차8씨'는 식민지 조선의 '황무지의 땅'에 일격을 가해 거기 자신의 생식적 몸(且)을 뿌리박고, 동시에 하늘로 솟구치는[114] 기이하고 놀라

114 　대지적 생명력과 생식력에 자신의 뿌리를 내려 더 강렬하게 존재의 상승을 기한다는 이러한 사유는 다분히 니체적인 것이다. '차8씨'는 이상의 '차라투스트라'에 해당할 것이다.

운 아크로바티(8이란 기호는 땅과 하늘을 동시에 회전하며 굴러가는 아크로바티적 삶을 암시한다)를 선보였다. 사실 이러한 운동은 식물(나무, 풀)의 기본 운동인데, 사람의 경우에는 언뜻 불가능해 보이기도 한다. 그러나 '且8氏'는 동물적 나무인간이다. 따라서 이러한 곡예술적 삶과 운동이 그에게는 가능한 것이고 자연스러운 것이었다. 그는 자신의 온실에서 은화(隱花)식물의 꽃을 피웠던 '나무인간'이었다. 우리가 위에서 거론해온 이상의 '꽃'은 이러한 '나무인간'의 꽃이며, 그것은 그의 아크로바티적인 삶의 꼭짓점들에서 피어난 것이었다.

'차8씨'를 시인 이상의 다른 이름으로 본다면 그가 피워낸 '은화식물의 꽃'은 이상이 자신의 온실에서 창조해낸 시작품이 될 것이다. 그러나 그 '꽃-시작품'은 다른 일반 시인들의 시작품과는 전혀 다른 것이었다. '차8씨'는 황무지와도 같은 조선 문단의 일반 시인들과 자신을 구별하고자 했다. 과연 이상은 '차8씨'를 어떤 존재로 부각시키려 했나? 시의 한 구절에서 그가 사람들에게 어떤 강력한 가르침을 주려 한다는 것을 확인할 수 있다. "곤봉은사람에게지면(地面)을떠나는아크로바티를가르치는데사람은해득(解得)하는것은불가능인가"라고 했다. 그러고는 "지구를굴착(掘鑿)하라"는 명제를 제시한다. 인간들의 잘못된 지식과 관념, 사상으로 뒤덮인 지구를 '굴착해서 그것의 대지적 본성을 되살리라'는 명제인 것이다. 인간 자신의 본체인 자연적 신체를 되살리라는 명제가 거기 포함되어 있다. '산호나무'는 바로 그 자연적 신체의 기호이다.

과연 이상은 '차8씨'를 통해서 자신이 하고 싶었던 이야기를 세상에 성공적으로 제시할 수 있었던가? 너무 짧고 수많은 함축적 의미를 압축한 이 시 한편으로 그러한 기대를 하는 것이 무리가 아닌가? 그는 하나의 주제에 대해서 다양한 이야기 방식을 전개함으로써 그것을 보충하려 했었다. 우리는 이상의 이러한 이야기 방식에 주목하고, 그의 방식들을 이해하면서 거기서 전개되는 '이야기'에 귀를 기울여야 하는 것이 아닌가? 즉, 그가 처음에 연작 모음시인 「이상한가역반응」을 선보였고, 그 이후 「조감도」「삼차각설계도」「건축무한육면각체」 등으로 그 양식을 이어갔으며, 마침내 「오감도」로 세상에 그 연작시 양식을 선보였던 것에 주목해야 하지 않는가? 그 이후에도 이 연작 모음시 양식은 「역단」「위독」「실낙원」 등으로 이어져 그의 생애 끝까지 지속된다.

그가 그렇게까지 집요하게 이러한 연작시 양식에 집착한 것은 분명한 의도가 있었을 것이다. 그 어느 것을 읽어보든 우리는 이상의 그 '의도'가 느껴진다. 그것은 한 편의 시로 그가 서술, 묘사, 표현하고 싶은 어떤 것을 다 전달할 수 없기 때문에, 여러 편의 시들을 통해 그 '어떤 것'의 전모를 좀 더 다각적으로 풍부하게 보여주려 한 것이리라. 그는 이 연작시에서 '어떤 것'에 대해 서로 다른 여러 관점으로 접근하는 시편들을 연결시키고 한데 모아서 그 '어떤 것'의 입체적 풍경을 만들기도 했다.

「건축무한육면각체」 연작시를 보자. 일곱 편의 시를 모아놓은 것인데 각기 '거울계'의 다양한 면모를 제시하고, 그러한 것들의 반자연, 반생명적 양상들을 보여주며, 그러한 것들과 싸우는 서로 다른 다양한 주인공들을 등장시킨다. 첫 번째 시 「AU MAGASIN DE NOUVEAUTES」는 근대문명 전반을 다룬 것이다. 근대문명의 구조적 양상을 미시 거시적인 차원에서 동시에 보여준다. 오늘날의 백화점에 해당하는 마가쟁(MAGASIN)을 다룬 것인데 그것의 '무한사각형' 구조는 근대세계의 모든 것을 품고 있는 구조이다. 그것은 백화점의 구조이며 동시에 그 안의 상품에 깃들어 있는 구조이고, 그러한 상품을 소비하는 사람들의 구조이며, 그들이 살아가는 근대세계 전체의 구조이다. 그것은 상품화에 지배된 인간 신체 속까지 파고들며, 그의 신체를 감싸고 거리 전체로 확산된다. 세계 전체를 그러한 무한사각형 구도로 만들어, 모두가 거기 물고기처럼 갇혀 지내는 수족관이 된다.

이상의 의도는 이 첫 번째 시와 여섯 번째 시인 「차8씨의 출발」을 이어주는 연작시 전체의 입체적 스토리 또는 입체적인 시적 사상적 풍경을 제작하는 것이다. 단순화시켜 말한다면 이 시들 전체의 주제는 '거울계로부터의 탈주'에 대한 다양한 이야기이다. 첫 번째 시에서 마지막 시편까지 이상은 그 이야기를 여러 관점에서 변주한다. 그 전체를 묶어주는 줄기세포는 시인 자신의 질주(탈주를 포함한)적 글쓰기이다. 이상은 그것을 각 시의 주인공들 즉 '자웅(雌雄)과같은붕우(朋友)' '아해(兒孩)' '책임의사 이상' '나' '차8씨' '삼모(三毛)고양이 시인' 등에 투사한다. 이들은 모두 각기 자신의 '거울계' 상황을 마주하고 있으며, 그로부터 탈주를 시도한다. 즉, 근대적 상품의 미로와 제국의 감시망과 황무지의 지구와 콘크리트 도시를 뚫고 나가려 한다. 어디에든 '거울계'를 뚫고 나가려는 자와 그것을 가로막는 자의 전쟁이 있다.

첫 번째 시 「AU MAGASIN DE NOUVEAUTES」에서는 "검은잉크가넘쳐나는[115]각사탕이삼륜차에적하(積荷)된다/ 명함을짓밟는군용장

---

115   기존 전집들에서는 최초로 이 시를 번역한 유정 번역본을 썼다. 유정은 "검은잉크가엎질러진각설탕"이라 번역했는데 약간의 오류가 있다. 나는 일문 원문을 참조해서 그 오류를 수

화. 가구(街衢)를질구(疾驅)하 는 조 화 금 련[116]"이라고 한 부분에 그 전
쟁이 암시되어 있다. 검은 잉크는 글쓰기의 은유이고 그 글쓰기에 담
긴 내용은 '각사탕'처럼 달콤한 것이다. 남성적 군용장화와 여성적 인
공의 화려함을 과시하는 발이 이러한 글쓰기를 가로막고 짓밟는 적
대자들이다.

다섯 번째 시인 「출판법」은 두 번째 시인 「열하약도」와 네 번째 시인
「이십이년」에서 암시된 일본 제국의 전쟁과 식민지 상황을 연관시켜야
이해되는 시이다. 「출판법」에서 시인의 글쓰기는 제국 경찰의 검열적
시선과의 쫓고 쫓기며 숨고 드러내는 전쟁 속에서 진행된다. "어느경
찰탐정의비밀신문실(訊問室)"에서 벌어지는 제국 경찰의 형벌적 상황에
대한 이야기가 펼쳐진다. '허위고발'이란 죄명으로 검거된 한 사나이가
주인공인데, 그는 사실은 은밀하게 이러한 제국의 검열 상황에 대해
에둘러 이야기하는 시인 자신을 가리킨다. 이 시의 주제는 이러한 에
둘러 말하기와는 반대되는 개념인 '直(직)'이란 단어에 대한 논의이다.
원래 이 글자는 이상에게는 자신의 글쓰기가 '몸'의 언어를 왜곡하지

정했다. 이 부분은 '각사탕'이란 기호가 이상의 상징적 기호라는 것을 이해해야 그 독특한
표현을 알 수 있고, 그 의미를 알 수 있다. 그것은 자연의 감미로운 에너지를 함축한 기호이
다. 「선에관한각서4」에서 각사탕은 '정육사탕(正六砂糖)'이란 이상만의 독특한 기호와 연
결되어 있다. 그것은 성적인 달콤함을 담고 있는 기호이다. 위 시에서 "검은잉크가넘쳐나는
각사탕"은 그 앞의 "자웅(雌雄)과같은붕우(朋友)"와 연관되어 있다. 즉, 서로 헤어져 자신의
일을 행하는 두 붕우(친구)에 대한 이야기이다. 그들은 '자웅'처럼, 또 암수의 생명체처럼 사
랑으로 한 덩어리가 된 친구였는데, 마가젱의 무한사각형이 모든 존재를 자신의 미궁 안에
가두는 상황에서 그것을 돌파하려는 글쓰기(검은잉크로 상징되는)를 하며, 그 돌파를 각사
탕과 삼륜차의 기호에 담아 전파하려는 것이다. '각사탕'은 무한사각형과 대립하는 기호이
다. 그것은 자연적 생명체로서의 '몸'이 갖고 있는 근본적인 생명 에너지이다. '정육사탕'이란
시적 기하학적 용어로 이상은 그것을 표현했다.

116 조화금련(造花金蓮)은 앞의 군용장화와 대응하는 단어이다. 남성적 발에 대응하여 여성
의 발을 가리킨다. 인공적인 꽃인 근대적 패션으로 감싼 모던 여성들의 발을 암시하는 단
어이다.

않고 '정직(正直)'하게 드러낼 수 있는가, 라는 물음에서 나온 것이다.[117] 그것을 위해 공자가 해설한 텍스트가 동원된다. 그러나 공자의 생각이 담긴 본래 구절을 그대로 따르지 않았다. 이상은 자신의 의도에 따라 그것을 반대되는 다른 문맥으로 옮겨놓는다. 공자의 말은 패러디된다. "其父攘羊 其子直之(기부양양 기자직지)"라는 구절에서 이상의 그러한 패러디를 볼 수 있다. 이것은 시의 첫 부분에 나오는 '허위고발'과 관련되어 제시된 것이다.

원래 공자의 『논어』에서는 "其父攘羊 而子證之(기부양양 이자증지)"(아버지가 양을 훔치자 그 아들이 고발했다)라고 하였다. 이 구절은 直에 대해 논하는 자리에서 섭공이 공자에게 해준 말이다. 그런데 공자는 그것을 비판했다. 그는 자신의 그룹에서는 "父爲子隱 子爲父隱 直在其中矣(부위자은 자위부은 직재기중의)"라고 한다고 했다. 즉 "아버지는 아들을 숨겨주고 아들은 아버지를 숨겨주니 '直'은 바로 그러한 숨겨주는 행위 안에 있다"라고 한 것이다. 아버지는 아들의 잘못이 있어도 그 잘못을 숨겨주는 것은 그를 배려해서 그러한 것이고, 아들 역시 그렇게 아버지의 잘못이 있어도 그것을 숨겨 아버지를 보호하는 것이 효도의 마음이며, 그것이 바로 '直'이라는 것이다. 즉, 공자는 아무리 아버지가 양을 훔친 잘못을 했다 해도 그 아들이 그 행위를 곧바로 고발하는 것은 효에 어긋나며, 그것은 따라서 '直'이 될 수 없다는 것이다. 이상은 공

---

117 이상은 여러 편의 시에서 '直'이란 글자를 자신만의 독특한 의미를 담은 기호로 사용했다. 「이상한가역반응」이란 첫 번째 시에 그 글자가 등장한다. "직선은원을살해하였는가"라는 굵게 강조된 문장에 있는 '직선(直線)'이 그것이다. 이 시에서 '원'은 과거의 한계성 안에 갇혀 있는 세계를 가리킨다. '직선'은 이 원 안의 한 점과 원 밖의 한 점을 연결하는 직선이다. 이 직선이 '원'이라는 한계를 뚫고 그 두 점을 연결할 때 비로소 광대한 우주적 세계가 열린다.

자의 이러한 생각에 시시비비를 논할 생각은 없었고, 대신 그러한 공자에 대해 언급하는 척하면서 실은 '아버지'의 자리에 자신을 억압하는 제국의 권력과 그 하수인인 경찰을 갖다 놓고 싶었을 뿐이다. 그리고 이상이 생각하는 '直'의 개념은 섭공이나 공자가 논하는 도덕과 윤리의 문제가 아니었다. 그에게 '直'은 자신의 신체적 사유를 있는 그대로 세상에 솔직하게 드러내는 것이었다.

이상은 공자의 『논어』에 나오는 문구와 표현을 가져옴으로써 검열자들의 시선을 혼란에 빠뜨렸다. 이상은 그들로 하여금 그가 논어의 자구를 다루고 있으며, 공자 사상에 대한 소개나 논의 따위의 골치아픈 문제를 시에서 다루려는 것으로 오해하게 유도했다. 그러나 정작 이상은 자신의 양

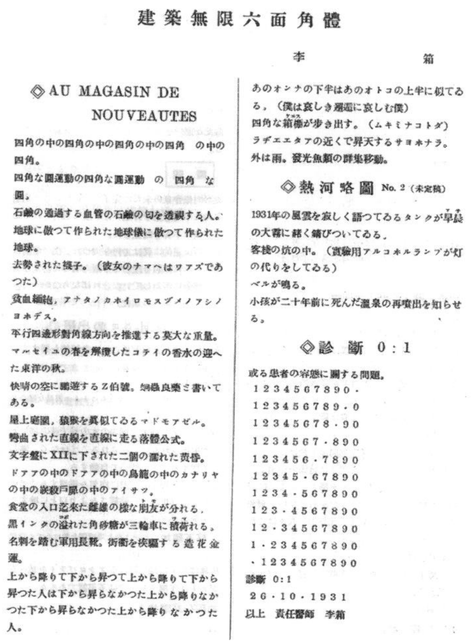

建築無限六面角體

李　箱

◇AU MAGASIN DE NOUVEAUTES

四角の中の四角の中の四角の中の四角　の中の四角。
四角な圓運動の四角な圓運動　の　四角　な圓。
石鹸の通過する血管の石鹸の匂を透視する人。
地球に倣つて作られた地球儀に倣つて作られた地球。
去勢された襪子。（彼女のナマヘはワアズであつた）
貧血細胞，アナタノカホイロモスヅメノアシノヨホデス。
平行四邊形對角線方向を推進する莫大な重量。
マルセイユの春を解纜したコテイの香水の迎へた東洋の秋。
快晴の空に鵬遊するZ伯號。蛔蟲良藥と書いてある。
屋上庭園，猿猴を眞似てゐるマドモアゼル。
彎曲された直線を直線に走る落體公式。
文字盤にXIIに下された二個の濡れた黄昏。
ドアアの中のドアアの中の鳥籠の中のカナリヤの中の嵌殺戸扉の中のアイサツ。
食堂の入口迄來た雌雄の様な朋友が分れる。
黒インクの溢れた角砂糖が三輪車に積荷れる。
名刺を踏む軍用長靴。街衢を疾驅する造花金蓮。
上から降りて下から昇つて上から降りて下から昇つた人は下から昇らなかつた上から降りなかつた下から昇らなかつた上から降りなかつた人。
あのオンナの下半はあのオトコの上半に似てゐる。（僕は哀しき邂逅に哀しむ僕）
四角な箱棚が歩き出す。（ムキミナコトダ）
ラヂエエタアの近くで昇天するサヨホナラ。
外は雨。發光魚類の群集移動。

◇熱河略圖 No. 2（未定稿）

1931年の風雲を寂しく語つてゐるタンクが早晨の大霧に赭く錆びついてゐる。
客棧の炕の中。（實驗用アルコホルランプが灯の代りをしてゐる）
ベルが鳴る。
小孩が二十年前に死んだ温泉の再噴出を知らせる。

◇診斷 0：1

或る患者の容態に關する問題。
1 2 3 4 5 6 7 8 9 0 ·
1 2 3 4 5 6 7 8 9 · 0
1 2 3 4 5 6 7 8 · 9 0
1 2 3 4 5 6 7 · 8 9 0
1 2 3 4 5 6 · 7 8 9 0
1 2 3 4 5 · 6 7 8 9 0
1 2 3 4 · 5 6 7 8 9 0
1 2 3 · 4 5 6 7 8 9 0
1 2 · 3 4 5 6 7 8 9 0
1 · 2 3 4 5 6 7 8 9 0
· 1 2 3 4 5 6 7 8 9 0
診斷 0:1
2 6 · 1 0 · 1 9 3 1
以上　責任醫師　李箱

그림 63 이상의 「건축무한육면각체」(『조선과 건축』 11권 7호, 1932.7.) 연작 첫 페이지에 실린 세 편의 시 원문
근대세계의 근본을 이루는 상품화를 다룬 첫 번째 시 「AU MAGASIN DE NOUVEAUTES」는 백화점(마가젱)의 무한사각형 구도 속에 배치된 상품들의 사각형과 그러한 상품화에 적응된 인간 육체 속에까지 스며든 상품의 사각형 구조에 대해 말한다. 이 거대한 사각형의 미궁으로 된 마가젱이 현대인을 사로잡고 있다. 이상은 백화점과 그 바깥 거리에서도 사각형에 사로잡힌 인간들의 삶이 사각형 구조의 무한 확산 속을 헤매는 것이 될 것임을 조망하고 있다. 그가 「수염」에서 '아메리카의 음울한 수족관'이라고 한 것이 바로 이러한 것이다. 「열하약도」는 1931년의 만주사변을 암시하면서 제국의 침략전쟁 같은 것들이 어떻게 세상을 황폐하게 만드는지 말하려 했다. 「진단0:1」은 인류의 근원적인 인식적 한계를 만드는 숫자의 한계를 드러낸 것이다. 과학은 이 수의 한계를 기반으로 한 것이며, 따라서 그것이 아무리 엄밀해도 역시 그 한계를 벗어날 수 없다. 그것은 결국 병적인 인식인 것이다. 이상의 '신체극장'은 자신의 신체풍경에 이러한 미궁의 마가젱을 담아내서 희비극적 드라마를 연출하는 것이다. 거기서 주인공은 삽자가형을 감당하는 초인적 기독이다.

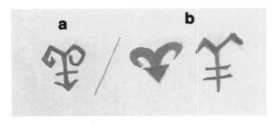

그림 64 갑골문(a)과 금문(b)의 羊(양)

이상의 글쓰기는 「출판법」에서 자신의 본 모습인 羊을 드러내는 것이어야 한다. 그것은 자신의 '몸'을 '記入(기입)'한 글 속의 '양자(樣姿)'에 들어 있다(이 단어의 한자 부수에 羊이 들어가 있다). 그러나 제국 경찰의 검열은 이 羊을 삭제해버리려 한다. 이상이 자신의 진정한 '몸'의 글쓰기를 세상에 펼치기 위해서는 이 제국(아버지)의 검열을 통과해야 한다. 자신의 본체를 아버지의 시선에 들키지 않게 글 속에 숨기기 위해 그는 난해한 수사학을 동원해야 한다. 그의 글쓰기는 제국의 검열자에 대해 벌이는 모험, 수사학적 전쟁이 된다. 그는 일견 제국에 순종하는 순한 양(羊)의 가면을 쓰고 있다. 그의 가면의 글쓰기는 노예의 얼굴 속에 초인의 얼굴을 숨기고 있다. 그러나 이 순한 양을 희생양으로 전환시키는 것이 초인적 기독의 운명이다. 희생은 자신의 몸을 희생해서 세상에 증여하는 것이다. 「얼마 안되는 변해」에 이 운명이 나오며, 그 마지막 장면에 희생적 증여에 관한 이야기가 나온다.

(羊)[118]을 훔친 아버지(그 아버지의 자리에 있는 제국의 경찰)를 고발하는 것이 얼마나 중요한 일인지, 자신의 글쓰기가 과연 그러한 고발을 '정직'하게 표현할 수 있는 것인지에 대해 말하고 싶었던 것이다. 이상은 어찌 보면 공자의 '직'에 대한 논의까지도 비판하고 부정하는 셈인데, 공자가 말하는 '효'의 유교적 개념은 자연적 신체의 본성에 어긋날 수 있기 때문이다. 그가 자신의 부친을 치욕적 계보로 비판한 「실낙원」 시편의 「육친의 장」을 떠올려보라. 그는 세속적 권세에 사로잡혀있는 부친의 부정적 측면을 폭로하고 있다. 공자의 관점에서 보면 이것은 '효'가 아니다. 그에게는 공자사상도 '제국의 아버지' 편에 서있는 것일 수 있다. 그러한 제국의 역사를 비판하고 돌파하려는 자신의 글쓰기는 그 안의 羊을 아버지에게 도둑맞지 않아야 한다. 만일 자신의 羊을 아버지가 훔

---

118   이 '羊'은 비유적 기호이다. 시의 원문에서 이것은 시인의 '몸'이 글쓰기에 투사된 자신의 본 모습인 '樣姿(양자)'와 관련된 것이다. '其父攘羊(기부양양)' 즉 '아버지가 양을 훔친다'는 것은 자신의 '몸'을 기입한 글쓰기가 인쇄되는 과정에서 거기 스며든 자신의 양자(樣姿)가 검열을 통해 탈취됨을 암시하는 것이다. '나'는 인쇄용 잉크를 끓이는 아스팔트 가마를 흘겨본다고 했는데 그 가마의 한자인 釜(부)에서 양을 훔치는 아버지(父)가 연상된 것이다. 가마솥 釜(부)는 아비 父(부)와 쇠 金(금)이 결합된 글자이다.

쳤다면 그를 자신의 글에서 고발해야 하는 것이다.

그렇다면 이 시에서 아버지가 훔친 '羊'은 과연 무엇인가? 그의 글쓰기에 스며 있는 전체적 과제는 자신의 '몸'의 언어를 표출하는 것이었으니 羊은 바로 그 '몸'의 언어에 해당할 것이다. 제국의 법과 지식, 규율은 제국의 신민 모두의 신체를 자신들의 울타리 안에 가둔다. 그 신체의 자연을 억압하고 길들이며 사육한다. 이상의 「무제―황」에서 마드므와제 나시(MADMOISER NASHI)[119]가 바로 그러한 제국의 대표자이다. 그는 이 시에서 '황'을 자신의 육체성으로 내세웠다. 그 '황'은 나시에 의해 아방궁 뒤뜰의 철책 안에 갇혀 있다. 아버지가 이상의 글에서 훔친 '羊'은 바로 '황'의 언어(말/글)이다. 제국은 신민들의 자연신체를 가두거나 길들이지 않고서는 그들을 장악할 수 없다. 그들의 독자적 언어는 모든 유통망에서 침묵당해야 하고 삭제되어야 한다.

이상은 자신의 문학적 주제 전체를 관통하는 자연 상태의 '몸'의 글쓰기를 「출판법」에서 이렇게 '양'을 훔치는 아버지와 그것을 고발하는 아들 이야기로 전환시켰다. 이 '양'은 「출판법」 이전에 이미 출현한 기호이다. '목조(木彫)의 작은 양(羊)'으로 「LE URINE」에 등장한 초인적 기호이다. 「얼마 안되는 변해」에서는 제국에 복종하고 순응하는 '순한 양'의 가면을 이상이 자신의 얼굴에서 느낀다. 그 양의 가면 속에 그의 진짜 얼굴이 숨어 있다. 그는 이러한 '양'의 글쓰기, 즉 '양'을 아버지가

---

119 이상은 「무제―황」의 원고에서 이 단어를 썼다. 그가 창안한 조어인데 'MAD(E)―MOISER'의 조합으로 읽어볼 수 있다. '미친(인공적으로 만들어진)―강제로 결합하다(불어)' 정도의 뜻을 내포할 수 있다. 그는 분명 MADMOISELLE(마드므와젤)을 실수로 이렇게 쓴 것처럼 위장한 것이다. 사람들은 '나시양'으로 읽을 것인데, 그는 '나시'란 존재에 대해 무엇이든 '강제로 결합하는, 미친, 침략적 존재'라는 의미를 숨겨놓은 것이다.

훔쳐 가지 못하게 감쪽같이 속이며 감추는 글쓰기에 대해 말한다. 「출판법」은 바로 그러한 글쓰기의 전략을 그의 난해한 수사학 속으로 밀어 넣는 이야기이다.

2

「출판법」의 '羊' 이야기는 「무제-황」 이후 전개되는 「황」 연작의 '황(獚)' 이야기와 대응한다. 「무제—황」은 제국의 권력을 담당하는 마드므와제 나시(MADMOISER NASHI)에 의해 '나'의 자연 상태 몸을 상징하는 '황(獚)'이란 개가 유폐된 이야기이다. 아들이 아버지가 '양'을 훔친 것을 고발하듯이 여기서도 '황'은 마드므와제 나시의 죄를 '내'게 고발한다. 나아가 '황'은 자신을 유폐시킨 나시(NASHI)를 죽여달라고 '내'게 하소연한다. 그리하여 '나'와 '황'이 나시와의 전쟁을 위해 공모를 하게 되고, '나'는 '황'과 함께 나시와의 전쟁을 준비하고 또 치러나간다.

이 '나시' 양은 「황」 연작의 하나인 「1931년 작품제1번」에서는 '리양(梨孃)'으로 등장한다. 여전히 제국의 부속기관에 붙들려서 생명의 인공화 연구에 깊숙이 발을 들여놓은 '나'에게 리양이 다가온다. 그녀는 '나'의 인공신체 연구, 그중 가장 근본적인 것이며 가장 첨단적인 주제인 '정자의 인공화' 연구를 도와준다. '나'는 점차 자연적 존재인 '황'으로부터 이탈하여, 인간 신체의 인공화 연구에 모든 것을 바친다. 인간 신체의 인공화에서 궁극적인 지점은 정자의 무기질화였는데, 그것을 성공시키기 위한 비밀을 '리양'을 통해 듣게 되는 것이다.

梨(리)는 배인데 이상은 여성의 생식적 자궁을 외부적 신체로 가리킬 때 '배'라고 하는 것을 연상했을 것이다. 여성의 골반부를 감싸는 회

전 근육이 또한 '이상근(梨狀筋)'[일본에서는 '리자상근
(梨子狀筋)'으로 번역해서 썼다]이다. 서양 배 형태처럼
생겼다고 해서 붙인 이름인데, 배는 일본어로 '나
시'이다. 결국 이상은 「무제—황」의 '마드므와제
나시'를 새롭게 재등장시킨 것이다.

이상은 왜 '황'이 전쟁을 치루는 대상으로서의
'나시양'을 군이 한자의 배 리(梨) 자를 써서 등장
시킨 것일까? 그것은 자신의 이익에 철저한 존재
와 제국의 권력을 일치시키기 위한 의도에서였을
것이다. 리(梨)는 이익을 뜻하는 '리(利)'가 들어 있
기 때문이다.

그림 65 갑골문의 '황(黃)'

'황(獚)'이란 개는 이상의 초기 시
편의 주인공이다. 「황의기 작품제2
번」은 '황'과 '나' 사이의 이야기를
다룬 시이다. 이상은 왜 개 이름에
'황'이란 이름을 붙여주었을까? 그
이름에서 중요한 것은 땅을 의미
하는 '黃'이다. '황'이 대지적 존재
임을 드러내려는 이름이다. 이상은
성천 기행문의 하나인 「어리석은
석반」에서 대지의 구멍에서 나오는
개에 대해 말하기도 했다. 갑골문
의 '황(黃)' 자는 밭과 결합된 사람
형상처럼 보인다. 그것은 자연인(호
모나투라)의 형상이다. '황'은 실제
개가 아니라 이상 안에 있는 이러
한 자연인 즉 신체의 기호이다.

그가 '황(黃)'이란 글자의 변형체이자 대립적 기
호로 광산의 '광(鑛)'에 들어가는 '광(廣)'을 쓸 때
에도 그러한 '利'(이익)와의 관련성이 느껴진다. 그
는 「지도의 암실」과 「얼마 안되는 변해」에서 '은
광' '광산(鑛山)' '채광(採鑛)' 같은 단어를 등장시켰
다. 그것은 제국의 식민지 지배가 지하자원 약탈과도 관련되어 있다
는 것을 암시해준다. 자연의 대지를 가리키는 '황(黃)'은 마구잡이로 자
신의 이익을 위해 그것을 파헤쳐 채굴한 '광(鑛)'으로 변모한다. 「얼마
안되는 변해」에서 '그(이상)'는 이러한 채광(採鑛) 행위를 자연과 인간 신
체의 음악성을 파괴하는 기계적인 소음이라고 묘사한다.

여기서 '그'는 골편적 존재이며, 나무인간적 존재로 등장한다. 이상
의 상징체계에서 '양(羊)'과 '황(獚)'은 식물적인 골편인(骨片人)과 함께 자

그림 66 Paul Cezanne, *Three-Pears*, 1878~1879
서양 배는 아래가 불룩하다. 많이 먹어 배가 불룩한 모습을 닮았다. 이상은 자신의 필명에 들어간 이(李)(자두나무 리)와 대립하는 리(梨)(배나무, 늙은이 리)를 생각해냈을 것이다. 시에서 자신과 적대적인 역사적 존재들의 이름에 그는 이 '리(梨)' 기호를 부여했다. 이 글자에는 '이익'을 뜻하는 '리(利)'가 들어있다. 자신의 이익을 위해 생각하고 살아가는 모든 존재들의 역사를 극복하는 것이 그의 과제였다. '삼차각'이란 그의 개념에는 이 주제가 담겨있다.

신의 '몸'의 자연성을 드러내는 기호였다. 그 반대편에 이러한 자연성을 억압해온 역사적 존재가 있다. 일본 제국뿐 아니라 역사의 주류를 지배했던 모든 제국의 주인을 이상은 '나시(NASHI)'라는 단어로 지칭한 것이다.

「1931년 작품제1번」에 나오는 '리양' 즉 '나시양'은 그러한 제국의 과학적 진로에서 매우 첨단에 자리 잡은 여성적 존재이다. 섬세하고 치밀하게 그녀는 제국의 진로와 일치하는 자신의 길을 갈 것이다. '나'는 한때 '황'으로부터 이탈해서 이러한 '나시양'의 인도를 따라갔다. 그러나 '나'의 이러한 길은 이상이 그의 분신을 통해 역도법적으로 밀어붙인 '나'의 실험적 행로였다. 그러한 인공화의 길을 극한까지 밀어붙였을 때 과연 어떤 사태가 지구 전체 인류에게 다가올 것인지 '나'는 알게 되고, 그로부터 '나'의 행로는 반전되며, '황'과의 새로운 동맹을 맺게 되기 때문이다. 「황의기 작품제2번」은 그러한 반전에 대한 이야기를 다룬다. '나'는 이제 제국대학의 의학교수 R과 대립하고 싸우는 '황'의 이야기를 하게 된다. 이제 '황'의 전쟁은 '나'의 전쟁이 된다.

「출판법」도 그러한 전쟁의 연장선상에 있는 이야기이다. 여기서는 이러한 전쟁이 제국의 경찰에 대해 행해진다. 그들이 벌이는 검열을 회피하고 속이며 뚫고 나가는 글쓰기의 심리적 수사학적 행위가 그러한 전쟁이다. 그러한 글을 쓰기 위해서 '나'는 '내' 손바닥에 전등형 운하를 굴착해야 한다. 펜을 쥔 손바닥 깊은 곳, '내'가 판 전등형 운하에서 흘러가는 신체의 말의 흐름은 펜의 골짜기를 흘러내릴 것이다. '나'는 글쓰기의 '광부(鑛夫)'처럼 되어야 한다. 이 '글쓰기의 광부'는 「출판법」 2장 끝에 나온다. "물론너는광부(鑛夫)이니라」/ 참고(參考)남자의근육의단면은흑요석(黑曜石)과같이광채(光彩)나고있었다한다." 화산작용으로 만들어지는 '흑요석'처럼 빛나는 지층을 갖는 근육으로 시인의 '몸'은 이루어져 있다. 그러한 흑요석처럼 화산의 불길이 구워낸 것 같은 빛나는 신체가 광부처럼 말과 문자와 기호의 지층을 파고들어간다. 그의 손바닥에 '전등형의 운하'를 파는 것은 그 모든 전달 수단들에 자신의 육체의 광맥을 흘려보내기 위한 것이다. 말과 문자와 기호들은 그러한 광맥을 자신들 속에 품게 될 때 비로소 시인의 진정한 시적 창조의 자리에 있게 되는 것이다.

제국의 '출판법' 내에서 글을 발표하여 사람들에게 자신의 생각을 알리기 위해서는 일단 그 출판법의 테두리 안에 있어야 한다. 그렇지 않으면 아예 출판의 장, 곧 문학의 장에서 퇴장 당한다. 아무리 대단한 이야기가 있은들 말하지 못하면 소용없는 법이다. 일단은 순응하는 듯한 표정을 하고 있는 표면의 얼굴을 만들어내야 한다. 그러나 그 표면 뒤에 숨겨진 진짜 얼굴은 전혀 다른 것일 수 있다. 이상은 자신의 진실을 '정직(正直)'하게 드러낼 수 있는 글[120]을 원한다. 그러나 정직한 글을 발표할 수 있기 위해서는 출판법에 순응해야 한다. 그렇게 순한 양(¥)의 얼굴을 담은 글의 가면 아래 진짜 羊을 숨겨야 한다.

이 '순한 양'의 가면을 쓴 자신에 대해 이상은 「얼마 안되는 변해」에서 이야기한 바 있다. 이 글은 1932년 11월에 쓴 것이니 「출판법」 이후이다. 분명 이상에게 '羊'의 기호는 이러한 글쓰기의 숨 막히는 검열과 가면의 드라마 속에서 작동하고 있다. 검열에 폭로되지 않기 위해서는 광부처럼 손바닥에 전등형 운하를 파들어가야 한다. 이러한 글쓰기를 이상은 이 시에서 '지형명세작업(地形明細作業)'이라고 지칭한다. 그것은 일종의 손바닥 피부[원문에서는 掌皮(장피)]에 새겨진 글쓰기의 지형도이다. 이러한 지형도적 글쓰기는 풍경의 글쓰기이며, 직접 드러나지 않는 많은 이야기들을 그 풍경의 세밀도 속에 감춘다. 이 시의 4장에서 이 지형도는 '낙엽'의 기호로 나타난다. '낙엽'은 나무인간의 손바닥에 쓰여진 '나'의 Body-Geography로서의 '피부지형도'이다. 그러한 섬세한 피부지형의 글쓰기는 종이로 이전되고 세상에 퍼져 사람들에게 전해진다. 그것을 '낙엽'이라고 한 것이다. 자신의 '몸'에서 '낙엽'으로 떨어뜨리는 것은 세상에 그것을 증여하기 위함이다.

이 나무인간의 손바닥 피부지형도(地形圖)의 글쓰기는 결국 세상에 자신을 증여하는 희생양적 글쓰기이다. 자신의 창조력을 모두 소모시켰을 때 나무인간은 겨울의 나목이 된다. 황량한 겨울의 비극으로

---

120   이 '정직(正直)'한 글쓰기를 '말'의 차원에서 이야기한 것이 「황의기 작품제2번」의 「기3」 부분이다. "나의 배의 발음은 마침내 삼각형의 어느 정점을 정직(正直)하게 출발하였다"고 '나'(이상)는 말했다.

그는 나아가게 된다. 초인적 기독은 아무리 참담한 세계라 해도 거기 뛰어들어 자신을 희생하는 비극의 드라마를 실행해야 한다. 그 속에서 그들을 구제하려면 그들의 삶을 함께 겪어야 한다. 그 세상 안에 살면서 그는 소모된다. 세상의 병들을 겪고, 그것을 치유하면서 병들고, 그렇게 희생된다. 그의 초인성을 세상에 증여하는 것은 그렇게 자신의 희생을 동반하는 일이다. '양(羊)의 글쓰기' 역시 그러한 것이다. 그것은 자신의 자연 상태의 '몸'을 세상의 언어에 기입해 넣어야 한다. '희생양'적 활동은 이미 글쓰기의 첫 단계부터 시작된다고 할 수 있다.

나시제국의 출판법에 어긋나지 않는 것 같은 '순한 양(羊)'의 얼굴을 하고 있는 글을 쓰지만, 그 글의 표면 뒤에는 자신의 진실을 담아내는 '전등형(全等形) 운하'의 실핏줄들이 있다. 전등형 운하를 채우고 흘러가는 기호와 말, 이미지 들이 있다. 거기에 양(羊)에 해당하는 자신의 생각, 감정, 감각, 사유가 담겨 있다.[121] 「지도의 암실」에서 '나'의 여러 분신들이 거울계, 즉 나시제국의 동물원계에서 흉내와 모방의 언어와 글자, 기호들의 장벽과 한계를 어떻게 뚫고 나가야 하는가를 보여주고 있는데, 「출판법」은 그에 대한 강렬한 요약처럼 보인다.

「차8씨의 출발」은 「출판법」 바로 뒤에 이어진다. 이 시에서 이상은 세계의 전위적인 예술 사상들이 뜨겁게 제시되고 논의되는 파리나 동경에 비해 한적한 시골처럼 느껴지는 경성의 문단에서 자신이 어떤 위

---

121 '전등형'이란 개념은 「삼차각설계도」의 연작시 중 하나에 등장한다. 이상은 현실의 한정된 시공간에 갇혀 있지 않은 '전등형적 나'라는 개념을 여기서 제출했다. 마치 무한다각형처럼 시공간의 한 변에 존재하는 '나'는 다른 수많은 변들로 존재하는 '나'와 연결되어 있으며, '나'의 본체는 이 무한한 '나'의 총합이다. 그것이 바로 전등형이다. 이상이 「얼마 안되는 변해」에서 제시한 '파라솔' 개념이 전등형 개념에 대한 형상적 이미지일 수 있다. 이에 대해서는 이 책의 다른 부분에서 논할 것이다.

그림 67 이상의 「출판법」은 양피지처럼 손바닥 피부에 새겨진 몸의 글쓰기에 대해 말한다. 땅속에서 일하는 광부처럼 은밀하게 손바닥에 전등형 운하를 파놓는 행위가 바로 그러한 글쓰기이다. 제국 경찰의 비밀 심문실에서 벌어지는 검열과 심문 등을 뚫고 나가기 위해 그는 광부처럼 일해야 한다. 자신의 손바닥 피부에 굴착하는 '전등형 운하'란 무엇인가? 그것은 제국의 시선에 순응하는 듯 보이는 순한 양의 가면적 글쓰기 속에 자신의 은밀한 이야기들을 감쪽같이 섞어 넣는 '羊의 글쓰기'이다. 제국이 지배하는 세상의 어떤 기호나 언어에도 자신의 '몸'의 '양자(樣姿)'가 담겨진 '羊'을 그 속에 감추어 넣는 것이 바로 그러한 전등형적 글쓰기인 것이다. 수많은 시를 써온 그의 손바닥 피부에는 그러한 운하의 실핏줄들이 가득할 것이다. 양피지처럼 그것들이 희미해질 때 새로운 운하의 흐름이 새겨질 것이다. 위의 나뭇잎에서 다섯 개의 줄기로 뻗은 운하와 거기서 실핏줄처럼 갈라진 가느다란 수액의 흐름을 생각해보자. 우리 손바닥의 손금들은 그러한 '운하의 실핏줄'들이 아닌가? 그것은 '몸'의 글쓰기 지도가 아닌가? 「출판법」의 4장에 나오는 '낙엽'은 이러한 손바닥 지형도(body-geography)의 작품이다. 낙엽은 나무에서 떨어져 나간다. 바람 따라 세상에 퍼진다. 그것이 바로 나무인간의 시편들이 세상에 증여되는 풍경이다.

상을 가져야 할 것인가 이야기하려 했다. "갈라진장가이녕(莊稼泥濘)의지(地)[122]에한대의곤봉(棍棒)을꽂음"이라는 표현과 "사막에자라나는한대의산호나무" 같은 표현이 그러한 것을 암시한다. 자신의 '몸'의 글쓰기는 강력한 곤봉처럼 이 땅의 문단과 작가 지식인들을 타격해야 한다. 그들의 황량한 사유의 지평, 황무지처럼 된 그들의 굳어진 육체에 타격을 가해야 한다. 그는, 전하는 바에 의하면 조선 문단에 거대한 폭탄 같은 것을 던지려 했었다. 마치 보들레르의 『악의 꽃』처럼 기존 문단 전체에 충격을 주어 얌전한 작가 지식인들을 모두 뒤집어 엎어버릴 그러한 폭탄 같은 글쓰기를! 그래서 그는 「오감도」를 세상에 던진 것인데 그것은 당시에는 폭탄이 아니라 스캔들이 되어버렸다. '폭탄'으로 그것을 인식할 정도의 문화예술적 지성이 미처 마련되지 못했

122　가물어서 갈라진 농가의 척박한 땅을 '장가이녕의 지'라고 했다. 이것은 제국의 착취로 척박해진 조선을 암시한다. 이 시에서는 '차8씨'의 글쓰기를 주제로 삼고 있으니 이것을 척박한 '조선 문단'으로 생각할 수 있다.

던 것이다.

'차8씨'는 문단에 진출하기 이전의 이상 자신에 대한 예술적 초상화이다. 그는 예술사조적으로도 세계 중심부에서 많이 뒤처진 한적한 경성의 문단, 황량한 식민지의 땅에서 자신의 글쓰기가 무엇을 해야 할지 분명하게 알고 있었다. 그(차8씨)의 어려운 아크로바티적 글쓰기는 제국의 경찰을 의식하며 펜을 든 자신의 손에 광부처럼 전등형 운하를 파는 「출판법」의 난해한 글쓰기 곡예에 대비된다. 그(차8씨)의 글쓰기는 「출판법」과는 또 다른 차원에서 펼쳐진 과제에 직면해 있다.

'차8씨'의 '아크로바티'는 그(이상)가 「황」 연작에서 제시했던 '산책'과 '질주'의 문제를 재정립했다. 그것은 시에서 '일산이주(一散二走)'[123]라는 단어로 표현된 것인데, 기존 이상 전집들은 초기 번역의 실수 때문에 이 단어를 놓쳤다. 지금까지는 모두 이 부분을 "열심으로 질주하고"로 번역해 소개했다. 정작 일산(一散)이란 단어에 실린 '산책'의 개념이 그렇게 해서 사라져버린 것이다. '일산이주(一散二走)'는 '첫째는 산책, 둘째는 질주'라고 풀이되어야 한다. '산책'과 '질주'는 이상의 초창기 문학에서부터 제시된 주요 모티프였는데 여기에 와서 결합하여 하

---

123 기존 이상 전집에서는 모두 최초의 번역 "열심으로 질주하고"를 반복하는 표현을 그대로 되풀이했는데, 나는 이상 주해서 『꽃속에꽃을피우다 1―이상 시 전집』에서 일본어 원문을 확인하고 그 오류를 수정했다. '열심으로'라는 말은 원래 없었고, 그 자리에는 '첫째는 산책'이라는 '일산(一散)'이 있다. '둘째는 질주'라는 '이주(二走)'가 따라붙어서 산책과 질주를 결합한 명제를 '차8씨'의 삶에 부여한 것이다. '산책'은 「무제―황」에서 '소프라노 산책'이라는 독특한 음악적 행보로 표현된 적이 있다. 이상의 '산책'은 자신의 '몸'의 음악적 리듬을 경쾌하게 즐기는 것이다. 이것을 '질주'로 전환시킬 때 그것은 매우 무섭고 공격적인 것이 된다. 그것은 자신의 '몸'의 자연적 상태, 음악적 조화를 억압하고 깨뜨리는 것들에 대해 저항하고, 그러한 억압을 깨뜨리려는 공격적 질주를 감행한다. 글쓰기에서 이러한 질주는 기존 문법과 관습적 표현을 파괴하고, 자신의 새로운 의미를 담아내려는 몸짓으로 나타난다. 그러한 것들은 전위적인 난해함을 유발시킨다.

나의 명제가 되었다.

'인생은 암야(暗夜)의 장단(長短) 없는 산보'라는 것이 이상의 첫 번째 작품인 장편 「12월12일」에 제시된 명제였다. '장단'은 단지 길고 짧다는 뜻이 아니라 음악의 박자를 가리키는 말이다. '장단 없는'이란 음악적 선율을 잃어버린 것이란 말이다. 이 소설에서 이상은 주인공의 정신적 성장기를 썼는데, 12월 12일은 그 주인공에게 다가온 정신적 깨우침과 관련된 날이다. 소설의 마지막은 인생 전체의 의미를 조감하면서 복잡하게 뒤얽힌 세상 문제를 해결할 빛을 보여준다. 이 세상의 문제는 육체적 존재의 의지만으로는 풀어낼 수 없다. 영적 존재로의 전환을 통해서야 비로소 그 한계를 넘어설 수 있다고 그는 말한다. 소설 전체는 주인공의 삶의 행로와 정신적 성숙의 마지막 도달점에 대한 이러한 조감에 맞추어져 있다. 인생의 '장단 없는 산보'를 극복하려는 주인공의 영적 깨우침과 의지에 초점을 두고 있다.

이상의 첫 번째 시 작품인 「이상한가역반응」은 삶과 세계에 대한 전체적인 조감을 원 안과 밖의 두 점으로 보여준다. 이 간략한 시적 상징 도상을 통해 서로 다른 두 존재론을 암시하고 있다. 그 두 점을 잇는 직선은 원의 테두리를 꿰뚫고 원의 안과 밖을 소통시키는 '직선의 사상'을 제시한 것이다. '질주'가 이 시에 처음 등장한다. 모든 삶과 존재를 가두는 현미경적 원을 살해할 직선의 사상은 태양에 탐조된 몸에서 투사된 '그림자'의 '질주'로 나타난다. 그 이후 전개된 이상의 시편들에서 다양하게 전개되는 '그림자의 질주'를 만날 수 있다. 「지도의 암실」은 이 '그림자의 질주'를 소설적으로 더 확장한 이야기이다. 이 소설에서 이상은 태양처럼 뜨거워진 신체의 글쓰기가 과연 그렇게 달

귀진 '몸'과 '뇌수'의 앙뿌을르(Ampoule, 전구)[124] 에너지의 빛을 제대로 담아낼 수 있는지 묻고 있다.

우리는 이상이 제시한 '일산이주'의 명제가 과연 무엇을 의미하는지 알기 위해서 그가 그 명제를 제출하기 이전의 작품들을 살펴 보았다. 거기서 '산책(산보)'이나 '질주'에 대한 그의 기본적인 생각을 볼 수 있다. 그런데 그 명제는 무슨 일을 위해 제시된 것인가? 우리는 이상이 '산책'에 어떤 의미를 부여했고, 또 '질주'를 그것과 어떻게 관련시키고 있으며, '질주'의 의미와 목표, 방향에 대해서는 어떻게 생각했는가를 알아

그림 68 散의 갑골문(좌)과 금문(우)
散(산)은 본래 수풀 林(림)에서 기원했다 한다. 이 글자가 변하면서 후에 수풀 림과 달 월(月)이 결합된 모습이 들어갔다. 이것이 수풀이 아니라 대마(大麻)의 이파리들이며, 손(手) 위의 칠 복(卜)은 그것을 털어내는 것이라고 해석하기도 한다. 그렇게 보면 달 월은 대마의 몸체를 나타내는 고기 육(肉) 달 월이 될 것이다.
이상의 텍스트에서 한자의 기호적 변주는 이러한 고증학과는 거리가 있는 것이며, 자신의 시적 스토리에 맞게 한자의 부수들을 시적으로 기호화한 것이다. 그러나 그러한 기호학이 한자 부수의 이러한 기원을 참조해서 더 풍요롭게 될 가능성은 얼마든지 있다. 이상이 언제나 달을 부정적인 관점으로 보는 것도 그러하다. 그것은 사고파는 고기처럼 산술적 대상이 되어버린 고기 육(肉)의 달 월(月)인 것이다.

야 한다. 결국 그것은 이상 문학 전체의 주인공인 '몸'의 문제와 관련될 것이다. 그것은 혹시 신체에 대한 두 가지 접근법 또는 두 가지 관점, 두 가지 과제에 대한 것은 아닐까? 그렇지 않다면 그것은 '몸의 행로'를 풀어나가기 위한 순차적 과제인가 아니면 서로 보충적인 양면적 과제인가? '몸' 자체에 대해 느끼고 알아보는 것이 먼저이고, 그다음에는 그것을 세상에 펼쳐내야 하는 과업이 뒤따르는 것인가? 여러 가지 관련된 의문들이 솟구친다. 「무제—황」의 경우에는 이것이 순차

124　불어로 텅스텐 필라멘트 전구를 가리키는 'ampoule à filament de tungstène'에 대해 이상이 말하는 것이다.

적인 것으로 드러난다. 즉 산책이 먼저 제시되며 후에 격렬한 세상과의 전쟁을 동반한 '질주' 이야기가 나온다. 「차8씨의 출발」에서도 '일산이주(一散二走)'라는 구절이 나오기 때문에 이러한 순차성이 표현된 것으로 생각해볼 수 있다. 그렇다고 이상의 모든 작품에서 이러한 순차성이 확고하게 제시되는 것은 아니다. 이 문제에 대해 우리는 좀더 깊은 조사와 이러한 혼란스런 다양성을 끌어안을만한 해설이 필요하다. 그에게 '산책'이란 과연 무엇이었는지 더 알아보기로 하자.

이상에게 '산책'은 「무제—황」의 '소프라노의 산책'처럼 자신의 몸의 활동적 리듬, 그것의 음악적 선율의 느낌을 경쾌하게 높이 솟구치게 하는 것이다. 散(산)은 중국의 고대 금문에서는 숲(林)과 달(月), 칠 복(卜)의 결합체였다. 이러한 부수들 하나하나에 담긴 기호적 의미들을 신경 써야 할 때가 있다. 이상은 여러 작품에서 한문 부수들에까지 자신만의 암호적 의미를 집어넣었기 때문에 특히 더 그렇다. 산책의 散 역시 그러한 고려의 대상이 될 수 있다. 여기서 첫 번째 부수인 숲(林)이 산책의 의미를 밝히는데 중요하지 않을까? 질주하기 위해서는 생각과 근육들을 긴장시키고 과정과 목표에 집중해야 한다. 산책은 이러한 긴장과 집중을 모두 방기시켜야 가능하다. 숲(林) 속에서 사람들은 대개 포근하게 자연의 품에 안기며 자신의 몸을 편안한 휴식 상태로 돌입하게 한다. 이상의 '산책'도 여기서 크게 벗어나지 않을 것 같다. '질주'에 대한 이상의 생각을 알기 위해서는 이러한 한문 기호 텍스트를 통해 '질주'의 여러 문제를 다룬 「지도의 암실」을 살펴보아야 한다.

「지도의 암실」에는 여러 개의 한자어 텍스트가 삽입되어 있다. 그것들은 이 난해한 소설을 이해하도록 안내해주는 일종의 표지판과도 같고, 주인공이 헤쳐 나가는 이야기를 조명해주는 해설적 명제들처럼 보이기도 한다. 이상은 여기에서 제국의 지도 위를 질주하는 손가락을 보여준다. 그 손가락은 글쓰기를 하는 존재(시인)의 은유이기도 하다. 제국이 관장하고 제국의 운영을 위해 할당된 영역들과 그것의 역할들이 지도로 표기되어 있다. 이 제국의 지도 영역에서 '질주하는 손가락'은 자신의 '신체의 지도'를 구축해야 한다. 이 지도 위 '손가락'은 장면이 바뀌어 실제 거리를 이동해가는 주인공 '그'로 전환된다. '그'의 이동은 '신체의 지도'를 구축하기 위한 여러 이야기를 동반하고 있다. 한자어 텍스트들이 우리의 이러한 분석을 도와준다.

삼모각로를 출발해서 북정거장에 도달한 '그'(이상의 분신)는 "你上那兒去(니상나아거) 而且(이차) 做甚麼(주심마)"라는 명제와 만난다. 어떤 해석자들은 이 삽입구를 백화문으로 보고 있지만 이상의 이두식 한자 기호로 풀어야 그 의미가 드러난다. 한자를 한글 발음으로 읽고 거기서 또 하나의 독특한 이두식 한글 텍스트를 발견하는 것이 필요하다. 그렇게 읽으면 이 구절은 '이상이 (나시제국의 지도 위를) 나아가는 것은 자신의 而且, 즉 자신의 수염과 생식기를 세상에 주심이 아니겠는가?' 하는 정도의 의미를 함축하고 있는 것이 된다. 你上(니상)은 '이상'을 가리키면서 동시에 두 개의 人과 작을 小(소)를 결합한 기호인 你(니)에 의미를 둔 것이다. '작은 인간들'이라는 뜻을 거기 포함시킨 것인데, 上(상)을 거기 더해서 '니상'은 작은 인간들보다 상위의 존재 즉 초인적인 '큰 인간'을 가리키는 기호가 된다. '북정거장'에서 시작되는 지도의 길은 작은 인간들의 세계에서 전개되는 길들이다. '北'이란 글자는 서로 등을 지고 있는 2人이다. 이들은 모두 자기 자신의 이익만을 생각해

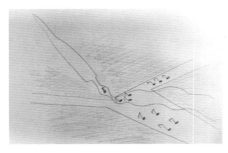

그림 69 어떤 방에서 손가락 끝이 걷고 있다는 것은 무엇인가? 이상은 글쓰기의 풍경을 그 내면적 풍경으로까지 확장한 것이며, 현실 도시 거리의 길을 걷는 것과 그것을 도면화한 현실의 지도를 결합시켜 그 글쓰기의 풍경에 겹쳐놓았다. 글쓰기의 초현실적 입체파적 전개를 그는 시도한 것이다. 여러 현실적 지식과 정보, 권력 등에 결합된 지도의 풍경은 이러한 글쓰기의 풍경에 용해되어가면서 새롭게 탄생해야 한다. 그의 ORGANE의 생색적 액체인 URINE의 흐름은 펜의 잉크의 흐름과 결합하면서 이 세계의 굳어진 지형도를 용해시키고 새롭게 구축해갈 신체악기의 음악적 유영을 하게 될 것이다. 산책과 질주는 이러한 신체악기 행보의 두 가지 리듬이·될 것이다.

서 상대방을 배척하는 '작은 인간들'이다. '니상'은 삼모각로의 길을 걸어서 '북정거장'에 도착한 존재이며, 북정거장의 이 작은 인간들의 무리 위에 있는 대인(大人)이다. 그는 자기 자신만을 위한 존재가 아니라 그 반대로 자신을 세상에 나눠주는 존재이다. '이차 주심마'를 이두식으로 읽어서 '그렇게 모두 다 주심이 아니겠는가?' 라고 해석할 수 있다. 而且(이차) 즉 수염과 생식기를 준다는 것인데 이것은 자신의 자연적 생명력 전체를 세상에 증여한다는 것이다.

'수염' '생식기'는 이상의 시 「수염」과 「LE URINE」 「且8氏의출발」 등에 등장한 기호들이다. 그 기호들을 이상은 언제나 자신의 자연적 생식적 육체성의 상징으로 삼았다. 그리고 그것들은 자신의 펜과 글, 말 등과 결합된다. 「출판법」에서 이러한 것을 '몸'의 기입(記入)이라고 하였다. 즉, 자신(몸)의 양자(樣姿)[125]를 자신이 쓰는 글에서 보는 것이며 확인하는 것이다. 과연 자신의 글에 羊이 들어가 있는가? 이 질문은 그 글에 자신의 양자(樣姿)가 들어 있는가를 확인하는 것이 된다. 「지도의

---

125 '양자(樣姿)'란 단어를 쓴 것은 樣(모양 양)이란 글자에 羊이 들어가 있기 때문이다. 나무목 변에 羊과 영원하다는 永이 결합한 글자이다.

암실」에서 그것을 '而且(이차) 주심마' 같은 명제로 제시한 것은 글쓰기의 문제를 증여와 희생의 문제로 전환시킨 것이다. 세상에 자신의 '수염과 생식력'을 주는 것은 세상의 황무지에 자신의 생명력을 부여해주는 것이다. 자신의 생명력을 증여하는 것은 결국은 자신의 소모이며 소진이 된다. 그것은 자신을 희생하는 것이 된다. 羊의 글쓰기는 이러한 관점에서 본다면 '희생양'의 글쓰기가 되는 셈이다.

「지도의 암실」을 난해한 작품으로 만드는 수수께끼는 무엇인가? 이상은 여기서 정통 한자와 백화문, 일본어식 한자 등을 교차시키며 그것들의 관습적 문법적 지평을 뒤흔들고 있다. 그러한 문자들의 지진에 의해 벌어진 틈에 이상 자신의 신체적 기호들을 삽입시킨다. 자신만의 독자적인 한자 기호학이 부수들의 코드 속에 들어 있다. 첫 번째 수수께끼를 푸는 것은 바로 이 코드를 푸는 것이다. 예를 들어 소설의 한 부분에 삽입된 "離三茅閣路 到北停車場 坐黃布車去"(리삼모각로 도북정거장 좌황포차거)를 보라. '삼모각' '북정거장' 같은 지명에 그러한 한자 코드들이 들어 있다. 예를 들어 '北(북)'은 2인이 서로 등진 모습이어서 삼차각적 결합과는 정 반대의미를 갖는 기호이다. 이상에게 '그'의 지도 위의 행선은 바로 이 '북정거장'에서 출발하는 것이다. 이곳은 나시제국의 지도 즉 거울계(소설에서는 동물원으로 표상된)의 시작점이다. 이상은 처음에는 주인공 '그'를 삼모각로에서 출발시켰고 이 북정거장에 도달하게 했다. '삼모각'은 거울계 밖의 지점이며, 2인이 서로 등지고 갈등하는 거울계를 뚫고 나갈 △(삼차각적 기호)의 사상을 제공하는 시작점이다. 그 삼모각에서 삼차각의 사상을 품고 '그'는 삼모각로를 통해 거울계에 진입하는 것이다. 이 거울계의 행로에서 '그'는

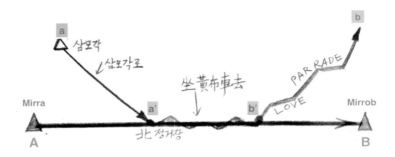

그림 70 신범순, 〈「지도의 암실」의 '탈주 비행선 개념도'〉, 2020

「지도의 암실」은 대지적 신체로서의 '황(黃)'의 길을 탐색하는 이야기이며, 신체지도의 글쓰기를 주제로 한 것이다. 「황(獚)」 연작 시편의 산문적 대응물로 이 소설이 있게 된 것이다. 그는 자신의 분신인 '그'라는 주인공을 등장시켜 제국의 지도 위에서 자신의 손가락 끝을 걷게 하면서 자신의 신체지도에 대한 탐색을 소설적 진술로 전개한다. 그의 지도 위의 행선은 '삼모각'으로부터 출발한 길인데 '북정거장'에 도착하게 되면 '황포차'에 앉아서 기존의 지도 위를 가게 된다는 것이다. "離三茅閣路 到北停車場 坐黃布車去"(리삼모각로 도북정거장 좌황포차거). 여기서 '삼모각' '북정거장' '황포차' 등은 모두 이상의 수수께끼 같은 기호학을 숨겨놓은 글자들이다. '삼모각'은 이상의 삼차각적인 개념이 들어가 있는 지명이다. 서로 상대방과 사랑의 조화로 화합 통합할 수 있는 길이 삼모각로이다. 나시제국의 지도의 길은 모두가 이익에 골몰하여 자신의 이권을 쟁취하고, 상대방을 착취 억압하려는 길이다. 그러한 길들이 제국의 지도와 지리를 형성한다. 북정거장의 '북'은 서로 두 명의 사람이 등을 지고 앉은 상형문자이다. 이상의 분신은 이 세상의 지리로 들어가기 위해 북정거장에 도착한다. 즉, AB선의 차가운 길로 된 거울세계['지식의 0도'의 세계 (그림55, 81 해설 참조)]에 진입하는 것이다. 북정거장에 도착하면 이제는 제국의 길을 가야 하는데 '황포차'에 앉아서 간다는 것이다. '坐(좌)'는 두 명의 사람이 나란히 앉아 있는 상황이다. 서로 등진 北(북)과 전혀 다르게 나란히 함께 있는 모습이니 '삼차각적 관계'로 돌입하기 직전의 모습이다. '황포차'는 누른 포대를 두른 차인데, 이상이 '黃'이란 글자를 자신의 본래적 생명체를 가리키는 개(犬)인 '獚'에도 썼으니(「황」 연작이 「지도의 암실」의 시기와 겹쳐 있다) 여기서도 비슷한 맥락에서 그 글자를 썼을 것이다. 아마 '황포'는 사람의 육체를 가리킨다고 할 수 있으리라. 사람의 육체를 '차'로 비유해서 쓴 것이다. 후에 정지용의 「유선애상」이 거리를 다니는 사람의 신체를 '차'에 비유한 것과도 같다. 이상의 거울계 진입은 여러 분신들로 갈라져 진행되는데, '황포차'의 육체는 자연 자체의 생명 본성을 지키는 존재이다. 그는 '지식의 0도'를 뜨겁게 달구며 자신의 피와 생식적 뜨거움으로 그 차가운 빙결 지대를 녹이며 달려간다. 그의 글쓰기를 진행하는 손가락의 길이 바로 그러한 뜨거운 길이 된다. 「지도의 암실」 마지막 부분에 'LOVE PARRADE' 장이 나온다. 갑자기 무슨 사랑 이야긴가 하지만, 차가운 나시제국의 지도 위에서 진정한 탈주는 '삼모각로'처럼 사랑의 삼차각적 결합체를 지향하는 길을 찾아야 한다. '사랑행진'은 바로 그러한 길을 모색하는 행진이다. 그 행진은 여러 우여곡절을 겪지만 차가운 거울의 0도선인 AB선으로부터 탈주(붉게 파동 치는 선 a'b' '미라─미롭(Mirra→Mirrob)'선이 탈주선이다)하며 상승한다. 이 구불대는 상승선이 'LOVE 비행선'이다. 황포차의 행선이 거울계의 0도를 파괴하고 해체하는 탈주선이라면 이 사랑의 비행선은 새로운 세계를 창조하는 질주의 비행선이 된다. 이상의 작품은 이 두 개의 선을 직조한 신체극장의 텍스트가 될 것이다.

자신의 '몸'의 행로를 개척해야 할 것이다. 소설의 후반부에서 그것은 음악적 선율을 따르는 것이 된다. 결국 '그'는 '北(북)' 즉 2인이 서로 등진 지도의 길에서 자신의 삼차각적 결합물이 될 '사랑의 여인'을 찾는다. 'LOVE PARRADE'라는 삽입구가 있는 소설의 후반부 장에서 그 이야기가 전개된다. '그'는 어느 카페 경계 안으로 넘어지고, 그 안에 '그녀'가 있다. 과연 '그'의 행보는 이 삭막한 도시에서 '사랑의 행로'를 발견하고 그 길을 걸어갈 수 있게 될 것인가?

4

이상은 신체의 글쓰기와 지도 위의 행보를 서로 연결시키면서 소설의 스토리를 전개해나갔다. "離三茅閣路 到北停車場 坐黃布車去(리삼모각로 도북정거장 좌황포차거)"라는 한자어 삽입구 뒤에 지도 위를 질풍처럼 걷는 손가락 이야기가 나온다. "엇던방에서그는손까락끝을걸린다손까락끝은질풍과같이지도우를거웃는데 그는마안흔은광을보았건만의지는것는것을엄격케한다." '그'가 어떤 지도 위를 걷는 것이 아니라 '그의 손가락'이 지도 위를 질풍처럼 걷고 있는 것이다. 이 지도 위에서 벌어지는 손가락의 질주 행보는 무엇을 의미하는 것일까? 그것은 제국의 이해관계와 관련된 항목들, 기호들로 빼곡한 지도 위를 걷는 것이다. 동시에 그렇게 이미 제국에 의해 확립되고 고정되어 인쇄된 지도의 지형에 사로잡히지 않고 오히려 그것들을 꿰뚫고 가려는 '그'의 의지의 행보를 드러내는 것이기도 하다.

이렇게 신체의 자발적 의지와 세상의 지도에 정해진 길들은 대립한다. '그'는 새로운 지도를 꿈꾼다. 그것을 '신체의 지도'라고 할 수 있다. 손가락의 행보는 글쓰기이니 '신체의 지도'는 '신체의 글쓰기'이기도 하다.

'신체의 지도' 또는 신체의 글쓰기는 「이상한가역반응」에서처럼 태양에 탐조되는 '몸'과 몸의 움직임이 투사된 그림자 행로를 그린 것이다. 그 행로는 발자국 음보(음표)들의 이어짐이다. 「무제—황」에서는 그것을 '소프라노 산책'이라는 말로 표현한다. 신체의 행보는 선율적인 행보이며, 각 발걸음은 신체음악의 음표가 된다. 즉, 산보는 발들의 음표를 이어가는 선율적 운동이 된다. 「지도의 암실」에서 우리는 신체의 음악적 산보가 제국이 지배하는 세상의 지도에서 행보할 때 어떻게 격렬한 '탈주'와 '질주'의 행보로 전환되는지를 알게 된다. 한가로운 여유로움 속에서 진행되는 산책은 제국 지도의 길에 들어서면서 자신의 본래 리듬을 유지할 수 없게 된다. 한가롭게 음미되던 신체악기의 선율적 행보는 그것들을 제약하고 억압하는 제국의 지도, 거기 고정된 길들 위에서 파열음을 일으킨다. 태양에 탐조된 신체의 뜨거움과 제국의 0도의 지식으로 냉각된 지도의 차가움이 부딪혀 그러한 파열음을 낸다. 이상은 그러한 예의 하나로 딱정벌레의 도약적 행보를 보여준다. 태양의 열기로 인해 도금된 금속성 신체를 갖게 된 일종의 곤충인간이 이 딱정벌레이다. 그는 지도의 길 위에서 솟구쳐 오르는 도약적 행보를 한다. 그리고 서로 부딪치면 금속성 신체가 울려 종소리를 내기도 한다. 이 딱정벌레 인간은 지도의 평준화된 세계의 질서를 그대로 흉내내기만 하는 원숭이적 존재와 정반대편에 있다.

이상은 「무제—황」 이후 음악적 산책과 등변형 산보의 대비법 속에서 '산(散)'의 의미를 드러낸다. 「무제—황」의 소프라노 산책 반대편에

「1931년 작품제1번」 3장의 "등변형코오스의 산보"가 놓인다. 기계적으로 반복되는 매일 매일의 기하학적 산보는 그의 자연적 신체가 즐겼던 자연적 굴곡의 흐름으로서의 음악적 행보를 모두 죽여버린다. 이 둘의 대비를 통해 이상이 작동시키는 본래적 '산책'의 의미가 드러난다. 그것은 자연스러운 음악성과 함께 하는 신체의 리듬 있는 보행이다. 이러한 '산책'은 신체적 자연을 음미하는 것이며, 그 반대편에 놓인 세계를 직각적으로 인지하고 그에 적대적이 되기도 한다. '산책'은 이러한 면에서 그것에 반한 세계를 인식하는 하나의 관점이 될 수도 있다. 「무제―황」에 제시된 산책과 질주의 순차성은 이러한 관점을 드러낸 것이다. 여기서 첫머리에 제시된 '산책'은 그에 반한 세계의 정체를 인지하고 그것의 적대적 의미를 알게 되는 계기로 작용한다.

그림 71 가야의 뿔잔 토기 (경희대 박물관 소장)
뿔잔은 풍요의 그릇이다. 프랑스 로젤 동굴 벽에 새겨진 구석기 시대 비너스가 들고 있는 뿔잔에서부터 그것은 생명의 그릇이었다.

이상은 「무제―황」에서 "잔을 넘치는 물"을 따라 매일 산책에 나서는 기쁨에 대해 말했다. 이 시의 원문에는 濫觴(람상)이라는 구절이 나온다. 이 단어는 '술잔을 겨우 넘치는 물'의 의미인데 큰 강의 근원이나 모든 사물의 시초를 가리키는 용어이다. 이상은 이것을 뒤집어서 「무제―황」 첫 부분에서 "觴ヲ濫レル水"(잔을 넘치는 물라고 했다. 여기서 觴(상)은 태고의 어느 왕이 남긴 그릇이다. 거기서 흘러넘치는 물이 세계로 흘러간다. 그 물은 무수한 세월을 지나 지금까지 끊이지 않는다. 그 그릇은 일종의 성배이다. 이상은 이 '觴(상)'으로서 나시제국의 역사에 억압되고 있지만 여전히 세상의 아래쪽에서 흘러가는 선사적 생명의 흐름과 그 근원에 대해 생각해보려 했을 것이다. 그의 '산책'은 이러한 면에서 「자화상(습작)」에서 묘사한 태고영상의 약도를 간직한 얼굴에 대해 이야기한 것과도 같다. 고왕의 유적지가 그 '얼굴'에 대응한다.

「무제―황」 첫머리에 제시된 '산책'은 태고의 자연적 신체를 향해 접근한다. 아마 태고적 자연을 억압한 역사 전체와 자신의 신체를 대면시키기 위함일 것이다. 처음 시작된 평화로운 산보는 즐겁고 경쾌한 음악적 선율을 따라 간다. 고왕의 잔에서 흘러내리는 물길을 따라가며 '나'는 자신의 보행의 음표들을 출렁이게 했다. '나'는 심지어는 "제천(祭天)의 발자국소리를 작곡하며, 혼자 신이 나서 기뻐했다". 이러한 행보는 그러나 얼마 지나지 않아 불행의 풍경에 마주친다. 물의 근원을 따라가다 보니 철조망 안에 갇힌 고왕의 유적에 다다르게 된 것이다. 태고부터 내려온 고왕의 유적에는 녹슨 태양과 천추(千秋)의 한(恨)이 그늘진 돌길이 있다. '나'는 경쾌한 음악적 보행을 가로막는 철조망에 둘러싸인 이 우울한 유적을 발견하고 그 의미를 추적해보기 시작한다. 인류 역사 전체의 상황들이 여러 암시적 비유와 은유적 기호들로 이러한 '나'의 산책 이야기에 스며들어온다. '나'라는 사적 개인은 인류 역사 전체를 자신 속에 상징적으로 빨아들인다. 그리고 그렇게 태고왕의 유적을 유폐시키고 천추의 역사를 지배하고 주도해온 상징적 존재로 나시 마드므와제(NASHI MADMOISER)라는 인물을 제시한다. 철조망 넘어 태고 유적을 탐색하면서 '나'는 마침내 이 '천추의 역사' 뒤안길에 유폐된 존재를 발견하게 된다. 나시(NASHI)라는 존재가 화려하게 거주하는 아방궁 뒤뜰에는 철창에 갇혀있는 '황(獚)'이 있었다. '황'은 개 이름이지만 원초적 인간신체의 은유이다. 태고왕 이전부터 존재했던 이 존재는 나시가 역사를 지배하면서 역사적 현실에서 추방되어 보이지 않는 구석의 철창에 유폐되는 운명을 맞았다.

이 '황'은 태고 이후 나시 마드므와제에 의해 지배되어온 역사 내내 존재했던 인류의 자연적 본성, 즉 육체성이며, 신체 자체이다. 그것이 사실은 이상(나) 자신의 신체이기도 함을 '나'는 자각한다. 그러한 인간 신체의 오랜 유폐적 운명을 고왕의 유적에서 비로소 인식하게 된 것이다. 자신의 '나체'가 바로 '황'의 본 모습이라는 것을 이상은 「황의 기 작품제2번」에서 썼다.[126] 그는 고왕의 유적지를 탐색하고 난 후 아 방궁 뒤뜰에서 발견한 '개'에게 '황(獷)'이란 이름을 지어준다. 그렇게 명명한 날짜가 1931년 11월 3일이다. 「황의기 작품제2번」의 제목 아래 그 명명한 사실과 날짜를 부제로 달았다. 「1931년 작품제1번」 역시 이 러한 스토리와 연결된 연작시의 하나이다. 이 시는 '황'을 발견한 이야 기인 「무제—황」과 그에게 이름을 붙여준 날짜를 부기한 「황의기 작 품제2번」 사이에 놓인다. 1931년은 '황'을 발견하고 이름 붙여준 연도 이기 때문에 이상의 문학적 생애에서 중요하게 기록된 것이다. 이 해 는 이상이 본격적으로 많은 시들을 창작했던 시기이기도 하다. 「이상 한 가역반응」 「조감도」 「삼차각설계도」 등의 연작시가 발표되고 유고 노트에 남긴 「황」 연작의 첫 부분이 쓰였다. 이 연작들은 그 이전의 시 들과 달리 매체에 발표되지 않았고 노트로만 남았다. 습작 정도로 아 는 사람들이 있지만 잘 읽어보면 오히려 발표작의 수준을 능가한다. 발표되지 않은 것은 여러 사정이 있겠지만 거기 담긴 내용의 심각성 때문일 것이다. '나시 마드무와제'라는 역사의 억압적 존재는 당시 식 민지를 지배한 일제를 환기시킬만한 요소가 다분하다. 이에 대해서는 다른 장에서 좀 더 세밀히 다뤄볼 것이다. 아무튼 우리는 이상이 다른

---

126 「황의기 작품제2번」의 「기4」 첫 부분을 보라. "황의나체는 나의나체를 꼬옥닮았다 혹은 이 일은 이 일의 반대일지도 모른다/ 나의 목욕시간은 황의 근무시간속에 있다." 이상에게 '나 체'는 '몸'의 자연 그대로의 본 모습을 가리킨다. 그것이 그를 기독이 되게 만들어준다. 「산 촌여정」 마지막에서 그는 "내 나체의 말씀"이라고 했다. 그것은 성경적인 차원의 신성한 것 이다. 도회 신간잡지들을 장식하는 여인들이나 신사들, 창백한 동무들과 격이 다른 존재인 것이다. 그러나 그러한 성경적 차원의 말씀이 엎질러진 것처럼 지리멸렬한 상태라고 한탄하 고 있다.

어떤 연작시에서보다 「황」 연작에 더 광대하고 구체적이며 서로 긴밀하게 연결되는 긴박한 스토리를 담으려 했다는 것에 주목해야 한다. 그만큼 이상은 이 작품에서 다른 어떤 작품보다 밀도 있는 이야기를 전개했고, 자신의 '발견'을 충격과 비애의 거대한 비극적 스토리로 이끌어갔다. 그 비애는 신체적 음악을 억압하는 인간 역사의 장에서 나온 것이다.

고왕의 폐허와 아방궁 뒤뜰에 갇힌 '황'을 발견하게 되면서 '나'의 음악적 산책은 점차 몽상적인 음악성을 잃어버린다. 이후 '황'을 동반하기도 하는 산책이 나오지만 최초의 산책에서 보여준 경쾌함과 유쾌함은 사라져 버렸다. '나'는 점차 고왕의 유적에 얽힌 사건들의 전모를 알려고 노력한다. '나'는 탐색적이 되고 비애에 사로잡힌다.

'나'는 이러한 상황을 못 견디고 본래의 '나'로부터 이탈한다. 한동안 제국대학 병원에 소속된 R의학박사에 이끌리면서 그가 주장하는 뇌의 좌우분리적 이원론에 동조한다. 모든 것들을 총체성에서 분리시켜 연구하는 분리주의자가 R의학박사이다. 그의 이론체계를 따라 대학의 학문은 진전된다. 이러한 이원론이 전위적 사상이 되어 그것으로 제국의 제도들을 이끌어간다. 그리하여 모든 것은 「이상한가역반응」에서 제시한 것처럼 총체성에서 분리된 시야를 고정시키는 현미경과 시계의 '원(圓)' 안의 현상들로만 나타나고 그것이 곧 우리의 세계가 된다. 이렇게 분리된 원 안의 세계에 점차 우리 모두 갇혀 지내고, 이 원 안의 세계를 전부로 착각하며 일생을 보낸다. 인간들이 개발한 논리와 지식들이 그러한 한계성의 원 울타리를 만들어낸 것인데, 그 안에서 인간들은 모든 것을 바라보고 해석하며 거기 맞춰 살아간다. 나시 마드므와제는 그 원을 만들고, 그 안의 것들을 장악하고 지배한다. 나시는 그러한 논리와 지식 바깥에 존재하는 인간들의 신체, 육체적 자연성을 '황'처럼 가둬버린다. 나시 제국에서는 원 바깥의 일들을 이야기해서는 안 된다. 그러한 자들은 감금된다. 원 바깥의 세계를 자유롭게 보고 느끼고 살았던 고왕의 시대는 가버렸다. 그 왕의 유적은 폐허가 되었으며, 철조망 안에 밀폐되었다. '황'을 거기서 발견하고, 그와의 만남으로 '나'의 일상은 비극으로 바뀐다. 이 우울한 '나'를 밀어내고 또 다른 '나'(거울계 안의 '나')가 나의 일상을 지배하려 한다. 나시제국의 가장 첨예한 의학적 지식 분야에 몰두하면서 '나'는 R의학박사에 이끌린다. 그의 실험에 '나'는 '나'의 개들을 제공한다. '나'는 그의 첨단적 이론에 전염되고, 그것에 부역하는 존재가 된다. 그 거울계의 전위로 일하면서 자신의 원초적 존재인 '황'과 갈등을 빚는다.

이러한 주제의 한 측면을 극한적으로 전개한 것이 「황」 연작의 하나인 「1931년 작품제1번」이다. 「황의기 작품제2번」에 나오는 R의학박사의 전신처럼 보이는 R청년공작이 여기 나온다. 그리고 그와 친한 나시양 즉 리양(梨孃)이 함께 등장한다. '나'는 신체의 여러 부분이 병들어 있고 '제四병원'에 입원하게 된다. 그러나 황당하게도 그 병원의 주치의를 도난당했다거나 그가 망명했다는 소문이 들린다. 할 수 없이 '나'는 '제四병원'에 입원하지 못하고 간호부 인형을 구입해서 자가 치료를 한다. 이러한 것들은 모두 시적인 언술들이다. 이러한 시적 스토리는 환상과 알레고리를 동원한 것이며 그것들은 많은 이야기를 압축하고 있다. 주치의나 간호부는 마치 인공적 사물이나 도구처럼 취급된다. 신체의 병은 자연적 생명체 자체를 유기적으로 다루는 치료법으로 다뤄져야 한다. 그러나 신체의 인공화에 매달려있는 '나'는 그 반대로 신체를 인공적으로 다루는 병원 치료 방식을 선택하고 있는 것이다.

　여기서 이상의 신체극장 드라마는 신체의 인공화를 극단적으로 밀어붙이는 무대를 마련한다. "나의 폐가 맹장염을 앓다"라고 시는 시작한다. '나'는 주치의(主治醫)도 없이 스스로 자신의 병을 고치기 위해 모조 맹장을 제작하고, "한 장의 투명유리 저편에 (모조맹장의) 대칭점을 만들어" 그 모조 맹장의 거울상을 만들려 한다. 모조맹장에서 한 차원 더 진전된 거울계의 맹장을 만들어보려는 시도가 여기 제시된 것이다. 모조맹장은 인공적으로 매우 조악한 일종의 견본과 같은 것이어서 '나'의 자연신체에 있는 맹장을 대체하기에는 부적합하다. 그래서 그 모조맹장으로부터 자연신체 맹장에 더 근접한 수준이 되도록 그것의 거울상을 만들어낸다. 투명 유리 저편의 대칭점에 거울계에서 만들어질 인공맹장의 자리가 있다. 자연신체 맹장의 세밀한 부분까지 닮은 그림자 맹장이 거기서 자신의 이미지를 인공맹장에 부여하게 될 것이다. 거울계의 모든 기술이 거기 투여될 것이다.

　그러나 이 시의 2장에서 이러한 신체의 인공화 치료가 전개되면서 '나'의 신체극장 드라마는 혼란에 빠진다. "심장의 거처 불명(不明). 위(胃)에 있느니, 가슴에 있느니, 이설분분(二說紛紛)하여 걷잡을수 없음"이라고 했다. '나'의 병든 폐는 인공적으로 치료했지만, 그로 인해 내 생명의 중심 자리를 차지하는 심장이 본래의 자리를 잃어버리고 거처 불명 상태가 된 것이다.

　'맹장염에 걸린 폐'는 '나'의 신체기관 중 하나인데 독립적 생명체처

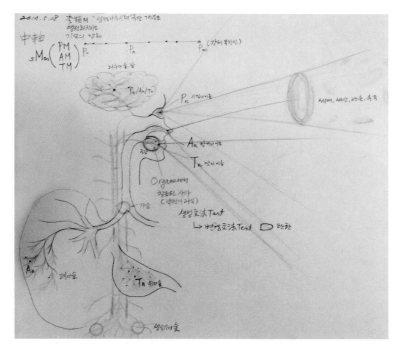

그림 72 신범순, 〈이상의 신체극장 개념도〉, 2018

신체기관 중 「1931년 작품제1번」 「내과」 등에서 주된 등장인물인 폐와 위를 배치했고, 「골편에관한무제」의 주제인 골편으로서의 척추와 뇌수, 기타 여러 시편들과 연관된 눈과 코와 구강을 신체극장의 주 무대로 형상화했다. 눈의 초점은 '시각의 일점'이다. 「선에관한각서7」에서 말한 '시각의 이름'과 관련된 '숫자적인 일점'을 가리킨다. 이것은 순간적으로 바라본 세계, 세상, 만물, 우주상이 한 점에 깃들어 있는 것이다. 그 점에 깃든 이 총체적 '나'의 내밀한 신체 속에 영원히 존재한다.

이러한 '시각의 점'들과 마찬가지로 미각의 점들, 폐와 위장의 점들 또한 존재한다. 우리 신체는 우리 자신의 감각들이 받아들인 시각적, 청각적 점들뿐 아니라, 호흡하고 소화시킨 후각과 미각의 점들, 숨쉰 점들, 내 안에 들어온 에너지와 물질원소의 점들로 구축되어 있다. 신체는 이러한 무수한 점들의 집합이다. 이 점집합 신체는 내밀한 신체이며, 해부학적으로 절대 포착되지 않는 미묘한 신체이다. 그것은 아무리 물리적으로 붙잡아보려 해도 절대 잡히지 않는 안개 같은 신체인 것이다.

따라서 우리의 신체는 그저 유기적 기관들, 세포들의 집합체만이 아니다. 그러한 기본 틀 안에 우리가 받아들인 방대한 우주, 세계의 수많은 정보, 형상, 에너지, 빛들이 들어와 그것들로 가득 채워진 것이다. 이상이 「1931년 작품제1번」에서 다루고 있는 신체의 인공화는 이러한 내밀한 신체를 붕괴시키는 작업이다. 비록 인공적으로 유기체적 인간을 거의 비슷하게 복제한다 해도 이 내밀한 인간존재는 거기 들어있지 않다. 그것은 다만 껍질이며, 텅 빈 존재일 뿐이다.

그림 73 점집합적인 안개의 신체는 일종의 점 매트릭스 세계가 된다. 나의 신체 안에 세계와 사물 우주의 모든 것들이 점들로 들어가 있기 때문에 '나'는 그 속의 점들로부터 무엇이든 만들어낼 수 있다. '나'는 그렇게 내 안의 어떠한 점들을 불러오는가에 따라 그때그때마다 새롭게 창조된다. 그 점들의 매트릭스 신체는 나의 자궁이며, 나의 우주이고 세계이다. 그것은 내 안의 방대한 신체극장이기도 하다. 내 꿈의 환상세계들은 그로부터 창조되고 상연된다. 그것을 나는 '상상극장'이라고 부른다. 이상의 신체극장은 이러한 꿈의 상상극장을 작동시킨다. 전등형 인간은 자신의 신체 속 점집합 우주에서 자신이 꿈꾸는 작품을 위한 점들을 불러 모은다. 과거와 현재, 미래의 모든 시간대에서 그 점들이 몰려온다. 마치 음악의 화음처럼 서로 연결되며 자신이 꿈꾸는 음악을 연주하듯 그 점들의 새로운 집합체들이 현란하게 음악적 형상을 이룬다. 피카소의 「성좌도」는 그러한 점들의 성좌도를 그린 것처럼 보인다. 이상은 「무제—황」에서 '제천의 발자국 소리'를 작곡했다. 이러한 예술들은 리얼리즘의 조악한 현실 차원을 넘어선 자리에 존재한다. 후에 나올 인공지능의 예술도 이러한 영묘한 차원에 들어설 수 없다.

인위적인 인공신체기관들은 이 신비로운 점들의 영묘한 신체를 제거하는 것이 된다. 그러한 인공신체로 대체된 인간은 아무런 우주적 신비도 자신 안에서 불러낼 수 없다. 그 신체는 그야말로 텅 빈 것이다.

여러 원인들로 '나'의 자연적 신체의 점 매트릭스는 파괴될 수 있다. 그것이 '나의 병'이다. 자연이 오염되거나 훼손되듯이 '나의 신체 우주'도 마찬가지로 오염되거나 파손된다. 내 '안개 신체'를 소중히 할 일이다. 마치 내 안의 신전처럼 신성하게 그것을 알고, 대접하고, 가꾸고 키워가야 할 것이다. 내가 내 신체 우주를 돌보고 가꾸는 원정(園丁)이 되어야 한다. (위 그림은 Sacred Aviary 앨범에 그려진 「Coconut Dot Matrix」이다. 출처: https-//bigeartapes.bandcamp.com) 이 그림은 코코넛 인간이 여러 식물 (산호적 이미지도 포함된) 생태계의 지층과 결합된 풍경이다. 코코넛 인간의 인체는 마치 여러 지층들의 퇴적물처럼 보인다. 그 지층들은 또 모두 점들의 집합체이다. 한 인간존재는 이러한 점집합적 지층들의 율동으로 존재한다. 사유한다. 행동한다.

럼 신체극장의 등장인물이 된다. 그래서 그 '폐'라는 존재는 자신의 '맹장'을 가지고 있고, 그것이 병든 것이다. 그 폐의 병든 '맹장'을 '내'가 인공맹장으로 교체해서 그 병을 고쳐주어야 한다. '나'는 그러한 인공화 연구에 몰두하고 있는 존재이다. 누군가 '나'의 피가 유기물이 아니고 무기질이라고 확인해준다. '나'의 이러한 연구의 원동력(피의 활동)은 반생명적 무기체 에너지로부터 나오는 것이다.[127]

그런데 이러한 '나'의 반생명적 무기체 존재로 전환되는 과정이 혼란에 빠진다. 생명의 근원인 '나'의 '심장'이 갑자기 어디론가 가버린 것이다. '심장'의 거처를 알 수 없다. 음식물 소화기관인 위(胃)에 그러한 생명의 근원(심장)이 자리 잡고 있는 것인가? 아니면 감정이나 마음이 자리 잡고 있는 '가슴' 속에 그것이 자리 잡고 있는 것일까? 도대체 '심장'은 신체의 어디에 있는가? 인공화 연구가 심화될수록 생명의 근원(심장으로 대표되는)은 점점 더 미궁에 빠진다.

그리고 또 '내'게서 다량의 출혈이 있게 된다. 자연 신체의 병든 부분을 인공신체 기관으로 대체하는 치료가 오히려 전체 생명의 심각한 위기로 추락하고 있다. 이 위기에서 누군가 '나'의 '피'가 무기물의 혼합물이라는 것이 판명되었다고 확인해준다. '나'는 이제 신체 전 기관에 생명을 공급하는 피에까지 무기물적 요소를 갖고 있는 존재처럼 된 것이다. 이 피의 무기물적 요소를 확인한 사람도 물론 인공신체의

---

127 우리는 뒤에 이상의 「시제9호 총구」를 다루면서 신체기관들이 에로틱한 결합체로서 새롭게 창조된 신체극장의 풍경을 보게 될 것이다. 「1931년 작품제1번」의 신체극장 풍경은 그와 비슷하면서도 반대이다. 즉, 여기서는 각 기관들이 개체적 생명체이지만 다른 기관들과 유기적으로 결합되어 있지 못한다. 이 결합은 병들었다. 신체의 생태계가 그렇게 병든 상태가 된 것이며, '나'의 병이 바로 그것이다.

연구자일 것이다. 제4병원과 나의 자가 치료는 이러한 인공적 경향들, 인공주의자들로 포위되어 있다. 아무튼 '나'는 이러한 신체 인공화 치료실에서 퇴원한다. '나'는 이러한 신체 인공화 프로젝트의 시범 케이스로서 기념비적 성공작처럼 선전될 것이다. 그리하여 거대한 샤프트의 기념비(인공신체로의 전환을 기념한)가 세워진다. 그러나 그 앞에서 무기질 피로 인해 창백한 '백색의 소년'(인공신체가 진행된 '나')은 협심증으로 쓰러진다. 이 기념비 앞에서 아이러니하게 '그'의 피는 더 창백해지고, 심장은 더 위축되고 빈약해진 것이다. 기념비의 솟구침과 '나'의 쓰러짐이 극명한 대립을 보여주지만 그것은 같은 이야기의 양면이다.

이 시의 3장에서 '나'의 매일 계속되는 '등변형 코오스의 산보' 이야기가 나온다. 그것은 이렇게 '내'가 인공 신체 연구에 매진하고 있는데도, 거기에 굴하지 않는 자연신체의 '불요불굴(不撓不屈)'의 현상(풀처럼 수염이 돋아나는 등)이 나타나기 때문이다. '나'는 자신의 몸에 나타나는 그러한 자연현상에 짜증이 나고 싫어진다. 그래서 그러한 자신 속의 자연을 극복하고 더 완벽하게 자신을 인공적으로 변화시키고 싶어서 매일매일 '등변형코오스'를 산보한다. 이 산보는 자신의 몸을 일정한 규격에 끼워 맞추려는 일종의 인공화 체조이다. 음악적 산책의 반대편에 이 무미건조한 기계적 기하학적 산보가 놓인다.

1931년에 부각된 '나'의 인공화 작업은 이후 자신의 '황'과 대립 갈등하는 이야기들을 만들어냈다. 그는 1932년 이후 「황」 연작 시편들에서 '개의 죽음'에 대해 말한다. 「무제―죽은 개의 에스푸리」 같은 시가 그 한 예이며 「황의기 작품제2번」에서도 제국의 병원에서 '개'의 뇌수를 2원론적 분리의 관점에서 연구하는 R의학박사와 '황'의 갈등과 전쟁에 대해 이야기한다. 이 갈등과 전쟁 속에서 점점 '황'의 처지는 어려워지지만, '나'의 인공화를 지향하는 분신도 억제되고 잠잠해진다. 본래의 '나'가 어느 정도 되살아난 것일까? 「1933, 6, 1」은 과학주의를 추종했던 '나'의 일생에 대한 참회록이다. 「꽃나무」가 위 시와 함께 1933년 7월에 발표된다. 「황」 연작의 마지막 작품인 「작품제3번」도 대략 이 해의 어디쯤에선가 창작되었을 것이다. 거기에는 자신의 생애에 대한 비탄스러운 묘사가 있다. 그러나 비탄의 계절이 가고 언젠가 도래할 봄에 대한 희망이 예언처럼 쓰여 있기도 하다.

5

나는 이상이 '질주'의 명제를 더 정교하게 전개해 가기 위해 '산책'의 명제를 제시했다고 생각한다. '산책'은 신체 오르간의 보행을 한가로운 상황에서 긴장을 풀어 진행시키고, 더 자유롭고 자연스럽게 작동시키는 것이다. 신체의 오르간적 풍경은 이러한 산책 속에서 더 섬세하고 내밀하게 드러날 것이다. 그런데 「오감도」에서 이상은 '몸의 산책' 즉 '신체 오르간'을 한가롭게 작동시키는 산책의 붕괴에 대해 말해야 했다. 그것은 그의 산책의 주제를 발전시켰던 '황'과 '차8씨'의 주제가 난관에 봉착한 상황을 말해준다. 「오감도」의 「시제7호」에서 우리는 그러한 붕괴의 풍경을 본다. 그것은 창백한 월광을 떨어뜨리며 낙백(落魄)하는 '만월(滿月)'과 자신의 하늘에서 꽃피던 성좌가 붕괴된 '사호동(死胡同)'[128]의 풍경이었다. 「차8씨의 출발」에서 산호나무의 꿈처럼

---

128 이 단어는 백화어로는 '골목'을 가리키지만, 사전적인 의미에 갇히지 않는 이상 특유의 시적 기호학에서는 글자 부수의 의미들을 생각해보아야 한다. 따라서 '사호동'을 '죽은 고월(古

등장한 만월은 「시제7호」에 와서 자신의 혼백을 잃어버린 모습으로 붕괴된다.

이상은 자신의 시에서 세계의 풍경을 신체와 결합하여 '신체적 풍경'으로 변용시키는 일을 서슴지 않았다. '만월'도 그러한 신체적 풍경으로 읽어야 한다. 차8씨의 산호나무의 글쓰기는 자신의 신체의 달(月)을 펜의 곤봉으로 종이 위에서 수레바퀴처럼 밀고 나가는 것이었다. 「시제7호」에서 그것을 '월아(月芽)'(달의 싹)가 자라 만월이 되는 식물적 성장의 풍경으로 묘사했다. 그렇게 해서 완전히 성장한 달은 '월륜(月輪)'(달바퀴)의 꽃이 된다. 나무인간이 꽃피우는 시작품 창조를 달의 식물적 성장에 비유한 것이다. 시 첫줄에 나오는 "특이한사월(四月)의 화초(花草)" '삼십륜(三十輪)'은 바로 그렇게 달의 성장을 화초에 비유한 것이고, 30륜은 피어난 30개의 꽃을 가리키는 것이다. 이러한 나무인간의 '달[육(肉)달月]의 신체'를 꽃피우는 것이 「차8씨의 출발」에 나오는 '일산이주(一散二走)'의 '一散(일산)'이지 않을까? 그다음에 '별들처럼 꽃핀 사상의 질주'가 따라올 것이다. 그것이 '이주(二走)'가 될 것이다. 이상에게 사상은 흔히 별무리의 풍경으로 나타난다.

그런데 「시제7호」에서는 이러한 '일산이주'의 풍경이 모두 나온다. 즉 4월 30륜의 꽃들은 '나'의 화원을 구성한다. "일년사월(四月)의공동(空洞) 반산전도(槃散顚倒)하는 성좌와 성좌의천열(千裂)된사호동(死胡同)"이라는 구절도 이러한 문맥 속에서 읽힌다. 반산전도의 반산(槃散)이란

___

月)과 오랑캐(胡)의 무리'라고 읽을 수도 있다. 이상은 자신의 별명인 '하융(河戎)'을 자신이 그린 그림들에 서명(署名)으로 사용했는데, 그것을 그는 '물속의 오랑캐'라고 풀이했다고 전한다.

중국 고대 금문이 새겨진 청동쟁반인 '산씨반(散氏盤)'을 뒤집은 것처럼 보이기도 한다. 자신의 글의 성좌가 담긴 쟁반이 뒤집혀 별들이 흩어지고 꽃피던 달이 죽어버린 '사호동'의 풍경을 그는 「시제7호」에서 그렸다. 그의 몽상적 산책이 그렇게 붕괴되고 있었다. 제비다방 영업의 붕괴가 이상의 화원을 붕괴시키는 불길한 바람을 불러왔다. 그 이후 금홍이의 명경(明鏡)은 자신의 얼굴을 꾸미고, 바깥에서 몸을 파는 영업을 위해 계산하는 빛으로 반짝였으며, 이상은 전후 양측에 놓인 이러한 금홍의 명경 사이에 갇혀 지냈다. 거기서 아무런 창조적 활동도 할 수 없는 '텅빈 四月'의 공동(空洞)을 지내야 했다. 경제적 빈곤으로 몽상과 사색의 빈곤이 찾아왔다. 은행의 빛 독촉이 들어오고, 저당 잡힌 집이 차압당하고, 가족들의 괴로운 서신이 날라들었다. 냉혹한 거울계의 폭풍이 이상의 화원에 휘몰아 닥친다. 그의 성좌들이 뒤흔들렸다. 별들이 자신의 자리에서 뽑힌 못처럼 뒹굴어 다닌다. 그의 신체가 그 폭풍 속에 잠겨 버렸다. 그의 산책은 붕괴되고 그의 시와 사상의 꽃들이 몰락했다. 그럼에도 불구하고 이러한 것들을 모두 감싸 안고 묘사하며, 그 불행들을 견디고 시로 창조해내는 언어들은 '질주'의 언어들이다. 현실의 폭풍들을 맞이하고 그것들의 면모를 펜에 담고, 그것을 꿰뚫고 나가려는 의지가 그 언어들에 담겨있다.

가외가(街外街)의 아크로바티와 나무인간의
신체극장 이야기

1

이상의 '질주'의 개념은 그의 첫 번째 발표작에서부터 등장한 것이다. 「이상한가역반응」이 바로 그것이다. 그 시의 마지막 부분에서 태양에 탐조된 '몸'의 그림자는 잔등의 전방에 위치하는데 그것은 그림자의 '질주'를 암시하는 것이다. 이 '질주'는 아직 잘 해명되지 않은 것이지만 이상의 주제를 해명하는데 핵심적인 것이 될만하다. 그것은 여러 작품들에서 다양하게 제시되었고, 「오감도」 시편의 첫 번째 시인 「시제1호」에서 무서운 아해(兒孩)들의 질주로 강렬하게 솟구쳤다. '몸'의 사상적 예술적 대변자인 이 '그림자'의 질주는 유고작으로 발표된 「실낙원」 시편의 마지막 작품 「월상(月傷)」에서 끝난다. 병든 달의 추락으로 인한 인류와 지구의 대파국을 묵시록적으로 묘사한 이 시에서 새로운 세계를 예감한 '나'의 '몸'은 드디어 자신의 '그림자'를 추월한다. '나'는 자신의 '몸'을 앞장세워 나아가게 된다. '나'의 '몸'은 이제 그 자체의 자연적인 삶을 살 수 있게 된 것이다. 인류 역사를 장악해온 병든 달이 추락함으로써 그러한 삶이 가능해진 새로운 세계가 열렸기 때문이다. '질주'의 주제는 여기서 그 최종적인 도달점을 보여준다.

이상의 작품 전체는 이 '질주'의 스토리를 갖고 있으며, 각 작품들은 그것의 여러 단계에서 각자 자신의 자리를 차지하고 있다. 「차8씨의 출발」에서 이상은 자신의 전체 작품을 관통하는 '질주'의 주제를 정식화했다.

'차8씨'가 자신의 온실에서 은화식물의 꽃을 피운 것은 산책일까 아니면 질주일까? 산책을 한가롭고 부드럽게 자신의 몸을 펼쳐가는 리듬으로 본다면 차8씨의 곡예는 격렬해 보인다. 곤봉으로 땅을 꿰뚫는 것이 그러하다. 또 시의 마지막에 "사실차8씨(且8氏)는자발적으로발광(發狂)하였다"고 한 부분에서도 그것이 확인된다. 이러한 것은 산책의 한가함과 부드러움에서 멀리 나아간 것이다. 여기서 '발광'이라 한 것은 '차8씨' 특유의 '질주'를 묘사한 것이다. 그의 아크로바티는 사실상 억압된 신체의 미친 듯한 몸짓인 '발광(發狂)'이었다. 그리고 동시에 그것은 신체적 글쓰기로 표현된 꽃의 발광(發光)이었다. 우리는 이상이 '차8씨'의 광기 어린 예술적 초상화를 이후(문단에 등장한) 어떻게 전개해갔을지 추적해보아야 한다. '질주'와 '꽃피우기' 이야기가 그것을 변주한다.

이상의 '꽃피우기' 이야기는 거울계에서 벌어지는 몸과 그 그림자의 질주 드라마와 연관된 것이다. 그리고 우리는 이미 이 '질주'의 모티프가 정지용의 첫 번째 시 「카페 프란스」의 주제였다는 것을 알고 있다. 그것은 구인회 동인지 『시와소설』에서 파라솔파 멤버들이 공유했던 주제였다. 그 주제를 놓고 서로 미묘한 경쟁을 벌여온 결과물이 거기 실린 세 편의 시와 한 편의 소설[129]로 나타났다. 이상은 「가외가전(街外街傳)」이란 매우 난해한 시를 거기 실었다. 우리는 이 시에서 '몸과 그림자' 이야기의 결정판을 볼 수 있을지 모른다. 왜냐하면 이상은 동인들에게 이 시가 자신의 최상의 성취를 보여준 놀라운 작품이라고 호언했기 때문이다.

그 시에서 '몸'은 첫 문장의 주어 자리에 놓인다. "훤조(喧噪)때문에마멸(磨滅)되는몸이다"라고 시작한다. 잘 읽히지 않는 난해한 이야기들, 이미지들이 복잡하게 뒤얽힌 이 시를 정리해보면 여러 층단(層段)이 있는 위계의 거리들을 지구 전체의 자연과 역사가 결합된 신체극장 무대 위에 펼쳐놓은 것이다. 수많은 층단, 즉 사다리와 계단들이 있다. 가장 아래쪽 바닥에는 이것들을 지탱하는 태고의 호수와 땅의 지반들이 있다. 지구의 신체적 요소들이다. 인간 역사의 기둥과 막(幕)으로 된 무대가 그 위에 설치되어 있다. 지구의 신체극장이 이렇게 펼쳐진다. '나'의 신체가 이 거리와 지구의 신체극장과 결합되어 기이한 미궁의 구조를 이룬다. 이러한 기이한 초현실적 미궁의 신체 극장에 펼쳐진 거리와 '거리밖거리들'(가외가)에서 삶과 정치와 사상들이 전개되고 갈등하고 투쟁한다. 수많은 소음이 울리고 세상을 뒤덮는다. 거리(街)의 소음과 세상의 온갖 소음들을 꿰뚫고 솟구치는 내 '몸'과 그 그림자, 이것들의 기이한 아크로바티가 펼쳐진다. 맨 위쪽 층단의 육교 위에서 '나'는 거대한 그림자와 미미한 그림자들에게 점령된 아래쪽 육교를 내려다본다. 여러 층단의 육교들이 그 아래 있다.

---

129 정지용의 「유선애상」, 이상의 「가외가전」, 김기림의 「제야」, 박태원의 「방란장 주인」(단편소설)이 『시와소설』(1936. 3)에 함께 실렸다.

매우 난해한 시이다. 그러나 이상이 벌여온
'몸과 그림자의 드라마'를 추적해온 사람에
게는 그 난해함의 장막을 거둬낼 몇 가지 시
선이 준비될 수 있다. 그 시선들에 의해 이 시
에 감춰진 '놀라운' 장면들이 포착될 수 있을
것이다. 그러한 시선은 역사 전체를 내려다보
는 까마귀의 시선[「오감도」의 '오감(烏瞰)'이 바로 이 시
선이다]이라고 할 수 있다. 그 시선 중 하나는
'몸'과 '거리'를 통합하여 그것을 신체극장의
이야기와 풍경으로 만들어 바라보는 것이다.

「가외가전」의 신체극장은 훤조(喧噪)의 거리
에서 벌어지는 '몸'의 이야기이다. 먹고 살기 위
해 싸우는 수많은 입들이 아우성치는 소리들
[喧噪(훤조)는 바로 그 입들로 구성된 한자이다] 속에서
이 '몸'은 마멸(磨滅)된다. '몸'은 먹고 사는 문
제에 몰두한 소음들로 시끄러운 거리에 살며,
그 삶에 스며든 거리의 풍경을 신체 각 부위
들의 풍경과 결합시킨다. 아버지와 아들, 노
파가 등장한다. 거리의 신체 극장은 이들의
신체가 펼쳐지는 무대이다. 이들의 부패한 신
체와 그림자들이 거리를 채운다. 그것은 또한
매우 오래 살아온 세상이란 '노파'(인류 역사가 진
행된 세상을 은유하는)의 신체이다. 세상의 풍경들

그림 74 Pablo Picasso, *Female Acrobat*, 1930
피카소의 아크로바티 주제는 장밋빛
시대를 건너와 '블루' 시대에 다시 조명
되었는데 위 그림은 그 '블루' 시대의
첫 번째 작품이다.
이상의 작품에서 곡예사는 그의 소설
「12월12일」에 삽입된 전매청 공사판 메
모에 나온다. 까마득한 줄 위에 서서
공포의 기록을 해나가는 글쓰기의 도
승사(渡繩師)가 바로 그이다. 1932년에
발표된 「차8씨의 출발」의 '차8씨'가 그
두 번째였다. 「가외가전」을 그러한 곡
예적 풍경의 최대치로 볼 수 있다. 이
시에서 이상은 자신의 '몸'과 거리, 세
계역사의 풍경을 하나로 합쳐놓았다.
그의 '몸'과 글쓰기의 아크로바티가 이
기이한 '가외가'의 여러 층들을 기이한
몸짓으로 널뛰고 있다.
피카소의 '여성의 아크로바티'는 자신
의 신체를 최대한 자신의 공간 전체에
펼쳐놓고 있다. 그녀의 감은 눈은 이
신체의 아크로바티가 무의식과 우주
적 차원에서 전개될 수도 있음을 암시
해주는 것 같다. 우주의 끝없는 어둠이
그녀의 신체를 감싸고 있다. 두 발은
위 아래로 하늘과 땅을 밟고 있다. 좌
우 두 손은 부드럽고 날카로운 대비법
으로 좌우 공간을 짚고 아크로바티를
벌이는 신체를 지탱하고 있다.

이 이 신체 부위들과 기이하게 반죽되어 초현실적 풍경을 만들어낸다. 입과 소화기관, 손과 발 등이 이 시의 신체적 요소들이며, 세상의 여러 요소들과 결합되어 세상의 신체가 된다. '나의 몸'과 세상의 신체 사이에 건널 수 없는 심연이 있다. 휜조의 거리 위에 가설된 '육교'는 이 심연을 건너가기 위한 것이다.

이렇게 신체와 그 바깥의 거리가 결합된 신체극장의 무대는 '방대(尨大)한 방'[130]으로 변화된다. 이 '방대(尨大)한 방'이 태고 선사 이래 역사시대까지의 모든 사건들을 품는다. 그 방에서 '몸'은 자신의 세계사적 사색을 진전시키며 역사시대 전체를 건너가 새로운 세계를 창조해내려 한다.

거리와 세상의 총체를 내려다보고 그 전체를 사유의 대상으로 삼는 까마귀의 시선을 염두에 둘 때 비로소 제목에 들어간 '가외가'의 의미를 포착할 수 있게 된다. 그러한 시선만이 시에 전개된 복잡한 미로(迷路)적 풍경을 이해할 수 있다. '가외가' 즉 '거리 바깥의 거리'는 세상의 거리를 세상의 차원보다 더 높은 차원에서 조감하는 새들(까마귀들)의 비행선들이 있는 하늘(사상의 성좌들이 있는)의 거리를 가리킨다. 그것은 성좌들이 진을 치고 있는 하늘의 거리, 일종의 성운(星雲)의 거리가 될 것이다.

오감의 두 번째 시선은 무엇인가? 그것은 '가외가'의 시선으로 이

---

130 이상이 '광대(廣大)한'이라고 하지 않고 '방대(尨大)한'이라고 한 이유는 무엇일까? 삽살개 방(尨)은 '삽살개'의 기호이며, 방대(尨大)는 모든 것이 섞여 있는 거대한 규모의 크기를 가리킨다. 이 '방' 자체를 하나의 신체공간처럼 사유하고 싶은 것이 이상의 의도였을 것이다. 그가 「황」 연작에서 자신의 자연신체 즉 '몸'에 '황'이란 개의 이름을 붙인 것과 연결된 것으로 볼 수 있다. '방대한 방'은 그러한 신체적 공간으로서의 방이며, 태고 선사와 역사시대 모든 것들이 한데 섞여있는 방이기도 하다.

세상에 내려오고, 거리 속으로 들어가 '질주'하는 자들의 이야기를 바라보는 것이다. 「차8씨의 출발」에서 부각된 '질주'의 주제는 「시제1호」에서 '무서운 아해(兒孩)들'의 질주로 변주되었다. 그 이후 그 '질주'는 어떤 이야기로 변주되었을까? 「가외가전」에서 이 '질주'는 어떻게 표현되었는가? 이상이 꾸준히 전개하고 변주해온 이 주제를 여기서도 발견하게 된다. 까마귀의 시선이 「시제1호」의 도식화된 무대보다 훨씬 복잡한 미로의 세계를 「가외가전」에서 보도록 안내하게 될 것이다. 이렇게 우리는 거리(街)의 위와 아래 두 차원에서 작동하는 시선을 갖추고 「가외가전」의 난해함에 도전해볼 수 있다. 그리고 거기서 무엇인가 결정적인 것을 잡아낼 수 있을 것이다.

이 시를 독해하기 위해서는 '질주'가 이 시의 독특한 구도인 '위계적 구도'에서 '몸'의 상승 이야기로 전환되었음을 알아차려야 한다. 산반(算盤)알과도 같이 자격 너머로 뛰어오르려는 몸에 대해 시에서 말하고 있지 않은가? '가외가'는 그러한 존재와 삶의 위계를 가리키는 것이기도 하다.

우리는 위에서 '가외가'를 세상의 거리 바깥, 즉 눈앞의 이득만 따지는 소음으로 가득한 현실적인 거리의 차원보다 몇 차원 높은 사상의 거리로 규정했다. '가외가'란 제목을 통해 이상은 「시제1호」의 주제인 '거리에서의 질주'를 '가외가(街外街)' 즉 '거리 바깥의 거리'로의 질주 이야기로 전환시켰다.

이상의 '질주'의 주제는 「꽃나무」「차8씨의 출발」 등에서 보듯이 일차적으로는 꽃이 피지 않는 황무지의 세계 바깥으로 탈주하는 것이다. 이 황무지는 이상의 여러 시편들에서 '거울' 안의 세계로 비유된다.

'거울'은 차가운 지식, 즉 참생명이 없는 지식과 논리 등(「얼마 안되는 변해」에서 '지식의 0도'로 개념화된)으로 구축된 세계이다. 그것은 인공신체를 지향하는 의학이나, 하늘의 별들에 대해 빛의 광도, 별의 크기, 별의 숫자 등을 측정하는 것에 매달리는 수량적 천문학, 별들마저 광물을 채굴할 대상물로 전락시키는 광물 천문학, 우주의 수를 반영하지 못하는 십진법 체계의 미숙한 수학 등으로 구축된다. 거울세계는 그러한 논리와 지식들을 자신들의 권력과 법체계에 통합하여 그것으로 인간들을 지배하고 통제하는 나시제국의 권력자들이 구축하는 세계이기도 하다.

이러한 거울 세계 바깥으로 빠져나가기 위해서는 그러한 지식, 논리, 법, 권력 등으로 점철된 세상의 거리 바깥(街外)으로 최대한 멀리 탈주할 수 있어야 한다. 그것은 결국 소음으로 가득한 도시의 거리에서 자신의 '몸'의 풍경으로, 그리고 최대한 거리의 모든 것들을 넘어설 정도로 광대한 신체극장의 풍경으로 옮아가는 것이 되어야 했다.

우리는 이 시에서 이상이 그 이전에 조금씩 시도해왔던 거울계와 참나의 결합, 즉 외부세계(도시 거리의 세계)와 자신의 신체의 결합을 매우 전방위적으로 밀어붙이고 있음을 보게 될 것이다.[131] 그의 '몸'은 자신의 모든 신체 부위들을 세상의 거리에 펼쳐놓는다. 그것들을 아프게 흡수한다. 세상의 풍경에 신체적 특성들이 투여되어 세상은 신체적 풍경이 된다. 이 내부 외부의 혼합적 풍경이 미로처럼 우리를 혼란

---

131 이상은 사진첩 시편인 「가구(街衢)의 추위」에서 이미 이 실험적 풍경을 보여준 바 있다. 그는 거리의 네온사인에서 정맥과 동맥을 본다. 폐병쟁이 시인의 몸 안에는 네온사인의 풍경이 들어 있다. 세상의 병을 모두 감당하는 기독적 존재 이야기를 「내과」에서 보여준 다음에 그는 이 시를 그 뒤에 배치했다.

스럽게 만든다. 내부와 외부가 서로 뒤섞인 이 미로형 풍경 속에서 우리는 우리가 무엇을 보고 있으며, 어디에 있는지, 또 이 미로의 통로는 어디가 시작이고 어디가 끝인지 알지 못하게 된다. 그것은 모든 것을 미궁으로 떨어뜨린다. '가외가'의 시선만이 그 미궁 위로 날아올라 그 복잡계의 혼란상을 내려다본다.

그림 75 Umberto Boccioni, *The Street Enters the House*, 1911
움베르토 보치오니의 「집으로 밀려오는 거리」는 거리의 온갖 소란스러운 풍경과 소음을 어수선한 건물들의 숲에 그려 넣었다. 건물을 짓고 있는 건축현장이 여인의 머리 앞과 위로 보인다. 그 건축현장을 둘러싸고 있는 건물들은 비스듬히 쓰러질 것처럼 서로 다른 각도로 서 있다. 거리의 이 모든 풍경들은 소란하고 불안하다. 여인의 테라스도 이러한 불안함 속에 있다. 그녀의 커다란 몸체의 무게가 불안하게 테라스를 짓누른다. 테라스는 곧 무너져 내릴 것처럼 위태롭게 보인다. 이상의 「가외가전」 역시 이러한 거리의 '시끌벅적'한 소음들을 배경으로 한 '몸'의 이야기이다. 모든 소음은 개인들의 이기주의적 투쟁들에서 나오며, 그 모든 투쟁들의 총합을 역사의 소음으로 표현한다. '몸'의 소리가 나오는 입(혀, 이빨, 구강)의 풍경을 이러한 거리와 역사의 풍경과 겹쳐놓고 있다. 이상은 이 두 풍경의 기묘한 조합을 몸과 그림자의 드라마로 펼쳐보이고 있다. 과연 '몸'은 이 시끌벅적한 역사의 소음들을 뚫고 솟구쳐오를 수 있을 것인가? 이러한 물음을 던지고 있다.

2

'가외가(街外街)'는 거리를 오가는 사람들 중에서 하늘 위로 솟구친 자들의 머리(뇌에서 전개되는 사유)가 만들어내는 '사상과 예술의 육교(陸橋)'이다. 우리의 상상 속에서 여러 높이의 다양한 위계(位階)로 펼쳐지는 하늘(사상)의 육교들을 볼 수 있을지 모른다. 그러한 사상의 하늘에서 자신과 세상이 편안히 살아갈 수 있을 '편안한 대륙'을 꿈꾸며, 그러한 세계상을 내려다볼 수 있다면 얼마나 좋겠는가?

그러나 지상의 전쟁이 그 하늘의 육교들에도 투사되며, 거기서도 치열한 경쟁과 전쟁이 벌어지는 것이 아닌가?[132] 세계 역사의 주도자들을 장악하는 거대한 타자가 이 '사상의 육교'에도 자신의 그림자를 넓게 드리운다. "타인의그림자는위선넓다.미미(微微)한그림자들이얼떨김에모조리앉어버린다." '사상의 육교'에서 그림자들 사이의 전쟁이 벌어진다. 미미한 그림자들이 자신의 자리를 찾아보려 거기를 기웃거려 본다. 그러나 '거대한 타인'의 그림자가 다가오면 그들은 곧 무릎을 꺾고 주저앉으며 자신들의 존재감을 이내 상실한다. 미미한 그림자들은 곧바로 거기 복속된다.

이상은 거리의 소음들에 자신의 '몸'이 깎여나가는 혹형(혹독한 형벌) 가운데서도 산반(算盤)알처럼 이 거리의 가장 높은 육교를 향해 뛰어

132　『시와소설』에 이상의 「가외가전」과 함께 실린 김기림의 「제야」 마지막 구절에서도 비슷한 분위기가 마련된다. 이 시도 '거리'의 문제를 다루고 있으며, 광화문 네거리를 그 배경으로 등장시킨다. 수많은 구두들이 자신들의 바쁜 삶을 거느리고 이 거리를 가득 채운다. 여러 종류의 모자들이 그 구두들과 함께 등장한다. 즉 다양한 종류의 모자들이 삶의 거리 위에서, 사람들의 다리 위에서, 머리 위에서 자신들의 자리를 차지하고 있다. 이상은 「황의기 작품제2번」에서 모자를 자신의 사상의 기호로 삼았다. 김기림에게도 이러한 '모자'가 전달된 것은 아닐까?

오른다. 그는 이 거대한 '타인의 그림자'에 위축되지 않는다. 오히려 그것을 넘어서서 더 '방대(尨大)'한 세계사적 방을 자신의 사유공간으로 삼는다. 거기서 비로소 새로운 세계를 창조할 만한 대륙을 꿈꿀 수 있다. 그 '방대한 방' 안에 그렇게 해서 새로운 세계가 창조될 '세계알'이 몽상의 백지 위에 마련된다. 그 '백지'는 차가운 곳이다. 이상은 그곳을 '빙원(氷原)'이라고 지칭한다. 뼈저리는 고독만이 그를 그곳에 앉힌다. 가장 높은 사

그림 76 모차르트의 수고본 미뉴에트 K.310 중 일부 악보

악보는 음보의 예술적 아크로바티이다. 오선의 상하 음계의 여러 계단, 여러 층들을 서서히 오르내리거나 도약하여 한꺼번에 여러 층을 뛰어오르고 내린다. 그러한 음표들은 신체악기의 선율로 바꾸어 이야기할 수 있다. 이상의 「가외가전」은 신체악기의 이러한 아크로바티를 지향한다.

이상의 「가외가전」은 거리(街)와 거리밖거리(가외가)의 행선들을 오선지의 악보처럼 '삶의 음악'을 어떻게 펼쳐내야 하는가의 문제를 다룬 것으로 보인다. 오선지의 여러 층들처럼 여러 위계적 행선들이 삶의 위계(位階)(거의 대부분 돈과 권력의 위계이다)를 향한 치열한 공방전을 벌이는 사람들의 시끄러운 소음[훤조(喧噪)]으로 가득 차 있을 것이다. 이상은 사람들의 '몸'이 진정한 음악을 만들기 위한 음표의 행보를 걸을 것인가, 아니면 이익을 위한 계산에 몰두하는 '산반알'이 될 것인가 하는 문제를 들이민다. 총독부 하급 관료나 돈도 되지 않는 제비다방의 주인으로서 그의 경제적 산반알은 낮은 자리에서 뒤뚱거리는 볼품없는 음악이 되었을 것이다. 그러나 제비다방 뒷방의 책상에서, 낙랑파라의 고요한 몽상 속에서 그의 글쓰기의 행보와 몽상의 행보는 소프라노의 허공을 거닐고 있었다. 「가외가전」은 은밀하게 악보의 수많은 오선들을 '가'와 '가외가'의 이미지들 속에 집어넣은 것이다. 그는 세상의 음악과 자신의 진짜 음악을 거기 뒤섞어버렸다. 거기서 세상의 삶 전체를 구제할 만한 어떤 구도를 어떤 새로운 음악의 탄생을 기대해보면서 말이다. 「가

유의 봉우리에 그는 홀로 있다. 가장 깊은 고독과 가장 높은 사유가 거기 함께 있다. 세계알은 그 빙원에서 설계된다. '훈장형(勳章形) 조류'로 표상되는 존재가 그 알에서 태어난다.[133] 그 조류의 날갯짓에 거울

---

133   이상의 '방대한 방'에서 그의 사색과 꿈이 마련한 세계알이 창조되고 거기서 '훈장형 조류'가 깨어나 날아오른다. 여기서 이상은 왜 세계알에서 나오는 새를 '훈장형 조류'라고 한 것일까? '훈장'은 전쟁에서 공훈을 세운 사람에게 부여되는 것이다. 「가외가전」이 '몸'이 벌여온 역사시대 전체의 거대한 전쟁에 대해 이야기하고 있다는 것을 안다면 거기서 이상의 '몸'이

계의 표상인 방안지(方眼紙)가 찢어지고, 거울계의 사무적인 일들을 위해 부역하는 부첩(簿牒) 떼가 산산이 흩어져 버린다.

3

이상은 파라솔파의 동인들과 경쟁하는 문학장(文學場)에 제출된 「가외가전」에서 '몸'의 아크로바티와 상승적 질주의 꼭짓점을 보여주었다. 훈장형(勳章形) 조류의 날갯짓은 그의 아크로바티가 도달한 최상의 위계(사상의 육교들 중에서 가장 높은)에서 창조된 것이다. 우리는 이상이 「차8씨의 출발」 이후 곤봉의 아크로바티와 꽃피우기 주제의 전개를 통해 어떻게 이 최상의 단계에 도달했는지 살펴보는 중이다. 그 주제의 전개 양상에는 그의 시적 생애가 개입해 있다.

「차8씨의 출발」 이후 이와 직접적으로 연결되는 시편은 「오감도」 시편 중의 「시제7호」이다. 꽃피우기 모티프와 아크로바티의 주제가 앞의 시편들에서 이 시로 이어진다. 여기서 '몸'이 아득히 오래 살아온 유배지와도 같은 구원적거(久遠謫居)의 땅에 '특이한 사월(四月)의 화초(花草)'가 피어난다. 이상은 이 시를 통해 가장 처참하고 기이한 꽃피우기 이야기를 시작한다. 그 꽃은 이제는 '은화'('차8씨'가 피웠던) 즉 숨은 꽃이 아니라 '현화' 즉 바깥으로 드러난 꽃으로 변해 있다. "일지(一枝)에피는현화(顯花)"인 4월 30륜(輪)의 화초가 그것이다. 4월 한 달 내내 돌아가는 삶의 바퀴는 꽃을 피운다. 이 30륜의 화초는 '전후 양측의 명경(明鏡)' 사이에서 꽃을 피운다. 이것은 '기이한 꽃피우기'이다.

어떠한 공훈을 세웠을 것인지 짐작해볼 수 있다.

전후 양측의 명경 사이 공간은 도대체 무엇을 말하는 것인가? 또 거기에서 사월 30륜의 꽃피우기는 무엇이란 말인가? 이러한 질문을 이상은 우리에게 던진다. '차8씨'처럼 여기서도 꽃을 피우는 것은 시인 자신이며, 나무인간으로 상상된 시인일 것이다. 이상의 나무인간은 '차8씨'의 산호나무와 「얼마 안되는 변해」의 골편을 거쳐 「골편에관한무제」의 뼈나무를 거쳐 왔다. 이 '나무인간'이 전후 두 개의 거울 사이에 갇혀 있는 불길한 상황이 암시되고 있다. '전후 양측의 명경 사이'는 4월 30륜의 시간[134]을 공간화한 이미지이다.

이 '4월'이란 공간은 왜 불길한가? '四月'의 四에 그 비밀이 담겨 있다. 시 본문에서 4월은 한자 '四月'로 표기되어 있다. 이 四라는 글자를 특이한 기호로 삼은('특이한 四月'이라고 했다) 이상은 그 앞의 시편들에 나오는 기호들과의 연관성 속에서 이 四라는 기호를 작동시키고 있다. 이 시에서 곤비(困憊) 즉 괴롭고 고달픔 속에 있다고 한 이 '四月'은 「시제6호」에 등장하는 '앵무 二匹(두필)'과 관련된다. 이 시의 내용은 자신과 금홍을 가리키는 '앵무 二匹'의 불화와 스캔들에 대한 이야기이다.

이상은 금홍을 자신의 아내로 여기고 살며 다른 사람들에게 자신의 '부인'이라 소개한다. 그러나 정작 금홍은 자신이 '부인'으로 불리는 것을 싫어하고 그에 대해 성을 낸다. 따라서 이들의 관계는 동거에 불과한 것이 되고, 주변 사람들의 입에 스캔들로 오르내린다. 이상인 '나'는 자신이 본래 있어야 할 자리라고 생각되는 곳에서 추방되고, 자

---

134 30륜은 30일 간의 (수레)바퀴를 가리킨다. 그것은 30일간의 스스로 굴러간 '삶의 바퀴'이며 동시에 그가 창조한 시작품의 꽃바퀴이다.

신의 중심이 무너지는 것을 느끼게 된다. 결국 이 시에서 앵무 二匹은 금홍과 이상의 동거가 사실은 완벽한 사랑의 결합체가 아니며, 서로 평행선을 긋는 관계임을 드러내는 기호이다. 二는 서로 결합되지 못하는 평행의 기호이다. '二匹'은 서로 짝이 된다는 뜻인 배필(配匹)의 결여 형태이다.

「시제7호」의 마지막 부분에 '塔配(탑배)'라는 단어가 나오는 것도 이러한 것과 연관될 것이다. "나는탑배하는독사와가치지평에식수(植樹)되어다시는기동(起動)할수업섯드라"고 했다. 「시제7호」에서 '나'의 곤비함은 「시제6호」에서 제시된 금홍과의 불화로부터 시작된 것이다. 금홍이의 만신창이 모습이 코를 베인 것 같은 만월의 이미지로 나타난다. '내'가 피워낸 시의 꽃들로 화원은 빛나야 한다. 그러한 것을 기대하고 즐겁게 미래를 꿈꾸며 솟아난 싹들이 금홍이의 얼굴과 겹쳐진 창백한 만월의 우울함 속에서 시들어버린다. 나의 빛나던 사상의 성좌들이 찢기고 흩어진다. 30륜(輪)의 꽃을 피우던 나무인간으로서의 '나'는 탑의 짝이 된 독사처럼 독하게 지평에 심겨진다. '나'는 탑처럼 움직일 수 없지만 여전히 독하게 어떤 풍파에도 넘어지지 않도록 자신의 자리를 지키고 있다.

匹(필)과 四(사)는 의미는 전혀 다르지만 형태는 거의 비슷하다. 이러한 유사성에 의한 연속성은 그 앞의 시에까지 이어진다. 「시제5호」의 기하학적 도상이 四와 흡사하다. 「시제5호」는 서로 평행선을 그으며 만나지 못하고 결국 등을 돌리며 불화하는 이야기를 상징적 도상으로 표현한 것이다.

서로 만나지 못하는 평행선과 평행공간의 다양한 변주가 이상에게는 상당히 많다.[135] 거울 속 존재와 거울 밖의 존재도 서로 만날 수 없는 평행적 관계이다. '특이한 四月'은 바로 그러한 평행적 관계로 점철된 시간을 가리킬 것이다. 전후 양측의 명경(明鏡)이 이러한 평행관계를 증폭시킨다.

「시제8호 해부」의 거울수술 모티프에서는 '전후 양측의 명경'과 대비되는 특이한 거울이 제시된다. 이 시에서는 거울의 전면과 후면 양측에 차례로 수은 도말(塗抹)을 함으로써, 일종의 양면거울처럼 만들어버린다. 물론 수은 도말을 전면에서 후면으로 이동하니 동시적인 양면거울은 아니다. 그러나 시간을 공간화하면 시간차를 품은 양면거울이 된다. 처음 거울면에 투사된 나무인간의 상지(上肢)가 이러한 양면거울 공간에서 야외의 진실을 담은 실체가 될 수 있는지 알아보기 위해 거울면을 절단하는 거울수술을 행한다. 피시험인에게 한 장의 백지와 철필을 주어 이 실험에 참여시킨다. '백지' '철필' 등의 용어를 동원하여 나무인간의 글쓰기를 암시하고 있다.

「가외가전」은 제비다방에 불어 닥친 혹독한 계절을 통과한 이후의 작품이다. 이상은 제비의 파산과정에서 「정식」을 썼고, 거기서 나무인간의 퇴화에 대해 말했다. 「시제7호」에서 탑처럼 자신의 나무신체를 이 삶의 지평에 깊이 뿌리박게 했지만 독한 수맥으로 그 나무인간의

---

135 최초의 연작 모음시인 「이상한가역반응」 시편의 하나인 「BOITEUX,BOITEUSE」가 이 주제의 첫 등장을 보여준다. 『조선과 건축』 10권 7호(1931.7)에 실린 것이다. 결합체가 미끄러진 십(十)자의 평행 이야기는 상대와 삼차각적으로 결합되지 못하고 평행선을 그리며 서로 어긋나 절뚝거리고 걸어가는 불행한 남녀 관계를 암시하고 있다. 그 뒤를 이은 「공복」이란 시에서는 바른손과 왼손이 돌처럼 굳어져 서로 악수하지 않고 영원히 싸우며 전쟁하는 이야기를 썼다. 이 전쟁은 모든 것이 파괴되어 시체도 증발한 고요한 달밤이 올 때까지 계속될 것이라고 했다.

뿌리가 상한다. 「시제8호 해부」를 통해서는 세상의 거울들에 사로잡힌 나무인간의 글쓰기는 아무리 그 거울과 거울의 구성체를 자신의 책상 위에서 수술해보아도 본래의 생명력을 지닐 수 없으리라는 허탈감으로 귀결될 것이었다. 「정식(正式)」은 이러한 분위기 속에서 쓰여진 것이다. 나무인간의 퇴화는 결정적인 '정식(正式)'처럼 그에게 놓여 있게 되었다. "키가크고투쾌(偸快)한수목이키적은자식을낳았다"는 구절이 그 '정식'을 표현한 것이다. 초인적 키를 갖고 있는 나무인간은 본래의 즐거움(유쾌)을 찾기 위해 노력했지만 그러한 노력은 실패한다. 그리고 그의 후손은 키작은 종족으로 퇴화한다. 그러나 그의 문학에 이러한 좌절감만이 있는 것은 아니다.

제비가 파산한 이후 「구두」와 「공포의 성채」 등이 쓰였다. 나무인간의 새로운 국면이 「구두」에 나타난다. 파산당한 가족들에 둘러싸여서 그는 비난된다. 그는 파산에 대한 모든 책임을 져야 한다. 본래 그의 기획에서 제비다방은 자신의 경제적 성공이 아니라 문학적 전위의 예술가 공동체를 위한 것이었다. 그러나 가족들에게 그러한 꿈은 아마 헛된 몽상이었을 것이다. 그는 세상의 칼날들에 깎인 목재처럼 다듬어졌다. 그의 나뭇가지에서 몽상과 사상의 새들은 모두 날아가 버렸다. 「구두」는 바로 그렇게 황량해진 자신의 정신적 상황을 보여준다. 독사처럼 깊이 식수(植樹)되었던 나무인간은 이제 움직이기 시작하려 한다. 그는 식구들을 책임질 경제활동에 우선적으로 나서야 했다. 그 방향이 어디로 향할 것인지 아무도 몰랐다. 난해한 항해가 기다리고 있다. 그의 뼈처럼 녹슬어 있는 '구두'는 목재처럼 깎여진 나무인간의 발에 신겨져 세상의 거리에 다시 나서야 한다. 피를 빤 것처럼 붉게 변화된 구두를 신고 그는 끓어오르는 코피를 느끼며 '운반된 수목(樹木)처럼' 역풍(逆風)을 끊고 나선다.

이상은 「공포의 기록」을 통해 제비다방 파산 이후의 정황들을 '기록'으로 상세히 남겼다. 「공포의 성채」라는 시적 산문을 통해서 자신의 가족 이야기를 나시제국의 성채에 갇혀 지내는 민족의 이야기와 뒤섞어버렸다. 그는 사적인 생애 속에 자신의 공적인 기독적 생애를 결합한 것이다. 그 이후 성천으로 도망가서 한동안 지냈다. 거기에서 자신이 꿈꾸는 기독의 순사(殉死)를 상징하는 나무를 발견하게 된다. 성천 처녀들이 그 척박한 식민지 시골 속에서 키워낸 누에들과 그 누에들의 잠, 순백의 열매처럼 빛나는 고치들로 뒤덮인 나무를 보았다. 자신의 공적인 생애에 대한 꿈을 그는 거기서도 잃어버리지 않았다. 그 이후 「가외가전」을 동인들의 앞에 내놓을 수 있었다.

이러한 이상의 고난, 그의 사적인 생애에 밀어닥친 풍파를 뚫고 나간 나무인간에 대해 우리는 알고 있어야 한다. 그때 「가외가전」의 첫 줄이 더 크게 울려온다. 거리의 훤조(喧噪)는 먹고사는 문제로 인해 아귀다툼을 벌이는 자들의 아우성이다. 그 아우성 때문에 이상의 '몸'은 마멸(磨滅)되어 깎여나갔다. 「구두」에서 '깎여진 재목(材木)'이라고 한 것처럼 말이다. 그러나 「가외가전」에서 놀라운 이미지가 나타난다. 이러한 세상의 풍파에 시달린 몸을 '혹형(酷刑)에 씻기운 산반알(算盤)'로 표현한 것이다. 그는 세상의 거리에서 이익을 위해 싸우는 모습을 주판알을 튀기는 것으로 대체했다. 상인들의 주판은 모든 사람들의 머릿속에까지 침투해 있다. 이상의 진정한 산반알(주판알)은 그러나 먹고사는 문제를 위한 눈앞의 이익에 골몰한 계산이 아니라 방대한 세계 전체의 삶을 내려다보는 계산을 하기 위한 것이다. 그것이 바로 초인적 기독의 산반알[136]이지 않겠는가? 그는 자격너머로 튀어 오른다고 했는데, 자신에게 부여된 식민지인의 현실적 자격을 염두에 둔 발언일 것이다. 초인적 존재의 자리로 올라가기 위해서는 산반알이 상위의 자리로 튀어올라 가야 한다. 제비다방이 파산한 이후 가족들이 자신을 바라보는 시선을 염두에 두었을 때 이러한 계산은 매우 복잡한 것이 되었으리라. 그에게는 먼저 자신들의 식구를 굶주리지 않도록 해야 할 현실적 과제가 눈앞에 있었다. 「가외가전」의 아크로바티가 '차8씨'의 그것보다 훨씬 난해한 처지에 놓여 있게 된 것이다.

이러한 현실의 육박 속에서 '몸'은 온갖 고초를 겪지만 그럼으로써 비로소 그의 공적인 과제가 관념과 꿈의 차원을 넘어설 기회를 갖게 된 것인지도 몰랐다. 이상은 자신의 내밀한 깊은 곳에서 이것을 알아차렸을 것이다. 「가외가전」은 이 모든 사연을 함축해야 했을 것이다. 이상은 동인들에게 자신의 이러한 내면 풍경을 보여주고 싶었을 것이다. 그렇게 해서 「가외가전」은 자신의 집안인 가(家)의 이야기를 어느 정도 품게 된 것이리라. '훤조(喧噪)'의 한자에 들어 있는 여러 입(口)들은 그가 파산한 이후 겪게 된 실제적인 상황(굶주린 채 거리에 나앉게 된 식구들의 상황)에서 그에게 육박해왔을 것이다. 자신의 공적인 생애를 걸머진 '몸'('황'으로부터 시작된)은 이 입(口)들이 내뱉는 소음과 대면한다. 그는 그것을 자신의 삶으로 끌어안고 그 시끄러운 바람을 뚫고 나가야 한

---

136 이상은 산반알을 골편 이미지의 연장선상에서 제시하고 있다. 산반알은 다듬어진 나무인간의 요소도 간직하고 있다. 「구두」의 깎여서 다듬어진 제목 이미지 이후 나온 것이어서 그렇게 연상된다.

다. 그의 진정한 아크로바 티는 이러한 현실 바닥으로 부터의 상승이 되어야 한다.

거리의 먹고사는 문제에 몰두하는 계산으로부터 더 높은 마을과 국가들의 이해 관계를 따지는 계산으로의 상승이 있다. 그리고 그 이 상으로 더 높은 차원의 계 산이 진행되는 더 높은 하 늘의 육교가 있다. 지구 전 체의 차원, 생명체들 전체 의 삶의 차원이 문제되는 계 산들이 있다. 먹고사는 문

그림 77 이상은 제비다방 파산 후에 쓴 「구두」(1935. 7. 23 씀)에서 자신의 처지를 "깎여진 재목(材木)이 피를 품고 있다"고 표현했다. 1936년 3월에 발표된 「가외가전」에서는 "혹형에씻기워서산반(算盤)알처럼자격넘어로튀어올으기쉽다"고 썼다. 이상은 자신의 '나무인간'이 거리의 혹독한 훤조(喧噪)의 소음 속에서 '몸'이 깎여나가는 것 같은 형벌을 받는 것으로 표현한 것이다. 셈을 하는 주판알(시에서 '산반알') 역시 그렇게 깎여진 형태이다. 이상은 먹고사는 문제로 아우성치는 거리의 계산대로부터 솟구쳐 올라 높은 하늘에 걸린 사상의 육교에서 방대(尨大)한 세계에 대한 초인적 산술을 하고 있었다. 파산한 가족들의 생계에 대한 계산과 이 드높은 사상의 산술 사이에서 그는 곡예를 하고 있었다. 「가외가전」의 아크로바티는 수많은 거리(街)의 삶과 그 거리 위에 걸쳐 있는 여러 육교들(街外街)의 사상 사이를 오르내리는 곡예술이다.

제만이 아니라 삶의 더 상승된 차원을 문제 삼는 계산들도 존재한다. 이상의 '가외가'는 이렇게 여러 상승된 차원들에서 어떤 계산들이 있 을 수 있고, 그러한 계산들을 진행하는 사유와 존재들이 있을 수 있 음을 가정한 것이다.

이상 자신의 산반알은 어떤 차원에 있는 것일까? '방대한 방'에서 진행하는 사유가 시의 후반부에 나온다. 그것은 지구 전체적 풍경을 묘사하고 있다. 따라서 그는 지구 전체의 차원에서 역사 전체와 그 이 전 태고까지를 사유의 범주에 넣고 있음을 알 수 있다. 당대 식민지 경성의 문화가 서구 대도시나 동경에 비해 많이 한적하다고 생각한

그는 경성 문단에서 홀로(파라솔파 동인들 몇몇을 동반하기는 해도 여전히 쓸쓸한) 이 드높은 사유를 진행시킬 수밖에 없었다. 새로운 세계를 창조할 세계알을 자신의 백지 위에 설계하고, 그 알에서 태어나 새로운 세계를 이끌 만한 훈장형 조류를 최상층의 육교 위에서 그렇게 날려 보낼 수 있었던 것이다.[137]

4

이상의 시들에서 '거울'과 '꽃' '나무인간'의 모티프는 이렇게 서로를 동반하며 다양한 이야기를 만들어낸다. 결국 이상의 '꽃'은 나무인간의 꽃이다. 그것은 대지에 뿌리박은 나무인간의 글쓰기, 나무인간의 팔과 손인 '상지(上肢)'(「시제8호 해부」)에서 꽃핀 작품이다.

우리는 이상이 자신의 '몸'(신체)을 주인공으로 삼은 다양한 주제를 선보이고 있으며, 그 중심 모티프의 하나가 '나무인간'이라는 것을 보게 된다. 신체의 자연성을 부각하기 위해 그는 인간과 나무를 결합하거나 인간과 동물을 결합했다. 그 반대편의 주제 즉 신체의 인공화를 다룬 시편들도 존재한다. 이것 역시 신체의 자연성에 대립하는 이야기를 다루려는 것이다. 그러한 인공화 방향이 초래할 병적인 양상, 파국적 면모들을 다룸으로써 그것을 비판하고, 신체의 본래적 자연성 회

---

137 그가 「가외가전」 이후 발표한 소설 「날개」는 이 '훈장형 조류'의 날개를 현실 속에서 박제화 시킬 수밖에 없었던 한 존재의 처참한 삶을 이야기한 것이 아닐까? 「날개」는 이상의 사적인 삶을 보여준 것이라기보다는 이상 내면에 깃든 초인의 하강 이야기이며, 그 '하강'이 겪는 비참함이다. 그 '초인'은 '아이'인데 그의 '놀이'는 일상에서 자신의 몸을 파는 여인의 방 옆에 갇혀서 하는 혼자만의 돋보기 놀이이다. 그의 태양은 할 일 없이 돋보기의 광학작용으로 아내의 질가미(휴지)만 태운다. 광학작용으로 수렴된 태양은 이상이 「선에관한각서2」에서 인문의 뇌수를 태워버리는 것이라고 비판했던 것이었다.

복을 강조하기 위한 것이다.

초창기 시인 「황」 연작은 '황'이란 개를 의인화시킴으로써 동물인간 형상을 창조했다. 이 연작은 다섯 개 정도의 장편시들로 이루어진 것이다. 이 다섯 편의 시들은 위의 두 가지 주제의 변주곡으로 이루어진 것이다. 즉, 동물인간 황과 그것에 대립하는 나시(NASHI)의 반자연적 역사권력 사이에 벌어지는 갈등과 전쟁이 있다. '나'의 본능은 '황'에 이끌린다. 그러나 다른 한편으로는 세상을 인공화로 이끌어가는 세력들에 부역하기도 한다. '나'는 이 두 방향 사이에서 혼란에 빠지며 방황한다. '나'는 '황'을 억압하거나 그 동족들을 죽여버리기도 한다. 그러나 결국엔 그러한 인공화 세력들에 부역하는 것의 불행한 결말을 알아차리며 자신을 질책한다. 그는 다시 '황'과 함께하며 그와 깊은 대화를 나눈다. 신체의 자연성을 탐색하고, 그 과정에서 '나'는 '황'의 실체를 알게 된다. 황을 억압하고 가두는 나시(NASHI)와 싸우기 위해 둘은 이제 동맹을 맺고 공모한다. 「황」 연작 전체는 이 두 가지 이야기가 복잡하게 얽혀 진행된다. 이 연작의 마지막 시편은 「작품제3번」이다. 여기에서는 동물인간 '황'이 사라지고 그 대신 주인공 '나'(이상)의 '나무인간'적 특성이 나타난다.

이상 문학 전체를 관통하는 호모나투라적 인간은 이상의 시와 소설에서 나무인간, 동물인간, 곤충인간 등으로 형상화된다. 단편소설인 「지도의 암실」에 나오는 딱정벌레인간이나 역시 단편인 「지주회시」의 거미인간 등은 곤충인간 모티프를 보여준 것이다. 이 책에서 우리는 이상 작품의 진정한 주인공인 '몸'을 이러한 자연적 특성들로 표현한 모티프들에 주목하고 있다. '신체극장'은 바로 '몸'의 세계가 펼쳐내는 이러한 자연적 존재들의 드라마이다. 그리고 그러한 자연적 존재들을 억압하거나 삭제시키려는 인공적 존재들과의 갈등과 투쟁의 드라마이기도 하다. 이상은 1931년 말에서 1933년 초까지 이어진 「황」 연작을 통해 '황'이라는 동물인간의 신체적 드라마를 본격화했다.

이 동물인간 모티프는 1934년 제비다방 시절의 「오감도」를 건너뛰고 1935년 중반에 쓴 시적 산문 「공포의 성채」에서 새롭게 조명된다. 「오감도」에서는 주로 나무인간 모티프가 사용되었다. 제비다방 파산 이후 1935년 중반 「구두」라는 산문시에서 이 나무인간 모티프가 이어진다. 비슷한 시기의 「공포의 성채」는 동물인간 모티프가 반영된 것이다. 수필과 시가 결합된 이 글에서 이상은 자신의 사업실패로 파산해서 굶주리는 가족 문제를 다뤘다. 그 가족들은 집도 없이 거리에 나앉아 오갈 데도 없는 신세가 되었다. 그 가족들은 가축적 상태를 벗어나지 못한 작은 인간들이다. 이상은 이 글에서 수필의 사(私)적 차원을 시적인 차원으로 상승시킨다. 그의 가족들은 사(私)적인 범주를 벗어나 마을 주민과 민족의 범주에 포괄되어 버린다. 가족은 이들 모두를 주민으로 품고 있는 '공포의 성채' 속 주민이 된다.

이상은 이렇게 자신의 사적인 가족 관계 이야기를 시적인 은유와 상징으로 이끌어가 마을과 민족 공동체 이야기로 상승시켜버린다. 갑자기 마을 주민 모두를 도끼로 죽여버리고 집으로 돌아와서는 가족까지 모두 도끼로 죽여버린다. "어느날 손도끼를 들고—그 아닌 그가 마을입구에서부터 살육을 시작한다. 모조리 인간이란 인간은 다 죽여버린다. 그리고 집으로 돌아와서 다 죽여버렸다. 가족들은 살려달라는 말조차 하지 않았다. (에잇 못난 것들—). 그러나 죽은 그들은 눈을 감지 않았다."

이 장면은 도스토옙스키의 『죄와 벌』의 주인공 라스콜리니코프의 철학적 살해를 떠올리게 한다. 그러나 여기서는 물론 실제 살해를 저지른 것은 아니다. 시적 환상 속의 철학적 살해인 것이다. "그리고 자신들의 피살을 아직도 믿지 않았다.(백치여, 노예여)"라는 부분을 보라. 이러한 환상적 살해는 그들의 가축적 속성을 죽여버리기 위한 것이다. 그러한 가축적 속성을 간직하고 있으면 그들은 여전히 '백치'처럼, 노예가 되어 살아갈 수밖에 없다. 이러한 환상적 살해는 다분히 니체적인 것이다. 가축으로부터의 탈주는 니체 저작의 많은 곳에서 제시된 명제이다.

이상은 그러한 환상적 살해를 통해 그들 속의 본래적 자연 상태만을 남겨둔 채 마치 '황'처럼 그들의 유폐와 그들을 가두는 자들에 대한 투쟁 이야기로 이끌어간다. '공포의 성'은 그들을 유폐시킨 성(城)이다. 이 성(城)의 주민들은 성을 장악한 어떤 존재에 의해 자신의 성(性)과 성(姓)이 억압된 것이고, 성에 유폐된 것이다.

「공포의 성채」 주민들은 자신들의 문패를 갖고 있다. 자신들의 씨족(종족)의 성과 이름이 거기 적혀있다. 그것은 성(性/姓)과 피로 구축된 것이다. 성(性/姓)과 피로 공동체를 구축한 그들은 '공포의 성채'를 장악하고 지배하는 알 수 없는 존재와 싸우기 위해 밤마다 은밀히 공모한다. 그들의 신체에 태양을 향하는 향일성의 섬유세포를 자극하는 고추를 심는다. 그것은 생식 기관의 은유적 이미지이다. 그렇게 그들은 밤마다 은밀히 자연적 신체를 번성시키는 일들에 몰두한다. 결국 이것은 성(性/姓)과 피로 자신들의 공동체를 구축하는 일이 된다. 이러한 자연적 신체의 태양화, 생식화는 공포의 성채 속에 묶인 가축적 특성을 벗어나려는 그것의 본능적 방향이다.

이렇게 가축적 특성을 모두 제거하고 다시 태어난 고등동물들의 면모를 이상은 성채의 주민들에게 부여한다. 공포의 성채는 이러한 고등동물형 인간들에 의해 새롭게 될 것이다. 공포의 풍경은 이상이 꿈꾸는 황금빛 밀타회의 풍경으로 상승하게 될 것이다. 이상의 동물인간 주제는 바로 이 황금빛 풍경을 지향하는 것이다.

나는 이러한 동물인간 이야기를 '신체극장A'로 유형화했다. 이 모티프의 기원은 「조감도」 시편의 하나인 「LE URINE(오줌의 불어)」이다. 거기서 성적 생식적 신체로서의 ORGANE(오르간의 불어)[138]은 뱀과 까마귀 등의 동물 이미지로 표현된다. 이 시는 1931년 6월 18일에 쓴 것이니 이 모티프를 갖는 시들 중에 가장 앞선 것이다. 그 이후 1931년 말에 쓴 「무제—황」이 동물인간 모티프를 계승했다. 그다음 해 초에 그것은 「지도의 암실」에서 전면화된다. 이 소설에서는 일본을 암시하는 '지도'의 제국이 가축적 동물원인 'JARDIN ZOOLOGIQUE'로 표현된다. 그 동물원 제국은 흉내 내기만을 일삼는 원숭이들의 세계이다. 이

---

138 이 단어는 불어로 쓴 것이다. 이 시에서 이 단어는 복합적 의미를 갖게끔 제시된 것인데, 신체, 기관, 생식기, 오르간 악기 등을 동시에 생각하게 만든 것이다. 시의 후반부에 만돌린 악기가 신체 이미지로 등장한다. 따라서 이 단어는 신체기관이면서 동시에 악기적 속성을 지칭한다고 할 수 있다. 이상은 「조감도」 시편 중 「광녀의고백」에서 여성의 성적 육체를 주제로 다뤘다. 「LE URINE」와 대응되면서 대비되는 시이다. 광녀의 성적 육체가 상품화되고 그 타락의 점층적 하강 단계 속에서 그녀의 육체가 마모되는 이야기이다. 성적 오르간의 타락과 하강의 문제가 여기 제시되고 있다. 과연 성적 육체는 이러한 타락과 하강 속에서도 자신의 음악적 에너지를 세상에 증여할 수 있을까? 이상은 이 매우 중대한 질문을 이 시에서 하고 있다.

상의 거울계는 이러한 흉내 내기의 세계이다.

태양곤충인 딱정벌레는 이 원숭이들의 세계인 거울세계의 지평에 머물지 않는다. 이 곤충인간들은 태양의 열기에 달아올라 거울계로부터 도약한다. 동물원(JARDIN ZOOLOGIQUE)에서 가축처럼 사육당하는 비천한 동물로부터 상승해야 한다는 명제를 이 소설은 독특하게 전개한다. 소설의 주인공은 동물원 거울세계의 바깥에 있는 이상과 그의 분신인 '그'이다. '그'는 이 거울계의 사막 같은 세계를 건너가는 '낙타'가 된다. '낙타'는 거울계를 탈주하는 기호이다.

원숭이의 흉내내기에 대립하는 동물인 앵무새가 이 낙타 이야기 전에 나온다. 앵무새 역시 인간의 말을 흉내 낸다. 그러나 원숭이와 달리 앵무새는 그 흉내 속에 자신의 언어, 감정, 마음을 집어넣는다. 앵무새는 서로서로를 흉내 내면서도 자신의 창조적 특성을 발휘해야 할 예술가의 상징이기도 하다. 그래서 그 앵무새는 '그'에게 '너는 신사 이상의 부인이냐'고 묻는 것이다. '신사 이상'은 거울계의 비천한 존재 바깥에 있는 고귀한 존재이다. 이상 자신의 '참나'가 바로 '신사 이상'인 것이다. 그의 '부인'이라는 것은 그와 함께 살만한 동등한 수준의 존재인가 라는 말이다. 「지도의 암실」에서 동물인간 이야기는 이렇게 여러 동물인간 곤충인간들을 통해 다채롭게 펼쳐진다.

이상의 나무인간 모티프는 우리가 앞에서 다룬 「꽃나무」가 전형적인 것이다. 「오감도」 시편 중 「시제7호」 「시제8호」 등이 나무인간 모티프를 이어간다. 나는 이 나무인간 모티프를 '신체극장B'로 유형화했다. 이 모티프의 기원 역시 「LE URINE」이다. 그 시의 후반부에 나타나는 '만도린'은 악기로서의 신체 이미지를 나타낸 것이다. 만돌린은 목

관악기(木管樂器)이니 일종의 나무인간인 셈이다.[139] 이 시의 중간 부분에 "목조(木彫)의작은양(羊)"이 나온다. 이것은 나무에 새겨진 채 '두 다리를 잃고' 움직일 수 없는 양이다. 이것은 '나'의 초인적 기호의 하나이다. 이 '작은 양'은 어디선가 들려오는 음악에 귀를 기울이고 있다.[140] 이 '양'은 동물인간인데 나무에 새긴 것이니 나무와 결합된 것이어서 '나무인간'적 특성을 갖고 있다.

이러한 '나무인간' 모티프는 이후 이상 문학에서 매우 중심적인 것이 되는데, 네 번 정도의 전환을 겪는다. 「LE URINE」의 오르간이나 만돌린처럼 '악기신체'로서의 나무인간 모티프는 「차8씨의 출발」에서 화려한 산호나무 이미지로 전환된다. 그 이후 이로부터 변화되고 새롭게 강조된 나무인간은 '골편인'적 모습을 하게 된다. 「얼마 안되는 변해」에서 본격적으로 등장한 것이 바로 '그'라는 골편인이다. 이 '골편인'은 자기 늑골을 자신이 껴안은 수목의 줄기에 삽입한다. 나무인간끼리의 성적 교합 이미지를 이렇게 표현한 것이다. 자신의 늑골을 빼내는 장면은 성경 창세기의 구절, 즉 아담의 늑골을 꺼내 이브를 창조하는 이야기에서 가져온 것이다.

성경적 문맥이 가미된 나무인간 모티프는 그 이후 유고노트 시편인

---

139 이 대목은 "만도린은제스스로포장하고지팽이잡은손에들고"로 잘못 소개되어왔다. 일문시 원문을 임종국이 최초로 번역한 이후 후대의 판본들이 최초 잘못 번역된 것을 수정 없이 계속 실었던 것이다. 나는 일문을 다시 읽고 원래대로 수정했다. "만돌린은저혼자짐을꾸리고 지팽이잡은손으로지탱해"라고 해야 맞다. 만돌린이 의인화된 것임을 이 수정된 번역에서 정확히 알 수 있다. '만돌린' 악기가 원관념이 아니고 오르간인 신체가 원관념이다. '악기로서의 몸'을 여기서 '만돌린'이란 악기의 의인화된 모습으로 제시한 것이다. 수정된 번역은 『꽃속에꽃을피우다 1—이상 시 전집』, 243쪽 참조할 것.

140 시의 후반부에 '내'가 바닷가 조탕(해수탕)에 도달해서 듣게 되는 비너스의 노래가 이와 관련될 수 있다.

「각혈의 아침」과 그 일부가 개작된 사진첩 시편의 「내과」로 이어진다. '골편인' 모티프는 사진첩 시편의 「골편에관한무제」에서 본격화된다. 그 다음에 위치한 「내과」는 신약성경의 기독 이야기, 그가 짊어진 십자가형 이야기를 변형시킨 것이다. 여기서 기독은 '나'의 폐 속에서 자라나는 십자가 나무인간이 된다. 초인적 존재의 성장 드라마가 성경적 문맥 속에서 전개된다.

이상에게 자신의 폐 속에서 성장하는 초인적 존재는 신약성경에서 예수가 세상의 죄를 십자가처럼 짊어지고 죽음으로써 세상을 구원하는 이야기와 겹쳐지며 등장한다. 그는 '십자가 나무인간'이었는데 거기에는 형벌과 순교, 죽음의 이미지가 드리워 있다. 「얼마 안되는 변해」에서 이 죽음, 즉 '기독교적 순사(殉死)'라는 운명이 자신의 것임을 확인하고 있다. 따라서 동일한 모티프가 나오는 사진첩 시편의 「내과」는 이상에게 특별한 의미가 있었을 것이다. 그 시는 폐 속에서 벌어지는 기독과 천사, 베드로 등 여러 인물들이 벌이는 드라마인데 신체극장의 전형을 보여주는 것이다.

이상의 '나무인간' 모티프는 이후 「꽃나무」를 거쳐 「시제7호」「시제8호」에서 또 한 번의 전환을 보여준다. 제비다방의 어려운 시기를 겪으면서 이상은 '나무인간'의 시련을 이야기하고, 그 참혹한 거울세계에서 과연 그를 구제할 수 있는지 물어보게 된다. 그 구제를 위해 거울수술이 행해진다. 「오감도」 시편에서도 난해한 시로 손꼽히는 「시제8호」에서 그 주제를 다뤘다. 제비다방 파산 이후 이 나무인간 모티프는 또 한 차례 전환된다.

「구두」라는 산문시에는 파탄된 이상의 가족이 거리에 나앉게 된 어려운 현실적 상황이 제시된다. 목재처럼 다듬어진 나무인간이 여기 나온다. 참혹한 현실의 바닥으로 하강한 나무인간은 냉혹한 현실의 압력 속에서 재단된다. 그는 굶주리는 식구들과 함께 새로운 항해를 준비해야 한다. 증오에 핏줄 선 눈으로 뼈처럼 녹슨 한 켤레 구두를 신으면서 식구들의 모든 원망을 자신의 발에 새기고, 그의 '몸'은 식구들에 봉사하려는 걸음을 옮겨야 한다. 자신의 나뭇가지에 있던 새들은 모두 날아가 버린다. 그의 '나무인간'은 '운반된 수목(樹木)처럼' 역풍(逆風)을 끊으며 보행을 다시 시작한다.

이상은 경제적 파탄 속에서 자신의 시적 중심 주제인 '나무인간' 모티프를 현실의 가장 참혹한 바닥으로 하강(下降)시켰다. 제비다방 파산 이후 쓴 「구두」는 이상의 불행했던 당시 상황을 반영한 것이다. 그러나 그 불행한 현실 속에서도 여전히 포기하지 않아야 할 문학적 이상(理想)이 나무인간의 발걸음을 냉혹한 현실 속에서 전진시킨다. 피를 흘리면서 그는 자신의 구두에 끓어오르는 붉은 핏빛 칠을 했다. 그의 앞에 놓인 난해한 현실을 향해 새로운 항해를 시작하기 위해서 말이다. 그의 초인적 항해는 이제 관념적인 차원에서 진행되는 것이 아니다. 그것은 그가 처한 현실의 냉혹함을 뚫고 나가는 핏빛 보행이 되어야 했다.

얼마간 그의 삶은 난장판이었고, 구인회 동인들로부터도 도피하여 친구들의 시야에서 사라져버렸다. 이 힘든 삶으로부터 그는 결국 도망갔다. 가족을 남겨두고 몰래 야밤에 도주한 것이다. 경성에서 멀리 떨어진 북쪽의 평남 성천을 향해 밤기차를 탔다. 굶주린 가족들을 버리고 경성의 어려운 현실에서 탈주했다. 「첫 번째 방랑」에서 성천까지의 밤 기차여행이 묘사된다. 그 기차는 자신의 학교시절 친구인 원용석이 있는 성천에 도착한다. 경성고공 동창인 원용석은 어느 날 아무통지도 없이 자기 사무실 책상 앞에 와서 말없이 오래도록 서 있던 이상을 발견했다. 마을 사람이 찾아온 것으로 생각하고 하던 일을 계속하며 마무리하려던 그는 고개를 들어 바라보고는 깜짝 놀랐다. 경성에 있어야 할 이상이 돌연 자기 앞에 서 있었기 때문이다. 초췌한 이상을 그는 근처 온천에 머물도록 배려해주었다. 그러나 이상은 온천 요양을 마다하고 다시 성천 산골 마을로 돌아왔다. 그는 시골의 원초적 자연을 찾아온 것이었기 때문이다. 이 시골마을을 보고 겪으며 그는 「산촌여정」이란 아름다운 수필을 쓸 수 있었다. 이 수필은 이상의 모든 작품에서 가장 풍요롭고 아름다운 장면들로 채워진다.

그는 경성에서 멀리 떨어진 북쪽 시골 땅 성천에서 가장 아름다운 생명나무를 보게 된다. 그것은 가난한 맨발의 성천 처녀들이 누에를 치는 뽕나무였다. 하얀 누에고치들이 탐스럽게 열린 뽕나무를 거기서 보았다. 이상은 그 나무를 자신이 다듬어오던 성경적 문맥으로 변용시켜 가장 아름답고 숭고한 생명나무로 승화시켰다. 그 뽕나무는 성스럽게 빛나는 하얀 크리스마스트리가 된 것이다.

　　담배가게 곁방 안에는 오늘 황혼을 미리 가져다 놓았습니다. 침침한 몇 '가론'의 공기속에 생생한 침엽수가 울창합니다. 황혼에만 사는 이민 같은 이국초목에는 순백의 갸름한 열매가 무수히 열렸습니다. 고치―귀화한 '마리아'들이 최신 지혜의 과실을 단려(端麗)한 맵시로 따고 있습니다. 그 아들의 불행한 최후를 슬퍼하며 '크리스마스츄리'를 헐어들어

가는 '피에다' 화폭(畫幅) 전도(全圖)입니다.[141]

누에고치들로 뒤덮인 하얀 '크리스마스 츄리'는 이 땅에서 뿌리박고 자라, 열매 맺은 '초인적 기독의 숭고한 죽음'을 표상한 것이다. 이상 자신의 운명으로 규정했던 '기독교적 순사(殉死)'(「얼마 안되는 변해」에서 진술된)의 풍경(피에타 화폭으로 그려진)이 성천 시골의 이 뽕나무에서 토착화되었다. 「내과」의 하얀 천사들 대신에 이 땅의 '귀화한 마리아들'이 그 나무 주변에 있었다. 성천 처녀들이 누에고치를 따는 장면은 그에게 숭고한 빛으로 빛나는 피에타 화폭처럼 보였다. 처녀들은 이 땅의 마리아들이었고 누에고치가 열매처럼 열린 뽕나무는 바로 이 땅의 나무인간 '기독'이었다.[142] 그것도 자신의 운명을 완수한 채 아름다운 죽음을 빛내는 나무인간으로서의 기독인 것이다. 이상의 '나무인간' 주제는 여기서 더 맨살처럼 가까이 다가왔다. 그의 사유는 이 지점을 향해 달려왔다고 할 수 있다.

제비다방 파산으로 그의 삶이 밑바닥으로 추락한 후에야 역설적으로 그는 이 숭고한 빛의 나무에 도달할 수 있었다. 십자가에서 희생된 예수를 성모 마리아가 품에 안고 있는 그림인 '피에타'는 외래적인 관념에 머물러 있는 것이다. 그러나 성천 처녀들이 누에를 키우고 마침내 그 고치를 따며 그 죽음의 열매를 따는 장면에서 이상은 눈물을 흘리

---

141   이상 「산촌여정」 5장 부분. 이 수필은 『매일신보』에 1935년 9월 27일부터 연재한 것이다.

142   이상이 자신의 존재 내면에서 초인적 기독을 내보인 것은 「LE URINE」이 처음이다. 거기서 '나'는 마리아를 자신의 짝으로 불러대 보지만 아직 마리아는 출현하지 않았다. 성천 기행문의 대표작인 「산촌여정」에서 비로소 이상은 자신의 마리아들을 이 시골에서 보게 된다. 그의 내면적 시선은 이 장면에서 어떤 감동을 받았을 것이다.

며 감동받을 수 있었다. 시골에서 벌어지는 처녀들과 누에의 모든 삶을 그는 속속들이 알았고 관찰하며 자신의 관념에 그 시골의 자연적 삶을 스며들게 했다. 그의 '기독교적 순사'라는 운명은 관념적 차원에서 빠져나와 실제적 내용과 생생한 이미지를 얻었다.

이상은 「얼마 안되는 변해」와 「내과」에서 이미 이러한 '기독교적 순사'의 운명을 제시하고 형상화했었다. 아직까지 그 형상들은 성경적인 개념과 성경적 스토리 안에서만 맴돌던 것들이었다. 그런데 처참하게 현실의 바닥을 경험한 후 만신창이가 되어 도달한 성천의 시골 풍경에서, 그는 토착적인 시골의 풍경 속에서 자신의 '기독교적 순사'의 대응물을 찾아낸 것이다.

희생양의 이미지는 이 수필에 잠깐 등장한 염소가 아니라, 작은 벌레인 누에가 떠맡았다. 그가 초창기 시편에서 작동시킨 '羊'의 글쓰기가 '희생양(犧牲羊)'을 지향하는 것이었다고 할 때 그것은 여전히 기독교 자체의 상징체계 속에 있었다. 그러나 이상의 사상은 기독교와 관련이 없었고 단지 거기서 기독의 구세주적 역할, 그의 희생양적 문맥만 빌려 왔을 뿐이다. 그는 성천에 와서 기독교적 상징을 대체할 토착적 기호를 발견한다. 순백의 희생적 열매를 사람들에게 주는 누에가 바로 그것이다. 누에의 희생물이 곧 바로 증여가 된다. 누에고치는 비단실이 되어 사람들의 몸을 감싸준다. 최상의 옷감을 사람들에게 증여한다. 최상의 증여물을 누에는 사람들에게 주고 자신은 죽는다. 이상은 이 상징체계에 매료되었을 것이다. 「산촌여정」의 후반부에 처녀들이 비단실을 잣는 물레소리가 깔깔거리며 들린다. 그것은 즐거움의 소리이다.

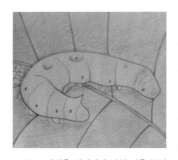

그림 78 이상은 제비다방 파산 이후 북녘행 야간열차를 타고 성천으로 탈주한다. 「첫 번째 방랑」이란 수필이 그 야간열차 풍경을 다루고 있다. 그는 밤 기차 안에서 「학살된 시인」이라는 아폴리네르의 소설을 읽으면서 도미에의 「삼등열차」를 연상시키는 3등 객실 안의 피곤한 사람들을 본다. 성천의 가난한 시골마을에서 그는 착취당한 식민지인으로서 더 참혹하게 찌든 시골사람들과 거기서도 여전히 자연인의 싱싱함으로 빛나고 있는 처녀들을 본다. 이 양가적인 시선으로 성천의 삶과 자연을 보고, 그 속에서 콜렛트 부인의 「암코양이」를 연상시키는 시골 처녀들의 '말캉말캉한 로망스'를 쫓아갔다. 아밤에도 누에를 위해서 조밭을 짓밟으며 뽕잎을 따오는 처녀들의 기사도적 로망스를 이야기했다. 그렇게 해서 누에들은 '성스런 가축'처럼 키워졌고, 드디어 순백의 고치를 열매처럼 맺게 된 것이다. 그는 그 하얀 나무를 크리스마스트리처럼 생각했다. 그녀들의 고치따기는 그에게 죽은 아들을 안고 있는 성모를 그린 피에타 화폭처럼 아름답고 숭고했다.

간이학교 곁집 길가에서 들여다보이는 방에 틀이 떠들고 있습니다. 편발처녀가 맨발로 기계를 건드리고 있습니다. 그러면 기계는 허리를 스치는 가느다란 실이 간지럽다는 듯이 깔깔깔깔 대소(大笑)하는 것입니다. 웃으며 지근대이는 명산(名産) ×× 명주(明紬)가 짜여나오니 열대자 수건이 성묘갈 때 입을 때때를 만들고 시집살이 설움을 씻어주고 또 꿈과 꿈을 말소(抹消)하는 쓰레받기도 되고---이렇게 실없은 내 환희(幻戱)입니다.[143]

누에의 희생물인 누에고치의 실잣기 장면까지 이상은 보여주었다. 그 실을 짜서 성천 비단이 되는 것이며, 가장 소중한 성묘 갈 때의 옷이 되고, 시집살이의 설움을 모두 씻어주는 수건이나 소맷자락이 되기도 한다는 것이다. 모든 슬픔을 감싸주는 빛나는 옷의 재료를 누에는 세상에 증여한 것이다. 처녀들의 물레질이 그러한 증여의 마지막 단계를 완성시킨다. 비단은

---

143   이 부분은 앞에서 소개한 누에고치를 따는 장면, 즉 크리스마스트리를 헐어가는 '피에타 화폭 전도'라고 했던 그 부분의 바로 앞에 있는 것이다. 시간의 순서로 보자면 앞뒤가 바뀐 셈이다. 누에고치를 따는 일이 먼저 있고, 그 고치를 삶고 거기서 실을 만들어내는 작업이 그 후가 되기 때문이다. 그러나 이상은 피에타 화폭 장면을 비극적인 것으로 보이지 않게 하려고 이 유쾌하게 깔깔대는 처녀들의 비단실 짜는 장면을 앞세워놓은 것이다.

사람들에게 많은 기쁨과 즐거움을 준다. 이에 대한 즐거운 환상을 이
상은 약간은 경쾌하게 희극적으로 소모한다. 그러나 그것은 즐거움
의 웃음을 더 경쾌하게 퍼뜨리기 위함이다. 이 증여의 풍경은 모든 세
상사의 슬픔을 감싸고 위안을 주며, 그로 인해 살아갈 수 있게 해주
는 웃음의 힘을 주는 것이다. 이상은 자신의 기독이 이러한 누에를 닮
았으면 하는 꿈을 이 글 속에 숨겨놓았을 것이다.

그림 79 이상의 「산촌여정」 1회 연재분(『매일신보』, 1935.9.27.) 원문

이상은 누에를 키우는 처녀들과 누에의 일생을 간추려서 「산촌여정」의 스토리에 담았다. 누에고치에 이르는 누에의 일생은 처녀들의 로망스 속에서 귀족처럼 받들어지지만 마지막 고치에 이르기까지 숨 가쁘게 진행된다. 이상은 거기에 자신의 일생을 투사해보았으리라. 그는 자신의 창작을 위해 누에가 실을 토해내듯이 그렇게 숨 가쁘게 달려왔다. 그러나 아직 그의 작업과 초인적 기독의 일생은 완성되지 않았다. 「산촌여정」은 성천 산골 마을에서 멀리 떨어진 경성에서 기다리고 있을 자신의 참혹한 삶을 예상해본다. 그 어려운 삶속에서 자신의 나머지 일생을 마무리해야 할 것이다.

「산촌여정」은 결국은 다시 경성으로 돌아가서 자신의 본래적 과제를 문필활동 속에서 지속해야 함을 드러낸다. 식구들의 가난을 외면하는 자신을 비난하더라도 그 일을 끝까지 해내야 한다는 강박관념과 의지를 표출한 것이다. 그의 문필 활동은 그 내면의 기독의 운명을 실현시키기 위한 것이다. 성천의 피에타 화폭은 사실은 그에게 지금 다가온 이야기가 아니다. 그것은 그의 꿈과 희망을 성천의 풍경으로 펼쳐 보인 것일 뿐이다. 그 꿈을 실현하기 위해서는 암담한 도시의 생활이 기다리고 있었다. 잠시 도망쳐 나왔던 거기로 그는 다시 돌아가야 한다. 그는 시골 벌레들의 와짝 요란한 무도회를 배경으로 자신의 '나체의 말씀'을 도회에 보내주고 싶다고 말한다. 그것은 엎질러진 기독의 성경 이야기를 되살려내는 것이기도 했다. 그는 누에고치의 희생과 증여 이후의 일, 날개 달린 누에나방 이야기를 이 수필에서 하지 않았다. 그것은 아직 그 누에고치의 일도 힘겨운 일로 그의 앞에 놓여 있었기 때문일 것이다.

전매청, '지식의 0도' 건축으로부터의 탈주
─골편인의 환상기차 여행과 파라솔의 번개불꽃

1

'나무인간' 주제의 몇 가지 전환과 그것의 도달점에 대해 대략 살펴보았다. 우리는 이것으로 이상 문학의 전개를 의미 있는 몇 개의 분절점들로 바라볼 수 있게 된다. 첫 번째 분절점은 '골편인'의 출현이다. 나무인간인 '골편인' 이야기를 다시 살펴보기로 하자. 「얼마 안되는 변해」에서 그 '골편인'과 '그'의 '기독교적 순사'라는 운명이 동시에 나타났기 때문에 '나무인간' 주제를 진화시켜나간 이상의 문학적 성취를 이해하기 위해서는 그 작품으로 돌아가야 한다. '나무인간'은 「차8씨의 출발」에서 먼저 나타난 것이지만, 골편인과 연결되어 나타난 것은 이 작품이 처음이다. 그리고 이 골편인 주제를 이어받는 유고노트 시편 「각혈의 아침」과 그것을 개작한 사진첩 시편 「골편에관한무제」 「내과」 등이 이상의 '골편인'과 연관된 '나무인간'을 조명하는 데 있어서 여러 가지 흥미로운 이야기들을 들려준다.

시적 산문인 「얼마 안되는 변해」는 이상의 전매청 공사 체험이 기

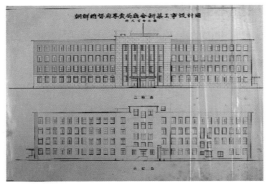

그림 80 이상은 연초전매청 건축공사판에 투입되어 1년 이상을 지냈다. 그 경험을 바탕으로 소설 「12월12일」과 「얼마 안되는 변해」라는 시적 산문을 남기게 된다. '몇 구우(舊友)에게 보내는'이라는 부제가 달려 있어서 편지처럼 보이지만 사실은 일기에 가까운 것이다. 3년 뒤 쓰게 된 「공포의 성채」도 시적 산문인데 역시 일기 형식을 빌리고 있다. 이상은 자신의 여러 분신들을 내세워 자신의 정체를 입체적인 풍경으로 전개한다. 「얼마 안되는 변해」의 '구우'도 자신의 분신들이다. 자신의 분신에게 쓰는 편지가 되니 내밀한 일기 형식이 될 수밖에 없다. 그의 내밀한 분신들이 등장하는데, 열심히 시를 썼던 자신도 그러한 옛 벗 중의 하나이다. 이 글의 주인공 '그'의 고백은 '지식의 첨예각도 0도'의 건조물인 전매청으로 대표되는 나시제국의 세계로부터 탈주에 대한 것이다. 자신의 운명은 이 세상의 무덤 속에서 탈주하고 그와 더불어 자신을 희생하며 증여함으로써 세상을 구원하는 데 있다. 이러한 기독의 운명은 무서울 정도로 자신을 쏟아붓는 그의 창작열에서 확인할 수 있다. 글쓰기에의 몰두는 자신의 많은 것을 바침으로써 완성된다. 자신의 이러한 희생으로 그는 병을 얻었다. 그러나 그의 글쓰기는 세상에 많은 것을 증여한 선물이 된다.
(위 그림은 〈조선총독부전매청사신축공사설계도〉 도면이다.)

반이 된 것이다. 이 건축물에 대해 '지식의 첨예각도 0도'의 건축물이라고 한 이상의 묘사는 「무제―황」의 마드므와제 나시(NASHI)와 제국의 호화로운 건축물인 '아방궁'을 떠올리게 한다. 아방궁의 주인인 나시(NASHI)는 이상의 시에서는 역사시대 전체의 냉혹한 주도자를 대표하는 이름이다. 이상 당대에는 식민지를 지배경영하는 일본 제국의 권력자들도 그러한 주도자에 포함될 것이다. 이상은 일본 제국의 권력자를 암시할 만한 이름으로 나시를 택했을지도 모른다. 조선을 식민화하는데 공훈이 있는 일본 황실가 이본궁(梨本宮)가의 이름에 이 단어가 포함되어 있기 때문이다. 이상은 '배(梨)'의 일본어 '나시'를 부각시키고 있는데, 이 단어가 품고 있는 '利(리)'에 주목한 것이 아닐까? '날카롭다' '이익' 등의 의미를 이 한자는 갖고 있다. 어쩐지 '지식의 첨예각도 0도'라는 표현의 '첨예'가 떠오르지 않는가? '첨예(尖銳)'도 날카롭다는 뜻을 갖고 있다. 이상은 담배 판매에 대한 독점적 권리를 갖는 전매청 사옥의 본질을 그 단어로 드러낸 것이다. '利(리)'와 '첨예(尖銳)'를 연관시켜서 생각해보라. 누구보다 '이익'에 대한 관심이 날카로운 자들은 상대를 해치면서까지 자신의 이익을 챙긴다. 남의 땅을 빼앗고 식민화하는 일도 국가적 차원에서 자신들의 이익을 증대시키기 위함이다. 전매청의 독점 사업도 마찬가지이다. 공평하게 누구에게나 특정한 물건에 대해 장사할 권리를 주지 않고 총독부 산하 기관인 전매청이 그것을 독점하는 것은 그러한 사업을 통해 최대한의 이익을 창출하기 위함이다. 그것은 결국 총독부의 부, 제국의 부를 증진시키는 것이 될 것이다.

「무제-황」을 쓴 1년 후 정도에 「얼마 안되는 변해」가 쓰여졌다. 그 두 작품 사이에 「지도의 암실」이 놓여 있다. 이 소설에서도 일본의 중국 침략 일환으로 벌어진 상해사변이 암시되어 있다. 그리고 제국의 이권[은광(銀鑛)으로 암시됨]과 결합된 지명과 지리 기호들로 도배되었을 제국의 '지도'가 이상의 분신인 '그'의 글쓰기 속에서 시적 변용의 대상이된다. '그'의 펜을 쥔 손가락은 그 제국의 지도 위를 질풍처럼 걸으며, 그 지도 위에 자신의 길을 내고, 자신의 신체 지도를 그려내려 한다.

「지도의 암실」에 나시는 직접 등장하지 않는다. 그러나 「무제—황」의 구도(나시와 황의 대립구도)는 여기에도 그대로 적용되고 스토리에 맞게 변용된다. 나시에 의해 아방궁 뒤뜰에 유폐된 '황'처럼 여기서도 동물원에 갇혀 구경거리로 전락된 동물들이 나온다. 이 동물원은 모두 비슷하게 서로를 모방하며 살아가는 존재들, 거울상처럼 평면화된 존재들의 세계이다. 이상의 또 다른 분신인 'k'가 이 거울세계의 규범을 충실히 따르는 모범적 존재로 나온다.

「얼마 안되는 변해」에서는 이러한 세계를 '묘지의 풍경'으로 묘사한다. 이 '묘지의 풍경' 속에 마치 묘지 세상을 다스리는 성당처럼 솟아있는 건축물이 바로 전매청 사옥이다. 「12월12일」을 연재하던 1930년부터 이상은 전매청 공사판에 투입되었다. 한창 문학 예술에 대한 꿈이 모든 것을 압도할 때였고, 시에 대한 창작열이 솟구칠 때였다. 그러나 매일 계속되는 작업장의 일들 속에서 자신의 시적 에스푸리는 말라갔다. 창작에 몰두할 시간들이 사라져간 것이다.

이상은 이 전매청 건축물을 '지식의 첨예각도 0도'를 나타내는 '그 커다란 건조물'이라고 표현했다. 이 '0도의 건축물'을 건축하는 데 종사했던 '그'는 그것이 완공된 것을 기념하는 식장에서 그로부터 탈주하기 시작한다. 「지도의 암실」의 주인공이 이상의 분신들인 '리상, 그, k' 등으로 등장하듯이 여기서도 여러 분신들이 등장한다. 그중에서 '그'와 '그라는 골편'이 주인공이다. 탈주의 주인공은 골편인(骨片人)이다. '그라는 골편'의 나무인간적 특성을 알기 위해서는 '그'의 탈주에 대해 알아보아야 한다. '그'의 탈주 과정에서 '그'의 나무인간적 특성이 드러나기 때문이다. 이 나무인간은 어떤 거울계로부터 탈주했는가? 그리고 '그'는 어디를 향해 질주했던가? 이러한 물음을 우리는 준비해야 한다.

골편인(骨片人) '그'(이상의 한 분신이기도 한)가 지구 역사의 원초적 지점인 원시인의 무덤에 도달하기까지의 탈주로를 따라가 보기로 하자. 그 탈주의 시작은 전매청 낙성식(落成式) 자리에서부터였다. 이미 낙성식 자체가 그 건축물의 위용과 앞으로 그것이 행사하게 될 제국의 힘을 과시하고 있었다. 식민지인이며 최하급 기술자로서 '그'는 공손히 그 낙성식장에 참예(參預)하였다. 그리고 "신의 두 팔의 유골을 든 사제한테 최경례(最敬禮)하였다./ 줄지어 늘어선 유니폼 속에서 그는 줄줄 눈물을 흘렸다. 비애와 고독으로 안절부절 못하면서 그는 그 건조물의 계단을 달음질쳐 내려갔다. 거기는 훤하게 트인 황폐한 묘지였다."[144]

'그'의 전매청으로부터의 탈주는 제국의 위용을 과시하는 성대하고 경건한 낙성식을 배경으로 하고 있다. 제국의 신사(神寺)에서 파견되었을 사제가 모든 예식을 주도했다. 그 신사의 사제가 옛 신화적 존재들의 위패를 들고 건축물의 봉헌식을 거행했을 것이다. "신의 두 팔의 유골(遺骨)을 든 사제"라는 표현은 이상 식으로 전도된 표현이다. 사제가 무엇인가를 들고 있는 것이 아니라 그 자신의 팔을 들고 있다는 것이다. 그런데 '그의 팔'은 실은 자신의 팔이 아니라 '신의 팔'이라는 것이다. 그 신은 죽은 신이니 '신의 두 팔'은 유골인 것이다.

제국이 떠받드는 가장 신성한 종교에 대한 신랄한 비판과 풍자가 거기 깃들어 있다. 하지만 그 표현이 기묘한 역도법(逆倒法)으로 되어 있어서 실제 의미를 간파하기 어렵게 해놓았다. 제국의 검열을 피하기 위해 쉽게 알아차릴 수 없는 미묘한 난해함이 필요했을 것이다. 이러한 실제적 필요성이 이상의 특유한 수사학을 생성시킨 배경이다. 즉, 검열적 시선을 피해가기 위한 미묘한 게임(검열자가 강요하는 규범적 의미에 대한 전쟁이 개입된)이 그의 난해한 수사학을 만들어낸 것이다.

---

144 이상이 일기처럼 내밀한 고백체로 쓴 「얼마 안되는 변해—1년이라는 제목」(1932. 11. 6) 중의 일부. 유고노트로 남아 있었던 것을 김수영이 번역해서 『현대문학』 1960년 11월호에 실었다.

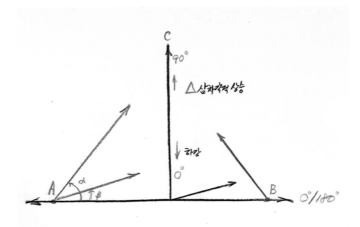

그림 81 신범순, 〈'삼차각' 개념도〉, 2020

'지식의 첨예각도 0도'는 '역사의 지평면'인 거울평면(그림의 AB선)을 만들어내는 각도이다. 모든 것을 얼어붙게 하는 0도의 지식은 차갑고 냉정하게 기계처럼 작동한다. 나시제국의 정치경제 시스템을 확장하고 더 굳건하게 만들기 위한 지식들의 기계장치가 식민지의 땅 전체에서 돌아가는 것이다. 이상의 시들은 이 거울평면으로부터 상승하는 삼차각적 수직선을 따라갔다. 이 상승은 「차8씨의 출발」에서 '차8씨'가 사람들에게 선보이는 "지면을떠나는아크로바티"와 같은 것이다. 지구를 굴착해서 거기 뿌리를 벋고 하늘로 상승하는 것이 '차8씨의 아크로바티'이다. 이러한 수직적 상승의 삼차각과 지식의 0도 사이를 왕래하는 상승과 하강의 운동이 이상(차8씨)의 시적 삶이었다. 0도로부터 상승하는 힘은 언제나 자신의 삼차각적 밀도를 증대시키는 것이다. 서로간의 따뜻한 동조와 공명감의 증대가 그러한 밀도를 끌어올린다. 이 기본적인 사랑의 공명은 모든 물질과 생명체들 사이에 일어난다. 그러한 것이 무의식적으로 잘 일어날수록 물질과 생명은 활기 있고 풍요롭게 된다.

이상은 '삼차각'이란 개념으로 이것을 정리했다. 나는 위 도상으로 이상의 개념을 보충했다. 삼차각의 여각과 보각이란 개념이 그의 시편들에 등장하는데(「1931년 작품제1번」의 11을 보라) 위 도상에서 0도에서 어느 정도 상승할 수 있는 각도를 갖게 되면 수직으로 상승할 수 있는 여각의 도움이 필요하게 된다. 우리 모두 각자는 홀로 완벽하게 수직적 상승을 이룰 수 없으며, 상호적 동조와 공명 관계를 통해서만 그렇게 될 수 있다. 따라서 '삼차각의 여각'이란 어떤 사물이나 사람, 어떤 존재에게서도 그 상황과 형편에 맞게 서로 다른 그러한 '삼차각의 여각'이 요청된다고 할 수 있다. '삼차각의 보각' 개념도 거기 나오는데 나는 주석에서 그것을 편안한 휴식의 각도로 정의했다. 위 도상에는 그 개념을 넣지 않았다.

이상이 가장 좋아했던 담배마저 제국이 전매하여 독점하는 시스템을 구축한 것인데 총독부에 근무하던 이상은 아이러니하게 바로 그 시스템을 본격화하기 위해 건설되는 전매청 건축 공사판에 투입되었다. 그의 시적 에스프리는 공사판에서 많은 부분 붕괴되었다. 「얼마 안되는 변해」는 자신의 상실된 시간들에 대한 약간의 변명이다. 이 글에서 이상은 '그'의 환상 여행을 통해 그 상실된 시간 구멍들을 메꿔주었다. 파라솔의 번갯불이 일으키는 환상공간 속에서 그는 '지식의 0도' 평면으로부터 가장 높이 상승했다. 그 힘으로 아마 이상은 자신의 유고노트 일부와 사진첩 시편들을 써나갔을 것이다. 그 정확한 정황은 알 수 없고 다만 그 시편들의 내용으로 추정할 수 있을 뿐이다. 서정주는 이상이 그 박쥐 같은 전매청 건물을 설계했다고 했는데 그것 역시 확인되지 않는다.

'지식의 첨예각도 0도'라는 말도 이러한 난해함의 맥락 속에 들어 있다. 이 말 자체에 이미 전매청 건축에 대한 비난과 풍자가 담겨 있다. 아마 이 기이한 용어에 담긴 의미는 이상이 「삼차각설계도」에서 제시한 삼차각적 개념에 의해서만 풀어낼 수 있을 것이다. 삼각형의 두 변이 서로 통합하여 삼각형이 되는 것을 두 선의 완벽한 결합체로 본다면 그 두 변이 이루는 각도에 의해 그러한 결합체가 결정될 것이다. 이 두 변이 그렇게 완벽한 결합체를 만드는 각도를 '삼차각'이라고 정의할 수 있다. 그러나 두 변의 기울기가 서로간의 결합을 위한 각도를 만들지 못하고 0도가 되어버리면 삼각형은 만들어지지 않는다. 이러한 경우를 그의 시 「이십이년」과 「시제5호」의 도상이 보여준다. 이 도상들에서 두 선은 결합을 위한 각도를 갖지 않는다. 그것들은 서로 만날 수 없는 평행선을 이룬다.

전매청 건물은 일제 식민지 권력이 자신들의 통치자금을 조달하기 위해 담배를 독점 판매하는 정책을 만들고, 그 제도를 본격적으로 시행하기 위해 건축한 것이었다. 말하자면 담배 전매를 정부가 독점하여 식민지 경제를 착취하기 위한 것이었고, 시장에서 유통되는 몇 가지 중대한 품목에 대한 이권을 독점적으로 장악한 것이었다. 따라서 그것은 자신들의 지배 권력 유지를 지탱하기 위해 필요한 것이었고, 자신들의 이익만을 위한 일방적인 것이었다. 따라서 이 독점 제도는 배제의 원리가 동시에 작동하는 것이니 시장의 다른 사람들, 제도들과 삼차각적으로 화합되거나 통합될 수 없는 냉혹한 제도였다. 그러한 제도를 위해 건물을 짓는 자들의 생각과 논리는 차갑다. 그렇게 지어진 것이니 전매청 건물 역시 차가운 것이다. 이상이 거기에 '지식의 첨예각도 0도'라는 말을 쓴 것은 적절해 보인다. 그것은 상대방에 대한 어떤 배려도 없는 각도이다. 즉, 상대방과 화합하여 삼각형을 이룰 만한 각도가 없으니 0도인 것이다. 그것은 빙점의 0도처럼 차갑다. 모든 것을 얼어붙게 하는 빙점이 자신들의 이익만을 위한 지식을 구축한다. 독점적 지식은 매우 날카롭게 자신들만이 이득을 취할 수 있는 지식을 파고들며, 그러한 지식을 확장하고 그러한 지식들의 체계를 만든다. 식민지 착취 제도를 만드는 지식들 역시 모두 그렇게 냉정한 것이었다. 그러한 지식들만이 유통되어 만들어지는 세계가 바로 이상이 타파하려 하는 '거울세계'이다.

이러한 '지식의 0도' 즉 빙점의 지식으로 건조된 전매청 사옥 낙성식 자리에서 이상의 분신인 '그'는 탈주를 감행했다. 그는 '지식의 0도'와 반대되는 방향으로 멀리멀리 달아났다. '그라는 골편'은 시간을 거꾸로 걸어가면서 식민지 도시의 빌딩들을 통과했고, 시적 에스프리를 되살아나게 해주는 형이상학적인 기차(뜨거운 '석탄 같은 기관차'라고 표현된)를 타고 태고 원시인의 시대까지 거슬러갔다. 그의 탈주는 원시인의 낙서판이 있는 무덤공간에까지 이르렀다. 그러나 그의 이 탈주는 또 다른 원점으로의 회귀였다. 그가 원시자연 상태의 어느 공간에 다다랐을 때, 그는 그가 탈주해온 묘지의 세상, 그 안에 들어 있던 자신의 무덤과 관통(棺桶) 속으로 되돌아온 것이다. 그는 역사를 거슬러간 여행을 통해 알게 된 역사 전체의 우울한 무덤[145]을 거기서 보게 된다. 그는 거

---

145 이상이 역사 전체에 대해 어떠한 견해를 갖고 있었는지는 「LE URINE」와 그 이후 여러 편의 시를 통해 알 수 있다. 역사 전체의 대파국을 보여준 「무제—최초의 소변」이나 역사의 종합된 망령을 등장시킨 「시제14호」 같은 것이 대표적인 예이다. 위에서 '역사 전체의 우울한 무덤'도 그러한 맥락 속에 있다.

기서 자신이 전매청 밖 묘지의 세상에 파놓은 무덤 속 관통의 벽을 다시 마주하게 되었다. 그는 자신의 운명을 정리해서 합산해보던 그 벽의 낙서판을 다시 보게 된 것이다.

과연 그 벽을 다시 대면했을 때 거기에 그는 어떤 글을 쓸 수 있을 것인가? 거기서 그는 원시 미개인의 낙서 흔적 같은 것을 발견한다. 그것은 '그'가 탈주 과정에서 마주쳤던, 두 명의 창기(唱妓)가 함께 쓰고 있던 파라솔의 꼭짓점에 내리친 번갯불에 대한 글이었다. "비의 전선(電線)에서 지는 불꽃만은 죽어도 역시 놓쳐버리고 싶지 않아 놓치고 싶지 않아 운운(云云)." 낙서를 한 이 '원시 미개인'은 사실은 환상

그림 82 시적 산문인 「얼마 안되는 변해」에서 이상은 자신의 시적 에스프리가 함뿍 담긴 파라솔(parasol)을 창조했다. 빗속에서 자신이 탄 '석탄같은 기관차'의 선로를 가로질러가는 두 명의 창기(唱妓)가 든 파라솔이었다. 대지를 적시는 빗줄기들을 퍼붓는 비의 전선(電線)에서 번갯불이 그 파라솔 꼭짓점에 내리꽂혔다. '지식의 0도' 건축물인 전매청으로부터 탈주해서 도달한 것은 바로 그 파라솔의 번개 불꽃이었다. 빗속을 나란히 걸어가는 두 명의 창기가 하나로 합쳐서 들고 있는 아름다운 삼차각적 지붕의 꼭대기가 한순간 불꽃처럼 아름답고 그리고 격렬한 빛으로 빛났다. 그것은 태초의 빛, 최초로 세상의 생명을 창조하던 그 빛이었다. 그것은 얼음처럼 차가운 '0도의 지식'들로 메워진 세계를 뚫고 나갈 존재들이 자신들의 뇌수를 타오르게 해야 할 그러한 불꽃이기도 했다.

여행 도중에 창기들의 파라솔을 마주했었던 바로 '그'였다. 그 창기들의 파라솔 꼭대기에 번개가 내리꽂힌 순간 그 번갯불로 '그'가 타고 있던 기차 객실은 무덤 속 공간으로 변했었다. 이 무덤공간과 그가 자신의 운명을 계산해보던 그 무덤이 겹쳐진다. 그는 자신의 운명에 대한 낙서를 했던 그 무덤의 다른 차원으로 회귀한 것이다.

'그'의 탈주의 도달점은 결국은 번개가 내리꽂히는 '파라솔'이었다고 할 수 있다. 그것은 차가운 '지식의 0도' 반대편에 있는 것이고, 모

든 빙점의 세계를 강력하게 녹여버릴 만큼 강렬한 번갯불 에너지를 끌어들이는 삼차각의 꼭짓점이었다. 탈주 과정에서 본 것은 우울한, 그러나 황량한 묘지의 세상이었다. 그 황무지 세상을 적시는 비의 흐름들 속에서 '비의 전선(電線)'이 형성되고 거기서 번갯불이 일어났다. 왜 두 명의 창기였는지, 그 둘을 하나로 통합한 파라솔의 보행은 무엇이었는지, 그것이 어떻게 하늘의 번갯불을 끌어들여 무덤을 밝혔는지 이상은 묻고 있다. 그의 「삼차각설계도」(1931년 9월 쯤) 연작시의 주제인 삼차각 개념이 이 스토리 안에서 작동하고 있다.

2

1932년 말인 11월 6일에 쓰여진 「얼마 안되는 변해」는 이상 자신의 본래적 자연성인 '몸'이 겪어야 할 '초인적 운명'을 조망한 글이다. 현실에서는 총독부의 일개 하급기술자에 불과했던 '그'는 상관의 지시로 1년 내내(1932년 동안) 전매청 공사판의 배선공사에 투입되었다. 자신의 본래적 열망인 '시인'의 작업으로부터 '그'는 어쩔 수 없이 한동안 멀어졌다. 그는 그 이전 시기인 1930년 내내 한편의 장편소설을 연재했고, 1931~1932년에 방대한 양의 시를 썼다.[146] 그러한 열기 어린 작업 속에서 계속해서 '그'를 몰아붙이는 예술 사상적 과제가 있었다. 그것은 공포의 세계를 떠나고 싶은, 자살에의 유혹을 밀어내면서 이 세계를

---

146 이상은 1930년에 장편소설인 「12월12일」을 『조선』에 연재했다. 이때에도 많은 양의 시를 쓴 것으로 추정되는데 「오감도」를 발표할 때 이미 써놓았던 수천 편의 시가 있었다고 했기 때문이다. 유고노트로 남은 「황」 연작과 『조선과 건축』지에 발표된 「이상한가역반응」 「조감도」 「삼차각설계도」 연작 모음 시편들이 이때의 눈부신 시 창작 활동의 열기를 증명해준다.

견뎌내고 그것에 대한 '무서운 기록'을 남겨야 하는 과업이었다.

그 '무서운 기록'을 써내기 위해서 '그'는 자신의 펜을 무기로 삼는 최후의 전쟁을 치러나가야 했다. 도승사(渡繩師)처럼 까마득히 걸려 있는 허공의 줄을 타며 다른 세계로 건너가야 할 그 '정신적 전쟁'[147]에 대한 언급이 공사판 한 구석에서 끄적거린 메모에서 발견된다. 그 메모는 이상의 최초 소설인 「12월12일」의 제4회분인 「M에게 보내는 편지 (제6신)」의 한 대목에 삽입되어 있다. 메모의 마지막에서 '그'는 "무서운기록이다/ 펜은나의최후의칼이다"라고 쓰고 "—1930. 4. 26. 어의 주통공사장—// 이 ○"이라고 부기했다. 끝에 있는 '이 ○'은 자신의 필명인 '이상'일 것이다. 하급 기술관료인 김해경은 '무서운 기록'을 남기기 위한 정신적 전쟁을 위해 펜을 칼처럼 휘둘러야 할 '이상'이란 존재를 상당 기간 방기할 수밖에 없었다. 그는 총독부 상급 관료의 명령을 받고 일해야 하는 하급 관리였기 때문이다. 전매청 건축물을 설계하고 공사판에 투입되어 감독하는 업무에 매여 있어야 했던 것이다.

자신의 '무서운 기록'(시적 언어들을 통해 작성되는)에 바쳐야 할 시간과 '몸'을 차압한 공사판 일이 끝나고 전매청 건축물이 완공되었을 때 그 '0도의 건축물'을 기념하는 낙성식이 열렸다. 정작 몸을 바쳐 일한 '그'는 식장의 맨 뒷자리를 지키고 있어야 했다. 맨 앞자리는 명령을 내리는 최고위관리들과 사제들이 차지했을 것이다. 신에게 봉헌되는 예식은 최고위 사제가 이끌었을 것이다. 거기서 '그'는 제국에서 배당받은

147　공사장 메모에서 도승사(줄 타는 곡예사)의 줄타기를 자신의 무서운 기록(글쓰기) 행위에 비유한 이 부분은 니체의 짜라투스트라가 어수선한 도시의 시장에서 마주친 곡예사들의 줄타기 장면을 연상시킨다. 짜라투스트라는 이 줄타기가 위험한 곡예이며, 인간의 다리를 건너가는 초인적 행위에 대한 비유임을 암시했다.

자신의 하급적 위계를 확인해야 했고, 하급 유니폼 속에서 수치심으로 눈물을 줄줄 흘리게 되었다. 제국의 유니폼들이 위계적으로 늘어선 그 식장의 맨 뒷자리에서 '그'의 내면에 자리 잡고 있는 숭고한 정신적 존재가 모멸 당하고 있었다. '그'의 내면에 억눌려 있던 '이상'이 어떻게 그 모멸을 견딜 수 있었던가? '그'는 예식 도중에 자신의 자리를 박차고 거기서 정신없이 도망쳐 나왔다.

'그'의 탈주 이야기는 매우 환상적으로 전개된다. '지식의 0도'의 건조물 계단을 달음질쳐 내려간 곳에는 바로 훤하게 트인 황폐한 묘지가 나타났다. 전매청 건조물 바깥은 그 전체가 하나의 거대한 묘지였다. 거기에 한 개의 새로 판 구덩이 속으로 '그'는 들어간다. 구덩이 속에 드러누운 '그'는 '산 하나의 묘'를 만들어놓았다고 했다. 그것은 '구덩이 산'이다. 이 '구덩이 산'은 「지도의 암실」에도 나오는 이상의 독특한 이미지이다. 그것은 역도법(逆倒法)적으로 묘사된 산인데, 세상이란 묘지의 구덩이 속에서 자신을 둘러싼 모든 것들의 의미를 깊이 파 들어가는 것을 '산'의 등정에 비유한 것이다. 따라서 구덩이가 깊을수록 그 산은 높다. 자신의 정신적 등정은 그러한 깊이와 높이의 역설 속에서 이루어진다.

관통(棺桶)의 벽면에 설비된 여백을 이용해서 '그'는 자신의 앞으로의 운명이 어떠한 것일지 헤아려(運算) 보았는데, 그 해답은 '그'가 '기독교적 순사'를 해야 한다는 것이었다. 그러한 운명을 묘지의 관통 벽면 여백에 낙서하듯 '그'는 계산해본 것이고, 자신의 '묘지의 지위'를 그로써 깨닫게 된 것이다.

우리는 이 탈주의 환상이 하급 기술관료가 마주했던 현실의 장면들과 대립하고 있다는 것을 알 수 있다. 공사판에서 부역하고, 그 일을 힘들게 끝냈을 때 겪게 된 장대한 낙성식 반대편에 자신이 정신적 등정을 하는 구덩이 산이 있고, 자신이 묘지 같은 이 세상을 구제하기 위해 순사해야 할 '기독'적 존재라고 쓰여진 관통 벽면 서판(書板)이 있는 것이다. 제국의 엄격하고 냉혹한 위계적 풍경의 하위적 존재로 부속되어 있는 하급관료로서의 '그'와 대립해 있는 반대편에 이 '기독'의 지위가 있다. '그'의 지위는 탈주적 환상 속에서 이렇게 반대로 뒤집힌다. 이상은 우리에게 '그'의 탈주가 무엇으로부터의 탈주인지, 그리고 그 탈주가 향하는 방향은 어디인지 읽어내기를 바라고 있다.

낙성식이 거행되는 전매청 건물은 고위관리들과 사제가 지배하는 제국의 풍경이 되었고, '그'는 그 위계적 건조물의 '계단'을 내려감으로써 그로부터 도망쳐 나온 것이다. 이 '계단'도 건조물의 위계적 성격을 드러내는 기호이다. 냉혹한 권력과 지식이 장악한 '위계'의 위쪽으로부터 아래쪽으로 내려가는 것이 탈주로의 방향이다.

그렇게 건조물을 빠져나간 곳이 바로 훤하게 트인 묘지라는 것에서 우리는 충격을 받는다. 이상의 이러한 비약적 묘사는 압축적이고 상징적이다. 이 '묘지'는 실제 현실의 묘지가 아니

그림 83 펜을 잡은 손은 전투를 치르는 병사의 손일 수 있을까? 이상이 자신의 첫 소설인 「12월 12일」에 삽입한 공사판 메모에서 "펜은나의최후의칼이다"라고 한 언명은 마지막 시편인 「실낙원」의 「면경」에도 반영되어 있다. 거기에 시인이자 학자이자 동시에 병사이기도 한 자의 최후의 전쟁이 기록되어 있다. 사상의 전쟁터에서 질주하는 무기였던 그 펜은 '차8씨'의 '몸'이기도 했다. 펜촉에서 이상은 그의 신체의 액체(잉크)가 분비되는 성적 오르간(organe)을 보았을 것이다. 그 펜촉은 '차8씨'가 자신의 땅을 파들어가는 오르간으로서의 '且'이기도 했다. 그는 백지에서 자신의 신체의 꽃을 피우려는 나무인간이었다. (사진의 펜은 필자가 사용했던 것이다. 내 책상의 백지 위에 자신의 그림자와 함께 누워 있는 것을 찍어보았다.)

다. 그에게 그가 살아가는 세계는 모두 '묘지의 풍경'에 불과한 것이고, 그 비유적 표현의 보조관념을 원관념처럼 막 바로 우리에게 제시한 것이다. '훤하게 트인 묘지'는 황량한 세계 전체에 대한 비유적 이미지이다. '그'가 숨죽이며 살아가는 제국의 식민지 영토 전체뿐만 아니라 세계 전체, 역사 전체가 묘지와도 같은 삶의 황무지에 불과하다는 말이다.[148]

그 황무지의 세계 속에서 '그'는 자신의 죽음을 예비하듯 관통을 미리 예비해놓은 것이고, 거기 함께 있는 '구덩이 산' 속에서 자신의 정신적 등정을 해온 것이다. 이 정신적 등정은 세상의 묘지적 지평을 초극하기 위한 것이다. 그 등정의 봉우리에 자신의 상승된 존재, 초인적 존재가 기다리고 있을 것이다. 그 존재를 이상은 여러 시편들에서 '기독'에 비유했다. 「얼마 안되는 변해」보다 세 달 뒤에 쓰여진 「각혈의 아침」과 그보다 조금 뒤에 쓰여진 「육친의 장」 「내과」 등에 '기독'적 존재의 자각과 그 성장의 드라마가 제시된다.

3

사실 자신의 내면에 싹튼 초인적 기독에 대한 인식은 「얼마 안되는 변해」보다 1년 전에 발표된 「LE URINE」(1931. 6.18 씀)에서 시작된 것이었다. 얼어붙은 역사의 동토를 뚫고 자신의 생식력을 세상에 증여

---

148   그가 초기 시 「조감도」 연작시의 하나인 「LE URINE」에서 묘사한 얼어붙은 동토의 대륙이 바로 '역사의 대륙'이며 '역사의 빈 페이지'이다. 역사는 '비어 있는 페이지'인데 왜냐하면 육체성의 자연이 억압된 것이 '인류 역사'였기 때문이다. 상당히 니체적인 관점과 닮은 이러한 사유를 이상은 독특한 시적 언어와 스토리로 당대인들에게 제시했다. 그러나 이러한 사유는 당대와 그 이후 오랫동안 미처 인식되지 못했다.

하는 길에 나선 '나'
는 자신의 동반자
가 될 '비너스'와 '마
리아'를 부른다. '나'
는 자신이 디오니소
스적 존재이며, 기독
적 존재임을 이러한
여성 동반자를 호
명함으로써 암시하
고 있다. 여기서 '나'
는 '이상'(또는 김해경)
이란 고유명사라기
보다는 그 안의 자
연적 존재인 '몸'을
가리키는 것이다. 사

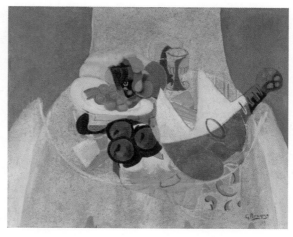

그림 84 Georges Braque, *Fruit, Glass, and Mandolin*, 1938
「LE URINE」은 이상의 시중에서도 가장 신비로운 시이다. 역사의 얼어붙은
동토를 뚫고 유유히 흘러가는 '몸'의 비극적 서사시를 그는 이 시에서 노래
했다. 역사의 금욕주의와 맞선 에로틱한 신체의 액체적 흐름이 음악처럼 황
무지를 뚫고 흘러간다. 만돌린 이미지와 결합된 신체는 자신의 선율을 세상
에 펼쳐내야 한다. 강퍅한 세상과의 부딪침이 비극의 서막을 예고하고 있다.
새벽닭이 우는 새벽의 음울한 전조가 만돌린 신체의 행로에 그늘을 드리운
다. 「내과」에서 그 비극이 상연된다.
브라크의 정물에서 만돌린은 마치 입을 벌린 얼굴처럼 생겼다. 포도주 잔이
그 입 안에 들어 있다. 그 옆에는 사과와 포도가 있다. 풍요로운 식탁 위에
누워있는 만돌린의 행복을 화가는 붉은 색조로 감싸서 상승시켰다.

실 그것은 이 초인적 존재가 '이상'이란 개인의 차원에 머물러 있는 것
만이 아니고 사람이라면 누구에게나 존재하는 그러한 것임을 가리킨
다.[149]

시의 마지막 부분은 신약에 나오는 예수의 일화를 일부 패러디한

---

149 '몸'을 초인적 존재로 상정하는 이러한 언급은 매우 중요하게 다루어져야 한다. 이상 문학
전체의 주제가 '몸'이기 때문이다. 그러나 그의 「사진첩」 시편들에서 자신의 가족 관계 속에
서 조명되는 '나'는 이상 자신의 자전적 요소를 담고 있기 때문에, 이상 자신의 기독적 측면
을 부각시킨다고 말할 수도 있다. 결국 누구나 보편적인 주체인 '몸'을 가지고 있지만 이상
은 '사진첩' 시편에서 유독 자신만이 그것을 가장 초인적 지위에서 감당하고 있음을 드러낸
것이라고 볼 수 있다.

것이다. 악기(만돌린)로서의 '몸' 이미지를 갖고 있는 '나'의 모습이 이 부분에서 기독적인 존재임을 암시한다. "만돌린은저혼자짐을꾸리고지팽이잡은손으로지탱해그작으마한삽짝문을나설라치면언제어느때향선(香線)과같은황혼은벌써왔다는소식이냐,숫닭아,되도록이면순사가오기전에고개숙으린채미미한대로울어다오"라는 부분을 보라. 이것은 신약성경에서 예수의 출세(出世)를 앞두고 새벽닭이 울기 전에 베드로가 유대관리들 앞에서 예수를 세 번 부인하는 장면을 도입한 것이다.[150]

시의 앞부분에서 '몸'의 성적 생식적 자연성을 부각시킨 오르간(ORGANE)이 여기서 '만돌린'으로 변해 있다. 그 둘 모두 금욕주의적 사상과 지식이 지배한 역사의 대륙을 뚫고 음악적으로 부드럽게 유영(流泳)해 가려는 음악적 신체의 이미지이다. 자신의 성적 동반자인 마리아를 얻지 못하고 고독하게 자신의 길을 가야 하는 '나'는 시간에 쫓긴다. 자신의 기독적 존재를 더 상승시켜 세상으로 나아가야 하는데 길은 멀고 날은 벌써 어두워진다. 권력자들이 주도하는 세상의 질서를 유지시키기 위해 순사(巡査)들은 수상한 존재들을 감시하거나 체포한다. 초인적 기독은 세상의 기존 질서를 위협하는 존재이다. 그 역시 감시나 체포의 대상이 된다. 이 순사(巡査)들이 들이닥치기 전에 '나'는 미미한 새벽 닭 울음소리를 듣는다. 이미 이 시에서 이상은 자신의 기독적 순사(殉死)의 운명을 예시하고 있다. 닭 울음소리는 '기독적 존재'의

---

150 이 장면은 「각혈의 아침」과 「내과」에서 다시 세밀하고 극적으로 묘사된다. 이 시들에서 전개된 이야기는 이상의 초인사상이 그의 작품 중 가장 극적으로 묘사된 것이다. 여러 분신들이 이상 몸 안에서 자라는 기독을 예비하거나 돕고, 또 세상 사람들에게는 그의 존재를 부인한다. 나는 '신체극장'이란 개념으로 이 미묘한 장면들을 분석하고 있다.

깨어남과 세상으로의 나아감을 의미한다. 세상의 질서를 유지하려는 하급 경찰관인 순사가 이러한 '나'를 체포할지 모른다. 그 순사는 '나'의 기독적 순사(殉死)를 예비하는 자이기도 하다.

「얼마 안되는 변해」에서 이상은 자신의 초인적 기독의 운명을 다시 한 번 자각하고 재차 확인한다. '그'의 탈주로는 그 기독의 운명을 향해 뻗어 있다. '그'는 현실의 하급 기술자로부터 자신의 내면에서 자라는 '기독'으로 빠져나간다. 「LE URINE」와의 연결점이 여기서 분명해 보인다. 그가 구덩이 산의 관통 벽면 여백에, 운명에 대한 물음에 해답처럼 써놓은 '기독교적 순사'라는 단어는 「LE URINE」의 마지막 부분에서 연상된 것일 수 있다. 거기에 세상의 권력을 위해 일하는 '순사(巡査)'가 등장한다. 그 단어는 '나'의 죽음을 가리키는 '순사(殉死)'와 동음이의어이다. 두 단어를 연결하는 동일한 음성이 두 작품을 잇고 있다. '나'의 체포는 기독처럼 죽음으로 나아가는 일이 될 것이다.

이제 이상의 분신인 '그'는 하급경찰보다 훨씬 강대한 제국의 권력 실체들을 체험하고 있다. '그'가 자신의 기독적 존재를 자각하고, 그 운명을 실현하기 위해서는 도피가 아니라 전쟁을 치러야 한다. '묘지'로 비유되는 제국의 황무지적 현실에서 그 황무지를 극복하기 위해서는 그들과 정신적 전쟁을 치러야 한다. 그 전쟁은 '자신을 바치는 희생적 죽음'을 각오해야 하는 것이며, 그러한 죽음을 '기독교적 순사의 공로'라고 한 것이다. 자신의 '묘지의 지위'는 그렇게 비극적이고 숭고한 것이었다. 전매청 낙성식 자리의 예식을 치루는 사제의 반대편에 이렇게 기독교적 순사를 예감하는 '그'의 비감한 운명이 놓여 있었다.

그 이후 전개되는 장면들도 모두 환상적으로 처리된다. '그'는 "뼈와 살과 가죽으로써 그를 감싸주는 어느 그의 골격으로 되어 있었다". 그는 묘지의 풍경처럼 골편적 존재가 되어 자신의 환상 여행을 하게 된다. 초겨울 빗속을 걸으며 '어떤 그'한테 끌리어서 '그'라는 골편'은 철도 연변을 따라 방향을 거꾸로 걸어간다. 그것은 지구의 연령을 거꾸로 거슬러 올라가는 시간 여행이었다. 북극을 향해서 남극으로 질주하는 뜨거운 석탄 같은 기관차가 그에게 다가오고 그는 그 환상 기차를 탄다. 이 기차도 북극을 향해 가야 하는데 그 반대인 남극으로 질주하는 기차 즉, 역도법적 질주를 하는 기차이다. 승객이 자신밖에 없는 기차의 객실에서 '그'는 자유로운 시적 에스프리의 소생(蘇生)(공사장 일에 사로잡힌 1년 동안 죽어 있던)을 축하하게 된다. 그 뒤의 환상들은 바로 이 시적 에스프리가 만들어낸 것이다. 즉 '그'에게 다시금 시적 창조의 순간들이 다가온 것이다.

  '그'의 탈주 시작부터 내리던 비의 음악이 이 환상의 극적인 전환 속에서 상승하고 폭발한다. 처음에는 가랑비였던 것이 소낙비로 변해 있다. 비의 음악은 처음에는 지구상의 모든 양철지붕을 때리는 것이었다. "비는 지구상의 양철지붕만을 적시고 있었다"고 이상은 썼다. 지구상의 가장 가난한 자들의 모든 지붕을 두드리는 비의 음악을 '그'는 듣고 있었던 것이다. 하늘보다 더 번쩍거리며 양철지붕들이 빛난다. 구질구질한 개울과 철도연변 제방에 늘어선 말라빠진 포플러 나무들의 풍경을 '그'는 함께 보았다. 철도 제방에 가지런히 규칙적으로 늘어선 포플러들은 그렇게 규칙적으로 살아온 지구의 연령처럼 보였다. '그'는 환상기차를 타고 이 가지런한 지구의 연령을 거슬러서 그 시원으로 간 것이다.

이 기이한 환상적 시간 여행 속에서 가랑비는 점차 소낙비로 바뀐다. 그리고 갑자기 두 명의 창기(娼妓)가 '한 대의 엷은 비단 파라솔'을 쓰고 철도 선로를 건너가는 장면을 보게 된다. '그'는 이 파라솔의 철도 횡단 장면에서 인생을 횡단하는 장렬한 방향을 상상하게 된다. 마치 강력하게 날아가는 탄환의 탄

그림 85 기독적 운명을 자각한 '그'의 환상 여행이 비의 음악적 전개 속에서 펼쳐진다는 것이 주목된다. 이상이 「LE URINE」에서 제시한 악기로서의 '몸'이란 주제가 여기서 '비의 음악'으로 변주되는 것 같다. 여기서 '그'는 황무지의 몸 즉 뼈만 남은 골편 같은 존재로서의 '몸'이다. 마치 정지용의 뼈피리처럼 이 골편적 존재는 비의 환상적 음악을 자신의 아우라처럼 휘감고 있다. 비의 음악적 전개는 창기들의 파라솔 위에서 소리 없는, 소리를 넘어선 번개 불꽃의 음악으로 폭발한다. 이상은 자신의 문학적 전개에서 이 번개의 초인적 사유를 「삼차각설계도」에 담았다. 거기에 광학을 넘어선 빛사람의 사상이 전개되어 있다. 「삼차각설계도」 연작시에 담겨진 그 번개의 불빛은 순간적으로 번쩍였지만 그 빛을 제대로 본 사람은 거의 없었다. 그 번개의 우레 소리는 그 섬광보다 몇 년 뒤 일반 사람들에게 전해졌다. 신문에 연재된 「오감도」 시편들이 말하자면 그 초인적 번갯불의 뒤늦게 들려온 우레 소리에 해당한다. 사람들은 기이한 우레 소리에 놀랐지만 그 소리의 기원인 빛을 알지 못했기 때문에 이상하고 괴이한 헛소리처럼 생각했다. 우리는 이상의 괴이한 말들 뒤에 숨겨진 이 번개, 빛사람의 사상을 알아차려야 한다.

도선(彈道線)처럼 그의 뇌리에 내리꽂히듯 '탄도의 사상'이 다가온 것이다. 비의 환상 음악은 여기서 파열음을 내며 절정의 빛을 발한다. "소리없는 방전(放電)이 그 파라솔의 첨단에서 번쩍하고 일어났다"고 이상은 썼다. 기차의 객실은 그 순간 무덤 속처럼 변했고 관통(棺桶)의 내부처럼 된다. 그 관통 벽면 여백에 고대 미개인의 낙서 흔적이 남아 있는 것을 '그'는 본다. 거기에는 "비의 전선(電線)에서 지는 불꽃만은 죽어도 역시 놓쳐버리고 싶지 않아, 놓치고 싶지 않아, 운운"이라는 말이

적혀 있었다. '그'가 환상 여행의 끝에서 본 것은 파라솔 꼭대기에 내리는 비의 전선에서 일어난 번개 불꽃이었다. 그것은 아직 그 소리는 들리지 않는 음악, 순간의 빛으로만 전파되는 빛음악이었다. 이 낙서를 쓴 '고대 미개인'('나'의 또 다른 분신)은 그 파라솔의 불꽃이 자극해주는 번쩍이는 초인적 사유의 끈을 놓치지 않고 싶어 한다.

'그'는 이 환상 여행을 통해 당대에서 원시에 이르는 역사의 역전(逆轉)적 행로 속에서 자신의 운명을 확인했다. 그것은 인류의 역사 전체를 그것이 문명적으로 분화되기 이전의 최초 시작점(고대 미개인의 관점)에서 반성적으로 감당하는 것이고, 그로써 역사 전체의 문제와 대면하고, 그 문제적 병(病)의 상태(묘지의 상황)를 구제해야 한다는 사명이다. 그러나 그 사명은 자신의 죽음을 통해 이루어질 수 있는 것이었다. '기독교적 순사(殉死)'라는 비극적 운명이 '그'를 기다리고 있었다. 자신의 몸을 그 사명에 희생적으로 바치는 것이 바로 '순사의 공로'이다. 그 희생은 소모적인 것이 아니라 생성적인 것이다. 자신의 몸을 희생적으로 세상에 투여함으로써 세상적인 것들의 '구제'가 일어나게 될 것이다. 그러한 구제가 실현될 때 비로소 '희생'은 '증여'가 된다. '희생'과 '증여'의 이러한 통합을 '그'는 어떠한 방식으로든 이룩해야 했다.

이상은 유고노트 시편인 「각혈의 아침」(1933. 1. 20)과 사진첩 시편인 「내과」[151]가 바로 그 장면, 즉 기독적인 희생과 증여의 통합적 표출을

---

151 임종국이 해방 후 이상의 사진첩에 밀봉된 부분에서 여덟 편의 시를 찾아냈다. 나는 그 시들을 '사진첩 시편'이라 부른다. 그것들은 대개 1933년 2월 중순 정도에 쓴 것들이다. 그 시들의 중심에 「최후」 「골편에관한무제」 「내과」 등이 있다. 「내과」에는 그것을 쓴 날짜가 기록되어 있지 않은데, 그 앞뒤의 시편들에 적힌 날짜를 미루어볼 때 이 시 역시 비슷한 시기에 쓰여진 것으로 추정해볼 수 있다. 유고노트 시편인 「각혈의 아침」과 「내과」는 중첩되는 부분이 있다. 시기적으로 「각혈의 아침」이 앞선다. 아마 그중 일부를 「내과」로 개작했을 것이다.

드러낸다. 그는 자신의 희
생과 증여 이야기가 상연되
는 무대이자 공간인 '몸'을
보여준다. 거기서 우리는
이상의 독창적인 시적 표현
으로 전개된 '신체극장'의
드라마를 보게 된다.

그림 86 이상은 비의 음악을 동반한 파라솔을 오래 전승된 노래
의 명기인 창기들의 우산으로 등장시킨다. 양철지붕을 두드리는
가랑비의 음악이 도시 거리와 빌딩을 거쳐 산천초목을 적시는 소
낙비의 거센 음악으로 상승하고 드디어 창기들의 파라솔 꼭대기
의 소리 없는 번갯불로 타오른다. 이 파라솔 꼭짓점에 섬광처럼
나타난 불꽃의 음악을 이상은 「얼마 안되는 변해」의 주인공인 '그'
의 환상 여행을 통해 보여주려 했다. 이 비의 음악의 절정을 마련
하는 '파라솔'은 이상의 독자적 사상인 '전등형(全等形)' 개념을 시
적으로 전환한 기호였다.

4

「얼마 안되는 변해」(1932.
11. 6)는 그러한 시편들이 쓰
여지기 얼마 전에 선구적
으로 자신의 그러한 주제
를 선명하게 제출한 것이었
다. 그는 이 글에서 골편적
인 몸의 원시 자연적 상태
를 존중했고, 그것의 큰 이

'전등형'은 거울계의 낮은 차원이 갖는 평면적 한계를 넘어선 입
체적 차원의 사유와 존재 방식을 가리킨다. 「삼차각설계도」의 하
나인 「선에관한각서5」에 이 용어가 나온다. 거울계의 광학적 빛의
한계를 넘어선 사유와 존재는 자신을 가둔 물질적 공간시간의 한
계를 초월한다. 그는 자신의 삶 속에 있는 모든 공간·시간의 '나'
를 부채처럼 펼쳐 들 수 있다. '전등형'은 그 모든 시공간의 '나'를
하나로 통합해서 사유하는 개념이다. 「출판법」이란 시에서 이상은
자신의 글쓰기가 전등형적 글쓰기를 지향한다는 것을 밝혔다. 자
신의 손바닥에 '전등형 운하를 굴착'해야 한다고 그는 말했다. 그
러한 글쓰기만이 제국경찰의 검열적 시선을 통과할 수 있고, 거울
계의 언어 기호 텍스트의 한계를 넘어설 수 있다. 「얼마 안되는 변
해」의 '그'가 본 파라솔은 이전의 시들에서 전개한 이러한 전등형
적 사유를 비의 음악과 함께 등장시킨 새로운 기호였다.

성과 환상의 극한을 탐구했다.[152] 역사적으로 전개된 모든 이성적 산
물과 역사 이성의 환상에 맞서 대결하면서 그것이 이루어졌다. 무한급

---

152 자연적 몸의 사유를 '대이성(大理性)'이라고 니체는 말했다. 그는 형이상학자들, 과학자들
    의 이성을 '소이성'으로 생각한 것이다. 우리는 이상의 시편들에서 전개되는 시적 에스프리의
    환상들을 '몸'이 작동시키는 또 다른 측면이라고 생각해볼 수 있다. 「무제—황」에서 대이성
    이 작동하는 '발견'과 몽상이 작동하는 '꿈'이 함께 제시되고 있다. (「무제—황」의 잠과 꿈에
    대해서는 『꽃속에꽃을피우다 1—이상 시 전집』, 37쪽 각주 25를 참조할 것.)

수(級數)적 사유를 통해 그는 역사적으로 전개되어온 사유들의 한계를 극한까지 밀어붙여봄으로써 순간적으로 탐색해낼 수 있었다. 아마도 그러한 극한적 사유를 통해 먼 미래까지 전개될 역사 이성의 모든 가능성과 그것의 궁극적 한계를 미리 보아버리고, 그것을 초극하려 시도했을 것이다. 그리하여 '자궁확대모형'이라는 인공 매트릭스[153]와 그가 설계한 무한거울 공간에 대한 형이상학적 사유가 펼쳐졌다. 현대 문명이 앞으로 전개할 수 있는 모든 지식과 기술의 극한적 도달점을 이러한 환상적 공간 이미지로 전개함으로써 그는 그것의 미래에 펼쳐질 궁극적 한계를 알았던 것이다. 여기서 그의 '거울' 이미지는 두 차원에서 독특하게 전개된다. 하나는 평면거울이며, 또 하나는 가상적 입체의 무한공간 거울이다.

평면거울은 '자궁확대모형'이라는 독특한 이야기로 전개된다. '그'는 '자궁확대모형'에서 아무런 생식적 결과를 얻지 못하는데 그것의 두께(깊이) 없는 평면성 때문이었다. 자신이 부친으로 위장해서 그것의 정문으로 들어갔으나 정문이 바로 뒷문이었다. 즉, 거울세계는 두께(깊이)가 없으니 '그'가 거기로 들어가는 것은 바로 거기서 나가는 것이 된다. 이상이 거울을 '자궁확대모형'이라고 한 것은 그것이 이 세상의

---

153 「황」 연작의 하나인 「1931년 작품제1번」에서 이상은 이 주제의 또 다른 양상을 보여주었다. 그것은 정충의 인공화 문제였다. 거기서 R이라는 청년공작으로부터 '크림 레브라의 비밀을 들었다'고 했는데, 그 비밀은 '정충의 무기질화(인공화를 위한)'를 위한 정보였을 것이다. 나 시양을 소개받으면서 '나'는 그러한 생명의 인공화에 결정적인 연구를 가속시키려 했다. 여기서의 '나'는 이상의 과학자적 분신이었다. 이 시는 1932년 하반기 정도에 쓰였을 것으로 추정된다. 이상은 이렇게 인공자궁과 인공 정충에 대한 사유를 시적인 스토리로 제시하고 있었고, 그 극한적 전개에서 인간과 지구의 비극적 파멸을 예상하고 있었다. 그의 「무제─최초의 소변」에 역사의 파탄과 빙하기의 도래, 인류의 멸망이 이야기된다. 마지막 시편 중의 하나인 「실낙원」 연작시 중 「월상」에서 병든 달의 추락과 대홍수로 인한 지구적 재난이 묘사된다.

모든 것들을 자신의 틀 속에서 복제하고 또 계속해서 그러한 복제를 재생산하기 때문이다. 그렇게 거울에는 모든 것이 들어 있지만 그 모두 두께와 깊이가 없는 반사상적 이미지들일 뿐이다. 거울은 끊임없는 반사운동으로 그러한 것들을 거울 속에서 만들어낸다. 그래서 거울은 거대한 기계적 반사운동으로 반사상 이미지들을 만들어내는 자궁이 된다.

'그'가 자신의 존재를 거기서 지워버리려 해도 '그'의 실체는 거기(거울 속)로 들어갈 수 없다. '그'는 거기로 들어가는 순간 반사상 이미지만 남게 되고 이미 거기서 '그'의 실체는 나가버린 것이 된다. '그'는 거울세계에 존재하는 자신의 탄생을 지우거나 연기하기 위해 그 안으로 들어가려 했지만 그러한 시도는 실패한다. 이상은 평면거울 이미지를 '자궁확대모형'이라는 독특한 환상적 이야기로 전개한 것이다.

'그'는 거울의 또 다른 가능성을 탐구한다. '그'는 시간을 뒤로 돌려 자신의 탄생을 연기하려 했다. 그러나 시간의 역전 방향인 후방으로의 기획이 실패했고, 이제 '영원히 연락된 전면(前面)의 방향'만이 남게 되고 그것을 '그'는 기뻐한다. 그는 이 '영원히 연락된 전면'을 담아낼 한 장의 거울을 설계했고 '물리적 생리수술'을 무사히 끝냈다고 했다. '물리적 생리수술'이란 자신의 생명체로부터 '의지'와 '기억'을 제거하는 것이다. 이러한 것들은 '생리적'인 것이다. 그래서 '그'는 이렇게 말한다. "기억이 관계하지 않는 그리고 의지가 음향하지 않는 그 무한으로 통하는 방장(方丈)의 제3축에 그는 그의 안주를 발견하였다." 생명을 지닌 육체는 자신의 기억으로 수많은 시간 공간의 삶들을 자신 속에 포함시킨다. 보이지 않지만 내밀하게 존재하는 내면의 세계를 생명체는 자신 속에 품고 있다. 그리고 모든 생명체는 자신의 '의지'를 갖고 있다. '의지'는 현재와 미래를 향한 생명의 활동이다. 무엇인가를 하려는 의지, 만들고 창조하려는 '의지'가 그 생명 존재의 특성과 고유한 특성을 만들어낸다. 여러 '의지'들은 다양한 음향처럼 물결처럼 세상에 퍼져나간다. 세상은 이러한 의지의 음향들로 상상할 수 없이 복잡하게 구성되고 중첩된 것으로 존재한다. 그러나 생명체의 이러한 두 가지 고유한 특성인 '기억'과 '의지'를 단절시킨 세계는 단조롭고 모든 것이 기계적으로 맞물리는 법칙적 세계일 뿐이다. 과거의 '기억들'을 모두 잃고, 미래에 대한 '의지'를 제거당한 존재와 그러한 세계의 삶이 과연 사람다운 삶이며 행복한 삶이 될 수 있을까? 이상은 '그'의 이러한 무한거울 속에서의 '안주' 기획에 대해 이러한 물음을 던지고 있는 것이다.

현대과학이 전개하고 꿈꾸는 미래세계가 이러한 것과 통하지 않을까? 이러한 '무한거울'을 "가장 문명된 군비(軍備), 거울"이라고 이상은 썼다. 그리고 그러한 거울세계에서 '그'가 "과연 믿었던 안주를 향수할 수 있을 것인가?"라는 의문을 제기했다. 이미 자궁확대모형의 뒷문이 폐쇄되어 있으니, 이러한 전면(前面)의 방향만 남아 있는 상황에서 우리는 이미 그러한 쪽으로 나아가고 있다. 누가 여기에 문제를 제기해도 그 물음은 이미 아무 반향을 일으키지 않는다. 세상은 무지막지하게 그쪽을 향해 흘러가고 있기 때문이다.

이상은 이렇게 '그'를 거울의 두 차원으로 밀어 넣고 최대한의 가능성 속에서 과연 '그'가 그러한 거울계에서 '구제'될 수 있거나 아니면 '안주'할 수 있을지 물어보고 있다. '거울'에 대한 이러한 극한적 가능성을 사유하고, 그 한계를 분명히 드러냄으로써 '그'는 그러한 방향으로부터의 '전회(轉回)'를 모색하게 된다. '그'는 자신의 그러한 시도를 우리 모두에게 제시하고, 그의 좌절과 실패 그리고 '전회'를 우리 모두 같이 겪고, 이러한 '전회'에 동참하기를 유도하는 것이다.

그 '전회'는 자신의 뇌수를 다시 본래의 원초적 상태로 되돌려놓는 것이다. '그'는 미래에 전개될 최악의 상황에 압박을 받으며 자신의 "뇌수는 생식기처럼 흥분하였다"라고 말했다. 그 최악의 상황이란 무엇인가? 하늘의 별들마저 광산처럼 채광(採鑛)되는 세계가 '그'의 눈앞에 펼쳐지는 상황이다. 별들을 채굴용 기계로 채광하는 소음이 하늘의 빛의 음악을 모두 파괴한다. '그'는 이러한 야만적 풍경 앞에서 공복과 피로에 지쳐 '문제의 그 별'을 쳐다본다. '그'는 한 사람도 거기서 빠져나갈 수 없도록 하는 "야만적인 법률 밑에서 거행되는 사열"을 이 다가오는 미래의 거울세계에서 느낀다. '그'는 아득해진다. '그'의 뇌수는 그 순간 생식기처럼 흥분하는 것이다. 그것은 하늘의 별들까지 거울계의 지식과 기술로 장악해버리는 무한거울의 압박에 대해 단말마적으로 비명을 지르듯이 그렇게 반응한 것이다. 자신의 '뇌수'는 그러한 기계적 지식들이 마치 모든 것을 규율하는 법률처럼 그렇게 압박해오는 것을 견딜 수 없고, 용인할 수 없었다. 당장이라도 폭발할 것 같은 흥분과 통증이 '그'의 중축을 자극했다.

육체 자체의 사유를 우리는 니체를 따라 '대이성'이라고 앞에서 언급했다. '생식기처럼 흥분하는 뇌수'라는 표현이 우리를 그러한 육체적 사유로 인도한다. 「LE URINE」의 ORGANE적 육체는 성적 생식적 에너지로 충만하다. 환희에 떨며 율동하는 음악적 리듬은 성적인 것에서 유발된다. '뇌수'가 성적인 흥분의 감정으로 떨 때 그 뇌에서 생성되는 지식과 인식은 놀라운 것이 될 것이다. 그것은 기존의 기계적 논리를 벗어나 새로운 육체성의 논리와 이성, 법칙 들을 만들어낼 것이다. 우주 전체의 화음과 동조하고 공명하는 그러한 지식들이 솟구치게 될 것이다. '그'는 '생식기처럼 흥분된 뇌수'로 인해 차갑게 얼어붙은 월광의 언어, 기호, 지식 들을 자신의 몸속에서 새롭게 제련해낸다. 그 뇌수에서 끓어오르는 뜨거운 용광로 속에서 그러한 것들이 용해되고 새롭게 결정화된다. 그렇게 해서 아름다운 보석들이 '그'의 몸속에서 태어나게 되는 것이다.

이상은 이러한 창조 과정을 '그'의 희생과 증여라는 관점으로 바라보고 있다. '그'는 거울계의 모든 것들을 자신의 '몸'에 받아들인다. 그러한 것들의 거울적 속성들을 구제하기 위한 노력과 작업에 자신의 몸을 바친다. 그의 몸은 거울계의 월광적인 것들에 증여된다. 그것이 '그'가 역사 문명 전체를 극복하는 방식이다. 창백한 문명, 차가운 '지식의 0도'에 이르게 된 근대문명의 월광들[154]이 '그'의 원시적인 몸속에서 제련된다. 생명의 열기가 그 제련 작업에서 소모된다. 그것이 그의 희생이다. 그 보석을 분만한 뒤에 그(이상)는 월광의 파편 더미 위에 쓰러진다. 그는 세상에 자신의 보석을 증여하고, 그 과정에서 모든 힘을 잃고 죽음에 이르게 되는 것이다. 이 죽음이 바로 앞에서 말한 '기독교적 순사'라는 것이다.

154　이상은 '월광'이란 단어를 여기서 자연의 달빛을 가리키는 기호로 삼지 않았다. 별들을 거기서 이익이 될 만한 광석을 채광해야 할 광산 정도로 여기는 과학적(산업적) 관점이 앞에 나오는데, 그 연장선상에서 '월광'을 쓰고 있다. 그는 "사각진 달의 채광(採鑛)을 주워서, 그리고는 지식과 법률의 창문을 내렸다"라고 썼다. 따라서 그의 '월광(月光)'은 '채광'된 달빛, 즉 순수한 자연의 달빛이 아니라 그에 대해 인간의 특정한 이익이 작동하는 관점으로 오염된 빛인 것이다.

「각혈의 아침」「내과」의 신체극장과 '사과' 이야기

1

제국의 무감각하고 냉혹한 관리들이 지배하는 나시제국의 성채 속
에서 이상은 자신의 '기독적 순사'의 운명을 어떻게 전개시키고 있었는
가? 「얼마 안되는 변해」의 '그'는 어떠했는가? 카프카의 「성」에서 주인
공 k가 기이한 안개 속을 헤매며 성(城)의 복잡한 제도와 소문들의 미
궁에 빠져든 것처럼 이상의 「얼마 안되는 변해」의 주인공 '그' 역시 그
러했던가? 앞에서 살펴보았듯이 '그'는 나시제국의 거울계를 무한히
확장한 극한적 미궁 너머를 보았고, 거울계를 빠져나갈 수 있는 한
가닥 길을 찾아냈다. '그'는 자신의 몸과 거울계의 기호들을 뒤섞어 용
광로 같은 열기 속에서 보석 같은 꿈의 창조물을 만들어내고 세상에
그것을 증여할 채비를 마쳤다. 카프카적 허무주의를 그는 이렇게 넘
어섰다.

그렇다고 해서 '그'가 마치 성경의 기독처럼 그렇게 숭고한 존재로
부각된 것은 아니다. 그의 사진첩 시편들에서 보듯이 그에게는 자신

의 기독적 존재를 스스로 확인하고 인정하는 것조차 어려운 일이었다. 그리고 세상에 그러한 자신의 기독적 면모를 제시한다는 것은 더 큰 어려움이었다. 그래서 '그'의 펜 네임(pen name)에 속하는 베드로적 분신은 자신 속의 기독적 존재를 계속 부인한다. '그'(이상)는 자신의 글을 세상에 내보일 때에는 언제나 자신의 기독적 존재를 감춘다. 그가 「내과」의 부제를 '자가용 복음'이라고 붙인 것도 그러한 것을 염두에 둔 것이다. 즉, 「내과」의 기독 이야기는 자기 집안용이지 다른 사람들에게 읽히기 위한 것이 아니라는 것이다.

그러나 그러한 베드로의 부인 속에서도 자신의 내면의 기독은 키가 커진다. 자라난다. 그 자신의 온갖 분신들이 서로 다른 관점과 입장으로 이 내면의 기독을 바라보는 드라마가 연출된다. 이상 자신의 '몸'이 이 모든 분신들의 드라마를 통합한다. 이 '몸'은 '이상(李箱)'이라는 개인도 결국에는 자신 속에 삼켜버린다. 이 모든 분신들의 드라마는 '몸'의 무대에서 결론을 보아야 한다. 과연 그의 '기독'은 어떤 존재이고 어떻게 자라는 것이며, 세상에는 어떻게 자신을 드러내야 하는가? 먼저 가장 직접적으로 '기독'이 언급되는 「각혈의 아침」과 「내과」를 보기로 하자.

「각혈의 아침」에 삽입된 "내가 가장 불세출의 그리스도라 치고"라는 언급이 주목된다. 그리스도는 세상을 구하는 구세주인데, 세상에 등장한 여러 구세주들 가운데 이상 자신이 '가장 불세출의 그리스도라고 가정해보자'라는 것이다. 그런데 이 병든 세상을 치료하기 위해 등장한 '이상'이라는 그리스도는 정작 자신이 폐결핵 환자이다. 이상은 이러한 일반적 인식을 역전시킨다. 그가 '환자'가 아니라 이 세상이

본래 환자이다.[155] 세상의
병이 자신의 폐 속에 파고
들어와 깃들어 있고, 그리
스도적인 존재로서의 자신
은 그 폐 속에서 세상의 병
을 짊어지는 십자가형을 받
고 있는 것이다.

이 놀라운 역전에 의해
펼쳐지는 것은 이상의 역도
법적 상상력에서 만들어진
샹샹극장[156]의 기이한 드
라마이다. 「각혈의 아침」은
이러한 역도법적 상상력이
가장 잘 드러난 작품이다.
"먼 사람이 그대로 커다랗
다 아니 가까운 사람이 그
대로 자그마하다"「리코오

그림 87 신범순, 〈3개의 사과 텍스트〉, 2018
이 그림은 필자가 몇 년 전 진행했던 강의를 위해 여러 메모들과
함께 대략 스케치 했던 그림을 말끔하게 보이도록 정리한 것이다.
제목은 「3개의 사과 텍스트」이다. 「최후」「골편에관한무제」는 사
진첩 시편들에 속한 시이고, 「작품제3번」은 이상의 유고노트에서
나온 것이다. 「공포의 성채」도 마찬가지이다. 「작품제3번」은 「황」
연작의 마지막 작품이다. 이 작품에서 이상은 자신의 시와 문학의
죽음을 이야기하면서도 그 작품들을 파묻은 땅에 '낙원의 봄'이
찾아올 희망을 노래했다.
이상은 초기 시편에서 몇 개의 서로 다른 사과 이야기를 했다. 「각
혈의 아침」의 사과와 「최후」의 사과에 대해 우리는 알아보고 있
다. 전자는 성경의 하느님의 과일이고 후자는 뉴턴의 중력의 과일
이다. 이상은 자신의 시에서 이 두 사과에 대한 비판을 멋들어지
게 했다. 「각혈의 아침」은 상당히 길고, 「최후」는 이상의 시 중에
서 가장 짧다. 둘 다 강렬하게 극적인 스토리를 담고 있고, 압축적
인 표현이 멋진 시이다. 인류 역사를 거의 포괄하는 정도의 종교
와 과학의 사유를 그는 자신이 창조한 두 개의 사과 이미지에 압
축해 넣었다. 이 두 개의 사과에 압축된 그의 사유를 독해하는 것
만으로도, 또 그것을 시적인 스토리와 아포리즘적 진술 속에 담아
맛보는 것만으로도 우리는 최상의 예술적 지적 행복을 갖게 될 것
이다. 이상의 이 두 편의 시가 제시한 그만의 독창적인 '사과'를 우
리는 갖게 되었고, 그것은 빛나는 예술품처럼 후대에까지 영원히
남게 되었다.

---

155 「건축무한육면각체」의 「진단 0:1」과 「오감도」 시편의 「시제4호」는 세상의 병을 다룬 것이
   다. 인간이 사용하는 1~10까지의 숫자를 점과 함께 바둑판처럼 나열한 숫자판이 세상의 병
   을 도상화한 것이다. 그 아래 '책임의사 이상'이라고 자신의 이름을 써놓았다. 수의 한계가
   세상에 대한 정확한 이해에 도달하는 것을 방해한 것이고, 그 한계영역 안에 갇힘으로써 인
   간의 지식은 불완전한 것이 되고, 그의 삶 역시 불행하게 되는 것이다. 그러한 불완전성으로
   몰아가는 것이 '병'이다.
156 싱싱한 육체가 펼치는 '싱싱한 상상' 세계임을 강조하기 위해 '상상'을 '샹샹'으로 쓴 것이다.
   신체극장이라는 무대 위에서 다양한 스토리를 만들어내는 것이 바로 '샹샹극장'의 창조적
   작업이 된다. 이 용어들은 모두 이 책에서 처음 선보이는 것이다.

그림 88 최서은, 〈멜론-낙원의 맛〉, 2021

이상은 여러 과일 기호들을 동원해서 자신의 주제를 표현했다. '알맹이까지 빨간 사과'에 대한 열망은 생명력으로 충만한 신체에 대한 열망이다. 그리고 세계 자체가 그렇게 싱싱한 생명력으로 꽉차 있기를 염원하는 것이기도 하다. 그는 자신의 작품에서 귤과 레몬 같은 과일들로 그러한 주제를 전개했다. 죽어갈 때 찾았던 멜론도 그러한 것의 하나였으리라.

최서은의 그림은 여러 조각의 멜론으로 그러한 '낙원'의 분위기를 표현했다. 꽃과 새와 과실주가 두 여인의 축제적 흥을 돋구고 있다. 이 두 여인이 맛보는 멜론은 푸른 살과 황금빛 속과 붉은 씨앗들을 담고 있다. 푸른 색 깔개 위에서 낙원의 풍경과 맛이 이 멜론에 요약되어 있다. 두 여인의 얼굴은 축제에 젖어든 표정을 담고 있으며 서로 잘 어울려 있다. 팔들은 음악적 리듬감을 갖고 두 여인을 결합하고 있다. 이러한 어울림은 '멜론의 낙원' 세계로 들어가는 입구를 만들어줄 것이다.

드 고랑을 사람이 달린다 거꾸로 달리는 불행한 사람은 나같기도 하다 멀어지는 음악소리를 바쁘게 듣고 있나보다" "알맹이까지 빨간 사과가 먹고프다는 둥" 등을 보라. 일상에서 정상으로 이해되는 일과 표현들이 여기서는 모두 뒤집혀서 진술된다. 그것이 바로 이상의 '역도법적 철퇴'이다. 일상적인 것에 익숙한 우리의 생각에 그것은 '철퇴'를 내리꽂는다.

여기서 결핵을 세상의 병을 짊어지는 기독의 풍경으로 역전시키는 역도법이 또 다른 다양한 역도법적 풍경을 거느리게 된다는 것을 알 수 있다.

"먼 사람이 그대로 커다랗다 아니 가까운 사람이 그대로 자그마하다"라고 역도법적으로 묘사하는 관점은 무엇인가? 이러한 역도법적 관점을 유발하는 것은 '나'의 초인적 관점이다. 현재 자신의 주변 사람들은 모두 '작은 인간'들일 뿐이다. 니체가 '아무리 큰 인간도 초인에게는 너무나 작게 보인다'고 말했던 것을 생각해보라. 여기서 "가까운 사람이 그대로 자그마하다"는 자그만 인간들로 채워져 진행되는 현실이 그대로 유지되고 있다는 것이다. '자그마한 사람들'에 의해 영위되는 세상의 변화 가능성이 전혀 없다는 한탄이 스며들어 있다. 음악의 레코드판이 돌아가며 그 소리가 점차 멀어진다는 것도 역도법적 표현으로 진술된다. '레코드 고랑을 거꾸로 달린다'는 구절이 그러한 음악의 멀어짐을 역도법적으로 표현한 것이다. 음악의 멀어짐은 '나'를 불행하게 한다. 그래서 "(레코드 고랑을) 거꾸로 달리는 불행한 사람은 나 같기도 하다"고 하며, "멀어지는 음악 소리를 바쁘게 듣고 있나 보다"라고 한 것이다.

시의 중반에 나오는 "알맹이까지 빨간 사과가 먹고프다"는 표현도 본래 사과의 특징을 뒤집은 것이다. 익은 사과는 겉만 빨갛다. 알맹이는 원래 하얀 것인데, '알맹이까지 빨간 사과'라는 것은 사과의 특징인 겉의 빨간색을 속까지 꽉 채운 기이한 사과처럼 여겨진다. 이것은 사과의 겉과 속 이미지를 역도법적으로 전환시켜야 가능한 표현이다. 물론 기계적으로 이러한 역도법을 적용시키면 겉껍질이 하얗고 속이 빨간 사과가 되어야 하지만 이상에게 역도법을 그렇게 기계적으로 적용시키는 것은 오히려 그의 역도법적 사유를 제약하는 것이 된다. 겉도 빨간 색이면서 속까지 모두 빨간 사과라는 것은 표면의 생명의 빛을 역도법적 사유를 통해 안까지 집어넣어버린 결과 만들어진 사과일 것이다. 이상에게 이러한 사과는 겉만 빨간 사과, 즉 속 알맹이는 생명의 피가 없어 창백한 죽음의 빛으로 가득한 사과와 대립한다. 그는 성경 창세기의 사과를 이렇게 겉만 빨간 사과로 제시한다. 거기서 하느님이 인간에게 부여하는 생명의 과일은 겉보기에는 참 생명으로 꽉 찬 듯이 보이지만 기실 생명의 참 내용물이 없다는 것이다. 하느님이 생명나무 과일로 내미는 '참 생명'은 성경의 말씀이다. 이상의 내면의

그림 89 고대 수메르 바빌론 지역의 이슈타르 탐무즈 신화에서 탐무즈 또는 두무지는 초목신이었다. 해마다 죽고 사는 식물의 생명력을 상징하는 신이었다. 재생과 부활의 의미를 갖는 기독 즉 크리스트는 이러한 나무인간의 기독교적 변형이었을 것으로 추측하는 학자들이 있다. 위 사진은 이스라엘 박물관에 있는 석판에 그려진 나무인간의 모습이다. 고대 중동 지역의 신화 속 나무인간을 새겼을 것이다. 반구대 암각화의 왼쪽 아래에 있는 나무인간 형상과 상당히 닮았다.

기독은 이것을 정면으로 부정한다. 즉, 그것은 '뺑끼 칠한 사과'에 불과하다는 것이다.

그는 「내과」와 함께 사진첩 시편에 들어 있는 「골편(骨片)에 관한무제(無題)」에서 이에 대해 이야기했다. "하느님도역시뺑끼칠한세공품(細工品)을좋아하시지---사과가아무리빨갛더라도 속살은역시하이얀대로 하느님은이걸가지고인간을살작속이겠다고."[157] 이 시의 첫 줄은 신통하게 사람의 골편이 피의 붉은색으로 염색되지 않고 하얀 상태 그대로 있다는 말이다. 그것을 뺑끼 칠한 인공품 사과에 비유했다. 그 겉만 빨간 인공품 사과를 톱으로 자르면 속살은 하얀 채 그대로 있다. 페인트는 겉에 바르는 것이다. 빨간 페인트 칠이 된 사과는 겉만 붉지 속은 원래 그대로인 것이다.

여기서 '사과'는 인간 신체의 비유적 기호이다. 생명이 말라붙어 황량한 신체가 되어 뼈만 남은 것처럼 된 사람은 속이 하얀 인공사과 같은 존재이다. 그의 내면은 피가 없이 하얀 것들, 인공적인 지식과 제도들로 채워져 있다.

이상은 인류 역사가 그러한 인공사과 같은 존재들을 만들어냈다

---

157 이상, 「골편에관한무제」 3~4행.

고 본 것이다. 성경 같은 종교 사상과 철학, 과학의 지식도 마찬가지
이다. 그러한 것으로 가득 찬 사람들은 인공적 존재들과 같다. 그의
자연신체는 원래 그대로 있지만 그것은 이러한 것들에 의해 억압되어
있기 때문이다. 과연 '생명의 과일' 같은 존재, 생명의 피로 충만한 '사
람'을 어떻게 해야 작동시킬 수 있는가? 사람 안의 자연이 어떻게 충
만한 상태로 되살아날 수 있는가?

　종교적 사유로 억압된 생명의 과일로서의 '사과' 이야기는 뉴턴적인
중력의 과일로서의 '사과' 이야기 바로 앞에 있다. 이상은 「최후」에서
근대과학 지식에 의해 불모화되어버린 사람의 정신에 대해 말한다. 중
력법칙같이 절대적으로 인정된 과학법칙의 지식이 대지에서 자라나는
것 같은 생명의 산지식을 억압한다. 중력법칙의 사과가 정신의 대지를
불모지로 만든다. "사과한알이 떨어졌다. 지구는 부서질그런정도로아
팠다. 최후. 이미여하한정신(精神)도발아(發芽)하지아니한다"[158]고 이상
은 짧고 강하게 말했다. 이 '사과'는 바로 뉴턴이 바라보고 있는 그 중
력의 과일이다. 우주 전체를 그러한 중력법칙의 기계장치로 생각하게
되면서 우주의 신비로운 측면들이 모두 제거되고, 모든 별들의 운동
마저 시계의 기계장치 운동처럼 사유되면서 사람들은 점점 그러한 기
계적 사유들을 모든 부분에 적용하기 시작한다. 이제 모든 물질과 생
명, 천체에 대한 이러한 기계론적 사유 속에서 점차 사람들의 정신은
기계적이 되고 자신의 본래적 생명성을 잃는다. 이것을 이상은 '어떠한

158　이상의 시 중에서 가장 짧은 시인 「최후」 전문이다. 「최후」는 사진첩 시편의 하나이다. 원고
　　끝에 '2월 15일 개작'이라는 부기가 있다. 1933년 2월 15일 이전에 쓰여진 것을 개작했다는
　　말이다. 사진첩 시편의 다른 시들 중에 2월 15일, 17일 등의 날짜가 보인다. 아마 「최후」 초
　　고도 2월달 어느 시기에 쓰여졌을 것이다.

정신도 발아(發芽)하지 않는다'고 한 것이다. 그에게는 '정신'도 식물처럼 대지 속에서 싹이 트고 자라나는 것처럼 살아있는 유기적 특성을 갖고 있다. 그러한 것이 산정신이다. 지구와 거기 가득한 생명이 중력 법칙 같은 것으로 모두 환원되어 버리면 더 이상 대지와 지구 그리고 우주와 자연스럽게 연결되어 태어나고 자라나는 사유와 지식은 이제 다 사라지게 될 것이다.

2

「골편에관한무제」는 「최후」에서 불길한 어조로 진술된 '사과의 명제'를 넘어서기 위해서 제출된 것이다. 이 시에서 새로운 명제가 제시된다. 그것은 시의 마지막 부분에 있다. "난인간만은식물이라고생각됩니다"라고 한 부분이 그것이다. 이 명제는 '산사람 골편'을 본 적이 있느냐는 물음 뒤에 나온다. '산사람'의 몸을 이루는 뼈만 골편이 아니라 이빨이나 손톱까지도 골편일 수 있다는 깨우침이 감탄사와 함께 발언된다. '산사람'은 생명으로 충만한 사람이다. 그의 신체 바깥에 노출된 이빨이나 손톱도 사실은 '골편'과 같은 것이 아니냐는 것이다. 골편은 이렇게 살의 표면까지 뻗어나감으로써 죽음의 이미지를 벗어난다. 그리고 골편의 식물 이미지는 신체의 피부 영역까지 포괄하여 산 인간의 식물적 이미지를 완성시킨다.

이러한 발언을 통해 이상은 시의 첫 부분에서 전개되었던 뺑끼칠한 인공사과 이야기를 역전시킨다. 알맹이까지 빨간 사과에 대한 이야기는 그 반대로 뒤집힌다. 즉 산 사람의 살아있는 하얀 뼈가 신체 표면에까지 가지를 치듯 벋어있고 그리하여 뼈의 줄기와 가지들로 이루어진 '뼈의 나무'를 상상하게 되는 것이다. 사람은 이 뼈의 나무를 품은 존재이고, 이 나무가 살아 움직이는 것이다. 묵죽(墨竹)의 대나무 그림을 사진 찍어 그것을 사진 원판에서 빛에 비춰 보면 마치 사람의 뼈처럼 보인다. 또 반대로 뼈를 사진의 음화처럼 보면 살아 있는 식물처럼 보이게 된다. 사람의 뼈도 그러한 식물 골격처럼 보이며, 그러한 관점에서 보면 인간도 '식물'의 하나인 것이다.

이상은 이렇게 「골편에관한무제」 처음에 뻥끼 칠한 인공사과 이미지로서의 인간에 대해 말한 것을 뒤집어버린다. 인공사과 내부의 비생명적 뼈 이미지는 생명나무 이미지로 전환된 것이다. 그는 인간의 내부에 숨겨진 '뼈-나무'를 발견하도록 독자를 이끌고, 인간을 '나무인간'이라는 자연적 존재로 파악하게끔 유도했다. 서로 다른 존재들이 생생하게 살아 있는 듯한 목소리로 묻고 대답하는 가운데 이러한 '나무인간'에 대한 결론이 유도된다.

하느님을 자신의 입장에서 논박하는 시인의 목소리도 매우 개성적인 희극적 풍자의 어조를 띠고 있다. 이 시의 매우 미묘한 목소리들은 어떤 종교 사상적 개념에도 일치하지 않고, 또 인간 신체에 대한 어떤 과학적 생리학적 개념에도 일치하지 않는다. 그것은 감각적 관점에서 생명과 신체에 대한 사유를 밀고 나간다. 시적인 대화들이 그러한 사상과 과학의 인식 지평을 넘어서서 독창적인 인식론의 지대에 도달한다. '인간은 식물이다'라는 명제는 그러한 인식의 산물이다.

이 명제로부터 한층 심화된 드라마가 준비된다. 「내과」가 그다음에 나오는데 거기에서 그 드라마가 전개된다. 「골편에관한무제」 뒤에 「내과」를 배치한 이 순서는 중요한데 왜냐하면 「골편에관한무제」에서 '인

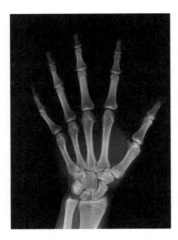

그림 90 사람의 뼈는 살 속에 파묻혀 보이지 않지만 인간 신체의 근본 구조물을 형성하는 것이다. X-레이 사진으로 투시해보면 마치 사진 음화처럼 이 뼈 이미지가 보인다. 이상에게 이 뼈는 대나무처럼 보였을 것이다. 인간 신체의 식물적 이미지를 그는 보았고, 더 나아가서 인간신체는 아마도 그 본질에 있어서 식물일 것이라는 명제로 나아간다.

간은 식물이다'라는 명제를 기반으로 「내과」의 십자가 이야기가 가능해지기 때문이다. 이 십자가는 나무로 된 것인데, 그것은 죽어 있는 것이 아니다. 왜냐하면 거기서 '내'가 점점 키가 커지고 있기 때문이다.

이 시는 특이하게 늑골 뼈와 십자가 나무 이미지를 겹쳐놓았고, 폐결핵 상태를 그러한 신체풍경과 결합시켰다. 그렇게 해서 이상 자신의 신체 풍경을 기독적 순사의 풍경으로 만든 것이다. 십자가에서 자신의 키가 점점 더 커진다는 것은 십자가 형을 자신의 운명으로 받아들이는 존재의 확신이 커지고 있으며, 자신의 기독적 존재가 내면에서 점차 더 크게 자라고 있다는 말이다. 하얀 천사가 '나'의 늑골을 하나하나 노크하면서 그 안에 있는 기독의 존재를 확인하려 한다. 해면에 젖은 더운 물이 끓고 있는 몸속 공간은 폐이다. '성 피-타-'라는 펜 네임을 갖고 있는 이 하얀 천사가 진료하는 의사가 되어 고무 전선으로 이 늑골을 더듬으며 그 폐 공간을 살핀다. 시에 나오는 '발신'은 고무전선으로 폐 속으로 전해지는 하얀 천사의 내밀한 언어이다. "유다야사람의임금님주므시나요?"라고 했는데, 이러한 물음은 늑골을 두드리면서 기독의 존재를 확인하거나 깨우려는 행위이다.

하이얀천사 이수염난 천사는 큐핏드의 조부님이다.

　　　수염이전연(?)나지아니하는천사하고혼히결혼하기도한다

나의늑골은2떠-즈(ㄴ). 그 하나하나에녹크하여본다. 그속에서는해면

에젖은더운물이끓고있다.

　　　하이한천사의펜네임은성피-타-라고. 고무의전선　　똑똑똑똑

　　　　　　　　　　　　　　　　　　　　　　버글버글

열쇠구멍으로도청

(발신) 유다야사람의임금님주므시나요

(반신) 찌-따찌-따따찌-찌찌-따찌-따따찌--찌-따찌--따따찌-찌-

힌뺑끼로칠한십자가에서내가점점키가커진다. 성피-타-군이나에게

세번식이나아알지못한다고그린다순간닭이활개를친다.....

　　어얼크 더운물을엎질러서야큰일날노릇—

　　　　　　　　「내과」 —자가용복음—

　　　　　　　　　　—혹은 엘리엘리라마싸박다니— 전문

　　의사 역할을 하는 하얀 천사는 '나'의 분신이다. 또 다른 '나'의 분신
인 '성피-타-'(베드로)도 등장한다. 하얀 천사가 '나'의 늑골을 노크해
보는데, 그것은 '나'의 병든 폐 속에서 과연 십자가형을 감당할 존재,
그러한 '기독적 순사'의 운명을 각오하는 존재가 잠에서 깨어나고, 그
'키'가 성장하고 있을까 확인하려는 것이다.

　　이상은 여기서 서로 모순되는 관점을 갖는 두 분신을 등장시키고

있다. 하얀 천사는 내면의 기독을 기다리고 그를 예비하는 존재이다. 그러나 그의 펜 네임인 '성 피-타-' 즉 베드로는 그 자신의 내면적 기독을 부인할 존재이다. 그는 세상 사람들에게 자신의 이름(성 피-타-)으로 발언하고 자신의 글을 발표하는 자이다. 자신은 비록 그 내면의 기독을 알고 있지만, 다른 외부인들(세상의 규율에 지배된)에게는 자기는 그런 기독 같은 존재에 대해 전혀 알지 못한다는 식으로 발언하는 것이다. 베드로는 아직 세상을 지배하고 주도하는 규율과 사상, 논리 등에 대해 용기 있게 대결할 만한 자세를 갖고 있지 못하다.

그림 91 Abbott Handerson Thayer, *Angel guardian sitting*, 19C

이상의 '하얀 천사'는 수염 난 의사 역을 하는 존재인데 수염 안 난 여자 천사와 결혼하기도 한다. 이 하얀 천사들이 이상의 폐에서 자라는 기독을 인지하고 그를 세상에 구세주로 고지(告知)하는 이상의 분신적 존재다. 그러나 '성 피-타-'(베드로)란 펜 네임으로 활동하는 '나'의 또 다른 분신은 반대로 세상에 대해 그 기독의 존재를 부인한다. 하얀 천사의 수염의 유무는 남성과 여성의 특성을 가리킨다. 자신의 내면의 기독에 대해서는 그 두 성이 갖는 서로 다른 성격(방식)으로 그 기독을 키우는 태도나 관점을 가리킬 것이다. 이것은 「육친의 장」이란 동일한 제목으로 두 개의 텍스트가 있는 것과도 상응한다. 하나는 성스런 어머니 계보 속에서 자신의 기독적 존재를 조명하는 것이고, 다른 하나는 비천한 아버지 계보 속에서 자신의 기독적 처지를 조망하는 것이다.

'나'는 이 두 분신의 서로 어긋나는 행위와 발언을 모두 파악하고 있다. '나'의 신체는 이러한 분신들의 드라마가 연출되는 무대이다. 이것이 이상의 몸에 꾸며진 '신체극장'인 것이다. '나'의 분신들은 '나의 신체'에 거주하는 존재들이거나, 거기서 피어난 상상적 존재들이다. '상상극장'이 이 '신체극장'에 스며들어가 있다.

「내과」는 우리가 앞에서 다룬 「각혈의 아침」 7연을 부분적으로 각색한 것이다.[159] 「각혈의 아침」의 해당 부분은 다음과 같다. "하얀 천사가 나의 폐에 가벼이 노크한다/ 황혼같은 폐속에서는 고요히 물이 끓고 있다/ 고무전선을 끌어다가 성베드로가 도청을 한다/ 그리곤 세번이나 천사를 보고 나는 모른다고 한다/ 그때 닭이 홰를 친다—어엇 끓는 물을 엎지르면 야단 야단—"

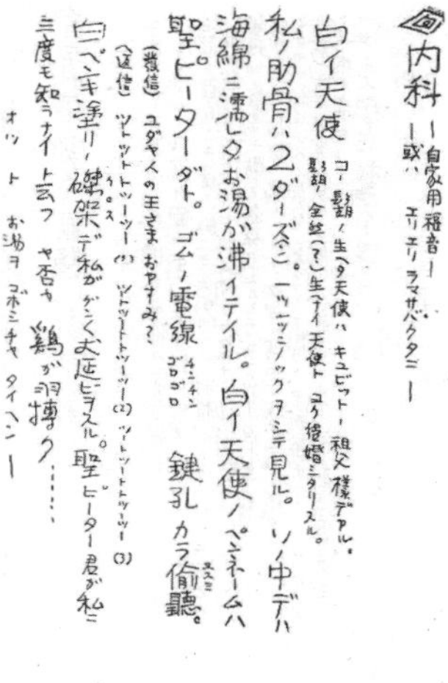

이 시에서 이상은 '알맹이까지 빨간 사과' 이야기를 한 뒤에 「내과」와 거의 비

그림 92 이상의 사진첩 시편의 하나인 「내과」 원문 (임종국의 『이상 시전집』(1966) 부록)

슷하게 폐 속의 기독 이야기를 했다. 아마 이상은 사진첩 시편을 만들 때 이 사과 이야기를 「골편에관한무제」로 개작하고, 폐 속의 기독 이야기를 「내과」로 개작했을 것이다. 따라서 「내과」에 대한 더 깊은 정보를 「각혈의 아침」에서 얻어볼 수 있다. 여기에서 우리는 폐에서 전개되는 십자가형(刑)의 근원을 알아볼 수 있다. 그는 자신의 폐병을 기독의 십자가형으로 치환시켰는데, 이 시에서 그 병의 원인이 나타난다. "나의호흡에탄환을쏘아넣는놈이있다"라고 그는 썼다. 누군가 폐에 쏘아

---

159 「각혈의 아침」 5연의 "네온사인은 색소폰같이 야위었다/ 그리고 나의 정맥은 휘파람같이 야위었다"는 사진첩 시편의 마지막에 있는 「가구(街衢)의 추위」 일부분과 같다. 따라서 이상은 「각혈의 아침」의 각 부분을 쪼개고 그것을 개작하여 사진첩 시편의 「골편에관한무제」 「내과」 「가구의 추위」 등을 만들었던 것이다. 「최후」의 사과 이야기도 「각혈의 아침」의 사과 이야기를 개작한 것일 수 있다.

넣은 탄환 때문에 폐병이 생긴 것이다. 탄환을 쏘아 넣은 '그놈'은 과연 누구인가? 시의 앞부분에 그 정보가 숨어 있다. 시의 첫 부분에 나오는 책상과 그 위의 사과가 그 정보를 담고 있다.

시의 화자인 '나'는 냉랭한 사과가 놓여 있는 책상 위에서 원고지를 *끄적거리고* 있다. 무엇 때문인지 글쓰기는 잘 진행되지 않는다. 담배를 피우며, 연신 성냥개비를 부러뜨려보기도 한다. 또 '나'는 레코드 고랑을 거꾸로 달리며 멀어지는 음악을 듣고 있다.[160] '나'의 뱃속에는 받아 적어야 할 통신이 잠겨 있지만 '소란한 정적' 속에서 '미래에 실린 기억'들이 뒤엎어진다. 푸른 하늘이 새장에 갇힌 것처럼 '나'는 자신의 몸을 볼 수 없다.[161] 이 역도법적으로 표현된 세 항목 때문에 자신의 글쓰기는 전혀 진행되지 못한다. 그는 음악의 차원과 시간, 공간의 차원에서 뒤집힌 삶을 살고 있는 것이다.

이상은 이 시에서 냉랭한 사과와 차갑게 냉각된 자신의 신체 때문에 글이 쓰여지지 않는 절망적인 상황을 그리고 있다. 잉크는 축축하고 연필의 연분(鉛粉)은 종이 위에서 아무렇게나 흩어져버린다. 이 모든 절망적 상황의 근원에 책상 위의 '냉랭한 사과'가 있다. 그것이 공기마저 얼어붙게 하며, "나를 못 통(通)하게 한다". 냉각된 몸은 주변의 사물이나 과거와 미래의 시공간에 통하지 못한다. 그 몸은 갇혀 있다. 거기

---

160   이상의 역도법적 표현의 하나이다. 레코드 바늘이 홈을 따라가며 음악 소리가 형성되는데, 판이 돌아가는 반대방향으로 그 홈(고랑)을 달린다면 그 소리가 멀어질 것이라는 이야기이다. 자신의 삶이 그렇게 음악적 삶에서 점차 멀어지고 갈수록 적막하게 된다는 말이다.

161   '소란한 정적' '미래에 실린 기억' '푸른하늘이 새장에 갇힌 것' 등은 모두 역도법적 표현이다. 이상은 우리가 일상에서 자연스럽게 여기는 생각과 표현들을 뒤집어서 쓰기를 좋아했다. 우리가 편안하게 느끼는 그러한 관습을 뒤집어버리려는 시도가 그러한 역도법적 표현 속에 들어 있다.

다 냉각된 공기를 호흡할 때마다 그의 호흡에 누군가 쏘아대는 탄환이 섞여 들어간다. 그의 폐는 그 탄환 때문에 병든다. "병석에 나는 조심조심 조용히 누워 있노라니까 뜰에 바람이 불어서 무엇인가 떼굴떼굴 굴려지고 있는 그런 낌새가 보였다." 냉랭한 사과 같은 것들은 바람 부는 뜰의 풍경 속에서도 굴러다니는 것으로 존재하는 것 같다.

'나'는 이처럼 병들어 있고 병석에 누워 있다. 이상은 폐결핵에 걸린 자신의 이야기를 쓰고 있으니 이 시의 상황들은 그대로 실제 이상의 상황을 옮겨놓은 것이 된다. 그렇다고 그가 자신의 지병인 폐결핵 자체에 대해서 쓰고 있다는 것은 아니다. 폐병을 언급한 이러한 시들을 그의 폐결핵과 죽음에 대한 공포로 여기는 순진한 연구자들이 여전히 많이 있지만 말이다. 그러나 이상의 글쓰기가 놓여 있는 지평은 그렇게 자신의 병에 집착하고 두려워하며 죽음에의 공포에 사로잡힌 그런 유의 것이 아니다. 그의 문학적 주제는 한 개인의 사적인 관심사로 좁혀 있지 않다. 그는 폐병에 걸리기 이전인 첫 작품 「12월12일」에서부터 이미 죽음의 공포가 아니라 죽음 충동(자살에 대한 유혹)을 강하게 느끼고 있었지 않은가? 그러나 거기서도 그러한 죽음 충동을 옆으로 제쳐놓고, 자신이 떠맡고, 고발하고, 치유해야 할 공포의 세계에 대한 자신의 문학적 기록 행위, 무서운 기록을 해나가야 한다고 고백하지 않았던가? 그 '무서운 기록'은 자신의 개인적인 병이나 죽음 같은 것들에 대한 것이 아니었다. 그에게 공포스러운 것은 자신에게 다가온 병과 그로 인한 죽음이 아니었다. 그 반대로 병든 세계 속에 자신이 살아야 하고 그것을 일생동안 견뎌야 한다는 것이 그의 공포였다. 그리고 그러한 세계를 황량하게 만들어 지배하는 존재들과 맞서야 한다는 것이 공포의 실체였다. 그가 그러한 세계를 꿰뚫고 나서기 위해서 그는 자신을 강렬한 병사나 무기처럼 '무서운 존재'로 만들어야 했다. 세상을 지배하는 무서운 존재들과 맞서고 궁극적으로는 그들을 무찔러버리려는 전쟁이 그를 무섭게 질주시켰다. 그가 사용하는 '무서움'이란 단어는 이 두 가지 대립적 의미를 포괄하고 있다. 이 공포의 어둠 속에서 그가 매만지는 낙원의 붉은 과일, 황금빛 과일이 빛나게 된다.

3

그의 내면의 기독에 대해 모르거나 아무 관심이 없는 연구자들만이 그의 시들, 소설들을 사적인 개인사나 그의 예술적 취미 정도로 읽는다. 그러나 이상은 자신의 '몸'을 초개인적 실체로 바라본다. 이 '몸'이 이상의 진정한 문학적 사상적 주체이다. 그가 '황'이라고 불렀던 '개'는 이 '몸'의 시적 형상화이며 역사와 대결하는 초역사극의 주인공이다. 그에게 다가온 '무서운 공포의 상황'은 바로 이 초개인적 주체로서의 '몸'이 인식하고 겪는 상황이다. 그 '몸'은 자신의 개인의 '몸'만이 아니라 인간이면 누구나 지닌 '몸'이다. 역사의 전개 속에서 이 '몸'을 둘러싼 모든 영역이 붕괴되는 것이 바로 역사의 대파국이다. 이상의 초기 시편에서 「무제—최초의 소변」[162]과 마지막 시편인 「실낙원」의 「월

---

162 원래 최상남이 「단상」이란 제목으로 번역했었는데 필자가 시에 나오는 '최초의 소변'을 차용해서 제목을 달았다. 「LE URINE」의 '오줌'이 얼어붙은 역사의 동토를 녹이며 흘러가는 생식적 흐름이었다면, 이 「무제—최초의 소변」에서 오줌은 대파국으로 변한 지구를 구하기 위한 생식적 흐름이 될 것이다. 이 시는 1933년 2월에서 3월초 사이에 쓴 시편들을 모은 것이다. 11장으로 되어 있는데 대파국 이야기는 4장에 나온다. 2월 5일에 쓴 것이어서 '사진첩' 시편인 「최후」「내과」「골편에관한무제」 등보다 2주일 정도 앞선 것이다.

상」이 그 대파국을 다루고 있다. 「월상」에서 '나'는 바로 그러한 인류의 '몸'을 가리키는 인칭 대명사이다. 대파국 이후 새로 생성되는 세계에서 그 '몸'으로서의 '나'는 '몸'의 그림자를 앞지른다. '몸'이 앞장서서 자신의 세상을 창조해간다.

이상은 이렇게 자신의 병이 아니라 누구에게나 있는 초개인적 실체로서의 '몸'의 병에 대해 말하고 있다. 그의 글쓰기 역시 그러한 초개인적 지평에서 작동하며, 과거와 미래의 총체적 시야를 열어놓고 자신의 '몸의 사유'를 펼쳐놓는다. 그러나 그러한 총체적 시야를 통(通)하지 못하게 차단하고 가로막는 무엇인가가 작동한다. 그 때문에 모든 것이 차갑게 얼어붙는 절망적 상황이 초래되고 있다.

「각혈의 아침」의 첫머리에 제시되는 냉랭한 책상과 담배 연기 한 무더기 감도는 실내에서 그는 그렇게 무엇인가 생각해내려 애쓰고 있으며, 무엇인가 책상 위에서 써보려 노력하고 있다. 잉크와 연필과 종이가 책상 위에 놓여져 '글쓰기'의 진행을 기다리고 있다. '나'는 자신의 신체 깊숙한 곳에서 발신되는 '뱃속에 잠겨 있는 통신'을 종이 위에 받아서 적어보려 노력한다. 그러나 사과의 냉랭한 기운이 책상과 나와 종이와 펜을 무겁게 짓누르고 있다. 공기 전체를 냉각시켜 모든 것을 얼어붙게 하는 공간에 '나'를 가두고 있다.

우리는 이 대목을 「오감도」의 「시제9호 총구」와 연관시켜 생각해볼 수 있을 것이다. 에로티즘적으로 뜨겁게 달궈진 신체의 내장과 입이 탄환을 발사하는 총처럼 표현된 그 초현실주의적인 신체 풍경을 떠올려보자. 그러나 여기 「각혈의 아침」에서는 그 반대의 풍경이 제시된다. '나'는 모든 것이 얼어붙는 공간 속에 있고, 샹샹의 새는 새장에 갇

그림 93 최서은, 〈푸른 사과의 아침〉, 2021

최서은의 위 그림은 '푸른 사과'를 먹는 것에 대한 사유를 이야기 하고 있다. 그녀는 병에 담긴 사과와 책 속의 사과를 접시에 담긴 사과 주위에 배치했다. 그녀는 책을 펼쳐놓고 생각에 깊이 잠겨있다. 생각하는 여인은 '푸른 사과'의 색과 같은 푸른 하늘을 배경으로 깊은 사색에 잠겨있다. 푸른 꽃 위에서 날개를 접은 비둘기와 결합된 얼굴이 눈을 뜨고 있다. 그녀의 사색 위에서 그 얼굴이 그녀가 꿈꾸는 얼굴처럼 밝게 빛난다. 이상이 노래한 「각혈의 아침」의 '냉랭한 사과'는 차가운 푸른색을 띠고 있다. 그 냉랭한 차가움을 넘어선 따뜻한 푸른 몽상이 이 여인의 얼굴을 감싸고 있다.

혀 있으며, 뱃속의 통신도 잠겨 있다. '나'의 신체, 내장과 입은 탄환 같은 말을 발사하지 못하고 그 반대로 차갑게 닫혀 있다. 오히려 '나의 호흡'을 탄환처럼 파고들어오는 적들의 공격이 있다. 적들의 책이 펼쳐져 있고 거기서 발사된 (책이 말하는 사상의) 탄환이 '내'가 호흡할 때마다 폐 속으로 파고들어온다. '나'의 폐는 적들이 발사한 탄환을 삼킨 채 병들어 있다. 푸른 하늘이 새장에 갇혀 있듯이 '나' 역시 그렇게 갇혀 있다. 새들이 유영(流泳)하는 하늘은 '나의 몸'의 사유와 상상이 날아다니는 영역이다. 얼어붙은 공간에 갇힌 몸은 그러한 하늘을 자유롭게 날아다닐 몽상의 새들을 잃어버린다.

이 시에서 이상은 두 개의 대립물을 부각시킨다. 차가운 사과와 뜨거운 물이 끓는 폐가 서로 대비된다. 차가운 것의 시작은 첫머리에 나오는 '냉랭한 사과'이다. "사과는 깨끗하고 또 춥고 해서 사과를 먹으면 시려워진다/ 어째서 그렇게 냉랭한지 책상 위에서 하루종일 색깔을 변치 아니한다. 차차로—둘이 다 시들어간다." 이 냉랭한 사과의 존재가

방과 바깥 공기와 뜰을 모두 얼어붙게 만드는 원인이다. 과연 이 '냉랭한 사과'의 정체는 무엇인가?

　사진첩 시편의 '사과'들이 동원되어야 이 사과의 정체를 알 수 있게 된다. 우리가 위에서 논의한 「최후」의 사과와 「골편에관한무제」의 사과가 이 '냉랭한 사과'에서 분비된 이미지일 가능성이 있다. 그렇다. 이상의 상상계(그의 '상상극장'에서 작동되는)에서 형성된 이러한 이미지들은 모두 현실의 독서에서 솟구친 것들이다. 후기 시편인 「실낙원」의 「소녀」에서 바로 그 냉랭한 독서 체험을 만날 수 있다. '소녀'는 자신의 서재를 가득 채운 책을 읽으며 세월을 보낸다. 그녀는 그 독서 때문에 탄환을 삼킨 것처럼 창백해지고, 결국 폐가 아프게 된다. 그 '소녀'는 이상의 여성적 자화상이다.

　「소녀」의 이러한 이야기들의 근원에 「각혈의 아침」이 있다는 것을 알 수 있다. 따라서 이 두 시를 교차시키면서 독해하면 「각혈의 아침」의 '사과'와 '탄환'을 이해할 수 있다. 그 둘은 모두 독서와 관련된 것이고 '내'가 읽는 책들과 관련된 것이다. '냉랭한 사과'는 책들 속에 있는 사상과 지식을 가리킨다. 「골편에관한무제」에서 그것은 하느님의 말씀인 『성경』의 창세기 내용일 수도 있다. 「최후」에서는 뉴턴의 중력의 법칙으로서의 '사과'인 것이다. 이러한 '사과'들은 자연의 생명을 담고 있지 않다. 그것들은 '냉랭한 것'이다. '나'는 그러한 '냉랭한 사과들'을 읽어나가고 있으며, 하루 종일 그러한 냉랭한 독서 속에서 시들어가고 있다. 이 '냉랭함'은 뜨거운 피가 결여된 것, 생명이 없는 것이다. 그것으로는 뜨거운 생명의 속성인 변화와 성숙을 기대할 수 없다.

　이제 '나'를 공격하는 적들의 탄환이 무엇인지 정확하게 말할 수 있을 것이다. 그 '탄환'들은 책 속의 글자들이며, 그 글자들로 이루어진 지식과 사상들이다. 세상은 그러한 것들로 구성되고, 건축되어왔다. 그것이 인류의 역사였다. 이상은 그러한 역사를 가진 세상을 병든 것으로 보았다. 적들의 탄환은 그러한 병들을 자연 자체인 '나의 몸' 안에 쏘아 넣는다.

이렇게 병들어 냉랭한 공간에 누워 있는 '나'의 그림자는 자신의 전쟁이 치러지는 종이(원고지) 위의 전위적인 전선(戰線)에서 후퇴한다. 내몸을 투사한 그림자는 세상에 내보내는 '나'의 분신이다. 모든 것이 얼어붙고, 적들의 탄환이 파고들어와 내가 아프게 될 때 내 그림자도 자신의 전선에서 후퇴한다. 내 책상 위에서 담배가 점화되고 한 무더기 연기가 피어나도 나는 종이 위에 무엇인가 적어나가지 못한다. 내 '몸의 통신'을 내 '그림자'가 받아 적지 못한다. "연필로 아뭏게나 시커먼 면(面)을 그리면 연분(鉛粉)(연필가루)은 종이 위에 흩어진다." 글쓰기는 흩어져 문장이 되지 못한다. 나는 내 '몸의 글쓰기'를 전진시키지 못한다. 내가 읽은 책들과의 전쟁은 나의 패배로 끝나려는 것 같다. 눈물이 나며, 후퇴해서 내 눈에 들어온 내 '그림자의 무게'가 눈구멍에서 느껴진다. '나의 그림자와 서로 껴안는 내 몸뚱이를 똑똑히 보게 된다'고 이상은 이 시에 썼다.

「각혈의 아침」은 폐병 때문에 각혈했던 이상의 체험이 반영된 것이다. 그는 수많은 독서와 밤을 새우는 창작 때문에 폐를 상했다. 담배가 무더기로 창작의 땔감처럼 동원되었다. 그의 책상은 전쟁터였다. 냉랭한 사과와 대결하면서 그의 폐는 끓어올랐다. 그의 광대한 독서체험이 수많은 탄환들로 그의 폐를 공격했다. 그 폐 속에서 그의 '하얀 천사'가 그 전쟁의 풍경을 바라보고 있다. 그 전쟁 속에서 폐의 십자가 나무가 자리 잡고, 거기서 기독의 나무인간이 성장한다. 하얀 천사는 적들의 탄환을 모조리 삼킨 폐의 십자가 나무 위에서 기독이 깨어나고 성장하는 것을 지켜본다. 그는 이 폐의 풍경을 다스리며, 기독을 키우고, 그의 성숙을 기다리고 있다.

「내과」에는 나오지 않는 요리사 천사가 이 시에서는 하얀 천사와 함께 등장한다. "폐속 펭키칠한십자가가 날이날마다 발돋움을 한다/폐속엔 요리사천사가 있어서 때때로 소변을 본단 말이다"라고 그는 썼다. 요리사 천사의 소변이 십자가 나무를 키운다. '요리사 천사'는 부글부글 끓는 폐의 '요리'를 진행시키는 존재이다. 그 '요리'는 기독적 존재를 끓이고 숙성시키는 것이 될 것이다. 하얀 천사가 '나'의 늑골을 하나하나 노크해보는 것은 폐 속에서 그러한 '존재의 요리'가 익었는지 확인하려는 행위이다.

「각혈의 아침」에서 우리는 '냉랭한 사과'와의 전쟁 이야기를 읽을 수 있고, 그것이 분화되고 개작되어서 「최후」와 「골편에관한무제」 등이 되었다는 것을 알게 된다. 그리고 세상에서 그 '냉랭한 사과'의 독기를 제거하기 위해 천사들은 '내 몸' 속에서 내면의 기독을 키우고, 그의 사상을 뜨겁게 요리하고 있었다. '내'가 겪어야 할 기독적 순사(殉死)의 운명이 거기서 자라고 있었다. 시의 전반부를 지배하는 냉랭함은 후반부의 이 뜨거움을 부각시키기 위한 것이었다. 그러나 '나'의 시간이 얼마 남지 않았다. "나의 정맥은 휘파람같이 야위었다"고 했다. '나'의 새벽이 다가오고 닭이 홰를 치는데 아직 뜨겁게 끓는 요리는 완성되지 않았던 것이다.

이상은 이렇게 자신의 폐병 이야기를 역전시켰다. 그의 폐병은 세상의 병을 몸속으로 들이켜 그 자신의 운명인 십자가를 키우는 것이 된다. 자신의 그리스도적 존재가 그렇게 해서 내면에 출현하는 것이고, 거기서 십자가와 함께 키가 커져 '나'는 그리스도적 존재감을 키우게 된다. 폐결핵을 앓는 것이 십자가형을 받는 그리스도 이미지로 치환된 것이다. 자신이 내뱉은 혈담(피가래)은 가브리엘 천사균처럼 세상에 은밀히 스며들어 세상의 병을 치료하게 될 것이다.

나무인간의 구제―「오감도」의 '거울수술'과 거울·꿈의 전쟁 이야기

이 책에서 나는 이상의 이러한 '기독적 순사의 운명과 그 여정'을 '신체극장'의 몇 가지 풍경으로 풀어내려 했다. 이상이 자신의 신체 속에서 보석을 만들고 그것을 증여하는 것은 자신의 작품을 창조해서 세상에 그것을 증여하는 것이다. 시와 예술은 그렇게 보석처럼 세상에 증여되어야 한다. 그것들은 역사의 땅을 내려다보는 하늘 위에서 인간들을 그들의 역사적 지평에서 상승시킬 수 있도록 별처럼 빛나야 한다. 그 별빛들이 인간들의 삶의 지평에 뿌려짐으로써 그들의 삶은 빛으로 상승되어야 한다. 인간이 만들어낸 어떠한 사회제도의 울타리 안에서도 그 삶은 울타리에 갇힌 것이거나 울타리적인 것으로 환원되지 않아야 한다.

자신의 몸 안에서 차가운 월광을 뜨겁게 녹여 제련하는 모습, 단단한 결정체 보석을 창조하는 이야기는 다양하게 전개된다. 우리는 이상이 자신의 '몸'의 이러한 생성 창조운동을 '나무인간'이나 동물인간, 특히 '황(獚)'이라 명명한 개(犬) 인간 이미지를 통해서 전개한 것을 살펴보고 있다. 이상의 초창기 시편인 「황」 연작은 모두 그러한 동물인간에 대한 이야기이다.

'신체극장'은 바로 그러한 이야기를 자신의 '몸 공간'들로 구성된 신체적 무대 위에 올린 것이다. 나는 이상의 작품에 나타난 나무인간의 신체, 동물인간의 신체, 보석으로서의 신체 등에 대해 언급하려 한다. 이상이 파악한 신체는, 자연을 마치 프로크루스테스의 침대처럼 자신들의 기준에 맞게 재단하고, 자신들의 논리 속에서 그것들을 왜곡시킨 인간의 병적인 문명들을 병균처럼 받아들이는 장소가 된다.[163] 그 안에서 신체의 건강한 자연과 반자연적 문명의 병이 충돌한다. 신체극장은 이러한 두 대립적 요소가 대결하고 갈등하며, 전쟁을 벌이는 장소가 된다. 그러한 대결, 갈등, 전쟁의 드라마가 거기서 펼쳐진다.

이상은 「황」 연작과 「이상한가역반응」, 「조감도」, 「건축무한육면각체」 등의 연작 모음시들을 통해 이러한 주제를 치밀하고 입체적으로 다루었다. 그가 본격적으로 문단에 데뷔하기 이전의 시들에서 거의 완벽하게 이러한 주제들이 탐색되고 표현되었다. 그 유명한 「오감도」가 1934년 7월 하순 무렵 문단에 얼굴을 내밀었을 때, 이러한 주제들은 부분적으로 더 세밀히 탐구되고 발전되었다. 그는 「오감도」를 30편 정도의 연재물로 기획하고 있었고, 거기서 이러한 것들을 전면적으로 다룰 예정이었다. 그러나 그의 그러한 기획은 편집진과 독자들 때문에 좌절되었고, 원래 기획된 것의 절반인 15편으로 만족한 채 미완으

---

163 그는 인간들의 과학적 한계를 '숫자의 한계'로 환원시켜 비판했다. 십진법의 숫자는 자연의 무한수를 담아낼 수 없다. 그가 「건축무한육면각체」의 여러 시편들에서 현대문명을 비판적으로 조감하고 그 시편들의 하나인 「진단 0:1」에서 십진법으로 늘어놓은 100개의 숫자판을 '환자의 용태'라고 한 것이 그러한 것이다.

로 찜찜하게 끝나게 되었다.

일반 신문 독자들을 염두에 둔 나머지 조금은 뒤로 물러선 표현들을 사용하며 자신으로서는 쉽게 쓰려 노력했지만, 그마저도 거센 반발을 불러일으켰다. 독자들은 자신들의 교양이 모욕당했다고 생각했으며, 그의 시들을 '미친 ×수작' 정도로 취급했다.

그러나 그가 진지하게 「오감도」 전편에 걸쳐 자신이 탐구해온 '거울 주제'를 좀 더 집중적이고 입체적으로 밀어붙인 것은 분명하다. 그리고 여기서 그 이전 작품에서 한 걸음 더 나아가 '거울 수술' 이야기를 한 것이 주목되어야 한다. 거울 속 신체, 즉 창조적 나무인간의 글쓰기를 거울계의 감옥에서 구제해낼 수 있는지에 대한 탐색 이야기가 「오감도」 시편 중심부에 놓여 있다. 15편 중에서 중간 정도에 있는 「시제7호」 「시제8호 해부」 등에서 그러한 주제를 다루고 있다.

그는 거울계의 현실 속에서 병들어가는 자신의 자연적 존재인 '나무인간'으로서의 '몸'을 구출해야 했다. 이 주제는 그 이전의 시에서 분명한 단계 진전된 것이다. 그는 자신의 기독적 관념과 존재를 구체적인 현실 속에서 진행시켜볼 기회를 갖게 된 것이다. 자신의 고독한 책상에서 나와 문단에 진출한 것과 금홍이와 함께 어느 정도 이익을 염두에 둔 사업체로서 제비다방을 경영해본 것이 이러한 현실적 힘들과 마주치게 된 계기가 되었다. 그의 이전 시들에서 전개된 초인적 사유와 몽상들이 이 현실의 힘들과 마주치고 겨루며, 투쟁과 갈등의 격류를 통과하고 있었다. 「오감도」 시기에 그의 시적 전환기가 시작되었다. 과연 그 '전환'은 무엇이었을까? 이러한 물음에 답하기 위해 우리는 그 이전의 시편들과 「오감도」 시편의 어떤 면들을 연결하고 서로 비교

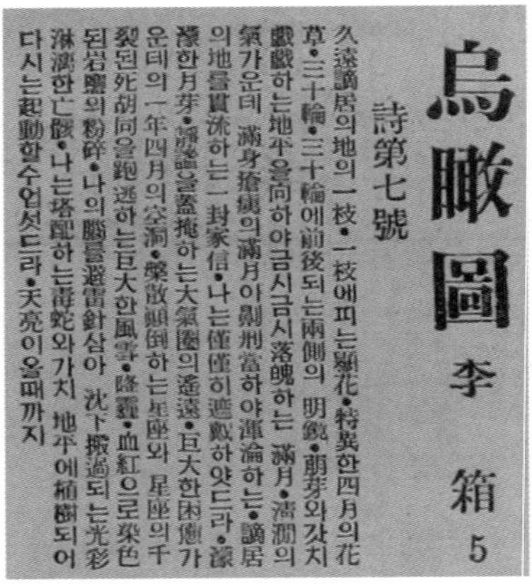

烏瞰圖 李箱

詩第七號

久遠謫居의地의一枝•一枝에피는顯花•特異한四月의花草•三十輪•三十輪에前後되는兩側의 明鏡•萌芽와갓치戲戲하는地平을向하야금시금시落魄하는 滿月•淸澗의氣가운데 滿身瘡痍의滿月이劓刑當하야渾淪하는•謫居의地를貫流하는一封家信•나는僅僅히遮戴하얏드라•濛濛한月芽•靜謐을蓋掩하는大氣圈의遙遠•巨大한困憊가운데의一年四月의空洞•槃散顚倒하는星座와 星座의千裂된死胡同을跑逃하는巨大한風雪•降霾•血紅으로染色된岩鹽의粉碎•나의腦를避雷針삼아 沈下搬過되는光彩淋漓한亡骸•나는塔配하는毒蛇와가치 地平에植樹되어다시는起動할수업섯드라•天亮이올때까지

5

그림 94 이상의 「오감도」 중 「시제7호」(『조선중앙일보』, 1934.8.1.) 원문

「오감도」 중의 「시제7호」(1934. 8. 1)는 나무인간 모티프를 「차8씨의 출발」에서 이어받고 있다. 「차8씨의 출발」에서는 나무인간이 숨겨진 꽃이라는 의미의 '은화(隱花)식물의 꽃'을 피우는 이야기였는데 「시제7호」에서는 밖으로 꽃이 드러나는 '현화(顯花)'로 바뀌었다. 이상은 「오감도」를 통해서 비로소 본격적인 문단에 진입한 것이었으니 그의 꽃인 시편들은 세상에 자신을 드러낸 '현화'가 된 것이다. 그러나 그의 화원은 하늘의 성좌들을 붕괴시키는 '거대한 풍설' 때문에 참혹한 풍경이 된다. 제비다방의 경영 파탄이 그의 글쓰기를 위협하고 있었던 것이다.

해보아야 한다.

나는 「건축무한육면각체」 연작에서 나무인간을 집중 조명한 시 「차8씨의 출발」의 주인공인 '차8씨(且8氏)'와 「오감도」 시편의 핵심부에 있는 「시제7호」와 「시제8호 해부」에 나오는 '나무인간'에서 그 연결점을 찾아보려 한다. 문단 데뷔 이전의 시편에서 탐구된 주제가 이후 연속되면서 전환되고 한층 발전된 풍경을 여기에서 확인할 수 있다. 그것이 과연 무엇이었을까?

「오감도」 시편들을 어떻게 읽어나가야 할까? 우리는 이상의 시적 주제의 전개와 그의 삶의 변화에 맞물린 그러한 전환점을 함께 알아보아야 하지 않을까? 그래야 비로소 우리는 「오감도」의 시인을 그의 내면까지 투시해서 바라다볼 수 있을 것이다. 이러한 성찰 없이 그의 시를 제대로 독해하기에는 그것들이 너무 어렵다. 당대 독자는 물론 지금의 독자들도 그의 시세계에 대한 오해와 무지는 이상이 자신의 시에 펼쳐놓은 바다처럼 넓고 깊다. 이상의 그 광막한 바다를 일반 연구자나 독자들은 제대로 탐험하지 못했다. 그 바다는 여전히 미지의 것으로 남아있다. 많은 연구자는 자신들의 고집스러운 근대적 관점에 사로잡혀서 그 바다에 들어가지 못한다. 그러니 그들 역시 바다 앞에서 머뭇거리는 독자들의 무리 옆에 놓일 뿐이다. 그렇게 된 이유는 여러 가지가 있겠지만 주된 이유는 연구자들이나 일반 독자들의 관점이 이상이 비판하고 그로부터 탈주하려는 그 '역사적 지평'에 함몰되어 있기 때문이다.

이상의 삶은 그러한 역사적 지식으로는 포착되지 않는다. 근대적 관점으로 조명되어서는 그 실체적 의미를 알아볼 수 없다. 그의 삶은 전쟁이었고, 그 내면은 초인적 존재와 일상이 뒤섞인 것이었다. 그러나 일상적 관점에서만 바라본 그의 삶은 퇴폐적이거나 기행적인 것에 불과할 뿐이었다. 대개의 연구자들이나 독자들은 이러한 일상적 삶의 창으로 그의 작품을 본다. 그러나 우리는 그 반대로 나아가야 한다. 우리는 그의 시를 읽어나가면서 일상적 역사적 관점 너머에서 펼쳐지고 작동하는 그의 정신적 전쟁을 읽어내야 한다. 그의 시에는 그의 초인적 내면의 삶이 녹아 있다. 그의 일상의 삶은 오히려 그로부터 다시 조명되어야 한다. 제비다방 개업조차도 그의 내면에서 전개되는 그 흐름 속에서 파악되어야 한다. 금홍과의 스캔들이라는 일상의 관점은 그가 정작 그 다방을 예술가 공동체 내지 전위적 문화운동을 위한 공간으로 기획했던 의도를 가려버린다. 그의 이러한 의도를 알게 될 때 비로소 '제비'라는 기호마저 의미 있게 되지 않겠는가? 이상은 「오감도」 시편의 「시제6호」에서 자신과 금홍을 '앵무 부부'로 표현했는데, '제비'에 포함시킨 날렵한 날갯짓이 시의 '앵무'에서는 위축된 것처럼 보인다.

「시제6호」를 통해 지금까지 이상 문학을 바라보았던 일반적인 관점의 하나가 드러난다. 그것은 이상이 이 시에서 언급한 '스캔들'에

그림 95 이상의 「오감도」 중 「시제6호」(「조선중앙일보」, 1934.7.31.) 원문
이 시를 조선중앙일보에 연재할 당시 경영하던 제비다방에서 이상은 금홍과 부부처럼 지냈다. 금홍은 다방의 마담이었다. 그는 금홍을 자신의 '부인'이라 소개했을 것이다. 그러나 금홍은 손님들에게 자신을 독립적인 존재로 인식시키고 싶었을지 모른다. 이 시에서 '앵무 부부'의 미묘한 심리적 갈등에 이러한 것이 투영되어 있다.

대한 사람들의 관심이다. "sCANDAL 이라는것은무엇이냐." '너' '너구나' '너지' '너다' '아니다 너로구나' 등의 여러 말들이 이상과 금홍의 동거를 스캔들로 생각하고 그러한 일을 벌인 주체로 이상('너')을 지목하고 있다.

그러나 이상의 이 시는 「지도의 암실」에서 제시했던 모티프[164]를 자신이 결성한 제비다방을 통해 현실 속에서 한 걸음 더 밀고 나간 것일 뿐이다. '앵무 부부'의 삼차각적 결합태에 대한 꿈이 「지도의 암실」에 있었다. 그러한 결합태만이 삼모각로를 출발한 '그'의 행로를 제국의 거울계를 꿰뚫고 나가는 탈주로로 만들어 줄 수 있었다. 제비다방은 그러한 행로를 현실 속에서 구축하려는 하나의 기획일 수 있었다. 금홍과의 동거는 그러한 기획을 확고하게 만들기 위한 것이며, 삼차각적 결합태에 대한 이상의 꿈이었을 것이다. 그러나 금홍이란 앵무는 이상의 이러한 꿈에 동참하지 않았다. 그녀는 현실적인 이해관계에 좀 더 충실한 존재였고, 그 결과 '앵무 부부'의 이상적인 형

164　이상은 1932년에 쓴 소설 「지도의 암실」에서 원숭이들의 흉내만이 반복되는 동물원 세계의 경계에 앵무새를 배치했다. 그 앵무새는 이 동물원 세계(거울계) 바깥으로 탈주하려는 '그'에게 "너는 신사(紳士) 이상의 부인이냐"라고 묻는다. 이 물음을 이상은 「시제6호」에서 그대로 되풀이한다. '이상'은 거울계 밖의 존재를 가리킨다. 앵무새는 사람들의 말을 흉내 내면서 동시에 자신의 어조를 거기에 첨가하기 때문에 변형을 시키는 존재로 등장한 것이다. 원숭이의 거울계적 존재 바깥에 앵무새가 있다.

태는 이미 내부적으로 금이 간 상태였다. 이상은 '금홍 앵무'를 자신의 부인이라고 여기고 그렇게 사람들에게 말하지만 금홍은 화를 내며 자신의 그러한 위상을 거절하고 부인하는 것이다. 따라서 사람들에게 이들의 동거는 스캔들처럼 보일 뿐이다. 이상의 내면적 풍경은 그들에게 보이지 않는다. 그래서 이상은 사람들의 이러한 수군거림('너지' '너구나' 등의)에 마음이 상해 자신이 꿈꾸던 보금자리로부터 도망친다. "나는함뿍저저서그래서수류(獸類)처럼도망하얏느니라." 그러고는 이러한 자신의 도망을 알거나 보는 사람은 없었을 것이라고 추측한다. 그러나 과연 그러한 것인지 의문을 남겨놓고 있다.

여기서 '수류(獸類)'가 무엇인지 아는 것이 중요하다. 그래야 '수류처럼 도망한' 행위의 의미를 알 수 있다. 이 시의 앞에 놓인 「시제5호」에 있는 두 가지 기호를 참조해볼 수 있다. 하나는 "翼殷不逝 目大不覩(익은불서 목대불도)"에 나오는 새 이미지와 시 마지막에 나오는 "장부(臟腑)라는것은 침수된축사(畜舍)와구별될수잇슬는가"라는 부분에서 '축사'와 관련된다. 자신의 신체 이미지의 세 부분이 제시되고 있는데 하나는 '날개'와 '눈'이며, 다른 하나는 내장기관인 '장부'이다. "날개가 커도 날지 못하고 눈이 커도 보지 못한다"는 『장자(莊子)』 산목편의 한 구절이다. 이 시에서는 반왜소형의 난장이 신이 구축한 거울계에 갇혀 '나'의 날개는 커도 거울 밖 하늘을 날지 못하고, 눈이 커도 거울 밖 세계를 보지 못한다는 의미이다. 이렇게 거울계에 갇힌 '나'의 몸의 장부는 가축들을 치는 축사에 불과하게 된다. 소화액으로 차있는 장부는 '침수된 축사'처럼 되어 보잘 것 없는 사료(먹이)의 저장고가 된 것이다. 거울계에 속한 신체의 소화기관은 이렇게 인공의 축사에 비유된다. 가축들은 우리에 갇혀 먹여주는 먹이만을 먹는다. 침수된 축사처럼 그것은 언제나 음울하다.

「시제6호」의 '앵무'와 '수류'가 「시제5호」의 '날개'와 '축사'에 대응한다. 「시제5호」는 반왜소형의 난장이 신이 지배하는 나시제국의 세계(거울계)에서 추락해서 날개가 꺾인 '나'의 이야기이다. '나'의 존재는 그 거울계에 갇혀 그들이 원하는 삶만을 흉내 내며 살아야 하는 거울상이 되어버린다. 거기에서 '나'는 '나'의 뒤와 좌우가 삭제되어 버린 이미지, '나'의 흔적으로만 존재한다. 「시제6호」는 그러한 나시제국의 거울계에서 자신의 예술 사상적 거점을 구축하려는 제비다방의 기획을 보여준 것이다. 이상은 「시제5호」의 한계로부터 상승하려는 기획을 여기 담아내려 했을 것이다.

「시제6호」에 나오는 포유류에 속하는 앵무 부부[165]는 새이면서 동시에 포유류(동물인간)에 속한다. 즉 '앵무부부'로서의 이상과 금홍은 새와 동물, 인간 이미지를 동시에 확보하고 있다. 새로서의 앵무는 「시제5호」의 '날개'를 거울계에서 해방시켜야 한다. 그래야 그 큰 날개로 자유롭게 하늘을 날 수 있다. 그리고 포유류로서의 '앵무'는 가축적인 울타리 바깥에서 자신의 자유로운 육체적 삶을 살아야 한다. 그들은 제국과 근대적 시스템, 그것들을 돌아가게 하는 제도와 지식들의 사료를 먹으며 사육되어서는 안 된다.

제비다방의 기획은 예술가 공동체와 관련된 것이고, 이 공동체의 예술적 삶은 제국의 동물원이나 축사에서 해방되어야 한다. 그러나 「시

---

165   시에서 이상은 "앵무는포유류에속하느니라"라고 했다.

「제6호」에서 제비다방의 그러한 기획의 바탕이 되어야 할 '앵무 부부'의 완벽한 삼차각적 결합체는 결여된 것임이 드러난다. 그것은 세상 사람들의 눈에 스캔들이었고, 이상은 그로부터 수류(獸類)처럼 도망치려 했다. 여기서 '수류'라는 단어를 통해 이상은 그가 여전히 인공적 제도 속에 갇혀 사육당하는 가축이 아니라 그 바깥의 야수적 존재임을 드러내려 했다.

우리는 「시제5호」와 「시제6호」를 통해 진행시킨 이러한 야수적 존재의 탈주가 「시제9호 총구」와 「시제10호 나비」에서 어떻게 이어지는지 살펴보아야 한다. 「시제9호」에는 신체의 소화기관(장부臟腑)이 나오고, 「시제10호」에서는 '날개'달린 나비가 나온다. 이 모티프들은 「시제5호」로부터 나온 것이며 그것을 발전시킨 것이다. 우리는 '장부'의 축사(畜舍)적 면모에서 발전된 모습(자연의 생식적 에너지로 가득한)을 「시제9호 총구」에서 기대해야 하며,

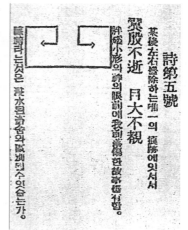

그림 96 이상의 「오감도」 중 「시제5호」(「조선중앙일보」, 1934.7.28.) 원문
「건축무한육면각체」의 「二十二年」과 같은 시인데 첫 부분 '전후좌우'의 '前'이 여기서 '某'로 바뀌었다. 여기 소개된 도상의 구조는 四와 비슷하다.
"翼殷不逝 目大不覩(익은불서 목대불도)"는 "날개가 커도 날지 못하고 눈이 커도 보지 못한다"는 「장자」 산목편에 나오는 구절이다. 여기서 이상은 자신의 본래 초인적 존재(날개가 크고 눈이 큰) 형상이 앞뒤좌우 중 앞을 보는 이미지만 남겨두고 모두 제거된 '흔적'에 불과함을 이야기하고 있다. 이것은 자신의 거울 이미지를 말한 것이다. 거울계를 지배하는 '반왜소형신'의 안전에서 넘어져 다친 사고가 있다는 것은 그의 「무제―육면거울방」 이야기를 떠올리게 하는 대목이다. 거기서 이상은 어느 악성의 초대를 받는데 그의 육면거울방에서 졸도하는 장면이 있다. 거울계를 지배하는 신적 존재를 이상은 악성(음악의 성인)이나 반왜소형 신이라고 한 것이다.

'날개'가 거울계에서 탈주할 수 있을만한 존재로 탈바꿈하는 것을 「시제10호 나비」에서 기대해야 한다. 이상은 실제로 우리의 그러한 기대감과 비슷한 생각으로 그 두 편을 쓴 것이다.

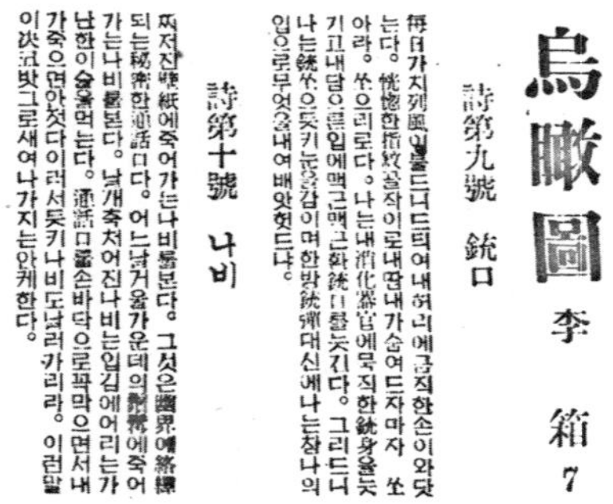

烏瞰圖 李箱 7

詩第九號 銃口

每日가치列風이불드니드듸여내허리에큼직한손이와닷는다。恍惚한指紋골작이로내땀내가숨여드자마자 쏘아라。쏘으리로다。나는내消化器官에묵직한銃身을늣기고내담으른입에맥근맥근한銃口를늣긴다。그리드니나는銃쏘으드키눈을감으며한방銃彈대신에나는참나의입으로무엇을내여배앗헛드냐。

詩第十號 나비

찌저진壁紙에죽어가는나비를본다。그것은幽界에絡繹되는秘密한通話口다。어느날거울가운데의鬚髥에죽어가는나비를본다。날개축처어진나비는입김에어리는가난한이슬을먹는다。通話口를손바닥으로꼭막으면서내가죽으면안젓다이러서듯키나비도날러가리라。이런말이決코밧그로새여나가지는안케한다。

그림 97 이상의 「오감도」 중 「시제9호 총구」·「시제10호 나비」(『조선중앙일보』, 1934.8.3.) 원문
「오감도」는 15편인데 「시제1호」 「시제2호」처럼 당시는 파격적인 제목을 붙였다. 「시제8호 해부」부터 번호 뒤에 제목을 달았다. 「시제10호 나비」까지 세 편의 시에만 제목이 붙은 셈이다. 그만큼 이 세 편의 시가 「오감도」에서 중요한 자리를 차지한다고 할 수 있다. 「오감도」의 신체극장은 나무인간의 나뭇가지와 같은 팔과 손으로부터 열기 어린 손과 소화기관과 입으로 이어지면서 총과 나비의 드라마를 연출한다.

「오감도」 시편들은 서로 맞물리면서 입체적으로 주제와 스토리를 이어간다. 따라서 우리는 「시제7호」와 「시제8호」가 이러한 발전적 이야기에 입체적인 깊이를 준다고 기대할 수도 있다. 실제로 이 두 편의 시가 그러한 역할을 하고 있다. 그 둘은 전자는 제비다방 내에서의 앵무 부부의 삶 자체를 깊이 있게 조명하는 것이다. 그리고 후자는 그 가혹한 현실의 삶 속에 뿌리내린 나무인간의 예술적 삶[166]을 기하학적 광학적 거울수술이야기 속에서 새롭게 조명한 것이다. 하나는 현실의 정신적 심리적 깊이를 조명한 것이고, 다른 하나는 '기하학' '광학'의 추상적 범주를 본래의 궤도에서 이탈시킴으로써 새로운 차원의 기하학, 광학적 가능성을 살펴보는 것이다. 그것은 아마도 시적 예술적 기하학, 초현실적 광학에 속하는 영역이 되지 않을까?

「시제7호」 「시제8호 해부」에서 이상은 자신의 '나무인간'적 면모가 냉혹한 현실[167]과 광학적 거울계에서 어떻게 구제될 수 있는지 탐색한

166 자신의 예술 사상적 성좌들이 붕괴되고 풍설에 모두 흩어지는 상황에서 지평에 독사처럼 식수(植樹)되는 '나'의 이야기가 「시제7호」의 마지막 부분이다.

167 「시제7호」의 현실은 제비다방의 험난한 경제적 현실을 가리킨다. 금홍은 장사가 안 되는 제비다방을 비운 채 바깥으로 떠돌며 개인적인 영업을 한 것으로 보인다. 그 전말이 「지주회시」 「날개」 같은 소설에 어느 정도 엿보인다. 「시제7호」에서는 금홍의 성적인 얼굴을 가리키는 만월이 만신창이가 된 채 코를 베이는 형벌을 당하는 이야기로 나타났다.

다. 「시제9호 총구」에 나오는 뜨거운 장부(臟腑)는 그러한 탐색을 통과한 것이었다. 매일같이 불어대는 열풍으로 '나'의 허리에 큼직한 손이 와 닿고 "내소화기관에묵직한총신(銃身)을늣기고" 입에는 매끈매끈한 총구를 느끼게 된다. 매일같이 부는 열풍은 이러한 운동을 가속화 한다. "한방총탄대신에나는참나의입으로무엇을내여배앗헛드냐"고 '나'는 묻는다. 여기서 분명 우리는 「시제5호」의 가축을 키우는 축사(畜舍)에 비유되었던 '장부'가 그러한 인공적 차원 너머로 뜨겁게 꿈틀대며 마치 무엇인가 강렬한 외침을 발하려는 듯한 모습을 보게 된다. 장부를 총신(銃身)에 비유하고, '참나'의 입을 총구(銃口)에 비유함으로써 거울계를 꿰뚫을 신체의 강렬도가 부각된다. 이 시는 거울계를 꿰뚫고 나갈 '몸'의 전쟁에 대해 말한 것이다.

「시제10호 나비」는 「시제5호」와 「시제6호」를 거쳐온 '날개'의 주제를 한층 발전시킨 것이다. 거울계에 갇힌 '날개'는 그것이 아무리 커도 날 수 없다고 「시제5호」는 말한다. 그것은 「시제6호」에서 앵무 부부의 '날개'이지만 이 앵무새는 포유류나 '수류'처럼 동물적 특성만이 부각된다. 이 앵무새의 날개는 매우 위축된 상태일 것이다. 「시제10호」의 '나비'는 그 반대편에 놓인다. 나비는 주로 날개가 부각되는 존재이다. 이 시에서 등장하는 나비는 찢어진 벽에서 죽어가는 것이고, 그것의 본질은 "유계(幽界)[168]에낙역(絡繹)되는비밀한통화구(通話口)"라는 것이다. 이상은 거울계를 물질적 한계의 세계로 규정하고 그 물질세계 바깥을

168 　'유계'는 거울이 있는 방의 바깥 공간이다. 이것은 여기서 현실계의 바깥을 가리킨다. 이 말은 흔히 저승세계를 가리키는 용어였다. 나비는 예부터 영혼의 환생으로 여겨지는 존재였으니 이상이 여기서 그것으로 유계와의 통로로 삼은 것도 그러한 문맥을 이어받은 것이다.

유계(幽界)라는 말로 지칭했다. 벽에 찢긴 틈과 결합된 나비 이미지는 거울계 바깥인 유계와 소통할 수 있는 통화구(通話口)로 제시된다. 나비는 시인의 입에 달린 수염 이미지와 결합한다. 시인의 입김으로 만들어내는 시인의 말, 즉 시 작품을 마시며 그 나비는 근근히 살아간다.

이제 우리는 이상이 「오감도」의 중심부에서 어떤 주제를 진행시켰는지 짐작해볼 수 있다. 「시제9호 총구」와 「시제10호 나비」가 그 중심부에서 전개된 주제의 잠정적 결론을 보여준다. 에로티즘적 열기로 뜨겁게 된 신체의 탄환과 같은 말과 물질적 한계를 넘어설 수 있는 시인의 말, 영적인 유계와 비밀스럽게 통화하는 것 같은 시인의 입김 같은 말을 그는 거울 속에서 건져내었다. 신체의 생명의 열기와 유계와 소통되는 영혼의 말이 시의 언어가 되어야 한다. 이것이 이 시편의 주제이다. 우리가 살펴본 「시제5호」로부터 「시제8호 해부」에 이르는 시편들은 바로 이러한 성과물에 도달하기 위한 '다리'였다.

이상은 「오감도」의 이 중심부에 현실의 가혹한 환경들을 배치하고 그것과 대결을 벌이는 나무인간 이야기를 전개했다. 그 가혹함은 어디에서 온 것인가? 그것은 제국의 반왜소형의 난장이 신(「시제5호」에 나오는)이 장악하는 절대 권력의 거울계에서 온 것이다. 그리고 그 거울계로부터 탈주를 기획하는 제비다방의 '앵무 부부'(「시제6호」)를 불온한 남녀의 스캔들로 만들어버리는 세상 사람들의 구설수, 소문 들로 이루어진 유령적 현실에서 온 것이다. 먹고살기 위해 자신의 몸을 파는 금홍이의 처참한 현실, 굶주리는 가족들의 현실이 그를 더 힘들게 했다. 자신의 예술과 사상의 성좌들이 이러한 가운데 지리멸렬하는 풍경(「시제7호」)을 보여주게 된다.

「시제8호 해부」는 이 모든 현실의 가혹함을 냉정하게 '거울계'로 요약했고, 그 '거울'에 대해 광학적 수술실험을 가하는 담담한 이야기로 나아갔다. 그러나 이러한 과학적 실험은 모두 상징적이고 은유적인 차원에서 진술된 것이다. 그것은 실제 과학실험이라기보다는 과학적 용어들을 동원한 시적인 실험이었다. 그 내용을 간략히 정리하자면 이러한 물음들이 된다. 수은 도말(塗抹)된 평면경(平面鏡)에 입체와 '입체를위한입체'[169]가 구비된 전부(全部)를 영상(映像)시켰을 때 거울에 스며들어온 그 '전부'는 그 거울면을 역전시켜 만들어진 거울 공간에서 원래의 속성(입체를위한입체가 구비된 전체적 속성)을 간직한 채 살아 있게 될 것인가? 참공간인 야외의 진공(眞空)을 거울 공간에 투사시켰을 때 거기 부착된 나무인간의 상지(上肢)는 과연 그 거울 공간에서 자신의 진실을 붙잡을 수 있을 것인가?

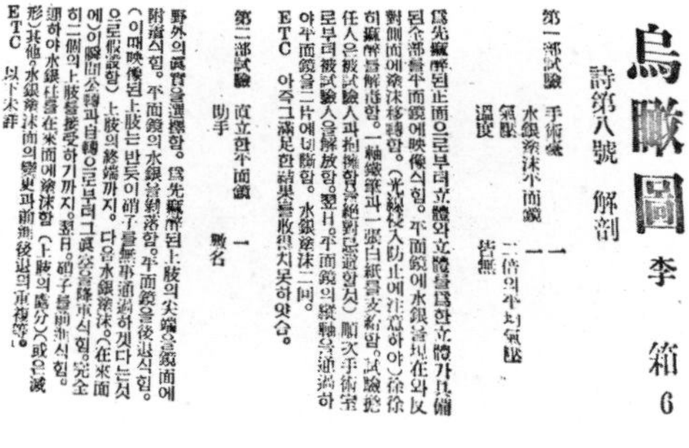
烏瞰圖 李箱 6
詩第八號 解剖
第一部試驗　手術臺　一
水銀塗抹平面鏡　一
氣壓　二倍의平均氣壓
溫度　皆無
爲先痲醉된正面으로부터立體와立體를爲한立體가具備된全部를平面鏡에映像식힘。平面鏡에水銀을現在와反對側面에塗抹移轉함。(光線侵入防止에注意하야)徐徐히痲醉를解毒함。一軸鐵筆과一張白紙를支給함。(試驗擔任人은被試驗人과抱擁함을絶對忌避할것)順次手術室로부터被試驗人을解放함。翌日。平面鏡의縱軸을通過하야平面鏡을二片에切斷함。水銀塗抹二回。
ETC　아즉그滿足한結果를收得치못하얏슴。
第二部試驗　直立한平面鏡　一
助手　數名
野外의眞實을選擇함。爲先痲醉된上肢의尖端을鏡面에附着식힘。平面鏡의水銀을剝落함。平面鏡을後退식힘。(이때映像된上肢는반듯이硝子를無事通過하겟다는것으로假說함)上肢의終端까지。다음水銀塗抹。(在來面에)이瞬間公轉과自轉으로부터그眞空을降車식힘。完全히二個의上肢를接受하기까지。翌日。硝子를前進식힘。連하야水銀柱를在來面에塗抹함(上肢의處分)(或은滅形)其他。水銀塗抹面의變更과前進後退의重複等。
ETC　以下未詳

그림 98 이상의 「오감도」 중 「시제8호 해부」(『조선중앙일보』, 1934.8.2.) 원문
'제1부시험'과 '제2부시험'의 두 장면으로 구분되어 있는데, 어찌 보면 이 두 장면을 통해 거울계 안에 갇힌 나무인간의 글쓰기가 이러한 '거울수술'을 통해서 '나무인간' 본래의 참된 상태를 드러내는 '글쓰기'를 할 수 있는지에 대한 일종의 '시험'을 치루고 있다고 볼 수 있다. 여기서 '실험'이 아니고 '시험'이란 단어를 쓴 것은 그 때문일 것이다.

169 '입체를위한입체'는 4차원 이상의 입체를 표현하려는 급수(級數)적 표현이다. 3차원 입체 너머에 존재할 입체를 가리킨다. 이상의 존재론을 어느 정도 가늠할 수 있는 표현이다. 즉, 그는 3차원적 사물들에서도 3차원적 한계 안에 그것을 가두지 않고, 거기 연결된 그 이상의 차원을 인정하려는 것이다. 그렇다면 그는 2차원인 거울의 평면의 이미지적 존재에서도 2차원의 한계를 넘어선 그 이상의 차원을 인정해줄 수 있다. 「시제8호 해부」에는 이러한 미묘한 메시지가 개입해 들어와 있게 된다. 즉, 거울계의 사물들은 그 거울 바깥의 차원과 연결되어 있어야 한다.

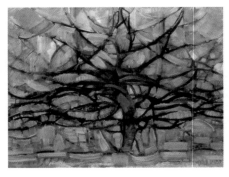

그림 99 Piet Mondrian, *The Gray Tree*, 1912

거울에 비친 사과는 거울 밖 사과(참사과)의 2차원 평면 이미지이다. 거울 밖 사과는 물질차원에서는 3차원 입체이다. 만일 이 3차원 입체의 사과가 위 그림을 우리가 보는 것처럼 일종의 평면 이미지라면 거기 투사된 더 큰 차원의 사과를 무엇이라고 규정할 것인가? 이상은 그것을 '입체를위한입체'라고 말했다. 거울속사과가 있기 위해서는 거울밖사과가 있어야 한다. 거울밖사과가 있기 위해서는 무엇이 있어야 할까? 만일 현실이 위 그림에 그려진 거울밖이라면 '그림' 바깥 세계는 과연 무엇인가? 이상은 「시제8호 해부」에서 나무인간의 팔을 거울 속에서 작동시키는 일에 대해 말한다. 야외의 참공간과 거기 있는 참존재를 나무인간은 거울 속에서 생생하게 그려낼 수 있을 것인가? '입체를위한입체'라는 명제를 제시하면서 그는 자신의 글쓰기에 대지에 뿌리박은 생명력을 쏟아부으려 노력한다. 몬드리안의 나무 그림은 캔버스 평면에서 야외의 나목 풍경을 붙잡으려 시도하고 있다. 나목의 줄기와 가지들이 복잡하게 얽혀있는 공간들을 자신의 관점에서 포착하고 그것을 평면의 구도와 색감과 붓질로 창조한다. 하나의 평면 속에 다채로운 나무의 운동과 줄기들의 생명의 힘과 그것들이 서로 얽히고 경쟁하고 끌어안는 삶들이 들어있다. 그러한 것들을 생각하고 표현한 작가의 붓질로 그러한 세계가 존재하게 된 것이다. 이러한 것들은 단순히 시각적 재현을 넘어선 일이다. 3차원 입체의 사물과 공간은 이러한 삶들이 들어있어야 비로소 세계의 사물과 공간이 된다. '입체를 위한 입체'에는 그러한 삶의 춤이 깃들어야 한다. 모든 공간은 그러할 때 저마다의 서로 다른 삶이 배어든 독특한 공간이 된다.

이러한 물음들이 제기된다.

과학적 언어들을 동원한 것 같지만 그것들은 모두 시적인 비유적 언어로 전환된 것이다. '수술'에 필요한 과학적 도구와 실험들은 모두 '나무인간'의 상지(上肢)(팔과 손을 말함)를 거울 속에서 수술하는 초현실적 병원의 기이한 도구와 풍경이 된다. '거울공간'은 초현실적 수술이 진행되는 수술대 위의 환자가 누워 있는 공간이 된다. 마취된 환자처럼 거울에 영사(映寫)된 사물이나 생명체들은 기이한 거울 수술대 위에 누워 있다. 의사는 거울 밖에서 그 거울면의 병적 상황을 보고 수술을 진행하며 수술 상황을 지켜본다.

예를 들어 이상이라는 의사는 병든 거울면의 하나를 십진법 숫자 체계로 생각한다. 그는 실제 존재하는 완전수의 불완전한 반영인 십진법의 숫자 체계가 실제 우주와 사물의 수를 평면적으로 반영한 것으로 본다. 「시제4호」에서 그러한 병든 숫자의 세계를 뒤집힌 숫자판의 거울상으로 묘사했다. 그리고 「최후」 같은 시에서는 뉴턴적 중력의 법칙으로 모든 것을 바라보는 과학적 지식의 거울에 대해 말한다. 이 중력법칙은 또 다른 측면에서 우주와 세계를 왜곡시키는 거울면의 한 병적 양상이 된다. 이러한 거울면을 수술하는 것은 그러한 논리와 법칙을 작동시키는 근원적 관점, 그러한 것들을 작동시키는 사유와 논리의 중심축을 해부하여 수술하는 것이다. 그리하여 평면거울의 종축(縱軸)을 잘라 두 조각을 내는 수술이 행해진다. 거기서 거울 공간에 들어가서 피시험인으로서 어떤 시험을 치르던 나무인간의 '상지'가 접수된다. 이러한 '거울수술'은 과연 그 안에서 신체가 마취되었던 환자의 생명과 진실을 구할 수 있을 것인가? 우리는 과연 평생 십진법의 숫자 체계와 중력의 법칙에 대한 인식에 마취된 채 살아왔던 삶들로부터 깨어나서, 그러한 거울계의 마법(마취시키는)에서 풀려날 수 있는가?

우리의 인식과 감각은 일종의 '거울'이다. 시에서 거울면을 만드는 수은도말을 이전과는 반대면으로 이전하듯이 그러한 인식과 감각, 논리의 거울면을 뒤집어버리거나 조정하는 것은 인류의 역사와 과학에서 빈번히 벌어지는 일이었다. 중세에서 근대로 이행하면서 인류는 그 거울면을 이전과는 전혀 다른 방식으로 작동하도록 한 번 혁명적으로 뒤집어버렸다. 천동설을 뒤집어버린 지동설, 지구와 우주상에 대한 코페르니쿠스적 혁명이 그러한 것의 하나였다. 두 거울면이 서로 대립하고 충돌하는 거대한 전쟁, 서로 다른 인식론의 전쟁이 오랜 기간 지속되었다. 그렇게 거울면을 상이하게 조정하면서 인류는 각 문명과 역사마다 서로 다른 세계를 만들며 존재해왔다. 그러한 거울면에 일단 적응되면 그 속에서 사람들은 모두 비슷하게 보고 느끼며 존재하고 살아간다. 비슷한 생각을 끊임없이 복제하고, 다른 사람들의 생각과 삶을 흉내 내며 살아간다.

이상은 이렇게 거울면에 완전히 순응하고 거기 길들여진 것을 「시제8호 해부」에서 일종의 '마취'라고 본 것이다. 거울 밖의 '참나'가 거울계에 진입했을 때 그러한 진입 사실 자체를 모르도록 만드는 것이 바로 '마취'이다. 시의 본문 첫 부분에 나오는 '마취된 정면'은 바로 평면경의 거울면과 결합된 나무인간의 '정면'이다. 거기에 입체와 '입체를위한입체가구비(具備)된전부'[170]를 영상(映像)시킨다는 것이다. 이 '전부'는 사물의 3차원 입체와 '입체를 위한 입체' 즉 3차원 입체를 존재하도록 만드는 더 큰 차원의 입체를 통합한 전부이다. 말하자면 물질 현실계의 3차원과 거기 연결된 그 이상의 차원(4차원 이상의 차원) 전부를 통합한 것을 평면경에서 마취된 '나무인간'의 형상에 투사한다는 것이다. 그는 2차원 평면경을 올려놓은 수술대 위에 누워 있다.

'거울수술'은 그러한 마취를 깨어나게 하려는 것이며, 거울면의 기둥인 종축[171]을 잘라냄으로써 그 거울면을 상대화시키는 작업으로 그러한 수술이 진행된다. 이상은 「시제4호」에서 숫자판을 뒤집은 거울면을 제시했고, 그 병적 상태를 진단했다. 그는 거기서 '책임의사 이상'으로 자신을 명명했다. 그리고 그러한 숫자판의 질병에 사로잡힌 거

---

170 시의 뒷부분에서는 이것을 '진공(眞空)'이라고 했다. 이때 '진공'은 공기가 없는 텅 빈 상태가 아니라 '참공간'의 뜻이다. '참나'가 '나'의 참된 존재를 가리키듯이 '진공'이란 말로 우주와 세계의 참된 상태를 가리키려 한 것이다.

171 이 '종축(縱軸)'은 거울면 전체를 지탱하는 축이자 기둥이다. 그것은 거울면에서 생성되는 세계를 관장하는 세계관이나 논리, 법칙 등이 된다.

울계의 병적 상태를 진단하고 치료[172]하고
자 했다. 아마 「시제5호」에서 「시제7호」에
이르는 시편들에서 현실의 여러 다양한 거
울면들을 드러낸 것은 '현실'이란 거울계
를 입체적으로 드러내기 위한 시도였을 것
이다. 그리고 그러한 현실의 가혹한 여러
거울면 안에 자신의 나무인간을 집어넣어
본 다양한 실험들을 선보인 것이라고 할
수도 있을 것이다. 그러한 거울계의 현실
들을 살아가는 것은 매우 괴롭고 참혹한
것이다. 「시제8호 해부」는 그러한 괴로움
에서 일단 빠져나가 어느 정도 냉정한 의
사의 관점과 입장으로 돌아가서 각 거울
면을 진단하고 그것을 수술한다. 그리하
여 그 안에 사로잡혀 있고 마취된 나무인
간을 구제해낼 수 있을지 냉정하게 판단
해보려는 것이다.

　「시제9호 총구」와 「시제10호 나비」는 그
러한 실험과 수술의 결과 깨어난 나무인
간의 새로운 발전적 성취물일까? 아니면

그림 100 이상의 신체극장에서 '수염'은 중
요한 등장인물이다. 「시제10호 나비」에서
'입 위의 수염'은 '나비'가 된다. 이 코밑 '수
염'은 마치 시인의 입에서 쏟아져 나오는 말
들의 '날갯짓'처럼 느껴진다.

이상의 「시제9호 총구」는 「시제7호」로부터
전개된 나무인간의 글쓰기 모티프의 전환
이며 절정이다. 그는 이 시에서 거울계 밖에
존재하는 '참나'의 글쓰기 풍경을 묘사하고
있다. 열풍으로 달아오른 '창조적 손'은 황
홀한 지문 끝짜기로 땀내가 스며드는 성적
오르가즘의 풍경을 드러낸다. 그 손은 자신
의 신체기관들을 자신의 창조적 글쓰기 기
관들로 결합한다. 이 손이 붙잡고 있는 소화
기관과 입이 연결된 기관은 내장의 언어들
을 발사하는 총이 된다. 이상의 여러 시편에
는 다양한 '손'들이 등장한다. 그러나 이 시
의 '큼직한 손'만큼 창조적 열기의 꼭짓점에
도달한 손은 없다.

「시제10호 나비」는 그러한 창조적 열기를 잃
어버린 시인의 영혼인 '나비'의 실종에 대해
이야기한다. '수염에 맺히는 이슬'을 마시며
간신히 목숨을 연명하던 '나비'는 어디론가
날아가 버린다. 거울계의 정적만이 거울 공
간에 갇힌 '나'를 감싸고 돈다. 이상의 수염
얼굴을 그가 창조하는 말과 글의 결정체인
다이아몬드 얼굴로 이미지화해본다.

172　그는 십진법의 수가 세계와 우주의 진실을 담아낼 수 없다고 보았고, 자신의 수 개념을 제
　　　시했다. 「선에관한각서6」에서 십진법 숫자의 질환에 대해 말하고, 숫자의 성태(性態)와 성
　　　질에 의한 숫자의 새로운 활용에 대해 말했다.

그러한 수술의 결과는 아직 알 수 없으며, 이 시편들에서는 그 이전 단계로부터 발전된 하나의 명제를 제시한 것일까? 여기서 성취된 신체극장의 언어들은 나무인간이 거울계에서 벌이는 전쟁의 극한적 지점을 보여주는 것인가?

열풍으로 후끈 달아오른 '나'의 신체가 총신과 총구가 되고 '나'의 입은 총탄처럼 '참나'의 말을 뱉어내게 된다는 「시제9호 총구」의 '신체극장' 이야기는 자연적 신체의 사유와 언어를 꿈꿔온 시인에게는 하나의 명제처럼 제시된 것이다. 시인은 거울계의 현실에 사로잡혀서는 안 되며, 자신의 '참나'를 발견하고, '참나'와 함께 하는 그러한 삶을 살아야 하며, 그러한 삶으로 끓어오르는 내장(소화기관)의 말을 쏟아내야 한다.

이 시는 「황의기 작품제2번」에서 말했던 '위장의 말' 즉 '내장(소화기관)[173]의 언어'이며 이상이 「각혈의 아침」에서 말했던 '뱃속의 통신'에 대한 이야기이기도 하다. 열풍에 의해 뜨겁게 된 신체에서 탄환같이 시인의 말들이 토해져 나온다. 앞에서 나무인간의 글쓰기에 대해 이야기하던 장면이 갑자기 뜨거운 '신체극장'의 풍경으로 전환된다. 열풍 속에서 만들어진 이 미묘한 신체극장은 초현실적 신체 풍경을 만들어낸다. 자신의 '허리'를 잡는 '큼직한 손'이 소화기관과 입이 연결된 신체를 총처럼 붙잡고 있다. 이 '손'은 자신의 신체기관을 총처럼 연상하고 내장

---

173 외부에서 받아들인 것들을 소화시켜 자신의 '몸'으로 전환시키는 기관이 위장, 내장 들이다. 그렇게 우리의 '말'과 '글'은 외부적인 풍경, 사물, 세계를 받아들여 자신의 '몸'으로 소화시켜야 하며, 그렇게 '몸'으로 소화된 말로 그러한 것들을 표현하고, 그에 대해 이야기해야 한다. '글' 역시 '말'과 마찬가지이다. 이상은 「황의기 작품제2번」에서 그에 대해 말했다. "나의 배의 발음(發音)은 마침내 삼각형의 어느 정점을 정직하게 출발하였다." 자신의 몸속에서 '결정화 작용'을 거친 '말'은 삼각형의 정점에 있는 것이며, 거기서 출발해야 '정직(正直)'한 말이 되는 것이다. 이러한 '직(直)'에 대해 이상은 「출판법」에서 말하지 않았던가?

에서는 총신을, 입에서는 총구를 느낀다. 소화기관의 묵직한 총신과 입의 매끈매끈한 총구를 '나'는 연상한다. 느낀다. 쏜다. 총을 쏘듯이 눈을 감으면서 총탄 대신에 '나'는 '참나'의 입으로 무엇인가를 내뱉는다. 에로틱한 생명의 말이 '참나'의 입에서 총탄처럼 튀어나왔을 것이다.

이상의 신체극장은 여기서 가장 미묘한 풍경을 보여준다. 열풍 속에서 허리를 잡는 큼직한 손은 자기 자신의 손이다. 그 손은 황홀한 지문골짜기로 땀내를 흘려보낸다. 열풍에 손이 뜨거워졌기 때문이다. 그의 신체는 뜨거운 바람에 애무를 받은 것 같다. 마치 성적인 오르가즘처럼 무엇인가 쏟아져 나갈 것 같다. 「LE URINE」에서 성(性)기관으로 여겨지는 ORGANE(오르간)이 유동하는 뱀처럼 얼어붙은 역사의 동토를 흘러가는 풍경이 떠오르지 않는가? 여기에서도 소화기관과 입이 연결되어 그러한 성적 '오르간'이 된다. 내장의 언어들이 열풍에 뜨겁게 달궈져 그 기관을 통과하여 발사된다.

이것은 「출판법」에서 묘사했던 창조적인 손의 풍경, 즉 손바닥에 전등형 운하를 굴착하여, 그 통로로 피의 잉크를 흘려보내고, 그로써 검열을 넘어서는 '몸'의 글쓰기가 은밀하게 펼쳐지는 풍경과 대응한다. 그 피의 전등형 운하를 여기서는 '황홀한 지문골짜기'가 대신하고 있다. 열풍으로 달궈진 이 '큼직한 손'의 황홀한 지문에서 분비되는 에로틱한 에너지가 총(또는 칼)과 같은 펜을 종이 위에 휘두를 것이다. 펜은 소화기관처럼 내장의 언어들을 그 입에서 쏟아낼 것이다. 자신의 황홀한 손이 자신의 소화기관과 입이 연결된 펜(총으로 연상된)을 하얀 백지의 밭에 검은 잉크로 글자를 심게 될 것이다.

이 신체극장의 풍경은 압도적이다. 신체의 각 부위들은 열풍 속에서 달아오른 열기로 녹아 새로운 형태로 합성된다. '찰나'의 내밀한 에너지가 신체의 각 부분들을 자신의 창조적 기관들로 새롭게 탄생시킨다. 이 시의 신체극장은 그렇게 창조된 초현실적인 신체 풍경을 전개함으로써 거울계의 엄격한 재현적 풍경을 넘어서버린다.[174] 내장은 이미 입의 속성을 어느 정도 띠고 있다. 입 역시 내장으로부터 흘러나온 것처럼 느껴진다. 기관들은 서로의 특성들을 나눠 갖게 되며 서로의 특성을 유지하면서도 서로 삼투된 모습으로 나타난다. 이상의 신체는 각 기관이 각자 독립적 개체처럼 보이기도 하지만 이렇게 서로의 유기체적 상호 삼투적 특성을 보이기도 한다. 신체의 '열기'가 높아지면 후자적 특성이 우세해진다.

그러나 「시제10호 나비」에 가면 이 열기 어린 풍경이 금방 사라져버린다. '나'는 벽에 갇혀 있다. 벽지를 찢은 것에서 연상된 나비는 그 벽에서 죽어가고 있다. 그 나비는 벽 바깥의 세계인 유계와 비밀스럽게 통화하는 존재이다. 아마 이상은 이 나비를 「시제9호 총구」의 입(술)에서 가져왔을 것이다. 입술의 모양은 나비를 닮았으니 이 둘을 연관시키는 연상 작용은 자연스럽다. 그러나 '나비'는 입술 대신에 여기서는 남성의 입술에 달린 '수염'에서 연상된 것이다. '수염'은 이 시에서는 그 아래 있는 입술을 불러내는 기호이다. 그것은 '나비' 같은 존재로서의

---

174 우리는 앞에서 「1931년 작품제1번」의 신체극장 풍경이 이와 대비된 것임을 보았다. 거기서도 신체의 각 기관들은 각기 개체적 생명체로 특성화되어 있다. 「시제9호 총구」에서는 그것들이 새로운 차원에서 유기적으로 결합되어 있다. 그러나 「1931년 작품제1번」에서는 그렇지 못하다. 그것들은 각기 흩어져 있거나 병적인 상태로 왜곡된 결합체가 된다. 이상의 신체극장은 이렇게 대립적인 두 가지 풍경으로 나타난다. 그는 「시제9호 총구」 같은 시들에서는 새롭게 강력한 유기적 결합체로 상승되는 신체를 요청한다. 그렇게 결합된 신체 각 기관들은 새로운 생태계를 만들어내는 것이다. 그렇게 강력하게 삼차각적으로 결합된 신체로 '나'는 새롭게 창조된다고 할 수 있다. 이것이 '신체극장'의 목표이기도 하다.

시인, 유계와 통화하는 언어를 발하는 시인의 이미지이다.

그런데 '나'는 어느 날 거울에 비친 자신의 수염에서 '죽어가는 나비'를 본다. 거울계에 갇혀 있는 시인인 '나'는 어차피 감옥에 갇힌 것처럼 영혼이 질식해서 죽어갈 나비, 가난한 이슬만을 먹고 사는 시인의 영혼같은 나비를 자신에게서 날려 보낸다. 벽 바깥, 거울 바깥과 통화하는 통화구를 막으면서 '내 안의 시인'을 나 스스로 죽인 것이다. 「시제9호 총구」의 열기가 이렇게 해서 사그라들었다.

그 이후 이상은 자신의 '나무인간' 주제를 어떻게 전개했을까? 생식적인 말을 쏟아낼 입술과 유계의 비밀스러운 말들을 펄럭였던 나비를 잃고 그 내면의 시인은 어떤 이야기를 하게 되는 것일까?

이상은 「오감도」의 이 중심부 이야기로부터 몇 개의 시편들을 건너뛰어 「시제15호」에서 거울과의 전쟁 이야기로 자신의 거울 주제를 마감했

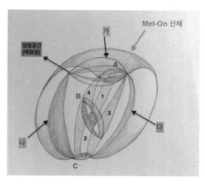

그림 101 신범순, 〈알 오르간 신체 개념도〉, 2021

이상의 「오감도」 시편들을 통해 우리는 신체의 각 기관들이 자신들의 특성을 신체의 다른 기관들에게도 부여하며 서로 서로 유기적으로 그러한 특성들을 공유함으로써 신체 전체의 긴밀한 활력과 밀도의 증폭을 이루게 된다는 사실을 알 수 있다. 「시제9호 총구」에서 내장과 입은 서로 연결되면서 내장과 입의 속성을 서로 삼투시키고 있다. 이상은 「얼마 안 되는 변해」에서는 뇌수에서 생식기적 활성을 느끼기도 한다. 마치 안과 밖이 서로 교환될 수 있고 서로 소통되는 뫼비우스 띠처럼 이러한 신체는 모든 기관들, 모든 부분들이 서로의 속성을 서로 교환 소통시키는 것이다. 이러한 신체는 그 바깥의 세계와 우주, 그것을 구성하는 사물들과도 서로의 속성을 공유, 교환, 소통시킨다. 그 바깥의 것들이 신체 안으로 접혀 들어가 신체를 구성한다. 이 책의 그림4에 소개된 '멜론 신체 개념도'가 그러한 신체 이미지를 제시한 것이다.

나는 이러한 뫼비우스 띠 같은 '신체 오르간' 개념이 앞으로 새로운 인간 존재론을 만들어 낼 수 있을 것으로 생각한다. 기존에 이 비슷한 신체 개념을 제시한 사람은 루돌프 슈타이너가 유일하다. 그는 신체의 머리는 상당 부분이 머리이지만 하체의 속성도 존재하며, 하체는 상당 부분이 하체이지만 머리의 속성도 존재한다고 했다. 어느 정도 모든 속성들이 신체 전체에 골고루 퍼져 있다는 것이다. 이러한 면에서 신체는 모든 것이 고루 동일한 상태로 퍼져 있는 알의 상태를 어느 정도 근원적으로 유지하고 있는 셈이다. 나는 이러한 상태를 '알 오르간'이라는 말로 개념화하려 한다. 위 그림이 그에 대한 개념도이다. 사과를 쪼갠 단면처럼 이러한 '알 오르간'적 신체의 개념적 이미지를 그려보았다.

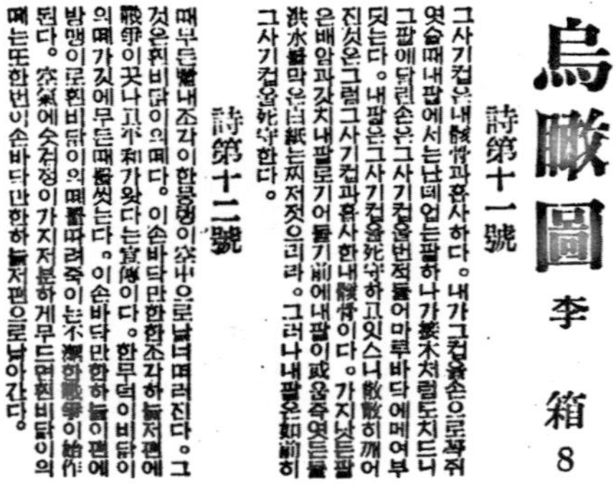
烏瞰圖 李箱 8

詩第十一號

그사기컵은내骸骨과흡사하다。내가그컵을손으로꼭쥐엿슬때내팔에서는난데업는팔하나가接木처럼돋치드니그팔에달린손은그사기컵을번쩍들어마루바닥에메여부딧는다。내팔은그사기컵을死守하고잇스니散散히깨어진것은그럼그사기컵과흡사한내骸骨이다。가지낫든팔은배암과갓치내팔로기어들기前에내팔이或움즉엿든들洪水를막은白紙는찌저젓으리라。그러나내팔은如前히그사기컵을死守한다。

詩第十二號

때무든빨내조각이한뭉탱이空中으로날너떨어진다。그것은흰비닭이의떼다。이손바닥만한한조각하늘저편에戰爭이끗나고平和가왓다는宣傳이다。한무덕이비닭이의떼가깃에무든때를씻는다。이손바닥만한하늘이편에방맹이로흰비닭이의떼를때려죽이는不潔한戰爭이始作된다。空氣에숫검정이가지저분하게무드면흰비닭이의떼는또한번이손바닥만한하늘저편으로날아간다。

그림 102 이상의 「오감도」 중 「시제11호」 · 「시제12호」(『조선중앙일보』, 1934.8.4.) 원문
이상의 「시제11호」는 자신의 밥그릇인 사기컵을 사수하는 팔에 대해 이야기한다. '내 해골과 흡사한' 사기컵은 무엇을 말하는 것인가? 난데없이 내 팔에서 돋아난 손이 그 사기컵을 마룻바닥에 내던졌는데 산산조각 난 것은 '사기컵과 흡사한 내 해골'이라는 것이다. 이 사기컵을 내 팔은 여전히 사수하고 있다. '나무인간'의 팔이 여기서는 사기컵만을 사수하는 석화된 것 같은 팔과 손으로 변해 있다. 자신들의 밥그릇에만 매달리는 그러한 존재를 비판한 시이다. '내' 안에도 그러한 존재가 숨어 있다. 그렇게 석화된 팔과 손들이 더러운 전쟁을 일으킨다. 「시제12호」는 '손바닥만 한 한 조각 하늘'만을 이고 살아가는 이러한 존재들의 전쟁 이야기이다.

다. 그는 이 시를 6장으로 구성했고, 각 장에서 거울과 꿈을 교차시켜 이야기했다. 거울 전쟁과 꿈의 전쟁이 교차되면서 「오감도」 시 전체의 주제를 마무리한다. 이 거울과 꿈의 대위법(對位法)은 그 앞에서 전개된 거울계로부터의 탈주 이야기와 그러한 탈주적 시도를 좌절시키거나 포기하는 이야기의 대위법과 구도면에서 연관되어 있다. 따라서 이 후자의 대위법에 대해 먼저 이야기해야 할 것이다. 그것은 「오감도」의 또 다른 비밀을 한 자락 풀어내는 것이 된다.

우리가 앞에서 다룬 것처럼 이상은 「시제7호」에서 「시제8호」를 거쳐 거울세계 속에서 나무인간의 존재가능성, 그것의 글쓰기의 가능성을 탐색했고, 그것으로 거울로부터의 탈주를 가늠했었다. 「시제9호」와 「시제10호」에서 그는 육체와 영혼의 두 차원에서 거울감옥을 파괴하려 하거나 거울 밖 유계(영적 세계)와의 비밀스런 소통을 꿈꿨다. 거울수술, 탈주,[175] 육체적 탄환의 질주, 나비의 꿈 등이 있었다.

175 「시제6호」에서 '수류(獸類)'처럼 도망하는 탈주를 말한다.

이상은 그 뒤의 시편들에서 그 반대 이야기를 했다. 즉, 거울감옥을 탈주하려는 시도와 대립하는 존재들의 이야기를 「시제11호」 이후 전개한 것이다. 「시제11호」에서는 사기컵(자신의 해골과 흡사한)을 사수(死守)하는 '나'가 그러한 존재이다. 자신의 이득과 권리를 사수하는 데만 골몰하는 석화(石化)된 손을 이야기한 것인데, 이렇게 자신의 사기 컵을 사수하려는 석화된 존재들끼리의 전쟁이 「시제12호」에 나온다. 자연적 생명력이 모두 빠져나간 것처럼 석화된 머리인 '석두(石頭)'가 「한낮」이란 시에 등장했었다. 사기 컵을 쥔 석화된 존재들의 세계는 '손바닥만 한 한 조각 하늘'을 이고 있다. 손바닥으로 하늘을 가릴 수 없지만 이 시에서는 '손바닥만 한 하늘'만이 존재한다. 그러한 하늘은 석화된 존재들의 이념과 사상의 하늘일 것이다. 「시제13호」는 면도칼을 든 채 끊어져 떨어진 팔에 대해 이야기한다. 「시제7호」 「시제8호」의 나무인간의 팔이 여기서는 면도칼로 잘려 몸에서 떨어져나간 모습이 된다. 기이하게도 그 면도칼을 그 팔이 들고 있다. 이것은 스스로 자신의 팔을 잘라버린 모습을 유지하고 있는 형상이다.

이미 이상은 초기 「황」 연작의 마지막인 「작품제3번」에서 이 모티프를 제시했었다. 거기서 그는 "미래의 끝남은 면도칼을 쥔 채 잘려 떨어진 나의 팔에 있다"고 썼다. 자신의 초인적 직무를 포기한 모습을 이런 엽기적인 형상으로 표현한 것이다. 이렇게 잘린 팔을 들고 있는 존재는 더 이상 아무 일도 하지 않고 거울세계 한구석에 그저 장식품처럼 놓여 있을 뿐이다.

「시제14호」에는 '종합된 역사의 망령'이라는 거울의 정령이 출현한다. 그는 거울세계를 건축하고 지배하며 조종하는 존재이고, '거울 속

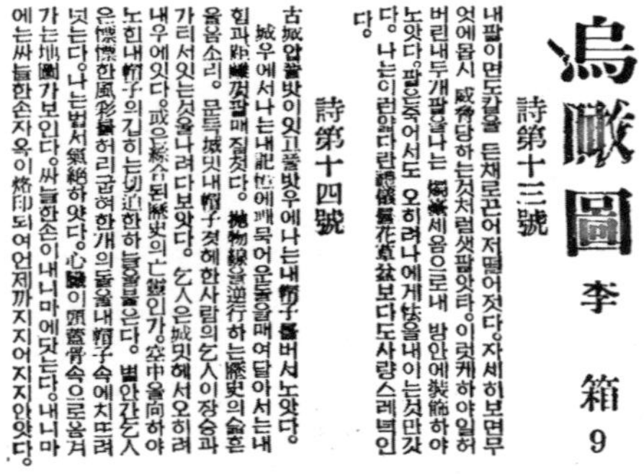

烏瞰圖 李 箱 9

詩第十三號

내팔이면도칼을 든채로끈어저떨어젓다。자세히보면무엇에몹시 威脅당하는것처럼샛팔앗타。이럿케하야일허버린내두개팔을나는 燭臺세움으로내 방안에裝飾하야노앗다。팔은죽어서도 오히려나에게怯을내이는것만갓다。나는이런얇다란禮儀를花草盆보다도사랑스레녁인다。

詩第十四號

古城압풀밧이잇고풀밧우에나는내帽子를버서노앗다。

城우에서나는내記憶에꽤묵어운돌을매여달아서는내힘과距離껏팔매질첫다。抛物線을逆行하는歷史의슯흔울음소리。문득城밋내帽子겻헤한사람의乞人이장승과가티서잇는것을나려다보앗다。乞人은城밋헤서오히려내우에잇다。或은綜合된歷史의亡靈인가。空中을向하야노힌내帽子의깁히는切迫한하늘을부른다。별안간乞人은慄慄한風彩를허리굽혀한개의돌을내帽子속에치뜨려넛는다。나는벌서氣絶하얏다。心臟이頭蓋骨속으로옴겨가는地圖가보인다。싸늘한손이내니마에닷는다。내니마에는싸늘한손자옥이烙印되여언제까지지어지지안앗다。

그림 103 이상의 「오감도」 중 「시제13호」·「시제14호」(『조선중앙일보』, 1934.8.7.) 원문
이상의 시적 주인공인 '나무인간'의 팔은 「시제7호」에서부터 참혹한 상황에 몰려 있었다. 「시제13호」에서 그 비참한 결말이 제시된다. 면도칼을 든 채 떨어져나간 팔 이미지가 나타난 것이다. 그것은 스스로를 자신의 몸에서 잘라낸 팔, 말하자면 나무인간이 자신의 글쓰기를 포기한 모습, '글쓰기의 자살'을 감행한 팔 이미지이다.

나'를 지배 조종하려는 자이다. 그와의 전쟁이 앞에서 전개된 두 개의 대위법을 종합한다. 즉, 거울을 수술하며 거울감옥을 파괴하려는 '나'와, 그 모든 시도를 포기한 채 거울계 안에 머물러 있으려는 '나'의 대위법이 이 시에서 하나의 이야기로 통합된 것이다. 인류의 역사가 이미 파괴된 고성(古城)처럼 폐허가 되어 있는 어느 미래의 묵시록적 풍경이 나타난다. '나'는 이 역사의 폐허에서 하나의 돌을 집어 들고 '나'의 기억에 매달아 멀리 내던진다. '나'의 기억에 매달린 역사는 '과거가 된 역사'이다. 그것은 파괴되었으며, 슬픈 것으로 기억되는 것이다. 날아가는 포물선 궤적을 역행하면서 역사의 그 슬픈 울음소리가 새삼스레 들려온다.

인류 역사가 '나'에게는 모두 종결된 폐허이며, 기억과 과거의 풍경처럼 보인다. 이제 역사의 거울계와 대결을 벌이던 나의 사상, 나의 모자는 더 이상 필요 없을 것이다. 그래서 '나'는 그 모자를 폐허의 성 아래 벗어놓고 그 성터로 올라간 것이다. 그런데 갑자기 성 밑 '내'가 벗어놓은 모자 옆에 한 걸인이 장승처럼 서 있는 것이 보인다. 이 걸인의 출현으로 분위기가 반전된다. 이 걸인은 바로 '종합된 역사의 망령'이었기 때문이다. 아마도 '내'가 던진 돌팔매의 궤적에서 울려 나온 역사

의 슬픈 울음소리가 그 망령을 깨웠는지 모른다. 역사는 죽었지만 여전히 '망령(亡靈)'의 형태로 존재하고, 역사와 대결했던 '나'를 추적한다. 그는 내가 던진 돌을 내 모자[176] 위에 떨어뜨린다. '나'는 기절하고 "심장이두개골(頭蓋骨)속으로옮겨가는지도(地圖)가보(이고)" 싸늘한 손이 '내' 이마에 닿아 낙인(烙印)처럼 찍힌다. '나'의 뜨거운 심장은 싸늘한 해골의 차가운 지대에 다시 사로잡힌다. 이상의 신체는 역사의 망령에게 다시 사로잡힌 것이다. 이상은 「시제5호」에서 '반왜소형(胖矮小形) 의 신'이라는 거울계의 정령을 등장시켰다. 「시제14호」에서 거울의 정령은 '역사의 망령'이란 존재로 탈바꿈해서 다시 등장한 것이다. 거울의 정령, 역사의 정령과의 전쟁은 이렇게 끝도 없이 승산 없는 전쟁처럼 지속된다.

「시제15호」가 이러한 거울계 전쟁의 대위법을 마무리한다. '역사'의 반대편에 있을 법한 '꿈'의 영역이 '거울'과 교차되며 출현한다. 거울계의 전쟁과 꿈계의 전쟁이 새로운 대위법을 선보인다. 1, 3, 5장은 거울계 이야기이며, 2, 4, 6장은 꿈계 이야기이다. 거울계의 전쟁은 더 내밀한 꿈계의 전쟁 이야기와 교차되고 뒤섞인다.

「시제10호」의 거울 이야기에 대한 반전 형식으로 「시제15호」의 거울 이야기가 전개된다. 즉, 거울계 안에서 자신(자기 속의 시인)을 죽여버리는 이야기가 아니라 거울 밖에서 '거울 속 나'를 죽이려는 이야기가 전개된 것이다. 6장으로 된 이야기는 '거울 속 나'와 '거울 밖 나' 사이의 치열한 심리전으로 읽히기도 한다.

---

176 이상에게 '모자'는 사상의 표지였다. 「황의 기 작품제2번」의 「기4」에 나온다. "모자— / 나의 사상의 레텔 나의 사상의 흔적 너는 알 수 있을까?"라고 이상은 썼다.

그림 104 신범순, 〈꿈의 고뇌〉, 2021

이상은 「시제15호」에서 6장으로 나눠 거울과 꿈에 대해 이야기했다. 1, 3, 5장은 거울에 대해, 2, 4, 6장은 고통스러운 꿈에 대해 이야기한 것이다. 그의 거울 이야기 마지막을 장식하는 이 시에서 이상은 아무리 거울 바깥의 세계에 있으려 해도 어딘가에는 한 조각의 거울이 있으며, 그 거울 속에는 반드시 '거울 속 내'가 존재한다고 말했다. 거울 속 나를 죽이려 총을 쏴 봐도 그 탄환은 빗나간다. 거울이 부서져도 그는 죽지 않는다.

이 거울 이야기는 결국 '나'의 꿈 이야기로 넘어간다. '내' 분신이 들어있는 거울세계를 만드는 것은 결국 '나의 꿈'이다. 그 꿈을 악몽으로 만들지 않아야 좋은 세계에서 살 수 있다. 그러기 위해서 '나'는 그 꿈의 영역에 지각하거나 결석하지 않아야 한다. 그렇지 않으면 '나'는 내 꿈의 주인이 되지 못한다. 내 꿈의 주인이 되기 위해 노력해야 하며, 내 꿈의 세계를 창조하는 주인이 되어야 한다. 그러할 때 '나의 거울'은 행복한 나의 '꿈의 거울'이 될 것이다. 이러한 꿈의 얼굴과 창조 손을 결합해서 이미지화 해보았다. 그림의 제목은 「꿈의 고뇌」이다.

이 시의 특이한 상황은 '내'가 거울 없는 실내에 있다는 것이다. '나'는 3장에서 "거울잇는실내로몰래들어간다"고 했다. 이상은 이전의 작품들에서는 이 반대 상황에서 이야기를 전개해왔다. 즉, 대개 주인공은 거울세계 안에 갇혀 있으며 그로부터의 탈주로를 탐색했던 것이다. 그런데 여기서는 상황이 반대이다. 주인공 '나'는 거울 바깥에 있으며, '내'가 설혹 '실내'에 있다고 해도 거기에는 '거울'이 없을 수도 있다. 그러나 내가 들락거리는 어떤 실내에는 반드시 거기 '거울'이 있다. 그리고 그 '거울' 속에는 반드시 '거울 속 내'가 존재한다. 바로 그 어딘가에 존재하는 '거울'과 그 '거울' 때문에 어쩔 수 없이 '나'의 반사상적 존재인 '거울 속 내'가 있게 되는 불행이 발생한다.

거울 이야기의 이 기이한 결론은 무엇인가? 아무리 거울 바깥으로 빠져나가 있다 해도 어딘가에는 또 다른 거울이 있다는 말인가? '참나'의 존재는 역설적으로 어딘가에 존재하는 '거울'이 있기 때문에 비로소 자신을 알게 되며, 그 역시 거울상과 대립하여 비로소 자신의 참존재를 말할 수 있게 된다는 말인가?[177] 모든 거울을 사라지게 하여 그 안에 존재하는 '거울 속 나'를 모조리 없애버리게 된다면 '참나'는 완벽한 상태로 살 수 있게 되는 것일까? 그러나 우리의 존재와 삶이 완벽하게 모든 거울을 소거해버릴 수 있을 것인가? 이 시에서 이상은 거울 이야기의 미묘한 역설을 제시하고 있다.

이 시의 5, 6장은 '거울 밖 나'와 '거울 속 나'와의 전쟁 이야기로 마감한다. 그 전쟁은 서로 상대방을 죽이기 위한 것이지만 상대를 죽이려는 탄환은 빗나간다. '내'가 '나'를 죽이지 않는 한 '거울 속의 나'는 절대 죽지 않는다. 이 전쟁은 「오감도」의 시편들을 통해 전개된 전쟁을 정리하고 요약 압축한 것이다.

거울의 전쟁 옆에 '꿈의 전쟁'이 존재한다. 거울은 '나'의 꿈 옆에 또 다른 꿈처럼 존재한다. 그러나 두 꿈은 전혀 다른 세계이다. 거울계의 집요한 환상계 옆에 역시 환상 같은 꿈계가 놓여 있다. 이상에게 이 꿈계는 신체와 거울계의 현실이 융합되어 환상적 드라마를 연출하는 세계이다. 거울 밖 '나'와 거울 속 '나'가 이 꿈계에서 겨룬다. 꿈의 전쟁은 거울계 전쟁의 연장선상에 있다. 이 꿈 이야기가 「시제15호」를 「오감도」의 다른 시들과 구별되게 해준다. 그것은 거울 전쟁의 꼭짓점을 마련하고 있다.

이 꿈 이야기는 과연 어떤 것인가? 2장에서 제시된 꿈은 초현실주

---

177 1933년 10월에 발표된 「거울」에서 이상의 이러한 명제가 이미 제시되었다. "거울때문에나는
    거울속의나를만저보지를못하는구료만은/ 거울아니엿든들내가엇지거울속의나를맛나보
    기만이라도햇겟소"라고 했다. 이렇게 '거울 속 나'를 만나보고 알게 됨으로써 그리고 그 '거
    울 속 나'가 '참나'와 꽤 닮았지만 반대되는 것이란 언급을 통해 역설적으로 '참나'의 존재가
    인식되고 언급될 수 있게 된다.

의적 환상처럼 보인다. "죄를품고식은침상에서잣다. 확실한내꿈에나는결석하얏고의족(義足)을담은군용장화(軍用長靴)가내꿈의 백지(白紙)를더렵혀노앗다." 거울세계의 감옥에서 수인(囚人)처럼 갇혀 지내는 존재의 잠과 꿈 이야기이다. 죄를 품고 자는 자의 꿈은 악몽이 될 것이다. 인간기계처럼 움직이는 군인들이 신는 군용장화를 의족이 신고 있다. 이 의족은 나무를 깎아 만든 인공다리이다. 이 의족이 '나'의 꿈 속을 휘젓고 다닌다. '내 꿈의 백지'는 '내'가 꿈꾸는 이야기들로 채워져야 하는데, 나의 의지나 욕망과 상관없이 반생명적 존재들이 그 꿈을 마구 유린하고 있는 것이다. 3장에서는 거울 이야기로 돌아가고, 거울 속의 나와 거울 밖의 '내'가 서로 상대방 때문에 감옥에 갇힌 것처럼 떨고 있다. 4장에서는 꿈과 거울이 함께 나온다. '내'가 결석한 꿈과 "내위조가등장하지안는내거울"이 짝이 된다. '나의 고독의 갈망자'는 이렇게 꿈과 거울에 '내'가 등장하지 않을 경우를 가리키는 것이다. 그러나 꿈과 거울에서 '내'가 등장하지 않고 아무 일도 하지 않는다면 '나'는 무능한 것이지 않은가? 아무튼 '나'는 고독한 무능한 존재가 되어서는 안 되며, 꿈속에서 주인공으로 활약하고, 거울 속 분신들로도 활동해야 한다. 사실 '나'는 꿈계와 거울계에서 '나'의 긍정적 존재들을 이끌어가야 하며, 부정적 존재들을 억압하거나 제거해야 한다. 5장에서 '거울 속 나'를 향해 탄환을 발사하는 것은 그 안의 부정적 '나'를 제거하기 위한 것이다.

　「오감도」의 마지막 부분에서야 우리는 거울계 전쟁 이야기의 결론에 도달하게 된다. 그것은 결국 우리들을 지배하는 거울계의 모든 권력에는 우리들의 꿈 이야기가 깃들어 있다는 것이다. 내 꿈의 영역은

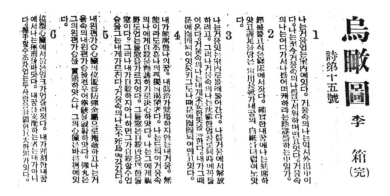

그림 105 이상의 「오감도」 중 「시제15호」(『조선중앙일보』, 1934.8.8.) 원문
이 시에서 거울 전쟁 이야기는 '꿈계'의 전쟁 이야기와 교차되며 진행된다. '꿈의 영토'를 누가 장악하고 꿈의 풍경을 주가 주도하는가 하는 문제가 여기서 제시되고 있다. 이상은 '거울계'와의 전쟁 문제를 확실히 드러내기 위해서는 이 '꿈의 전쟁'에 얽힌 문제를 드러내야 했다. "내꿈을지배하는자는내가아니다"라고 6장에서 언급했다. '나의 꿈'이 거울계의 존재들에게 장악된 것이다.

거울계 존재들이 침입하여 그곳을 자신들의 영토로 만들려는 위험에 처해 있다. 그 꿈의 영토를 그들에게 내주어서는 안 될 것이다. 그렇게 되면 '나'는 더 강고하게 거울계에 지배당하게 될 것이다. 꿈계에서 '내'가 주인공이 될 때 꿈의 영토는 '나'의 소망 영역에 가깝게 된다. 그것은 나의 의지와 소망의 풍경이 된다. 따라서 그 꿈의 무대에 '내'가 결석하거나 지각해서는 안 되는 것이다. 내 꿈의 풍경을 거울계 존재들에게 내주어 악몽적인 것으로 만들지 않으려면 '나의 꿈'으로부터 '내'가 멀리 떨어져 있거나 무관심해서는 안 된다.

'나의 꿈'을 행복한 풍경으로 만들기 위해서는 그 무대로 들어가는 현실의 여러 소품들을 관리해야 한다. 꿈은 관리되어야 하며, '꿈의 관리'를 위해서는 '꿈'을 이루는 현실의 소재들과 스토리를 관리해야 한다. 그리고 그러한 것들의 관리를 위해서는 결국 '나'를 관리해야 한다. '내'가 현실에 대해 무관심하거나 현실에서 무기력한 존재로 살아서는 안 된다. '내'가 '나의 꿈'을 장악하고 그것을 '나의 영토와 풍경'으로 만들 때 비로소 거울계의 존재들을 '내 꿈'으로 사로잡을 수 있다. 거울세계를 빚어내는 첫 번째 장면에서 '나'는 그 창조적 주인이 되어야 한다. 그 창조적 주인 자리를 놓치고 타인적 존재들이 거울계를 장악해버릴 때 '나'는 거기서 그림자 존재처럼 변해버린다. 그것도 '내 몸'과 분리된 그러한 그림자가 되는 것이다. 이상의 거울전쟁 이야기는 이렇게 '거울'과 '꿈'의 대위법으로 마무리된다. 이 마지막 대목에서 이상의 꿈 이야기는 거울 이야기의 새로운 차원을 펼쳐놓았다. 거울전쟁은 꿈계의 전쟁을 통해 마무리되어야 한다는 것이다.

이제 비로소 이상은 「무제—황」에서 시작했던 몽상과 꿈을 새롭게 이야기하기 시작했다. 역사 시대 이전의 태고 문명을 다스렸던 고왕의 이야기는 그의 폐허가 된 유적지를 감도는 안개 같은 꿈과 몽상 속에 펼쳐진 것이었다. 거기서 그는 환상적인 개 인간 '황' 이야기를 시작할 수 있었다. 「오감도」의 시인은 거울계의 냉혹하고 참혹한 이야기들의 끝에서 자신이 새로 시작해야 할 '꿈계'에 대한 비전을 내놓아야 했다. 「오감도」는 본래 30편 정도로 기획했지만 미완성으로 끝났다. 그가 미처 싣지 못했던 나머지 열다섯 편의 시가 있었을 것이다. 그 나머지 시편들은 '꿈계'에 대한 비전과 관련된 시들이지 않았을까? 우리는 그의 유고노트를 뒤져보며 그 나머지 부분을 찾아내 볼 수 있지 않을까?

아마 이상의 전체 기획 속에서 「오감도」 시편 이후에 진정한 마무리를 감당하는 것은 「실낙원」 시편일 것이다. 나는 이것이 그가 동경에까지 사진첩에 밀봉해서 가지고 다닌 '사진첩' 시편의 대응물이라고 생각한다. 즉, 그의 내면에 깃들어 있는 '초인 기독'의 운명을 완성시키기 위해 그는 마무리 작업을 해야 했을 것이다. 그 마무리 시도가 「실낙원」 시편이 아니었을까? 「내과」가 자신의 기독을 탄생시키고 키워가는 것에 초점을 맞추고 있었다면 「실낙원」 시편은 그것을 세상에 하강시켜 기독의 존재를 세상에서 전개시키는 여러 국면들에 대해 말하고 있다. 세상의 모든 지식과 학문으로의 하강을 그 시편의 첫 번째 시 「소녀」가 담당한다. 자신을 수치스러운 아버지 계보와 세속적 이해관계에 사로잡힌 사람들의 세상으로 하강시키는 「육친의 장」(부제 텍스트)이 뒤를 잇는다.

「실낙원」은 지옥에 떨어진 천사들의 이야기이다. 예술가들의 영혼과 정신이 스스로 낙원에서 빠져나가 지옥으로 가버려서 파라다이스는 빈터가 된다고 했다. 이것은 사실은 오늘날 우리 시대 예술가들에게 해당하는 이야기이다. 인공낙원을 만들어가는 시대는 진짜 낙원을 상실한 시대이며, 스스로 지옥으로 몰려가는 시대이다.

이상은 「자화상(습작)」과 「월상」으로 이 시편을 마무리한다. 이 두 편의 시는 인류 역사 전체를 조망하고 그것의 파국과 그 이후의 신세계를 예상한다. 초인적 기독으로서의 '나'는 사적인 개인으로서의 '이상 김해경'이 아님을 이 시는 이야기한다. 그의 내면 속 '초인'은 태고 시대의 우주적 판도를 지닌 얼굴이고, 그 시대의 하늘을 바라본 눈을 갖고 있다. 유구한 호흡을 하는 코가 있고 역사의 잡답한 소리들을 스쳐버리는 귀가 있다. 이 방대한 서사시적 얼굴은 인류 역사 전체와 영웅적 면모로 맞서고 있으며, 그 역사 속에서 무덤처럼 데스마스크처럼 우뚝 솟아있다. 수염이 거칠어가는 그 얼굴의 입은 하늘의 기운에 따라 언젠가는 외칠 입을 갖고 있다. 마지막 시「월상」에서 드디어 최대의 비극이 마련된다. 역사를 주도하고 진행시켰던 달이 병들고 추락해서 지구는 대파국을 맞는다. 대홍수와 지진 속에서 모든 것이 파괴되고 죽고 사라진다. 이제야 이상의 진정한 주인공인 '몸'이 앞장서 나가게 된다. 그것의 '그림자'는 이제까지 앞장섰던 자신의 자리를 내준다. 이제 '몸'이 새로운 자신의 '달'을 찾아내야 할 것이다. 그렇게 해서 엄동과 같은 천문을 갈아치워야 할 것이다. 골편인의 시대는 그렇게 해서 끝날 것이다. 화려한 홍수 같은 달과 함께 '몸'은 자신의 자연적 삶에 맞게 낙원의 세계를 설계하고 건축하고 그 안에서 행복하게 살아가게 될 것이다.

4부

골편인의 '질주'와 신체악기 이야기
—제비, 까마귀, 나비의 아크로바티

제비, 기차, 나비의 드라마
──「카페 프란스」로부터 「유선애상」까지

1

「카페 프란스」를 섬세하게 읽은 독자라면 빗속 거리를 질주했던 '제비처럼 젖은 놈'의 후일담을 지용의 이후 시에서 기대해보게 될 것이다. 지용의 시적 생애 중기 정도[178]에 해당하는 시기인 1936년 3월에 구인회 동인지 『시와소설』에 발표된 「유선애상」에서 그 후일담의 하나를 읽게 되지 않을까? 이 시는 지용의 시 전체에서 전환적인 시이며 가장 난해한 시의 하나이기도 하다. 많은 연구자들이 이 시의 난해함을 풀기 위해 뛰어들었는데, 난해함 속에 감춰진 시의 비밀을 풀기보다는

---

178 정지용이 시에 전념했던 본격적인 시적 생애를 「카페 프란스」를 발표한 1926년(25세)으로 부터 시집 『백록담』을 간행한 1941년까지로 본다면 1936년은 그 중간 정도에 해당한다. 나는 가톨리시즘적인 시편들이 발표된 1934~1935년과 그 이후를 전환인 경계선으로 생각하는데, 그 전환적 시의 출발점이 바로 「유선애상」이다. 그 이후 수필인 「수수어」 연작이 「유선애상」에서 시작된 육체 탐구 주제를 더 강도 높게 진행시켰으며 그 주제의 한 도달점이 「슬픈우상」이었다. 그리고 그로부터 더 상승된 꼭짓점에 「백록담」이 놓여 있게 된다. 이 줄기찬 '육체 탐구'의 주제는 육체 본래의 자연적인 본성과 충동, 즐거움이 억압되었고, 거기 가해지는 어떤 교양도 그것을 본래의 상태로 되돌려놓을 수는 없다는 것이다. 「슬픈우상」과 「백록담」이 육체의 깊이와 절정을 탐구함으로써 그러한 슬픔의 피안을 그릴 수 있게 된다. 이것이 정지용 시가 도달한 최상의 경지이다.

대개는 시인이 당시 일상에서 경험했을 소재를 찾고, 그것을 시적으로 어떻게 표현했을까 하는 정도의 평범한 해석에 그치고 있다. 이러한 개인적 일상으로부터 상승하여 좀 더 보편적인 차원으로 변환된 시적 상상과 창조의 세계는 이러한 통속적 상투적 연구에서 주목받지 못한다. 대개 이러한 연구들은 시인의 일차적 경험에 주목하고, 거기 지나친 의미를 부여한다.

우리는 이러한 저열한 리얼리즘적 소재 연구로부터 솟구쳐야 한다. 그렇다고 시가 현실로부터 일탈된 순수한 상아탑의 지대에 있다고 말하려는 것이 아니다. 시적 현실은 경험적 현실을 직접적으로 투사하는 것이 아니다. 시적 현실은 자신들의 고유한 언어, 기호, 이미지의 의미, 선율, 형상 들이 독자적 차원에서 작동하는 시적 문법 속에서 존재한다. 시적 상상력이 현실의 여러 소재들을 흡수 통합, 변형시켜 자신의 시적 문법을 통해 그에 대해 발언하고, 또 어떤 독특한 이미지들로 새롭게 구성하여 보여주는 것이다. 따라서 「유선애상」을 읽을 때 우리는 거기서 곧바로 정지용 시인이 경험했을 일상의 소재를 찾을 필요는 없을 것이다. 그러한 것이 있다고 해도 그것은 이미 시적으로 가공된 것이며, 그의 시 텍스트에서 작동하는 주요한 주제적 흐름 속에 있는 것이다.

몇몇 연구자들에 의해 「유선애상」이 '자동차' 혹은 '자전거'를 소재로 한 것이라는 해석이 있었다.[179] 시에서 "아스팔트 위로 꼰돌라인

---

179 이 시의 소재를 '자동차'로 본 황현산 교수의 연구가 있었고, 그 후에 권영민 교수가 '자전거'로 보는 해석을 내놓았다. 이러한 해석들은 '아스팔트 위를 몰고 다니는' 어떤 물건에 착안한 것이다. 그러나 너무 산문적인 차원에서만 머무는 이러한 해석의 오류는 시적 문맥을 등한시할 때 발생한다. 「유선애상」보다 3개월 뒤에 발표된 「아스팔트」(원래 「수수어2」)라

듯/ 몰고들 다니길래"라는 구절을 곧바로 일상적 경험으로 환원하
여 해석했기 때문에 벌어진 해석들이다. 이러한 해석들은 아스팔트 위
에서 '꼰돌라처럼 몰고 다니는 어떤 것'에 해당하는 일상적 소재를 찾
아낸다. 그렇게 해서 여기서 '몰고 다니는' 것은 '자동차' 또는 '자전거'
라고 생각하게 된다. 그러고는 그로부터 당시 도시(경성) 거리에서 그
와 관련하여 시인이 겪을 수 있을 여러 일상 체험들로 시의 다른 부
분들까지 모두 환원시켜버린다. "열고 보니 반음키가 하나 남았더라"
는 자동차의 클랙슨(car horn)이나 자전거의 경적을 울리는 기관으로
해석한다. "춘천삼백리 벼룻길을 냅다 뽑는데"는 자동차 또는 자전
거를 타고 춘천까지 질주하는 모습이 된다. 이렇게 시의 줄거리를 실
제로 시인이 경험했을 것 같은 현실 체험에 대한 진술 정도로 축소시
키고 있는 것이다. 심지어 제목 '流線哀傷(유선애상)'의 '유선'도 '유선형'
으로 보며 유선형 자동차를 가리킨다고 해석한다. 이러한 리얼리즘적
환원적 해석은 시인의 의도를 무시하고 건너뛴다. 제목의 '유선'은 시
인이 일부러 '유선형'이란 단어를 피한 것이다,[180] '흐르는 선' 또는 '흐

는 수필에서 우리는 이 시적 문맥을 찾아볼 수 있다. 아스팔트 위를 구두를 신고 걸어가는
산책에 대해 정지용은 "발은 차라리 다이야처럼 굴러간다. 발이 한사코 돌아다니자기에 나
는 자꾸 끌리운다"라고 썼다. 자신의 산책을 이끌어가는 '발'이 '다이야' 즉 자동차 바퀴처럼
대상화되어 있다. 따라서 '몸'은 자동차와도 같은 것이 된다. 이러한 시적 비유적 문맥을 「유
선애상」에도 그대로 적용할 수 있지 않을까? 아스팔트 위로 몰고 다니는 것을 '자동차'로
볼 것이 아니라 '자동차와도 같이 굴려가는 어떤 것'으로 보는 것이 더 좋은 해석이다.

180 『시와소설』(1936. 3)에 발표 당시 목차에서는 「유선형애상」이었고 본문에서는 「유선애상」
으로 발표되었으며 그 이후 시집에서도 「유선애상」이었으니 목차의 '유선형'은 편집자나 식
자공의 실수로 보인다. 정지용은 분명 '유선형'이란 말을 피한 의도가 있었을 것이다. '유선
형'이 매끄러운 형태라는 것에 주목하게 하는 단어인 것에 비해 '유선'은 '흘러가는 선'에 주
목한 것으로 보인다. 시에서 그것은 '몸'의 흐름에 관련된 것이고, 그에 대한 슬픔과 상심이
란 '애상'을 거기 붙인 것이다. '유선애상'이란 '몸'의 흐름이 본성대로 되지 않는 삶과 그러한
현실 상황에 대해 슬퍼하고 상심한 것을 가리킨다.

름의 선'이란 단어 자체의 의미를 부각시키기 위해 '유선형'이란 표현을 피했다고 보아야 한다. 시에서 꼰돌라처럼 몰고 다닌다는 것은 바로 '흐름의 선'이란 의미와 잘 들어맞는다. 꼰돌라는 물 위에서 미끄러지며 물의 흐름을 타고 가기 때문이다. 그렇게 흘러가듯 몰고 다니는 것은 악기처럼 음악적 선율을 연주하는 것이기도 하다. '반음키'가 하나 남았다는 것은 그것의 악기적 속성을 암시하고 있다. 자동차나 자전거 등은 시인이 일상의 차원 이상의 깊이에 펼쳐놓는 이러한 암시와 비유들을 무시한 채 그저 일상적 리얼리즘의 소재적 차원에 머물고 있는 것이다.

시란 무엇인가? 그것은 시인의 사유와 상상력의 산물이다. 일상 체험들의 소재를 가공해서 그는 그 한편의 시만이 갖고 있을 독특한 세계를 만든다. 현실과의 관련성은 시의 각 부분에 존재하는 단어들보다는 시 전체가 이루는 이 시적 세계에서 일어난다. 그것이 현실에 대해 발언한다. 시인은 시 전체를 통해 현실을 바라보고 그것의 의미를 이야기한다. 현실에 대한 통찰과 비판도 그로부터 일어난다. 시의 부분적 소재를 현실적 체험과 관련시켜 이해하는 것은 시인의 작업을 가장 저급한 현실 관련성으로 이끌어가는 방식이 된다.

정지용이 초기 시편들에서 줄기차게 근대적인 교통기관인 기차를 일상적 경험의 차원에서 시적으로 상승시킨 일을 생각해보라. 「파충류 동물」에서부터 「슬픈 기차」에 이르는 기차 소재 시편들에서 '기차'는 기차이면서 동시에 사람 또는 동물적 존재가 되기도 한다. 이렇게 시인 자신만의 독자적인 사유와 상상 체계 속에 들어있는 '기차'를 그는 창조했다. 그것을 어떻게 근대적 교통 기관인 기차를 노래한 것이라고 해석할 수 있겠는가? 이 복합체적 이미지에서 주된 것은 언제나 사람이나 동물 같은 생명체였고, 기차는 보조관념이었을 뿐이다. 「유선애상」에 대한 현실주의적 해석들은 이 숨겨진 보조관념을 찾아 헤맸다. 그리고 그것을 주 관념으로 착각하는 오류들을 범했다. 시 텍스트 자체의 고유한 문법을 파악하지 못하고 오독한 것이다.

통속적 리얼리스트들은 대개 산문적 인간들이고, 그들은 따라서 이러한 시적 체계에는 둔감하며, 시를 읽을 때에도 거기 표현되거나 암시된 현실적 소재에 주로 집착한다. '기차-사람' 또는 '기차-동물' 복합체적 이미지가 나오면 그들은 재빨리 그것을 산문적 현실로 환원시킨다. 그리하여 '기차'에 방점을 두고, 단지 교통기관의 의미로 그것을 해석해버린다.[181] 그러한 것이 가장 평범한 현실적 인식이기 때문이다. 그런데 시인의 글이, 시적인 창조가 이러한 평범한 산문에 머문다면 도대체 왜 시를 써야하는가? 시인의 사유와 상상력이 언제나 평범한 현실적 일상의 일들에 대한 시적 수사학에 불과하다면 시라는 장르는 그저 수사학에 불과한 것이 될 뿐이다.

시인이 창조하는 '시 텍스트의 구름'은 리얼리즘적 차원에서 강렬하게 상승한 것이다. 이 구름의 단어들은 곧 바로 자신들을 현실의 차원에 묶어두는 어떤 것도 거부한다. 그것들은 자유롭게 시인의 사유와 상상의 하늘을 날아다닌다. 시인은 현실적 소재들을 상상력의 증

---

181 이러한 해석은 시를 일상의 농담 수준에도 못 미치는 것으로 전락시킨다. 김학동 교수의 정지용론을 읽어보면 당시 모윤숙, 최정희 등의 여류문인들이 정지용을 '닷또상'이라 불렀다는 전언이 있다. 그것은 '소형자동차'라는 뜻인데, 정지용 시인의 특성을 유머스럽게 농담처럼 표현하여 별명으로 부른 것이다. 이러한 농담에서도 '자동차-사람' 복합체적 표현을 보게 된다. 여기서 원관념은 물론 자동차가 아니라 사람(정지용)이다. (김학동, 『정지용연구』, 민음사, 1987, 111쪽 참조.)

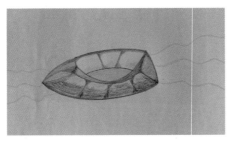

그림 106 신범순, 〈곤돌라 타이어신발 오르간〉, 2020

"발은 차라리 다야처럼 굴러간다"고 정지용은 「아스팔트」(「수수어2」)에서 말했다. 「유선애상」에서 '곤돌라처럼 몰고들 다니는' 어떤 것은 이 '타이어' 같은 발 위의 몸체일 것이다. 거리를 꿰뚫고 갈 '몸'이 파라솔파 문학과 사상의 진정한 주인공이었다. 「유선애상」과 함께 「시와소설」에 발표된 이상의 「가외가전」도 '몸'으로 시작한다. 거리의 소음에 마모되는 '몸'이 이 시의 주인공이다. 이 시에서도 '몸'은 어른들의 '구두'들이 부딪히며 일으키는 전쟁의 소음 속에 있다. '몸'이 자신의 길을 어떻게 이끌어가야 하는가, 라는 물음은 다양하게 제시되었다. 시인의 이러한 시적 상상력을 통해 '몸'의 변신술적 이미지 전개를 볼 수 있다. '곤돌라'같은 배의 유선형과 신발(구두)의 이미지, 그리고 도로를 굴러가는 자동차 타이어와 악기적 속성을 표현하는 피아노 건반 이미지 등을 하나로 통합한 다중 복합적 이미지를 그려보았다. 이 다중 복합 이미지는 근대도시에서 자신의 본래적 자연인 육체성을 발산시키며 부드럽게 생명의 흐름을 진행시켜야 할 그러한 '몸'의 표상이다.

기 상태로 빨아올려 그것들을 자유롭게 변화시킨다. 그렇게 가볍고 자유로와진 질료들은 허공을 흐르고 흩어지다 모이며 형상 창조와 상상적 스토리를 위해 반죽된다. 하늘에서 솜처럼 뭉쳐져 바람 속에서 꿈틀대며 가지가지 형상들로 창조되고 또 변화된다. 그것의 몽환적 세계를 우리는 바라보고 꿈꾸며 즐긴다. 자유로운 이러한 생성과 변화 속에서 시인은 창조적 자유를 누리며 그러한 시 텍스트의 구름 전체의 풍경을 통해서 현실에 대해 발언한다. '시 텍스트 구름의 세계'는 자신의 빗줄기를 현실의 말라붙은 땅에 내려 퍼붓기도 한다. 시인은 현실에 대해 '구름과 비의 언어'로 발언하는 것이다! 시를 이미 존재하는 경험적 현실에 대한 단순한 반영이나 표현으로만 보는 순진한 사람들은 이러한 시의 구름들을 보지도 즐기지도 못한다.

따라서 우리는 「유선애상」을 사람들이 흔히 경험하는 일상의 산문적 현실로 환원시키기보다는 그것이 본래 가지고 있는, 상승된 시적 하늘의 높이에서 떠도는 구름들의 텍스트로 읽어볼 것이다. 거기에 나타난 어떤 것, 즉 사람들이 거리에서 꼰돌라처럼 몰고 다니는 '이 산뜻한 신사'가 무엇인지는 이 상승된 차원에서 알아보아야 한다. 그것을 우리는 정지용 자신의 독자적인 시적 문맥 속에서 살펴볼 것이다. 이미 앞에서 다루었던 「카페 프란스」의 주제, 즉 여러 다양한 패션의 예술 사상들을 입고 있는 존재들과 겨루며 '질주하는 어떤 존재'의 드라마와 그것은 관련된다. 이 '질주'의 주제는 정지용에게 초기부터 매우 중요한 것이었다. 그는 이 주제를 초기 시편 이후 계속 이끌고 나갔으며 다양하게 변주했다.

그는 '거리에서의 질주'라는 주제를 이후 여러 시편에서 발전시켰다. '기차' '마차' '말' 등의 다양한 소재가 그 주제를 위해 동원되었다. 이 '거리에서의 질주'라는 주제는 구인회 동인지 『시와소설』(1936. 3)에서 본격화된 '신체의 사상'과 긴밀하게 관련된다. 거기에 실린 이상의 「가외가전」, 정지용의 「유선애상」, 김기림의 「제야」라는 시가 함께 이 과제를 제출했다. 함께 게재된 박태원의 소설 「방란장 주인」(성군(星群) 중의 하나)은 소설 장르에서 이 과제를 암시적으로 출발시켰고, 이후 후속된 그의 연작(『성군』) 속에서 '거리에서의 질주'라는 주제를 밖으로 드러냈다.

나는 이 주제를 여러 해 전 논문에서 처음 논했다. 그 논문 제목은 「1930년대 시에서 니체주의적 사상 탐색의 한 장면 1—구인회의 '별무리의 사상'을 중심으로」[182]이다. 여기서 거리를 질주하는 존재는 '신체'였는데, 니체적으로 말한다면 그것은 '역사를 뚫고 나가는 육체' 즉

---

182   『인문논총』 72권 1호, 서울대학교 인문학연구원, 2015. 2.

호모나투라(homo-natura)를 가리키는 것이었다.

이 주제의 지속과 전개 그리고 그것의 변곡점들을 생각해볼 수 있다. 「유선애상」역시 이 흐름 속에 있다. 따라서 우리는 이 시의 소재를 '몸의 질주'라는 파라솔파의 공유적 사상의 흐름 속에서 읽고, 거기서 의미를 건져내야 한다. '산뜻한 신사'를 시인의 일상 현실에서 타고 다니는 '자동차'나 '자전거'로 환원시켜버리는 연구자들은 시인이 집요하게 매달려온 이 주제를 미처 파악하지 못한 것이다. 그들은 시의 원관념 대신 보조관념만을 읽어낸 셈이다. 그러한 '탈 것'들을 보조관념으로 동원한 비유법의 원관념은 질주의 주체인 '몸'이었다. 정지용은 '몸'과 동반되는 기호들, 황마차, 말, 기차 등을 통해 그 '몸'에 관한 이야기를 전개했다. '기차'나 '말' 등의 기호들이 전개되는 그러한 흐름의 연장선에 「유선애상」에 나오는 '곤돌라'와 '이 산뜻한 신사'가 있다. 그제야 선뜻 '이 신사'가 여러분에게 다가설 것이다. 시에 나오는 '곤돌라'를 그 이전의 '몸'과 동반된 기호인 '기차'나 '말'의 연장선에서 그것들을 읽어보라. '곤돌라'는 되도록 부드러운 흐름(그가 '바다' 시편을 통해 전개해온 생명의 출렁임이 가득한) 위로 '몸'을 안내해주는 기호가 될 것이다. 그러한 흐름 속에서 정지용은 어떤 전환점을 보여주게 되는데 「유선애상」이 바로 그것이다. 이 시를 통해 그는 '바다' 시편의 낭만주의로부터 도시 거리의 현실 속으로 들어섰다. 자신의 '몸'을 도시 거리의 현실에 집어넣고, 세상의 삭막함과 정면으로 맞닥뜨려 보도록 해야 했다. 그저 막연한 동경과 애틋한 사랑으로 차 있던 '바다의 낭만주의' 시대는 그렇게 막을 내리기 시작했다. 그는 고단한 현실 속에서 그 '바다의 낭만주의'를 성숙시켜야 했던 것이다.

2

「유선애상」 속으로 좀 더 깊이 들어가 보기로 하자. 이 시의 주제를 지용 시의 주요한 흐름과 연관시키기 위해 우리는 어떤 부분에 주목해야 할까? 이 앞의 여러 시편들을 내려다보면서 이 시와의 연관성을 살펴보기로 하자. 「카페 프란스」와 연결되는 것은 '산뜻한 신사'의 패션을 표현한 '연미복 맵시'라는 부분을 보기로 하자.

> 얼마나 뛰어난 연미복 맵시냐
> 이 산뜻한 신사를 아스팔트우로 꼰돌라인 듯
> 몰고들 다니길래 하도 딱하길래 하로 청해왔다.

'연미복(燕尾服)'은 '연미' 즉 제비꼬리를 연상시키듯 날렵한 남성 정장(상의)을 가리킨다. '연미복 맵시'란 연미복을 입은 것같이 멋지고 날씬한 모습을 말하려는 것이다. 제비꼬리처럼 뒤가 아래쪽으로 길게 갈라진 이 신사복을 입은 모습은 제비처럼 가볍고 날렵하게 걸어가는 어떤 존재를 연상시킨다. 이 연미복 신사는 사람들이 거리에서 '꼰돌라'인 듯 몰고 다니는 어떤 존재였다. 과연 '연미복 신사'는 무엇인가? 또 '곤돌라'는 그에 대한 어떤 비유인가?

이 구절은 아스팔트 위를 걸어 다니는 사람들의 모습을 곤돌라에 비유한 것이다. '아스팔트 위'라는 말 때문에 언뜻 '자동차'를 떠올리기 쉽다. 하지만 사실은 사람들이 자신들의 '몸'을 '곤돌라'처럼 몰고 다니는 것에 대해 이야기한 것이다.

우리는 앞에서 이미 이상의 「지도의 암실」에 나온 '황포차'를 사람의 신체로 해석한 바 있다. 자신의 신체를 차에 비유한 위의 선례로 보아서 정지용이 이러한 비유를 쓴다 해도 갑작스러운 것은 아니다. 그리고 정지용은 자신의 수필 「아스팔트」에서도 자신의 발이 타이어처럼 굴러간다고 하지 않았던가? 이때 '몸'은 자동차에 비유된 것이다. 그는 이 시기에 '스스로 굴러가는 수레바퀴'로서의 신체 모티프를 염두에 두고 있었던 것으로 보인다. 그 이전 자신의 시적 전성기를 구가한 '말'과 '기차' 모티프는 '바다의 낭만주의'와 함께 저문 것이다. 이제 현실에서 그가 마주하는 수많은 사람들이 북적거리는 거리의 문제, 식민지적 억압이 점차 심해지는 일상의 거리에서 그러한 주제들을 어떻게 다룰 것인가? 그의 주제를 어떻게 더 밀고 나갈 것인가 하는 문제가 육박해온 것이다.

이 시의 주인공 연미복 신사는 사실은 패션이 부각되는 존재가 아니라 제비처럼 날씬한 신사다운(고귀한) 신체를 가리킨다. 즉, 아스팔트 위를 걷는 사람의 일상적 패션이 아니라 그것으로 덮여서 가려진 자연의 신체, 즉 '몸'이 그 주인공이다. 특정한 사람의 신체가 아니라 거리에 다니는 사람들 누구에게나 존재하는 '몸'인 것이다.

정지용은 「유선애상」을 쓴 직후 「아스팔트」[183]라는 수필에서 도시 거리에서의 산책에 대해 말했다. 아스팔트 위에서 가죽구두를 신고 걷는 산책은 파나마 운하를 지나가는 유려한 행보 같다고 했다. 그

---

[183] 1936년 6월 19일에 발표된 「수수어2」가 후에 시집에 실리면서 「아스팔트」가 되었다. 「명모」와 시기적으로 거의 비슷한 시기이다. 「수수어3」(6월 20일)은 파이프에 대한 이야기를 다룬 것인데 거리의 산책을 통해 신체의 탈주와 상승을 주제로 한 것이다. 맨 마지막에 그러한 탈주를 미친 듯한 악보와 관련시켰다. 이러한 '삶의 광기'의 악보에 대해 말한 것은 「유선애상」의 주제와 긴밀하게 연결된다.

가 도시 거리의 아스팔트를 걷는 산책은 몽상적 '항해'처럼 되었다. 「유선애상」의 행보 역시 그러했다. '꼰돌라처럼'은 그러한 항해를 연상시킨다. '연미복 맵시'는 아스팔트 위에서의 행보가 그렇게 날렵한 것이어야 함을 가리키는 기호이다.

「아스팔트」는 유목장을 꿈꾸는 한가로운 상상력으로 음울한 도시에 낭만적 색채를 가미한 것이었다. 그러나 「유선애상」에서는 그러한 낭만적 상상과 꿈이 제거되

그림 107 Christopher Wood, *Still Life with Cards and Pipe*

정지용은 「수수어3」(1936. 6. 20)에서 담배 파이프를 물고 아스팔트의 인파(사람물결) 속을 헤쳐 나갈 때 자신의 길을 파나마 운하로 상상했다. 자신의 운하를 거리 속에 만드는 것이 파이프(Pipe)의 몽상이다. 그는 파라솔이 없다면 파이프를 물고 거리로 나서라고 권고한다. "파라솔을 가지지 않으려거든 파입을 물어라 혹은 蓮(연)대 잘른듯한 파입을"이라고 하였다. 연잎과 연꽃의 상상력은 그의 '바다' 시편에서 「명모(파라솔)」로 이어지고 이 파이프 이야기로 흘러들었다. 도시 거리의 삭막함이 이러한 생명의 부드러운 유선을 사라지게 하고 있기 때문에 그는 '유선애상'을 노래하게 된 것이다.

위 정물화는 피카소의 친구이기도 했던 영국 화가 크리스토퍼 우드의 작품이다. 포도송이를 중심으로 좌우에 파이프와 포도잎과 줄기 대궁을 배치해서 커피색의 구불거리는 선으로 연결해놓았다. 담배 파이프의 연대와 포도 줄기 대궁은 하나로 이어지며 포도송이들의 독특한 맛을 품게 된다. 카드놀이의 한가함이 이와 더불어 펼쳐진다.

어 있다. 그러한 꿈이 삭제된 도시 거리에서의 행보는 자신의 본래 음악을 상실한다. 신체악기의 현은 느슨해지거나 몇 가닥 줄이 끊어진 상태이다.

우리는 이 시에 나오는 '연미복'에서 연상된 '제비' 이미지를 통해 이 시를 「카페 프란스」와 연결시켜볼 수 있다. 「카페 프란스」에 이 '어떤 고귀한 존재'의 기원, '산뜻한 신사'의 기원이 있다. 「유선애상」을 정지용 자신의 시적 사유를 통해 읽어내기 위해서는 이 기원을 알아야 한다.

「카페 프란스」에서는 신사 패션으로서의 연미복 대신 '제비처럼'이라는 말이 나왔고, 그것은 '뼛쩍 마른놈'(이 시의 주인공이며 이후 전개되는 '몸'의 여러 변주적 기호의 기원이 됨)을 수식하는 말이었다. 그는 여기서 단지 어떤 존재의 '몸'에 대한 정보만을 제공한다. 동반자에게는 루바슈카나 보헤미안 넥타이 같은 패션 기호들을 동원했지만 정작 주인공 격인 이 '어떤 존재'는 아무런 패션도 걸치지 않은 것처럼 묘사된다. 그는 단지 '제비처럼 젖은' 채 어디론가 뛰어가는 '뼛쩍 마른 놈'이다. '마른 몸'만이 부각된 이 존재는 제비처럼 날렵하게 거리를 질주한다.

우리는 「카페 프란스」와 「유선애상」에서 '제비'가 '어떤 존재'의 특성을 표현하기 위해 비유적으로 제시된 기호임을 확인하게 된다. 제비는 날렵하게 날아가는 특성과 더불어 '봄'을 가져오는 새라는 의미를 갖고 있다. 지용의 초기 시편의 하나인 동요 시「삼월삼질날」에 봄을 가져오는 제비가 등장한다. 정지용이 '제비'에 어떤 의미를 담았을까 생각해볼 때 이 동요 시를 떠올려 볼 수 있다. 『정지용 시집』(1935)에 실린 이 동요 시는 제비가 온다는 '삼월 삼질'(음력 3월 3일)을 노래한 것이다. 둘째 연의 "질나라비, 훨,훨/ 제비 새끼, 훨, 훨"이란 구절이 눈에 띄는데, 제비새끼의 날갯짓을 아이의 날갯짓과 연결시킨 것이다. 삼월 삼질 날 개피떡 먹고 아이를 잠재워 놓고, 잘도 먹었다고 하였다. 이 잠든 아기를 절의 상좌중으로 사가라고 말하며 시를 끝낸다. 아이의 운명을 외딴 절의 종교적 제도 속에 압류시키려는 이 종결부의 어법은 앞의 '질나라비 훨 훨'과 대립되는 것이니 반어법적으로 표현된 것이다. 우리는 이 시를 통해 정지용이 '제비'의 기호를 봄을 가져오는 존재로 생각하고 있으며, 그것이 '아이의 날갯짓'과 연관된 것임을 알 수 있다. 「태극선에 날리는 꿈」의 '아이'처럼 정지용의 동요 시편에 나오는 '아이'도 동화적 꿈의 세계에서 자유롭게 노니는 초인적 존재임을 드러낸 것이다.

따라서 지용이 「카페 프란스」에서도 이와 거의 동일한 의미를 갖는 기호로 '제비'를 등장시킨 것으로 보아야 한다. 이러한 문맥에서 보면 이 시의 '제비'는 아무 패션도 없이 단지 그의 몸 (뻣쩍 마른)만이 부각되는 그러한 존재의 '질주하는' 특성을 드러낸 것이다. 그리고 그와 함께 '생명이 꽃피는 봄'에 대한 희망을 드러내기 위해 제시된 것으로 읽힐 수 있다. 시인은 겨울철 황량하게 말라있던 나목들과 '뻣쩍 마른놈'의 몸 이미지를 등가적으로 관련

그림 108 정지용의 「카페 프란스」에 나오는 '제비처럼 젖은 놈'의 후일담을 그의 어떤 시에서 찾아볼 수 있을까? 그에게 '제비'는 어떤 의미를 갖는 기호였을까? 동요 시편 「삼월삼짇날」의 제비와 「유선애상」의 연미복을 연관시켜볼 때 거기에는 '아이' '질주' '육체'의 항목들이 들어 있음을 알 수 있다. 그의 '질주의 사상'이 거기 깃들어 있다. (위 그림은 조선 후기 김식(17세기)의 작품으로 전해진 '화조도' 중의 제비와 패랭이꽃. 국립중앙박물관 소장)

시키면서 이 시를 썼을 것이다. 즉 제비처럼 뛰어가는 놈은 자신의 마른 몸이 풍성하게 될 세상, 겨울철 황량해진 나무들에 다시 꽃이 피어나는 그러한 봄의 세상을 향해 질주하는 것이기도 했다.

3

그런데 단지 '제비'라는 기호를 공유했다고 해서 이 두 시편을 긴밀하게 연관시킬 수 있을까? 두 시편 사이의 시기에 이 둘을 연결시켜줄

만한 징후들, 징검다리 역할을 해주는 기호들이 또 있었을까? 「카페
프란스」의 주제인 '질주'에 주목해본다면 이러한 것을 발견할 수 있다.
지용은 초기 시편들에서 '기차' 모티프에 집착했고, '기차'의 의인화된
이미지를 제시했다. 「파충류 동물」 「새빩안 기관차」 「슬픈 기차」 등의
'기차'가 그것이다. 「파충류 동물」은 기차를 파충류 동물인 뱀 이미지
로 표현했고, 그 뱀의 심장에 시의 주인공 '나'를 배당했다. 소화기관
인 대장에 '장꼴라'(중국인)를 소장에 '왜놈'(일본인)을 배당했다. 이렇게
해서 동아시아의 서로 다른 세 민족에 속하는 인물들과 북방민족 러
시아인을 태우고 질주하는 기차를 불편하게 구불거리며 나아가는 뱀
처럼 표현한 것이다. 기차는 여러 나라 사람들을 억지로 집어삼켜 통
합한 채 그러한 억지 통합을 소화시켜 보려 노력하는 괴물적 존재, 징
그러운 파충류 동물처럼 되었다. 어느 정도는 일본 제국의 침탈적 식
민정책을 암시하고 있다. 서로 간에 낯설고 갈등하는 관계, 억압하고
억압받는 관계로 엮인 여러 이국종들(동양의 여러 인종들)의 불편한 결합
체는 당시 일본의 제국주의적 면모와 흡사해 보인다. 이 괴물같은 기
차는 찬란한 자연의 빛을 내뿜는 백금 태양 아래에서 그 자연의 빛을
흡수하지 못한 채 기어다닌다. 파충류 동물로 묘사된 기차는 불편한
몸을 털크덕거리는데, 소화기관에서 무엇인가 부글부글 끓어오르기
때문이다.[184] 이 기차에 올라탄 시인은 그것의 심장 자리에 앉아있게

---

184   이 시는 '털크덕'이란 의성어를 반복구 형태로 세 군데 행에 끼워 넣어 강조했다. 기차 칸들
      의 연결이 불안정하게 느껴지도록 하기 위해 강조한 일종의 효과음이다. 동아시아 여러 나
      라들 간의 불편함이 여기서 미묘하게 느껴진다. "부글 부글 끄러오르는 소화기관의 망상이
      여!"라고 한 부분에서 우리는 이러한 '불편함'을 분명히 느낄 수 있다. '소화기관의 망상'이란
      어쩌면 대륙까지 모조리 삼켜버려 자신의 것으로 만들려는 일본 제국의 침략적 망상을 은
      유한 것일 수 있다. 이러한 끔찍한 '파충류 동물' 안에 실려 가는 '나'의 여행은 먼 이국의 과

된다. '나'는 이 괴물 속에서도 진짜 심장이 뛰는 것을 느낀다.

지용은 기차 자체보다는 여러 이민족들이 서로 불편하게 연결된 근대의 '끔찍한 결합체'를 보여주려 한 것이고, 그것을 '근대적 역사의 기차'라는 보조관념으로 형상화하려 한 것이다. 당시 동아시아 관계의 미묘한 정치경제적 역학을 이 시에 담아내어 파충류처럼 표현한 것이 이 '역사의 기차'이다. 털크덕거리는 소음은 국가 간의 침략 전쟁과 약탈, 지배 등의 불협화음을 가리킬 것이다.

「새빩안 기관차」와 「슬픈 기차」에서 지용은 「파충류 동물」의 끔찍한 망상을 담은 뱀과 반대편에 놓일 만한 '기차'를 보여준다. 이 '기차'들의 질주는, 그 위에 '태양'이 타오르며 빛과 열을 뿌리는 바다의 세계, 생명의 파도가 넘치는 진정한 유토피아적 세계를 향하고 있다.[185] 두 편의 시에서 '기차'는 사랑을 꿈꾸고 사랑의 세계를 지향하며 애타게 달아오른다. 「파충류 동물」의 기차가 이러한 '사랑'의 반대편에 놓여 있는 전쟁, 약탈, 지배, 그로 인한 증오 등으로 털크덕거리고 있었던 것을 생각해보라. 즉, 지용은 '사랑'의 주제를 그저 남녀 간의 연애 차원에 놓고 있는 것이 아니라 여러 이질적 인종이나 존재들에 이르는 광범위한 차원에 올려놓고 있는 것이다. '사랑'은 모두가 조화되고 풍요롭게 되는 세상을 향해 작동되어야 할 심장의 에너지인 것이다.

일 바나나 껍질 위에서 미끄러지는 것과도 같다.

185　정지용의 시에서 '태양'은 진정한 생명을 끓어오르게 하는 원동력이다. 「갈메기」(1928. 9)와 「바다1」(1930. 9)에서 태양은 '백금 도가니'처럼 끓어오르며 바다의 세계를 팽이처럼 회전시킨다. 자연의 생명력이 넘치는 '바다의 세계'는 생명력으로 파도친다. 「해협」(1933. 6)이 이러한 주제의 정점에 있다. 그러한 유토피아적 세계에 대한 꿈을 간직한 시인은 '오롯한 원광'을 쓴 채 새벽 바다에 있다. 그의 항해는 연애처럼 비등하고 '한밤의 태양이 피어오름'을 느낀다. 이상이 구인회를 결성할 때 자신들의 유일한 선배로서 「해협」을 쓴 정지용을 인정한 것은 이 때문일 것이다.

「슬픈 기차」의 기차는 그러한 '사랑의 세계'를 향해 달리는 '우리들의 기차'이다. 천천히 유월소처럼 들판을 걸어가다 노란 배추꽃 비탈밭을 헐레벌떡거리며 지나가는 기차는 익살과 슬픔을 함께 지닌 동물적 존재이다. 아지랑이 남실대는 섬나라 봄날 "익살스런 마드로스 파이프로 피우며 간 단 다"라고 시작하는 부분에서 '익살'스러운 면모가 제시된다. 그러나 이 섬나라 기차 안에 탄 '나'는 언제든지 슬픈 존재이다. 차창 밖으로 유리판을 펼친 듯한 바다가 보인다. 그 바다에는 팽이처럼 밀려가다 나비처럼 날아가는 돛배들이 있다. 옥토끼처럼 '고마운 잠'을 자려는 '내' 옆에는 푸른 망토를 입은 마담 R이 있다. 그녀의 고달픈 뺨은 붉은 꽃처럼 피어 있고 고운 석탄불처럼 이글거린다. 그녀가 바라보는 바깥 풍경이 그녀의 이러한 붉게 달아오른 얼굴과 대응한다. 대수풀 울타리마다 "요염한 관능과 같은 홍춘(紅椿)이 피맺혀 있다". 봄철에 핀 동백을 '홍춘'이라고 했다. 기차 차창 바깥으로 보이는 이 봄꽃 만발한 풍경을 보고 마담은 "사랑과 같은 어질머리"를 느낀 것이 아닐까? 그녀가 꿈꾸는 '사랑의 어질머리'는 그녀를 바라보는 '나'의 감정이 이입된 것일 수도 있다. 봄날 사랑의 풍경을 바라보고 그러한 '사랑의 어질머리'를 향해 달려가는 기차는 '사랑의 기차'일 것이다. 이 기차와 「파충류 동물」의 기차는 얼마나 다른가?

「새빩안 기관차」가 이보다 조금 앞서서 발표되었다.[186] 이 시에서 '사랑의 기차'의 주제가 출발되었다. "느으릿 느으릿 한눈 파는 겨를에/ 사랑이 수히 알어질가도 싶구나." 기차의 질주는 사랑을 향해 달려가

---

186   이 시는 1927년 2월에 발표된 것이다. 「슬픈 기차」는 1927년 5월이다.

는 것이다. "어린아이야, 달려가자"라고 했는데 이 질주의 바람 때문에 '망토자락에 몸이 떠오를 듯하다'고 했다. "어린아이야, 아무것도 모르는/ 새빨안 기관차처럼 달려 가쟈!"고 외친다. 제목으로 떠 있는 '새빨안 기관차'는 시에서 직접 언급되지 않고 다만 마지막에 보조관념으로 제시될 뿐이다.

그러나 제목 때문에 시의 줄거리 배경에 그러한 기차의 존재가 느껴진다. 「슬픈 기차」에서는 이 보조관념으로 등장한 기차를 뒤에 숨겨놓지 않고 전면화시킨다. 그것은 이제 보조관념의 자리에 머물지 않고 주관념으로 앞에 나선다.

정지용의 초기 시편들에서 '기차'는 이렇게 그것이 주관념이든 보조관념이든 '사랑의 기차'라는 주제를 위해 등장한다. 그것은 「새빨안 기관차」처럼 내달리는 아이의 이미지와 결합된 것이기도 하고, 「슬픈 기차」처럼 사랑의 열정에 달아오른 마담 R이나 거기 감정이입이 된 '나'의 기차, '우리들의 기차'인 것이다. 그 안에 '내'가 타고 있지만 유월소처럼 동물적 이미지를 입고 있는 '기차'는 석탄이 타는 듯한 뜨거운 심장으로 바다와 들판을 질주하는 '나'이기도 한 것이다.

지용의 시에서 '질주'의 주제에 주목해보면 이 '기차' 뒤에 '말'이 그 주제를 이어가는 것을 볼 수 있다. '말' 모티프는 「황마차」(1927. 6) 「말」(1927. 7) 「말1」 「말2」[187] 등으로 이어진다. 「황마차」의 '황마차'가 그 앞의 '사랑의 기차'를 대체한다. 대도시를 배경으로 하여, 시계집 모퉁이

---

187 「말1」은 『조선지광』 71호(1927. 9)에 「말」이란 제목으로 발표된 것이다. 1927년 7월에 발표된 「말」과 구별하기 위해 「말1」로 했다. 「말2」는 『정지용 시집』(1935)에 실린 것이다. 이 세 편의 시는 서로 연관된 내용을 담고 있어서 일종의 연작시가 된다.

를 가로질러가는 '나'의 그림자가 검은 상복처럼 지향도 없이 흘러내려간다. 죽음의 그림자가 낀 듯한 도시 거리에서의 고독과 방황이 노래된다. 높은 건물의 벽돌탑 꼭대기 시계의 초침과 헬멧 쓴 순사의 감시하는 눈길에 사로잡힌 고독한 이방인의 쫓기는 심정과 쓸쓸한 배회는 옛 시대의 안락함, 낭만적인 애수의 기호인 황마차에 대한 꿈을 불러온다. '나'를 위협하듯 내달리는 대도시의 전차에 애수가 깃든 사랑의 황마차가 대비되어 있다.

「말」 연작의 '말'은 이로부터 한 걸음 더 나아간 것이다. 마치 '기차' 모티프가 그러했던 것처럼 여기서도 '마차'와 '말'은 서로 자리를 바꿀 수 있다. '기차'가 의인화되듯이 '말' 역시 그러하다. 「말」(1927.7)에서 '말'은 "사람편인 말아"라고 했듯이 '사람 편'인 존재이다. 여기서 '사람'은 무엇일까? 이국땅에서 자신의 근원도 모르고 배회하는 '나'는 아직 완전히 '사람' 축에 들지 못하는 것일까? 이 '말'은 「말2」에서는 자신의 땅(나라)을 마음대로 내달리듯이 바닷가를 달려본다. '말'은 동그란 하늘을 지붕처럼 인 들판에서 질주하며 "아아, 사방이 우리나라로구나"라고 외친다. '말'의 자유로운 질주에 대한 꿈이 여기 있다. 「말1」에서는 파란 바다를 이빨이 시리도록 물고, 미래파 그림처럼 수많은 다리로 묘사되는 그러한 질주를 하고 있다. 파란 바다를 입에 물고 달리는 이 말은 저 멀리 고개를 들고 있는 '머언 흰 바다'를 향해 내달린다. 자유와 자연의 생명이 넘치는 이 '바다의 세계'가 이후 「바다」 연작의 주제가 된다.

'바다로 내달리는 말'의 은유 속에 감춰진 야생의 신체는 이렇게 억압의 역사 속에서 절절한 외침을 드러냈다. 정지용은 「카페프란스」의 주인공인 골편인으로부터 야생적인 동물인간 이야기로 나아갔다. 이 핵심주제를 따라가면서 정지용의 이후 시편들을 읽게 되면 시인의 진실을 알 수 있게 될 것이다.

「유선애상」오르간의 꿈과
「가외가전」신체극장의 아크로바티

1

이렇게 '질주'의 모티프를 통해 지용의 시편들을 검토해본다면 그의 시편들은 매우 일관된 흐름을 보여준다. 「카페 프란스」에 나오는 '제비처럼 젖은 놈'의 질주는 '기차'와 '마차'와 '말'의 질주로 이어진다. 그리고 그 연장선상에서 우리는 「유선애상」의 연미복 맵시를 한 어떤 존재의 질주를 발견할 수 있다.

「카페 프란스」의 후일담은 이 시에서 어떤 변곡점을 맞이한다. 우리는 이 '뼛쩍 마른놈'의 질주의 드라마 중 한 폭을 보게 되는 것이다. 그것은 「말」「바다」연작을 통해서 추구했던 이 존재의 꿈이 겪는 비극의 한 정점에 대한 이야기이다. 냉혹한 근대도시의 현실에서 이 꿈은 비참하게 거리를 굴러다니는 '줄 늘어진 현악기'같은 신세가 된다. '뼛쩍 마른놈'은 악기이자 악사인 유랑자처럼 여기 나타난다. 나는 이 '어떤 존재'를 '악기로서의 신체'로 파악했다.

이 음악적 육체, 선율적 신체의 주제는 1930년대 초반에 이상에게 강렬하게 나타난다. 그는 「황」 연작에서 '소프라노 산책'을 하는 신체의 꿈과 사색을 보여주었다. 「지도의 암실」에서는 그것을 '글쓰기의 신체, 신체의 글쓰기'라는 복잡한 이야기로 제시했다. 그의 시 「LE URINE」 (1931. 6. 18 씀)에서 이 음악적 신체는 '오르간

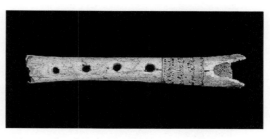

그림 109 프랑스 라 로크 지역에서 발견된 3만 년 된 뼈 피리
뼈로 된 피리는 인류의 가장 오래된 악기의 하나이다. 이것은 섬뜩한 엽기적 산물이 아니라 인간 생명의 뼈대와 우주적 음악을 결합시킨 신비로운 개념의 악기이다. 정지용의 시 「피리」에 '뼈 피리'가 나온다. 그는 자신의 신체 가장 안에서 존재의 근원을 이루는 뼈를 본다. 그 뼈 피리의 음악으로부터 자신의 신화적 상상력을 이끌어낸다. 그의 '음악적 육체'는 가장 내밀한 악기를 발견한 것이다. 「유선애상」의 '몸 악기'는 이 골편적 존재의 악기인 '뼈 피리'에 그 기원이 있다. 「카페 프란스」의 주인공인 '뼛쩍 마른놈'은 '뼈 피리'로 자신의 육체성 이미지를 상승시켰다. 정지용 시의 본질적인 주인공은 이상과 마찬가지로 '몸'이며, 그것은 음악적으로 밀도가 상승되는 '몸'을 지향한다.

(ORGANE)'이란 단어로 표현된다. 이것은 유기체, 생체기관, 성기, 오르간 악기 등을 동시적으로 가리키는 복합체적 기호이다.

이 시기의 이상을 정지용은 아직 알지 못했다. 이상이 주도면밀하게 전개한 '음악적 신체'라는 주제를 정지용은 이미 단편적이나마 선취했지만 이상만큼 전면적으로 심오한 수준에서 다룰 정도는 아니었다. 정지용은 이러한 음악적 신체의 주제를 「피리」(1930. 5)라는 시에서 단편적으로 보여준다. 「카페 프란스」의 '뼛쩍 마른놈' 모티프가 여기서 변주된다. "자네는 유리같은 유령이 되어/ 뼈만 앙사하게 보일 수 있나?/ (……)/ 아모도 없는 나무 그늘 속에서/ 피리와 단둘이 이야기 하노니"라고 했다. 뼛쩍 마른놈은 뼈만 남은 놈이다. 뼈만 남은 존재의 이미지는 이 시에서는 유리 같은 유령의 존재였다. 살은 다 사라져 보이지 않고 투명한 몸에서 뼈만 보이는 존재인 것이다. 이 골편 같은 존

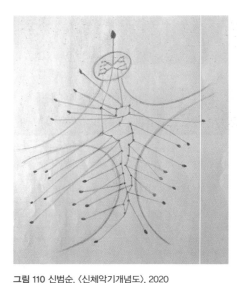

그림 110 신범순, 〈신체악기개념도〉, 2020

「유선애상」에 나오는 주인공은 '몸-악기' 또는 '음악적인 몸'을 가리키는 것이다. 이러한 '몸-악기'의 가장 아름다운 음악, 황홀경의 음악이 연주될 때 그 '몸'은 가장 아름다운 삶, 가장 황홀한 삶을 살게 된다. 삶은 '몸'의 가장 내밀한 음악으로 이루어진다. 지용은 「수수어3」에서 규율적 질서가 지배하는 경성의 거리에서 파이프를 물고 다니는 신체의 탈주적 해방감을 이야기한다. 그는 그 글의 마지막에서 탈주가 자유롭지 못할 때 발생하는 비애감을 광란의 악보로 제시한다. 신체악기는 자신이 억압되고 구속된다고 느낄 때 광기의 음악을 연주해댄다. 이상은 「LE URINE」에서 '오르간(ORGANE)'이란 단어로 육체의 악기 이미지를 표현하였다. 이것은 유기체, 생체기관, 성기, 오르간 악기 등의 복합체적 기호이다. 육체의 모든 세포 기관들 전체를 미묘한 선율적 감각들로 연주하는 것이 우리의 삶이 아닌가? 때로는 고통스런 통증이나 미묘한 쾌감들이 한 악보에 뒤섞여 배열될 수도 있다.

재에게서 시인은 '뼈 피리' 이미지를 본다. 이 골편의 존재는 현실로부터 날아올라 바다의 환상을 꿈꾼다. 인어와 사귀고 사랑한다. 창백한 밤에 풍선을 잡아타고 꽃가루 날리는 하늘로 둥둥 떠오른다.

정지용에게 '음악적 신체'의 주제는 「피리」로만 잠깐 나타났다가 사라진다. 그리고 6년 뒤 발표한 「유선애상」에서 새롭게 등장한 것이다. 구인회 동인지 『시와소설』에 이상의 시가 나란히 실릴 것을 예상했을 정지용은 다시금 자신의 '음악적 신체' 주제를 되살려냈고 심화시켰다.

'질주'의 주제를 공유했던 이들의 작품에서 '음악적 신체'라는 주제로 대결의 장이 펼쳐졌던 것은 아닐까? 그러나 초기에 이 주제를 밀어붙였던 이상은 정작 「오감도」 시편 이후 '거울' 모티프와 생명나무 모티프로 나아갔고 음악적 주제를 전면에 부각하지 않았다. 「유선애상」과 함께 실린 이상의 「가외가전」은 매우 난해한 화법으로 「시제1호」의 도로와 골목의 풍경, 질주의 주제를 전개한 것이다. 언뜻 보면 여기에서도 음악적 신체의 주제는 잘 보이지 않는다. 역사 현실과 일상과 심리적 차원이 뒤얽힌 초현실주의적 무대에서 펼쳐지는 연극적인 화폭, 여러 이미지와 서로 다른 차원의 공간들이 복합 중첩된 미로적 화폭만이 부각된다. 그러나 이 시에서 이상이 독특한 음악을 만들어냈다고 말해야 하지 않을까? 나는 이 시에서 다다이즘적인 음악, 소음들의 불협화음으로 만들어진 음악을 듣는다. 거리의 웅성거림이 이 음악 속에 들어있다. 시끄럽고 혼란스런 음악, 불협화음으로 어지럽게 전개되는 음악 속에서 그러한 것들을 뚫고 솟구치는 '몸'의 멜로디가 있다. 이상은 여기서 몸과 거리의 음악적 대위법을 보여주려 하지 않았을까?

2

「가외가전」의 주인공은 '몸'이다. 그것도 '마멸되는 몸' 즉 닳아 없어져 점점 뼛쩍 말라버리게 되는 몸인 것이다. 이렇게 '몸'을 마멸시키는 것은 '훤조(喧噪)' 즉 거리의 소음이다. "훤조때문에마멸(磨滅)되는몸이다"라는 진술로 이 시는 시작한다. 이 진술은 시 전체의 스토리를 압축한 것이면서 마치 인류 역사에서 진행된 자연적 신체에 대한 억압사를 말해주는 것처럼 들린다. 니체의 '육체는 역사를 뚫고 나간다'는 초인적 명제가 이러한 거리의 소음에 대립해 있다.

이상의 시 전체를 조망해보면 소음과 음악의 대비가 있다. 인류 역사 전체에 대해 부정적 의미를 부여하는 '잡답(雜踏)'이란 말도 이러한 소음을 불러온다. 그는 「LE URINE」와 「자화상(습작)」 등에서 '인류 역사'를 언급하면서 이 말을 썼다. 「가외가전」 첫머리에 등장하는 거리의

'휜조'는 이러한 맥락 속에 있다. 이 시의 줄거리가 진행되는 가운데 당대의 세계 정치적 상황과 관련된 구절들이 나오고, 세계의 역사가 부패하고 늙어버린 노인적 존재처럼 묘사된다. 따라서 '휜조'로 시작한 이 시가 거리(街)의 소음으로 세계와 역사의 소음을 불러내고 있다고 할 수 있다.

이 소음이 얼마나 심각하게 '몸을 마멸시키는 것'인지는 시의 세 번째 문장에서 확인할 수 있다. "혹형에씻기워서산반(算盤)알처럼자격넘어로뛰어올으기쉽다"고 한 부분을 보라. 여기서 '혹형(酷刑)에씻기워서'란 표현이 몸의 '마멸'을 강조하고 있다. '마멸'이란 단어가 '몸'을 소모시키고 살을 닳게 한다는 정도의 의미를 연상시키는 것에 비해 '혹형'은 '몸'에 가혹한 형벌을 가하는 것이니 '몸'에 가해지는 타격이 한층 거세진 표현인 것이다. '산반알'은 날카롭게 깎아 만든 것이다. 그것은 그 자체로 혹형당해 깎여나간 육체의 이미지와 연결될 수 있다. 거리의 소음이 가하는 형벌에 맞선 '몸'은 역사가 정해준 자격 넘어로 뛰어올라야 하며,[188] 수많은 '몸'들이 괴롭힘 당하는 거리 전체를 내려다보아야 한다. 삶 전체를 조망하는 사상의 육교 위에 올라서서야 그러한 전체적 조감이 가능해진다. "그렇니까육교우에서또하나의편안한대륙을나려다보고근근히산다"고 한 것처럼 역사를 극복한 '편안한 대륙'을 내다보기 위해서는 그러한 조망이 필요한 것이다.

이 시에서 '육교(陸橋)'는 실제 거리의 '육교'만을 가리키는 것이 아니

---

188   주판에서 산반알은 숫자상의 위계가 매겨져 있다. 그처럼 이상도 제국의 식민지 제도 속에서 자신의 자격이 어느 위상엔가 고정되어 있다고 느낀다. 그는 「얼마 안되는 변해」에서 연초전매청 건물 낙성식 자리에서 하급공무원 말단 자리에 배치되었다. 수치스러움에 그는 그 자리에서 탈주한다.

다. 사람들과 차가 지나다니는 거리 위에 건설된 '육교'라는 일차적 의미로부터 이것은 상승한다. 이 '육교'는 '사상의 육교' 즉 많은 사람들의 삶의 거리들을 내려다볼 수 있는 '가외가(街外街)'이다. 이것은 이상이 시 텍스트 속에서 창조해낸, 시에서만 존재하는 가공의 '육교'이다. 그것은 시인의 '머리'나 거기 쓰여진 '사상의 모자'이기도 하다. '나의 모자' '나의 사상의 레텔'이라고 이상은 「황의기 작품제2번」에서 말했다.

이상은 『짜라투스트라는 이렇게 말했다』의 서두에 나오는 '밧줄/다리'와 목록판장의 '교각절'에 나오는 '다리(교각)' 이미지를 결합하여 자신의 '가외가'적인 '육교' 이미지를 만든 것으로 보인다. 따라서 이 '육교'는 양가적이다. 즉, 이것은 거리를 지배하는 고정된 사상의 다리이면서 동시에 초인을 향해 인간이 자신을 넘어가야 할 다리를 의미하기도 한다. 『짜라투스트라는 이렇게 말했다』에서는

그림 111 주판은 수의 위계 구도가 좌우상하로 구조화되어 있다. 오른쪽과 위쪽이 더 높은 숫자이다. 산반알들은 각기 그 위계 속에 자리 잡고 있으며, 수의 가감에 따라 자신의 자리를 이동한다. 이상의 「가외가전」은 '가외가(街外街)'에 대한 전(傳) 즉 이야기인데. 여기서 '가외가'라는 조어를 통해 이상은 '가(街)'들의 위계 구조를 상상해본 것이다. 여러 '가'들이 서로 다른 위계로 놓여 곡예술적인 구도를 보여주는 것을 '가외가'라고 한 것이 아닐까? 세상의 거리는 이익을 위한 투쟁과 전쟁의 소음으로 가득하다. 파라솔파의 주인공인 '몸(오른간)'이 이 '가외가'의 위계적 구도 속에서 자신의 예술 사상적 자리를 잡아보려 한다. 그 '몸'은 수많은 거리들의 소음에 시달리며 생명력이 마모된다. 그래서 「가외가전」은 "훤조때문에마멸되는몸이다"라고 시작한 것이다. 혹형에 씻기운 것처럼 매끈매끈한 산반알은 마치 뼈조각처럼 보인다. 그 뼈만 남은 존재인 '몸'이 안주할 수 있을만한 '편안한 대륙'을 꿈꾸는 사상은 가장 높은 위계에서 자신의 존재감을 드러내야 한다. 태고의 호수에 기둥을 박고 솟아있는 무대의 막(幕)이 역사의 마지막 공연을 하고 있다. 화폐의 스캔들을 벗어나지 못하는 역사의 노파가 주인공이다. 거리(가)들을 내려다보는 '외가'의 아래쪽 층단들은 학생들이 아니면 쓰레기들이다. 태고로부터 역사의 마지막 무대까지 모두 담아낼 '방대(방대)한 방'은 맨 위쪽 육교에 마련될 것이다. 거기서 번개 치는 초인의 사상을 제출할 수 있다. '외가'의 꼭짓점은 학생이나 쓰레기들이 함부로 근접할 수 없는 빙원이다. 뼈가 저릴 정도의 추위와 홀로 있는 고독을 감내하며 등정한 자만이 얼음으로 뒤덮인 그 꼭짓점에 올라갈 수 있다. 거기서 새로운 세계일이 마련되고 그 핵심 노른자에서 초인류에 해당하는 훈장형 조류가 날아오른다.

인간존재를 건너가기 위해 쳐놓은 다리 위 '밧줄' 위에서 인간들이 곡예를 벌인다. 이것을 '사상의 곡예'라고 할 수 있다.[189] 그 책의 서설에서는 거기서 떨어져 죽은 곡예사 이야기가 나오며 그 시체를 짜라투스트라가 떠메고 간다. 즉, 그 곡예사는 짜라투스트라의 분신이기도 하다. 반면에 목록판장의 '교각절'에 나오는 '다리'는 세상 만물의 유동적인 흐름을 정지시키는 고정된 형이상학의 고정판을 가리킨다. 판자 다리와 난간이 만물의 흐름 위에, 흐름을 뛰어넘어 건축되어 있다. 모든 선과 악, 가치판단 들은 영원히 그 교각 위 난간과 판 위에 고정되어 있다.

이상의 '육교' 위에는 거리의 소음에 시달리는 혹형으로부터 뛰어올라간 '몸'이 있다. 그러나 거기에는 이미 그곳에 자리잡고 거대한 세력을 형성한 '타인의 그림자'가 있다. 그 그림자 그늘 아래 미미한 그림자들이 있다. 시시한 사상가들이 여기서도 시시거리며 떼를 지어 소음을 낸다. 따라서 이 '육교'도 사상들의 전쟁터이다. '몸'은 이 '육교'의 전쟁을 자신의 몸속에 집어넣어 감당하고 싸우며 넘어가야 한다. 그것은 세계사적 방으로 초대된다. '몸'은 방대한 방 속에서 세계의 모든

189　나는 이 책에서 '곡예'와 '아크로바티'를 구별해서 쓰고 있다. 세상의 삶에서 벌이는 경연을 삶의 '곡예술'로 본 김기림을 따라 '곡예'는 생활전선에서 생존의 곡예라는 의미를 갖게 했다. 정지용이 「유선애상」에서 다룬 예술적 경연도 어느 정도는 여기에 포함한다. 작가들과 예술가들은 자신들의 예술행위를 삶의 생존적 곡예술로 제출하는 일이 다반사이다. 그들 모두 진정한 예술가인 것은 아니다. 그들이 자신의 개별적 '생존'에 매이지 않고 세상 전체의 삶을 상승시키는 일에 참여할 때 그들의 예술은 '삶의 곡예'를 뛰어넘는다. 나는 이것을 이상이 쓴 용어인 '아크로바티'로 규정하는 것이다. 아크로바티는 이상의 '차8씨'처럼 삶과 예술에서 생명나무의 비약과 상승을 시도하는 것을 말한다. '아크로'는 꼭짓점이며 삶과 사상의 정점은 존재생태 피라미드 삼각형의 꼭짓점을 가리키는 것이다. '아크로바티'는 바로 그 정점을 향한 상승과 도약이다. 정지용의 '고지의 시편'들 역시 이 정점을 향한 것이며, 그 시편들은 일종의 아크로바티이다.

문제들에 직면하고 그에 대해 사유하며 문제를 해결할 명제를 제시해야 한다. 그리고 거기서 무엇인가 창조해내야 한다. 이 '몸'의 방 안에 빙원과 탁자가 있고, 몸의 사유를 통해 무엇인가를 써나갈 종이가 있다. 그 종이 위에, 그 탁자 위 접시에 새로운 세계를 잉태한 세계알이 있다. 거기서 빛나는 훈장형 새가 날아오른다.

이러한 '사상의 육교'는 짜라투스트라적 이미지이며,『짜라투스트라는 이렇게 말했다』서두에 나오는 곡예사들의 다리이기도 하다. 인류 역사 전체를 건너가야 하는 '곡예'가 그 위에서 벌어진다. 그 사상적 곡예는 '인간'을 넘어가기 위한 것이고, 새로운 나라로 건너가기 위한 것이다. '편안한 대륙'을 내려다보고 근근이 산다는 것은 바로 그러한 곡예사의 일이 된다. 그것은 바로 소음과 혹형의 거리 그 너머의 세계('편안한 대륙'이라고 한)에 도달하려는 사상적 모색을 하며 살아간다는 말이다.

그러나 이 '사상의 육교'조차 조용하지 않고, 떼를 지어 답교하는 동갑내기들의 '시시거리는' 소음들로 흔들거린다. "동갑네가시시거리며떼를지어답교한다." 거리의 군중들에게 구경거리로 제시되는 곡예사들은 하나만 있는 것이 아니다. 마치 대보름날 다리 위에서 사람들이 달을 보며 답교하듯이 이 사상의 육교에 그만그만한 재주(동갑내기 정도의)를 가지고 있는 사상가들, 사상의 교양 수준을 과시하는 자들이 너도나도 몰려든다. 그러니 거리 위의 교각이 그러한 시시한 존재들의 중력(역사의 사상과 지식에 붙잡힌) 때문에 흔들거리는 것이다. "그렇지않아도육교는또월광으로충분히천칭처럼제무게에끄덱인다"고 했다. 이상은 동갑내기들이 몰려들기 이전에도 이미 육교는 월광의 무게 때

그림 112 *Tightrope walker* (Wilhelm Simmler, *On the Tightrope*, 1914)

이상은 자신의 최초 작품인 소설 「12월12일」에서 까마득한 밧줄 위에서 곡예를 벌이는 도승사(渡繩師) 이야기를 했다. 그는 그러한 밧줄 위 곡예와 무서운 기록을 남기려는 자신의 글쓰기를 동일시했다. 「가외가전」의 '사상의 육교'에서 벌이는 '사상의 답교' 역시 그러한 것의 하나일 것이다. 니체는 「짜라투스트라는 이렇게 말했다」의 첫머리를 밧줄 위에서 곡예하는 곡예사 이야기로 시작했다. 그의 초인 주제는 바로 이 곡예사의 밧줄 건너기가 된다. 인간은 다리이며, 그는 그것을 건너가서 초인이 되어야 한다. 「우상의 황혼」에서 니체는 예술의 아름다움은 영원한 구원을 향해 '다리를 건너가는 것'이라고 규정했다(「어느 반시대적 인간의 탐험」 22장).

문에 끄덕거린다고 했다. 육교에는 월광이 묻어 있는 것이고, 그래서 그것이 무겁다는 것이다.

여기서 '월광'이란 무엇인가? 떼거리를 짓는 동갑내기와 월광이 서로 연결되며 육교에 무게를 더하는 것인데 이 '무게'는 니체가 비판적으로 말한 바 인간들을 사로잡는 중력의 무게인 것이다. 사람들의 자연적 삶은 즐겁고 경쾌해야 한다. 그러나 그 반대로 죄인처럼 규정된 인간의 삶은 항상 계율을 지키며 경건하게 살 것을 요구받는다. 그들의 삶은 결국 우울하고 무겁게 된다. 창백한 수도승들의 형이상학이나 율법 같은 것들이 인간과 세계를 무겁게 만든다. 엄격한 철학자, 경제학자, 정치인들의 논리와 이데올로기 같은 것, 자신들이 측정할 수 있는 것만을 믿는 과학자들의 이론 같은 것들도 그러하다. 그러한 계율과 논리와 법칙들이 중력처럼 사람들의 삶을 가두고 무겁게 끌어내린다.

'월광'은 이상의 텍스트에서는 언제나 부정적인 것이었다. 태양을 반사하는 '달'은 이상에게는 대개 거울적인 속성을 띠며, 때로 그 빛은

화폐처럼 반짝인다. 이상의 산문시 「최저낙원」에서 월광과 화폐는 서로 교환 가능한 것이 된다. 이상이 볼 때 당대의 지식인, 예술가, 사상가 들이 참여하는 '사상의 무대'는 이러한 반사상적 월광으로 흔들거리는 것이었다. '천칭'은 그 사람들의 월광의 무게를 재느라 끄덕거린다. 즉 저마다 자신의 사상의 월광을 뽐내며, 자신의 사상이 얼마나 대단한 재화적 가치를 가진 것인지 그 무게를 달아보라고 과시한다는 것이다. 그러나 그 대부분 자신의 독창적인 창조적 사상은 거의 없고 대부분 '타인의 그림자'에 불과한 것들이다. 모두가 어디선가 빌려온 것이며, 모방한 것이고, 인용하고 암송한 것들이다. 동갑내기들은 시시한 것들이며 미미한 그림자들에 불과하다. 거대한 '타인의 그림자'가 그 미미한 모든 것을 덮어버린다. 이상은 이 '절대적 타자'를 역사를 지배해온 존재인 '마드므와제 나시'같은 존재처럼 제시한 것이다. '가외가'의 첫 번째 단계는 '사상의 육교' 풍경의 소음, 월광과 그림자의 반사상들로 뒤덮여서 허망한 풍경이 된다. 여러 층단의 육교들이 있지만 거리의 소음을 극복하고 이 시끄러운 거리를 초극할만한 육교(가외가)를 찾기는 어렵다.

세상의 거리와 '사상의 육교'라는 모티프를 정지용과 김기림에게서도 볼 수 있다. 김기림은 「황혼」이란 시에서 겨울철 모든 것이 얼어붙는 강 위의 교각에 대해 말했다. 아마 『짜라투스트라는 이렇게 말했다』의 목록판장의 '교각절'을 생각했을지 모른다. 『태양의 풍속』에서 그 뒤에 나오는 「상공운동회」도 니체적 사유를 담고 있고, 그 시 마지막 부분에서는 짜라투스트라의 '산상의 탄식'이 언급된다. 파라솔파 시인들의 시편에서는 모두 얼어붙거나 고정된 것들 때문에 자연적 삶

그림 113 도시를 뒤덮은 낮의 암흑 속에서 번쩍이는 번개 (2019. L.A.)

이상의 초인적 이미지인 까마귀는 초기 시편인 「LE URINE」에서 등장했었다. ORGANE의 URINE(생식적 몸의 흐름)이 북국과 같이 찬 역사시대의 얼어붙은 세계 위를 흘러간다. 이 초인의 강물이 빙결된 세계를 녹이고 흘러가는 풍경을 내려다보는 까마귀는 공작새처럼 비상하여 양광을 번쩍이며 날고 있다. 그것은 초인적 사상의 은유적 이미지이다. 「가외가전」은 초기 시편의 초인적 새인 까마귀를 「오감도」의 까마귀 이후 다시 한 번 출현시킨 것이라고 할 수 있다. 이 까마귀가 출현한 방대한 방의 낙뢰(우레) 소리는 역사의 소음 전체와 대립되며, 그 소음들을 제압하고 소거한다. 그것은 역사 사상의 강자들을 모두 쓰러뜨리며 방 안 전체를 정결하게 만든다.

의 생명력과 활기가 제거당한다. 몸과 육체의 유동성, 생명의 흐름이라는 원초적 낙원이 그러한 것들 때문에 억압되어 왔다. 그러한 자연 생명력의 유동성과 흐름을 고정시키거나 억압하는 것들에 대한 비판 그리고 그러한 억압적 힘들로부터의 탈주와 극복이 이들이 공유한 주제였다. 이상의 「가외가전」 역시 마찬가지 관점을 가지고 있으며, 그의 '가외가'인 '육교'도 그러한 드라마를 품고 있다.

정지용의 「유선애상」과 김기림의 「제야」를 이러한 관점에서 읽어보는 것도 흥미로운 일이다. 「유선애상」의 '벼룻길'이 그러한 '가외가'적 기호일 수 있다. 「제야」에는 수많은 구두들이 걸어가는 광화문 네거리의 '몸'들이 쓰고 있는 '모자'들이 나온다. 이 '모자'가 바로 '사상의 육교'이며, 그러한 모자들이 걸어가는 예술 사상의 거리가 일종의 '가외가'인 것이다. 「가외가전」의 마지막 부분에 나오는 '낙뢰심한 방대한 방'이 이상이 제시하려 한 진정한 '가외가'의 풍경일 것이다. 이상은 '방대(尨大)'라는 말을 여러 곳에서 쓰고 있는데 항상 긍정적인 의미로 사용했다. 방(尨)이란 글자가 우리의 토종개인 '삽살개'를 의미하기 때문일 것이다. 「황」 연작에서 개(犬)

인간으로 등장하는 '황(猟)'을 자신의 시적 주인공으로 삼았고, 그것에 '역사를 뚫고 나가는 육체'의 의미를 부여했기 때문에 이 삽살개 '방'도 그러한 맥락을 갖고 있을 수 있다. '방대한 방'은 세계사적 사건, 상황 과 그것들의 의미들을 끌어모아 이루어진 방이기도 하다. 그 안에서 새로운 세계를 꿈꾸는 사상이 탐색된다. "속기를펴놓은상궤"가 거기 있다. 그 책상(상궤)에서 그러한 사상의 글쓰기가 진행된다.

전쟁으로 몰려가는 제국들의 구둣발 때문에 역사의 소음이 가장 증대된 당대(1930년대 중반) 식민지 경성의 거리를 시인은 거닐고 있다. 그러나 그는 여기까지 이른 역사 전체의 흐름에 대해 사유한다. 여러 소음들이 그 역사의 무대를 채우고 있다. 기본적으로 그 소음들은 '전 쟁의 소음'이다. 거리의 일상에서 벌어지는 갈등과 투쟁으로부터 국가 들 간의 치열한 전쟁에 이르기까지의 온갖 소음들이 있다.

시의 중간에서 어른 구두들이 맞부딪치는 소리는 가가호호(家家戶 戶)의 포성 소리와 함께 전쟁의 소음을 증폭시킨다.[190] 시의 첫머리에 나온 '흰조'가 예술 사상계와 정치계 모든 곳에서 증식된다. 나의 '몸' 과 많은 사람들의 '몸'은 이 흰조 때문에 마멸되고 있다. 역사의 무대 에 잠입한 폭군 때문에 '아기들'이 죽어가는 역사의 밤 전체를 사유 하는 나의 방은 '방대한 방'이 된다. 여기서 그 모든 소음들을 꿰뚫는 강력한 낙뢰와 함께 질식한 비둘기만 한 까마귀 한 마리가 날아들어

---

[190] 『시와소설』에 함께 실린 김기림의 「제야」 역시 이러한 구두들의 시끄러운 행진을 묘사한다. 그에게 모자와 구두는 경성의 중심거리인 광화문을 흘러가는 사람들의 패션이다. 여기에는 '거리의 소음으로서의 도시음악'이 있다. 그가 「구두」라는 시에서 구두를 배에 비유하면서 '항해'를 꿈꾸었던 것과 이 광화문 거리의 구두 행보는 멀리 떨어져 있다. 광화문 거리의 대 중의 물결은 규율과 교양에 의해 움직인다. 김기림의 이 시는 '사자'처럼 이 식민화된 근대도 시의 규율과 교양을 뚫고 나가려 하지만 그에게는 출구가 보이지 않는다.

온다. 이 까마귀의 번개와 천둥으로 꾸며진 음악은 도시 거리와 역사의 소음들을 꿰뚫는 「가외가전」의 날카로운 음악이다. 이 낙뢰는 역사를 잘못된 방향으로 이끌어가는 강압적 존재들을 때려잡는다. 초인의 번개, 그의 우레 소리가 퍼져나가 거리의 소음들을 제압하는 것이다.

이후 역사 현실의 거리에서 멀리 떨어진 것 같은 고독한 빙원(氷原)의 고원[191]에서 절정의 드라마가 전개된다. 시의 첫머리에 나오는 주체인 '몸', 거리의 훤조 때문에 마멸되는 '몸'은 낙뢰로부터 어떤 에너지를 얻었을까? 그는 이 얼어붙은 세계의 근원인 '빙원'에서 창조된 세계의 알을 드러낸다. 빙원의 방에서 세상의 제도와 규율의 틀로 짜여진 방안지를 찢어버려 허공에 날려버린다. 그리고 세계알의 핵심에 있는 노른자를 터뜨린다. 그 노른자는 새로운 세계를 빚어낼 사상의 새를 낳는다.

노른자를 터뜨리는 포크는 그의 빙원의 책상 위 원고지를 달리는 펜의 은유이다. 그 펜으로부터 한 마리 새가 탄생한다. 방대한 세계사적인 사유가 감도는 방 안에서 그의 '훈장형 조류'가 날개를 퍼덕인다. 그것은 까마귀로부터 더 상승된 새이다. 이 노른자는 새로운 세계를

---

191 이상의 이 시에 나타난 '고독한 빙원' 이미지는 고상한 정신의 고지를 향해 등정한 자의 '처절한 고독'의 세계를 의미하는 것이다. 이것은 니체가 『이 사람을 보라』 3장에서 이야기하는 높은 산으로의 등정에서 발견하는 '얼음의 세계'와 같은 것이다. 니체는 이렇게 말했다. "얼음은 가까이에 있고 고독은 처절하다." 따라서 이상의 「가외가전」 마지막 부분에서 이 빙원과 대비되어 나타나는 뜨뜻한 것들은 이 고지로의 강렬한 상승, 그 차가운 공기를 견디지 못하는 자들의 모습이다. 온대(溫帶)로 건너가는 거짓 천사들, 주변에서 "뜨뜻해지면서 한꺼번에 들떠(드는)" 것들은 모두 쓰레기 같은 것들이다. 새로운 세계를 창조하려는 자의 정신은 온대 즉 자신을 따뜻하게 감싸주는 세상을 피해야 한다. 혹독한 빙원의 고지로 홀로 올라가야 하는 것이다. 차가운 고독과 온정주의적 무리 지음의 대비법이 「가외가전」의 마지막을 장식한다.

잉태한 알의 황금빛 사상일 것이다. 거기서 날아오른 새는 훈장처럼 빛난다. 파탄된 세계의 구원자, 새로운 세계의 창조자로서의 공훈이 그에게 있는 것일까?[192]

「유선애상」의 '벼룻길'과 대응하지만 그보다 더 드높이 솟은 것 같은 '빙원의 산'이 여기 있다. 지용의 비극적인 꿈의 나비 대신 이상의 이 시에는 빙원에서 날아오르는 새가 있다. 아마 구인회의 핵심에 있는 이 두 시인의 사유

그림 114 「유선애상」의 '춘천삼백리 벼룻길'은 서울에서 북한강을 끼고 가는 강변의 길을 연상시킨다. 남양주에서 이 강변길을 따라 가면 가평에 이른다. 가평 지역에서 강을 끼고 보납산을 돌아가는 비탈길이 있고, 보광사 입구의 '자라목'까지 이어진다. 자라섬이 거기서 내려다보일 것이다. 서울에서 춘천 가평까지 삼백리 벼룻길을 내달린 존재가 거북처럼 흥분한다고 했는데, 정지용의 시적 지리학에서 경춘가도의 삼백리 끝자락은 북한강을 따라가는 길이 도달한 자라섬이었을 것이다. 그 자라섬이 강물 속에서 쉬고 있는 모습을 연상하면서 내달린 자신의 신체를 그 강물 속의 거북에 비유했을 것이다. 북한강을 내려다보며 구불거리는 강물의 흐름과 함께 내달리는 길은 정지용의 '유선'적 행보와 잘 어울린다. 도시 아스팔트길의 직선과 기계적 움직임으로부터 멀리 떨어진 자연의 행보이지만 아찔한 절벽을 동반하기도 하는 그러한 길에 대해 「유선애상」은 노래했다. 이 절벽의 벼룻길을 내달리는 것은 도시적 행보로부터의 위험한 탈주이며 근대 도시적 삶에 대한 저항이다.

를 제대로 알기 위해서는 이 장면에 주목해야 할 것이다. 역사의 모든 궤도로부터 이탈해서 솟구치는 이 '육체성의 정점'은 과연 무엇인가? 그들은 무엇으로부터 탈주했으며, 무엇을 향해 질주했는가? 이러한 물음을 물어야 하며, 그에 대해 그들이 달렸던 길을 알아보아야 한다.

나는 이전의 논문에서 이 시에서 제시된 '벼룻길'에 주목했었다. 비

---

192 그는 초기시의 하나인 「LE URINE」에서 북국(北國)처럼 차갑지만 태양이 빛나는 하늘에 공작새처럼 비상하는 까마귀를 노래했는데, 금강석처럼 빛나지만 평민적 윤곽을 갖는 그 까마귀를 여기서 다시 한 번 출현시킨 것처럼 보인다. 그러나 이제 그 까마귀는 평민적 면모를 벗고 한층 상승된 존재, 빛나는 공훈을 받을 만한 존재로 부각되어 있다.

극의 정점이 그 낭떠러지 길에서 제시되고 있기 때문이었다. 시에서 이 '벼룻길'은 아스팔트의 길과 철로판 길 즉 근대적인 속도의 두 기관인 자동차와 기차의 궤도에 대비되었다. 그러한 것들은 식민지 근대도시 인들의 규율과 교양으로 잘 길들여진 '슬픔의 길'이었다. 슬픈 행렬에 끼어 그러한 비애의 음악 소리만을 내도록 아무리 길들여보아도 이 어떤 존재의 야성적 본성에 그러한 훈련은 맞지 않았다. 이 어떤 존재 는 세련된 '슬픔'을 따라가 보려 노력하다 못 견디고 그만 냅다 소리 지르며 그 '슬픔의 행렬'로부터 탈주한다. 그러고는 '춘천 삼백리 벼룻 길'을 마구 질주하는 것이다.

이 '벼룻길'은 근대화 속에서 만들어진 도로와 철길에 대립된 길이 다. 이 낭떠러지 길은 물론 이 시에서 실제 길을 의미하는 것은 아니 며, 어떤 존재가 처한 최후의 절망적인 상황과 그로부터의 위험한 탈 주의 길을 가리킨다. '춘천 삼백리 벼룻길'은 현실에서는 북한강을 끼고 휘어지는 경춘가도의 낭떠러지 길을 가리킬 것이다. 아찔한 절 벽을 끼고 있는 아슬아슬한 길과 그 아래 유유히 흐르는 물길의 대 비법이 이 표현에 숨어 있다. 오랫동안 자연의 굴곡들을 담고 있는 길들에 익숙한 유랑가객처럼 자신의 몸을 쥐어짜 냅다 질러대는 소 리와 몸짓은 그 벼룻길 위의 삶처럼 절박하며 위험한 시도가 아니었 을까?

이 시의 어떤 존재는 물 흐르듯이 자연스럽게 흘러가는 삶을 살고 싶었을 것이다. 그러나 그의 상황은 점차 낭떠러지 길 위로 내몰리는 것처럼 된다. 아득하게 내려다보이는 유유한 강물 위에서 위험한 곡 예처럼 그는 질주한다. 그는 곤돌라처럼 삶의 물길을 유유히 항해하고자 했지만,[193] 그러나 그러한 것은 거대한 규모로 진행되는 압도적인 현실에서 한낱 꿈 같은 것이다. 그것은 화원(花園)[시단(詩壇)을 가리킴]에서 펄럭이며 날아다니는 것 같은 나비(시인)의 꿈에 불과한 것이다.

시인의 초기 시편의 하나인 「태극선에 날리는 꿈」에서 태극선에 날리는 아이의 꿈이었던 것, 「말」 연작에서 말(馬)의 꿈이며, 「바다」 연작 시편에서는 세상의 '바다' 위에서 태양이 백금도가니처럼 끓는 바다의 꿈이었던 것이 여기서 '화원의 나비의 꿈'으로 추락해 있다. 그 나비는 바늘로 꽂으면 바로 죽어버릴 그런 연약한 존재였다. 시인의 꿈은 그렇게 현실에서 허약한 것이었다. 그렇지만 이 연약한 '나비'를 그는 후기 시편들에서 야생의 화원, 드높은 절정의 봉우리들이 즐비한 금강산의 거대한 화폭 속으로 이끌어갔다. 그리고 거기에서 그 '나비'의 새로운 모습을 발견하려 했다. 과연 '나비'의 이 마지막 드라마는 무엇이었을까? 그의 시적 생애 마지막 시기에 제출된 「나븨」, 「호랑나븨」 등에서 정지용의 마지막 비극과 희망의 마지막 빛이 이야기된다. 이 때문에 이 시편들은 한국 근대시의 한 절정으로 남아 있다.

---

193 나는 「유선애상」의 주제를 이러한 몇 가지 길의 대비 속에서 슬픔의 비극적인 길의 정점에 놓았다. 비극의 숭고한 그림자를 넘어서려는 정지용의 이 주제는 「슬픈 우상」으로 이어진다. (필자의 「1930년대 시에서 니체주의적 사상 탐색의 한 장면 1」, 『인문논총』 72권 제1호, 46~48쪽 참조.)

김기림의 「제야」
─어여쁜 곡예사의 교양을 넘어서기

『시와소설』에서 다른 구인회 작가들과 어깨를 겨루는 마당에 김기림은 「제야」를 내밀었다. 그는 세계의 첨예한 시사적 문제와 니체의 초인 사상과 거리의 풍속이란 세 주제를 하나의 이야기로 녹여내려 했다. '광화문 네거리'는 이러한 야심찬 기획을 보여주기 위해 선택되었다. 이 네거리에는 식민지를 다스리는 총독부와 그에 굴종하면서도 저항하는 조선의 대표 신문사들이 버티고 있다. 여기에서 어떠한 힘의 역학이 전개될까? 그러한 힘의 역학 가운데서 어떠한 사상적 실험이 벌어질 수 있을까?

김기림은 「제야」의 광화문 네거리를 소시민적 평온과 '곡예사의 교양'과 '초인적 사자(獅子)'의 사상이 부딪치는 곳으로 만들고 있다. 니체식 개념들이 이 시편에 녹아 있다. '곡예사' '교양' '사자' 같은 것들이 그러한 것이다. 광화문 네거리는 총독부의 거리이고, 시민의 교양과 관련되는 신문들, 동아일보 조선일보의 거리이다. 이 시에서는 어느 날[194] 이 신문들이 발행한 군축호외(軍縮 號外)가 뿌려지는 거리이며, 굶주린 상어 같은 무시무시한 모습의 전차들이 들락거리는 거리이다. 김기림이 자기 식으로 독특하게 형상화한 광화문 네거리는 살기 어린 국가들의 전쟁 분위기가 뿌려진 곳이며, 니체식으로 말해서 국가의 '지옥의 곡예'[195]가 펼쳐지는 곳이다.

김기림은 '곡예사의 교양'을 그러한 국가의 곡예와 달리 시민의 곡예술로 규정한다. 그는 식민지 국가가 제시하는 교양을 흡수해서 그에 맞게 잘 살아가는 삶을 일종의 '곡예술'로 본 것이다.[196] 그리고 시민의 평온은 백화점의 상품을 가족의 품에 안기

그림 115 Albert Bloch, *Slack Wire*, 1911

김기림의 「제야」와 이상의 「가외가전」은 도시 거리에서 벌어지는 '삶의 곡예술'에 바탕을 두고 있다. 피카소의 그림들에 피로에 찌든 창백한 곡예사들이 나오지만 김기림의 시에서도 광화문 네거리와 그 주변의 거리에서 밀려가고 밀려오는 사람들은 모두 피로에 지친 모습이다. 소시민적 평온한 삶을 위해서는 '곡예사의 교양'이 필요하다. 그러나 그러한 평온함은 결국 가축우리 안에서의 평온함에 불과하다. 그러한 우리를 찢고 달려 나가는 사자의 울음소리를 시인은 자신의 시에서 불러일으키고 싶어 한다. 그가 「금붕어」를 쓴 이후에 나온 것이 「제야」이며 아름다운 패션으로 치장하고 있지만 결국 어항에서 빠져나가 심해에서 위협적인 상어들 사이를 누비고 싶은 것이 물고기의 꿈이다. 「제야」의 마지막에 '상어'가 나오는 이유가 그것이다. 이상의 「가외가전」에서 '사상의 육교' 위로 뛰어올라가 '사상의 곡예'를 하는 것은 이러한 '삶의 곡예술' 위의 차원이다. 따라서 당시 파라솔파의 시를 따라 읽기 위해서는 두 차원의 곡예사를 구별할 필요가 있다.

---

194 제목이 '제야(除夜)'이니 아마 1935년 12월 31일 밤일 것이다.

195 니체『짜라투스트라는 이렇게 말했다』의「새로운 우상에 대하여」장에서 니체는 국가의 괴물적 속성을 폭로하면서 국가가 사람들을 유혹하기 위해 '지옥의 곡예'를 발명해낸다고 하였다.(같은 책, 91쪽)

196 김기림이 '곡예'라는 말을 어떤 식으로 사용했는지 살펴보는 것도 참조가 될 것이다. "곡예사여, 그대가 참말로 민중의 속으로 가고 싶거든 그대의 시를 바다에 던져버리고, 그대의 교양을 벗어버리고 벌거숭이로 가라."(「청중없는 음악회」,『문예월간』 2권 1호, 1932.1.) 여기서도 '곡예'라는 말은 부정적인 뉘앙스를 띠고 있다. '교양'도 마찬가지이다. 그가 니체적 문

는 애정의 풍경으로도 나타난다. 물론 이 평온은 식민지 근대 국가의 품속에서 영위되는 것이다.

의식 있는 예술가, 문학가들이 이러한 시민적 평온에 죄의식을 갖는 것은 당연하다. 왜냐하면 그러한 평온은 식민지 국가체제에 잘 길들여진 자들만이 누릴 수 있는 행복이었으니 말이다. 그런데 이러한 식민 국가를 괴물적인 것으로 드러내면서 투쟁할만한 사상이 의식 있는 예술가, 문학가들에게 있는 것일까? 있다면 그것을 검열이 번뜩이는 상황에서 어떻게 드러낼 것인가? 이러한 문제가 당시 시인들에게 도전해 오는 주제였을 것이다.

김기림은 권력의 억압적 이미지와 그 권력의 압제에 부스러져버린 우리 종족의 이미지를 암시적으로 살짝 드러냈다. 네거리의 안개 속에서 눈을 부릅뜨고 달려오는 전차는 굶주린 상어의 이미지로 표현된다. 이것은 전쟁 분위기를 드러내는 '군축 호외'와 연결되면서 제국들의 약탈적 얼굴을 나타낸다.[197]

맥에서 이러한 말들을 작동시켰다면 '교양'은 자신으로부터 진정성을 얻는 창조적 측면이 결여된 것, 즉, 니체식으로 말해서 원숭이처럼 모방적인 것에 불과한 것이다.

197 김기림의 「제야」는 이러한 「유람뻐스」 연작에 나오는 광화문 거리의 풍경이 배경이 된다. 거기에서 야성적인 존재들과 그것들을 가두고 억압하며 구경거리로 만들어버리는 제국의 문명이 대비된다. 「제야」의 초인적 기호인 '사자'는 이 제국의 식민지 수도의 중심거리 한복판에서 갇힌 식민지인들인 시민들의 야생성을 불러내려는 기호이다. 식민지 권력의 규율과 도시의 소비적 욕망을 부추기는 상품들의 백화점이 있는 거리, 즉 규율과 욕망의 거리에서 그러한 것들과 어울리며 살 수 있는 '삶의 곡예술'은 이 '사자'의 울부짖음 앞에서 거짓된 것이 된다.
김기림은 이 도시에 남은 조선시대 유적인 경회루에서 어찌 보면 당시 식민지 상황에서 매우 불온할 수 있는 발언을 했다. "우울한 검은 백조는 노래를 하지 않습니다 빗방울에게 어더 맛지안은 푸른 잇기를 띄운 숨소리업는 수면을 찟고 어족의 반역자들은 대기속에 생명의 악보를 그리고는 잠깁니다. 여기는 란간에 기대여 어둠들의 등을 어르만져 주려 모여오는 쾌활한 바람들의 노리텁니다."(「경회루」 전문)
풀이나 바람 같은 자연의 야생성이 자신들의 생명력을 악보처럼 그리고 있다는 것은 이상의 「LE URINE」를 떠올리게 한다. 이상과 김기림은 1930년대 초기부터 이미 자연적 야생성

이러한 괴물들이 질주하는 거리에서 '나'(김기림)의 존재는 "영화(榮華)의 역사가 이야기처럼 먼 어느 종족의 한쪼각 부스러기"에 불과하다. 식민지화된 오랜 세월 속에서 이제는 자신의 정체성조차 잃어버리고 한 조각 부스러기 같은 존재로 스스로를 인식하고 또 그렇게 살아가는 것이다. "나의 외투는 어느새 껍질처럼 내몸에 피어났구나./ 크지도 적지도 않고 신기하게두 꼭 맞는다"고 노래한다. 그가 「금붕어」에서 묘사했던 그 패션적 신체가 여기에 다시 등장한 것이다.

이렇게 '나'를 이 거리에 꼭 맞게 평온하게 만들 수 있는 것은 무엇일까? 시인은 그것을 "어여쁜 곡예사의 교양"이라고 말한다. 아마도 거리의 규율에 대해 잘 대응하는 교양, 정치적 상황에 대해서도 심리적으로 잘 대응하고, 백화점의 상품에 대해서도 자신의 경제적 상황과 잘 조응시키는 그러한 교양이 있어야 할 것인데, 그러한 것을 '어여쁜 곡예사의 교양'이라고 한 것이리라. 매우 어려운 곤란한 상황에서도 잘 맞추어 살아가는 곡예술적 인생을 표현한 말이다. 그 곡예술적 인생을 자신의 몸에서 피어난 '외투'라고 한 것도 절묘한 표현이다.

그러나 시의 후반부에서 이 옷에 대한 부정이 나타난다. "간사한 일

의 힘을 '음악'과 동일시하는 니체를 따르고 있다. 「경회루」나 「한여름」에서 김기림은 풀과 바람 같은 야생적 요소들을 불러본다. 풀은 정욕에 달아올라 지구 전 표면을 정복하려는 의지를 불태운다. '솔직한 계절'이란 표현을 그 풀의 정복의지에 부여한 것은 니체가 인간의 본능적 자연성에 부여한 정직함과 통하는 것이다. 「경회루」는 죽은 나라의 '우울한 검은 백조'가 자신의 노래를 하지 않고 있다고 말한다. '어족의 반역자'들은 이 식민지를 침묵하게 하는, 제국의 압력에 의해 잔잔하기만 한 연못의 수면을 뒤흔들어놓는다. 잔잔해야 할 수면을 찢고 그들이 대기 속에 그려놓는 '생명의 악보'는 '바람의 악보'가 된다. '우울한 검은 백조'는 그 악보를 보고 자신의 '죽음의 노래'를 할 수 있을까? 그리고 대기 속에 생명의 악보를 그릴 줄 아는 '어족의 반역자들'은 누구인가? 그들은 한 나라의 죽음을 자신의 죽음으로 애도해야 할 검은 백조를 따르는 무리들인가? 김기림의 시들은 그의 사상만큼이나 아직 불확실하고 애매한 부분들이 많다.

년의 옷을 찢고/ 피묻은 몸둥아리를 쏘아보아야 할게다"라고 했다. 이것은 '곡예사의 교양'을 부정하고 이제는 들에 나가서 '사자의 울음을 배우게 하고 싶다'고 한 구절과 연관된다. 식민지 근대문명의 거리를 박차고 나간 들판의 사자는 무엇일까? 이 사자는 니체의 초인 사상의 두 번째 기호가 아닌가? 즉, 낙타에서 사자로 그리고 사자에서 어린아이로 이행하는 초인적 이행의 두 번째 기호인 것이다.

김기림의 이 초인적 기호가 갑작스럽게 등장한 것은 아니다. 김기림은 자신의 시집 『태양의 풍속』(1939년 발간)[198]에서 니체 사상을 수용한 흔적들을 여기저기서 보여주었다. 그 시집의 마지막 시편인 「상공(商工)운동회」(1934. 5. 16)에는 니체의 짜라투스트라가 직접 언급되고 있다. 그 시는 상업주의의 가면행렬을 경주의 모습으로 보여준다. 물론 이 경주는 초인적 삶을 향한 진정한 경주와 반대되는 부정적인 것이다. 김기림은 여러 시편을 통해서 '올림피아드'적 경주를 보여준다. 『태양의 풍속』에서 「속도의 시」 장에 들어있는 「여행」과 「스케이팅」이 그러하다. 그는 자신의 스케이트 철학에 대해 한 수필에서 이야기한다. 스케이트의 미묘한 속도와 운동은 시적 창조의 이미지를 동반한다. 그것은 근대적 속도, 기계적 운동과는 다른 미묘함을 표현한 것이었다. 「스케이팅」에서 한강 얼음판은 원고지가 되고, 스케이팅은 그 위에 쓰여진 시가 된다. 그 시는 "희롱하는 교차선의 모든 각도와 곡선에서 피여나는 예술"이며, 그 시를 쓰는 나는 "전혀 분방한 한 속도의 기사(騎士)다".[199]

---

198   이 시집의 시들은 서문에서 밝힌 것처럼 1930년에서 1934년 가을까지 발표된 것들이다. 그는 이 시집에서 니체적 태양 기호를 일상적 풍속 속에 풀어놓았다.

199   김기림, 『태양의 풍속』, 학예사, 1939, 114~115쪽.

몸의 미묘한 역학과 예술적 기교를 '스케이팅'으로 표현한 것이다.

그는 「여행」에서 "세계는 우리의 '올림피아-드'"라고 선언한다. 건강한 육체의 경주는 더 높은 육체로의 상승을 지향한다. 김기림에게는 니체처럼 이러한 건강한 육체의 경주가 다른 무엇보다 중요하다. 기차가 달리고 국제 열차가 달리고 해양을 횡단하는 정기선들이 항구를 떠나는 이 모든 여행들은 일종의 장거리 경주이다. 김기림은 장거리 경주인 마라톤을 이러한 경주의 목표로 삼았다. 이 장거리 경주에 어떤 상징을 집어넣은 것일까? 제국의 억압 속에서 초라해진 식민지 거리에서 '장거리 경주'란 어떤 의미를 띠는 것일까? 그것은 지금은 식민지로 뒤쳐진 상황이지만, 언젠가는 이러한 상황을 극복할 수 있는 그러한 장거리 경주에 돌입한 것을 의미하지 않을까?

니체는 초인을 스포츠 경기자에 비유해서 묘사하기도 했다. 초인적 존재는 세상의 모든 것과 경기하는 자이다.[200] 김기림이 니체의 초인적 이미지인 '태양'을 주제로 삼아 『태양의 풍속』을 썼고, 그 시집 속의 『오전의 생리』와 『속도의 시』 등을 썼던 것도 니체적 주제와 연관된다. 이 중에 『오전의 생리』에는 초인적 태양의 이미지들이 많이 나타나고 『속도의 시』 편에서는 경기자의 이미지가 전면화된다. 「스케이팅」과 「여행」이란 시가 초인의 경주적 이미지를 보여준다. 이 시집의 마지막

---

200 여러 가지 초극을 하는 것이 이러한 경주에 해당한다. 니체는 짜라투스트라를 통해서 이렇게 말한다. "그대는 이 민족이 이룩한 여러 가지 초극의 법칙을 추측할 수 있고, 왜 이 사다리를 통해 이 민족이 그들의 희망을 향해 올라가는가를 알 수 있다. 언제나 그대는 제1인자여야 하고 다른 사람들보다 뛰어나야 한다. 이것이 그리스인들의 영혼을 전율하게 만들었다."(「천개의 목표와 하나의 목표에 대하여」 장) 즉, 그리스인들의 올림피아드 경주자는 그러한 영혼의 산물이었다. 그것은 다양한 분야에서 벌어지는 초극을 향한 투쟁과 전쟁의 하나였다.

에 배치된 「상공운동회」의 상업적 경주는 이 초인적 경주 이미지의 반대편에 놓여 있다.

그런데 김기림은 과연 이러한 초인적 사유를 펼치면서 근대 식민지 국가라는 괴물과의 격투와 니체가 비판했던 '사회주의적 불개'와의 싸움을 보여줄 수 있었을까? 구인회 파라솔파의 사상 탐구가 니체주의를 지향하는 것이라면 당시 문단에서 가장 급진적이 될 수 있는 이 물음에 대답해야 한다. '제야(除夜)'의 어두운 밤, 군축호외(軍縮號外)가 뿌려지는 광화문 네거리에서 사자의 울음을 울부짖고 싶어 하는 시인은 이러한 과제를 떠안고 있다. 전쟁의 태풍 속으로 인류를 끌고 가는 세계의 여러 국가적 괴물들(자본주의, 제국주의, 파시즘, 사회주의 독재 등으로 무장한)을 극복하기 위해 우리는 무엇을 해야 하는가, 라는 물음에 대해서 말이다.

『태양의 풍속』에서는 매우 밝고 능동적인 경주자의 모습이 드러난다. 그러나 국가라는 괴물과의 전쟁은 없다. 그는 이 어려운 문제를 피해간 것일까? 아니면 모호한 수사법 속에 은폐시킨 것일까? 이 은폐의 층위를 어느 정도 추적해볼 수는 있다. 「제야」에 암시적으로 살짝 드러난 이 은폐의 층위는 『기상도』의 「올배미의 주문」(1935. 11)에서는 좀 더 강렬한 이미지로 드러난다.

"태풍은 네 거리와 공원과 시장에서/ 몬지와 휴지와 캐베지와 연지(臙脂)와/ 연애의 유행을 쫓아버렸다./ (……)// 나는 갑자기 신발을 찾아 신고/ 도망할 자세를 가춘다 길이 없다."

김기림은 초인의 태양적인 사유를 화려하게 펼쳤지만, 실제적인 사상 전쟁의 격렬한 풍경을 보여주지는 못했다. 이러한 것은 그의 문학

동료인 이상과 비교해볼 때 현저하다.

　이상은 니체 사상을 수용하고 그것과 겨루면서 자신의 사상을 고안하는데 정신적 육체적인 모든 노력을 기울였다. 그의 「조감도」 「삼차각설계도」 「건축무한육면각체」 「오감도」의 독특한 시세계는 그렇게 해서 구축된 것이었다. 거기에는 이상만의 독자적인 사상이 깃들어 있다. 그것은 빛과 수의 알레고리를 통해서 새롭게 구축된 전등형적 주체의 인식론으로 나타난다. 「삼차각 설계도」 시편들은 근대의 인식론을 얼어붙은 눈의 수정체 비유를 통해서 비판했다. 「조감도」의 마지막 시인 「흥행물 천사」에서 광녀는 두개골만 한 수정체의 눈을 굴리면서 상업적 시선의 극한적 풍경을 보여주었다. 그것은 근대적 이성과 상업적 계산의 차가운 인식론을 극한적으로 밀어붙인 것 같은 북국(北國)의 풍경으로 보여준 것이다. 김기림의 「상공운동회」를 이러한 이상의 시들과 비교해보면 너무 소박한 수준으로 보인다.

에필로그: 쥬피타 이상의 식탁과 나비의 마지막 여행

김기림의 「바다와 나비」와 「쥬피타 추방」
—파라솔파의 해체와 회고

1

　김기림은 왜 이상이 죽은 직후에 그에 대한 추도시 같은 것을 쓰지 못했을까? 나는 이러한 물음을 한동안 지니고 있었다. 어떤 사건에 대해 신문기자처럼 즉각적이고 또 상당히 신중하면서도 솔직한 태도로 자신의 견해를 표명했던 그였기에 이 문제가 궁금했었다. 어떤 망설임이 있었을까? 그에 대한 자신의 애도를 다른 동인들이나 다른 사람들에게 표명하는 것이 무엇 때문에 망설여지고 뒤로 미뤄진 것일까? 여러 가지로 추정해볼 수 있겠지만 쉽게 판단이 서지 않았다. 파라솔파에 대한 나의 연구가 어느 정도 진전되었을 때 비로소 그 문제에 대한 어느 정도의 추론이 가능할 것 같았다. 즉, 김기림은 자신이 아끼고 존중했던 '제비'의 시인 이상에 대해 정확히 어떤 초상을 드러내주고, 어떤 수준에서의 애도를 표명해야 할지 저울질하고 있었던 것 같다. 그는 이상이 죽은 지 3년 정도 지난 뒤에야 그에 대한 추도시를 쓸 수 있었다. 「쥬피타 추방」이 바로 그것이다.

이상이 죽었을 때 몇 몇 문인들의 추도시와 애도의 글이 있었지만 문단에서 여전히 그는 그렇게 비중있는 존재가 아니었다. 이 길다면 상당히 긴 시의 마지막 연에서도 그러한 분위기가 감지된다. 이상의 죽음 당시 그를 '쥬피타' 같은 대단한 존재로 신격화해서 추도해줄 그 누구도 없었다. 그의 죽음은 김기림이 생각했던 이상의 예술적 사상적 지위에 전혀 어울리지 않게 적막했던 것이다. 그가 활동하던 문단과 신문 등의 매체 그 어디에서도 그의 그러한 위상에 걸맞는 정도의 기사를 내줄 곳은 없었다. 세상은 그를 알아보지 못했다.

아마 김기림은 두 가지 문제와 대면했을 것이다. 그 역시 이상의 대단함을 가까이서 보고 느끼기는 했지만 여전히 그의 사유와 사상, 예술적 깊이 등에 대해 어느 정도 명확히 조감할 수 있을 만한 시야를 획득하지 못했다고 판단했을 수 있다. 그러하니 문단과 대중의 침묵을 그가 깨워주고 이상의 진면모를 그들에게 드러낼 수 있을 만한 추모시를 쓰는 것이 어려웠을 것이다. 그저 한 기이한 시인, 병든 시인의 죽음 정도로 알고 있는 문단의 많은 작가층과 동호인들에게 과연 '어떤 이상'을 또 그의 '어떤 과제와 운명'을 제시해야 하는가? 그것은 단순한 '추모'의 감정을 표현하는 문제를 넘어선 것이었다. 김기림은 한동안 이 문제와 씨름했을 것이다. 그리고 어느 정도 그에 대한 자신감이 생겼을 무렵 그는 이상의 예술과 생애의 여러 면면들을 끌어 모아 그의 시적 초상을 구축했을 것이다. 그의 '신선한 식탁'을 마련할 수 있었으며, 그 의자에 이상을 앉힐 수 있었다. 신선한 식탁에서 자신의 수준에 맞는 사상의 식사를 해야 할 것에 대한 그의 요청을 '절규'처럼 드러내면서 추도시를 시작할 수 있었다.

나는 여러 해 전 어느 학부 강의에서 「쥬피타 추방」에 대한 해석으로 이상에 관한 강의를 끝내려 한 적이 있었다. 강의실 칠판에 「쥬피타 추방」과 그 이전에 쓴 「바다와 나비」를 서로 연관시켜가면서 이상에 대한 마지막 강의를 했다. 그때 주제는 「쥬피타 추방」 1~2연에 나오는 '신선한 식탁'의 의미에 대해 해설하는 것이었다. 나는 김기림이 추도시 이전에 쓴 「바다와 나비」를 떠올렸으며, 그 둘 사이의 관련을 생각해보았다. 김기림의 예술적 사상적 탐색과 고뇌가 어떻게 진행되었는지 그 사이에서 점검되었다. 많은 연구자들에게 「바다와 나비」에서 '나비'의 바다에서의 여행의 좌절은 일본 근대를 향한 시인의 정신적 예술적 탐색의 좌절로 읽힌다. 그들에게 '바다'는 일본으로 건너가는 '현해탄'이 된다. 대부분의 연구자들은 이러한 '현해탄 콤플렉스'에 빠져있다. 김기림의 '바다의 사상'을 앞에서 우리는 다뤄보았는데 이러한 관점에서 바라보면 이 얼마나 어처구니 없는 일인가?

쥬피타 이상을 자신들의 사상의 성좌 꼭짓점(중심별)에 놓으려는 김기림의 시도가 「쥬피타 추방」에서 제시되었다. 김기림의 이러한 인식은 '현해탄 콤플렉스'를 간단히 물리쳐버린다. 그가 일본의 근대문화 예술을 의식하고, 그것과 겨루면서 좌절한 정도의 시인이라면 이러한 시는 쓰지 않았을 것이다. 그와 이상, 파라솔파 동인들의 명제는 그러한 것이 아니었다. 그들의 '바다'를 근대적인 지리학으로 오인하여 '현해탄'을 그 자리에 놓는 순간 파라솔파의 사상은 사라져 버린다. 그들의 초근대, 초역사적 지평에 대한 탐구는 이러한 근대론자들에게는 근대적인 것의 탐구와 실패라는 어이없는 방향으로 해석된다. 이상이 일본을 동경해서 현해탄을 건너갔다는 현실적 의미에 집착하는 사람

그림 116 김기림의 「바다와 나비」와 「쥬피타 추방」 강의 중 판서 내용 (신범순, '한국현대시인론' 강의(2017.6.1.))

쥬피타적 존재로 신격화된 이상의 사상이 놓일 만한 '신선한 식탁'의 의미에 대해 이야기한 것으로 보인다. '쥬피타'적 존재로서의 이상을 그의 여러 텍스트에서 추출해서 연결시켜본 강의였다. 맨 왼쪽 그림은 「공포의 성채」와 관련된 것이고, 중간에는 「실낙원」 시편의 여러 자화상들을 열거했으며, 오른쪽 「쥬피타 추방」의 배경인 어느 카페 식탁과 그 왼쪽 푸른 색으로 그려진 형이상학적 얼굴이 「황의기 작품제2번」에 나오는 오리온 성좌도와 결합되어 그려져 있다. 맨 오른쪽 계단식 구조물은 「가외가전」의 여러 위계적 육교를 도상화한 것이다. 이 사상의 육교를 '외가(外街)'라는 개념으로 판서한 것이 보인다.

들의 실증주의적 시선이 붙잡아내는 형편없는 안목이 그러한 해석들을 낳는다.

파라솔파의 '바다'는 근대적 물길을 개척하는 통로로서의 현해탄이었던 적이 단 한 번도 없었다. 정지용이 「해협」에서 노래한 '바다'도 그렇다. 그가 일본으로 건너가는 항해 중이었다고 해서 그 '바다'가 지리적인 현해탄을 지시하는 것은 아니다. 그는 자신의 머리를 휘감은 원광에 조명되는 '바다의 낭만주의'를 작동시키고 있었고, 그 '바다'는 생명이 살아 숨 쉬는 세상을 가리키는 것일 뿐이었다. 그것은 「말」 연작의 '바다'로부터 그러했고, 「바다」 1, 2에서도 그러했다. 소나무 대나무가 있는 숲이나 그 안에서 살아 움직이는 호랑이 같은 것들이 보이는 바다였다. 마침내는 푸른 도마뱀 떼들 가득한 바다가 지구 전체의 연잎이 되는 그러한 바다였다. 이러한 '바다'의 진실은 과연 무엇이었던가?

정지용의 '바다의 낭만주의'가 「유선애상」을 통해 심각하게 전환되고 있을 때 김기림은 어떠했던가? 그 역시 한동안 낭만주의 속에 깊이 빠져 있었다. 그가 『태양의 풍속』의 낭만주의를 넘어서기 위해서는 어떤 과정들이 있었을까? 우리는 이 책의 앞장에서 그에 대해 잠깐 언급했었다. 그것은 일종의 '교양적 낭만주의'라고 할 만한 것이었다. 그의 아이같은 명랑성의 문제를 나는 거기서 다루었다. 신문기자의 교양적 지식과 그 명랑성이 기이하게 결합되어 있었다. 니체 사상의 교양이 전체적인 줄거리를 이루고, 다양한 이미지들을 작동시키고 있었다. 교양적 낭만주의 속에 그의 '바다'가 꿈틀거렸다.

김기림의 '바다의 낭만주의'는 초창기 글인 1933년 초의 「전원일기의 일절」에서 분명히 엿보인다. "어떤 때는 저 구름과 산너머 행복은 산다 하오. 해조(海藻)들의 옥도(沃度)빛 수풀 속에서 신선한 어족(魚族)들과 함께 산다고도 하오." 그는 자신의 독수리를, 독수리의 시선이 바라보는 풍경을 거기서 발견했다. 자신의 고향 바다에서 둥주리를 튼 독수리는 어린 시절의 철모르는 꿈이며, '작은 로맨스'였다. 바다의 로맨스는 디오니소스적인 드라마를 갖고 있다. 그것은 '뭇 이성의 방파제'를 넘쳐서 감정의 세계를 뒤흔드는 것이었다.[201] 비평적 에세이들에서 감정의 과잉을 비판하며 센티멘털 로맨티시즘을 비판했던 그가 자신의 감상적인 '작은 로맨스'를 고백하고 있다. 그의 '독수리'는 이 로맨티시즘에 뿌리박고 태어난 것이다. 앞으로 그 독수리는 그의 '바

---

201 「전원일기의 일절」 중 '고향' 절을 보라. 이 글은 『조선일보』 1933년 9월 7일부터 9일까지 연재한 것이다.

다'를 더 키워나가야 할 것이다. 「아이스크림 이야기」(1934. 8)에서 이 작은 로맨스는 크게 확장되었고, '바다'에 대한 찬양은 거침없어진다. 바다에 대한 '마성의 정열'을 그는 갖게 되었고, '나의 미친 날개'를 거기 담그게 되었다고 했다. "푸른 바다는 생명의 가장 감춤 없는 표현이다"라는 명제를 제출하기까지 한다.

앞에서 거론했던 그의 「바다」는 1935년 11월에 발표된 것인데, 벌써 여러 사연들을 겪은 자의 나이 들고 지친 모습의 '바다'이다. 1년 사이에 어느덧 '마성의 정열'이 사그라들어 버린 것인가? 그로부터 1935년 11월에 발표한 「금붕어」로 나아갔을 때 그는 자신의 낭만주의가 패션적인 것임을 알아차렸다. 금붕어의 신체는 장식품들로 꾸며져 있다. 그의 신체는 자연적인 모습이 아니다.[202] 그는 똑같이 육체를 지니고 살고 있지만 자연의 본성적 육체를 깨우치고 그 본성에 따라 살아가는 신체와 사회·문화적 교양과 예절과 격식, 지식들로 꾸며진 신체 사이에 큰 거리가 있다는 것을, 육체들의 차이를 그는 느낀 것이다.

그가 꿈꾸는 '바다', 마성의 정열로 꿈틀거린다고 했던 그 '바다'가 실은 현실에서 매우 멀리 있다는 것에 대해 그는 새삼 생각하고 있었다. "금붕어는 오를래야 오를 수 없는 하늘보다도 더 먼 바다를/ 자

---

202 김기림의 「금붕어」 1연에 금붕어의 화장된 신체가 묘사되어 있다. "금붕어는 어느새 금빛 비늘을 입었다 빨간꽃 이파리 같은/ 꼬랑지를 편다. 눈이 가락지처럼 삐여져 나왔다./ 인젠 금붕어의 엄마도 화장한 따님을 몰라 볼게다." 패션으로서의 신체를 금붕어는 갖고 있다. 이것은 이상의 「얼마 안되는 변해」 마지막 부분의 '붕어'처럼 묘사된 신체와 정 반대이다. 김기림의 금붕어는 그 몸이 하나의 패션적 껍질일 뿐이다. 그 '껍질'적 존재에 대해 김기림은 「제야」에서 비판했다. 세상을 뚫고 가기 위해서는 그 '껍질'을 버려야 한다. 이상의 '붕어'적 신체는 세상의 것들을 모두 받아들이는 내밀한 깊이를 가진 신체이다. 그 안에서 껍질적인 것들이 용해되고 한데 엉키며 체적을 갖고 보석 같은 결정체로 변한다. 그렇게 자신의 몸은 세상의 것들을 새로운 생명체 존재로 창조하는 생성적 깊이를 갖는 것으로 이상은 생각했다.

꾸만 돌아가야만 할 고향이라 생각한다"고 「금붕어」는 끝난다. 이 너무 양전한 금붕어는 어항 유리벽에 머리를 부딪혀 머리가 깨진 적도 없다. 금붕어에게 유리벽은 절대 넘을 수 없는 국경이다. 그녀의 지느러미는 칼날의 흉내를 낸 일도 없다. 그는 자신의 모습을 이러한 금붕어에 비유한 것이다.

그렇게 그의 '바다'는 멀리 있고, '바다의 사상'은 아직 깊지 않고, 그 고지의 기슭을 헤매고 있을 뿐인 것이다. 그것은 단지 '동경'의 대상으로 멀찍이 머물러 있다. 그가 '무서운 아해'와도 같은 광기 어린 마성의 친구 이상을 옆에서 지켜보고 있었을 때 그 친구를 통해 점차 자신의 그러한 양전한 '금붕어' 같은 처지와 위상을 알게 된 것이 아닐까? 그 친구에 비해 격식과 교양을 차리며, 지식인의 품격을 풍기는 그가 마치 패션적 신체를 가진 '금붕어'처럼 느껴진 것은 아닌가?

그는 이상의 제비다방 파산 상황을 지켜보고 있었다. 그가 그러한 파산 속에서 어떠한 시들을 써내는지 「오감도」 연작을 통해 바라보고 있었다. 치열한 현실과의 격투가 시에 녹아 있었고, 이상의 사상은 그 격투 속을 뚫고 전진해나갔다.

그림 117 김기림의 「금붕어」는 그의 초창기 시편들이 지녔던 '바다의 낭만주의'를 극복한 첫 번째 시이다. 금붕어의 신체는 화려하게 치장한 패션적 신체이다. 그러나 이 화려함은 어항에 갇힌 슬픔을 감춘 것일 뿐이다. 김기림은 자신의 처지를 어항의 규격화된 세계에 길들어 있고, 거기 안주하며 갇혀 지내는 금붕어같은 신세처럼 생각한다. 이러한 관점은 그 다음해 초에 발표된 「제야」에도 그대로 반영되었다. 파라솔파 동인들과 함께 그는 거리의 신체 극장에 돌입한다. 거기에서 '금붕어'의 패션적 곡예술을 넘어서는 삶, 상어에게 쫓겨보기도 하는 야생의 삶을 꿈꾼다. 그는 「기상도」의 썩어가는 세계를 뒤흔들 태풍의 질주를 총독부와 신문사들이 버티고 있는 광화문 거리에서 꿈꿔야 했다. 더 실제적이고 구체적인 풍경 속에서 자신의 신체 극장을 펼쳐내야 했다. 광화문 거리를 오가는 구두와 모자들의 유행 패션 풍경을 배경으로 해서 말이다.

김기림이 수필 「봄은 사기사」를 썼을 때 이상은 내용증명 우편이나 빚독촉장을 주머니에 넣고 다니고 있었다. 파산한 친구의 상황이 여실히 그 글에서 확인된다. 1935년 1월에 발표된 이 수필은 친구의 그러한 불행과 그 불행 속에서 전개되는 그의 예술적 활동을 전해준다.

이 수필은 구인회 동인의 하나인 이태준의 집에서 벌어진 구인회 모임을 다룬 것이다. 하지만 다른 동인들의 모습은 배경에 머물러 있다. 주인공은 이상이다. 이 글은 제비다방 파산 상황에서의 이상의 일화를 스케치한 것이다. 그의 꿈과 현실의 두 측면을 조망하여 이상의 삶과 문학에 대해 이야기 한다. 때가 마침 겨울이었으니 봄에 대한 기다림이 자연스럽게 이야기될 수 있었으리라. 이상의 카나리아 이야기가 그러한 것이었다. 그러나 겨울 방 안의 난로불 때문에 온기를 느낀 카나리아가 봄이 온 줄 알고 울었다는 줄 르나르의 '카나리아 이야기'[203]는 재치 있지만 구슬픈 것이었다. 동인들은 모두 이상의 카나리아 이야기에 박수를 보냈다. 그러나 김기림은 거기서 이상의 내면까지 보고 있었다. 제비는 파산 상태이고 그에게 현실의 혹독한 겨울이 다가오고 있었다. 김기림은 그의 그러한 추운 내면이 갈구하는 '희망의 봄'을 그의 '카나리아' 이야기에서 엿보았다. 파라솔파의 정신적 중심을 차지할 정도로 여겨지는 이상의 존재감이 이 글에서 보인다. 그는 분명 구인회 내 실제적인 구성원인 파라솔파의 중심에 있다. 그가 주인공이다. 그런데 그가 처한 일상의 현실은 무너져 내리고 있다. 그의 예술적

---

203 줄 르나르의 「전원일기」의 한 구절이라고 이상이 소개한 이야기이다. 겨울인데 난롯불 때문에 따뜻해진 방 안에서 그것을 봄의 온기인줄 착각하고 새장의 카나리아가 날개를 퍼덕이며 울음을 울기 시작했다는 이야기이다.

인 기획은 참담한 현실의 거친 물결 속에서 좌초되고 있다. 친구의 이러한 상황과 그 복잡하고 착잡한 내면까지 보아버린 시인에게 자신의 '낭만주의'는 무엇이란 말인가.

김기림의 '바다의 낭만주의'는 '바다'에 대한 동경의 수준에 아직 머물러있었다. 제주도 해녀들의 이야기인 '생활의 바다' 같은 것을 신문기사 식으로 썼다고 해서 그가 그러한 낭만주의를 극복할 수 있었던 것은 아니다. 바다의 깊이는 생활 너머에 있기 때문이다. 이상이 마주친 생활상의 파탄과 곤란이 그의 '바다'를 '생활의 바다'로 만든 것도 아니다. 이상에게 바다는 생활의 지평선 너머에 있었다. 그가 파산상태의 일상에서, 굶주린 식구들을 팽개치고 성천으로 도망갔을 때 그는 자신의 머나먼 '바다' 위에서 소년의 길을 걷고 있었다. 무시무시한 풍모로 루파슈카를 입은 소년은 '저 먼 바다의 십자로' 위에 있었던 것이다. 생활의 바다로부터 멀리 떠나간 것은 그 자신의 길, 예술과 사상에의 헌신의 길을 잃어버리지 않기 위해서이다. 그것만이 그의 '바다'를 항해하는 일이었다. 예술과 사상에의 헌신은 생활을 포위한 세상의 사상, 규칙과 법, 지식과 논리 등과 격투하는 것이며 그것들을 제거하기 위한 것이었다. 그 헌신은 전쟁이었고, 그는 거기 투입된 병사였다. 생활 속으로 침몰해버리면 그는 자신의 전쟁을 방기하는 것이 된다. 그 병사는 자신의 전쟁터에서 탈영한 것이 되는 것이다.[204]

김기림은 이상의 파탄과 여전히 그 구차한 일상 속에서도 진행되는

---

204 이상은 「실낙원」 연작시에 들어있는 「면경」에서 자신의 초상을 그렸다. 시인이자 학자이며 동시에 병사이기도 한 어떤 존재(그)가 거울에 자신이 운전하던 펜과 잉크병과 종이를 놓고 사라진 일에 대해서 말했다. '사라진 '그'가 과연 돌아올 수 있을까? 그는 전사(戰死)한 것일까?'라고 이상은 묻고 있다.

문학적 작업들을 지켜보았다. 「오감도」의 스캔들 이후 제비파산을 거치면서 이상은 「구두」와 「공포의 성채」를 썼다. 이런 것들은 유고 노트 속에 있는 것들이어서 김기림은 실제 그 작품들을 알지 못했을 것이다. 그는 이상이 「정식」을 쓰고, 성천 기행문인 「산촌여정」과 「지비」 연작을 썼으며, 「역단」 연작시를 발표하는 것을 보았을 것이다. 그후 이상은 1936년 3월 출간한 동인지 『시와소설』을 거의 편집하는 등 주관했고, 거기에 「가외가전」을 함께 실었다. 그리고 그해 7월에 나온 김기림의 시집 『기상도』 장정까지 해주었다. 그 바로 전 6월에는 자신만만하게 단편 「지주회시」까지 내놓았다. 그동안 김기림은 「금붕어」 이후 『시와소설』에 「제야」를 발표한 것이 전부이다. 『기상도』 시편들은 「금붕어」 이전의 1935년 1년간 썼던 것들이다.

비록 『기상도』 시편들이 『태양의 풍속』으로부터 새롭게 상승하려 했던 시도들이었지만 아마 그 시편들에 대해 이상의 별다른 칭찬을 듣지 못했을 가능성이 있다. 시집 장정이야 열심히 최대한 깔끔하게 해주었지만 그 시 자체에 대한 평가에는 인색했을 것이다. 우리는 그에 대한 이상의 이렇다할 언급을 발견할 수 없다.

그 첫 시 「세계의 아츰」 첫 부분부터 정지용 풍의 '바다' 묘사를 넘지 못했다. '배암의 잔등'처럼 꿈틀거리는 해협을 노래했다. 지용의 「바다 2」[205]가 "바다는 뿔뿔이/ 달어날랴고 했다.// 푸른 도마뱀떼처럼/ 재재발렀다"고 노래했던 것과 닮아 보인다. 그의 '바다'는 신문기사처럼 세계의 각종 사건들을 드러내며, 세계 역사를 조망하는 것이었다. 꿈

---

205 원래 『시원』 5호에 발표할 때에는 「바다」였다. 1935년 12월 발표된 것이다.

틀대는 '바다'는 폭풍우를 몰고 오는 바다이며, 세계 각지를 휘몰아간다. 니체가 말했던 "폭풍우가 닥쳐 이 썩은 열매, 벌레먹은 열매를 나무에서 떨어뜨렸으면!"[206]이라는 주제를 실험한 것으로 평가해볼 수 있다. 니체의 짜라투스트라는 이렇게 말했다. "단맛이 결코 들지 않는 자들이 허다하다. 이런 자들은 여름에 이미 썩어버린다. 이런 자들을 나뭇가지에 매달리게 하는 것은 비겁한 일이다." 즉 진정한 생명의 성숙에 이르는 그러한 삶에 실패하는 자들이 허다하다는 것이다. 만일 김기림이 이 시에서 자신의 태풍을 짜라투스트라의 이러한 폭풍우 즉 허약자들, 이미 썩어가는 자들, 열매 맺지 못하거나 단맛이 들지 못하는 데카당스들을 모두 '생의 나무'에서 떨어뜨릴 만한 강력한 사상으로 제시할 수 있었다면 이 시는 성공했을 것이다. 그러나 이 시집을 편집하고 장정한 이상이 거기에 대해 가타부타 아무 말이 없었다. 자신의 시편들에서 이미 나무인간의 주제를 심도 있고 광범위하게 전개해온 이 시인이 말이다.

김기림의 태풍은 '묵시록의 기사'같은 말을 달린다. 백인들의 제국에 대한 비판은 가벼운 희극적 농담처럼 보인다. "탐욕적 '삐-프스테익'의 꿈,/ 건방진 '햄. 살라드'의 꿈/ 비겁한 강낭죽의 꿈" 등에 대해 이야기한 「자최」를 보라. 묵시록의 기사같은 태풍은 이러한 것들을 휩쓸어간다. 그러나 그 태풍은 심판하기는 하지만 그러한 것들을 도려낼 만한 날카로운 사상의 칼날이 없다. 외부적인 진술(심판에 대한)만이 있을 뿐이다. 소크라테스와 공자를 비판하는 니체적 관점만이 군데

---

206   니체 『짜라투스트라는 이렇게 말했다』 1부 「자유로운 죽음」 장에서.

군데 기둥처럼 박혀 있다.

「올배미의 주문」은 '기상도3'으로 발표된 시이다. 초인적 태풍이 주인공이다. "태풍은 네거리와 공원과 시장에서/ 몬지와 휴지와 '캐베지'와 臙脂(연지)와/ 연애의 유행을 쪼차버렷나." 전편의 묵시록적 분위기를 이어간 것인데 그 특유의 명랑성이 세계사적인 무거운 주제들을 농담처럼 가볍게 만들어버린다. '지' 자 돌림의 말들로 이어가면서 세상의 여러 국면들을 가볍게 유희적으로 건너뛴다. 태풍의 강렬도가 이 때문에 희극적으로 느껴진다. 진지해야 할 언급들조차 이러한 희극적인 분위기의 주조에 함께 휘말려든다. 결국 거창하게 꺼내든 '묵시록의 심판'이 이러한 흐름 속에서 희극적 허구에 떨어진다. "바다는 다만/어둠에 반란하는/ 영원한 불평가다" 같은 진술을 보라. 이것이 희극적 논조에서 귀결된 이 시의 결론이다. '바다'가 이렇게 '불평가' 수준으로 추락한 것이다.

그가 「금붕어」를 쓴 것은 이에 비하면 상당한 도약처럼 보인다. 그리고 그것으로부터 「바다와 나비」에 이르는 또 한 번의 상승을 감행한다. 그는 『기상도』의 실패 이후 '바다의 낭만주의'에 사로잡힌 예술 사상의 경로를 여러 해에 걸쳐서 수정하고 있었다. 그는 외부에서 바라보던 지식과 교양의 시선들로부터 그것을 자신의 삶 자체, 육체성과 결합된 '몸'의 사상으로 만들기 위한 도정에 놓여 있었다. 그의 '바다'는 멀리서부터 점차 다가오기 시작했다.

3

1935년 11월에 발표된 김기림의 「바다」는 정지용 풍을 어느 정도 따라가면서 자신의 '바다'가 바로 세계 전체의 이미지임을 분명히 보여준다. 『기상도』의 '바다'로부터 세계인식이 더 심화된 것으로 보이는 '바다'를 그는 문단에 제출했다. "사람들은 너를 운명이라부른다./ 너를 울고 욕하고 꾸짖는다." 사람들의 욕설도 슬픔도 모두 받아 안고 그의 '바다'는 잠들고 꿈을 꾸듯 꿈틀거린다. 아직 마음이 굳어지지 않은 채 숨차서 헐떡이면서도 '바다'는 자신의 옥 같은 마음을 푸른 가죽에 싸고 출렁인다. 시의 서두에서 '벙어리처럼 점잖은 바다'에 대해 찬미하면서 김기림은 모든 사람들의 삶 전체를 끌어안고 출렁이는 것 같은 '세상의 바다'에 대해 노래한 것이다. 이후 「금붕어」에서는 금붕어가 꿈꾸는 야성적인 바다를 노래하고, 광화문 거리를 배경으로 한 「제야」에서 그 바다 이미지를 이어갔다. 경성 중심부 거리의 사람물결을 어떻게 야성의 바다로 이끌 수 있을까? 식민정권의 규율 속에서 마치 육체에서 피어난 껍질처럼 꼭 맞게 살 수 있도록 해주는 삶의 곡예술을 어떻게 벗어날 수 있을까? 그의 '바다'는 이전의 '낭만주의'적 동경의 막연함에서 이러한 현실의 거리 풍경과 맞서고, 이 거리에 육박해 들어와야 할 정도의 구체적인 감각과 의미를 품고 있어야 했다. 그는 수준 높은 두 명의 동인과 겨루면서 점차 그러한 '바다'로 나아갔다.

파라솔파 동인들은 1937년 이상이 동경에서 죽은 다음에 '질주'의 주제를 잃어버린 것 같았다. 아니, 이 '질주'의 주제는 이미 『시와소설』이 끝난 뒤에 바로 실종되었던 것은 아닌가? 이상은 단편 「동해」에서 장난감 개를 마구 혹사시키는 여주인공 이야기를 하고 있었다. 김기림은 북해도로 유학길을 떠나버렸다. 정지용은 진지하게 '파라솔'의 눈동자에 현실 전체를 담아내는 「명모(明眸)」를 쓰고 있었다. 점차 현실은 가혹해지고 있었으며, 이상은 경성을 떠나 동경에 가면 식민지의 압박을 조금 덜 받을 것이라 생각하며 떠날 채비를 하고 있었다. 그러나 이들 모두 자신들의 '질주'의 주제를 잃어버린 것은 아니다. 즉, 세상을 뚫고 나가야 할 '몸'과 '신체악기'에 대한 탐구의 길을 잊어버린 것이 아니라는 말이다. 자신들의 분야에서 제각기 그에 대한 탐구를 시적으로 심화시키고 있었다. 정지용은 「수수어」 연작을 통해 '육체'의 문제를 더 강렬히 탐구했다.

나는 서울대 학부, 대학원 강의에서 몇 년 전부터 정지용의 이 '육체 탐구'를 집중적으로 조명하기 시작했다. 정지용 시적 생애 후반기에 진행된 '육체탐구'의 주제는 「유선애상」의 주제, 즉 굴러다니는 신체악기를 그것의 최상의 상태로 진화시키기 위한 기획이었다. 「유선애상」의 후반부에서 화원(花園)의 '호접(胡蝶)'이 그것의 꿈을 이야기했었다. 지용의 그러한 꿈이 거기[화원(花園)]서는 그만 죽어버렸지만 그가 그렇다고 화원 바깥에서도 그 꿈을 포기한 것은 아니다. 그는 그 주제를 계속 탐구했고 그 나비의 후일담이 그의 암흑기 마지막 시편에서 등장한다. 「나븨」 「호랑나븨」를 그는 썼다. 폐병이 심해져 죽음을 앞둔 박용철과 감행했던 금강산 여행 체험을 바탕으로 그는 1941년 『문장』지가 거의 폐간에 다가서기 조금 전에 여러 편의 시들을 쏟아냈다. 그중에 이 두 편의 나비 시편이 들어 있다. 아마 이 '나비 이야기'가 그의 시적 여정 전체를 정리하는 것이 되었을 것이다. 마지막 시편에는 여러 죽음들이 이야기된다. 정지용은 식민지의 암흑기에 도달해서 예술의 죽음, 그것이 탐색하는 사상의 죽음에 대해서 생각했을 것이다. 예술가의 죽음은 어떠해야 하는가? 이러한 물음이 이 마지막 시편들

을 통해 제시된다. 그는 이미 이
상의 죽음과 박용철의 죽음을
겪은 후였다.

　이상의 죽음은 파라솔파 동
인들에게 갑작스러운 것은 아니
었을 것이다. 그는 자신의 죽음
에 대해서 여러 글들에서 숱하게
이야기해왔다. 그러나 그가 문
제삼는 진짜 죽음은 그의 생물
학적 죽음이 아니었다. 그가 「얼
마 안되는 변해」에서 '기독교적
순사'라고 했던 그 죽음이 그가
예술적으로 진행시킨 진짜 죽음

그림 118 날개 찢긴 나비 사진 (출처 : https://images.search.
yahoo.com)

이상이 죽고 파라솔파 시인들은 흩어졌다. 이후 김기림은
추도적인 수필 「여행」을 썼고 거기서 이상의 '날개'를 추억
했다. 이상의 '날개'가 신인류를 꿈꾸었던 초인적 날개였음
을 확인한 구절이 이 수필 속에 들어있다. 그 후 2년 뒤 정
지용은 암흑기로 들어가는 현실 속에서 그의 마지막 '날개'
를 노래했다. 그가 초기 시 「태극선에 날리는 꿈」에서 아찔
한 절벽가를 날아가는 나비를 노래한 이래 세 번째 등장한
나비였다. 이 마지막 나비는 찢어진 날개를 하고 있었다.
파라솔파의 '날개'가 이렇게 식민지 어둠의 광풍 속에서 찢
기며 파열되고 있었다. 그러나 그들은 그 어둠의 파도에 찢
기면서도 절정의 풍경을 노래했다.

이었다. 자신의 신체를 이 세상에 증여하는 희생적인 죽음에 대해 그
는 말해왔다. 「내과」에서 극적으로 그러한 죽음을 향한 십자가 나무
의 성장을 노래하지 않았던가? 그의 신체는 자연의 신전이었으며, 그
의 '기독'이었다. 그가 그 신체를 '황'이라고 지칭하면서 그것의 문학적
여정이 시작되었다. 많은 사람들은 그의 작품들에 나오는 이야기들
을 그의 사적인 일상사에 대한 진술이라 착각해왔지만 사실은 그의
사적인 사연들을 끌어안고 살아가는 신체의 이야기를 그는 하고 있
었다. 그 '몸'은 자신만 소유한 것이 아니라 인간 모두에게 있는 '자연
인'적 존재였다. 그가 특별하다면 그 '몸'에 대한 사유를 그 누구보다
남다르게 가장 극명하고 치열하게 전개했다는 사실이다. 그의 사유

는 물질적 신체 너머의 영역에 있는 자신의 유계적 존재를 함께 밀고 나갔다. '황' 이야기에 들어있는 개들의 죽음 이야기에서 그러한 것이 확인된다. '개'들이 죽었을 때 그 존재는 사라지지 않는다. 그들의 존재는 그들의 영적 에스푸리의 세계 속에 남아있다. 그 세계를 '영계'라고 지칭할 수도 있다. 「무제—죽은 개의 에스푸리」는 바로 그러한 이야기를 다루고 있다.

그가 '나비'를 통해서 그 영적 세계를 엿보는 시인의 사유를 말하지 않았다면 우리는 그의 나비의 정체를 알 수 없었을 것이다. 「시제10호 나비」에서 그는 유계와 소통하는 '나비'에 대해 말했다. 죽은 개의 영혼의 영역을 그는 '나비'로 대체한 것인가? 이 '나비'는 「황」 연작의 두 번째 작품인 「1931년 작품제1번」에 잠깐 나온 것이지만 거의 눈에 띄지 않았다. 이상은 영적 존재에 대한 관심을 첫 작품인 소설 「12월12일」에서 이미 제기했었다. 거기서 한 존재의 최종적인 운명의 결정은 영혼의 차원에서만 가능하다고 결론을 맺고 있다. 모든 육체적 '의지'의 너머에 그것이 있었다. 니체주의와의 격투는 이미 첫 작품에서부터 있었던 것이다. 어쩌면 이 숨겨진 주제는 그의 작품 전체를 이끌어가는 은밀한 동력이었고, 그것은 니체주의 이상으로 중요했을 수 있다. 그러나 이 주제는 숨어서 작동하고 있었다.

그는 「실낙원」 시편의 「소녀」에서 이 '나비'를 잠깐 다시 등장시킨다. 자신의 폐를 상하게 하면서 그는 독서했고, 사색해왔다. '나비'가 그 죽어가는 폐의 가지 위에 앉았다 날아간다. 그의 호흡은 영적인 존재계를 숨 쉬는 것이었지만 이 모든 주제는 '거울' 이야기에 포괄되어 버렸다. 그것은 '거울 바깥'의 '참나'에 속하게 된다. '참나'는 자연적 존재

즉 물질적 신체이면서 동시에 거기 깃든 나비 같은 영혼의 실체이기도 했다. 그의 신체가 폐허가 되어가면서 그는 점차 자신의 육체적 근거를 상실해갔다. 아마 그의 사유와 마음속에서는 '나비'가 더 자주 출현했으리라. 정지용의 '나비'가 이러한 이상의 '나비' 옆에 있게 된다. 그 둘을 통해 우리는 우리 현대시의 한 정점에서 탐색된 존재론의 미묘한 풍경을 보게 된다. 그들의 예술적 출발점에서 마지막까지 그 '나비'가 동반되는 장면은 우리에게 많은 것들을 생각하게 한다.

4

파라솔파의 붕괴라고 하기는 무엇 하지만 이상의 죽음 이후 김기림은 적막함을 느꼈다. 그는 모든 것으로부터 떠나는 탈주적 '여행'에 대해 이야기했고 얼마 후 실제 여행을 하며 그것으로 기행시를 썼다. 그는 이상의 죽음으로 한국의 문단이 순식간에 멀리 후퇴한 것처럼 느껴진다고 말했다. 이상에 대한 몇 개의 추모글을 그는 썼다. 「여행」이란 수필에서 그것이 어느 정도 정돈된 상태로 이야기된다. 이상의 주제는 '날개'였고, 그의 '날개'는 신인류의 종족을 꿈꿨다고 했다. 아마 이상을 문단에 평가받게 한 소설 「날개」를 떠올리고, 「가외가전」 마지막 부분의 '훈장형 조류'의 날갯짓에 대해서도 생각했으리라. 그는 이상의 죽음으로 허망해진 심정을 다스리기 위해 일본 북해도 바다 여행에 나섰다. 보들레르의 「여행」에 나오는 "가자 그리고 도라오지 말자"라는 경구를 떠올리면서 그는 「동방기행 서시」[207]를 썼다.

---

207 『문장』1권 5호(1939. 6)에 실린 것이다. 이 시에 실린 "가자 그리고 도라오지 마자"는 여행자의 경구는 보들레르의 「여행」에서 가져온 것이다. 김기림은 이 구절을 이상의 사후 발표한

그림 119 「산촌여정」에서 이상이 자신의 편지투로 전개되는 글을 보내는 상대이기도 했던 친구 정인택은 이상이 죽은 뒤 2년 뒤 「축방」이란 추모적 글을 발표했다. 이상의 자화상이 이 글에 함께 실려 있는데 수척해진 모습이 그의 마지막 몰골을 그린 것 같다.

김기림은 이상의 죽음 이후 두 편의 추모적 글을 썼지만 여전히 진정한 '애도'를 표할만한 '추모시'는 여전히 써내지 못하고 있었다. 파라솔파 동인들 중 이상에 대한 추모적 후일담은 박태원에 의해서 단편으로 계속 쓰여지고 있었고, 파라솔파 바깥의 정인택에 의해서도 그러했다. 정지용은 후배 시인의 죽음에 대한 충격이 컸겠지만 그것을 겉으로 드러내기보다는 자신의 시적 주제 속에 내밀하게 숨겨놓았던 것 같다. 그리고 그는 이상의 죽음 이후 죽음에 이르는 병이 든 친구 박용철을 이끌고 금강산 비로봉 등정길에 나섰으며, 그 비로봉 행 다음해 그의 죽음을 겪었다. 그는 이상의 죽음을 겪은 다음 해인 1938년에 「슬픈우상」을 내놓았고, 박용철과의 금강산 여행 일을 「삽사리」 「온정」 등의 시로 발표했다. 그 이후에는 별다른 주목할만한 시를 내놓지 못했다. 1939년에 가서야 「장수산」 연작과 「백록담」을 간신히 발표하게 된다. 그리고 또 한동안 침묵했고 1941년 1월에 한꺼번에 아홉 편의 시를 쏟아낸다. 두 명의 죽음을 겪은 그는 이 시편들에서 '죽음'의 여러 양상에 대해 이야기하게 되었다.

「여행」에서 이미 언급했었다. 이상이 죽은 지 3달 뒤 발표된 것(1937년 7월 25~28일)이서 죽은 친구의 '날개'를 떠올리며 쓴 글이다. 거기서는 "까닭도 없이 그저 '가자'고만 외치는 사람"에 대해 말하면서 보들레르의 「길」의 일절이라고 했다.

그중 「나븨」는 고지의 시편들 중심에 놓인다. 절정에 대해 탐색해왔던 그에게 '나비'의 초상은 파라솔파의 정신적 고지를 향한 시인의 순례와도 연관된 것이었다. 그가 처음 「태극선에 날리는 꿈」에서 제시했던 초인적 아이의 동화적 꿈이 호접과 연관되어 제시된 이래 파라솔파의 이상과 김기림이 그 나비의 꿈을 좇아왔다. 파라솔파의 해체와 이상의 죽음 이후 그는 자신이 처음 제시해놓은 그 '나비의 꿈'을 어느 수준에서 정리해놓아야 했을 것이다. 그는 암흑기 거의 마지막에 해당하는 아홉 편의 시들 속에 이 「나븨」를 끼워 넣었다. 「유선애상」의 '나비'가 이 시에서 자신의 육체를 얻었다.

아마 시적인 차원에서 어느 정도 파라솔파의 정신적 중심을 이끌었던 이상에 대해 그리고 파라솔파의 예술적 여정에 대해 개괄하면서 정리했던 것은 김기림의 1939년 4월에 발표된 「바다와 나비」가 아니었을까? 그리고 그 시발점의 어떤 지점을 김기림은 깨우쳤으며, 그 다음 해 언젠가 「쥬피타 추방」을 쓰게 되었을 것이다. 그 일본어 번역본 「추방된 쥬피타(追放のジュピター)」가 1940년 5월 김소운 편집한 일역 시집 『젖빛 구름(乳色の雲)』에 실렸으니 아마도 「바다와 나비」를 쓴 이후 1939년 하반기나 1940년 초반 정도에 이 추도시를 쓰게 되었으리라. 「쥬피타 추방」에 언급된 '바다의 유혹'이란 단어가 어쩐지 「바다와 나비」(발표 시에는 「나비와 바다」였다)의 '바다'를 떠올리게 한다. 이 시에서 '나비'는 바다에 비친 채소밭 풍경에 유혹되어 거친 물결의 바다 위를 날아갔던 것이다.

「쥬피타 추방」에서 김기림은 이상에게 쥬피타적 신격을 부여하고 그의 신성한 말을 전했다. 쥬피타 이상은 어느 카페에서 "응 그 다락에 얹어둔 등록한 사상(思想)일랑 그만둬./ 빚은지 하도 오라서 김이 다 빠졌을걸./ 오늘밤 신선한 내 식탁에는 제발/ 구린 냄새는 피지 말어."라고 말한다.

우리는 김기림이 어느 카페에서 몇몇 사람들과 논쟁하고 토론하는 풍경을 염두에 두고 있다고 생각하게 된다. 이 논쟁적 카페의 기원에 무엇이 있을까? 「카페 프란스」가 파라솔파의 기원이었다고 할 수 있다. 제비다방이 거기 동력을 주었다. 낙랑파라가 그들에게 만남의 장소나 집합소가 되었다. 그 모든 다방, 카페 들을 한데 모아놓고 동인들의 예술 사상적 논쟁과 토론, 경쟁이 진행되었다. 그들 간의 우정과 사랑이 이 과정에서 싹트고 심화되었을 것이다. 예술적 문학적 사상적 진전이 있었을 것이다. 그에 대한 성과를 우리는 이 책에서 논했다. 이제 그러한 것들을 뒤돌아보면서 김기림은 '나비의 여행'에 대해 말하고, 친구 이상의 존재와 사상에 대해 말하고 있다.

우리는 이상이 자신의 마지막 소설 「실화」에까지 이끌고 간 담배 파이프의 이야기를 할 수 있으리라. 거기서 이상이 자신의 초상을 「카페 프란스」와 「말」 「해협」을 통해서 그려낸 것에 대해서도 기억해야 하리라. 꽃을 향한 질주의 주제가 그렇게 동경에서 끝났다. 「쥬피타 추방」은 이상의 그 마지막 장면들도 포함해야 하리라. 동경의 노바 카페에서 그가 겪는 지적 논쟁의 허무함은 무엇이었나? 이상의 쥬피타적 사유와 사상의 지평에 누가 다가설 수 있었겠는가? 이러한 물음들이 김기림에게 다가왔으리라.

김기림은 다시금 이상의 「가외가전」으로 돌아가야 하지 않았을까? 그의 「제야」가 그 옆에 놓여 있었다. 그들은 '등록한 사상'들을 제쳐놓을 질주를 기획했고, 그렇게 달려갔다. 그러나 현실적 결과는 그들의 이상에 비춰볼 때 참담한 것이라고 생각되었을 것이다. 이상이 앉아있는 '사상의 식탁'에 누가 자리를 함께 할 수 있었겠는가? 김기림의 이러한 질문이 추도시의 맨 앞에 놓여있다. 그가 이상을 '쥬피타'라고 신격화한 것은 이러한 질문을 품고 있다. 자신을 포함해서 다른 동인들의 토론과 논쟁을 모두 받아주면서도 장광설을 내뱉으며 좌중을 압도하던 그를 이렇게 추억하고 있다.

그러나 그 경지를 어렴풋이 안다고 해서 그 지점에 도달하기는 쉽지 않다. 그가 이상이 죽은 바로 그 무렵 쓴 수필 「여행」에서는 아직 이상의 사상적 높이를 측정하거나 그들 파라솔파의 작업 전체를 조감할 수 있는 시선이 없었고, 이상의 정신적 면모를 그 속에서 파악할 수 있는 스토리도 마련되지 않았다. 그러나 시간이 지나 그의 동방기행(그 여행체험이 「동방기행」이란 연작시로 발표된)이 끝나가면서 자신의 '나비'가 떠올랐을 것이다. '나비의 바다 여행' 이야기가 자신의 여행 중에 어느 정도 드러났을지 모른다. 그는 이상이 죽은 지 2년 후에야 「바다와 나비」를 쓰게 된다. 그 시는 이상에게 바친 시는 아니다. '나비'를 이상의 초상으로 생각하는 사람들이 있었지만 그러한 해석은 이 시에 잘 들어맞지 않는다. 그러나 파라솔파의 예술 사상적 편력에 대해 이상이 가지고 있던 생각의 한 편린이 거기 투사되었다고 할 수는 있다. 김기림은 자신의 좌절을 노래한 것이지만, 동인들 전체의 좌절에 대해서도 어느 정도 생각하고 있었을 것이다.

그들에게 '나비'는 무엇이고 '바다'는 무엇이었던가? 이 물음으로 우리는 이 '바다와 나비' 이야기를 한 단락 정리해볼 수 있다. 김기림은

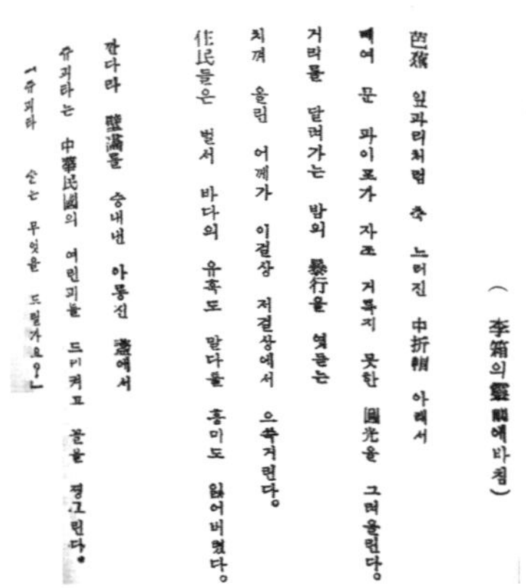

쥬 피 타 追 放

〈 李箱의 靈前에 바침 〉

芭蕉 일파떠귀처럼 숙 느러진 中折帽 아래서

문 파이프가 자조 거룩지 못한 圓光을 그려올린다.

거므를 달머가는 밤의 暴行을 엿듣는

치껴 울린 어제가 이럴상 저결상에서 으쓱거린다.

住民들은 벌서 바다의 유혹도 말다눗 흥미도 잃어버렸다.

한다라 鬱滿을 숨내낸 아뭇신 鐵鎖에서

수지하는 中華民國의 여린피를 드리케도 끝는 멀고탙다.

〈우피라 순도 무의운 드립가요!〉

그림 120 김기림의 「쥬피타 추방(이상의 영전에 바침)」(『바다와 나비』, 신문화연구소, 1946.) 원문 첫 부분

김기림은 이상의 죽음 이후 가벼운 에세이풍의 글인 「여행」을 남겼다. 가장 친했으며 내심으로 존경했던 친구의 죽음 이후 허탈해진 세상과 자신의 마음을 위로하기 위해 그는 '여행'을 택한 것이다. 보들레르의 「여행」은 자신의 모든 체험과 관련된 세상으로부터 탈출하는 여행에 대해 노래했다. 그러한 '탈주'적 여행을 김기림은 탈출구처럼 떠올리며 그 후 문단에서 한동안 떠났다. 그의 휴식은 그러나 새로운 충전을 위한 것이기도 했다. 그는 자신의 시와 사상을 새롭게 가다듬며 죽은 친구 이상의 예술과 사상, 그의 극적인 생애를 조감할 수 있는 사유의 봉우리를 향해 올라갔으며, 그렇게 해서 마침내 추도시 「쥬피타추방」을 쓸 수 있게 되었다. 친구가 죽은 지 3년이나 지난 뒤였다. 우리는 이 시의 일본어판인 「추방된 쥬피타」를 김소운의 번역시집인 『젖빛 구름』(일본 동경의 하출서방에서 1940년 5월에 나온)에서 확인할 수 있다. 위에 있는 「쥬피타 추방」은 그의 시집 『바다와 나비』(신문화연구소,1946년)에 실린 것이다. 이 시집의 4장에 이 시 한편만 실려 있다.

이상을 제외한 파라솔파에 대한 이러한 정리를 통해 자신들의 작업 전체의 풍경을 묘사했다고 할 수 있다. 그 단계에서 이상의 정신적 면모를 정확히 바라보고 그의 초상을 묘사할 수 있는 다음 단계로 나아갈 수 있었을 것이다.

'쥬피타'로서의 이상은 바다에의 유혹과 좌절을 그린 「바다와 나비」의 '나비'가 아니다. 그는 자신의 '바다'를 거느린 자이다. 그러나 자신을 포함한 다른 동인들의 경우는 그렇지 못했다. 우리는 각 동인들의 '바다'에 대해 살펴보아야 한다. 그들 각자에게 자신들의 '바다'는 얼마나 깊고 얼마나 광대했던가? 세상의 모든 것들을 모두 품고 있는 모성적 바다를 김기림은 「바다」(1935)에서 노래했지만 그가 자신의 낭만주의적 '바다'를 실제로 그렇게 광대한 것으로 키운 것인지는 알 수 없다. 그보다 몇 년 뒤 「바다와 나비」에서 '바다'는 여전히 그 깊이를 알 수 없는 심연인 채 남아 있다. 그의 나비는 별다른 깊이에 도달

하지도 못한 채 바다를 떠난다. 여전히 성숙되지 못한 사상처럼 미지의 먼 곳에 그의 '바다'는 남아있다. 그것은 초창기 그의 가슴을 데우던 낭만주의적 열정으로만 출렁거릴 뿐이다.

김기림의 「바다와 나비」에서 '바다'는 아직 봄에 이르지 못한 바다, '3월달 바다'이다. 흰나비가 한 마리 청무우밭처럼 푸른 바다를 향해 날아갔다. 바다는 푸르지만 깊다. 아무도 이 나비에게 그 푸른 바다의 수심을 제대로 일러준 일이 없다. 흰 나비는 밭이랑처럼 일렁이는 푸른 바다를 흰꽃들이 피어난 청무우밭으로 착각한다. 천진난만한 아이처럼 그녀가 거기 내려앉았을 때 파란 무 밭과 꽃들은 갑자기 사라지고 차가운 파도와 흰 물결들만 덮쳐온다. 그녀가 바라보던 청무우 밭의 환상은 신기루처럼 사라진 것이다. 세

나비와 바다

起

林

아무도 그에게 水深을깊이를 일러준일이 없기에
흰나비는 도모지 바다가 무섭지않다.

어린날개가 물결에 저러서
소곰처럼 젖어서 돌아온다.

三월달바다가 꽃이피지않어서 서거운
나비허리에 새파란초생달이 시리다.

그림 121 김기림, 「나비와 바다」(『여성』, 1939.4.) 원문

후에 시집 『바다와 나비』(1946)에 실리면서 「바다와 나비」로 제목이 바뀌었다. 이 시의 나비는 바다의 파도에서 꽃피는 무밭을 바라보며 날아갔던 꿈꾸는 소녀다. '소녀'의 바다는 세상의 바다와 디오니소스적 생의 바다가 뒤얽혀 파도치는 곳이었다. 자신의 '꽃피는 대지'를 거기서 찾아보려 했던 것이 그녀의 꿈이었다. 그러나 그녀의 항해는 좌초된다. 김기림의 「바다와 나비」의 '바다'는 초창기 '마성의 정열'을 운운했던 그 로맨티시즘을 잃었다. 이미 1935년 말에 발표된 「바다」에서 그의 '바다'는 늙고 지친 것이기는 했다. 그러나 언제나 새로운 설렘으로 출렁거리는 '바다'를 그는 보았고, 펼쳐진 세상처럼 언제나 거둬본 일이 없는 보료와도 같은 '바다'를 보았다. 「바다와 나비」의 '바다'는 어린 나비의 낭만주의를 거둬내고 있다. 험악한 바다 물결은 어린 공주처럼 세상모르는 나비를 봐주지 않는다. 차가운 물결을 거세게 몰아친다. '바다'를 꽃밭처럼 여기며 내려앉으려 했던 공포에 젖고 지쳐 되돌아간다. 그녀의 꿈은 새파랗게 그대로 얼어붙어 있다. '새파란 초생달'이 하늘에 떠서 그녀의 허리를 시리게 한다. 나비는 꿈꾸는 존재이며, 그 꿈을 사라지게 할 수는 없다. 그러나 바다의 꽃밭으로 나아가 앉으려는 그 꿈의 날개는 새파랗게 질려 있다. 그녀의 날개 달린 잘록한 허리가 그 때문에 시려오는 것이다.

상의 바다를 아직 잘 모르는 '어린 날개'는 물결에 절고, 그 물결 아래에 놓인 아찔한 심연의 공포에 사로잡힌다. 바다에서 풍성한 꽃밭을 찾아 방황하는 길은 죽음의 골짜기를 헤매는 것이 된다. 나비의 바다 여행은 이렇게 실망과 방황, 공포의 연속이 된다. 흰 나비는 결국 "공주처럼 지쳐서 도라온다". 시인은 덧붙였다. "삼월달바다가 꽃이피지 않어서 서거푼/ 나비허리에 새파란초생달이 시리다." 시는 짧다. 그러나 많은 이야기들이 거기 응축되어 있다.

이 시는 어린 흰나비의 꿈과 환상이 펼쳐지는 '바다의 낭만주의'가 현실의 바다에서 겪는 좌절감을 노래한 것이다. 김기림의 '바다'는 어디까지가 '낭만주의적'이었을까? 그가 자신의 비평에서 기성 시인들의 감상적 낭만주의를 비판했다고 해서 그 비평적 관점이 자신의 시에서까지 그 역할을 다한 것은 아니다. 그의 어린 시절 꿈과 동경을 부어놓은 '바다'에 디오니소스적 사상이 결합되어 있다. 그는 초기의 여러 시편들에서 그러한 바다의 낭만을 노래했다. 이 '바다'에 대한 낭만적 환상이 그를 사로잡고 있었다. 현실의 바다 위에 그 낭만적 바다의 환상이 덮여 있다. 이 시는 아직도 어리고 순결한 나비의 그 환상을 이제 막 한 자락 막 거둬내고 있다. 현실의 공포스러운 얼굴에 처음 대면하고 있을 것 같은 소녀의 심리가 흰 나비에게 있다. 우리들 모두 한때 이러한 소녀와도 같은 시절을 겪었다. 자신 속에 깃들어있는 그 소녀를 어떻게 다스리고 키우는가 하는 문제가 각자에게 남아있을 것이다. 김기림은 이 시를 통해 바로 그러한 문제를 자신에게 제시한 것이다.

김기림의 이러한 '바다의 낭만주의'는 정지용의 '바다의 낭만주의'와 어떻게 비교될 수 있을까? 이 시만을 놓고 본다면 이미 정지용이 겪었던 낭만주의에 대한 환멸과 성숙(환멸이 숙성된 것이기도 한)이 김기림에게는 몇 년 뒤에야 다가온 것이 아닌가? 이렇게 생각해볼 수 있다. 그가 비평에서 드높이 외쳤던 반낭만주의적 기치는 그의 수필과 시에서는 뒤늦게 작동했다. 아마 이것이 그의 삶과 감정과 마음에 깃들어있는 진실이 아니겠는가? 비평적 의식은 자신의 이 진실에 미달한 것이며 어쩌면 교양적 허위의식에 불과한 것이 아닌가? 그의 어린 시절 꿈을 품고 있는 '바다의 낭만주의'는 그의 교양적 니체주의를 넘어서 있었다. 그것은 그의 순수한 무의식과 자연 신체의 꿈을 담고 출렁이며 그의 원초적 사상을 키워가고 있었다.

『태양의 풍속』 시집 속 일부 시편들에서 전개되었던 그의 교양적 니체주의는 '바다'에 대한 가상적 낭만주의를 펼쳐낸 것으로 보인다. 그러나 그러한 가상의 낭만주의 뒤에 그의 어린 시절부터 출렁이던 유년의 낭만주의가 버티고 있다. 그것이 그의 삶의 진실을 담고 있었던 것이 아닌? 그의 낭만주의는 이렇게 두 개의 얼굴을 갖고 있다. 김기림은 이 둘 사이에서 방황하고 있었다. 그러나 그가 이 두 실체를 정확히 깨우치고 있었을까? 「바다와 나비」는 이러한 여러 가지 물음을 그에게 물어보게 한다. 어쩌면 이 시에서 비로소 김기림은 우리의 이 모든 질문을 스스로에게 던졌을 수도 있다. 이 시의 흰 나비 소녀는 자신의 꿈과 환상의 실종에 대한 깨우침과 더불어 어린 낭만주의에 대한 환멸을 느꼈을 수 있다. 그러나 시의 마지막에서 확인되듯이 그녀의 꿈은 포기된 것이 아니다. 새파란 달은 여전히 그녀에게 남아있다. 우리는 정지용의 경우처럼 낭만주의적 꿈에 대한 환멸로부터 그것의 성숙(숙성)으로 전환시킬 그러한 계기를 김기림 역시 찾고 있었을 것이라고 추측해보는 것이 더 자연스럽다.

「바다와 나비」는 자신의 시에 대한 이상의 비평적 견해에 대한 일종의 화답이었을 수도 있다. 시집『기상도』를 교열보고 장정까지 꼼꼼하게 해주면서 이상은 분명 김기림의 시에 대해 몇 가지 논평을 했을 가능성이 있다. 그들은 자신들의 사상적 탐구가 너무 안이한 꿈, 소박한 소녀의 꿈이 되지 않도록 서로 경계했을 것이다. 김기림의 시들은 특히 니체 사상에 대한 교양주의 냄새가 풍기기 때문에 친구를 아끼는 마음이 있었다면 이상으로서는 더욱 그러한 비평적 충고를 했을 가능성이 있다. '피의 글쓰기'를 하고 있던 이상에게 이러한 교양주의적 니체는 혹독하게 비판되었을 것이다.

이상 자신도 「실낙원」 시편의 첫 머리에 그래서 「소녀」를 배치한 것이 아닐까? 이 시의 '소녀'는 이상의 한 분신이다. 그리고 「실낙원」 시편에 전개된 이상의 여러 자화상 중 초입에 놓인 것이다. 이 시편들의 여러 자화상은 초인적 기독으로 성숙해가는 모습을 담은 것이며, 그러한 주인공이 역사 전체를 감당하고 그것과 싸우며 극복해가는 스토리를 담고 있다. 마지막 시편 「월상」에서 이 방대한 스토리가 완결된다. 첫 번째 시 「소녀」는 이 방대한 스토리의 초인적 주인공의 입구에서 팔랑거리며 서재의 책들과 책장들 사이를 날아다닐 것 같은 '나비 소녀' 이야기이다. 이상은 이 '소녀'를 초인적 사유를 잉태할 수 있는 존재로 만들어내야 했을 것이다. 이상은 이 '소녀'를 흔히 생각하는 '꿈 많은 순진한 소녀'상으로부터 멀리 떨어뜨려놓았다. 이 '소녀'는 '군중과 나비'로부터 떨어져 홀로 노 저으며 운전하는 '단정' 가운데 있게 된다. 인생의 항로를 낭만주의적인 '나비의 꿈'으로부터 떨어뜨려놓고 군중적인 세속적 취향과도 거리를 두게 함으로써 '소녀'는 매우 냉정하고 깊이 있는 독서와 사색 연구 활동을 하는 존재로 그려졌다. 그리고 냉각된 수압, 냉각된 유리의 기압이 그녀에게 그러한 독서와 사색 연구의 시각 활동만을 남겨놓았다고 했다. 이 수압과 기압은 현실의 무게와 압력(거울계에서 작동하는)을 표현한 것이다. 김기림이 '심연의 거울'로 표현하려 했던 것을 이상은 이 두 단어로 표현했다. 이상의 '소녀'는 말하자면 '부상당한 나비'를 겪은 후에 정신적으로 상당히 단련된 모습으로 현실의 그러한 무게와 압력에 대항해나가는 항해를 하게 된다. 이미 이상은 김기림의 「바다와 나비」에서 소녀 같은 '나비'가 처했던 상황을 모두 거쳐가 버린 이야기를 하고 있었다. 그는 이러한 관점에서 김기림에게 해줄 말이 많았을 것이다.

　김기림은 「바다와 나비」를 쓰면서 뒤늦게 다가온 어떤 깨우침을 고백하고 있었던 것인지 모른다. 이미 죽고 없는 이상의 시를 되새기면서 말이다. 그의 시에서 바다의 심연을 알아차리고 지쳐버린 나비는 이상의 「소녀」에 나오는 '부상당한 나비'와도 같은 신세였다. 김기림의 '나비'도 심연의 아픔을 겪은 후 정신적으로 단련된 존재가 되었을 것이다. 새파란 초생달을 시리도록 허리에 찬 나비는 파도에 단련된 강철 같고 칼날 같은 의지를 자신의 연약해진 꿈에 결합시키고 있기 때문이다. 그는 이상의 '소녀'가 걸어갔던 길을 자신의 방식으로 되찾아내고 있었던 셈이다.

　「바다와 나비」는 그러한 바다를 알기 위해 도전한 자의 실패를 기록한 자기보고서이다. 그 '나비'는 자신의 상이 투영된 것이지 현해탄을 건너간 이상을 가리키는 것이 아니었다. 이상은 '어린 나비'도 아니었고, 바다 물결에 조금 절었다고 해서 거기서 도망치는 그런 존재는 더더욱 아니었다. 김기림의 '나비'는 「상형문자」에서 제시된 '구름 속 상형문자'같은 나비였고, 거기 등장한 자신의 꿈으로서의 독수리가 거기에 겹쳐진 것이었다. 즉 그것은 초인적 꿈이 서린 나비였다. 그의 나비의 꿈에는 구름의 영역, 독수리의 영역이 숨어있었다. 마치 이상의 「꽃나무」에서 한 꽃나무가 열심히 자신이 생각하는 꽃나무를 생각하며 꽃을 피우듯이, 그렇게 열심히 자신의 꽃을 피운 나비는 자신이 바라보고 꿈꾸던 그 꽃밭에 내려앉을 수 없었다. 정작 '바다'에는 그러한 꽃밭이 없었다. 거기에는 세상의 차가운 물결만이 냉혹하게 출렁이고 있었던 것이다.

5

정지용은 구인회 파라솔파 진영의 후배들과 경쟁하게 되면서 이상이라는 존재에게 거대한 압력을 느꼈을 것이다. 그가 「유선애상」을 썼을 때 그에게는 그러한 분위기가 감돈다. 그의 「말」 연작과 「바다」 연작, 「해협」 연작이 보여준 것은 일종의 '낭만주의'가 아닌가? 해협의 오전 2시에 "나의 청춘은 나의 조국"이라고 외치면서 자신의 머리에 달의 원광을 둘렀던 시인은 그 청춘의 낭만주의를 자신이 항해하는 '청춘의 바다'에 투사하고 있었다. 시적인 감수성과 감각이 아무리 능숙하고 화려하고 뛰어나도 그것이 사상의 심원한 차원에 도달하지 못할 때 시인은 허무함과 막막한 거리감을 갖게 된다. 황량한 세상과의 거리감 역시 마찬가지로 육박해온다. 진정한 시인은 이러한 것들과 대면하며 그것들이 주는 과제와 씨름해야 한다.

아마 정지용에게도 이러한 고민들이 다가왔을 것이고, 그에 대한 고뇌 속에서 시적 전환과 성숙이 이루어졌을 것이다. 그는 파라솔파 동인들과의 토론과 논쟁 속에서 객관화된 자신의 위상을 인식했을지 모른다. 아무튼 그는 동인들의 작품과 함께 동인지 『시와소설』에 발표한 「유선애상」에서부터 갑작스럽게 달라졌다. 거리에서 자신의 마음대로 본성대로 항해하지 못하는 기이하게 억압된 어떤 존재에 대해 노래하게 된 것이다. 이 시에서 꿈과 환상과 현실이 뒤얽힌 상태에서 낭만주의적 꿈은 기이한 악몽으로 변했다. 아무리 길을 들여도 막무가내로 옆길로 새어버리는 어떤 존재에 대한 꿈 이야기를 여기서 보게 된다. 그것은 본래 바다 위에서 원광을 둘러썼던 시인 자신의 꿈에서 비롯된 것이다. 그것은 바다 위에서 백금팽이처럼 회전하는 태양 사상으로 빛났던 그 꿈이기도 했다. 자신의 '뼈쩍 마른 몸'이 가지고 있던 그 사상의 꿈, 그의 '말'이 질주하던 그 꿈이 그 안에 겹쳐있었다. 그런데 그 꿈이 현실에서 기이한 악몽처럼 변해버린 것이다.

그는 「유선애상」 이후 어떤 절박한 상태에 빠졌으며, 전환점을 모색하게 되었고, '육체'에 대한 탐구를 집요하게 진행시키지 않을 수 없었다. 「수수어」 연작 에세이들이 거기 동원되었다. 그리고 「명모」(「파라솔」로 제목을 바꾼)가 시에서 그러한 주제를 이어갔다. 「슬픈 우상」이 그러한 맥락에서 쓰여졌고 놀라운 성과를 보여준다. 이 시는 신앙시가 아니다. 그것은 그의 '육체 탐구'의 한 결론이며, 그의 한 화려한 도달점이었다. 그가 「백록담」을 썼을 때 '뻐꾹채 꽃 키'가 바로 그 '육체'를 가리키는 기호였음을 알아차려야 한다. 「백록담」의 절정은 「슬픈 우상」의 도달점을 거친 이후 '육체 탐구'의 새롭게 상승된 고지를 보여주었다.

우리는 정지용의 '육체 탐구'가 만들어낸 이 두 개의 정점을 갖고 있다. 이 찬란한 정점은 '육체성'의 내밀한 깊이와 숭고한 높이를 그가 깨우치고 알아냄으로써 창조해낸 것이다. 파라솔파 동인들과의 사상적인 경쟁과 내밀한 격투 속에서, 그리고 이상과 박용철의 죽음을 겪으면서 그는 이 고지에 올라섰다. '바다의 낭만주의'는 포기된 것이 아니고 자신의 '육체성'에 대한 깨우침 속에서 성숙되었다. 그는 '육체'에 대한 새로운 사유, 육체의 내밀한 깊이에 대해 알게 되었다. 사냥개의 본능적 육체와 거리 노동자의 노동하는 육체로부터 영묘한 비물질적 천사의 영체에 이르는 존재의 위계 속에서 그는 감각과 감정과 사유의 진폭들을 가늠해보게 된 것이다. 「수수어」 연작은 그러한 탐구의 진행과 결과물을 보여주는 글들이었다.

그의 '나비'들은 이러한 육체 탐구 도정의 마지막 여행지에서 발견된다. 그의 마지막 시편들(일제강점기 하의)이 금강산 시편들이라는 것에 주목해보자. 그것은 고지의 시편들인 것이다. 그는 그의 초기 작품인 「태극선에 날리는 꿈」의 그 '절벽과 고지의 사상'으로 되돌아왔던 것이다. 그리고 거기서 절벽을 날던 '나비'는 몇 가지 다른 모습으로 돌아왔다. 그러나 이 회귀는 처음의 낭만주의적 환상이 많은 우여곡절을 겪으며 새롭게 태어난 것이다. 「나비」의 '나비'는 비바람을 맞은 모습이며, 처참한 모습이 된다. 비로봉 꼭대기의 환상을 담은 날개 찢긴 '나비' 한 마리에 대해 그는 묘사했다. 이 「나비」는 1941년 1월에 발표된 것이다. 김기림의 「바다와 나비」보다 1년여 뒤에 마치 김기림에 대한 회신처럼 '나비'가 시에서 등장한 것이다. 이 '나비'의 마지막 여행이 암울한 암흑기 현실을 앞에 놓고 펼쳐져 있었다.

쥬피타의 '신선한 식탁'을 위하여

1

이제 김기림이 도달하려 했던 이상의 정신적 예술적 초상이 어느 정도 간추려진 「쥬피타 추방」에 대해 말할 수 있게 되었다. 그는 이 추도시에서 이상의 정신적 예술적 사상적 풍모를 성공적으로 제시할 수 있어야 했다. 그것만이 이상에 대한 진정한 추도가 되리라. 그리고 이상의 그러한 초상을 그린다는 것, 그러한 정신, 예술, 사상의 풍경을 한 인물의 초상화로 그려낼 수 있는 것만으로도 그 동안의 좌절과 실패를 보상할 수 있게 해줄 것이다. 파라솔파 다른 동인 즉 정지용, 이상에 대한 그의 열등감도 어느 정도 감소시켜 줄 수 있으리라. 그러나 그 이상으로 중요한 것은 자신이 존경했던 죽은 친구에 대한 진심 어린 찬미를 그의 진실된 초상을 통해 노래하는 것이 될 것이다. 그것을 위해 그는 시의 첫머리에 이상의 '사상의 식탁'을 차려 놓았다. 이것이야 말로 김기림이 성취한 이 시의 득의의 장면이 될 것이다. 이상이 한 소설에서 '사상의 맛'에 대해 이야기했던 것을 생각해보라. 그가 평

그림 122 이상(하융)이 그린 「소설가 구보씨의 일일」 9회 연재분 삽화(『조선중앙일보』, 1934.8.4.)
낙랑파라에서 구보는 음악을 들으며 사색과 몽상에 잠겨있다. 이상은 그러한 구보를 책 얼굴처럼 그렸다. 왼쪽 위를 보면 책과 얼굴이 통합된 얼굴을 두 손이 떠받치고 있는 구보가 보인다. 두 눈을 감은 채 몽상의 세계를 유영하고 있다.
김기림이 「쥬피타 추방」에서 파이프를 물고 거룩치 못한 원광을 그려 올리는 쥬피타 이상의 초상을 그린 바탕에는 낙랑파라의 이러한 예술가 초상이 있었을 것이다. 그는 「고 이상의 추억」이란 글에서 등의자에 기대 앉아 담배를 피우며 몽상에 잠겨있는 이상을 떠올렸다. 흐릿한 담배 연기 저편에 몽롱하게 보이는 이상의 얼굴을 그는 묘사했다. 이상이 있던 곳을 '다방 N'이라고 했는데 아마 그것은 구인회 동인들이 자주 갔던 다방인 낙랑파라일 것이다.

생 자신의 작품에서 주인공으로 등장시킨 '몸'은 최상의 맛있는 음식을 요청했을 것이며, 그러한 요구는 '사상'에 대해서도 동일한 것이었다. 이 '사상의 식탁'을 중심으로 이상의 거침없는 요청과 외침을 그려냈다. 거기에 이상이 보여준 시와 소설의 최대치를 투사했다. 「가외가전」과 「실화」가 여기 투사되었다. 그리고 자신의 그동안 작업들이 투여된다. 『기상도』 시편의

주제와 이상을 추모하는 글인 「여행」에 삽입된 '여행'에 대한 보들레르의 경구가 모여든다. 그리고 중요하게는 이상의 가장 중심적인 주제 두 가지가 이 속에 들어앉는다. 그것은 그의 초인적 기독의 모습, 그의 기독교적 순사(죽음)의 주제이며, 또 하나는 신체악기의 주제이다. 세상의 진정한 '바다'는 이상에게는 디오니소스적 음악의 세계였다. 그리고 자신의 '몸'은 악기였다. 이 음악적 주제를 이상의 예술과 사상의 초상에 새겨 넣어야 했다. 이상이 자리한 카페(식당)와 식탁에 그러한 것들이 모여들만한 무대가 마련되어야 했다. 이 카페는 「카페 프란스」처럼 여러 질주하는 예술가들이 모여든 카페이다. 당연히 토론과 논쟁들이 있었을 것이다. 여러 사상들이 그러한 논쟁 토론을 통해 비판되고 점검되었다. 「실화」의 노바 카페도 이러한 풍경에 겹쳐있을 것이다. 그리

고 「가외가전」의 '책상-식탁' 복합체가 '사상의 식탁'에 투사되었다. 이제 여기 파이프와 모자만 추가되면 된다.

파초 이파리처럼 축느러진 중절모아래서
빼여문 파이프가 자주 거룩지 못한 원광을 그려올린다.
거리를 달려가는 밤의 폭행을 엿듣는
치껴올린 어깨가 이걸상 저걸상에서 으쓱거린다.
주민들은 벌써 바다의 유혹도 말다툴 흥미도 잃어버렸다.

깐다라 벽화를 숭내낸 아롱진 잔에서
쥬피타는 중화민국의 여린피를 들이켜고 꼴을 찡그린다.
"쥬피타 술은 무엇을 드릴까요?"
"응 그다락에 언저둔 등록한 사상(思想)을랑 그만둬.
빚은지 하도 오래서 김이 다 빠졌을걸.
오늘밤 신선한 내 식탁에는 제발
구린 냄새를 피지말어".

(……)

쥬피타는 구름을 믿지 않는다. 장미도 별도……
쥬피타의 품안에 자빠진 비둘기 같은 천사들의 시체.
검은 피 엉크린 날개가 경기구(輕氣球)처럼 쓰러졌다.
딱한 애인은 오늘도 쥬피타더러 정열을 말하라고 졸르나

쥬피타의 얼굴에 장미같은 웃음이 눈보다 차다.

땅을 밟고 하는 사랑은 언제고 흙이 묻었다.

아무리 따려보아야 스트라빈스키의 어느졸작보다도

이뿌지 못한 도, 레, 미, 파......인생의 일주일.

은단추와 조개껍질과 금화(金貨)와 아가씨와

불란서인형과 몇 개 부스러진 꿈 쪼각과.....

쥬피타의 노름감은 하나도 자미가 없다.

(……)

쥬피타 승천하는 날 예의없는 사막에는

마리아의 찬양대도 분향도 없었다.

길잃은 별들이 유목민처럼

허망한 바람을 숨쉬며 떠 댕겼다.

허나 노아의 홍수보다 더 진한 밤도

어둠을 뚫고 타는 두 눈동자를 끝내 감기지 못했다.

— 「쥬피타 추방」(이상의 영전(靈前)에 바침) **부분**[208]

---

208 김기림의 『바다와 나비』(신문화연구소, 1946) 4장에 이 한 편의 시만 실렸다. 시집 「머리말」
에 이렇게 소개했다. "4는 우리들이 가졌던 황홀한 천재 이상의 애도시여서 그의 사후에 발
표되었던 것이다." '황홀한 천재'라는 말을 이상에게 부여했다. 세계 대전의 파국적 상황으
로 몰려가는 암울한 시대에 김기림은 이상에게 '쥬피타'라는 신격을 부여하고, 그의 시선으
로 세계 역사 전체를 심판하고 있다. 그러나 이 초라한 시인은 그저 자신의 식탁에 앉아 있
을 뿐이었다. 그의 신적인 시선은 세계를 이리저리 휘몰아가는, 가짜 구세주들의 역할을 흉
내 내는 정치꾼들의 음모를 꿰뚫어보지만 대중들은 거기 휘둘리고 끌려 다니며 파국으로
내몰리고 있다.

김기림은 이상의 '신선한 식탁'에 어떠한 사상을 얹어놓을까 고민했을 것이다. 당시 시단의 '낡은 풍류'에 대한 파괴와 부정이라는 치적을 그는 이상에게 부여했다. 그의 죽음 직후에 쓴 에세이 「고(故) 이상의 추억」에서 그렇게 말했다. 그러나 거기서 간단히 언급했던 더 중요한 대목이 있다. 그것은 '세기의 암야' 속에서 불타던 그의 사상과 예술에 대한 것이었다. 그에 대한 더 구체적인 진술이 필요했다. 그의 죽음이 한 개인의 생리적 비극이 아니라 '축쇄(縮刷)된 한 시대의 비극'이라고 그는 말했다. 이러한 것에 대한 추가적인 진술이 이상에 대한 새로운 초상화에 들어가야 할 것이다. '고 이상'이란 세 글자는 자신의 희망과 기대에 찍어놓은 낙인(烙印) 같은 "세 억울한 상형문자"라고 그는 말했었다. 그 '상형문자'의 뜻을 이제 우리가 풀어내야 할 것이다.

아마 그 출발과 끝은 「고 이상의 추억」 첫 부분에서 언급한 이상의 '희생양(犧牲羊)적 육체'가 될 것이다. 김기림은 이미 그때 이상의 본질 한 토막을 정확히 꿰뚫고 있었다. 그것은 이상의 '죽음'에 얽힌 비밀이었는데, 그가 그저 병들어서 죽은 것이 아니라, 자신의 육체를 세상을 위해 소모하다 마지막 부분까지 길러 없애고 사라졌다는 것이다. 이상의 생애가 그의 '육체'를 세상에 증여한 일이었다고 그는 정확하게 파악했다. 그의 남은 육체는 그렇게 세상에 모두 퍼부어준 뒤 남은 껍질에 불과하다. 그의 육체와 영혼은 자신의 일을 끝낸 뒤 육체의 빈껍질만 남기고 승천(昇天)했다는 것이다. 그때의 진술은 이렇다.

상(箱)은 필시 죽음에게 진 것은 아니리라. 상은 제 육체의 마지막 조각까지라도 손수 길러서 없애고 사라진 것이리라. 상은 오늘의 환경과 종족과 무지 속에 두기에는 너무나 아까운 천재였다. 상은 한번도 '잉크'로 시를 쓴 일은 없다. 상의 시에는 언제든지 상의 피가 임리(淋漓)하다. 그는 스스로 제 혈관을 짜서 '시대의 혈서'를 쓴 것이다. 그는 현대라는 커다란 파선(破船)에서 떨어져 표랑하던 너무나 처참한 선체(船體) 조각이었다.[209]

이상을 가장 가까이서 보아왔던, 그리고 당대의 예술과 사상에 대해 서로 거리낌 없이 논의하던 김기림은 이상의 시가 피로 쓴 것임을 알고 있었다. 이 책의 앞부분에서 우리가 '양의 글쓰기'로 이상의 글쓰기를 논하고, 신체극장과 신체지도라는 개념으로 논해온 것을 김기림은 자신의 언어로 이렇게 이야기하고 있는 것이다. '육체의 마지막 한 조각까지' 세상을 위해 증여한 그 장면을 김기림은 이 추도적 에세이에서 정확히 기록하고 있다. 김기림에게 이상의 마지막 모습은 자신의 모든 것을 증여한 희생양적 존재처럼 보였다. 동경의 구단(九段) 뒷골목 2층 골방에서 보았던 이상의 면모를 그는 '골고다의 예수'같이 생각했다. 이상이 스스로의 운명이라고 했던 '기독교적 순사'의 생애를 김기림은 알아차린 것이다. 그러나 그 골방에서 김기림은 차마 이상에게 "당신이 '골고다의 예수'같구려"라고 말하지 못했다. 그 대신 "당신 얼굴이 아주 '피디아스'의 제우스 신상 같구려"라는 농담투의 말을 건넸던 것이다. 물론 이 말에도 자신의 진심이 담겨 있었다.

이 농담에 들어 있는 '제우스'와 자신 속에 스며든 '골고다의 예수'

---

209 「고 이상의 추억」의 첫 부분. 이 수필은 『조광』 3권 6호(1937. 6)에 실린 것이다. 이상이 4월 중순에 임종했으니 그로부터 한 달 뒤 정도 쓴 것이리라.

같은 인상을 그는 「쥬피타 추방」에서 결합시켰다. '추방된 쥬피타'(원래 일본어 번역시의 제목은 「追放のジュピター(추방된 쥬피타)」였다)라는 이미지가 그렇게 해서 탄생되었다. 세상의 십자가를 걸머지고 자신을 희생한 예수의 이미지는 필요했지만, 이상의 초인적 사상을 드러내기 위해서는 거기 비기독교적 신격이 추가되어야 했을 것이다. 니체의 태양사상을 대표하는 '아폴로' 대신에 그리스 최고의 신, 번개의 신이며 놀이의 신이기도 한 '제우스'의 로마식 표현인 쥬피타가 그 자리를 차지했다.[210] 이제 자신의 육체를 탈피하고 승천한 존재의 형상을 김기림은 완성할 수 있게 되었다. '추방된 쥬피타'는 세상에서는 버림받은 쥬피타이다. 자신의 생애 동안 자신의 육체 마지막 한 조각까지 샘물처럼 길어서 자신의 글쓰기에 퍼부어놓아 세상에 증여했지만 아무도 그것이 자신들에게 선물로 증여된 생명의 선물임을 알지 못했다.[211] 그는 자신의 그러한 희생을 아무에게도 인정받지 못한 채 이국의 땅에서 쓸쓸히 죽음을 맞았다. 그 죽음은 오래도록 진행되어온 그의 진짜 죽음(기독교적 순사라는 운명)의 결과물이었다. 그는 1933년 초부터 「각혈의 아침」

---

210 아마 김기림이 동경에서 이상을 만났을 때 그가 모차르트의 교향곡 41번 〈쥬피타〉의 환술에 대해 이야기한 것을 들었을지 모른다. 그렇다면 그는 자신의 시에서 '쥬피타'를 음악의 신으로 호명한 것일 수도 있다. 이상의 주제인 '신체악기'를 의식한 것이라면 이러한 의도가 적절했다고 여겨진다. 그리고 만일 김기림이 이상의 「내과」를 알았다면 거기 나온 이상의 분신인 '성 피-타-'(베드로)를 의식했을 수도 있다. 그는 자신의 내면의 기독을 부인하는 존재이니 그와 반대되는 또는 극복한 존재로서의 '쥬피타'가 이상의 진면모로 생각되었으리라. 이러한 것이 가능하다면 '쥬피타'는 '피-타-'(베드로)의 주(主)가 된다.

211 김기림의 이러한 진술은 이상의 「얼마 안되는 변해」의 마지막 부분, 즉 자신의 신체 속에 세상의 월광을 받아들여 그것을 보석으로 제련하여 분만하는 장면과 일치한다. 거기서도 신체는 그러한 일에 자신의 힘을 모두 소진한 채 거의 죽음에 이른다. 이 비슷한 이야기를 이상이 평소에 동인들과의 자리에서 하지 않았을까? 그러나 동인들이 이상의 장광설 속에 들어 있는 그러한 말들에 얼마나 귀를 기울였는지는 알 수 없다. 김기림은 이상의 사후에서야 비로소 그러한 이상의 희생양적 면모를 세상에 전할 수 있게 되었다.

「내과」 등의 시편들을 통해 그러한 죽음을 진행시키고 있었지만 이 운명적 '죽음'에 대해 사람들은 잘 몰랐다. 가장 가까이 있던 금홍도 그와 결혼했던 변동림도 그에 대해서는 알지 못했다. 그의 생물학적 죽음을 둘러싼 모임은 초라했다. 몇 명의 문단 친구들과 아내 변동림이 그의 죽음을 지켰을 뿐이다. 그 죽음이 경성에 알려졌을 때 역시 몇 몇 탄식과 애도가 있었을 뿐이다.

김기림은 「쥬피타 추방」의 첫 부분에서 이 초라한 죽음을 신성한 빛으로 감싸주었다. 승천한 존재의 신격은 살아생전의 이상의 머리에 둘러처진 원광 이미지에서 비롯된다. 그의 담배 연기는 예술과 사상의 빛이었다. 그 담배연기가 이상의 얼굴을 둥근 원광처럼 둘러쌌다. 이렇게 해서 절묘한 찬미적 초상이 완성되었다. 그의 신격은 보통 사람들은 알아차릴 수 없는 평범하고 초라한 모습 속에 들어 있어야 했다. 이상의 머리 위 중절모는 파초(芭蕉)잎처럼 쭈그러져 있고, 파이프의 연기 역시 '거룩지 못한' 원광(圓光)을 그려올리고 있다. 신성과 세속, 거룩함과 비천함의 대립이 역설적으로 결합되어 현실의 비천한 바닥에 자신을 낮추어 자신의 일을 하는 미묘한 신성함을 부각시키고 있다. 파초와 원광은 본래 신선과 성인, 천사를 드러내는 이미지이다. 그것들은 경성이나 동경 가난한 골목의 어느 방구석에 쪼그려 있는 이 초라한 차림을 한 시인에게 다가와 그에 어울릴 만한 이미지로 그에게 첨가되었다. 김기림은 이렇게 그의 어떤 시에서도 성취하지 못한 독특한 시를 이상에 대한 추도시에서 보여주었다.

　나는 김기림의 이 시가 매우 용의주도하게 이상의 '신체'를 음악적인 차원에서 조명한 것으로 본다. 만일 김기림이 이상의 '신체악기' 개념을 알았다면 이 은밀한 음악적 울림이 우연한 것은 아니었을 것이다. '파초 잎파리처럼'이라는 말로 「쥬피타 추방」을 시작한 것은 '파(Pa)'라는 음을 강조하기 위함이 아니었을까? 우리가 '파라솔(Parasol)'과 '파랑치마'라는 개념으로 파악한 '파라솔파' 동인들의 사상을 그 역시 간직했던 것이 아닐까? 그는 '빼어 문 파이프'라는 두 번째 구절에서도 '파이프(Pipe)'를 그러한 울림 속에서 발음하게 한다. 그가 과연 이러한 음악적 배려를 위해 이러한 단어들을 은밀히 배치한 것이 맞을까? 나의 이러한 추정은 이 시의 5연에 들어 있는 쥬피타의 음악적 삶과 맞아 떨어질 수 있다. "이뿌지 못한 도, 레, 미, 파……인생의 일주일"이란 부분이 바로 쥬피타의 평범한 음악적 삶을 표현한 것이다. 그는 7음계 중 네 개를 나열하고 '파'로 끝냈다. 쥬피타의 신체악기가 그 음악적 삶을 연주한다. 그러나 아무리 자신의 건반을 때려보아도 스트라빈스키의 어느 졸작만도 못 하다.

　나는 이 부분이 정지용의 「유선애상」의 주제를 한 토막 가져온 것이라 생각한다. 거리를 굴러다니는 악기 같은 어떤 존재를 집에 데려와 아무리 조율하고 세련된 곡조로 가르쳐보아도 무대에 세울 만한 수준이 될 수 없다는 이야기를 정지용이 거기서 했다. 이 기이한 '나쁜 꿈' 같은 이야기는 거리에 자신들의 '몸'을 몰고 다니는 사람들의 '신체 악기'에 대한 이야기이다. 신체 악기의 본래 수준은 자연의 음악을 연주하게 되어있지만 이제 대다수 인간들은 거리의 규율과 지식에 맞게 그것을 끌고 다닌다. 거리의 규율에 익숙해진 '신체악기'의 줄이나 건반을 아무리 조율해보아도 철로판적 규율에 밴 습성 때문에 섬세한 기교로 단련시킬 수 없다. 그래서 세련된 무대에 나갈 만한 수준까지 도저히 올라갈 수 없다는 것이다. 거리의 '신체들'은 거기에 너무 오랫동안 길들여져왔다. 그 신체악기들은 거의 철로판처럼 단순한 곡조로 고정된 악곡만을 연주하며 내달릴 수 있을 뿐이다. 그들에게서 섬세한 멋진 음악을 기대하지 말라. 그리고 그 이상으로 그들의 본래적 자연의 음악을 기대하기는 더더욱 어렵다. 이것은 동물원과 거울의 세계에 갇힌 존재들을 비판적으로 그리는 이상의 거울 이야기에 대한 다른 판본이다. 「유선애상」과 함께 실린 이상의 「가외가전」에서도 '몸'이 거리의 시끄러운 소음 속에서 마멸되어가는 이야기이다. 이 '몸'은 세상의 소음들 속에서 자신의 본성을 점차 상실해갈 것이다. 그 위험을 벗어나기 위해 이상은 '거리' 위에 놓인 세상의 여러 육교들을 오르내리는 '몸'의 아크로바티를 제시했던 것이다.

　김기림이 스트라빈스키를 거론한 것은 고전 음악의 규율 바깥의 음악적 차원을 고려한 것으로 보인다. 스트라빈스키를 이상의 절대치로 보아서 제시한 것은 물론 아니다. 아마도 자신의 음악적 삶이 그 정도 탈규범적 모습이 되어야 하지 않을까라는 하나의 기준치처럼 스트라빈스키 음악이 제시되었을 것이다. 이상이 쥬피타적 신격을 갖는 그런 정도의 신체악기를 이 세상에서 마음대로 구사할 수 있는 것은 아니다. 세상의 음악 형식이 있고, 세상의 율조가 있다. 그 안에서 자신의 악기를 구사해야 한다. 세상 사람들이 음악이라고 인정하고 들을 수 있을 만한 음악 형식 안에서 자신의 음악을 들려주어야 한다. 그러나 세상에서는 '도레미파……'의 음 영역만이 단조롭게 돌아갈 뿐이다. 이 세상에서의 삶, 인생의 일주일은 그렇게 재미없는 음악과도 같다. 그의 파초와 파이프가 본래의 신성함을 잃고 있는 것처럼 그의 음악도 마찬가지이다.[212]

김기림이 두 번째 이상의 진면모를 파악한 것은 '질주'의 주제였다. 그는 '세기의 암야'에 저질러지는 '밤의 폭행'을 '거리를 달려가는 것'으로 파악했다. 파초와 파이프, 도레미파의 음악이 모두 본래의 신성을 발휘하지 못한 것처럼, 본래적 자연으로서의 육체의 질주가 뒤집혔다. 쥬피타가 있는 어느 식당 또는 카페의 식탁 주변에는 여러 사람들이 있고, 그들이 이 폭행적 질주를 엿듣고 있다. 쥬피타가 이 광경을 보고 있다. 이 자리에서 쥬피타의 '신선한 식탁'의 문제가 거론되는 것이다. 세상을 밤으로 몰고 가는 폭행에 맞서서 이 카페의 예술과 사상은 어떤 깃발을 들어야 할 것인가? '쥬피타 술은 무엇을 드릴까요?'라는 물음은 바로 그러한 것이다.

이 카페에 몰려든 예술가들에게 언제나 주어지는 술은 다락에 항상 얹혀 있는 것들이다. 그러나 이상에게 그러한 것들은 모두 등록된 상표처럼 이미 세상에 다 알려진 것들이며, 별 신선한 것들이 아니다. 거기에는 이 세상의 병과 폭행을 날카롭게 지적하고 도려낼 만한 사유가 없다. 세상을 생기 있게 할 향기 대신 이미 그 자신이 부패해가는 구린내가 배어 있을 뿐이다. 이상은 '자신의 식탁'에서 신선한 맛을 느

---

212 쥬피타 즉 제우스는 번개의 신이었다. 이상의 초인적 음악이 「얼마 안되는 변해」에서 파라 솔 꼭짓점에 내려치는 번개였음을 우리는 이 책의 중간 부분에서 다루었다. 그것은 '비의 음악'이 전개되는 흐름에서 절정의 부분에 해당한다. 김기림이 이 비와 번개의 음악을 알고 있었을까?

끼고 싶었고, 향기를 맡고 싶었다. 이 카페의 '등록한 사상'들로는 이 세상을 구제할 만한 사상을 바라는 자신의 포부를 만족시킬 수 없었다. 그에게는 자신의 '다락'이 있었고 거기 맞는 술이 필요했다.

동경의 노바(NOVA) 카페에서도 그는 그러했다. "말아! 다락같은 말아! 귀하는 점잖기도 하다마는 또 귀하는 왜 그리 슬퍼보이오? 네?" 이상은 「카페 프란스」의 예술가들처럼 질주(?)하듯이 그렇게 권하는 친구를 따라 노바 카페에 갔다. 거기서 일고 휘장을 단 핸섬보이와 마주 앉아 지적인 담론을 겨뤄보고자 했지만 그 놈은 풍선처럼 잠자코 있기만 했다. 바람만 잔뜩 들어있는 그 핸섬보이와 논쟁은커녕 별 대화도 하지 못했고, 단지 그놈의 표정과 심리 내면에서 돌아오는 빈정거리는 말투를 이상이 자신의 내면에서 이렇게 번역하고 있는 것이었다. 이번에는 정지용의 「말」이 패러디식으로 인용되었다. 이상이 정지용 시 중에서도 가장 좋아했던 "검정콩 푸렁콩을 주마"가 나오는 바로 그 「말」이다. '다락 같은 말'은 거기서 자신의 근원도 모르고 향수에 젖어 달을 보는 놈이다. 다락같은 높이를 갖는 몸체의 말(馬), 자신의 근원을 생각하며 향수에 젖는 말을 이상은 동경에서 방황하는 자신의 초상으로 삼았다.

김기림은 그 '다락'을 카페의 다락으로 바꿔치기했다. 그리고 이상 자신의 내면의 '다락'을 거기 대비시키고자 했을 것이다. 아직 '질주'할 수 없는 말, '질주'를 위해 자신의 근원에 대해 알아야 하는 말을 파라솔파는 자신들의 명제로 삼았다. 『시와소설』에 제출된 세 편의 시 「유선애상」「가외가전」「제야」가 바로 그 명제를 두고 대결을 벌인 것이 아닌가? 김기림이 그 장면을 어찌 놓칠 수 있었겠는가? 예술가들의

질주는 '누가 앞장설 것인가'의 문제를 이미 제기하는 것이기도 했다. 「카페 프란스」가 이미 그 문제를 던졌다. 박태원은 「방란장 주인」[성군(星群) 중의 하나]의 후속작 「성군(星群)」에서 그 문제를 방란장 예술가 패거리의 중심 문제로 부각시켰다. 거기에는 아직 정식으로 등단도 하지 못한 소설가 하나가 나온다. 그는 언제나 거리에서 질주하는 자들 중 '누가 앞장을 설 것인가'를 결정하지 못해서 아직까지 소설을 쓰지 못하고 있다.

김기림이 뒤늦게 거기 대답하고 있다. 「쥬피타 추방」은 어찌 보면 그에 대한 뒤늦은 답변이다. 이미 이상이 죽은 지 3년이나 지난 후에서야 그는 이상이야말로 그 질주하는 파라솔파 예술가들 중 가장 앞장선 존재였다고 말하

그림 123 모차르트 심포니 41번(K.551) 〈쥬피터〉 안단테 수고본 악보 부분

음표들의 배치가 마치 이상의 시 「가외가전」에서 말하려는 '몸의 아크로바티'처럼 보인다. 그의 신체악기는 삶의 행보를 소프라노적 선율로 높여야 했다. 세상의 시끄러운 음악들이 홍수처럼 밀려와 이 '몸'의 선율을 마멸시켰다.

정지용과 이상은 「유선애상」과 「가외가전」으로 '신체악기'의 주제를 두고 경쟁했을 가능성이 있다. 거리(가)와 거리바깥의 또 다른 거리(가외가)의 오선(5線) 위에서 어떤 음들로 자신의 행보를 밟아갈 것인가? '삶의 음악'을 어떻게 연주해야 할 것인가 하는 문제로 그들은 경쟁했다. 자신의 본래적 자연인 '신체악기'는 이 세상의 음악 속에서 자신의 길을 찾아내야 한다. 그 문제는 어려운 문제로 파라솔파 동인들에게 제출된 것이었다. 그들은 제각기 그 어려운 문제와 씨름했으며 「유선애상」과 「가외가전」은 나름의 답변들이었다.

후에 김기림은 「쥬피타 추방」에서 그 부분을 회고했던 것 같다. 그는 "아모리 따려보아야 스트라빈스키의 어느 졸작(拙作)보다도/ 이뿌지 못한 도, 레, 미, 파......인생의 일주일"이라고 했던 것이다. 이상은 동경에서 지낸 이야기를 「실화」에서 썼는데 어느 카페에서 모차르트의 「41번 목성(쥬피터)」를 들으면서 그의 환술(幻術)을 투시해보려 애쓰고 있으나 공복으로 어지럽다고 했다. 이 이야기는 「카페 프란스」의 한 부분을 연상시키면서 카페 노바(NOVA)로 가자고 하는 어느 친구의 말과 연결된다.

김기림의 「쥬피타 추방」은 이러한 부분이 환기되는 특성이 있다. 제목의 '쥬피타 추방'부터가 그렇다. 그리고 첫 장면은 어느 카페 식탁이다. 거기서 여러 논쟁과 토론이 벌어질 것 같은 의자들이 있다. 김기림은 「카페 프란스」를 연상한 이상의 노바 카페 장면을 모두 낙랑 파라시절의 분위기에 뒤섞어서 이 시를 썼을 것이다.

는 것이다. 시의 초반부터 이상의 풍모는 그들 무리 중에 발군의 것이었음을 드러낸 것이다. 비록 초라해도 그 평범함 속에 깃들어있는 신성을 그는 보여주었다. 그리고 그 이상의 식탁 주변에서 그에게 맛있을만한 신선한 사상을 가져다줄 사람은 아무도 없다고 그는 말했다.

3

김기림이 이상의 죽음에 바친 추도시「쥬피타 추방」은 이상의 '사상의 식탁'과 사상의 '데스마스크'(시의 마지막 부분)를 주 모티프로 삼고 있다. 우리는 이 시를 통해 이상의 시 전체의 시적 사상적 전개도를 살펴볼 수 있을 것이다. 그것은 이상의 작품에서 전개된 네 개의 '사상의 식탁'이다. 첫 번째는 오리온좌의 식탁이다.「황의기 작품제2번」에 이식탁이 나온다. 여기서 '사상의 식사'라는 모티프가 전면화 되었다. 그의 사상을 '모자' 기호와 결합한 작품이기도 해서「쥬피타 추방」과 매우 긴밀한 관련성을 갖는다.「쥬피타 추방」첫머리에 바로 그러한 사상의 기호로 제시한 파초잎처럼 축 늘어진 모자가 나오기 때문이다. 두 번째는「각혈의 아침」에 나오는 냉랭한 사과의 식탁이다. 파란 사과와 연필 가루가 흩어져 시커머지는 종이가 놓인 식탁이다. 이 탁자역시 '사상의 식사'와 관련된 것이다. 뱃속의 통신이라든지, 요리사 천사가 내보내는 혈담(가브리엘 천사균)이라든가, 알맹이까지 빨간 사과를 먹는 이야기 등이 그러한 '사상의 식탁' 풍경을 만들어낸다. 세 번째는「가외가전」의 달걀 노른자의 식탁이다. 이 시의 마지막 부분에 나오는 탁자는 달걀이 요리된 접시와 사무용 방안지 등이 함께 놓인 식탁이다. 그 달걀 노른자위 겨드랑에서 '훈장형 조류'가 탄생해서 탁자

위를 날아오른다. 초인적 사
상의 날갯짓을 보여준 것인
데, 여러 사상들 간의 경쟁과
투쟁 속에서 그 모든 것을 제
압한 '훈장형 조류'가 탄생한
다. 네 번째는 「실낙원」 시편
의 「면경」과 「자화상(습작)」의
식탁이다. 이 탁자는 '시인-병
사'의 정물화 탁자이다. 이것
은 「면경」의 거울 속에 자리잡
고 있다. 정물처럼 묘사된 탁
자 위에는 시계와 펜과 잉크
병이 글을 쓰다 만 원고지와
함께 놓여 있다. 시인이며 학
자이며 병사인 어떤 존재가
남긴 유품이다. 이 어떤 존재

그림 124 이상(하융)이 그린 「소설가 구보씨의 일일」 13회 연재
분 삽화(「조선중앙일보」, 1934.8.19.)

구보씨의 고상한 입맛을 출세한 것처럼 거들먹거리며 돈과 여
자를 자랑하는 천박한 친구의 입맛과 비교한 그림이다. 구보씨
는 친구가 시키고 자기에게도 권하는 칼피스 음료잔과 자신이
그 친구의 입맛을 천박하게 여기며 거기 대립시키는 홍차와 커
피를 떠올린다. 이상은 이 둘의 심리적 격투를 상징하듯 커피
잔의 손잡이가 '가루삐스'(칼피스) 잔을 뚫고 들어가게 했다. 커
피잔과 홍차잔 아래에는 육면체의 각설탕들이 있다. 홍차잔과
칼피스 잔 사이에 주사위가 놓여 있다. 둘 중의 무엇을 택할 것
인지 이 주사위가 결정할 것이다. 주사위는 홍차잔 쪽으로 더
넘어가 있고 윗면에 세 개의 점을 보여준다. 탁자 위 공간은 여
러 시점들이 부드럽게 융합되어 공간 전체가 휘어지고 출렁이
듯 느껴진다. 커피잔 받침은 더 아래쪽으로 기울어져 있다. 코
코아잔 접시도 마찬가지이다. 그 위의 잔보다 접시가 더 기울
어져 마치 위에서 내려다본 것처럼 느껴지고 컵이 미끄러져 내
려갈 것 같다. 칼피스 잔은 아래가 날카롭게 수평으로 되어 이
러한 구도 속에서 바로 섰다. 이 각진 잔의 선이 이 출세한
듯 보이는 친구의 세속적 날카로움(이익에 대한)을 보여준다. 그
러나 홍차잔의 부드러운 곡선이 이 날카로운 선을 뚫고 나간
다. 가난한 예술가의 힘은 이 내밀한 부드러움에 있다.

를 뒤에 이어진 시인 「자화상(습작)」은 다른 이야기 틀 속에서 그려내고
있다.

「쥬피타 추방」에 나오는 이상의 '신선한 식탁'은 니체 식으로 말한
다면 가장 높은 곳에 마련된 식탁이다. 니체는 "나보다 더 높은 곳에
식탁을 마련한 자는 없다. 그 누가 그렇게 별 가까이, 무섭고 아득한
심연 가까이 살고 있는가?"(「선악의 피안」 마지막 장 뒤에 붙인 「산정에서(후곡)」
을 보라)라고 말했다. 니체는 이 책의 마지막 부분(단장 282)에서 정신적

으로 고귀한 자의 까다로운 입맛에 걸맞은 식탁을 찾아보기 어렵다고 말했다. '마녀 휘르파아이가 지나갔는가!'라고 외칠 정도로 자신의 식탁을 때려 부수는 사람을 만난 적이 있는가? 니체는 이렇게 물었다. "고귀하고 까다로운 정신적인 욕구를 지니고 있으면서도 자신의 식탁이 마련되고 자신의 음식이 준비된 것을 본 적이 드문 사람이라면 언제나 그러한 위험에 빠질 가능성이 농후하다." 천민의 시대에 그는 굶주림과 갈증으로 쓰러지기 쉬우며 구토에 시달리기 쉽다. "우리 가운데 가장 정신적이며 가장 까다로운 입맛을 가진 사람은 식탁 위의 음식과 곁에서 함께 식사하는 사람들에 대한 순간적 통찰과 환멸에서 오는 저 위험한 소화불량 증세, 즉 식후 구토감을 갖고 있다."(『선악을 넘어서』 9장, 단장 282)

니체는 『서광』에서 은행가의 식탁에 대해 말했다. "나쁜 식사에 반대하여/ 은행가의 식탁—'다량으로', '다양하게' 이것이 그 규칙이다. 그 결과 요리는 인상을 주기 위하여 만들어지지 영양까지 생각해서 조리되지 않는다."(『서광』 단장 203) 물론 여기서 '은행가'는 실제 은행가 자체를 가리키는 것이 아니라, 모든 것을 이익을 기반으로 생각하는 자본주의적 정신 자체이다. 이상은 「2인—1」「2인—2」에서 그러한 '은행가'의 깡패적 이미지를 역사 시대를 대표하는 2인 중 하나인 '알카포네'에 배당했다. 이상에게는 역사를 주도해온 '2인'의 하나인 예수 기독도 그러한 '은행가'적 면모를 완전히 탈피해 있는 것은 아니다. 이러한 '2인'으로 대표되는 역사시대의 황무지를 꿰뚫고 나아가는 신체의 ORGANE적 선율, 그 육체성의 강물이 이 시의 마지막에 빈약한 식탁을 하나 마련한다. 새로운 구세주로서의 '나'는 디오니소스적 기독의 면모를 보이는데, 이 구세주적 존재는 초인의 바다에 도달하기 직전의 '최후의 식사'를 준비한다. 마리아와 함께 보낼 밤의 에로틱한 식사는 기대한 것이었지만 실현되지 않는다. 그는 다만 혼자 쓸쓸하게 맞는 마지막 날의 '최후의 식사'를 홀로 하게 된다. 그것은 팔의 상박과 하박이 기계적으로 움직여 먹게 되는 '식어빠진 점심'이었다. 이러한 기계적인 식사는 마지막 부분을 지배하는 기계적인 음악, 기계적인 움직임들과 함께하는 것이다. 아마 이상은 이러한 기계적 리듬과 운동으로 모든 것이 돌아가는 시대를 예상했는지 모른다. 이 시의 구세주적 존재는 이 역사의 마지막 기계적 패턴 속에서 세상에의 하강과 몰락을 준비하고 있다. 그것은 세상을 구원하기 위한 초인적 삶의 방식이다.

주피타 이상의 식탁 역시 그렇다. 그는 「가외가전」에서 세계사적 사상들과 겨루면서 지구의 태초 바닥에 기둥을 박고 높이 솟구친 사상의 육교를 설정했다. 그 육교 위에 사상의 방대한 방이 마련되고 그 방안에 식탁이 준비된다. 시의 마지막 부분에 등장하는 계란 노른자위가 놓여 있는 식탁이 바로 그것이다. 세계사적 사상은 그렇게 방대한 방에서 전개된다. 세계의 모든 현상들을 하나의 공간 속에 압축해서 집어넣을 그러한 방 속에 초인적 존재에 걸맞는 '사상의 식탁'이 자리 잡고 있는 것이다.

정지용의 두 개의 죽음과 날개 찢긴 '나비'의 빛

1

정지용의 「나븨」에 대한 이야기로 이 책을 마무리해보기로 하자. 「태극선에 날리는 꿈」의 나비로부터 시작된 정지용의 절벽과 고지의 사상, 절벽을 날아가던 나비의 꿈이 그의 암흑기 시편 마지막 풍경에서 새로운 모습으로 등장했다. 우리는 금강산의 절벽과 고지를 노래한 이 마지막 금강산 시편에서 두 편의 나비 이야기를 만나게 된다. 태극선의 부채와 함께 등장했던 그 나비가, 그 꿈이 우리의 정신과 말과 글이 강제로 추방되던 암흑기에 처참한 모습으로 다시 등장했다. 거기에는 시대적 정치적 풍경이 배경에 놓여 있다. 그렇다고 그러한 시대상을 보여주는 것만도 아니다. 그것은 정지용 시의 여정 마지막에서 그가 탐구해온 주제를 마지막 안간힘으로 보여준 내적 풍경이기도 하다. 거기서 그는 무엇을 우리에게 선물처럼 남겨준 것일까?

파라솔파의 시들 중에서 1941년을 넘어가면서 강렬한 인상을 주는 시는 이때 쏟아진 정지용의 금강산 시편들 말고는 김기림의 「못」「청동」정도이다. 김기림의 이 두 편의 시는 하나는 모든 것을 빨아들여 녹여버리는 심연으로서의 '못'을 노래한 것이다. 어떤 찬란함 어떤 호화로움도 거기서 녹아버리고 그 심연에서 빛과 열이 싸늘히 식어버린다. 그러나 '못'은 어떤 비바람도 뚫고 나가 새롭게 동터올 날을 기다리고 바라본다. 「청동」은 오랜 역사의 세월을 견디고 녹슬어가지만 단단하고 깨지지 않는 청동의 의지를 노래한 것이다. 암흑기의 침묵 속에서 그는 자신 속에 깃들어 있어야 할 이 두 가지 존재를 발견하고 싶었으리라. 「바다와 나비」에서 물결치는 바다의 심연을 흘낏 바라보고 아찔함을 느껴보았던 그는 자신 속의 쓰디쓴 심연도 보았으리라. 그리하여 그 시커먼 '못'을 노래하게 되었으리라. 모든 빛을 빨아들여 삼켜버렸지만 또 다른 태양을 기대하는 마음을 기대하게 되었으리라. 파랗게 녹슬어도 녹거나 부서지지 않는 '청동'의 의지도 갖고 싶었을 것이다. 파라솔파가 붕괴되었지만 바다 물결을 피해 달아나는 '나비'나 새삼 무엇인가 믿고 의지하고 싶은 '산양'[213]처럼 되고 싶지는 않았으리라.

　암흑기의 시련 속에서 무엇보다 그것이 몰고 오는 삼동(三冬) 같은 추위를 참고 견디기 위한 그들에게는 '인동(忍冬)'의 의지가 필요했다. 정지용은 「인동차(忍冬茶)」를 노래했다. 그리고 더 나아가 「예장(禮葬)」

213　김기림은 「산양(山羊)」을 1939년 9월에 발표했다. 「바다와 나비」가 발표된 지 5개월 뒤의 일이다. 그는 갑자기 옛날에 잊어버린 찬송가를 부르며 무엇인가 믿고 싶다는 역설적인 이야기를 한 것이다. 그런데 '산양과 같이'라는 말을 거기 끼워 넣었다. '산양'을 신앙인처럼 본 것이다. 묘한 이중성이 이 '산양'에서 느껴진다. 그는 '산양'의 야생성에 자신의 약화된 의지(무엇인가 믿고 의지하고 싶게 된)를 투사한 넣은 것이다. '산양'은 그 자체가 신앙적 존재의 상징은 아니었으리라. 가축처럼 키우는 '양'과 같은 종류이기 때문에 등장했으리라. 김기림은 목장의 양이 아니라 야생의 '산양'에 자신의 약한 마음을 의탁했으리라.

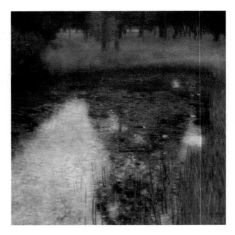

그림 125 Gustav Klimt, *The Swamp*, 1900
이 그림의 늪은 빛과 색으로 수놓인 물의 정원을 보여준
다. 늪이지만 생명으로 가득하다. 주위의 풀들과 숲이 그
생명력을 감싸 부각시키고 있다.

김기림의 암흑기 시편 중 하나인 「못」은 모든 것을 빨아
들여 녹여버리는 심연인 '못'을 노래한 것이다. 어떤 찬란
함 호화로움도 녹아버리고 심연에서 그 빛과 열이 싸늘히
식어버린다. 그러나 '못'은 어떤 비바람도 뚫고 나가 새롭
게 동터올 날을 또 다시 기다리고 바라본다. 절망의 시대
에 그는 침울한 자신의 마음을 숲 속 어두운 연못에 비유
했다. 그 시대에 새로운 빛이 동터오리라는 희망 한줄기
가져보기가 얼마나 어려웠던 것일까? 그러한 것조차 시가
감당해내야 했다니. 아니 시만이 그러한 먼 미래의 빛을
붙잡아볼 수 있었던 것인가?

에서 금강산 최고봉 중의 하나인 만물상(萬物相)에서 뛰어내리는 죽음을 노래하기도 했다. 한 신사가 대만물에서 벌이는 죽음 퍼포먼스와도 같이, 세상을 향한 '죽음의 시위'를 펼쳐보인 것이다. 세상의 모든 삶의 죽음, 세상 만물(萬物)의 죽음이 다가온 것임을 미리 포고(布告)하듯이, 그 자신의 죽음으로 그것을 상징하듯 그렇게 '한 신사'는 구만물(舊萬物)에서 투신한 것이다.

물론 「예장」은 이러한 일차적인 의미만 있는 것은 아니다. 그러나 더 깊은 차원에 숨어있는 것을 알기 위해 우리는 그의 시

편 전체의 줄거리를 꿰뚫어야 한다. 우리는 정지용이 이러한 시들에서 과연 무엇을 행한 것인지 아직 정확하게 파악하지 못하고 있다. 이 시편들의 주인공은 정지용 개인이 아니다. 「예장」에서 대만물상에 올라 아래로 뛰어내려 죽은 신사의 이야기도 정지용 자신에 대한 것이 아니다. 그렇다고 시인과 아무 상관없는 제3자적인 존재인 것만도 아니다. 거기에는 어느 정도 시인 자신의 면모가 투영되어 있기 때문이다. 그 절벽에서 투신한 존재는 정지용 시의 은밀한 주인공이었다. 그

는 초기 시편의 하나인 「태극선에 날리는 꿈」에서 나비를 잡으려 위태로운 절벽가를 내닫는 아이의 꿈으로 처음 출현한 존재였다. 그 시에서 정지용은 아이의 동화적 꿈을 다루었는데 '별에서 별로, 고지에서 고지로' 도약하는 초인적 존재에 대해 노래한 꿈이었다. 그 고지에서 고지로 건너뛰는 '아이의 꿈'을 현실 속에서 키워가는 것이 그의 시적 여정의 하나였다고 할 수 있다. 그 동화적 꿈을 간직한 '아이'는 현실의 어떤 비바람을 뚫고 견디며 나아

그림 126 조선후기 남계우의 '나비와 모란도' 부분
정지용의 초기 시편인 「태극선에 날리는 꿈」에는 절벽을 날아가는 범나비를 뒤쫓는 아이의 꿈이 나온다. 이 책은 바로 그 절벽의 나비로부터 시작했었다. 이제 책의 에필로그에서 나는 지용의 마지막 시편 「나븨」에 나오는 절정의 환상을 자신의 모습에 담고 '고지'에서 내려온 나비에 대해 이야기하려 한다. 그 '고지'의 꿈 역시 「태극선에 날리는 꿈」에 나오는 것이었다. 이제 그 꿈의 마지막 모습을 우리는 「나븨」에서 보게 되리라. 그 나비는 시인의 마지막 초상화였을 것이다.

갔을까? 그의 '나비'는 어떻게 되었을까? 이러한 질문을 하면서 정지용 시 전체를 바라볼 수 있다. 그렇다면 거기에 펼쳐진 어떤 주인공들의 스토리를 추적할 수 있게 되리라. 그것은 시인의 상상력과 사유가 빚어낸 것이니 시인의 자취가 투영된 것이다. 그리고 그러한 사유와 상상력은 시인의 삶이 함께 한 것이다. 당연히 시인의 삶도 거기 투사되어 있을 것이다.

시에서 '나'라는 주어가 나온다 해도 그것이 언제나 시인 자신, 사적인 개인으로서의 시인을 가리키는 것은 아니다. 지용은 그저 자신의 일상사에 갇혀있는 이야기를 한 것이 아니다. 시의 보편적 지평은 그

러한 사적인 차원을 넘어선다. 그가 「명모(明眸)」의 파라솔 눈동자를 노래할 때도 개인적인 차원의 이야기를 한 것은 아니었다. 그것은 사람이면 '누구에게나 있는 자연적 신체'(이것을 니체는 호모나투라라고 했다)의 정신적 렌즈와 그 초점인 눈동자(모眸)에 대한 것이었다. 그것은 「유선애상」에서 다룬 '신체' 이야기의 연장선상에 있는 것이다.

지용은 「유선애상」에서 했던 기이한 악몽과도 같았던 '거리의 신체 악기'에 대한 이야기를 새롭게 다듬어낼 시편을 준비해야 했다. 신체의 자연성으로서의 '악기'적 측면(신체를 연주하는 삶을 살아가고 동시에 세계가 연주하는 음악을 향유하는)을 시각적 차원에서 새롭게 조명하려는 시도가 그것이다. 「명모」가 바로 그러한 시였다. 그는 거리의 모든 풍경을 사진 찍듯이 담아내는 파라솔 눈동자를 노래했다. 윤전기(눈조리개를 가리킴) 앞의 천사처럼 '명모'(아름다운 눈동자)는 그렇게 세상의 풍경을 찍어댄다. 천사 같은 눈동자가 세상의 일과 사건과 풍경을 사진처럼 찍는다. 그것이 그의 일이다. 그러한 작업에 사역당한 피로, '오피스'의 사무에 시달린 피로 같은 피로가 몰려온다. 하루 종일 찍어대는 일이 눈의 사무이기 때문이다. 이 일상의 삶, 현실의 풍경들을 보는 것, 자신 속에 담는 것은 피로를 몰아온다. 강렬한 에너지로 휘감겼던 태엽이 풀리듯이 천사 같은 눈동자도 힘이 풀린다. 그는 이렇게 일상의 삶을 빨아들인, '신체'의 여러 기관 중에 가장 지고한 순수한 존재, 천사처럼 여겨지는 '눈동자'의 피로와 권태를 노래한 것인가?

지용의 육체 개념은 여기서(그리고 그 이후) '하나의 동일한 육체'가 아니라 질적으로 다른 여러 차원이 존재하는 다중적 다층적 풍경으로 변해 있다. 그에게 하나의 신체는 다양한 육체적 지형도를 갖게 된다.

아마 「명모」는 육체성에 대한 이러한 새로운 인식을 보여주는 첫 번째 작품이 될 것이다. 그는 거리의 일상에 복무하는 노동하는 육체, 사무실(오피스)의 조직 속에서 부여된 작업에 종사하는 육체로부터 더 상승된 육체, 천사적 존재감을 갖는 육체 등을 이 한 편의 시에서 이야기하고 있다. 이 주제는 그가 「수수어」 연작을 통해서 상당히 긴 시간 동안 집요하게 탐구된 주제였다. 「명모」는 그러한 여러 육체적 특성을 하나의 신체 속에 담아냈다.

산문인 「수수어」에서는 여러 육체 즉 사냥개의 육체와 노동자들의 육체, 지식인 예술가의 산책적 육체, 보이지 않은 천사들의 내밀한 육체 등을 나누어 그 질적 위계를 설정하고 있다. 그는 이 여러 육체들의 위계를 통해 계급적 관점으로 포착된 육체 개념을 넘어선다. 일정한 사회계급적 존재는 하나의 고정된 육체를 배당받는 것이 아니다. 어떤 계급에 속해 있어도 하나의 개인은 그 계급과 상관없이 자신만의 육체적 지형도를 갖게 된다. 그는 자신의 정신과 삶의 수준에 따라 질적으로

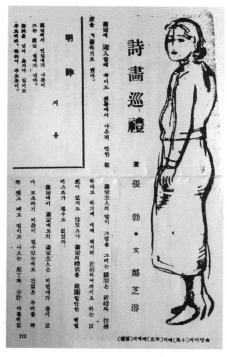

그림 127 정지용의 「명모(明眸)」(「중앙」, 1936.6.) 원문
이 시는 후에 시집에 실리면서 「파라솔」로 제목을 바꿨다.
「유선애상」의 육체성의 주제가 '아름다운 눈동자' 즉 명모(明眸)라는 신체의 한 오르간을 통해서 변주되고 있다.

더 높은 육체에 도달할 수 있다. 그 반대로 아무리 높은 계급에 있어도 그의 육체적 지형도는 질적으로 낮은 단계로 추락해 있을 수 있다.

「명모」는 하나의 신체가 여러 육체적 지층을 확보하고 있을 수 있음을 말한 것이다. 우리는 정지용의 이러한 육체와 신체 개념으로 사회계급적 관점으로 어떤 존재를 규정하려는 사회학주의를 비판할 수 있다. 그리고 노동자와 노동에 최상의 가치를 부여하려는 맑스주의적 관점을 극복할 수 있다. 단순한 육체노동에 종사하는 육체는 육체성의 위계에서 가장 낮은 자리에 있다. 단순 노동에 붙잡힌 육체는 육체성의 밀도, 감각과 감정, 존재의 밀도가 가장 낮은 것이다. 자신이 노동자에 속해 있다 하더라도 그가 자신을 상승시키기 위해서는 자신의 육체성을 상승시켜야 한다. '노동자' 즉 노동하는 육체를 최상의 가치에 올려놓는 체계에 안주하면 이러한 상승은 일어날 수 없다. 노동자도 자신의 상승을 위해 많은 일을 해야 한다. 그도 자신의 예술을 찾아내야 한다. 자신의 감각과 감정의 밀도, 존재의 밀도를 높이기 위해 삶의 미학과 삶의 존재유(存在有)에 대한 성찰을 해야 하는 것이다. 그러할 때 자신의 존재가 상승될 것이다. 「명모」는 매우 조용한 소리로 그러한 권고를 하는 것이며, 그 권고 뒤에 강력한 외침을 숨겨놓고 있는 것이다. 아무튼 그는 이처럼 육체성의 새로운 명제와 그 풍경을 드러내기 시작했다. 이 「명모」의 새로운 풍경은 「유선애상」에서 절벽을 내닫던 그 신체, 거리에서 마구 굴러다니며 악기의 본성을 모두 잃어버렸던 그 신체를 치유하고 구제하기 위해 제시된 것이다.

파라솔파가 경쟁했던 주제는 거리의 삶에서 혹사당하는 사람들이 지닌 저마다의 '몸'이었다. 그들은 그것이 본래의 자연성과 반해서 거리의 일들에 '혹사당하는' 면모에만 주목한 것이 아니다. 그들이 경쟁했던 것은 과연 그것을 '구제'할 수 있는 방안은 무엇인가, 라는 문제였다. 그들은 이 문제를 놓고 서로 경주를 벌이며 질주했다. 아마 이것만이 그들이 공유했던 진정한 주제였고, 이것을 놓고 서로 자웅을 겨뤘다고 할 수 있다. 「유선애상」과 「가외가전」이 치열하게 그 앞자리를 다퉜다. 김기림의 「제야」가 그 둘의 겨룸을 구경하면서 자신도 거기 뛰어들어 그 겨룸의 장을 가열시켰다. 그 동인지를 하나의 축제적 경연장(競演場)처럼 만들어줄 필요가 있었다.

지용의 「유선애상」이 이러한 '구제'의 주제를 어느 정도 성공시켰던가? 이상의 「가외가전」과 비교한다면 또 어떤가? 지용은 무언가 많은 아쉬움을 느끼지 않았을까? 그는 거리에서 사람들이 마구 몰고 다니며 혹사하는 그 '신체'를 예술적으로 섬세하게 길들이는 이야기를 다뤘지만 '기이한 악몽'처럼 끝냈다. 아, 이 악몽의 꿈은 나비의 진짜 꿈이 되기에는 너무 부족하다. 시의 마지막 부분에서 시인은 이 '나비'를 핀으로 꽂아 죽여 버린다. 아마 그것은 시라는 화원에서 시인이 키우던 '나비'였을 것이다.

그는 예술적 무기력과 허무를 너무 쉽게 고백한 것이 아닌가? 예술적 구제의 가능성을 더 강렬하게 제시했어야 하지 않았을까? 이상의 「가외가전」이 보여주는 치열성에 비해 그 부분이 부족해 보이지 않았던가? 아마 그래서 그는 「명모」를 쓰게 되었을 것이다. 그는 여기서 그 '거리의 신체'에 대한 구제를 위하여 신체의 예술적 무대를 구축했다. 「명모」의 눈동자에는 러시아 가극 「백조의 호수」의 무대가 펼쳐진다. 호수와 백조 모티프가 그렇게 해서 등장한다. 그것(눈동자)은 "원래 벽

찬 호수에 날러들었던 것"이다. '벅찬 호수'는 감정이 벅차오른 호수, 바로 눈물이 가득한 눈의 호수이다. 「백조의 호수」의 주인공 오데뜨 공주의 슬픈 운명이 거기 있다. 악한 마법사로 인해 백조로 변한 오데 뜨는 밤에만 자신의 어머니가 흘린 눈물로 만들어진 마법의 호수에 서 다시 사람이 될 수 있었다. 지용은 그 '마법의 호수'의 두 차원을 시에 집어넣었다. 파라솔을 닮은 '명모'는 처음엔 '해협의 연닢'에 비유되었다. "해협을 넘어 옮겨다 심어도/ 푸르리라, 해협이 푸르듯이"라고 시의 첫 부분에서 노래했다. 이 '해협'은 도마뱀떼처럼 출렁이는 시인의 '생명의 바다'였다. 「해협」에서처럼 자신의 머리에 원광을 둘렀던 그 '바다'였고, 지구 전체를 파라솔 연닢처럼 싼 그 '바다'였다. 그러나 제국의 도시 속 일상 속에서 그 '바다'는 밀폐된다. 눈앞의 세상은 제국의 틀에 갇혀버린 죽음의 호수가 된다. 호수의 마법은 일상의 삶이 끝나는 밤에 비로소 시작된다. 그 호수는 원래의 '생명의 바다'를 되찾는다. "포효하는 검은 밤, 그는 조란(鳥卵)처럼 희다"라고 시인은 노래했다. 일상에서 **꽥꽥**거리는 오리 같았던(「유선애상」에서처럼) 존재가 밤의 잠 속에서 하얀 새알이 된다. 그 꿈에서 그것은 백조가 되어 날아다닐 것이다. 진짜 초인류적 존재인 '사람'이 되는 이야기가 시작될 것이다. 파라솔처럼 눈동자를 접는 것은 이러한 잠과 꿈을 위한 것이고 본래의 바다를 회복하기 위한 것이다. 그것은 결국 접힌 파라솔을 다시 펴듯이, 잠과 꿈속에서 새롭게 된 흰 알 속에서 탄생한 자신의 세계를 펼쳐내기 위한 것이다. 그 눈동자는 더 깊은 세상, 더 방대한 세계를 바라보게 될 것이다.

그렇게 해서 지용의 시는 육체성의 더 내밀한 차원, 육체성의 피안이

라고 할 만한 해안과 바다의 풍
경에 도달하게 된다. 「명모(파라솔)」
(1936. 6)를 발표한 지 2년여 세월
뒤인 1938년 3월에 발표한 「슬픈
우상」에서 그러한 '육체성의 피안'
이 묘사된 것이다. 이 작품은 「수
수어」 연작 중의 하나로 이미 그
전 해인 1937년 6월에 발표된 것
이었다. 「수수어4」가 그것이다.
「수수어」는 수필이지만 시적 산
문체로 쓰인 것이어서 「수수어4」
는 거의 산문시에 가까웠다. 지용
은 아마 그것을 수필로 남겨놓기
아까웠으리라. 그래서 그 이듬해
「슬픈 우상」이란 시로 세상에 내
놓은 것이다. 그만큼 거기 실린 내
용은 그에게도 매우 중대한 것이
었다. 그는 이 시에서 자신의 육체
성의 새로운 풍경을 제시할 수 있었다.

그림 128 〈백조의 호수〉의 한 장면

지용은 「파라솔(명모)」에서 눈동자의 천사에 대해 노래했
다. 그 눈동자 호수에는 「백조의 호수」 같은 비극적 드라
마가 상연되기도 한다. 그의 육체성은 이 시에서 '눈동자
천사'라는 최상의 단계에 도달했다.
지용은 「수수어」 연작을 통해 '육체 탐구'의 주제를 심화
시켰다. 가장 낮은 단계의 동물적 육체와 맨 상층의 천
사의 몸이 위계적으로 구분되었다. 인간의 육체는 노동
하는 육체가 가장 단순한 것이 된다. 그는 「육체」에서 그
문제를 다뤘다. 육체는 그것이 활동하는 감각의 밀도 수
준에 따라 그 위계가 결정된다. 그 밀도를 상승시키는 것
이 우리 육체와 삶을 상승시키는 일이 된다. 경제적 생산
력과 소유물의 과다로 이러한 삶의 질을 대체할 수 없다.
천사의 육체에 도달하는 것이 이 '육체 탐구'를 하는 시
인(정지용)의 꿈이 될 것이다.

「명모」에서는 거리의 풍경을 천사처럼 모두 빨아들여 자신의 잠속
으로 빠뜨림으로써 정화했다. 잠의 무한성 속에 그 모든 것이 녹아버
렸다. 거기서 세상의 모든 것을 담은 알처럼 그의 육체성은 내밀한 상
태로 존재했다. 눈동자와 눈은 자신의 신체 중에 가장 내밀한 것이며,

가장 최상의 것이었다. 천사의 차원이 거기 스며들어가 있다. 이 육체의 최상의 차원을 그는 「슬픈 우상」에서 신체의 외부와 내부 기관 전체에 부여했다. 그렇게 해서 신체의 모든 부분이 일상적인 차원의 감각과 사유, 논리의 피안으로 펼쳐졌다. 아스라이 펼쳐진 '피안의 바다'가 육체의 해안에 결합되었다. 지용은 자신의 신체와 거리를 오가는 사람들 모두의 신체에 대해 이 색다른 육체의 풍경을 들이민 것이다. 그것은 「명모」의 '백조의 호수' 이야기를 넘어선 차원, 비극의 무대 저편에서 신화적 빛으로 출렁이는 '바다'였던 것이다. 정지용의 '바다' 시편들은 이 시에서 드디어 최상의 도달점을 갖게 된다. 「유선애상」 이후 전개된 그의 '육체 탐구'는 이 시편을 통해 그 꼭짓점에 도달하게 된 것이다.

그러나 지용은 점차 이러한 '백조의 호수'처럼 아름답고 순결한 밤이 아니라 혹독한 현실의 겨울밤 이야기로 쫓겨나고 있었다. 점점 더 암울해지는 세상이 그를 그 겨울밤 속으로 떠밀었다. 「장수산」 연작처럼 "슬픔도 꿈도 없이" 지내야 할 장수산 속 겨울의 한 밤을 노래했다. 그러한 혹독한 겨울밤 같은 현실이 몰아닥칠 때 오히려 그 반대로 「백록담」의 절정을 탐색하기도 했다. 그리고 「인동차」를 썼다. 삼동의 겨울을 견디기 위해서 그에게 무엇이 필요한 것인가? 겨울을 견디고 뚫고 나가기 위해서 자신의 장벽에 뜨거운 폭포처럼 흘러들게 할 인동차는 과연 무엇이란 말인가?

그는 「백록담」을 잇는 고지의 시편들을 이어가야 했다. 절정을 향해 올라갈수록 뻐꾹채 꽃키가 줄어들 듯 그렇게 자신의 육체를 소모시키면서 얻어내야 할 그 절정의 꽃들이 필요했다. 하늘의 성좌들과 함께 자리하며 자신의 지친 신체를 눕혀줄 만한 양탄자 같은 꽃밭이 있어야 했다. 그 절정의 꽃밭을 자신의 정신과 사상에 마련할 수 있다면 그것만으로도 이 혹독한 겨울을 견디고 또 뚫고 나갈 수 있게 되리라. 그러한 절정에 대한 뜨거운 지향이 바로 그에게 다가온 겨울을 견딜 수 있게 할 '인동차'가 되리라. 그는 두 개의 절정을 향한 시편들을 마련했다. 「예장」의 만물상과 「나븨」의 비로봉이 그에게 다가온 두 개의 절정이었다. 친구 박용철과 함께 했던 금강산 여행 체험이 이때 이 시편들을 쓰는 원동력이 되었다. 그의 죽음 이후 2년이 지난 뒤였다. 그에게 새삼 어떤 절정들이 다가온 것인가?

2

「예장」의 죽음과 「호랑나븨」의 죽음 사이에 「나븨」가 끼어 있다. 지용의 첫 번째 절정은 1930년에 발표한 「절정(絶頂)」이었다. 아마 그는 첫 번째 비로봉 여행을 노래했을 것이다. 상상봉 위에 민들레처럼 가늘어진 다리로 그 위에 섰는데, "거대한 죽엄같은 장엄한 이마"를 거기서 보았다. 그리고 그 위에 놀랍게도 '향그런 꽃뱀'이 웅크리고 있었다. 절정의 이중주는 장엄한 이마에 놓여 있는 '거대한 죽엄'과 그 위의 태초의 생명처럼 보이는 원초적 본능의 꽃뱀이었다. 이 눈이 시릴 정도로 아름다운 원초적 생명은 장엄한 죽엄의 풍경 위에 놓여 있었다. 아마 이것이 지용의 바다 시편이 탐구한 '절정'의 풍경이었으리라. '거대한 죽엄'만이 그 꼭짓점에서 가장 원초적인 태초의 생명, 마치 창세기의 이브가 마주한 것 같은 그러한 꽃뱀의 향기로운 생명을 볼 수 있었다.

그는 1941년 암흑기에 들어서는 입구에서 그 주제와 다시 맞섰다. 그는 그때는 이미 자신의 곁을 떠난 친구 박용철과 함께 올랐던 금강산 비로봉 여행을 떠올리며 금강산 시편들을 써냈다. 「예장(禮葬)」「나 비」「호랑나비」 등이 금강산 시편들의 중심에 놓여 있다. 이 시편들은 이때 한꺼번에 발표한 열편의 시들 중에서 가장 의미 있는 것이었다. 그 시편들은 '절정의 죽음과 생명'의 이중주를 담고 있다. 이미 1930년 에 그가 발견했던 그 '절정의 이중주'를 그는 어떻게 이 어두운 암흑기 겨울의 입구에서 되살려내게 된 것인가? 엄청난 무게로 다가온 과제 를 그는 극복했다. 파라솔파의 붕괴, 동인들의 흩어짐, 이상과 박용철 의 죽음 이 모든 것들이 그를 짓눌렀을 것이다. 그는 그들과 함께 했 던 일들을 되돌아보며 그것의 마무리처럼 자신의 모든 것을 쏟아 부 어야 했을 것이다.

그는 이 세 편의 맨 앞에 「예장」을 놓았다. 「예장」에서 그는 금강산 의 가장 장엄한 대만물(大萬物)의 절정을 앞에 놓고 그 '절정의 이중주' 를 새로 가다듬었다. 우울하지만 그것을 뛰어넘는 비장한 분위기 속 에서 그 이중주를 변주했다. 그는 여기서 옛 시편 「절정」에서 노래한 '절정의 거대한 죽엄'을 세밀한 풍경으로, 비극적인 이야기로 펼쳐낸 다. '거대한 죽엄' 풍경은 금강산 대만물상(大萬物相) 봉우리에서 투신 (投身)한 한 신사의 주검 풍경과 이야기로 전환되었다. 암흑기의 겨울 에 그는 이 조금은 충격적인 주검의 예식(禮式)을 세상에 시위하는 것 처럼 보여준 것이다. 「유선애상」의 '연미복 신사'가 여기서 "모오닝코 오트에 예장을 가춘" 신사로 전환되었다. 이 신사가 대만물 꼭대기에 서 뛰어내린 것을 "구만물(舊萬物) 우에서 알로 나려뛰었다"[214]고 하였

214 대만물상이 '구만물'로 표기된 것은 그것이 현시대 세상의 '만물'이 아니라 옛시대의 '만물'이 며, 오래도록 거기 그렇게 있는 '태초의 만물'이라는 의미일 것이다. 「절정」에서 '거대한 죽엄'

다. 뛰어내린 비극적 죽음을 반대로 뒤집어서 희극적으로 처리했다. 떨어지다 절벽 솔가지에 걸려 웃저고리가 벗겨지고, 와이셔츠 바람이 되었다고 한 것이며, 넥타이가 다칠까 봐 "납족이 엎드렸다"고 한 것들이 그렇다. '그 신사'의 죽음은 끝까지 자신의 예복(禮服)을 지킨 것이다. 그것만이 지켜야 할 그의 마지막 품위였을지 모른다. 그 신사는 이렇게 해서 대만물 절정의 '거대한 죽엄'을 자신 속에 담아낸 것이고 암흑기 절망적인 세상에 그 비극적 장면을 시위하고 있는 것이다. 자신의 그 장엄한 죽엄 자체를 누구의 도움도 없이 스스로

그림 129 김홍도의 〈만물초〉 부분
깎아지른 듯한 절벽들이 즐비하게 늘어선 대만물상. 정지용의 「예장」은 이 대만물 꼭대기에서 아래로 투신한 신사의 죽엄에 대한 이야기이다. 지용이 이 신사를 예복으로 감싸 대만물 아래 죽엄의 의식을 치룬 것은 암흑기 시대에 대한 고발적 의미도 있다. 세상은 죽음의 시대가 되었으며, 자신의 주제였던 '거리의 신체'를 구제하는 일은 더 이상 암흑기 현실에서는 가능성도 의미도 없어 보였다. 어차피 참혹한 죽음의 세계로 변해갈 때 그러한 현실로부터 뚝 끊어진 대만물의 절벽 꼭대기에서 가장 신성한 죽음 속으로 그 신체를 밀어 넣는 일이 그 산체를 더럽히지 않고 구하는 일이 되지 않을까?

예식으로 치룬 것은 억압과 굴종하며 살아가는 비천한 세상에 대해 고귀한 죽음의 '예장'으로 시위한 것이다. '납족 엎드려 삼동내 부복한 것'도 그러한 장례 퍼포먼스의 시위이다. 엎드린 죽엄이 거대한 죽엄의 공간을 지키며 스스로 자신의 죽엄 예식을 치루고 있다.

　모닝코트의 예복을 갖춘 신사의 투신과 부복은 희극적으로 묘사되

　이 태초의 '향그런 뱀'을 떠받들고 있는 것처럼 태초의 생명 창조 자리임을 강조한 것이다.

었지만 그 장례풍경은 그 '죽엄'을 겹겹이 덮어주는 눈으로 하여 비극적인 숭고함으로 상승한다. "한겨울 내―흰손바닥 같은 눈이 나려와 덮어 주고 주곤 하였다." 삼동내 부복한 이 죽엄을, 대만물의 하늘이 커다란 하얀 손 같은 눈들을 끊임없이 내려주어 그 죽엄을 어루만지고 쓰다듬고 덮는다. 희디흰 겹겹이 쌓인 눈의 예식이 삼동 내내 진행된다. 너무 순수하고 아름답고 장엄한 '예장'이 자연에 의해 진행된 것이다. 대만물에게도 이 '신사의 죽엄'이 그만큼 순결한 것이고 숭고한 것이었으리라.

정지용은 이 신사의 죽음과 예장을 통해 무슨 이야기를 하려 했던 것인가? 이 시의 주인공 '모닝코트 신사'는 본래 어떤 존재였는가? 그는 어떻게 해서 이 절정에서 자신의 장례를 치루기 위한 여정을 시작했는가? 이러한 물음을 준비해 보자. 그 존재의 시작과 전개, 절정의 스토리를 우리는 알아야한다. 그래야 이 마지막 도달점을 알 수 있지 않을까?

이 '모닝코트 신사'와 직결된 존재는 「유선애상」의 '연미복 신사'이다. 그가 바로 지용이 발견해낸 「카페 프란스」의 주인공인 '뺏쩍 마른 놈'으로부터 발전된 전환기의 시적 주인공이었다. 신체악기적 요소를 여전히 간직하고 있지만 사람들이 거리에서 오래도록 굴려 다닌 것(저마다 사람들은 일상에서 자신들의 신체를 사용해 살아간다)이기에 '일상의 철로판에 밴 소리' 정도만을 연주할 뿐인 그러한 신체악기에 대해 그는 이야기했다. '연미복 신사' 차림이기는 해도 이미 세상의 삶 속에서 해어지고 낡고 더러워진 신체를 그는 자신의 새로운 시적 주인공으로 삼았다. 거리에서 굴러다니던 '그'를 어떻게 구제(救濟)할 것인가? 지용은 그러한 과제와 직면했다.

우리는 앞에서 그가 「파라솔」(본래 「명모」로 발표된)에서 '그(신사)'에 대한 구제를 위해 '백조의 호수'라는 예술적 무대(신체극장의 정지용식 양식인)를 차렸고, 밤의 잠과 꿈으로 안내한 것에 대해 말했다. 「슬픈 우상」 역시 그의 '신체' 풍경 속에서 물질적 육체성 너머(헤아릴 수 없는 '깊이'이기도 한)의 차원으로 펼쳐진 피안(彼岸)적 풍경으로 '그'를 안내한 것이다. 그의 '바다의 낭만주의'는 이러한 시도들을 통해 참혹한 현실 속에서 새로운 차원으로 성숙되고 미숙함이 극복될 수 있었다. 그는 '막막한 바다'에 대한 동경과 찬미의 수준을 넘어서서 그것들의 구체적인 봉우리와 골짜기들을 더듬을 수 있게 된 것이고, '바다'가 빚어낸 육체적 자연의 실제적인 풍경에 들어설 수 있게 된 것이다.

'연미복 신사'는 거리를 굴러다니다(먹고살기 위해, 아니면 세상에서의 출세를 위해) 망가지고 누추해져 거지꼴이 된 자신의 신체로부터 서서히 상승했다. 「유선애상」의 '춘천삼백리 벼룻길'의 거북이 같은 힘겨운 상승은 시작이었을 뿐이다. 「파라솔」에서 '그'는 아름다운 눈동자 파라솔의 빛나고 광대한 내면세계를 다시 되찾게 되었고, 「슬픈 우상」에서 육체의 신비로운 피안적 풍경을 거느리게 되었다. 이러한 발전을 통해 지용은 순간적으로 간취(看取)했던 '절정의 거대한 죽엄'의 풍경을 막연한 신비로서가 아니라 우리 눈앞에 펼쳐지는 구체적인 풍경들처럼 보여줄 수 있었다. 그러나 그가 이 세계의 신비를 더 강렬하게 드러내기 위해서는 인간적인 세상의 거리에 유통되는 '인간적 삶'으로부터 더욱 멀리, 가능하다면 가장 원초적 시작점으로까지 벗어나야 했다. 그는 자신의 '신체'를 가장 원초적 자리에 되돌려 놓기 위해 그러한 '탈주'를

그림 130 겸재 정선의 〈불정대〉 부분
까마득한 절정은 날카롭게 다듬어진 것 같은 수많은 낭떠러지 암벽들로 구성된다. 금강산 여행을 통해 정지용은 일제 말기 암흑기로 들어섰던 당시의 암울한 현실과 자신의 정신적 등정을 겹쳐놓고 자신의 자화상을 그리고 있었다. 「문장」지가 폐간되기 얼마 전이었던 1941년 초에 그는 금강산 대만물 꼭대기에서 뛰어내리는 한 신사의 죽음에 대해 노래한 「예장」을 발표하면서 동시에 비로봉 절정에서 내려온 날개 찢긴 나비를 노래한 「나비」를 싣는다. 이 '절벽'과 '절정'은 그의 초창기 시절 몇몇 시에서부터 그를 이끌고 가는 아슬아슬한 정신적 아크로바티의 기호로 등장한 것이다. 그 전모가 일제 말기 드러난다. 그것과의 전면적인 대면과 대결이 그의 내면풍경을 극적으로 펼쳐놓게 된다.

감행했다. 그가 새로 내세운 '죽음'의 주제는 바로 그러한 '탈주'를 위한 것이다.

'절정에서의 투신적 죽음'은 아마도 이 세상에서 가장 멀리 달아난 지점, 정신적 등정의 가장 높은 지점인 만물의 꼭대기에서 자신이 허공에 내딛는 행위, 즉 '죽음으로의 탈주'를 선언하기 위한 것이리라. 「절정」에서 그가 '거대한 죽엄'을 느꼈던 금강산 절정의 봉우리(아마도 비로봉이었을 것이다)를 옆에 동반한 대만물의 절정에 그는 올랐다. 아마 이것이 '춘천삼백리 벼룻길'의 절벽에서 상승한 가장 높은 절벽일 것이다.

거기서의 투신은 암흑으로 뒤덮여가는 세상에서의 죽음과는 전혀 다른 차원의 것이었다. 식민지의 암울함으로 덮여 있던 세상의 모든 것들부터 가장 멀리 떨어져있는 것, 세상의 삶으로부터 가장 높이 격리되어 있는 그러한 태초의 만물 위에 '그'는 올랐다. 거기서 '거대한 죽엄'

의 환한 빛(대만물의 절경도 이 빛에서 나온다) 속으로 그는 자신을 밀어 넣었다. 그 '멀리'와 '높이'가 지용이 마련한 '탈주'의 수준을 측정해준다. 그 탈주의 봉우리 위에서 자신의 신체를 벗어나 내밀한 영적 창조의 공간에 합쳐질 때, 비로소 태초의 원초적 생명 같은 '향그런 꽃뱀'을 다시 볼 수 있게 될 것이다. 어쩐지 그 꽃뱀의 향그런 또아리는 새로운 세계가 시작되는 가장 원초적 장면처럼 보인다. 신체의 구제는 여기서 완벽한 상태가 된다.

3

그가 '절정의 주제'를 가지고 여러 고지의 시편들을 써낸 것은 이 '거대한 죽엄'의 높이에 도달하기 위한 정신적 등정의 기록이었다. 「장수산」 연작과 「백록담」 역시 그러했다. 그 시편들을 실제 여행담처럼 취급해서는 안될 것이다. 금강산 시편들은 특히 더 그러했다. 그곳은 예부터 정신적 순례지였다. 비로봉이 특히 그러했다. '영원동(靈源洞)' 즉 영혼들의 근원지라는 명소도 있었다. 거의 죽기 직전의 박용철을 이 험준한 꼭대기까지 지용이 끌고 올라갔던 것도 그러한 '거대한 죽엄'의 성지, 영혼의 성지를 함께 순례하기 위한 것으로 보인다. 이제 신체가 모든 생명을 소진하고 껍질만 남을 때 영혼은 육체의 낡은 옷을 벗고 이 금강산의 내밀한 영적 영역으로 들어가게 될 것이다. 지용에게 금강산은 바로 그러한 찬란한 영적인 풍경을 그 안에 감추고 있는 곳이었다. 거기서 영혼들은 다시 깨끗해지고, 새로워지고, 새로운 생명력을 채우게 될 것이었다. 태초의 향그런 꽃뱀이 나타나듯이 그렇게 새로운 생명이 그로부터 창조될 것이었다. 지용의 '탈주'가 도달한 꼭짓점은 '공허한 곳'이 아니었다. 「예장」의 신사가 왜 예복을 철저히 갖추고 있었는지 우리는 이러한 지용의 맥락을 통해서만 비로소 그 이유를 알아차릴 수 있다. 지용은 '그 신사'의 투신이 신성하고 순결한 지대 속으로 자신의 몸을 집어넣는 행위였다고 말하려는 것이다. 그래서 그 '죽음'은 어두운 비애가 아니라 숭고한 빛으로 감싸여야 하는 것이다. 지용은 그렇게 「유선애상」의 '연미복 신사'를 여기서 죽음을 통해 구제해놓았다. 그 구질거리는 신체에 붙어서 숨죽이던 '나비' 역시 구제되기 시작했다.

　또 하나의 죽음이 「예장」 옆에 있다. 「호랑나븨」가 그것이다. 거기에서 지용은 또 다른 '탈주'와 또 다른 '구제'를 보여주었다. 「호랑나븨」는 한 화가 예술가의 죽음을 다룬 것이다. 금강산의 고성 회양 지역 사람들에게 잘 알려진, 내금강의 등정길 산속의 한 매점에 사는 일본 박다 태생의 한 수수한 과부와 이 화가 예술가는 한 겨울에 금강산 속으로 사라져버렸다. 화가의 구두와 과부의 안신만이 나란히 놓인 채 눈이 모두 녹아버린 봄에 발견되었다. 시에서는 밝히지 않았지만 이들은 금강산의 어느 절정에서 함께 뛰어내려 정사(情死)한 것인지도 모른다. 이 둘의 연애 이야기가 석간 신문에 비린내를 풍기며 회양과 고성 거리거리의 집들에 배달되었다. 그들에 대한 비린내 나는 소문이 고성 회양사람들의 입에 오르내렸다. 그러나 이들의 정사는 한 쌍의 호랑나비로 승화되어 금강산의 화폭 속에 스며들게 된다. "호랑나비 쌍을 지여 훨 훨 청산(靑山)을 넘고"라고 시는 끝난다. 화구(畵具)를 메고 금강산으로 들어간 화가의 꿈이 이루어진 것인지 모른다. 그는 금강산 절정의 풍경을 그리려 들어갔고, 사랑하는 여인과 함께한 죽음을 통해 아예 자신이 그리려 했던 그 풍경 속으로 들어가 버렸다. 일본을 떠나 금강산에 들어온 과부의 꿈도 이 화가의 꿈과 하나가 되었을 것이다. 지용은 「절정」에서 보았던 '향그런 꽃뱀'의 대응물로 이 '한 쌍의 호랑나비'를 보여준다. 그 둘 모두 절정의 숭고한 죽음 위에서 자신들의 아름다운 영혼과 참생명을 얻어낸 것 같다.

이 두 개의 죽음을 지용은 마지막 금강산 시편에서 마련했다. 암흑기의 겨울 모든 생명을 덮쳐오는 죽음의 계절에 각기 어떤 죽음을 예비해야 하는가? 그 스스로에게 물어보았으리라. 아마 지용 역시 '자신의 죽음'을 생각해야 했으리라. 그는 그 가운데서 자신의 고지에 대한 탐색을 계속 추진해야 했다. 자신의 인동차가 바로 그것이었기 때문이다. 「나븨」에서 그 탐색의 드라마가 마지막 이야기를 보여준다.

「나븨」가 「예장」과 「호랑나븨」 사이에 놓인 것은 작품의 순서라기보다는 좌우에 그 둘을 놓고 그 사이에 자리 잡기 위한 것으로 보인다. 이 세 작품을 순차적으로 읽어서는 시인의 이러한 의도를 알 수 없다. 그는 좌우 두 개의 죽음을 펼쳐놓고 자신의 비로봉 등정을 위한 이야기를 한다. 산장의 유리창에 따악 붙어있는 '나븨' 이야기가 이 등정 이야기에 극적인 화폭을 마련해주고 있다. 토요일 어스름 산장의 밤이 막 시작되려 할 때 시인과 나비가 대면한다. 시인은 창밖 유리에 붙어 있는 날개 찢긴 나비를 발견한다. 내일이면 그는 아스라이 바라보이는 저 절정의 봉우리를 향해 등정을 시작할 것이다. 지금은 구름이 끼어 있고, 그 구름이 산장을 덮고 유리에 부딪혀 비를 뿌린다. 구름과 빗속에 산장과 유리창과 나비가 있다.

시기지 않은 일이 서둘러 하고싶기에 난로에 싱싱한 물푸레 갈어 지
피고 등피(鐙皮) 호 호 닦어 끼우어 심지 튀기니 불꽃이 새록 돋다 미리
떼고 걸고보니 칼렌다 이튿날 날자가 미리 붉다 이제 차츰 밟고 넘을
다람쥐 등솔기 같이 구브레 벋어나갈 연봉(連峯) 산맥길 우에 아슬한 가
을 하늘이여 초침 소리 유달리 뚝닥 거리는 낙엽 벗은 산장(山莊) 밤 창
유리까지에 구름이 드뉘니 후 두 두 두 낙수(落水) 짓는 소리 크기 손바
닥만한 어인 나 가 따악 붙어 드려다 본다 가엾서라 열리지 않는 창
주먹 쥐어 징징 치니 날을 기식(氣息)도 없이 네 벽이 도로혀 날개와 떤
다 해발 오천척(呎) 우에 떠도는 한조각 비맞은 환상 호흡하노라 서툴
리 붙어있는 이 자재화(自在畵) 한 폭은 활 활 불피여 담기여 있는 이상스
런 계절이 몹시 부러웁다 날개가 찢여진채 검은 눈을 잔나비처럼 뜨지
나 않을가 무섭어라 구름이 다시 유리에 바위처럼 부서지며 별도 휩쓸
려 나려가 산아래 어늰 마을 우에 총총하뇨 백화(白樺)숲 회부옇게 어정
거리는 절정(絶頂) 부유스름하기 황혼같은 밤.

—정지용 「나븨」 전문[215]

  좌우 두 편의 시 즉 「예장」과 「호랑나븨」에 제시된 '죽음의 탈주'는
정지용 시인 자신의 것이 아니다. 그것은 어쩌면 그가 자신의 '신체'와
'영혼'으로 꿈꾸는 하나의 이념, 그것의 두 가지 양식일 수 있다. 하나
는 신체를 그것의 최상의 절정(신체의 극점)으로 이끌고 올라가 그 한계

---

215 『문장』 23호(1941.1) '정지용시집'이라 하여 발표된 열 편의 시 중에서 여덟 번째 실린 것
    이다.

를 그것의 숭고한 죽음의 차원으로 초월한 것이다. 「예장」의 신사가 그 길을 보여줬다. 또 하나는 '나비'로 표상되는 시적 영혼(이상이라면 시적 에스프리라고 했을 것이다)을 최상의 자연(청산), 태초의 자연 속에 통합시키는 것이다. 「호랑나븨」의 화가가 과부와의 정사를 통해 죽음의 강을 건넜고, 거기서 한 쌍의 호랑나비가 되어 청산에 통합되었다. 정지용은 암흑기에 들어서서 두 개의 죽음 풍경을 제시한 것인데, 하나는 사상가로서 '신체의 구제'에 대한 탐색의 도달점이었고, 다른 하나는 시인으로서 '영혼의 구제'에 대한 탐구가 꺼내든 마지막 그림이었다.

그 사이에 놓인 「나븨」는 바로 그러한 두 가지 꿈(이념)을 지향한 등정길에 나선 자신의 모습이 담긴 이야기일 것이다. 실제 자신의 여행 체험담이 여기 담겨 있다. 아마 이 시 속의 산장과 유리창 그리고 창밖 풍경 모두가 실제 그가 병든 친구인 박용철과 함께 감행했던 그 여행에서 보고 느낀 것들의 일부일 수 있을 것이다. 다만 유리창에 붙어 있는 날개 찢긴 나비는 그가 새롭게 시적으로 창조해낸 이미지일 것이다. 그저 체험한 것을 이야기하는 것은 누구에게나 쉬운 일이다. 그것은 그저 주변의 일들, 사물들과 마찬가지로 평범한 것들에 불과할 뿐이다. 체험을 이야기하는 것은 있었던 것들을 전달하는 것이지 어떤 창조적 불길 속에서 용해되고 단련되어 새롭게 변화된 것이 아니라는 말이다. 그것들은 창조가 아니며 시에서 그것들이 반짝거리기 위해서는 시적 창조의 용광로 속에서 새로 솟구쳐야 한다. 위 시의 장면들 역시 체험된 것들이기는 해도, 나비와 대면하여 제시되는 내면 풍경을 창조하는 과정에서 모두 새롭게 태어난 것들이다. 그래서 그것들 모두 시인의 향기와 생기를 담고 반짝거리고 있는 것이다. 그러한 것들

그림 131 Michi의 그림 중 '날개 찢긴 나비'
(출처 : Michi's World of Chaos, https-://www.
michisworldofchaos.com/broken)

처참하게 날개가 찢어지고 부서졌지만 여전히 아름답다. 나비는 예측불가능하게 펄럭거리는 카오스의 비행을 하며 자신의 아름다움을 세상에 선사한다. 꽃에서 꽃으로 허공에서 허공으로 날며 꽃가루를 퍼뜨려 열매 맺게 한다. 나는 이것이 예술의 힘이라 생각한다. 시인의 영혼은 예술을 통해 세상의 삶을 상승시켜야 한다. 양적인 삶이 아니라 질적인 삶의 고양을 위해 헌신해야 한다. 감각과 감정의 밀도를 높이도록 사람들의 신체와 영혼을 상승시키는 쪽으로 이끌어야 한다. 나비가 자신의 아름다움을 보여주는 것은 바로 그러한 상승의 예술을 선사하는 일이다. 모든 비바람을 뚫고 그러한 일에 헌신하다 죽는 것, 자신의 날개와 몸의 옷들이 모두 찢겨나가도록 자신을 그 일에 바치는 것은 얼마나 아름다운 일인가?

을 새로운 창조적 불길 속으로 휘몰아가는 중심에 '날개 찢긴 나비'가 있다. 정지용은 이 '나비' 이야기를 위해서 과거의 금강산 여행을 되살려내고 있는 것이다.

그는 이 비로봉 등정을 향한 길이 '탈주'의 길이었음을 시의 첫 구절에서부터 드러낸다. "시기지 않은 일이 서둘러 하고싶기에"라고 그는 말한다. 이 등정과 그것을 위한 사소한 준비 그 어떤 것도 누군가 시켜서 하는 강제적인 일이 아님을 시인은 강조한다. 산장의 밤은 내일의 등정을 준비하는 시인 자신만을 위한 휴식과 사색과 몽상의 밤이다.

난로에 불을 지피고, 등불을 켜기 위한 준비는 모두 그 자신만의 시간을 위한 것이고, 그 스스로 판단하고, 의지(意志)해서 이루어지는 일들이다. 그것은 힘들기만 한 노동과도 전혀 다른 차원의 신체활동이 된다. 싱싱한 물푸레나무를 가져다 난롯불 속 다 탄 장작들에 채워 넣는 일부터 기쁨과 활력으로 넘친다. 자신이 스스로 모든 일을 가늠하고 세밀한 부분까지 자신의 의지로 결정해서 행할 때 그 행위는 즐거운 것이 된다. 그것들은 '서둘러 하고 싶은' 일이 된다. 이것이 지용의 '육체 탐구'의 도달점이기도 했다. 그의 등정은 여러 육체의 위계를 설정하고 더 높은 위계로 자신의 신체를 이끌어가기 위한 여정에 놓여있는 것이다. 「백록담」이 이미 그 절정의 등정을 한 차례 보여주었다. 이제 또 한 번의 등정이 시작되려는 것이다. 박용철과 함께 했던 실제 등정은 「백록담」 등정 이전의 일이었고, 그 여행담이 「나븨」의 배경이 된 것이지만, 그가 시를 쓰는 것은 그 이후의 일이었다. 따라서 그의 시에서 묘사되는 시적 등정은 단지 옛 등정을 회상하는 것만이 아니었다. 그에게 옛 등정은 시속에서 새로운 등정으로 전환되었다. 유리창에 붙은 '나비'가 그 새로운 등정의 풍경과 그 드라마를 보여준다.

나는 위에서 지용이 「예장」을 통해 「유선애상」의 굴러다니던 신체(연미복 신사였던)를 구제했으며 그와 동시에 그 구질거리는 신체에 붙어있던 '나비'도 구제되기 시작했다고 하였다. 지금 다루는 「나븨」를 그러한 관점에서 읽어볼 수 있다.

이 시를 이끌어가는 화자는 시인 자신의 모습이 투사된 것이다. 「예장」, 「호랑나븨」 사이에서 시인은 자신의 이야기를 하고 있다. 죽음 이야기가 아니라 일력(日曆)의 한 장을 미리 떼고 내일을 설레며 기다리는 시간, 유달리 초침 소리가 뚝닥거리는 방 안에서 그 1초 1초를 매우 섬세하고 강렬하게 느끼며 사는 밀도 있는 삶의 이야기이다. 그것은 금강산 절정을 향한 등정의 기다림, 예비의 시간을 섬세하게 느끼고 강렬한 감정의 밀도로 사는 것이다. 자신의 내면 풍경이 유난히 세밀화처럼 펼쳐진다. 이 세밀한 필치 속에서 자신의 기대감과 행복감이 증폭된다. 그러나 이 상승적 선율이 다가온 어떤 사건으로 뒤흔들리게 된다. 자신이 내일 등정해야 할 봉우리가 바라다 보이는 창에 구름이 부딪쳐오고 비가 후두둑 떨어지는 가운데 갑자기 손바닥만 한 크기의 나비가 떠억 붙어서 방 안을 들여다보고 있는 것이다. 마치 비구름 속에서 나온 것 같은 이 나비는 구름과 비와 함께 갑자기 시인 앞에 출현한 것이다. '가엾어라'라고 시인은 나비를 보고 마음속으로 외친다. 낙엽이 다 떨어진 계절, 비가 들이치는 황혼의 바깥 날씨는 추울 것이다. 날개까지 찢어진 나비는 방 안의 활활 타는 불이 담긴 '이상스런 계절'이 몹시 부러웁다고 하였다. 나비의 심리를 시인이 전하고 있다. 열리지 않는 창을 주먹 쥐어 징징 쳐 보지만 나비는 날아갈 기미조차 보이지 않는다. 그 날개만 산장의 네 벽과 함께 떨고 있다. 나비는 강철처럼 유리창에 달라붙어 있다. 이 나비의 심리에는 시인의 마음이 투사된 것 같다. 그는 그 날개 찢긴 나비에게서 자신의 어떤 모습을 엿본 것은 아닐까? 시인의 평화롭던 마음, 내일 벌어질 일에 대한 기대에 부푼 마음이 나비 때문에 출렁인다. 불안이 찾아든다.

내일 있을 등정을 앞두고 시인 앞에 왜 이 나비가 찢어진 날개차림으로 찾아든 것일까? 구름과 비는 왜 이 나비를 몰고 온 것인가? 이것들은 모두 내일 올라갈 그 절정에서 내려온 것이 아닌가. 이 나비를 시인은 "해발 오천 피트 우에 떠도는 한조각 비맞은 환상 호흡하노라 서툴리 붙어있는 이 자재화 한폭"이라고 했다. 나비는 비로봉 위를 떠도는 구름과 비에 섞여있던 시인의 환상 바로 그것이다. 그 절정의 환상을 호흡하며 시인의 시적인 영혼인 나비는 유리창에 그림처럼 붙어있게 된 것이다. 이미 시인은 그 절정에 올라가지 않았어도 그 절정의 풍경을 호흡하고 있다. 구름처럼 그 봉우리를 떠돌고 있다. 그러나 절정의 시간들을 보낸 이후 그는 과연 어떻게 될 것인가? 시인은 산장 유리창에 붙어있는 '나비'를 통해 이러한 물음을 미리 묻고 있는 것이다.

시인의 기대감과 행복감에 부풀어 있던 시간들은 이 시적인 환상에서 태어난 나비의 불행을 보고 불안에 떨게 된다. 절정의 환상이 깨질 수 있으며, 거기에서 내려올 때 그러한 일들이 눈앞에서 벌어질 수도 있을 것이다. 절정에의 등정은 지금까지 생각해왔듯이 그렇게 달콤한 것만은 아닐 수도 있다. 그 꼭대기 등정길은 "다람쥐 등솔기 같이" 부드럽게 구부러진 길만이 아니라 추위와 굶주림이 더 강렬하게 몰아닥치는 길인지도 모른다. 비바람이 그와 함께 다가와 시인의 환상을 휘몰아가 버릴 수도 있다. 환상의 날개가 그 와중에 상처를 받고 찢겨나갈지 모른다. 이렇게 '비 맞은 환상', 상처 입은 환상은 아무튼 절정의 풍경에 도달할 것이다. 절정의 풍경과 시야에 도취하게 될 것이다. 거기서 얻은 총체적 시각으로 새로운 세계를 보게 될 것이다. 절정에 오르는 것은 자신의 신체와 영혼을 상승시키는 등정이다. 신체와 영혼은 그 등정을 통해 자신의 절정에 도달하게 된다. 절정의 풍경은 그저 주어지는 것이 아니다. 그 모든 등정의 총합인 것이다. 그러나 그 꼭짓점에서 양적인 총합 이상의 질적인 상승이 있을 때 비로소 거기에 절정의 수준, 절정의 풍경이 마련된다. 「백록담」에서 지용은 이미 그 이야기를 했다. 뻐꾹채 꽃키를 모두 소모시키면서 도달한 꼭짓점에서 시인은 질적인 전환을 느꼈다. 거기에 존재하는 것들은 그 아래의 차원과는 전혀 다른 상승된 차원의 존재들 같았다. 하늘의 별들과 나란히 존재하는 꽃들이 그러했다. 암고란의 향기도 그러했다. 그러한 것들을 보고 느끼고 마시고 하면서 그의 소모된 육체는 새로운 차원에서 되살아났던 것이다. 상승은 이 절정에서 질적인 전환을 이룬다.

　지용은 고지의 시편들에서 '절정'에 대한 이러한 이야기들을 할 수 있었다. 그러나 이제는 절정에서의 '하강'을 문제 삼지 않으면 안 되었다. 절정으로의 상승과 거기서의 새로운 차원의 획득 같은 것들도 세상에 내려와서 그저 그대로 있는 것이라면 그것은 없는 것과 마찬가지이다. 파라솔파의 주제는 개인적 차원의 구원 같은 것을 목표로 삼은 것이 아니지 않는가? 이상의 '신체극장'도 모두 자신을 소모시키며 세상에 바치는 죽음과 증여의 이야기가 아니었던가? 그와 겨루고 있는 정지용이 그저 여전히 개인의 구제 이야기를 할 때가 아닌 것이다. 날개 찢긴 나비의 형상이 그렇게 해서 그에게 다가왔을 것이다.

「나븨」는 등정에 대한 준비로 설레이는 이야기를 늘어놓고 있지만 사실은 그러한 준비를 하는 시인에게 다가온 '하강'의 이야기이다. '나비'는 절정의 환상을 이미 담고 있는 시인의 그림이다. 그러나 그 '나비'를 이 험악한 세상에서 어떻게 해야 한단 말인가? 「유선애상」에서처럼 그것을 헛된 꿈처럼 핀으로 꼽아 죽여버릴 수는 없었을 것이다. 이제 '나비'는 절정의 환상을 호흡하며 자신의 그림을 자유롭게 그려보아야 한다. 자신의 영혼을 예술로 사상으로 세상에 펼쳐내야 하는 것이다. 파라솔파의 니체주의 역시 '하강'의 그러한 측면을 중시하지 않았던가? 이상은 초창기 이래 자신의 죽음에 이르기까지 꾸준히 희생적 증여라는 '하강'의 주제를 강렬히 제시해왔다. 그리고 그러한 작품들에 모든 것을 바치고 죽어버렸다. 정지용이 지금 그 주제에 가슴 저리며 대면하고 있다. 그에게 다가선 나비는 하강하는 나비이다. 그러나 두려움이 다가온다. 춥고 굶주림에 떨어야 하는 날개 찢긴 존재를 바라보는 일은 두려운 일이다. 절정의 풍경에서 아무리 대단한 성취를 했다 해도 암흑기 겨울철 현실의 냉혹함은 날카로운 칼날처럼 파고들 것이다. 세상으로 내려갔을 때 현실의 편안함, 따뜻함의 유혹을 마다할 수 있을까? 혹시 나비는 그 따뜻함과 안온함에 대한 유혹 때문에 갑자기 검은 눈, 잔나비 같은 눈을 뜨게 되지는 않을까?

'잔나비'는 원숭이를 일컫는 다른 말이다. '나비'와 비슷하게 발음되는 말을 일부러 선택해서 썼다. '나비'가 이 현실에서 아차하면 흉내와 모방의 존재인 원숭이로 떨어질 수도 있음을 표현하려 한 것이다. 많은 풍파를 겪은 날개 찢긴 나비는 위험하다. 그러나 시인은 이 위험한 환상에서 깨어나려 한다. 마치 그 나비의 환상을 모두 지워버리듯이 유리창에 바위처럼 부서지는 구름들이 산장으로 퍼붓듯 들이닥친다. 유리창에 붙어 있던 모든 것들이 휩쓸려 내려간다. 저 아래쪽 하강의 방향에 '어느 마을'인가가 존재한다. 나비와 구름과 별들이 모두 그 마을 쪽으로 몰려가게 되면 그 마을을 별의 하늘이 덮게 될 것이다. 절정에 살고 있는 하얀 백화 숲이 희부옇게 어정거리며 이 하강의 풍경을 내려다보고 있다. 밤이지만 황혼처럼 부옇게 절정의 풍경이 보인다. 아래쪽 어느 마을의 빛과 이 절정의 빛이 이어져 있다. 정지용은 두 개의 죽음 사이에서 이 강렬한 희망의 빛을 내보였다. 아마 이것이 그의 암흑기 마지막 시편을 마무리하는 빛이었을 것이다. 그것은 날개 찢긴 나비의 빛이었다.

부록

참고문헌

1. 기본자료

김기림, 『기상도』, 창문사, 1936.
_____, 『태양의 풍속』, 학예사, 1939.
김소운 편역, 『젖빛구름(乳色の雲)』, 河出書房, 1940.5.
김춘수, 『김춘수전집2 : 시론』, 문장, 1986.
_____, 『처용단장』, 미학사, 1991.
서정주, 『화사집』, 남만서점, 1941.
_____, 『서정주 문학전집』 5, 일지사, 1972.
_____, 『서정주 시전집』 2, 민음사, 2000.
이상, 『꽃속에꽃을피우다 1—이상 시 전집』, 신범순 원본주해, 도서출판 나녹,
     2019(초판: 2017).
정지용, 『정지용시집』, 시문학사, 1935.
_____, 『백록담』, 문장사, 1941.

『가톨릭청년』, 『개벽』, 『낭만』, 『동아일보』, 『매일신보』, 『맥』, 『문예공론』, 『문예월간』, 『문장』,
『별건곤』, 『삼천리 문학』, 『시와소설』, 『시원』, 『시인부락』, 『신천지』, 『여성』, 『인문평론』, 『자
오선』, 『조광』, 『조선』, 『조선과 건축』, 『조선문학』, 『조선일보』, 『조선중앙일보』, 『조선지광』,
『중앙』, 『청색지』, 『창조』, 『춘추』, 『헌사』

『논어』, 『장자』
Baudelaire, Charles, 『악의 꽃』, 정기수 옮김, 정음사, 1969.
_____, 『인공의 천국 외』(세계문학전집 53), 정기수 옮김, 동서문화사,
     1978.
Dostoyevsky, Fyodor Mikhailovich, 『죄와 벌』상·하, 홍대화 옮김, 열린책들, 2017.

2. 논저

김학동, 『정지용연구』, 민음사, 1987.
신범순, 『한국현대시의 퇴폐와 작은주체』, 신구문화사, 1997.

_____, 『이상의 무한정원 삼차각나비 : 역사시대의 종말과 제4세대 문명의 꿈』, 현암사, 2007.

_____, 「《시인부락》파의 "해바라기"와 동물 기호에 대한 연구-니체 사상과의 관련을 중심으로」, 『관악어문연구』 37집, 서울대학교 국어국문학과, 2012.

_____, 『이상문학연구-불과 홍수의 달』, 지식과교양, 2013.

_____, 「1930년대 시에서 니체주의적 사상 탐색의 한 장면 1-구인회의 '별무리의 사상'을 중심으로」, 『인문논총』 72권 1호, 서울대학교 인문학연구원, 2015.2.

Nietzsche, Friedrich Wilhelm, 『도덕의 계보/이 사람을 보라』(니체 전집 8), 김태현 옮김, 청하, 1999.

_____, 『비극의 탄생』, 곽복록 옮김, 범우사, 1984.

_____, 『서광』, 이필렬·임수길 옮김, 청하, 1989.

_____, 『선악을 넘어서』, 김훈 옮김, 청하, 1994.

_____, 『우상의 황혼/반그리스도』(니체 전집 9), 송무 옮김, 청하, 1984.

_____, 『즐거운 지식』, 권영숙 옮김, 청하, 1998.

_____, 『짜라투스트라는 이렇게 말했다』, 황문수 옮김, 문예출판사, 2001.

Steiner, Rudolf, 『일반인간학』, 김성숙 옮김, 물병자리, 2002.

그림 목록 및 출처

1. 신범순, 〈알 신체 개념도〉: 14쪽
2. Jean Cocteau, *Larmes d'Orphée*, 1950 ⓒ Jean Cocteau / ADAGP, Paris SACK, Seoul, 2021 : 21쪽
3. Rudolf Steiner, 〈감각과 감정의 신체 지형도〉 : 22쪽
4. 신범순, 〈멜론 신체 개념도〉 : 25쪽
5. 신범순, 바다의 파라솔 사진 : 29쪽
6. '일제강점기' 총독부와 그 앞의 광화문대로 : 38쪽
7. 이상, 「골편에관한무제」(1933년 2월경 창작으로 추정) 원문 : 46쪽
8. 1920~30년대 시카고 깡패조직 아웃핏의 두목이었던 알 카포네 사진 (출처 : 『연합뉴스』) : 47쪽
9. 만돌린 사진 : 53쪽
10. Marc Chagall, *Acrobat with Violin*, 1924 ⓒ Marc Chagall / ADAGP, Paris SACK, Seoul, 2021 : 55쪽
11. 이상, 「가구(街衢)의 추위」(1933년 2월경 창작으로 추정) 전문 : 64쪽
12. 『별건곤』(1927.2)에 실린 「여류인물평판기」에 나오는 모던 걸의 모자 패션 : 73쪽
13. 박태원, 「소설가 구보씨의 일일」 1회 연재분 본문 삽화(『조선중앙일보』 1934.8.1.) : 75쪽
14. 신범순, 눈동자 파라솔 그림 : 79쪽
15. 박태원, 「소설가 구보씨의 일일」 연재분 머리 삽화 : 83쪽
16. 박태원, 「적멸」(『동아일보』 1930.2.28.) 22회 연재분 삽화 : 84쪽
17. Constantin Guys, *Woman with a Parasol*, 1860~1865 : 86쪽
18. 신범순, 〈카오스 나비 프랙탈〉, 2020 : 91쪽
19. 기차 사진 ⓒ Perfect Gui/Shutterstock.com : 93쪽
20. Sunflower Line Art Drawing (출처 : https-://thegraphicsfairy.com/vintage-image-colorful-sunflower) : 103쪽
21. 범나비 사진 (△기호학의 표상) : 115쪽
22. 김기림, 『태양의 풍속』(학예사, 1939) 표지 그림 : 117쪽
23. Marie Laurencin, *Little Poney*, Original drawing Signed by the stamp of the artist On paper (출처 : https-://www.plazzart.com) : 128쪽
24. 도시 거리의 야경 사진 : 140쪽
25. 박태원, 「소설가 구보씨의 일일」 1회 연재분(『조선중앙일보』 1934.8.1.) : 142쪽

26. 박태원의 「소설가 구보씨의 일일」 15회 연재분과 이상의 삽화(『조선중앙일보』, 1934.8.22.) : 143쪽

27. 박태원, 「방란장 주인—성군 중의 하나」 첫 페이지(『시와소설』, 1936.3.) : 145쪽

28. 일본 동경(현대)의 한 앵무새 카페 풍경 : 147쪽

29. Pablo Picasso, *The Constellation drawings*, 1924 (a series of sketches by Pablo Picasso drawn on sixteen pages of a notebook in 1924) © 2021 Succession Pablo Picasso SACK (Korea) : 148쪽

30. 박태원, 「애욕」 5회 연재분(『조선일보』, 1934.10.11.) : 154쪽

31. 도끼형 인간, 미국 유타주 Newspaper Rock : 156쪽

32. 지구본 : 157쪽

33. Inka Essenhigh, *Girls Night Out*, 2017 : 163쪽

34. 신범순, 〈멜론 우주와 에메랄드 세계〉, 2021 : 165쪽

35. 츠베토미라 베코바, 〈멜론 우주〉, 2021 : 166쪽

36. '대경성정도'의 광화문 십자로 지도 : 168쪽

37. Yves Tanguy, Cover for *Dormir dans les Pierres* (written by Benjamin Péret), 1924 : 170쪽

38. Oracle bone from the Couling-Chalfant collection in the British Library Created, 1300 B.C.~1050 B.C. (갑골문의 '치(齒)') : 172쪽

39. 『시인부락』 창간호(1936.11.) 표지 (Paul Gauguin의 *Te Atua*) : 178쪽

40. Paul Gauguin, *Te Atua (The Gods)*, 1898~1899 : 179쪽

41. 서정주, 『화사집』(남만서고, 1941)의 속표지 그림 : 182쪽

42. 제주도 최남단의 섬 지귀도 (출처 : 드론으로 내려다본 지귀도 © 김태진 http://www.ohmynews.com/NWS_Web/View/at_pg.aspx?CNTN_CD=A0002398502) : 185쪽

43. 조선 민속화 〈웅계도〉 : 191쪽

44. 오장환 주도로 간행된 『자오선』(1937.10.) 표지 : 193쪽

45. 이상의 최초 한글시 「꽃나무」(『가톨닉청년』 1933.7.) 원문 : 202쪽

46. 츠베토미라 베코바, 〈거울 속에 꽃〉(사진), 2021 : 205쪽

47. 신범순, 전남 땅끝 마을 밤하늘의 운해 속의 달 사진 : 209쪽

48. 신범순, 거울 속 유령적 분신(「시제15호」 보충 그림) : 218쪽

49. Mary Cassatt, *Denise at Her Dressing Table*, 1908~1909 : 220쪽

50. Reflections in the Mirror (사진) : 223쪽

51. An infinity mirror effect viewed between the mirrors Elsamuko from Kiel, Germany (출처 : https-://en.wikipedia.org/wiki/Infinity_mirror) : 224쪽

52. 이상의 「거울」(『가톨릭청년』, 1933.10.) 원문 : 226쪽

53. 이상의 「1933, 6, 1」(『가톨릭청년』, 1933.7.) 원문 : 227쪽

54. 신범순, 수정 사진 : 230쪽

55. 신범순, 〈오각형 거울계의 신체지도 개념도〉, 2021 : 231쪽

56. 에메랄드 보석 안의 결정체 : 236쪽

57. 이상, 「시제4호」·「시제5호」(『조선중앙일보』, 1934.7.28.) 원문 : 239쪽

58. 북미 유타주 The Maze Canyonlands의 바위 그림 사진 (Don Campbell, 1979) : 241쪽

59. 신범순, 몸과 그림자 사진 : 247쪽

60. 象(상)나라 금문에 나오는 '차(且)' : 252쪽

61. 신범순, 〈산호나무 인간 오르간 개념도〉, 2020 : 253쪽

62. 인디언 클럽 운동 포스터 그림 (출처 : https-://www.artofmanliness.com) : 255쪽

63. 이상의 「건축무한육면각체」(『조선과 건축』 11권 7호, 1932.7.) 연작 첫 페이지에 실린 세 편의 시 원문 : 261쪽

64. 신범순, '갑골문(a)과 금문(b)의 羊(양)' 그림 : 262쪽

65. 갑골문의 '황(黃)' : 265쪽

66. Paul Cezanne, *Three-Pears*, 1878~1879 : 266쪽

67. 낙엽과 손바닥 지형도 ('羊의 글쓰기' 설명) : 270쪽

68. 散의 갑골문(좌)과 금문(우) : 273쪽

69. 신범순, 〈신체악기행보〉 : 276쪽

70. 신범순, 〈『지도의 암실』의 '탈주 비행선 개념도'〉, 2020 : 278쪽

71. 가야의 뿔잔 토기 (경희대 박물관 소장) : 281쪽

72. 신범순, 〈이상의 신체극장 개념도〉, 2018 : 287쪽

73. Sacred Aviary 앨범에 그려진 그림 〈Coconut Dot Matrix〉 (출처 : https-://bigeartapes.bandcamp.com) : 288쪽

74. Pablo Picasso, *Female Acrobat*, 1930 © 2021 Succession Pablo Picasso SACK (Korea) : 297쪽

75. Umberto Boccioni, *The Street Enters the House*, 1911 : 301쪽

76. 모차르트의 수고본 미뉴에트 K.310 중 일부 악보 : 303쪽

77. 주판알 사진 : 311쪽

78. 신범순, 누에고치 그림 : 324쪽

79. 이상, 「산촌여정」 1회 연재분(『매일신보』, 1935.9.27.) 원문 : 326쪽

80. 〈조선총독부전매청사신축공사설계도〉 도면 : 328쪽

81. 신범순, 〈'삼차각' 개념도〉, 2020 : 332쪽

82. 신범순, 파란 파라솔 그림 : 335쪽

83. 신범순, 펜 사진 : 339쪽

84. Georges Braque, *Fruit, Glass, and Mandolin*, 1938 © Georges Braque / ADAGP, Paris SACK, Seoul, 2021 : 341쪽

85. 신범순, '비의 음악' 그림 : 345쪽

86. 비의 음악을 동반한 파라솔 사진 : 347쪽

87. 신범순, 〈3개의 사과 텍스트〉, 2018 : 355쪽

88. 최서은, 〈멜론–낙원의 맛〉, 2021 : 356쪽

89. 석판에 그려진 나무인간의 모습 (이스라엘 박물관 소장 고대 석판) : 358쪽

90. 뼈 이미지 : 362쪽

91. Abbott Handerson Thayer, *Angel guardian sitting*, 19C : 364쪽

92. 이상, 「내과」(사진첩 시편) 원문 (임종국의 『이상 시전집』(1966) 부록) : 365쪽

93. 최서은, 〈푸른 사과의 아침〉 : 370쪽

94. 이상, 「시제7호」(『조선중앙일보』, 1934.8.1.) 원문 : 378쪽

95. 이상, 「시제6호」(『조선중앙일보』, 1934.7.31.) 원문 : 380쪽

96. 이상, 「시제5호」(『조선중앙일보』, 1934.7.28.) 원문 : 383쪽

97. 이상, 「시제9호 총구」·「시제10호 나비」(『조선중앙일보』, 1934.8.3.) 원문 : 384쪽

98. 이상, 「시제8호 해부」(『조선중앙일보』, 1934.8.2.) 원문 : 387쪽

99. Piet Mondrian, *The Gray Tree*, 1912 : 388쪽

100. 신범순, 〈다이아몬드 얼굴과 수염〉 : 391쪽

101. 신범순, 〈알 오르간 신체 개념도〉, 2021 : 395쪽

102. 이상, 「시제11호」·「시제12호」(『조선중앙일보』, 1934.8.4.) 원문 : 396쪽

103. 이상, 「시제13호」·「시제14호」(『조선중앙일보』, 1934.8.7.) 원문 : 398쪽

104. 신범순, 〈꿈의 고뇌〉, 2021 : 400쪽

105. 이상, 「시제15호」(『조선중앙일보』, 1934.8.8.) 원문 : 403쪽

106. 신범순, 〈곤돌라 타이어신발 오르간〉, 2020 : 414쪽

107. Christopher Wood, *Still Life with Cards and Pipe* : 419쪽

108. 김식의 '화조도(花鳥圖)' 중 제비와 패랭이꽃 : 421쪽

109. 프랑스 라 로크 지역에서 발견된 3만 년 된 뼈 피리 : 429쪽

110. 신범순, 〈신체악기개념도〉, 2020 : 430쪽

111. 신범순, '수의 위계' 그림 : 433쪽

112. Wilhelm Simmler, *On the Tightrope*, 1914 : 436쪽

113. 도시를 뒤덮은 낮의 암흑 속에서 번쩍이는 번개 (2019, L.A.) : 438쪽

114. 강물의 길 : 441쪽

115. Albert Bloch, *Slack Wire*, 1911 : 445쪽

116. 신범순, 김기림의 「바다와 나비」와 「쥬피타 추방」 강의 중 판서 내용 ('한국현대시 인론' 강의(2017.6.1.)) : 458쪽

117. 신범순, 금붕어 그림 : 461쪽

118. 날개 찢긴 나비 사진 (출처 : https-://images.search.yahoo.com) : 469쪽

119. 정인택, 「축방」(『청색지』 5집, 1939.5.) 원문 : 472쪽

120. 김기림, 「쥬피타 추방(이상의 영전에 바침)」(『바다와 나비』, 신문화연구소, 1946.) 첫 부분 : 476쪽

121. 김기림, 「나비와 바다」(『여성』, 1939.4.) 원문 : 477쪽

122. 이상(하융)이 그린 「소설가 구보씨의 일일」 9회 연재분 삽화(『조선중앙일보』, 1934.8.4.) : 486쪽

123. 모차르트 심포니 41번(K.551) 〈쥬피터〉 안단테 수고본 악보 부분 (출처 : https://www.alamy.com/K2YDC2) : 497쪽

124. 이상(하융)이 그린 「소설가 구보씨의 일일」 13회 연재분 삽화(『조선중앙일보』, 1934.8.19.) : 499쪽

125. Gustav Klimt, *The Swamp* : 504쪽

126. 남계우, '나비와 모란도' 부분 : 505쪽

127. 정지용, 「명모(明眸)」(『중앙』, 1936.6.) 원문 : 507쪽

128. 〈백조의 호수〉의 한 장면 : 511쪽

129. 김홍도, 〈만물초〉 부분 : 515쪽

130. 겸재 정선, 〈불정대〉 부분 : 518쪽

131. Michi의 그림 중 '날개 찢긴 나비' (출처 : *Michi's World of Chaos*, https-://www.michisworldofchaos.com/broken) : 524쪽

찾아보기

1. 개념어 / 기호

ㄱ

가외가(街外街, 거리 밖 거리) 55, 56, 72, 160, 164, 168, 296, 297, 298, 299, 301, 302, 303, 311, 433, 437, 438

감각의 밀도 39, 237, 511

감각적 지각 19, 22

감정의 밀도 237, 524, 525

개 7, 40, 109, 110, 111, 128, 132, 133, 136, 157, 158, 165, 282, 283, 285, 290, 298, 313, 404, 438, 467, 470, 484, 507

개 인간 40, 157, 165, 404

거리(街) 30, 33, 34, 35, 38, 42, 43, 44, 45, 52, 53, 54, 55, 57, 58, 59, 64, 65, 66, 68, 72, 73, 74, 80, 81, 84, 85, 96, 101, 113, 114, 119, 134, 138, 139, 140, 141, 142, 143, 144, 145, 147, 149, 150, 153, 154, 156, 158, 160, 162, 163, 166, 167, 168, 169, 170, 171, 172, 173, 174, 175, 181, 203, 204, 206, 207, 212, 215, 251, 258, 261, 273, 275, 276, 278, 296, 297, 298, 299, 300, 301, 302, 303, 308, 309, 310, 311, 314, 319, 409, 411, 414, 415, 416, 417, 418, 419, 420, 426, 428, 430, 431, 432, 433, 434, 435, 437, 438, 439, 440, 444, 445, 446, 447, 448, 449, 450, 461, 466, 467, 481, 484, 493, 494, 495, 497, 506, 507, 508, 509, 511, 512, 515, 516, 517, 520

거리의 신체 43, 45, 57, 68, 72, 207, 297, 461, 506, 509, 515

거리의 신체 악기 506

거리의 질주(거리에서의 질주) 72, 96, 101, 299, 415

거리를 질주하는 예술가 44, 145

거북이 99, 109, 186, 194, 195, 196, 517

거북이 코드 195

거울 23, 24, 39, 82, 94, 95, 108, 135, 156, 157, 158, 162, 174, 178, 179, 188, 201, 205, 209, 211, 212, 215, 216, 217, 218, 219, 220, 221, 222, 223, 224, 225, 226, 227, 228, 229, 230, 231, 232, 233, 234, 235, 236, 237, 238, 239, 240, 241, 242, 243, 244, 245, 246, 247, 248, 251, 254, 257, 258, 269, 277, 278, 285, 286, 295, 299, 300, 304, 305, 307, 308, 312, 317, 319, 329, 330, 332, 347, 348, 349, 350, 351, 352, 353, 377, 380, 381, 382, 383, 384, 385, 386, 387, 388, 389, 390, 391, 392, 394, 395, 396, 397, 398, 399, 400, 401, 402, 403, 404, 430, 436, 463, 470, 481, 494, 499

거울감옥 396, 397, 398

거울계 23, 24, 39, 82, 95, 158, 162, 212, 218, 223, 228, 229, 230, 231, 233, 234, 236, 237, 238, 239, 240,

241, 242, 243, 244, 245, 246, 247, 248, 257, 258, 269, 277, 278, 285, 286, 295, 300, 304, 317, 330, 347, 350, 352, 353, 377, 380, 381, 382, 383, 384, 385, 386, 387, 389, 391, 392, 394, 395, 398, 399, 401, 402, 403, 404, 481

거울계 전쟁 399, 401, 402

거울광학 23, 156, 157

거울뉴런 223

거울단계 223

거울무한공간 235, 236

거울상 178, 179, 201, 217, 218, 220, 223, 224, 226, 227, 228, 239, 254, 286, 329, 382, 389, 400

거울세계 94, 95, 157, 162, 205, 209, 211, 300, 317, 319, 329, 334, 348, 350, 351, 397, 400, 402, 494

거울수술 218, 233, 240, 307, 329, 384, 387, 389, 390

거울의 0도 231, 278

거울의 정령 238, 239, 397, 399

거울이론 220, 223

거울전쟁 396, 401, 403, 404

거울지구 209

검은 삼각형 97, 108, 115, 165, 231

결의형제 103, 184, 191

고대스러운 꽃 202, 205

곡예 76, 136, 158, 271, 295, 311, 337, 434, 435, 436, 445

곡예사(도승사) 34, 57, 74, 76, 297, 337, 434, 435, 436, 444, 445, 447

곡예사의 교양 74, 444, 445, 447, 448

곡예술(아크로바티) 55, 57, 58, 59, 72, 74, 75, 76, 158, 160, 255, 256, 311, 433, 434, 445, 446, 447, 461, 467

곤충인간 280, 313, 317

골편 40, 46, 203, 253, 287, 305, 310, 330, 334, 344, 345, 347, 358, 360, 429, 430

골편인(骨片人) 40, 44, 46, 73, 83, 252, 253, 254, 265, 318, 319, 327, 330, 406, 427

골편인간 83, 203

골편적 신체(골편적인 몸) 40, 80, 208, 347

관능적 육체 179, 182, 186, 194

광녀 95, 96, 112, 316, 451

광부(鑛夫)의 글쓰기 73

광화문 네거리 57, 73, 138, 163, 168, 302, 438, 439, 444, 445, 446, 450, 461, 467

교양적 니체주의 479

교양주의 61, 98, 100, 480

구두 57, 73, 75, 109, 122, 140, 142, 156, 302, 308, 309, 310, 314, 319, 320, 411, 414, 418, 438, 439, 461, 464, 520

구름 68, 195, 413, 414, 459, 473, 482, 487, 521, 522, 525, 526, 529

구제 38, 43, 48, 49, 53, 67, 68, 74, 101, 112, 162, 163, 169, 230, 248, 269, 303, 319, 339, 346, 350, 352, 377, 384, 391, 496, 508, 509, 515, 516, 519, 520, 523, 525, 528

구제의 글쓰기 248

권력의 광기 35, 36

귀화한 마리아들 322

그림자 24, 39, 55, 59, 114, 116, 127,
142, 174, 175, 210, 216, 223, 230,
247, 272, 280, 294, 295, 296, 297,
301, 302, 303, 339, 368, 372, 404,
406, 426, 434, 437, 443
그림자 연극 174, 210
기독 23, 37, 46, 47, 48, 49, 53, 63, 64,
65, 82, 122, 161, 162, 167, 178, 179,
181, 182, 187, 188, 189, 190, 196,
197, 215, 226, 230, 238, 261, 262,
269, 283, 309, 319, 322, 323, 325,
326, 327, 328, 338, 339, 340, 341,
342, 343, 345, 346, 352, 353, 354,
358, 362, 364, 365, 368, 373, 375,
377, 405, 469, 480, 486, 490, 491,
500
기독교 37, 82, 122, 161, 178, 179, 182,
226, 319, 322, 323, 327, 338, 343,
352, 354, 358, 364, 368, 469, 486,
490, 491
기독교적 순사(殉死) 82, 182, 319, 322,
323, 327, 343, 469, 486, 490, 491
기차 344, 416, 423, 424
까마귀 78, 297, 298, 299, 316, 438,
439, 440, 441
글쓰기의 꽃 205
기호학적 신체 171
꽃 7, 30, 61, 78, 92, 99, 100, 103, 104,
105, 129, 130, 156, 158, 159, 179,
182, 183, 184, 185, 186, 192, 194,
195, 196, 197, 198, 201, 202, 203,
204, 205, 206, 209, 211, 214, 215,
216, 217, 218, 229, 232, 241, 242,
245, 246, 251, 254, 255, 256, 259,
291, 292, 293, 295, 299, 304, 305,
306, 312, 339, 356, 370, 378, 419,
421, 424, 430, 460, 474, 477, 478,
482, 483, 512, 513, 519, 521, 524,
527
꽃나무 156, 201, 205, 206, 216, 251,
254, 482
꽃밭 104, 105, 477, 478, 482, 512, 513
꽃뱀 78, 99, 513, 519, 521
꿈의 전쟁 396, 401, 403

ㄴ

나무 7, 30, 46, 65, 73, 83, 85, 86, 156,
161, 162, 167, 168, 170, 174, 175,
187, 188, 205, 218, 230, 232, 240,
241, 242, 246, 248, 251, 252, 253,
254, 256, 265, 266, 268, 270, 276,
292, 305, 306, 307, 308, 309, 310,
311, 312, 313, 314, 317, 318, 319,
320, 321, 322, 324, 327, 330, 357,
358, 361, 362, 373, 375, 376, 377,
378, 384, 386, 387, 388, 389, 390,
391, 392, 395, 396, 397, 398, 402,
429, 430, 434, 458, 465, 469, 482,
524
나무신체 7, 307
나무인간 7, 30, 46, 73, 83, 156, 161,
175, 187, 205, 218, 230, 232, 240,
241, 246, 248, 251, 252, 253, 256,
265, 268, 270, 292, 305, 306, 307,
308, 309, 310, 311, 312, 313, 314,
317, 318, 319, 320, 322, 327, 330,
358, 361, 373, 375, 376, 377, 378,
384, 386, 387, 388, 389, 390, 391,

392, 395, 396, 397, 398, 465
나무인간의 글쓰기 240, 248
나비 8, 24, 41, 42, 58, 60, 68, 78, 88,
    89, 90, 91, 92, 94, 95, 96, 247, 384,
    385, 386, 391, 394, 395, 396, 424,
    441, 443, 457, 468, 469, 470, 471,
    473, 474, 475, 476, 477, 478, 479,
    480, 481, 482, 484, 502, 503, 505,
    509, 518, 520, 521, 523, 524, 525,
    526, 527, 528, 529
나비효과 92
낙엽 268, 270, 522, 526, 528
낙원 19, 26, 45, 112, 166, 209, 355,
    356, 368, 405, 406, 438
날개 60, 68, 77, 91, 94, 95, 107, 115,
    119, 175, 192, 212, 214, 312, 326,
    370, 381, 382, 383, 385, 440, 460,
    462, 469, 471, 472, 477, 478, 484,
    485, 518, 521, 522, 523, 524, 526,
    527, 528, 529
내면의 기독 326, 354, 364, 368, 491
내밀한 신체 16, 17, 20, 21, 22, 23, 24,
    26, 52, 287
내장의 언어 391, 392
냉랭한 사과 366, 367, 370, 371, 372,
    373, 498
뇌수 82, 179, 273, 312, 335, 351, 352,
    395
뇌수에서 피는 꽃 179
누에(누에고치, 누에나방) 188, 309, 321,
    322, 323, 324, 325, 326
눈동자 파라솔 29, 66, 79, 80, 517
노동하는 육체 62
니체주의 51, 71, 79, 87, 88, 96, 100,

105, 111, 118, 123, 176, 177, 183,
    415, 443, 470, 479, 528

ㄷ
다다이즘 28, 36, 37, 147, 431
단장 29, 30, 38, 75, 83, 142
대륙의 철퇴 210
대위법 396, 398, 399, 404, 431
대지 24, 29, 36, 56, 119, 130, 166, 170,
    174, 203, 205, 252, 253, 255, 256,
    265, 312, 335, 359, 360, 388, 477
대지의 생식적 육체 36
대지적 본성 256
대지적 생명력(생식력) 255
대지적 신체 29, 170
데스마스크(death mask) 405, 498
도마뱀 458, 464, 510
동물원(JARDIN ZOOLOGIQUE) 141,
    237, 242, 269, 277, 316, 317, 329,
    380, 382, 494
동물인간 7, 55, 109, 127, 133, 188,
    313, 314, 316, 317, 318, 375, 376,
    382
디오니소스적 기독 238
디오니소스적 바다 87, 94, 186, 209
디오니소스적 육체성 182

ㅁ
만돌린 36, 53, 316, 317, 318, 341, 342
말(馬) 7, 17, 45, 78, 127, 128, 129, 130,
    131, 132, 133, 134, 136, 137, 207,
    208, 215, 416, 418, 425, 426, 428,
    443, 483, 496
말(言, 언어) 24, 131, 132, 133, 135, 166,

167, 168, 169, 171, 218, 263, 267, 268, 276, 386, 392

먹구렁이 99, 180, 192

멜론(MELON) 25, 26, 27, 165, 166, 356, 395

멜론신체 9, 25, 26

멜론 신체 개념도 25, 395

멜론우주 165, 166

멜론의 낙원 356

모더니즘 28, 31, 32, 45, 87, 102

모자 7, 29, 57, 72, 73, 83, 84, 118, 302, 398, 399, 433, 438, 439, 461, 489, 498

목록판 71, 72, 74, 75, 76, 77, 102, 107, 108, 161, 178, 433, 434, 437

목록판장(目錄版章) 71, 75, 107, 108, 161, 433, 434, 437

몸 22, 26, 29, 32, 38, 39, 40, 43, 49, 54, 55, 57, 58, 59, 60, 61, 62, 64, 72, 73, 74, 75, 76, 80, 82, 83, 95, 96, 113, 115, 117, 119, 128, 132, 134, 135, 136, 140, 146, 149, 153, 160, 162, 163, 166, 167, 168, 169, 170, 182, 186, 192, 202, 203, 207, 208, 209, 211, 214, 215, 229, 230, 231, 236, 237, 241, 245, 246, 247, 252, 253, 255, 259, 262, 263, 264, 266, 267, 268, 269, 270, 271, 272, 273, 274, 276, 279, 280, 283, 290, 291, 294, 295, 296, 297, 298, 299, 300, 301, 302, 303, 304, 309, 310, 312, 313, 318, 320, 323, 336, 337, 339, 341, 342, 345, 346, 347, 352, 353, 354, 360, 364, 366, 368, 369, 370,

372, 373, 375, 376, 381, 385, 386, 392, 393, 398, 404, 411, 414, 416, 418, 420, 421, 422, 429, 430, 431, 432, 433, 434, 435, 438, 439, 440, 442, 447, 460, 466, 468, 469, 486, 493, 494, 496, 497, 508, 511, 520, 524

몸-악기 430

몸(신체) 29, 38, 61, 72, 76, 253

몸의 글쓰기 75, 229, 237, 262, 270, 372, 393

몸의 사상 49, 60, 466

몸의 자연 62

몸의 질주 149, 209

묘지 34, 40, 262, 270, 330, 331, 334, 335, 336, 338, 339, 340, 343, 346

무서운 아이들 95, 154

무한거울 95, 224, 227, 233, 234, 235, 348, 350, 351

무한거울계 234

무한거울방 224

묵시록 25, 294, 398, 465, 466

밀도 16, 25, 39, 62, 68, 77, 78, 97, 231, 236, 237, 508, 511, 524, 525

ㅂ

바다 6, 7, 20, 21, 29, 30, 31, 32, 33, 45, 56, 57, 67, 85, 86, 87, 89, 94, 109, 110, 111, 117, 118, 120, 121, 122, 127, 130, 136, 137, 140, 162, 183, 185, 186, 194, 195, 207, 208, 209, 211, 212, 238, 253, 378, 379, 416, 418, 419, 423, 424, 425, 426, 430, 443, 445, 457, 458, 459, 460, 461,

463, 464, 465, 466, 467, 471, 473, 475, 476, 477, 478, 479, 481, 482, 483, 484, 486, 487, 488, 501, 503, 510, 511, 512, 513, 517
바다신체(WAVE-BODY) 20
바다의 낭만주의 45, 121, 207, 208, 209, 211, 212, 416, 418, 458, 459, 461, 463, 466, 478, 479, 484, 517
바다의 로맨스 459
바다의 사상 457, 461
바다의 파라솔 29, 30, 85
바다의 파랑치마 57
바다의 풍속 86, 120, 121, 122
박쥐 178, 180, 191, 192, 214
반왜소형의 신(반왜소형의 난장이 신) 238, 245, 381, 382, 383, 386, 399
방란장 43, 144, 145, 146, 149, 153, 154
뱀 47, 78, 99, 103, 127, 136, 137, 173, 393, 422, 423, 525
번개 52, 55, 81, 82, 181, 182, 335, 345, 346, 433, 438, 440, 491, 495
번개 불꽃 335, 345, 346
범나비 67, 94, 505
별무리 43, 103, 143, 144, 145, 148, 149, 150, 151, 153, 154, 155, 215, 292
별무리 운동 103
별무리의 사상(별무리 사상) 45, 215
본래적 몸(ORGANE) 247
본성적 자연 62
불꽃 82, 335, 345, 346, 347, 522
불나비 95, 96, 113, 115
빙점 233, 334, 336

빙점의 세계 236
빙점의 지식 233, 334
빛사람(빛인간) 17, 20, 345
빛의 글쓰기 237
빛의 나무 322
뻐꾹채 꽃 61, 483, 512, 527
뼷쩍 마른놈 39, 44, 46, 53, 80, 147, 148, 149, 207, 208, 420, 428, 429
뼈 대지 253
뼈나무 305
뼈의 나무 252, 361
뼈의 바다 253
뼈인간 305
뽕나무 187, 321, 322

ㅅ
사과 110, 355, 356, 357, 358, 359, 360, 361, 365, 366, 367, 369, 370, 371, 372, 388, 395, 498
사냥개 484, 507
사상운동 88, 100
사랑의 강렬도 97, 98
사랑의 밀도 97, 98
사상의 곡예 434
사상의 꽃 99, 293
사상의 모자 7, 83, 433
사상의 식탁(사상의 식사) 456, 475, 485, 486, 487, 498, 501
사상의 육교 169, 302, 304, 311, 432, 433, 435, 436, 437, 438, 445
사상의 전쟁터 160, 339
사상적 땔감 105
사상적 실험 444
사상전쟁 211

사상의 태양 7
사자(獅子) 446
사티로스(Satyr, Saturos) 109, 127, 128, 159, 188
산반(算盤)알 58, 169, 170, 303, 309, 310, 311, 432, 433
산양 503
산책자(flaneur) 33, 34, 38, 140, 142
산호나무 242, 252, 253, 254, 318
삶의 곡예 158, 434
삶의 곡예술 55, 57, 58, 445, 446, 467
삶의 밀도 25, 77
삶의 악기 50
삼각형 (기호학) 51, 91, 96, 97, 108, 111, 113, 115, 118, 132, 156, 165, 231, 268, 333, 334, 392, 434
삼모(三毛) 114, 115, 258
삼모각 113, 277, 278
삼모각로 82, 275, 276, 277, 278, 380
삼모묘(三毛描) 115, 116
삼차각 (개념) 29, 51, 63, 97, 132, 239, 277, 278, 279, 307, 332, 333, 335, 336, 380, 394
삼차각의 사상 277
삼차각적 결합 239, 277, 279
삼차각적 결합체 51
삼차각적 결합태 380
삼차각적 관계 278
삼차각적 기호 29, 132, 277
삼차각적 삼각형 132
삽살개 135, 136, 298, 438, 439
상승 19, 27, 37, 39, 42, 45, 56, 58, 59, 61, 62, 68, 78, 79, 115, 137, 141, 150, 152, 158, 161, 187, 192, 196, 231, 237, 255, 278, 299, 304, 311, 314, 316, 317, 332, 340, 341, 342, 344, 347, 375, 382, 394, 409, 410, 412, 413, 414, 415, 418, 429, 433, 434, 440, 441, 449, 464, 466, 483, 508, 511, 516, 517, 518, 524, 525, 527, 528
새로운 신화적 목록판 102
생명 17, 18, 32, 38, 62, 63, 86, 87, 91, 92, 99, 117, 122, 137, 155, 156, 158, 159, 165, 166, 182, 189, 192, 202, 211, 230, 231, 232, 234, 235, 237, 238, 241, 247, 252, 255, 257, 259, 264, 276, 277, 278, 281, 285, 286, 289, 300, 308, 311, 321, 332, 335, 348, 349, 350, 352, 356, 357, 358, 359, 360, 361, 371, 386, 388, 389, 393, 394, 397, 402, 413, 414, 416, 419, 421, 423, 426, 429, 430, 433, 434, 438, 446, 447, 458, 460, 465, 491, 504, 510, 513, 514, 519, 521
생명나무 241, 252, 321, 357, 361, 430, 434
생명의 바다 122, 137, 510
생명의 파도 238, 423
생명의 파동 18
생식적 육체 36, 94, 111, 134, 179
생의 나무 465
선율적 신체 428
성군(星群) 44, 138, 142, 143, 144, 145, 146, 149, 150, 153, 415, 497
세상의 바다 7, 89, 212, 467, 477
손 170, 391, 392
손바닥 157, 164, 166, 175, 267, 268,

270, 347, 393, 396, 397, 516, 525

손바닥 지형도(body-geography) 270

수레바퀴 145, 149, 150, 151, 153, 155, 156, 157, 159, 255, 292, 418

수염 108, 115, 131, 214, 247, 275, 276, 290, 364, 386, 391, 394, 395, 405

수염-나비 247

수은도말 307, 387, 389

시인의 말 166, 167, 218, 386

시적 에스프리 82, 202, 230, 231, 232, 332, 334, 335, 344, 347, 523

식물인간 7

신단(身端, 혀끝) 59, 167, 168, 171

신인(신인간, 신인류) 19, 41, 187, 188, 469, 471

신체 5, 6, 16, 17, 18, 19, 20, 21, 22, 23, 24, 25, 26, 27, 29, 33, 36, 38, 39, 40, 41, 42, 43, 45, 47, 48, 49, 50, 51, 52, 53, 54, 55, 56, 57, 58, 60, 61, 62, 63, 64, 65, 66, 67, 68, 72, 73, 74, 75, 76, 78, 79, 80, 81, 82, 83, 85, 87, 101, 109, 111, 112, 114, 115, 117, 118, 127, 128, 129, 130, 131, 132, 133, 136, 153, 156, 157, 158, 161, 162, 163, 164, 165, 166, 167, 168, 169, 170, 171, 172, 174, 175, 176, 195, 205, 208, 218, 219, 224, 227, 229, 230, 231, 236, 237, 244, 247, 253, 255, 256, 258, 261, 262, 263, 264, 265, 267, 272, 273, 275, 276, 277, 278, 279, 280, 281, 282, 284, 285, 286, 287, 288, 289, 290, 291, 292, 293, 295, 296, 297, 298, 300, 303, 307, 312, 313, 314, 315, 316, 317, 318, 329, 339, 341, 342, 347, 355, 356, 358, 359, 360, 361, 362, 364, 366, 369, 370, 375, 376, 377, 381, 383, 384, 385, 386, 389, 391, 392, 393, 394, 395, 399, 401, 415, 418, 419, 426, 428, 429, 430, 431, 447, 460, 461, 467, 469, 470, 471, 479, 486, 490, 491, 493, 494, 497, 506, 507, 508, 509, 511, 512, 515, 516, 517, 519, 520, 522, 523, 524, 525, 527, 528

신체극장 17, 22, 49, 50, 61, 63, 66, 83, 161, 162, 164, 165, 169, 172, 261, 278, 286, 287, 288, 289, 296, 297, 298, 300, 313, 316, 317, 342, 347, 355, 364, 376, 384, 391, 392, 393, 394, 490, 517, 528

신체나무 205

신체대지 56, 170

신체악기 6, 17, 26, 27, 38, 41, 42, 49, 50, 51, 52, 53, 54, 55, 56, 57, 58, 60, 61, 66, 80, 87, 176, 276, 303, 419, 430, 468, 486, 491, 493, 494, 497, 506, 516

신체 오르간 247, 291, 395

신체의 구제 519, 523

신체의 글쓰기 165, 272, 279, 280, 429

신체의 꽃 61, 339

신체의 사상 72, 415

신체의 아크로바티 75, 297

신체지도 9, 75, 231, 237, 275, 278, 279, 280, 329, 490

실증주의 51, 147, 458

십자가 나무 161, 162, 319, 373, 469

ㅇ

아이 41, 42, 49, 55, 90, 91, 92, 93, 94, 96, 111, 125, 160, 172, 174, 221, 223, 312, 420, 421, 424, 443, 447, 459, 473, 477, 505

아포리즘 355

아폴로적 태양 186

아크로바티(Acrobatie) 54, 55, 59, 72, 73, 74, 75, 76, 125, 158, 160, 161, 162, 163, 168, 169, 170, 171, 175, 252, 255, 256, 271, 295, 296, 297, 303, 304, 310, 311, 332, 434, 494, 497, 518

악기로서의 몸 318

안개신체(WAVE-BODY) 20, 21, 22, 27, 52

안티 크리스티 37

알 오르간 신체 9, 395

알맹이까지 빨간 사과 356, 357, 360, 498

앵무(새) 147, 148, 305, 306, 317, 379, 380, 381, 382, 384, 385

앵무부부 379, 380, 382, 383, 384, 385, 386

야생의 바다 31, 110

야생의 신체 426

야생의 화원 443

야성의 바다 467

양(羊) 164, 262, 263, 265, 268, 269, 318

양면거울 307

양(羊)의 글쓰기 164, 269, 490

에로티즘(erotism) 255, 369, 389

에메랄드 세계 165, 236

에메랄드 세계지도 237

에스페란토(Esperanto) 207

역사시대 48, 111, 298, 303, 328, 404, 438, 500

역사의 망령 23, 243, 245, 397, 398, 399

역사의 정령 399

역사의 황무지 242

영계 470

영원회귀 99, 158, 189

영혼 21, 66, 95, 99, 103, 153, 202, 203, 221, 222, 237, 386, 391, 395, 396, 405, 449, 470, 471, 489, 519, 522, 524, 526, 527, 528

영혼의 구제 523

영혼의 말 386

영혼의 사상적 땔감 99

예술 사상의 거리 438

예술 사상적 곡예술 74

오르간(organe, organ, 악기이며 신체) 9, 27, 36, 134, 135, 169, 229, 233, 238, 244, 247, 253, 291, 316, 318, 319, 339, 342, 393, 395, 414, 429, 430, 433, 507

오르간(Organe)계 229, 244, 316

오리온좌 152, 159, 498

오줌(LE URINE) 36, 134, 368

외계 16, 253

원숭이 280, 316, 317, 380, 446, 529

원자 18, 21

원초적 낙원 438

원초적 생명 7, 17, 99, 513, 519

원초적 자연 78, 321

원초적 존재 7, 22, 41, 285

위장(胃腸)의 말 392
육교(陸橋) 55, 56, 59, 72, 73, 74, 76,
　160, 164, 167, 168, 169, 170, 171,
　173, 174, 175, 211, 296, 298, 302,
　304, 311, 312, 432, 433, 434, 435,
　436, 437, 438, 445, 458, 494, 501
육체 16, 17, 19, 20, 21, 25, 36, 39, 40,
　41, 43, 45, 49, 50, 51, 56, 60, 62, 63,
　67, 68, 72, 77, 78, 79, 80, 81, 86,
　87, 94, 95, 99, 103, 111, 112, 114,
　117, 118, 134, 135, 136, 142, 151,
　153, 156, 158, 163, 165, 166, 169,
　174, 179, 180, 182, 190, 194, 208,
　209, 221, 222, 223, 227, 228, 230,
　232, 234, 237, 238, 242, 245, 261,
　263, 270, 272, 276, 278, 282, 316,
　349, 351, 352, 355, 382, 396, 409,
　414, 415, 421, 428, 429, 430, 431,
　432, 439, 441, 449, 451, 460, 466,
　467, 468, 470, 471, 473, 483, 484,
　489, 490, 491, 495, 500, 506, 507,
　508, 510, 511, 512, 517, 519, 524,
　527
육체성 36, 40, 41, 43, 67, 78, 179, 180,
　182, 208, 223, 227, 263, 276, 282,
　352, 414, 429, 441, 466, 484, 500,
　507, 508, 510, 511, 517
육체성의 질주 208
육체성의 피안 510, 511
육체 오르간(ORGANE) 36
육체의 글쓰기 242
육체의 밀도 62, 68, 237
육체의 악기 430
육체의 피안 21, 68

육체 탐구 67, 180, 409, 483, 484, 511,
　512, 524
은화식물의 꽃 205, 229, 295
음악적 대위법 431
음악적 산보(산책) 280, 284, 290
음악적 신체 27, 41, 52, 53, 80, 81, 229,
　244, 342, 429, 430, 431
음악적 육체 428, 429
음악적 존재론 27, 165
이국종 134, 422
이국종 강아지 110, 131, 143, 204, 215
인간존재론 16
인공낙원 45, 405
인공사과 360, 361
인공신체 227, 264, 288, 289, 290, 300
인공자궁 235, 248
인공장기 248
인공태양 114, 115, 116
입체파적 파라솔 30

ㅈ
자연신체 5, 19, 27, 40, 48, 49, 51, 72,
　109, 128, 129, 263, 286, 289, 290,
　298, 359, 479
자연적 신체 38(신체악기), 43, 45, 48,
　68, 101, 111, 156, 174, 256, 262,
　281, 288, 315, 316, 392, 431, 506(호
　모나투라)
잔나비 522, 529
잡답(雜踏) 405, 431
장거리 경주 449
장난감 개 467
전등형(全等形) 29, 51, 52, 97, 157, 164,
　175, 267, 268, 269, 270, 271, 288,

347, 393, 451

전등형 운하 157, 164, 175, 267, 268, 269, 270, 271, 347, 393

전등형 운하의 글쓰기 157

전등형 인간 97, 157

전등형적 글쓰기 270, 288, 347

전등형적 자아(주체) 51, 451

전매청 81, 82, 230, 231, 232, 233, 235, 297, 327, 328, 329, 330, 331, 332, 333, 334, 335, 336, 337, 338, 339, 343, 432

전자 18

전쟁 22, 23, 88, 92, 95, 135, 136, 152, 159, 160, 162, 165, 174, 210, 211, 218, 220, 223, 232, 239, 242, 243, 258, 259, 261, 262, 264, 265, 266, 267, 274, 291, 302, 303, 307, 313, 331, 337, 339, 343, 368, 372, 373, 376, 379, 385, 389, 392, 395, 396, 397, 398, 399, 401, 402, 403, 404, 414, 423, 433, 434, 439, 445, 446, 449, 450, 463

절름발이 108

절정 60, 61, 105, 220, 345, 347, 391, 409, 440, 443, 469, 473, 483, 495, 505, 512, 513, 514, 515, 516, 517, 518, 519, 520, 521, 522, 525, 526, 527, 528, 529

절정의 꽃(밭) 512, 513

점집합체 52

정신적 전쟁 337, 343, 379

제국의 아버지 262

제비 79, 146, 154, 417, 418, 419, 420, 421, 455

제비다방 30, 107, 146, 154, 155, 159, 160, 165, 168, 175, 187, 202, 205, 293, 303, 307, 308, 309, 310, 311, 314, 319, 320, 322, 324, 377, 378, 379, 380, 382, 383, 384, 386, 461, 462, 464, 474

조감도 40, 47, 59, 111

존재생태 피라미드 삼각형 434

존재유(存在有) 508

존재의 밀도 25, 77, 237

종족적 울음 193

종합된 역사의 망령 238, 245, 397, 398

증여 36, 37, 49, 65, 68, 83, 95, 113, 115, 117, 151, 162, 163, 187, 236, 238, 246, 262, 268, 269, 270, 276, 277, 316, 323, 324, 325, 328, 340, 346, 347, 352, 353, 375, 469, 489, 490, 491, 528

지구의(地球儀) 155, 157, 209, 244, 254, 255, 294, 296, 344

지식의 0도 81, 82, 113, 232, 234, 236, 237, 238, 262, 278, 300, 332, 334, 335, 338

지옥의 곡예 136, 445

지팡이(단장) 29, 30, 46, 80, 83, 142

직(直) 392

질주 31, 32, 33, 42, 44, 45, 49, 58, 72, 80, 95, 96, 101, 127, 132, 139, 140, 142, 145, 149, 150, 154, 155, 156, 157, 158, 159, 165, 178, 182, 186, 192, 194, 207, 208, 209, 215, 231, 246, 247, 258, 271, 272, 273, 274, 275, 276, 278, 279, 280, 281, 291, 292, 293, 294, 295, 299, 304, 330,

339, 343, 344, 368, 396, 409, 411,
415, 416, 420, 421, 422, 423, 424,
425, 426, 428, 430, 441, 442, 447,
461, 467, 468, 474, 475, 483, 486,
495, 496, 497, 509
질주의 글쓰기 246
질주의 사상 32, 421

ㅊ
참나 23, 24, 93, 217, 219, 223, 224,
227, 237, 241, 243, 246, 247, 300,
317, 385, 390, 391, 392, 393, 394,
400, 401, 470
참생명 300
참육체 228
참존재 158, 388, 400
창조손 241, 400
초개인 23, 46, 368, 369
초물질 19, 20
초신체(超身體) 16, 17, 64, 65, 66, 162,
170, 175
초인 19, 26, 37, 41, 42, 53, 55, 64, 77,
79, 81, 83, 84, 92, 94, 96, 97, 100,
101, 103, 111, 112, 113, 114, 116,
121, 122, 123, 124, 126, 130, 133,
136, 137, 151, 157, 158, 159, 160,
161, 162, 172, 174, 177, 178, 179,
182, 185, 186, 187, 188, 189, 190,
191, 194, 197, 198, 211, 230, 238,
240, 242, 255, 261, 262, 263, 269,
275, 308, 310, 312, 318, 319, 320,
322, 326, 336, 337, 340, 341, 342,
343, 345, 346, 356, 377, 379, 383,
397, 405, 421, 431, 433, 436, 438,

440, 444, 446, 448, 449, 450, 466,
469, 473, 480, 482, 491, 495, 499,
501, 505, 510
초인간적 신체 26
초인류 79, 433, 510
초인사상 41, 83, 84, 123, 124, 159,
160, 178, 189, 197, 198, 211, 342,
438, 491, 499
초인(들)의 나라 130, 185
초인의 바다 121, 122, 501
초인의 번개(초인적 번갯불) 345, 440
초인의 하강 312
초인적 곡예술 255
초인적 기독(초인기독) 37, 53, 162, 187,
188, 190, 230, 261, 262, 269, 322,
326, 340, 342, 343, 405, 480
초인적 기호 263, 318, 446, 448
초인적 날개 469
초인적 사상가 211
초인적 사자(獅子) 444
초인적 수탉 101, 197
초인적 아이(초인아이) 92, 94, 96, 160,
172, 473
초인적 음악 495
초인적 존재 55, 133, 137, 151, 157,
158, 174, 194, 310, 319, 341, 379,
383, 421, 501, 505
초인적 증여 238
초인적 탈주 133
초인적 태양(초인의 태양) 123, 124, 449,
450
초인적 태풍 466
초인적 항해 320
초종(super-genera) 72

초현실주의 28, 36, 37, 64, 73, 115, 369
총구(총) 162, 247, 385, 392, 393
총신 24, 385, 392, 393
총탄 24, 94, 392, 393

ㅋ
카오스 나비 88, 89, 91, 96
카오스 쪽거리(프랙탈) 91, 93
카인적 기독 189
카인적 존재 189, 191, 192
카인적 초인 178, 191, 198
카톨리시즘 39, 61
코페르니쿠스적 혁명 389

ㅌ
타란툴라 삼각형 97
탈주 58, 66, 72, 78, 82, 95, 96, 133,
    156, 158, 165, 187, 202, 203, 205,
    210, 212, 213, 230, 231, 234, 235,
    236, 237, 239, 240, 244, 245, 258,
    278, 280, 299, 315, 317, 320, 324,
    328, 330, 331, 334, 335, 336, 338,
    339, 343, 344, 379, 380, 383, 386,
    396, 397, 408, 418, 430, 432, 438,
    441, 442, 471, 476, 517, 518, 519,
    520, 522, 524
태양 24, 29, 31, 38, 39, 49, 53, 80, 82,
    83, 85, 86, 101, 108, 114, 115, 186,
    189, 192, 194, 197, 229, 245, 272,
    280, 282, 312, 315, 316, 317, 422,
    423, 436, 437, 441, 443, 448, 449,
    450, 459, 464, 479, 483, 491, 503
태양곤충 317
태양사상 39, 84, 85, 124, 125, 183,
    186, 191, 197, 483, 491

ㅍ
파동 17, 18, 20, 52, 165, 182, 278
파라솔(PARA-SOL, 우산, 일산(日傘)) 6,
    7, 16, 17, 20, 21, 25, 26, 29, 30, 32,
    33, 38, 39, 41, 45, 50, 52, 55, 56, 57,
    59, 61, 62, 63, 66, 71, 72, 73, 75, 76,
    77, 79, 80, 81, 82, 83, 84, 85, 86,
    87, 96, 101, 104, 105, 148, 153, 154,
    155, 156, 163, 175, 176, 177, 180,
    183, 193, 208, 269, 295, 304, 312,
    332, 335, 336, 345, 346, 347, 414,
    416, 419, 433, 437, 445, 450, 457,
    458, 461, 462, 467, 469, 471, 472,
    473, 474. 475, 476, 482, 483, 485,
    493, 497, 502, 503, 506, 507, 508,
    510, 511, 514, 517, 528
파라솔 눈동자 21
파라솔파의 니체주의 528
파라솔파의 바다 458
파란 도마뱀 (푸른 도마뱀) 458, 464
파란 파라솔 33
파랑치마 57, 85, 86, 87, 493
파충류 422, 423
펜 30, 34, 75, 142, 211, 255, 267, 271,
    276, 292, 293, 329, 337, 339, 354,
    362, 363, 364, 369, 393, 440, 463,
    499
평면거울 348, 349, 389
프로이트주의 213, 219
피부지형도 268
피의 글쓰기 157, 480
피의 잉크 166

ㅎ

하강 60, 68, 112, 113, 123, 189, 312,
316, 320, 332, 405, 501, 528, 529
하늘의 전쟁 159
해바라기 71, 99, 101, 103, 104, 177,
183, 184, 185, 186, 189, 194, 196,
197, 198
현해탄 콤플렉스 457
현화식물의 꽃 205, 218, 246
호랑나비 67, 443, 520, 521, 523
호모나투라(homo-natura) 40, 50, 79,
133, 219, 247, 313, 415, 506
호모나투라적 신체 50, 79
화사(花蛇) 78, 178, 179, 180
황(獚) 36, 40, 109, 111, 115, 122, 128,
129, 132, 247, 263, 264, 265, 266,
282, 283, 284, 285, 290, 291, 298,
310, 313, 314, 315, 329, 368, 375,
404, 439, 469, 470
황마차 416, 425, 426
황무지 34, 36, 37, 47, 111, 115, 141,
142, 158, 179, 192, 238, 241, 242,
252, 255, 256, 270, 277, 299, 336,
340, 343, 345, 500
황무지적 신체 115
황포차 82, 156, 157, 178, 277, 279,
417
훈장형 조류(새) 303, 312, 433, 440,
471, 498, 499
훤조(喧噪) 59, 73, 166, 168, 171, 172,
296, 297, 298, 303, 309, 310, 311,
431, 432, 433, 439, 440
희생양 23, 37, 167, 268, 269, 277, 323,
489, 490, 491

희생양적 글쓰기('희생양'의 글쓰기) 268,
277
희생양적 기독 23, 37
희생양적 육체 489
희생양적 존재 490
희생적 증여 68, 83, 262
흰 삼각형 165

M

Melody-Ontology 27, 165
MELON 27
Mel-On 신체 395

2. 인물 / 지명

ㄱ

개벽파 41
겸재 정선 518
경성 33, 34, 35, 57, 60, 72, 81, 84, 140,
141, 142, 145, 147, 165, 203, 205,
206, 210, 212, 215, 231, 241, 269,
271, 311, 312, 320, 321, 326, 411,
430, 439, 467, 468, 492
고갱(Paul Gauguin) 178, 179, 181
공자 260, 261, 262, 465
구본웅 154, 158
구스타프 클림트(Gustav Klimt) 504
구인회 5, 8, 16, 26, 28, 29, 32, 39, 43,
45, 71, 76, 79, 81, 87, 96, 99, 101,
104, 106, 107, 108, 111, 122, 123,
131, 138, 144, 145, 146, 149, 152,
153, 154, 155, 159, 176, 177, 183,
206, 210, 295, 320, 409, 415, 423,

430, 441, 444, 450, 462, 482, 486

김기림 5, 16, 25, 28, 30, 31, 32, 33, 43,
57, 60, 71, 73, 74, 79, 85, 86, 87,
94, 106, 107, 108, 109, 110, 111, 116,
117, 118, 119, 120, 121, 122, 123,
124, 125, 126, 138, 141, 156, 163,
168, 176, 192, 210, 296, 302, 415,
434, 437, 438, 439, 444, 445, 446,
447, 448, 449, 450, 451, 455, 456,
457, 458, 459, 460, 461, 462, 463,
464, 465, 466, 467, 469, 471, 472,
473, 474, 475, 476, 477, 478, 479,
480, 481, 482, 483, 484, 485, 486,
488, 489, 490, 491, 492, 493, 494,
495, 496, 497, 498, 502, 503, 504,
509

김동인 88, 89, 90, 91, 92, 93, 94, 95,
98

김소월 193

김식 421

김춘수 219, 220

김홍도 515

ㄴ

나비파 181

나시(NASHI) 40, 165, 231, 232, 233,
236, 245, 247, 263, 264, 265, 266,
269, 275, 277, 278, 281, 282, 283,
284, 285, 300, 309, 313, 328, 329,
332, 348, 353, 382, 437

낙랑파라 165, 303, 474, 486

낙원 19, 26, 112, 165, 166, 209, 355,
356, 368, 405, 406, 438

남계우 505

남만서고 182, 198

뉴턴(Isaac Newton) 355, 359, 371, 389

니체(Friedrich Wilhelm Nietzsche) 31,
37, 40, 45, 49, 50, 51, 52, 64, 71, 75,
76, 78, 81, 87, 88, 89, 90, 92, 94,
97, 98, 99, 100, 101, 102, 104, 107,
108, 109, 114, 115, 116, 117, 118,
121, 122, 123, 126, 128, 132, 133,
134, 136, 137, 140, 150, 151, 155,
156, 158, 159, 161, 173, 174, 176,
177, 182, 186, 187, 188, 190, 193,
198, 211, 219, 220, 221, 222, 224,
242, 315, 337, 347, 351, 356, 431,
436, 440, 444, 445, 446, 447, 448,
449, 450, 451, 459, 465, 480, 491,
499, 500, 506

ㄷ

동경 25, 27, 46, 60, 88, 91, 131, 142,
145, 147, 149, 164, 204, 205, 206,
207, 208, 209, 210, 211, 215, 251,
269, 311, 404, 416, 457, 467, 468,
474, 476, 490, 491, 492, 496, 497

디오니소스(Dionysos) 31, 81, 86, 87,
92, 94, 103, 111, 118, 120, 122, 137,
182, 185, 186, 188, 191, 209, 238,
341, 459, 477, 478, 486, 500

ㄹ

라캉(Jacques Lacan) 23, 220, 223

루돌프 슈타이너(Rudolf Steiner) 19, 22,
395

릴케(Rainer Maria Rilke) 57

ㅁ

마드므와제 나시(MADMOISER NASHI) 263, 264, 265, 282, 283, 284, 328, 437

마르크 샤갈(Marc Chagall) 55

마르크스주의 45, 88, 104

마리 로랑생(Marie Laurencin) 127, 128, 207

마리아(Maria) 47, 188, 189, 238, 321, 322, 341, 342, 488, 501

문종혁 88, 93, 146

미라보(Honoré Gabriel Riquetti Comte de Mirabeau) 139, 140

ㅂ

박용철 135, 468, 469, 472, 484, 513, 514, 519, 523, 525

박태원(구보) 5, 16, 30, 33, 35, 36, 38, 43, 79, 81, 83, 84, 85, 106, 138, 139, 140, 141, 142, 143, 144, 145, 146, 149, 150, 152, 153, 154, 158, 159, 296, 415, 472, 497

베드로(Peter the Apostle) 47, 319, 342, 354, 363, 364, 365, 491

벤야민(Walter Benjamin) 33, 45

보들레르(Charles-Pierre Baudelaire) 19, 21, 33, 45, 51, 86, 102, 270, 471, 472, 476, 486

북해도 467, 471

비너스(Venus) 47, 111, 238, 281, 318, 341

빅토르 슈클로프스키(Viktor Borisovich Shklovski) 169

ㅅ

생명파 87, 100, 102, 103, 178

서정주 78, 99, 101, 103, 177, 178, 179, 180, 181, 182, 183, 184, 185, 186, 187, 188, 189, 190, 191, 192, 193, 194, 195, 197, 198, 332

성천 160, 177, 179, 186, 187, 188, 202, 203, 205, 225, 265, 309, 320, 321, 322, 323, 324, 326, 463, 464

소크라테스(Socrates) 90, 122, 134, 465

스트라빈스키(Igor Stravinsky) 488, 493, 494, 497

시인부락 71, 77, 78, 87, 99, 101, 103, 104, 105, 176, 177, 178, 183, 184, 197, 198

신윤복(혜원) 205

ㅇ

아폴리네르(Guillaume Apollinaire) 202, 207, 324

알카포네(Al Capone) 46, 47, 95, 500

여상현 177

열두 형제 185, 196

오장환 99, 103, 177, 178, 180, 181, 182, 183, 184, 185, 186, 187, 190, 191, 192, 193, 194, 195, 196, 197, 198

이브 탕기(Yves Tanguy) 64, 170

이상(김해경, 하융) 5, 7, 9, 15, 16, 17, 18, 20, 21, 22, 23, 24, 25, 27, 28, 29, 30, 32, 33, 34, 36, 37, 38, 39, 40, 43, 44, 45, 46, 47, 48, 51, 52, 53, 54, 55, 56, 59, 60, 63, 64, 65, 66, 71, 72, 73, 74, 75, 76, 77, 79, 81, 82, 83, 84, 85, 87,

88, 89, 93, 94, 95, 96, 97, 98, 101,
104, 106, 107, 108, 109, 111, 112, 113,
114, 115, 116, 118, 123, 125, 126, 128,
129, 130, 131, 132, 133, 134, 135, 136,
138, 141, 142, 143, 146, 147, 151, 152,
154, 155, 156, 157, 158, 159, 161, 162,
163, 164, 165, 166, 167, 168, 169,
170, 171, 172, 173, 174, 175, 176,
177, 178, 179, 180, 181, 182, 183,
187, 188, 190, 191, 192, 193, 201,
202, 203, 204, 205, 206, 207, 208,
209, 210, 211, 212, 213, 214, 215, 216,
217, 218, 219, 220, 222, 223, 224,
225, 226, 227, 229, 230, 231, 232,
233, 234, 235, 236, 237, 238, 239,
240, 241, 242, 243, 244, 245, 246,
247, 248, 251, 252, 253, 254, 255,
256, 257, 258, 259, 260, 261, 262,
263, 264, 265, 266, 267, 268, 269,
270, 271, 272, 273, 274, 275, 276,
277, 278, 279, 280, 281, 282, 283,
284, 286, 287, 288, 289, 291, 292,
293, 294, 295, 296, 297, 298, 299,
300, 301, 302, 303, 304, 305, 306,
307, 309, 310, 311, 312, 313, 314,
315, 316, 317, 318, 319, 320, 321,
322, 323, 324, 325, 326, 327, 328,
329, 330, 331, 332, 333, 334, 335,
336, 337, 338, 339, 340, 341, 342,
343, 344, 345, 346, 347, 348, 349,
350, 352, 353, 354, 355, 356, 357,
358, 359, 360, 361, 362, 363, 364,
365, 366, 367, 368, 369, 370, 371,
372, 374, 375, 376, 378, 379, 380,

381, 382, 383, 384, 385, 386, 387,
388, 390, 391, 392, 393, 394, 395,
396, 397, 398, 399, 400, 401, 403,
404, 405, 406, 414, 415, 417, 423,
428, 429, 430, 431, 432, 433, 434,
435, 436, 437, 438, 440, 441, 445,
446, 451, 455, 456, 457, 458, 460,
461, 462, 463, 464, 465, 467, 468,
469, 470, 471, 472, 473, 474, 475,
476, 480, 481, 482, 484, 485, 486,
488, 489, 490, 491, 492, 493, 494,
495, 496, 497, 498, 499, 500, 501,
509, 514, 523, 528
이성범 177, 181
이태준(상허) 106, 107, 462

ㅈ

장자(莊子) 155
정인택 472
정지용(지용) 5, 7, 15, 16, 17, 18, 20, 21,
25, 28, 29, 30, 39, 40, 41, 42, 44, 45,
53, 54, 56, 58, 60, 61, 65, 66, 67, 71,
72, 74, 79, 80, 81, 85, 93, 94, 109,
126, 127, 128, 129, 130, 131, 132,
134, 135, 136, 138, 140, 143, 145,
146, 147, 148, 149, 152, 154, 156,
158, 176, 183, 194, 201, 206, 207,
208, 209, 210, 211, 212, 214, 215,
251, 278, 295, 296, 345, 409, 410,
411, 412, 413, 414, 415, 416, 417,
418, 419, 420, 421, 422, 423, 425,
426, 427, 428, 429, 430, 434, 437,
438, 441, 443, 458, 459, 464, 466,
467, 468, 469, 471, 472, 478, 479,

482, 483, 484, 485, 493, 497, 502,
503, 504, 505, 506, 507, 508, 509,
510, 511, 512, 513, 515, 516, 517,
518, 519, 520, 521, 522, 523, 524,
525, 527, 528, 529
쥬피타(Jupiter) 456, 457, 458, 473,
475, 476, 486, 487, 488, 491, 493,
495
쥴 르나르(Jules Renard) 107, 462
짜라투스트라(Zarathustra) 75, 90, 92,
116, 117, 118, 120, 123, 126, 150,
158, 161, 187, 198, 218, 221, 242,
337, 434, 437, 448, 449, 465

ㅊ

최서은 356, 370
츠베토미라(Tsvetomira Krasimir
Vekova) 166, 205

ㅋ

카인(Cain) 95, 178, 189, 190, 191, 192,
198
카프(KAPF:Korea Artista Proleta
Federatio) 62
카프카(Franz Kafka) 353
콩스탕탱 기(Constantin Guys) 86
크롬웰(Oliver Cromwell) 139, 140

ㅌ

톨스토이(Lev Nikolayevich Tolstoy)
187, 188

ㅍ

파라솔(Para-Sol)파 7, 8, 10, 16, 17, 21,

25, 26, 29, 32, 33, 39, 41, 45, 49, 50,
55, 57, 59, 60, 61, 62, 63, 71, 72, 73,
75, 76, 87, 96, 101, 104, 105, 143,
148, 153, 154, 155, 156, 163, 175,
176, 177, 178, 180, 183, 193, 295,
304, 312, 414, 416, 433, 437, 445,
450, 455, 457, 458, 461, 462, 467,
469, 471, 472, 473, 474, 475, 476,
482, 483, 484, 485, 493, 496, 497,
502, 503, 508, 514, 528
프랑스 127, 139, 140, 148, 281, 429
피에타(Pieta) 188, 322, 324, 326
피카소(Pablo Picasso) 57, 148, 288,
297, 419, 445

ㅎ

함형수 99, 177, 183
휘문고보 183

A

Abbott Handerson Thayer 364
Albert Bloch 445

C

Christopher Wood 419

D

Don Campbell 241

E

Elsamuko 224

G

Georges Braque 341

I
Inka Essenhigh 163

M
Mary Cassatt 220
Michi 524

P
Paul Cezanne 266
Piet Mondrian 388

S
Sacred Aviary 288

U
Umberto Boccioni 301

3. 작품 / 책

ㄱ
「가구의 추위」 64, 65, 162, 187, 365
「가외가전」 43, 54, 55, 58, 59, 71, 73,
    74, 75, 76, 77, 107, 138, 160, 162,
    163, 164, 166, 168, 170, 171, 172,
    173, 175, 210, 296, 297, 299, 301,
    302, 303, 304, 307, 309, 310, 311,
    312, 414, 415, 428, 430, 431, 433,
    436, 438, 440, 445, 458, 464, 471,
    474, 486, 487, 494, 496, 497, 498,
    501, 509
「가을의 태양은 '풀라티나'의 연미복을
    입고」 125
『가톨닉청년』 45, 202, 227

「각혈의 아침」 164, 215, 319, 327, 340,
    342, 346, 353, 354, 355, 365, 369,
    370, 371, 372, 373, 392, 491, 498
「갈메기」 423
「개」 111
『개벽』 88
「거북이」 99, 186, 195, 196
「거울」 217, 219, 220, 224, 226, 227,
    247, 251, 401
「건축무한육면각체」 73, 112, 114, 155,
    172, 201, 233, 239, 251, 252, 257,
    261, 355, 376, 378, 383, 451
「경회루」 446, 447
「고갱에게 바치는 경의」 181
「고 이상의 추억」 486, 489, 490
「골편에관한무제」 46, 47, 65, 152, 253,
    287, 305, 319, 327, 346, 355, 358,
    360, 361, 365, 368, 371, 373
「공복」 307
「공포의 기록」 134, 160, 309
「공포의 성채」 77, 239, 308, 309, 314,
    315, 328, 355, 458, 464
『관악어문연구』 71, 177
「광녀의 고백」 95, 109, 112, 115, 316
「구두」 109, 122, 308, 309, 310, 311,
    314, 319, 320, 439, 464
「귀촉도」 197
「귀향의 노래」 185, 194, 196, 197
「금붕어」 57, 445, 447, 460, 461, 464,
    466, 467
「기빨」 118
「기4」 152, 159, 283, 399
『기상도』 28, 31, 32, 117, 122, 450, 461,
    464, 466, 467, 480, 486

「길」 474
「꽃나무」(「쏫나무」) 156, 158, 201, 202, 205, 216, 217, 251, 291, 299, 317, 319, 482
『꽃속에꽃을피우다 1—이상 시 전집』 53, 235, 271, 318, 347

ㄴ

「나븨」 60, 67, 68, 135, 443, 468, 473, 484, 502, 505, 513, 514, 518, 521, 522, 523, 525, 528
「날개」 94, 126, 165, 168, 211, 212, 213, 312, 384, 471
「낭만」 197
「내과」 22, 48, 63, 64, 65, 152, 161, 162, 164, 175, 187, 215, 287, 300, 319, 322, 323, 327, 340, 341, 342, 346, 353, 354, 358, 361, 362, 363, 365, 368, 373, 405, 469, 491, 492
「내부」 242
「논어」 260, 261

ㄷ

「다다이즘 선언」 147
「단발」 97
「단발령」 187
「달레」 102
「대낮」 101, 114, 185, 186
『도덕의 계보』 158
「동리에게」 195
「동방기행」 475
「동방기행 서시」 471
『동아일보』 34
「동해」 126, 132, 467

「두이노의 비가」 57
「들은 우리를 불으오」 120

ㅁ

「말」 45, 127, 128, 130, 131, 134, 206, 207, 208, 209, 215, 425, 426
「말」 연작 17, 45, 127, 128, 130, 131, 137, 426, 428, 443, 458, 482
「말1」 17, 127, 128, 131, 425, 426
「말2」 128, 129, 425, 426
『매일신보』 322
「맥」 102
「먼들에서는」 85
「면경」 211, 339, 463, 499
「명모」(「파라솔」) 56, 65, 66, 79, 418, 419, 483, 506, 507, 508, 509, 511, 512, 517
「못」 502, 504
「무제-손가락같은 여인」 115
「무제-육면거울방」 157, 209, 220, 226, 234, 244, 245, 383
「무제-죽은 개의 에스푸리」 290, 470
「무제-최초의 소변」 334, 348, 368
「무제-황」 231, 264, 329
「무한에의 취미」 19
「문단불참기」 106
『문예공론』 90
『문예월간』 445
『문장』 468, 471, 518, 522

ㅂ

「바다」 연작 (「바다」 시편) 17, 18, 20, 426, 428, 443, 482
「바다1」 423

「바다2」 464

「바다와 나비」 94, 455, 457, 458, 466, 473, 475, 476, 477, 479, 480, 481, 484, 503

『바다와 나비』 476, 477, 488

「바다의 향수」 31, 85

「박쥐같은 천재」 182

「밤」(소묘4) 127

「밤이 깊으면」 195

「방란장 주인—성군 중의 하나」 43, 138, 141, 142, 143, 144, 145, 149, 153, 296, 415, 497

「배따라기」 89

「배상기의 회상」 197

「백록담」 61, 126, 135, 409, 472, 483, 512, 519, 525, 527

『백록담』 152, 409

「백조의 호수」 66, 80, 509, 510, 511, 512, 517

「별」 152

「별건곤」 73

「보통기념」 247

「봄은 사기사」 107, 462

「분광기」 125

「분수」 119

「불길한 노래」 194

『비극의 탄생』 50, 82, 90, 128

ㅅ

사진첩 시편 46, 64, 65, 152, 164, 187, 215, 253, 300, 319, 327, 332, 346, 353, 355, 358, 359, 365, 371

「산양」 503

「산촌여정」 188, 283, 321, 322, 323, 326, 464, 472

「삼등열차」 203, 324

「삼선조」 197

「삼월삼질날」 420, 421

「삼차각설계도」 51, 97, 101, 112, 115, 155, 156, 201, 251, 257, 269, 283, 333, 336, 345, 347, 451

『삼천리 문학』 135

「삽사리」 135, 136, 472

「상공운동회」 117, 126, 437, 448, 450, 451

「상응」 19

「상형문자」 482

「새날이 밝는다」 119

「새빨안 기관차」 422, 423, 424, 425

『서광』 500

『서정주 문학전집』 5 181

『서정주 시전집』 2 188

『선악을 넘어서』 101

「선에관한각서1」 18, 97

「선에관한각서2」 312

「선에관한각서4」 259

「선에관한각서5」 51, 97, 347

「선에관한각서6」 391

「선에관한각서7」 20, 79, 287

「성」 353

「성군」 44, 138, 142, 143, 144, 145, 146, 415, 497

「성탄제」 198

「세계의 아츰」 464

「세라핀 극장」(떼아뜨르 드 세라팽) 19

「소녀」 242, 371, 405, 470, 480, 481

『소산문시, 인공의 천국』 21

「소설가 구보씨의 일일」 30, 33, 35, 36,

38, 75, 83, 84, 85, 140, 142, 143, 486, 499

「속 나의 방랑기」 188

「속도의 시」 448, 449

「수수어」 연작 20, 21, 30, 56, 66, 208, 409, 468, 483, 484, 507, 511

「수수어」 507, 511

「수수어2」 410, 414, 418

「수수어3」 30, 81, 418, 419, 430

「수수어4」 511

「수염」 114, 131, 132, 261, 276

「스케이팅」 448, 449

「스핑크스」 178

「슬픈 기차」 412, 422, 423, 424, 425

「슬픈 우상」 21, 56, 60, 67, 68, 127, 209, 409, 443, 472, 483, 511, 512, 517

『시론집』 219

『시와소설』 32, 43, 57, 60, 71, 72, 73, 86, 96, 107, 130, 131, 138, 145, 149, 153, 159, 163, 295, 296, 302, 409, 411, 414, 415, 430, 439, 444, 464, 467, 483, 496

『시원』 464

『시인부락』 99, 103, 176, 177, 178, 179, 180, 182, 183, 184, 185, 186, 193, 194, 197

「신경질적으로비만한삼각형」 15, 97, 111, 115, 156

『신천지』 193

「실낙원」 257, 339, 368, 371, 404, 405, 458

「실낙원」 시편 (「실낙원」 연작) 24, 25, 215, 262, 294, 348, 463, 470, 480,

499

「실화」 97, 126, 131, 132, 134, 158, 204, 206, 209, 211, 212, 214, 215, 474, 486, 497

「씨네마풍경」 121

ㅇ

「아름다운조선말」 130

「아스팔트」 42, 43, 410, 414, 418, 419

「아시슈의 시」 19

「아이스크림 이야기」 122, 460

「아츰비행기」 120

「아츰해」 125

「악의 꽃」 270

「암코양이」 324

「애욕」 154

「약한 자의 슬픔」 89

「어리석은 석반」 225, 265

「어족」 121

「얼마 안되는 변해」 29, 40, 46, 52, 81, 83, 84, 164, 182, 187, 220, 226, 230, 231, 233, 234, 235, 245, 253, 262, 263, 265, 268, 269, 300, 305, 318, 319, 322, 323, 327, 328, 329, 330, 332, 335, 336, 340, 343, 347, 353, 395, 432, 460, 469, 491, 495

「여성」 477

「여행」 448, 449, 469, 471, 472, 475, 476, 486

「역단」 160, 257, 464

「연화시편」 194, 195, 197

「열하약도」 259, 261

「엽서」 196

「예장」 503, 504, 513, 514, 515, 518,

520, 521, 522, 523, 525

「오감도」 83, 94, 95, 101, 134, 142, 155,
159, 161, 162, 187, 201, 202, 211,
213, 217, 229, 230, 238, 239, 245,
247, 257, 270, 291, 297, 314, 336,
369, 376, 377, 378, 380, 384, 386,
395, 396, 401, 402, 403, 404, 438,
451, 464

「오감도」 시편 (「오감도」 연작) 23, 24,
30, 33, 95, 96, 156, 179, 187, 205,
218, 220, 232, 233, 239, 241, 294,
304, 317, 319, 345, 355, 377, 378,
379, 384, 395, 401, 430, 461

「오감도 시제1호」 95, 96, 134, 158, 159,
160, 294, 299, 384, 430

「오감도 시제2호」 384

「오감도 시제4호」 141, 239, 355, 388,
390

「오감도 시제5호」 95, 238, 239, 306,
333, 381, 382, 383, 385, 386, 391,
399

「오감도 시제6호」 305, 306, 379, 380,
382, 383, 385, 386, 396

「오감도 시제7호」 30, 142, 162, 180,
205, 218, 230, 240, 246, 291, 292,
293, 304, 306, 307, 317, 319, 377,
378, 384, 386, 391, 396, 397, 398

「오감도 시제8호 해부」 162, 205, 218,
230, 233, 240, 242, 243, 248, 307,
308, 312, 317, 319, 377, 378, 384,
386, 387, 388, 390, 391, 396, 397

「오감도 시제9호 총구」 24, 94, 162,
169, 218, 219, 230, 245, 247, 289,
369, 383, 384, 385, 386, 391, 392,

394, 395, 396

「오감도 시제10호 나비」 24, 94, 96, 218,
243, 247, 383, 384, 385, 386, 391,
394, 396, 399, 470

「오감도 시제11호」 396, 397

「오감도 시제12호」 396, 397

「오감도 시제13호」 240, 242, 397, 398

「오감도 시제14호」 94, 95, 238, 239,
242, 243, 245, 334, 397, 398, 399

「오감도 시제15호」 94, 95, 218, 219,
220, 229, 230, 232, 239, 243, 395,
399, 400, 401, 403

「오월의 아침」 85

「오전의 생리」 117, 118, 121, 124, 449

「옥야」 186

「옥창기」 100

「옥창일기」 100

「온정」 135, 472

「올배미의 주문」 450, 466

「옴두꺼비」 102

『우상의 황혼』 90, 116, 436

『우상의 황혼/반그리스도』 90, 117

「운동」 114

「웅계」 194

「웅계」 시편 103, 185, 186

「웅계(하)」 189, 191

「월상」 294, 348, 369, 405, 406, 480

「위독」 257

「유람뻐스」 446

「유리창」 68, 126

「유선애상」 20, 42, 43, 46, 53, 54, 56,
58, 60, 66, 71, 74, 79, 80, 94, 138,
140, 145, 149, 156, 158, 208, 278,
296, 409, 410, 411, 413, 414

「육체」 67, 209, 511

「육친의 장」(사진첩 시편) 187, 340, 364

「육친의 장」(「실낙원」 시편) 262, 364, 405

「이목구비」 209

「이방인」 109, 122

「이 사람을 보라」 158, 440

「이상문학연구——불과 홍수의 달」 108

「이상 시전집」 365

「이상의 무한정원 삼차각나비」 88, 132, 133

「이상의 일」 181

「이상한가역반응」 38, 114, 167, 257, 260, 272, 280, 283, 284, 294, 307, 336, 376

「이십이년」 239, 259, 333

「인동차」 503, 512

「인문평론」 188

「일반인간학」 22

「일요일행진곡」 118, 120

「잃어버린 후광」 45

ㅈ

「자오선」 99, 190, 193, 198

「자최」 465

「자화상(습작)」 281, 405, 431, 499

「작품제3번」 115, 240, 248, 291, 313, 355, 397

「장수산」 135

「장수산 2」 152

「장수산」 연작 126, 472, 512, 519

「장자」 381, 383

「적멸」 34, 35, 36, 84, 85, 139, 141

「전원일기의 일절」 122, 459

「절벽」 158, 204

「절정」 513, 514, 518, 521

「정상의 노래」 198

「정식」 180, 307, 308, 464

「정지용시집」 129, 420, 425

「정지용연구」 413

「젖빛 구름(乳色の雲)」 473, 476

「제야」 43, 57, 71, 73, 74, 86, 138, 156, 163, 168, 296, 302, 415, 438, 439, 444, 445, 446, 450, 460, 461, 464, 467, 474, 496, 509

「제주도의 한 여름」 188

「제7의 고독」 193, 198

「조감도」 46, 101, 108, 155, 201, 251, 257, 283, 336, 451

「조감도」 연작 (「조감도」 시편) 46, 101, 111, 112, 255, 316, 340, 376

「조광」 100, 490

「조선」 34, 336

「조선과 건축」 112, 251, 261, 307, 336

「조선문학」 158

「조선시에 있어서의 상징」 193

「조선일보」 154, 188, 195, 459

「조선중앙일보」 30, 142, 239, 380, 486

「조선지광」 93, 127, 425

「조응」 51

「종생기」 97, 104, 126, 132, 133, 135, 211, 212, 214, 252, 253

「죄와 벌」 315

「주문(상)」 188

「중앙」 130, 507

〈쥬피타〉 491

「쥬피타 추방」 455, 457, 458, 473, 474, 476, 485, 486, 488, 491, 492, 493,

497, 498, 499

『즐거운 지식』 133, 134

「지도의 암실」 38, 72, 75, 82, 113, 147,
　156, 165, 229, 231, 236, 237, 242,
　243, 245, 246, 247, 265, 269, 272,
　274, 277, 278, 280, 313, 316, 317,
　329, 330, 338, 380, 417, 429

「지비」 160

「지비」 연작 464

「지주회시」 211, 213, 313, 384, 464

「진단0:1」 239, 261, 355, 376

『짜라투스트라는 이렇게 말했다』 71,
　75, 90, 92, 107, 108, 109, 117, 128,
　133, 136, 150, 161, 182, 193, 221,
　222, 242, 433, 435, 436, 437, 445,
　465

ㅊ

「차-라투-스타라의 노래」 158

「차8씨의 출발」 73, 75, 155, 156, 157,
　159, 175, 201, 205, 229, 241, 244,
　246, 252, 253, 254, 255, 258, 269,
　274, 291, 292, 295, 297, 299, 304,
　318, 327, 332, 378

「참회록」 248

『창조』 89

『처용단장』 219

「첫 번째 방랑」 160, 162, 179, 202, 203,
　320, 324

「청동」 503

「청중없는 음악회」 445

「체온표」 194

「최저낙원」 132, 173, 437

「최후」 152, 346, 355, 359, 360, 365,

368, 371, 373, 389

「추방된 쥬피타」 473, 476, 491

『춘추』 185, 186, 195, 198

「출발」 120

「출판법」 73, 157, 164, 172, 175, 223,
　242, 259, 262, 263, 264, 267, 268,
　269, 270, 271, 276, 347, 392, 393

ㅋ

「카페 프란스」 39, 44, 53, 73, 80, 109,
　110, 131, 143, 145, 146, 147, 149,
　154, 206, 207, 209, 210, 215, 295,
　409, 415, 417, 419, 420, 421, 422,
　426, 428, 429, 474, 486, 496, 497,
　516

ㅌ

「태극선에 날리는 꿈」 41, 67, 93, 421,
　443, 469, 473, 484, 502, 505

『태양의 풍속』 31, 85, 110, 116, 117,
　118, 121, 122, 123, 124, 437, 448,
　449, 450, 459, 464, 479

「태평행」 88, 89, 90, 91, 92, 93

「테 아투아」 178, 179

ㅍ

「파라솔」(「명모」) 15, 20, 30, 79, 80, 81,
　208, 507, 517

「파선」 110, 122

「파첩」 190, 193

「파충류동물」 412, 422, 423, 424

「파편의경치」 83

「피리」 39, 429, 430

ㅎ

「학살당한 시인」 202, 324

『한국현대시의 퇴폐와 작은주체』 177

「한낮」 114, 115, 116, 397

「한여름」 447

「할렐루야」 178, 192, 198

「향수」 126

「해바래기의 비명」 183

「해협」 45, 206, 207, 209, 210, 212, 214, 423, 458, 474, 510

「해협」 연작 482

「해협의 오전2시」 45, 209, 482

「호랑나븨」 67, 443, 468, 513, 514, 520, 521, 522, 523, 525

「화사」 78, 99, 178, 182, 186, 194

『화사집』 182, 198

「화사집 시절」 187

「황」 연작 36, 40, 111, 112, 133, 156, 165, 220, 247, 248, 264, 271, 278, 283, 284, 285, 290, 291, 298, 313, 314, 336, 348, 355, 376, 397, 429, 438, 470

「황마차」 425

「황무지」 190, 191

「황의기 작품제2번」 83, 151, 152, 159, 265, 266, 268, 283, 285, 290, 302, 392, 399, 433, 458, 498

「황혼」 100, 437

「회한의 장」 239, 242

「홍행물천사」 112, 113, 451

A

「AU MAGASIN DE NOUVEAUTE」 244, 257, 258, 261

B

「BOITEUX·BOITEUSE」 167, 307

L

「LE URINE」(오줌) 27, 36, 47, 53, 111, 112, 114, 116, 134, 156, 179, 229, 238, 239, 241, 245, 255, 265, 273, 276, 316, 317, 318, 322, 334, 340, 341, 343, 345, 351, 368, 393, 429, 430, 431, 441, 446

M

「M에게 보내는 편지(제6신)」 337

T

「The Last Train」(마지막 기차) 177, 178, 192, 194

숫자 및 도형

「12월12일」 34, 81, 89, 272, 297, 328, 330, 336, 337, 339, 367, 436, 470

「1931년 작품제1번」 63, 157, 225, 226, 244, 247, 264, 266, 281, 283, 285, 287, 289, 332, 348, 394, 470

「1933, 6, 1」 217, 218, 224, 226, 227, 247, 248, 291

「2인-1」 46, 47, 111, 500

「2인-2」 46, 47, 111, 500

「3월의 씨네마」 125

「7월의 아가씨 섬」 120

「▽의유희」 108